中国社会科学院
老年学者文库

红楼梦舒本研究

刘世德 著

前　言

什么叫做"舒本"？

"舒本"即"舒元炜序本"的简称。

也有人称舒本为"己酉本"。

"己酉本"是什么意思呢？

因为舒元炜的序文写于己酉年，故称为"己酉本"。己酉年即乾隆五十四年（1789）。

"舒本"是《红楼梦》脂本中的一种。

什么叫做"脂本"呢？

《红楼梦》的版本可以分为脂本（八十回）、混合本（脂本前八十回＋程本后四十回）、程本（一百二十回）三类。

第一类：脂本（八十回本），出于曹雪芹的原稿，以抄本的形式流传。在曹雪芹生前，它们从来没有正式出版过。八十回本大多附有脂砚斋等人的批语。有的抄本题名"脂砚斋重评石头记"。人们称之为"脂本"。[1]

在现存众多的《红楼梦》早期抄本（即红学界所说的"脂本"）中，"舒本"是一个特别值得珍视的版本。

曹雪芹撰写的《红楼梦》只存有比较完整的八十回。

而"舒本"现今只不过保留了其中的一半，即四十回（第一回至第四十回）。

---

[1] 拙著《三国与红楼论集》（中国社会科学出版社，2013年，北京），189页至190页。

它不是个残本吗？

比起其他的脂本，包括戚本（现存八十回）、庚辰本（现存七十八回）、彼本（现存七十八回），从回数上说，不啻小巫见大巫。

它仅仅比暂本（有人称之为"郑本"，现存二回）多三十八回，仅仅比眉本（有人称之为"卞藏本"，现存十回）多三十回，仅仅比甲戌本（现存十六回）多二十四回。

其余的脂本（己卯本、庚辰本、彼本、杨本、蒙本、戚本、梦本），从篇幅上看，哪一个都比它多！

显然，它的珍贵并不表现在回数的多寡上。

那它还有什么值得我们珍视的地方呢？

《红楼梦》舒本（舒元炜序本）虽然残存四十回，却是一个特别值得珍视的脂本。

它的重要性、珍贵性表现为以下几点：

在现存的《红楼梦》脂本中，舒本是唯一的一个乾隆"的本"[1]。而现存的其他脂本，包括甲戌本、己卯本、庚辰本、彼本、杨本、蒙本、戚本、眉本、梦本、暂本（或其底本），它们一无例外，没有任何一项正面的、确凿可靠的证据能够证明它们是抄于乾隆年间的抄本。

这里需要补充说明两个情况。

情况之一：六十多年前，中国社会科学院文学研究所的前身中国科学院文学研究所的图书馆从中国书店购入《红楼梦》杨继振旧藏本（杨本）。于是中华书局在征得文学研究所同意后，准备加以影印出版，并在文学研究所二楼会议室召开了一个小型的座谈会，邀请首都的学者参加，不才也忝列其内。会上讨论了影印本的书名问题，记得是陈乃乾等先生力主定名为"乾隆抄本一百二十回红楼梦"，虽然也有少数与会者持有异议[2]，但最后中华书局高层领导还是接受了陈先生等人的意见。今天来看，这个影印本的书名是有瑕疵的。它是不是"乾隆抄本"呢？可以说，迄今为止，并无一人能够举出过硬的证据加以坐实；尤其是书中扉页于源所题的"红楼梦稿"四字，更是

---

[1] "的本"一词，系自明人高儒《百川书志》借用。"的"乃"真实"、"确实"之意，见于《现代汉语词典》（商务印书馆）和《汉语大字典》（四川辞书出版社、湖北辞书出版社）。《红楼梦》第5回也有"这的是，昨贫今富人劳碌，春荣秋谢花折磨"之语。

[2] 当时有两三人。

欺骗了不少人，连著名的小说家张爱玲也不免上了大当①。

但是不同于杨本，舒本却是一个货真价实的"乾隆抄本"。

情况之二：我曾发表《解破了〈红楼梦〉的一个谜——初谈舒本的重要价值》一文②。其中有两段完整的文字：

> 现存的各种《红楼梦》的早期抄本，无论是甲戌本、己卯本、庚辰本，还是圣彼得堡藏本、蒙古王府本，本身都没有留下它们的抄写时间的直接的确凿可靠的证据；杨继振藏本的两个影印本都题为"乾隆抄本百廿回红楼梦稿"，那"乾隆抄本"四字是我们这一时代的个别人的看法，其实并没有获得书中任何直接的、确凿可靠的证据的支持。相反的，舒本是唯一的例外。

这难道还不足以说明舒本的重要价值吗？

我在《三国与红楼论集》的"后记"中曾指出：

> 有人援引其中的文字为他的"程前脂后"说张目，不禁使我啼笑皆非，殊不知我是"程前脂后"说的反对者，我的上述两段文字一点儿也帮不了"程前脂后"说的忙。请读者看看，我在上述两段文字是怎样说的？第一，我把甲戌本、己卯本、庚辰本、彼本（即圣彼得堡藏本）、蒙古王府本等脂本称为"早期抄本"。什么叫做"早期抄本"呢？这在我所写的论文中有着十分明确的概念，即在程甲本出版（乾隆五十六年）之前的《红楼梦》脂本。第二，我指出，作为脂本之一，舒本的抄写时间有"直接的确凿可靠的证据"，即在乾隆五十四年，明明我的说法是反对"程前脂后"说，怎么竟会被割裂、歪曲为"程前脂后"说的佐证？真是匪夷所思了。③

为什么说舒本是"一个货真价实的'乾隆抄本'"呢？

证据就在于舒元炜为舒本所写的序文的末尾两行字：

> 乾隆五十四年，岁次屠维作噩，且月上浣，虎林董园氏舒元炜序并

---

① 张爱玲在《红楼梦魇》一书中是把杨本当作曹雪芹的"稿"本展开论述的。

② 《红楼梦学刊》1990 年第 2 辑。此文后来收入《红学探索——刘世德论红楼梦》（文化艺术出版社，2006 年，北京）。

③ 《三国与红楼论集》437 页至 438 页。

书于金台客舍。

乾隆五十四年是公元1789年。

"屠维作噩"是太岁纪年。"太岁，星名，亦名岁星，即木星也，约十二岁而一周天（即绕日一周）。故古人以其经行之躔次纪年，如岁在甲寅曰阏逢摄提格之类。后世作者每好沿用之。"①"屠维作噩"即己酉年。

"且月"即农历六月。"上浣"即上旬。

"虎林"即杭州。

"董园"是舒元炜的表字。

"金台"系北京的代称。

尤其值得注意的是下列两点：

第一是那个"书"字。在这里，"书"是"书写"的意思。这就表明，此序文乃是舒元炜亲笔书写的。换句话说，他落笔之时，就在乾隆五十四年（1789）六月上旬。这就证明了舒本乃是一个乾隆年间的抄本。

第二是署名次行下端钤有两方印章。一曰"元炜"，一曰"董园"。印泥均为红色，审视其色，洵属二百多年前的旧迹无疑。这更加证实了此序文确为舒元炜亲笔所"书"，更加证实了此序文两叶纸洵属将近二百三十年前旧物无疑。

舒本是乾隆年间抄本，这难道还不值得我们珍视吗？

就这一点而言，它的价值可谓是超越了现存其他的脂本！

更何况，它还保留了一部分的曹雪芹"初稿"的文字和痕迹②。

---

① 万国鼎编，万斯年、陈梦家补订：《中国历史纪年表》（商务印书馆，1956年，上海），140页。

② 请参阅本书下面各章的论述。

目 录
CONTENTS

第一章　筠圃考略 …………………………………………………………… 1
   第一节　筠圃是谁？ ……………………………………………………… 1
   第二节　啬于财而奢于聚书 ……………………………………………… 1
   第三节　辇下藏书家 ……………………………………………………… 4
   第四节　宦游山东二十年 ………………………………………………… 6
   第五节　姚玉栋年表 ……………………………………………………… 16

第二章　舒元炜考略 ………………………………………………………… 17
   第一节　说在前面的话 …………………………………………………… 17
   第二节　初任泗水知县 …………………………………………………… 17
   第三节　临时代理钜野知县 ……………………………………………… 19
   第四节　新泰知县革职 …………………………………………………… 21
   第五节　舒元炜年表 ……………………………………………………… 23

第三章　舒元炜·周春·杨畹耕·雁隅·程伟元
      ——《红楼梦》一百二十回抄本在社会上的流传 …………… 24
   第一节　说在前面的话 …………………………………………………… 24
   第二节　第一项证据
          ——舒元炜乾隆五十四年的序文 ………………………… 25
   第三节　第二项证据
          ——周春乾隆五十九年的记事 …………………………… 28
   第四节　学者周春 ………………………………………………………… 30
   第五节　杨畹耕是谁？ …………………………………………………… 30
   第六节　谁是雁隅？ ……………………………………………………… 31

第七节　第三项证据
　　——徐嗣曾购置《红楼梦》一百二十回抄本的时间 …………… 34
第八节　周春、徐嗣曾、杨芬三人之间的特殊关系 …………… 36
第九节　第四项证据
　　——程伟元言之凿凿的自述 ………………………………… 38
第十节　结语 ……………………………………………………… 43

第四章　现存的舒本是由哪两部分组成的？
　　——舒本＝姚玉栋旧藏本＋当保藏本 ………………………… 44
第一节　对几个名词的解释 ……………………………………… 44
第二节　E＝C＋D ………………………………………………… 45
第三节　53＋27 …………………………………………………… 47
第四节　影印本的缺陷 …………………………………………… 47
第五节　天头地脚尺寸大小的差异 ……………………………… 48
第六节　回应四点疑问 …………………………………………… 49
第七节　存佚·补配·分册 ……………………………………… 53

第五章　避讳与分册 ……………………………………………… 54
第一节　避讳 ……………………………………………………… 54
第二节　分册 ……………………………………………………… 58

第六章　贴条、挖补与改字 ……………………………………… 61
第一节　贴条 ……………………………………………………… 61
第二节　挖补 ……………………………………………………… 63
第三节　改字 ……………………………………………………… 71
第四节　改字出于谁手？ ………………………………………… 77

第七章　为什么八行变成了九行？
　　——舒本第五回首页行款异常问题辨析 ……………………… 84
第一节　舒本正文每页每行的字数 ……………………………… 84
第二节　第五回首页正文每行有多少字？ ……………………… 85
第三节　第五回首页有几行？ …………………………………… 87
第四节　八行变成了九行 ………………………………………… 87
第五节　后来者：回前诗 ………………………………………… 88
第六节　回前诗的提示语 ………………………………………… 89

第七节　从有无、异同的比较寻找回前诗的来源 …………… 90
　　第八节　回目的异同 ……………………………………………… 92
　　第九节　正文的字数 ……………………………………………… 93
　　第十节　正文的歧异 ……………………………………………… 94
　　第十一节　结语 …………………………………………………… 95

第八章　从回目看舒本 …………………………………………………… 97
　　第一节　瞒天过海的把戏 ………………………………………… 97
　　第二节　舒本回目与总目的出入 ………………………………… 98
　　第三节　舒本与其他各本回目的异同 …………………………… 101

第九章　二尤故事移置考 ………………………………………………… 110
　　第一节　阎婆登场的两种方式 …………………………………… 110
　　第二节　二尤的登场是在哪一回？ ……………………………… 114
　　第三节　"上回"是哪一回？ …………………………………… 117
　　第四节　柳湘莲上坟 ……………………………………………… 121
　　第五节　贾政出差 ………………………………………………… 122
　　第六节　贾政分身有术 …………………………………………… 124
　　第七节　"贾政"之有无是原文，还是改文？ ………………… 126
　　第八节　结语 ……………………………………………………… 128

第十章　舒本第九回结尾文字出于曹雪芹初稿考辨（上） ………… 131
　　第一节　一种独特的结尾 ………………………………………… 131
　　第二节　另外六种不同的结尾 …………………………………… 132
　　第三节　七种歧异结尾的差别 …………………………………… 137
　　第四节　回与回的衔接与不衔接 ………………………………… 140
　　第五节　回与回不衔接不是个别的、孤立的现象 …………… 143
　　第六节　异文出自谁手？ ………………………………………… 148

第十一章　舒本第九回结尾文字出于曹雪芹初稿考辨（下） ……… 151
　　第一节　舒本第九回结尾为什么是初稿？ ……………………… 151
　　第二节　初稿与改稿为什么都会保留下来？ …………………… 153
　　第三节　六种改稿出现的先后顺序 ……………………………… 155
　　第四节　第九回与第十回的脱榫 ………………………………… 156
　　第五节　薛蟠与秦钟的交集点何在？ …………………………… 159

第六节　推测："天翻地覆"的"闹" ……………………… 161
　　第七节　删改的原因 …………………………………………… 165
　　第八节　结语 …………………………………………………… 167
第十二章　舒本有哪些独异的文字？
　　——第一回至第五回 …………………………………………… 169
　　第一节　舒本第一回独异文字考 ……………………………… 170
　　第二节　舒本第二回独异文字考 ……………………………… 179
　　第三节　舒本第三回独异文字考 ……………………………… 187
　　第四节　舒本第四回独异文字考 ……………………………… 201
　　第五节　舒本第五回独异文字考 ……………………………… 209
第十三章　舒本有哪些独异的文字？
　　——第六回至第十回 …………………………………………… 224
　　第一节　舒本第六回独异文字考 ……………………………… 224
　　第二节　舒本第七回独异文字考 ……………………………… 239
　　第三节　舒本第八回独异文字考 ……………………………… 247
　　第四节　舒本第九回独异文字考 ……………………………… 252
　　第五节　舒本第十回独异文字考 ……………………………… 264
第十四章　舒本有哪些独异的文字？
　　——第十一回至第十五回 ……………………………………… 279
　　第一节　舒本第十一回独异文字考 …………………………… 279
　　第二节　舒本第十二回独异文字考 …………………………… 293
　　第三节　舒本第十三回独异文字考 …………………………… 300
　　第四节　舒本第十四回独异文字考 …………………………… 318
　　第五节　舒本第十五回独异文字考 …………………………… 333
第十五章　舒本有哪些独异的文字？
　　——第十六回至第二十回 ……………………………………… 344
　　第一节　舒本第十六回独异文字考 …………………………… 344
　　第二节　舒本第十七回独异文字考 …………………………… 348
　　第三节　舒本第十八回独异文字考 …………………………… 368
　　第四节　舒本第十九回独异文字考 …………………………… 376
　　第五节　舒本第二十回独异文字考 …………………………… 395

第十六章　舒本有哪些独异的文字？
——第二十一回至第二十五回 ………… 406
- 第一节　舒本第二十一回独异文字考 ………… 406
- 第二节　舒本第二十二回独异文字考 ………… 414
- 第三节　舒本第二十三回独异文字考 ………… 423
- 第四节　舒本第二十四回独异文字考 ………… 431
- 第五节　舒本第二十五回独异文字考 ………… 444

第十七章　舒本有哪些独异的文字？
——第二十六回至第三十回 ………… 460
- 第一节　舒本第二十六回独异文字考 ………… 460
- 第二节　舒本第二十七回独异文字考 ………… 469
- 第三节　舒本第二十八回独异文字考 ………… 479
- 第四节　舒本第二十九回独异文字考 ………… 492
- 第五节　舒本第三十回独异文字考 ………… 508

第十八章　舒本有哪些独异的文字？
——第三十一回至第三十五回 ………… 521
- 第一节　舒本第三十一回独异文字考 ………… 521
- 第二节　舒本第三十二回独异文字考 ………… 535
- 第三节　舒本第三十三回独异文字考 ………… 546
- 第四节　舒本第三十四回独异文字考 ………… 555
- 第五节　舒本第三十五回独异文字考 ………… 571

第十九章　舒本有哪些独异的文字？
——第三十六回至第四十回 ………… 594
- 第一节　舒本第三十六回独异文字考 ………… 594
- 第二节　舒本第三十七回独异文字考 ………… 608
- 第三节　舒本第三十八回独异文字考 ………… 626
- 第四节　舒本第三十九回独异文字考 ………… 638
- 第五节　舒本第四十回独异文字考 ………… 649

第二十章　观察：舒本独异文字出于初稿的痕迹 ………… 668
- 第一节　说在前面的话 ………… 668
- 第二节　难度：两可之间 ………… 669

第三节　股·节·段 …………………………………………………… 674
　　第四节　"碗"与"瓶" ………………………………………………… 675
　　第五节　诎诎·汕汕·赸赸·汕汕 ……………………………………… 676
　　第六节　从不准确到准确 ……………………………………………… 677
　　第七节　从重复到不重复 ……………………………………………… 678
　　第八节　结语 …………………………………………………………… 685

第二十一章　脱文现象意味着什么？（上） ……………………………… 687
　　第一节　为什么会产生脱文现象？ …………………………………… 687
　　第二节　脱文的规律与脱文的研究价值 ……………………………… 691
　　第三节　两个实例 ……………………………………………………… 696
　　第四节　舒本与其他脂本相同的脱文十四例 ………………………… 699

第二十二章　脱文现象意味着什么？（下） ……………………………… 707
　　第一节　舒本独有的脱文七十八例 …………………………………… 707
　　第二节　讹夺 …………………………………………………………… 726
　　第三节　跳行与跳叶 …………………………………………………… 730

第二十三章　茗烟与焙茗：一人二名辨析（上） ………………………… 733
　　第一节　俞平伯先生的一番话 ………………………………………… 733
　　第二节　茗烟与焙茗：在前四十回 …………………………………… 735
　　第三节　小结之一 ……………………………………………………… 745
　　第四节　茗烟与焙茗：在中四十回 …………………………………… 747
　　第五节　小结之二 ……………………………………………………… 752

第二十四章　茗烟与焙茗：一人二名辨析（下） ………………………… 753
　　第一节　焙茗：在后四十回 …………………………………………… 753
　　第二节　小结之三 ……………………………………………………… 757
　　第三节　脂批的选择 …………………………………………………… 760
　　第四节　茗烟：始与终 ………………………………………………… 764
　　第五节　转折点 ………………………………………………………… 765

第二十五章　巧姐儿与大姐儿：一人欤，二人欤？ ……………………… 770
　　第一节　巧姐儿与大姐儿：在前四十回 ……………………………… 770
　　第二节　小结之一 ……………………………………………………… 774
　　第三节　巧姐儿与大姐儿：在中四十回 ……………………………… 775

第四节　小结之二 ………………………………………… 778
　　第五节　巧姐儿与大姐儿：在后四十回 ………………… 779
　　第六节　小结之三 ………………………………………… 787

附录　关于本书所使用《红楼梦》各版本的简称 …………… 789

后　记 ………………………………………………………… 791

第一章　筠圃考略

第一节　筠圃是谁？

筠圃何许人也？

《红楼梦》舒本卷首载有舒元炜的序文。舒元炜在序文中称《红楼梦》舒本的藏主为"筠圃主人"。但他并没有透露此人的姓氏和名字。

这位叫做"筠圃"的人是谁呢？

他就是姚玉栋。

姚玉栋，或称玉栋，满洲正白旗人。姚是他的汉姓。同治《临邑县志》就直称他的姓名为"姚玉栋"。同样，他的长子的名字就叫做姚荣誉。

他是乾隆时期一位著名的藏书家。

第二节　啬于财而奢于聚书

"啬于财而奢于聚书"，此语采自王芑孙《山东阳信县知县玉君墓志铭》（下文简称《墓志铭》）①，是对姚玉栋的为人的一种评价。

王芑孙是姚玉栋的好友。在姚玉栋逝世后，王芑孙为他撰写了《墓志铭》，全文如下：

---

① 《渊雅堂全集》，《剔甫未定稿》卷十三。

余所识辇下藏书家,无过玉栋筠圃。尝为作《读易楼记》者也。

筠圃所藏书,于集部尤富。以是洞晓古今学术,与其授受源流,持论空一世。所与游,翁学士方纲、周编修永年、桂进士馥,天下不四三人。偶从他所见余诗,趣驾十五里访余,既而邀余襆被所谓读易楼者,剧谈穷日夜。其家所藏金石书画,往往多余题识。

顷之,君再出官山东,余亦南还七八年。

其子荣庆以通判试用河南,以书告君之丧,且以状来征铭。

按状:君字子隆,玉栋其名,筠圃其自号也。本襄平民家姚氏,有貤赠光禄大夫、福州将军良贵者,自太祖时编入内府,为正白旗汉军。

曾祖章奇,赠资政大夫、江宁布政使。祖五格,赠资政大夫。父福葆,沟渠河道监督,授中宪大夫。母贺,封恭人。娶夏,封孺人。子六,存者四:荣庆、桂庆、炳庆、烬庆。女一,适学生灵椿。

其卒,嘉庆四年六月三日,年五十五。以某月日葬某原。

君以乾隆庚寅举人拣选知县,发山东,补宁阳。故陆公燿方为按察使,荐调单县,中以事去。再补淄川,获要犯,引见,当迁,以亲老告。亲终,出补阳信。前后在山东几二十年,历署博兴、利津、章丘、乐陵,皆能其职。

君躯干修伟,博涉强记,无所不通。以旗人自晦为吏,故世不深知。而世所矜宠有名者,君亦不以屑意。

所著诗古文八卷、杂志二卷、金石过眼录五卷。他所诠次校定尚多。

性颇啬财,独奢于聚书,人亦以是靳之。尝过厂市,酬一书如其常值,弗与,再倍之,又弗与,君怒,拂衣登车去。夜不获寐,破晓,卒遣骑奴以三倍值驰取书归。其笃好若此。

余南还,再与君书,不报。荣庆之赴余也,书不详,第言悉倾所有,未审所谓,岂物理聚而思散,抑君身后官逋私责,有不可言者耶?惟君生平寡契,晚交得余,虽不言,意绪间一似重有托于余者,其忍不铭。

铭曰:

嗟君好书,亦施于政。其在利津,义学兴盛。其去乐陵,县民遮境。救荒章邱,民鲜菜色。大吏闻之,颁下其式。再莅河滨,岁缮茇薪。经画终始,役不及民。始宰单父,匄妇道僵。往瘗其殣,遗婴卧旁。收哺以长,有謏慈祥。傥来倏往,物运相循。书则往矣,泽有攸存。归安斯宅,利尔嗣人。

从《墓志铭》的记述可知：

（1）姚玉栋字子隆，号筠圃。

（2）他的上世本是襄平（今辽宁省辽阳市）民家，姓姚，后编入内务府正白旗汉军。

（3）姚玉栋的世系，列表如下：

章奇 — 五格 — 福葆 — 玉栋 ┬ 荣庆①
　　　　　　　　　　　　　├ 桂庆
　　　　　　　　　　　　　├ 炳庆
　　　　　　　　　　　　　├ 烬庆
　　　　　　　　　　　　　└（二子殇；一女，名不详）

（4）姚玉栋的生卒年月：卒于嘉庆四年（1799）六月三日，享年五十五岁。以此逆推，可知他生于乾隆十年（1745）。

（5）他是京城著名的藏书家。

（6）与王芑孙、翁方纲、周永年、桂馥等人交游。

（7）他是乾隆三十五年（1770）庚寅举人出身。

（8）他在山东做官，出任多地知县，前后将近二十年之久。《墓志铭》先后提到他的任职地点共有八地：宁阳、单县、淄川、阳信、博兴、利津、章丘、乐陵。

（9）单县之任，系出于山东按察使陆燿的荐调。

（10）著有诗古文八卷、杂志二卷、《金石过眼录》五卷。

此外，关于姚玉栋的生平事迹，还可以补充、说明的有以下五点。

第一，他是正白旗春岱管领下汉军，见于山东巡抚国泰乾隆四十五年八月初九日奏折②。

第二，他号筠圃，一作"云浦"。见于道光《济南府志》卷三十。

第三，在乾隆五十七年（1792）六月，姚玉栋与友人等（文宁、王又亮、陶涣悦、洪亮吉、胡翔云、罗聘、周厚辕、宋鸣琦、吴嵩梁、姚思勤、卢锡埰、陆元锭、张道渥、曹锡龄、刘锡五、何道生、徐準）十七人有积水潭之游，王芑孙虽未参加，却撰写《积水潭游记》一文记其事③。

第四，姚玉栋曾于乾隆六十年（1795）任临邑知县。

---

① "荣庆"乃是谱名，后改名"荣誉"。
② 中国第一历史档案馆：《宫中朱批奏折》。
③ 《渊雅堂全集》"惕甫未定稿"卷六。

第五，在任山东阳信知县期间，姚玉栋曾邀请好友王芑孙来游阳信，王芑孙因故未能成行。此事见于王芑孙怀人组诗中的《玉筠圃大令》：

> 君家藏书甲辇毂，岂伊藏之实能读。
> 读书无伴苦相求，襆被留君读易楼。
> 楼前乍种梧桐树，匆匆出宰山东去。
> 归舟未得远相寻，半道留书写我心。

在第四句之下注云："壬子，君邀余为读书之伴，时时襆被君家。"壬子即乾隆五十七年（1792）。在第八句之下注云："君有书邀余迂道过其所宰之阳信县。余以舟程触热，方虑闸阻，不果赴约。"①

第三节　辇下藏书家

"辇下藏书家"，出自王芑孙《墓志铭》的首句。这显示了姚玉栋作为藏书家的知名度和重要性。

李玉章、黄正雨《中国藏书家通典》介绍姚玉栋说：

> 喜图籍，字少年时开始，收书无一日停止。对破书乱简及世上流传不广之书遍加搜罗。
>
> 听说某地有善本书，虽千里之外必得之方后已。曾得王士禛、黄叔琳家藏善本数种，插架益富，收藏集部图书为多。建藏书楼"读易楼"，王芑孙作有《读易楼记》，称他为"辇下藏书家"。法式善、翁方纲均登楼观其藏书，翁方纲题有《筠圃读易楼图诗》相赠。法式善也题有《咏筠圃》云"南有天一阁，北有读易楼"。藏书印有"读易楼藏书记"、"子隆"、"筠圃"等。藏书散佚后，法式善又写有题诗云："阁尚巍然存，楼今为墟丘"。
>
> 著有《诗古文》8卷。②

末句"著有《诗古文》8卷"，应去掉那个书名号。因为"诗古文"三字

---

① 《渊雅堂全集》"编年诗稿"卷十四。
② 《中国藏书家通典》，中国国际文化出版社，2016年。

非是书名。

《清稗类钞》也记载了姚玉栋的轶事：

> 玉筠圃藏书于读易楼。法时帆祭酒式善，字开文，蒙古正黄旗人。尝有赠玉筠圃句云："一官赢得十车书。"筠圃，名栋，字子隆，乾隆庚寅举人，官山东临邑知县，聪强嗜学，自少小以至宦游，舟车风雨，无一日暂废。尝过厂市，酬一书，如其常值，弗与，因倍之；再倍仍弗与，拂衣登车去。夜不获寐，晓遣骑奴以三倍值取之归。所藏边仲子诗册，即王文简所订之《睡足轩诗》也，前有徐东痴手记及文简跋，东痴墨书，文简朱书。翁覃溪题诗于原册，后复摹二本，以一赠时帆。时帆题诗有云："梧桐院落疏疏雨，石墨香分读易楼。"读易楼者，筠圃藏书处也。王惕甫为作《读易楼记》，称其书无所不读。其插架不著标题，造次抽检，未尝辄误，非专治一经、治一艺者可比。惕甫询之，则曰："吾能目识之也。"
>
> 筠圃既于书无所不好，闻一书在某所，虽千里必宛转得之而后已，于是沈编坠帙，渝墨败纸，世所灭没不经见者，往往都在读易楼。故凡函幅之小大厚薄，潢治之精确敝好，一经涉目，便能记之。①

《清稗类钞》的记载实际上袭自王芑孙《墓志铭》及《读易楼记》。《读易楼记》说：

> 吾友玉栋筠圃于今辇下为藏书家。读易楼，其所贮书处也。迺者作图示余，属为之记。
>
> 筠圃于书无所不读，自其少小，以逮宦游，舟车风雨，无一日暂废。闲闻一书在某所，虽千百里，必宛转得之而后已。于是沈编坠帙，渝墨败纸，世所灭没不经见者，往往都来读易楼中。于凡函幅之小大厚薄，潢治之精确敝好，涉目便记。造次抽检，未尝辄误。予过楼中，怪其插架不著标题，曰："吾能目识之也。"其好之之勤，而读之之遍，如此非专专治一艺、名一经者也。……②

王芑孙《渊雅堂全集》"编年诗稿"卷九有《晋太康瓦甋诗》，诗前有小序云："……吾友汉军玉栋筠圃拓其文，装界为册，以示余，而属余题其后。"

---

① 《清稗类钞》"鉴赏类"之二。
② 《渊雅堂全集》"剔甫未定稿"卷六。

姚玉栋去世后，其所藏书尽归长子姚荣誉继承。《中国藏书家通典》在介绍姚玉栋之后，又接着介绍姚荣誉说：

> 子姚荣誉，字子誉，号梦鱼，别号小圃，别署东海松柏心道人，官河南鲁山知县，继承父遗书，亦能守其藏书，另建有"得月簃"，有藏书印曰"长白姚氏子誉"、"得月簃秘籍"、"水圃"、"荣誉族名荣庆"、"曾治老聃黄歇故里"、"长白姚氏读易楼珍藏男荣誉得月簃世宝"等。刻有《得月簃丛书》10种。

第四节　宦游山东二十年

王芑孙在《墓志铭》中介绍说，姚玉栋在山东做官，前后将近二十年之久。

姚玉栋做的都是地方官——知县。

姚玉栋在山东各地出任知县，王芑孙在铭文中是分作前后两段加以叙述的。

前段所述是"补宁阳……调单县……补淄川……补阳信"：

　　a 宁阳——b 单县——c 淄川——d 阳信

后段所述，则是"历署博兴、利津、章丘、乐陵"：

　　e 博兴——f 利津——g 章丘——h 乐陵

前后两段叙述，地名毫不重复。

地名虽不重复，次序却有疑问。前段所述，井井有条；后段所述，则稍嫌紊乱。

另外，还遗漏了一处：

　　j 临邑

可知姚玉栋总共在山东做过九地的知县。

现暂以 a、b、c、d、e、f、g、h、j 作为此九地知县的临时代号，分别依次考列于下：

a 宁阳知县
b 单县知县
c 淄川知县
d 阳信知县
e 博兴知县
f 利津知县
g 章邱知县
h 乐陵知县
j 临邑知县

但依据我的考察，此表并不能真实反映姚玉栋在山东做官年月的顺序。姚玉栋在山东做官年月的真实的顺序，应如下表所示：

1	e 博兴知县
2	a 宁阳知县
3	b 单县知县
4	c 淄川知县
5	g 章邱知县
6	f 利津知县
7	h 乐陵知县
8	j 临邑知县
9	d 阳信知县

1 【博兴知县】

姚玉栋宦游山东的第一站是博兴。

他出任博兴知县，见于王芑孙《墓志铭》，但没有说明任职的年份。

然而山东巡抚国泰乾隆四十五年八月初九日奏折提及此事，记录了具体的时间。

国泰奏折中有"（玉栋）于四十三年闰六月十六日到省，曾委署博兴县知县"之语（下文将具引奏折全文）。故知其初任知县之时在乾隆四十三年

(1778)。

查民国《重修博兴县志》卷八"清职官表""知县",乾隆间并无姚玉栋之名。在此前后之知县有周薰(三十九年)、燕增元(四十三年)、黄瑄(五十年)三人。

问题在于,姚玉栋始任此职是在燕增元之前,还是在燕增元之后?

《重修博兴县志》卷十二"宦绩"有燕增元小传,其中说:

> 燕增元,河南陕州人,乾隆丁丑进士,四十三年任知县。廉介爱民,煦煦如慈父母。民歌其俭,有"夫人种菜,相公着布"之谣。
>
> 郡守李涛初不喜,诮之曰:"何瘦也?"增元答曰:"面虽枯,心常自适。"守问:"何所适?"曰:"增元莅官五年,与民初无龃龉,以此自适。"守因仰思曰:"吾判狱数十,惟汝县无来郡者。"遂优礼之,亲书匾文以赠曰:"民其允怀。"
>
> 四十七年大水,抚臣委某道勘灾,曰:"水仅尺耳,奚谓灾?"增元骤步水中,深及其胸,曰:"尺水能如此乎?"道曰:"休矣,燕君出,勿以致溺。贤官重吾辈。"遂白抚臣,请缓赋。
>
> 增元去后,民为立祠以祀。

小传中明言燕增元于乾隆四十三年任博兴县知县,四十七年大水时仍在位,又自谓"莅官五年",可见姚玉栋的任期必是在燕增元之前,而不可能在燕增元之后。

国泰奏折在"曾委署博兴县知县"一语之后又紧接着说:"嗣奏署宁阳县知县"。从"嗣"字可知,姚玉栋委署博兴知县仅仅是短期的、暂时的。

2【宁阳知县】

姚玉栋宦游山东的第二站是宁阳。

他出任宁阳知县,见于王芑孙《墓志铭》,亦见于光绪《宁阳县志》。

但光绪《宁阳县志》于卷三"皇朝秩官表一"仅录姚玉栋之名,而未注明他具体的任职年份,并将他和严象琳二人的供职年份划于乾隆三十三年(1768)的郭撰和四十五年(1780)的孙祥凤之间。

据王芑孙《墓志铭》说:

> 君以乾隆庚寅举人拣选知县,发山东,补宁阳。故陆公煃方为按察使,荐调单县,中以事去。

姚玉栋乃"庚寅举人",而庚寅为乾隆三十五年(1770)。故他出任宁阳知县必在中举之后的乾隆三十五年至四十五年(孙祥凤任期)之间。

据山东巡抚国泰乾隆四十五年(1780)八月初九日奏折说:

> 查有宁阳县知县玉栋,……于四十三年闰六月十六日到省,曾委署博兴县知县,嗣奏署宁阳县知县,乾隆四十四年正月二十四日奉文准署任事。

可知姚玉栋宁阳知县之任始于乾隆四十四年(1779)正月。

3【单县知县】

姚玉栋宦游山东的第三站是单县。

他出任单县知县,见于王芭孙所撰《墓志铭》,亦见于民国《续修单县志》。

依王芭孙所撰《墓志铭》,姚玉栋先任宁阳知县,后任单县知县。

而据民国《续修单县志》卷五,"职官""知县":

> (乾隆)四十六年,玉栋,满洲正白旗人,举人。

乾隆四十五年八月初九日,山东巡抚国泰有奏折,全文如下:

> 山东巡抚臣国泰跪奏,为要缺需员拣选奏调事。
> 窃照单县知县万在衡经臣奏请升署德州知州,仰蒙俞允,所遗单县员缺,系沿河繁、疲、难兼三要缺,例应在外拣员调补,臣与藩、臬两司于通省知县内详加拣选,非本任要缺,即人地未宜,一时实难得合例堪调之员。惟查有宁阳县知县玉栋,现年三十四岁,系正白旗春岱管领下汉军,由举人于乾隆四十三年五月初四日拣选引见,奉旨发往山东,以知县委用,于四十三年闰六月十六日到省,曾委署博兴县知县,嗣奏署宁阳县知县,乾隆四十四年正月二十四日奉文准署任事,扣满年限,已经题请实授。查该员才具明干,办事勤能,以之调补单县知县,实能胜任。惟该员历俸未满三年,与调补之例稍有未符,但人地相需,例得援例奏请,合无仰恳圣恩,准将玉栋调补单县知县,于地方实有裨益。如蒙俞允,所遗宁阳县员缺,系调补所遗,例得以试用人员补用。查有试用知县孙祥凤,现年四十八岁,浙江归安县举人,拣选知县,充补四库全书处誊录期满,议叙一等,签掣山东,引见,著发往试用,于乾隆

四十四年二月二十二日到东。查该员才情明白，办事实心，前经委署馆陶县知县，并无贻误，已逾一年，试用期满，以之试署宁阳县知县，自堪胜任。照例俟试看期满，另请实授。

再，玉栋系以现任知县拣调知县，孙祥凤系以试用知县请署知县，均衔缺相当，毋庸送部引见。

又，玉栋参罚案件，除已参未准部覆者例不计算外，现在罚俸住俸案件仅止五案。该员系办差之员，本年正月初一、十五两次恭逢恩旨，例得查销。现在汇册咨部。又，孙祥凤并无参罚事件。合并陈明。为此，谨会同河东总河臣李奉翰恭折具奏，伏祈皇上睿鉴。谨奏。

乾隆四十五年八月初九日。

此奏折涉及姚玉栋之事有六：

（1）姚玉栋系正白旗春岱管领下汉军。

（2）姚玉栋于乾隆四十五年（1780）为"现任"宁阳知县。

（3）乾隆四十三年（1778）闰六月，姚玉栋曾一度委署博兴知县，旋于次年正月署任宁阳知县。由此可见，王芑孙《墓志铭》所记姚玉栋在山东任各地知县的顺序有误，其间遗漏了他首任博兴知县之事。

（4）国泰说，姚玉栋于乾隆四十五年为三十四岁。按：王芑孙所撰《墓志铭》曰："其卒，嘉庆四年六月三日，年五十五。"以此推算，则姚玉栋于乾隆四十五年应为三十五岁。这与国泰所说不合。

（5）王芑孙所撰《墓志铭》曾说，"故陆公燿方为按察使，荐调单县"。此说不确。"荐调单县"之人，非山东按察使，而应是山东巡抚。国泰此奏折可证。误指陆燿的原因，也可能是源自姚玉栋本人或其家属的猜测，王芑孙只不过是以讹传讹罢了。

王芑孙在《墓志铭》的铭文中曾举例称赞姚玉栋在单县知县任内的作为：

始宰单父，匄妇道僵。往瘗其殖，遗婴卧旁。收哺以长，有蔼慈祥。

4【淄川知县】

姚玉栋宦游山东的第四站是淄川。

他出任淄川知县，见于王芑孙所撰《墓志铭》，亦见于道光《济南府志》。

道光《济南府志》卷三十"秩官八"，"淄川""知县"：

> 玉栋，满洲正白旗人，举人，四十九年任。

淄川是著名小说家蒲松龄的故乡。而姚玉栋既是曹雪芹《红楼梦》的喜爱者，也是蒲松龄《聊斋志异》的喜爱者。在淄川任职期间，他从蒲松龄裔孙手中获得《聊斋志异》佚稿四十二篇。后来，他的儿子姚荣誉把这四十二篇佚稿，以"聊斋志异拾遗"为题，刻进了他的《得月簃丛书》。

姚玉栋在淄川的前任是孙功烈，"四十七年任"。他的后任是王世腾，"五十三年任"。

从王世腾的始任年份来看，姚玉栋应于五十三年（1788）卸任。实际上不然。因为他于五十年（1785）至山东济南府章邱县赴任知县了。因此，姚玉栋淄川知县之任，应止于乾隆五十年。

5【章邱知县】

姚玉栋宦游山东的第五站是章邱。

他出任章邱知县，见于王芑孙所撰《墓志铭》，亦见于道光《济南府志》、道光《章邱县志》。

上文已指出，他"于五十年（1785）至山东济南府章邱县赴任知县了"。道光《济南府志》卷三十，"秩官八"，"国朝"，"章邱知县"，"乾隆"：

> 玉栋，字云浦，满洲正白旗人，五十年任，有传。

这里向我们透露了姚玉栋的表字。不知是"筠圃"的谐音，还是"筠圃"乃"云浦"的谐音？我猜想是先有"筠圃"，后有"云浦"。

他的前任是萧学慎，"五十年任"。

他的后任是杨楷，"五十一年任"。

由此处的记载看来，姚玉栋的任期是乾隆五十年（1785）至五十一年（1786），前后约一年的光景。

在道光《济南府志》卷三十八，"宦蹟六"，"章丘知县"，还有关于姚玉栋的记载：

> 玉栋，字云浦，满洲正白旗人。乾隆五十年知章丘县，勤政惠民。五十一年，岁大饥，赈济有策，全活者无数，咸感戴之。

这两处的记载再一次证明了他的章邱知县任期，是从乾隆五十年到五十一年。

道光《章邱县志》卷七"职官表"，"乾隆"：

> 玉栋，满洲正白旗人，五十年任，有传。

其记载，除了"字云浦"三字之外，与道光《济南府志》卷三十的"秩官表"完全一样；其小传，也与道光《济南府志》卷三十八的"宦蹟"毫无二致。

在章邱期间，姚玉栋曾有"救荒"的善政。王芑孙所撰《墓志铭》的铭文记述了这件事：

> 救荒章邱，民鲜菜色。大吏闻之，颁下其式。

6【利津知县】

姚玉栋宦游山东的第六站是利津，第七站在乐陵。

他出任利津知县，见于王芑孙所撰《墓志铭》："历署……利津……"；铭文中还说：

> 嗟君好书，亦施于政。其在利津，义学兴盛。

言之凿凿。

但咸丰《武定府志》卷十八"职官"、光绪《利津县志》卷三"职官表"、民国《利津县续志》卷五"职官表"均失载姚玉栋之名，原因不详。

7【乐陵知县】

姚玉栋宦游山东的第七站是乐陵。

他出任乐陵知县，见于王芑孙所撰《墓志铭》："历署……乐陵，皆能其职"；铭文中并说：

> 其去乐陵，县民遮境。

同样是言之凿凿。

但咸丰《武定府志》卷十七"职官""乐陵知县"失载姚玉栋之名，原因亦不详。

那么，姚玉栋出任利津知县和乐陵知县的时间能不能可得而知呢？

上文已指出，姚玉栋章邱知县的任期是乾隆五十年（1785）至五十一年（1786），下文将指出，他临邑知县的任期是乾隆六十年（1795），阳信知县的任期是嘉庆元年（1796）至三年（1798）。不难看出，从五十一年至六十年是一个空白期。

而乾隆五十四年（1789）夏，姚玉栋在京。舒元炜与弟元炳客居其家，主持抄补《红楼梦》残本之事①。

上文也已指出，乾隆五十七年（1792），姚玉栋在京，曾几次邀请王芑孙夜宿其家，为读书之伴。

这证明了，姚玉栋于乾隆五十一年（1786）至五十七年（1792）期间，闲居在京。

而姚玉栋又于乾隆六十年（1795）出任临邑知县，于嘉庆元年（1796）出任阳信知县。

因此，他出任利津知县、乐陵知县的时间极可能是在乾隆五十八年（1793）、五十九年（1794）。依据王芑孙所撰《墓志铭》的记述，是先提利津，后提乐陵，故不妨大胆断定，姚玉栋的利津之任在乐陵之前。

8【临邑知县】

姚玉栋宦游山东的第八站是临邑。

他出任临邑知县，不见于王芑孙所撰《墓志铭》，而见于道光《济南府志》、同治《临邑县志》。

有的文章曾把"临邑"误记为同音的"临沂"。

道光《济南府志》卷三十二"秩官十"，"临邑知县"：

> 玉栋，姓姚氏，字筠圃，汉军人，庚寅举人。

道光《济南府志》没有注明姚玉栋任职临邑知县的年份。

他的前任是朱嵩，"二十六年任"。他的后任是王天秀，"三十年任"。由此可知，姚玉栋的任期在乾隆二十六年（1761）至三十年（1765）之间。

姚玉栋任临邑知县，又见于同治《临邑县志》卷七"职官志"，"知县"：

> 姚玉栋，汉军人，举人，乾隆间任。

同治《临邑县志》同样没有注明具体年份，只说他是"乾隆间任"，而没有说在哪一年。这有两种可能性。

可能性之一：编纂府志和县志的人士均不知晓姚玉栋任职起始和终止的年份，也没有从有关档案记载中查到他的任职年份，而只查出是在乾隆之时，

---

① 参阅舒元炜序文。

所以使用了一个含混的说法（"乾隆间任"）。

可能性之二：在《临邑县志》中，姚玉栋名列乾隆时期知县之末位。而他的前任知县程华是"乾隆六十年署任"，他的后任知县王定恒是"嘉庆三年署任"。可知他的任期起于乾隆六十年，止于嘉庆三年。

比较起来，可能性之一的概率不大。

这从该县志职官表的排列顺序可以看出端倪。兹依次列举《临邑县志》所载乾隆间知县的名单于下：

关　键：乾隆五年任。
吴儒清：乾隆十七年任。
蔡应彪：乾隆二十年任。
瑞　泰：乾隆二十二年任。
冀国勋：乾隆二十四年署任。
徐名道：乾隆二十四年署任。
李华钟：乾隆间任。
许天成：乾隆二十四年署任。
朱必壎：乾隆二十五年任。
朱　嵩：乾隆二十六年任。
王天秀：乾隆三十年任。
董朱英：乾隆三十年任。
汤　桂：乾隆三十四年任。
陈洛书：乾隆三十四年任。
孙　续：乾隆三十九年任。
孙　理：乾隆三十九年署任。
史集梧：乾隆四十二年署任。
李汝堂：乾隆四十三年任。
梅云驹：乾隆四十四年署任。
温　颖：乾隆四十八年兼理。
嵇承群：乾隆四十八年署任。
魏　博：乾隆四十九年任。
张耀台：乾隆五十一年署任。
吴于宣：乾隆五十三年任。

原逊志：乾隆五十七年任。

程华：乾隆六十年署任。

姚玉栋：乾隆间任。

王定恒：嘉庆三年署任。

其中有两点值得注意。

第一点，这个排列是严格地以任职年份为序的，一无例外。

第二点，用"乾隆间"交代任期的不止姚玉栋一人，同样被使用这个说法的另一人是李华钟。李华钟的前二任为冀国勋与徐名道，他们二人都是"乾隆二十四年署任"；李华钟的后任为许天成，此人也是"乾隆二十四年署任"。由此看来，李华钟夹在前二人与后一人之间，他的任期必定是短暂的，起于这一年，也止于这一年。以李华钟之例看姚玉栋，则夹在程华与王定恒之间，他的临邑知县任期也必然应是开始于乾隆六十年（1795），结束于嘉庆三年（1798），或嘉庆三年之前。

为什么说是"或嘉庆三年之前"呢？

因为上述引文中的"乾隆间任"的说法极可能是指当年（李华钟：乾隆二十四年；或姚玉栋：乾隆六十年）。

这有旁证：姚玉栋于嘉庆元年（1796）出任阳信知县，见于咸丰《武定府志》、民国《阳信县志》的记载。

既然姚玉栋于嘉庆元年任阳信知县，则他任临邑知县的时间当为乾隆六十年（1795）而不可能晚至嘉庆元年至三年（1798）间。

9【阳信知县】

姚玉栋宦游山东的第九站，也是最后一站，是阳信。

他出任阳信知县，见于王芑孙所撰《墓志铭》，亦见于咸丰《武定府志》、民国《阳信县志》。

咸丰《武定府志》卷十六，"职官"，"阳信知县"，"嘉庆"：

玉栋，内务府正白旗人。举人，元年任。

民国《阳信县志》卷二"职官志""县令"也作"玉栋，内务府正白旗人。举人，嘉庆元年任"。

他的前任是李文鹏，乾隆五十九年任。他的后任是赵湘，嘉庆三年任。可知他在任是从嘉庆元年（1796）至嘉庆三年（1798），大约两年左右。

另据嘉庆三年《缙绅录》"阳信"：

> 知县加一级：玉栋，奉天正白旗人，举人，元年三月题。

由此可知，至嘉庆三年（1798），姚玉栋犹在阳信知县之任。这是姚玉栋生前宦游山东的最后一站，难怪王芑孙把姚玉栋的这个官衔写进了《墓志铭》的标题。

第五节　姚玉栋年表

现据上文所述，制姚玉栋简略年表于下：
乾隆十年（1745）生。
乾隆三十五年（1770）中举。
乾隆四十三年（1778）闰六月任博兴知县。
乾隆四十四年（1779）正月任宁阳知县。
乾隆四十六年（1781）任单县知县。
乾隆四十九年（1784）任淄川知县。
乾隆五十年（1785）任章邱知县。
乾隆五十四年（1789）夏，在京。舒元炜与弟元炳客居姚玉栋家中，主持抄补《红楼梦》残本之事①。
乾隆五十七年（1792）在京。曾几次邀请王芑孙宿于其家，为读书之伴。六月中，曾与十七位友人（文宁、王又亮、陶涣悦、洪亮吉、胡翔云、罗聘、周厚辕、宋鸣琦、吴嵩梁、姚思勤、卢锡埰、陆元铉、张道渥、曹锡龄、刘锡五、何道生、徐準）有积水潭之游。
乾隆五十八年（1793）任利津知县。
乾隆五十九年（1794）任乐陵知县。
乾隆六十年（1795）任临邑知县。
嘉庆元年（1796）任阳信知县。
嘉庆四年（1799）六月三日卒，年五十五。

---

① 参见舒元炜序文。

第二章　舒元炜考略

第一节　说在前面的话

《红楼梦》舒本序文的作者是舒元炜。

关于舒元炜的资料，已见于下列诸家的论述：

一粟（朱南铣、周绍良）：《红楼梦书录》[1]
黄叶：《舒元炜序本〈红楼梦〉小札》[2]
周绍良：《舒元炜序本〈红楼梦〉跋》[3]
许隽超：《舒元炜宦迹补考》[4]

在继续寻找新资料和复查已知的原始资料的基础上，现将有关舒元炜生平事迹综述于下。

第二节　初任泗水知县

舒元炜，字董园[5]，浙江杭州府仁和县人，乾隆四十二年（1777）丁酉

---

[1] 《红楼梦书录》，古典文学出版社，上海，1958年。
[2] 《红楼梦研究集刊》第5辑，上海古籍出版社，1980年。
[3] 《红楼梦研究论集》，山西人民出版社，1983年。
[4] 《红楼梦学刊》，2011年第2辑。
[5] 舒本舒元炜序文末尾钤印二方："元炜"（阳文）、"董园"（阴文）。

科举人①。

他曾先后出任山东泗水、钜野（试用）、新泰三地的知县。

舒元炜于乾隆末年出任山东泗水知县。光绪《泗水县志》卷三"官师志"，"知县"，"国朝"，"乾隆纪年"：

> 舒元炜。

舒元炜名列"乾隆纪年"的末位，而未注明任职年份。

查《红楼梦》舒本的藏主姚玉栋于乾隆五十四年（1789）、五十七年（1792）居京，其时舒元炜与弟元炳客居姚玉栋家中，主持抄补《红楼梦》残本之事②。他撰写舒本序言之时为乾隆五十四年六月③。因此，舒元炜任泗水知县必在乾隆五十四年之后。

舒元炜泗水知县的前任，据光绪《泗水县志》所记，依次为万在衡、童兆：

> 万在衡，仁和人，监生。
> 童兆，桐城人，己未拔贡。

万、童二人亦均未注明任职年份。

童兆的上一任则是王绩著：

> 王绩著，武津县人，拔贡，举人，五十六年任。

王绩著任职年份又见于光绪《泗水县志》卷二"建置志"，"城池"的记载：

> 有进士杜辂《石城记》载"艺文志"："初城之南门与县门南北相对，乾隆五十六年知县王绩著重修，移南门与东，与圣庙门对。"

可知舒元炜的任期必在乾隆五十六年（1791）之后。

舒元炜泗水知县的后任为陈池凤：

---

① 乾隆《杭州府志》卷七十一。
② 参见舒元炜序文。
③ 参见舒元炜序文。

> 陈池凤，江西人，进士。

陈池凤的任职，同样没有明确的年份记载，但可以看出，他列于"嘉庆纪年"的首位。

据嘉庆元年《大清缙绅全书》，陈池凤于乾隆五十九年（1794）七月任泗水知县。这就表明，舒元炜任泗水知县是在乾隆五十九年七月之前。

查山东巡抚陈大文于嘉庆四年（1799）十一月二十八日有奏折《题为原参山东省泗水县经征现任知县陈池凤续完嘉庆元年地丁等项钱粮请开复事》，户部尚书布颜达赉、朱珪于嘉庆五年四月二十九日有奏折《题为遵议鲁抚题泗水县知县陈池凤原参未完嘉庆元年地丁银两照数完解例准开复事》。可知陈池凤至嘉庆四年、嘉庆五年仍在泗水知县任内。

据此推断，舒元炜任泗水知县应在乾隆五十八年（1793）、五十九年（1794）间。

第三节　临时代理钜野知县

嘉庆三年（1798），舒元炜受山东巡抚伊江阿的派遣，临时代理山东钜野知县。

为什么说是"临时"和"代理"呢？

据道光《钜野县志》卷七，"职官"记载：

> 嘉庆：舒元炜，嘉庆三年七月代理。捐修永丰塔。

代理之事正和"捐修永丰塔"有关。

舒元炜的前任是陈震。道光《钜野县志》卷九"职官志"：

> 陈震，江苏镇洋县，进士，乾隆辛亥任，嘉庆己未八月卸事。有贤声。

辛亥是乾隆五十六年（1791），己未是嘉庆四年（1799）。从乾隆五十六年到嘉庆四年，陈震在任有七八年之久。他于嘉庆四年正式去职，但舒元炜却在此一年之前（嘉庆三年）就已代理钜野知县了。

舒元炜的后任是潘检。道光《钜野县志》：

> 潘检，直隶威县，举人，嘉庆己未八月署任，庚申闰四月卸事。

庚申是嘉庆五年（1800）。可知潘检于嘉庆四年八月署任，并于嘉庆五年闰四月卸任，前后不足一年。

这里有个问题：陈震于嘉庆四年八月卸任，潘检于同年八月署任，二人交接的时间紧密相连，哪里还安插得下舒元炜呢？难怪舒元炜一不是正式接替陈震，二不是正式代替潘检，他只不过是一个"临时""代理"的角色。

我在上文中已经指出，他的"临时"、"代理"和"捐修永丰塔"一事有关。

道光《钜野县志》卷十八"艺文志四"，"记"，载有山东巡抚伊江阿的《永丰塔记》一文，记述了"捐修永丰塔"的经过，其中说：

> 钜野文庙南有古塔一座，向名"永丰"，而古刹已不仍其旧，亦不详建置年月，邑人传为唐代所建。历年久远，砖石为风雨剥蚀。丁巳、戊午两年曹工漫口，予数往来其地，见塔砖残缺，属邑令陈君震修葺之，不果。旋调闱差，试用舒君元炜摄钜篆，集邑中绅士募修之。逾月工竣，请余作记，以垂久远。

其中所说的丁巳为嘉庆二年（1797），戊午为嘉庆三年（1798）。《钜野县志》称陈震为官"有贤声"。伊江阿说他"调闱差"，即充山东乡试房考官。

按清代科举考试规定，乡试须于子年、午年、卯年、酉年之八月初十至十五日举行①。嘉庆三年正是午年。陈震也就是在这一年"调闱差"，而不得不暂时停止了"修葺"永丰塔的领导工作。于是舒元炜才有了被山东巡抚伊江阿委派去"临时""代理"钜野知县的机会。陈震是八月被调走的，舒元炜继续领导的修葺在九月间竣工。而此时潘检业已正式到任，舒元炜的"临时""代理"终于在九月二十一日宣告结束。这见于山东巡抚惠龄嘉庆六年（1801）八月十日题本《题参钜野县征收正耗银两未完各官》：

> 查原参钜野县经征回任知县陈震已经告病，于嘉庆肆年玖月初叁日卸事。又，接征署钜野县事试用知县舒元炜已于嘉庆叁年玖月贰拾壹日

---

① 请参阅本书第三章"舒元炜·周春·杨畹耕·雁隅·程伟元——《红楼梦》一百二十回抄本在社会上的流传"第七节"第三项证据——徐嗣曾购置《红楼梦》一百二十回抄本的时间"。

卸事。①

由此可知，舒元炜的"试用知县"的名义，始于嘉庆三年（1798）七月，止于九月二十一日，仅仅两个多月。

第四节　新泰知县革职

在这之后，舒元炜出任山东新泰知县。
光绪《新泰县志》卷十，"职官增"，"知县"：

> 舒元炜，浙江仁和丁酉举人，嘉庆三年署任。

他在嘉庆三年九月二十一日"试用"钜野知县"卸事"，接着又于同年署任新泰知县。
这次的署任是在嘉庆三年的几月呢？
这一点要依据他的前任柳世珍在新泰知县和齐河知县的任职时间来作判断。
据光绪《新泰县志》卷十，"职官增"，"知县"：

> 柳世珍，湖南长沙丁酉举人，嘉庆元年任。

嘉庆元年是公元1796年。另据民国《齐河县志》卷二十一，"职官"，"知县"：

> 柳世珍，湖南长沙人，举人，嘉庆三年任，六年再任。

嘉庆三年、六年分别是1798年和1801年。民国《齐河县志》卷二十二，"宦绩"也说：

> 柳世珍，湖南长沙人，嘉庆三年由举人来宰斯邑。……

上文引述的记载表明：舒元炜于"嘉庆三年"九月结束了"临时""代

---

① 张伟仁主编《中研院历史语言研究所现存清代内阁大库原藏明清档案》，台北中研院历史语言研究所出版，联经出版事业公司印行。

理"钜野知县之职；他于"嘉庆三年"署任新泰知县；他的前任柳世珍则于嘉庆元年任新泰知县，于"嘉庆三年"任齐河知县。

舒元炜上任（新泰知县）与离任（钜野知县）均在同一年（嘉庆三年）。那么，他们的交接是在这一年的几月呢？

嘉庆三年《大清缙绅全书》记载，柳世珍于嘉庆"三年十月调"任山东济南府齐河县知县。

因此，舒元炜署任新泰知县的时间是在嘉庆三年十月。

据光绪《新泰县志》，舒元炜的后任是狄芬：

> 狄芬，江苏溧阳，己亥举人，丁未进士，嘉庆四年任。

可知舒元炜离任的时间是在嘉庆四年（1799）。

试问舒元炜在嘉庆四年是何时、因何事离新泰知县之任的呢？

山东巡抚陈大文于嘉庆四年六月初六日有奏折《奏为特参前署钜野县、现任新泰县知县舒元炜承审命案书、差受贿舞弊请革职审拟事》揭示了其中的缘由。引奏折全文于下：

> 山东巡抚臣陈大文跪奏：为特参承审命案书差受贿舞弊，致有枉纵之知县，请旨革职审拟事。
>
> 窃查现任新泰县知县舒元炜，于前署钜野县任内验报东阿县人刘二即井二，于嘉庆三年六月十一日夜至钜野县民人时连三家偷窃牛只。时连三惊觉喊捕，刘二弃牛逃跑，时连三之子时元会、侄时元杰同工人姜网追至庄外，将刘二赶上。时元会、时元杰各用木杆殴伤其左手腕、左胠肘。刘二殴跌坐地，声言放火烧害。姜网气忿，用铁棍殴伤其偏右连囟门骨损，次早殒命。并称姜网之父姜绳武年七十一岁，家无次丁等情详明。前抚臣伊江阿批饬审解在案。
>
> 嗣据姜绳武赴皋司衙门呈称，伊实年四十八岁，伊子姜网系时连三贿串刑书焦岩、原差马逢泰逼令误认正凶。
>
> 又据时连三诉称，因书、差串同管门家人赵三，向伊吓诈，无奈出银恳释，并非贿令姜网顶罪各等因，经巡按使王汝璧查核案情，不无弊混，檄行曹州府，提犯解省审办。
>
> 随据该府拿获时元会讯明，刘二系恨时连三不肯借贷，潜至草垛放火，被时连三知觉，喊捕逃逸。时元会、时元杰与姜网一同赶上，时元

杰、姜网止用杆棍殴伤其左肱肘、左手腕，其偏右连囟门一伤，实系时元会用铁尺所殴。将该县办案枉纵缘由具禀，由两司揭请核参前来。

臣查阅全案情节，该县原详之姜网，若非令其代认正凶，何至捏造犯父年岁，希为援孤留养？即时连三之子时元会，若非正凶，亦何肯出银行贿？是姜绳武所控书、差受贿逼认情弊显然。

前署知县舒元炜，何竟任由书、差舞弊，毫无觉察，亦难保无通同串捏情事，相应据实劾参，请旨将前署钜野县、现任新泰县知县舒元炜革职，以便提同案内有名犯证，严审定拟。除委员前往摘印署理，查明经手仓库钱粮有无未完，分别办理外，谨恭折具奏，伏乞皇上睿鉴。谨奏。

嘉庆皇帝朱批曰：

这所参知县舒元炜，着革职交与该抚严审，定拟具奏。

可知新泰知县舒元炜于嘉庆四年（1799）六月因"承审命案书、差受贿舞弊"而遭到革职的处分。

第五节　舒元炜年表

根据上述种种资料，为舒元炜生平事迹列一简明年表于下：

乾隆四十二年（1777）中举。

乾隆五十四年（1789）六月，撰写姚玉栋藏本《红楼梦》（舒本）序言。时偕弟元炳客居姚玉栋家中，主持抄补《红楼梦》残本之事。①

乾隆五十八年至五十九年（1793—1794）间任山东泗水知县。

嘉庆三年（1798）七月至九月代理钜野知县，主持修葺永丰塔之事。其后，署任新泰知县。

嘉庆四年（1799）六月在新泰知县任上因"承审命案书、差受贿舞弊"而遭革职。

---

① 请参阅本书第一章"筠圃考略"第五节"姚玉栋年表"。舒元炜序文末署"乾隆五十四年，岁次屠维作噩，且月上浣，虎林董园氏舒元炜序并书于金台客舍"。

第三章　舒元炜·周春·杨畹耕·雁隅·程伟元

——《红楼梦》一百二十回抄本在社会上的流传

第一节　说在前面的话

本章的标题由五个人名组成。这五个人，都生活在清代乾隆年间。其中的舒元炜、周春、程伟元，这三人同时而互不相识，他们之间没有交往；相反的，周春、杨畹耕、雁隅，这三人同时而又同乡，都是浙江海宁人，彼此熟识，关系密切。

红学上的一个聚讼纷纭的问题却把这五个人牵涉到了一起。

这就是《红楼梦》后四十回的续作者是不是高鹗的问题。

现在法官断案，有两条遵循的原则：一曰"谁主张，谁举证"；二曰"疑罪从无"。

我十分拥护这两条原则。我认为，法官断案工作和我们从事的学术研究中的考据工作在实质上具有相同性或相似性。

因此，我将努力遵循这两条原则来说明我在《红楼梦》后四十回续作者问题上的主张。

那么，我的主张是什么呢？这就是：《红楼梦》后四十回的作者非高鹗，亦非程伟元。多年以来，我在多次的学术演讲中反复阐述过我的这一主张[①]。

[①] 例如我在北京大学、中央民族大学、现代文学馆（北京）、大观园（北京）、曹雪芹纪念馆（北京）以及河南郑州、河北石家庄等地所作的学术演讲。

《红楼梦》后四十回的作者,另有其人,限于资料的匮乏,我一时还说不出此人的姓名。因此,我曾在北京大观园的一次学术演讲中建议,不妨暂时以"无名氏"来称呼他。

本章力求避免空谈,以舒元炜、周春、程伟元三人的文字记载为依据,企图证明两点:

(1) 在程甲本排印、出版之前,社会上已有《红楼梦》一百二十回抄本在流传。

(2) 因此,《红楼梦》后四十回的续作者不可能是高鹗或程伟元。

第二节 第一项证据
——舒元炜乾隆五十四年的序文

《红楼梦》舒本所载舒元炜的序文是红学史上的一篇重要的文献。

有的学者(例如亡友朱南铣、周绍良二兄)昔日曾称《红楼梦》舒本为"己酉本"。己酉系干支纪年,即指乾隆五十四年(1789)。舒本序文末尾曰:

乾隆五十四年,岁次屠维作噩,且月上浣,虎林董园氏舒元炜序并书于金台客舍。

"屠维作噩"系太岁纪年,见于《尔雅》,即己酉,亦即乾隆五十四年(1789)。"且月"则是农历六月。

此序文系舒元炜亲笔所书写,并在序文末尾钤有作者的印章二方:"元炜"、"董园"。细察印泥颜色,可知洵为二百余年前的旧迹。

我们知道,《红楼梦》程甲本印行于乾隆五十六年(1791),卷首有高鹗的"叙"。高叙署"乾隆辛亥冬至后五日",辛亥即乾隆五十六年。程乙本印行于乾隆五十七年(1792),卷首有程伟元的"序",以及二人的"引言"七则。引言署"壬子花朝后一日",壬子即乾隆五十七年。

而舒元炜序文的纪年(也就代表了《红楼梦》舒本本身的纪年)却早于程甲本的印行两年、早于程乙本的印行三年。这是一个我们绝对不能忽视的事实。

说完"屠维作噩",再说"秦关百二"。

"秦关"一词也和"屠维作噩"一词同时出现在舒元炜序文中:

核全函于斯部,数尚缺夫秦关。

按:"秦关百二"典出《史记·高祖本纪》:

秦,形胜之国,带河山之险,县隔千里,持戟百万,秦得百二焉。

裴因引苏林曰:"秦地险固,二万人足当诸侯百万人也。"司马贞索隐引虞喜曰:"言诸侯持戟百万。秦地险固,百倍于天下,故云得百二焉,言倍之也,盖言秦兵当二百万也。"

这是两种不同的解释。

后世文人常引用"秦关百二"为成语。例如唐杜甫《诸将五首》诗,其三云:

洛阳宫殿化为烽,休道秦关百二重。沧海未全归禹贡,蓟门何处尽尧封。
朝廷衮职虽多预,天下军储不自供。稍喜临边王相国,肯销金甲事春农。

元马致远《双调蟾宫曲·叹世》云:

咸阳百二山河,两字功名,几阵干戈。
项废东吴,刘兴西蜀,梦说南柯。
韩信功兀的般证果,蒯通言那里是风魔?
成也萧何,败也萧何,醉了由他。

清蒲松龄自勉联曰:

有志者,事竟成,破釜沉舟,百二秦关终属楚;
苦心人,天不负,卧薪尝胆,三千越甲可吞吴。

清魏子安《花月痕》小说第51回云:

还只道秦关百二是千年业,那里有不散的华筵、不了的棋?

有人质疑说,安知舒元炜所云"秦关百二"不是指《红楼梦》有一百零二或二百的回数？

我认为，那是一种望文生义的说法，于史（《红楼梦》流传史）无征，亦无文献的依据。

俞平老的有关解释值得尊重。他认为：

"百二"本是一百和二的意思，但"秦关百二"已是成语，流俗沿用自不必拘。此百二即一百二十之简称。①

除了"数尚缺夫秦关"之外，舒元炜序文还有这样的话：

惜乎《红楼梦》之观，止于八十回也。全册未窥，怅神龙之无尾。阙疑不少，隐斑豹之全身。……

漫云用十而得五，业已有二于三分。

这几句的意思是：八十回并非《红楼梦》的"全册"、"全身"，"全册"原应有一百二十回的篇幅，但是筠圃（姚玉栋）所藏的《红楼梦》抄本却没有一百二十回之多；它只有八十回。而八十回正好是一百二十回的三分之二。

这证明了，在乾隆五十四年六月之前，已有人（例如舒元炜）知晓《红楼梦》全书（"全册"）多达一百二十回。

如果社会上没有《红楼梦》一百二十回抄本的存在和流传，舒元炜序文就不可能凭空捏造出这样的事实。

这是第一项证据。它证明：在程甲本于乾隆五十六年（1791）排印、出版之前，社会上已有《红楼梦》一百二十回抄本在流传，此乃舒元炜在乾隆五十四年（1789）六月之前所闻所知。如果不能证明舒元炜是"客里空"②，那么，我们不得不接受舒元炜所指出的事实。

---

① 俞平伯《读红楼梦随笔》第三十四、三十五《记吴藏残本》。
② "客里空"原是苏联作家柯涅楚克话剧《前线》中的一个记者（《前线》的中译文曾于1944年在延安《解放日报》连载）。此人善于捕风捉影、弄虚作假。人们因而常把胡编乱造、歪曲事实的记者称为"客里空"。

第三节　第二项证据
——周春乾隆五十九年的记事

周春的《阅红楼梦随笔》也是红学史上的一部重要的文献。他在书中的《红楼梦记》说：

> 乾隆庚戌秋，杨畹耕语余云："雁隅以重价购钞本两部：一为《石头记》，八十回；一为《红楼梦》，一百二十回，微有异同。爱不释手，监临省试，必携带入闱，闽中传为佳话。"时始闻《红楼梦》之名，而未得见也。壬子冬，知吴门坊间已开雕矣。兹茗估以新刻本来，方阅其全。……甲寅中元日黍谷居士记。

周春所谈，有三点特别值得我们注意：

第一，地：我曾说过，周春的这段记载是"老乡谈老乡的事"。"老乡"指的是三个人。第一位是作者周春（"余"）。第二位是周春提到的"杨畹耕"。第三位是杨畹耕提到的"雁隅"。他们三人是老乡，都是浙江海宁人。

第二，时：他们不仅是同乡人，还是同时代人。他们都生活在乾隆年间。他们可以说是"时人"谈"时事"。

第三，年：其中提到了三个不可忽视的年份。第一个年份是"庚戌"，即乾隆五十五年（1790），第二个年份是"壬子"，即乾隆五十七年（1792）。我们知道，在《红楼梦》传播史上，前者是《红楼梦》程甲本印行的前一年，后者则是程乙本印行的当年。第三个年份是"甲寅"，即乾隆五十九年（1794）。以甲寅年记庚戌年事，时间仅仅相隔了短短的三年。

上述引文透露了这样几点事实：

（1）杨畹耕告诉周春此事的时间是在乾隆五十五年（庚戌）秋季，其时《红楼梦》程甲本尚未印行。

（2）雁隅重价购得的《石头记》和《红楼梦》是两部书名不同的抄本。

（3）雁隅购得的《石头记》为八十回，他购得的《红楼梦》则是一百二十回。

（4）雁隅购得的《石头记》和《红楼梦》"微有异同"。按：杨畹耕或周春都没有说明两部书的"异同"是表现在故事情节上，还是表现在文字上。

我认为，以《石头记》抄本八十回和《红楼梦》一百二十回抄本中的八十回互相比较而论，"微有异同"四字指的应该主要是文字。

（5）乾隆五十七年（1792）冬季，吴门（苏州）刊印了《红楼梦》。从"开雕"一语，可以窥知，此吴门坊刊本当非活字本（非程甲本，亦非程乙本）。

（6）雁隅所购的两部抄本来自何处，不详。但他本人在福建。壬子冬开雕的坊刊本则在苏州。售卖《红楼梦》的是浙江北部的书商（茗估）。这些都表明，《红楼梦》当时流行于江南一带的地域。

（7）最引人注意的是：在乾隆五十五年（1790）秋季之前，社会上已有《红楼梦》一百二十回的抄本在流传，在销售。这是白纸黑字的记载！

也就是说，在《红楼梦》程甲本印行（乾隆五十六年，1791）之前，已有人（例如雁隅）购买到和阅读了一百二十回的《红楼梦》抄本：此事乃周春亲耳所闻、杨畹耕亲目所见（这涉及周春和杨畹耕的特殊关系、杨畹耕和雁隅的特殊关系，详见下文）。

周春的这个记载和舒元炜的舒本序文同等重要。这势必使我们非改写《红楼梦》传播史不可。

然而有人牢牢抱着旧有的说法，以不可靠、不可信、杜撰、作伪、记忆有误等等的罪名，加在周春和杨畹耕的头上，无视或否定《阅红楼梦随笔》的记载。

在乾隆五十六年（1791）之前，在程甲本印行之前，当时的社会上有没有《红楼梦》一百二十回的抄本在流传？这是一个属于考据性质的学术问题。

如何看待周春的文字记载？我认为，周春的记载是可信的，有说服力的。我举的证据就是周春的文字记载本身，那是白纸黑字，言之可信的。如果你反对我的看法，而认为周春的说法是杜撰，是作伪，是记忆有误，是不可靠，是不可信，那么，就请你举出正面的、直接的证据来！空口说白话，那是于事无补，无法取信于人的。证据，需要的绝对是证据。

周春的《阅红楼梦随笔》的记载，这是第二项证据。

我常说，"考据考据，考而无据，等于儿戏。"我一直坚信这句话。

下面我将一一介绍周春、"杨畹耕"和"雁隅"这三位有关的人士，以检验发生在他们身上的和《红楼梦》一百二十回抄本有关的事是否有可能性和真实性。

第四节　学者周春

周春（1729—1815）是清代乾隆年间一位著名的学者。

他是浙江海宁盐官人，字芚兮，号松霭，晚号黍谷居士，又号内乐村叟。《清史稿》有传：

> 周春，字松霭，海宁人。乾隆十九年进士，官广西岑溪县知县。革陋规，几微不以扰民，有古循吏风。以忧去官，岑溪人构祠祀焉。嘉庆十五年，重赴鹿鸣。二十年，卒，年八十七。
>
> 春博学好古，两亲服阕，年未五十，不谒选。著十三经音略十三卷，专考经音，以陆氏释文为权舆，参以玉篇、广均、五经文字诸书音，字必审音，音必归母，谨严细密，丝毫不假。他著又有《中文孝经》一卷，《尔雅补注》四卷，《小学馀论》二卷，《代北姓谱》二卷，《辽金元姓谱》一卷，《辽诗话》一卷，《选材录》一卷，《杜诗双声叠韵谱括略》八卷。①

此外，他还著有《松霭吟稿》、《松霭文略》、《松霭诗话》、《昙云馆小稿》、《耄馀诗话》、《困学偶笔》等。

可以看出，他是一位严肃的学者，尽管他对于《红楼梦》的内容难免有些奇怪的、错误的看法（例如，他认为，《红楼梦》写的是"金陵张侯家事"）。

第五节　杨畹耕是谁？

再来介绍第二人"杨畹耕"。

有人说杨畹耕就是雁隅，因为雁隅也姓杨②。这个说法站不住脚。杨畹耕是杨畹耕，雁隅是雁隅。分明是两个人，怎么可以把他们合二为一？

---

① 《清史稿》列传二百六十八，儒林二。
② 关于"雁隅"姓杨的事，详见下文。

也有人说，杨畹耕是周春笔下捏造出来的人。这样的遁词不禁令人啼笑皆非。

我告诉诸位，杨畹耕实有其人。

他就是诗人杨芬。

《国朝杭郡诗续辑》卷二十五收录了杨芬的七律《柬书巢侄》及七绝《闽南寄家书书后》两首，并有小传介绍说：

> 杨芬，字九滋，号畹耕，海宁诸生，著有《畹耕诗草》八卷。①

可知"畹耕"是杨芬的"号"。周春在书中不称杨芬的"名"和"字"，而称之以"姓"+"号"，这显示了他们是熟识的朋友。

因此，第一，周春不可能把杨芬没有说过的话硬安在他的头上。第二，杨芬也不可能，也没有必要用子虚乌有的事来欺骗他的老朋友。

接着，再来介绍第三人"雁隅"。

第六节　谁是雁隅？

雁隅是何方人士？

有人说，实无其人。有人说，他其实就是那个杨畹耕。更有人说，他只不过是周春虚构出来的一个人名。

我告诉读者诸君：和杨畹耕一样，雁隅也是实有其人。

他就是徐嗣曾②。

周春在《耄馀诗话》中有两处提及"雁隅"、"两松"：

> 两松又自号雁隅，余有挽诗三首，即用其临终句韵。③

> 余有《挽雁隅中丞》，即用其临终绝句韵三首云："司马家声重鼎钟，上房出后更名终。高门令望环区满，政事文章两不空。""唤醒人间夜半

---

① 《国朝杭郡诗续辑》卷二十五。
② 五十年前，我和亡友朱南铣兄讨论"尹（继善）幕诸人"问题时，曾抽空向他请教：周春所说的"雁隅"是何许人。他告诉我，此人就是徐嗣曾。但他没有细说出处。
③ 《耄馀诗话》卷十。按：《耄馀诗话》（抄本）未见，此据李虹《周春与〈红楼梦〉研究》（《红楼梦学刊》2002年第一辑）转引。下同。此蒙李虹同志见示，谨在这里向她致以诚挚的感谢。

钟，谁能有始竟无终。功名已到凌烟阁，犹道回头总是空。""君赋采芹乐鼓钟，我歌苹鹿听三终。追思四十年前事，悟得殊途一样空。"①

"两松"乃徐嗣曾之号。"中丞"乃清代对各省巡抚之称。而徐嗣曾时任福建巡抚。此可证实"雁隅"即是徐嗣曾。

另外，王豫《江苏诗徵》卷八也有徐嗣曾的小传：

> 徐嗣曾，字两松，丹徒人，金坛籍，乾隆癸未进士，官至福建巡抚，著《隅雁偶吟》。

"隅雁"当为"雁隅"之误。②

《清史稿》有徐嗣曾传，如下：

> 徐嗣曾，字宛东，实杨氏，出为徐氏后，浙江海宁人。乾隆二十八年进士，授户部主事。再迁郎中。四十年，授云南迤东道。累迁福建布政使。
>
> 五十年，擢巡抚。五十二年，台湾民林爽文为乱，调浙江兵，经延平吉溪塘，兵有溺者，嗣曾坐不能督察，下吏议。乱既定，五十三年，命赴台湾勘建城垣，因命偕福康安、李侍尧按柴大纪贪劣状，上责嗣曾平日缄默不言。寻疏言大纪废弛行伍，贪婪营私，事迹昭著。又奏："抚恤被难流民，给银折米，福建旧例，石准银二两；今以米贵，请改为三两。"上以福康安奏晴雨及时，岁可丰收，仍令视旧例。偕福康安等奏清察积弊，筹酌善后诸事，均得旨允行。尝以台湾吏治废弛，不能早行觉察，自劾，上原之。命台湾建福康安、海兰察生祠，以嗣曾并列。寻奏台湾海疆习悍，治乱用严，民为盗及杀人者，役殃民，兵冒粮，及助战守义民或挟嫌害良，皆立置典刑，以是称上旨，嘉嗣曾不负任使。事犅定，命内渡，寻又命侯总兵奎林至乃行。庄大田者，与爽文同乱，坐诛，嗣曾捕得其子天畏及用事者黄天荞送京师，又得海盗，立诛之。
>
> 五十四年，赐孔雀翎、大小荷包。图像紫光阁。请入觐，未行，安

---

① 《耄馀诗话》卷八。
② 因为徐嗣曾曾出继江苏丹徒杨姓。故他的诗歌作品不仅被收入《国朝杭郡诗续辑》，也被收入《江苏诗徵》。至于"雁隅"与"隅雁"的歧异，至少有两种可能。可能之一：书名"隅雁"乃人名"雁隅"之误；可能之二：二者均不误，人名自是人名，书名自是书名，意义有小小的区别。但以周春和徐嗣曾的密切关系而论，自应以"雁隅"为是。

南阮光平据黎城，福康安督兵赴广西，嗣曾署总督。福康安濒行，奏福建文武废弛，宜大加惩创，上谕嗣曾振刷整顿。嗣曾奏许琉球市大黄，限三五百斤，谕不可因噎废食。又奏："福建民多聚族而居，有为盗，责族正举首，教约有方，给顶带；盗但附从行劫未杀人拒捕，自首，拟斩监候，三年发遣，免死。"上谕曰："捕盗责在将吏。令族正举首，设将吏何用？族正皆土豪，假以事权，将何所不为？福建多盗，当严治。若行劫后尚许自首免死，何以示儆？二条俱属错谬。"

五十五年，高宗八旬万寿，台湾生番头人请赴京祝嘏，嗣曾以闻，命率诣热河行在瞻觐。十一月，回任，次山东台庄，病作，遂卒。[①]

关于徐嗣曾的姓，有两点可说。

徐嗣曾在任福建巡抚期间，为官清正，在当地百姓中有很好的口碑。因此，林则徐的父亲为自己的儿子取名"则徐"。"则"就是"效法"的意思；"徐"指的就是徐嗣曾。

徐嗣曾或名杨嗣曾。为什么会有两个姓？原来如《清史稿》所说，"实杨氏，出为徐氏后"。

《国朝杭郡诗续辑》有这样的记载：

> 徐嗣曾，本姓杨，字宛东，号两松，海宁人。中吉孙，詠从子。寄籍江苏丹徒。乾隆癸未进士，官福建巡抚。有《思益山房集》。
>
> 两松为益斋少司马曾孙，父寓园先生，出后丹徒徐氏。
>
> 两松十岁失怙恃，归盐官，依叔父吟云先生读书。吟云先生抚如己子，教督备至。两松资性颖异，又刻苦力学，杭堇浦先生许其远到。
>
> 旋复杨姓，应试登第。后视学关右，报满入都。始以出继归宗始末陈奏，并以徐氏两世抚育，且别无族属可继，请仍姓徐。高庙深嘉许之。其后，世世子孙，永以徐、杨二字为姓。
>
> 追填抚入闽，值林爽文之乱，渡海筹边，功成，拜花翎之赐，并图像紫光阁，御制赞语以宠之，洵极儒臣之荣遇矣。
>
> 生平清介自持，居官惟务爱民教士，于闽振兴鳌峰书院，人材蔚起，至今尸祝。陈恭甫编修比之张清恪公，诚无愧云。
>
> 方两松幼时，尝负笈于金沙于翁。翁相攸及之，而虑其贫，弗当女

[①] 《清史稿》卷三百三十二，列传一百十九。

意。一日，授《左传》重耳齐姜事，令女咏之，口占曰："愿从公子志，不作女儿悲。"父喜，甥馆乃定。①

他是乾隆二十八年（1763）进士，授户部主事，升员外郎、郎中。乾隆三十六年（1771）出督陕西学政。乾隆四十年（1775）任云南迤东道，历改粮储道、迤西道。乾隆四十四年（1779）升安徽按察使，同年转任云南按察使。乾隆四十七年（1782）任福建布政使。乾隆五十年（1785）升福建巡抚，其间曾短期署理闽浙总督职务。乾隆五十五年（1790）卒。

他在乾隆年间任福建巡抚的年份如下表所示：

| 乾隆五十年 | 乾隆五十一年 | 乾隆五十二年 |
| 乾隆五十三年 | 乾隆五十四年 | 乾隆五十五年 |

为什么要在这里列举徐嗣曾任福建巡抚的年份呢？

因为这和他购置《红楼梦》抄本之事有关。

第七节 第三项证据

——徐嗣曾购置《红楼梦》一百二十回抄本的时间

徐嗣曾是什么时候购置《红楼梦》一百二十回抄本的呢？

我们可以判断出这个时间的下限。

第一，这个时间必在乾隆五十九年（1794）甲寅七月十五日之前。周春记载此事的时间是"甲寅中元日"，而中元节乃七月十五日。

第二，这个时间必在乾隆五十五年（1790）这个年份之前。在这一年（庚戌）秋季，杨畹耕始将此事告知周春。

第三，这个时间必在徐嗣曾任福建巡抚之时，即：始于乾隆五十年（1785）②，直至乾隆五十五年（1790）十一月卒于任。

第四，这个时间必在"监临省试"期间。周春所说的"省试"，即指在省城举行的乡试。

---

① 《国朝杭郡诗续辑》卷十七。
② 王先谦《东华录》卷一百二："乾隆五十年七月庚戌，以徐嗣曾为福建巡抚。"

他逝世之时，正是《红楼梦》程甲本印行的前一年。因此，一个无可辩驳的事实就是：在徐嗣曾生前，他不可能看到程甲本！他也不可能购置程甲本！

据周春说，杨芬（畹耕）告诉他：

> 雁隅（徐嗣曾）以重价购钞本两部：一为《石头记》，八十回；一为《红楼梦》，一百二十回，微有异同。爱不释手，监临省试，必携带入闱，闽中传为佳话。

可知徐嗣曾在"监临"福建乡试期间携带《红楼梦》一百二十回抄本"入闱"①。

那么，徐嗣曾有可能是在哪一年的乡试期间携带《红楼梦》一百二十回抄本"入闱"的呢？

按清代科举考试规定，乡试须于子年、午年、卯年、酉年之八月初十至十五日举行。

而在徐嗣曾任福建巡抚期间共举行过三次乡试。如下：

> 第一次：乾隆五十一年丙午（1786）八月
> 第二次：乾隆五十三年戊申（1788）八月
> 第三次：乾隆五十四年己酉（1789）八月

其中，第一次乡试是在丙午年，第三次乡试是在己酉年，这都是处于正常的年份。

但第二次乡试却比较特殊，是在戊申年。

这是什么原因呢？

原来这里有个特殊的情况。乾隆五十五年适逢清高宗八十大寿，遂特定五十四年乡试为"恩科"，并将原定的五十四年乡试提前至五十三年举行。

因此，在徐嗣曾任福建巡抚期间，只有下列三个年份，他才可能有将《红楼梦》一百二十回抄本"携带入闱"的机会：

> 乾隆五十一年（1786）　乾隆五十三年（1788）　乾隆五十四年（1789）

---

① 科举考试会场关防严密，称"锁闱"，省称"闱"。

而这三个年份均在《红楼梦》程甲本印行的年份（乾隆五十六年）之前。

也就是说，只有在一个条件下，徐嗣曾才可能将他购买到的《红楼梦》一百二十回抄本"携带入闽"。

什么条件呢？

这个条件就是：在《红楼梦》程甲本印行（乾隆五十六年）之前，社会上就已经有《红楼梦》一百二十回抄本在出售和流传了。

因此，这是第三项证据。

它证明：在程甲本于乾隆五十六年（1791）排印、出版之前，社会上已有《红楼梦》一百二十回抄本在流传，有人在出售，有人（如徐嗣曾）在购买。此乃周春在乾隆五十九年（1794）七月十五日（"中元日"）之前所发生的事。

如果不能证明杨芬、周春是"客里空"，那么，我们不得不接受他们二人所指出的客观事实。

第八节　周春、徐嗣曾、杨芬三人之间的特殊关系

徐嗣曾购置八十回《石头记》抄本和一百二十回《红楼梦》抄本，并携入闽中阅读，见于周春《阅红楼梦随笔》的记载，这件事是杨芬告诉周春的。那么，周春为什么会相信杨芬的话？杨芬又何从而知晓徐嗣曾购置《红楼梦》一百二十回抄本并携带入闽之事？

我们千万不能忽视的是：除了同时、同里之外，在周春、杨芬和徐嗣曾三人之间，互相还有着两层非常密切的特殊关系：

第一，周春是徐嗣曾的表兄。

第二，周春是杨芬的表兄。

第三，徐嗣曾是杨芬的堂兄。

第四，杨芬还做过福建巡抚徐嗣曾的幕僚。

现分述于下：

（1）周春是徐嗣曾的表兄，见于《两浙輶轩录》和《耄馀诗话》：

徐嗣曾本姓杨，字宛东，号两松，海宁人，寄籍江苏丹徒，乾隆癸未进士，官福建巡抚，著《思益山房集》。

周春曰：两松表弟为少司马以斋公曾孙，舅氏愚园公子也。舅氏出后徐氏，隶籍丹徒。两松少失怙恃，年十三自京口来依季父吟云公读书，遂复姓杨。游宁庠，登巍科，皆吟云公之力也。关右视学，报满入都，始请旨仍姓徐云。①

其中提到的"以斋"是徐嗣曾的曾祖父杨雍建，"愚园"是徐嗣曾的父亲杨震（徐震）。

杨两松嗣曾《素心兰诗》七律四叠，共十六首，余取其"大地文章皆本色，顾人情盼自天然"、"飘飘诗有凌虚意，濯濯花添出水芽"两联。君精于制艺，诗非所长，然笔意大方，不愧读书人吐属也。

九舅氏出后于徐家，家业中落，君甲子失怙恃，来宁，年甫十岁，房族无留一饭者。十一舅氏饮食教诲，视侄如子，名之曰嗣曾，字之曰宛东。时制艺已迥不犹人，杭堇甫先生许其远到。庚午，年十六游庠。丙子，以第三名中式。此后之遭际，所谓时来则为之。其之卒也，十一舅氏谓如一场好梦，太息痛悼。②

其中提到的"十一舅"，是指杨詠。

(2) 周春是杨芬的表兄，见于《耄馀诗话》。
(3) 徐嗣曾是杨芬的堂兄，亦见于《耄馀诗话》：

东城王桥杨氏门才极盛，无不能诗。外叔祖晚雷、瘦仙两公，其最著也。

晚雷公诗学苏，查初白极称之。瘦仙公诗、书、画，世称三绝。丁丑修志，徐撰传入文苑中。

晚雷公子式玉，字元白，制艺诗学兼工；式金，字亚夫，长于诗画；式道，字叔行。并为名诸生而数奇不遇。

叔行舅氏子表弟芬，字九滋，号畹耕，亦能文，工书法，惜其早卒。余有《挽雁隅中丞》即用其临终绝句韵三首云……叠前韵《挽九滋茂

---

① 《两浙輶轩录补遗》。
② 《耄馀诗话》卷十。

才》二首云："一乡称善警晨钟，半载闽归赋令终。书法兼工两文敏，而今妙绩已成空。""经行东郭怯闻钟，尽可延龄乃告终。留得楹书须努力，他年阡表莫教空。"①

其中提到的"晚雷公"，即杨嗣震。嗣震之父德建，乃杨雍建之弟。杨嗣震有三子：式玉、式金、式道。杨芬（畹耕）即杨式道之子。算下来，杨芬正是周春的表弟。而杨芬也恰恰是徐嗣曾（杨嗣曾）的堂弟。杨芬和徐嗣曾都是他们的高祖杨斌的后裔。

（4）杨芬做过徐嗣曾的幕僚，见于《两浙輶轩录补遗》：

> 杨芬，字九滋，一字畹耕，海宁诸生，著有《畹耕诗草》八卷。
>
> 杨秉初曰：畹耕世父工诗善书，家故贫，申纸长吟，晏如也。后为世父两松公掌书记，唱和甚欢。②。

当我们了解到周春、杨芬（畹耕）、徐嗣曾（雁隅）三人之间特殊的亲切关系之后，不禁要说：这难道还会对徐嗣曾在乾隆五十一年或乾隆五十三年或乾隆五十四年携所购置的《红楼梦》一百二十回抄本"入闽"阅读、杨芬在乾隆五十五年的知情转告、周春乾隆五十九年的记事，有所怀疑吗？

第九节　第四项证据

——程伟元言之凿凿的自述

在《红楼梦》程甲本卷首，有程伟元的序言，其中说：

> 然原本目录一百二十卷，今所藏只八十卷，殊非全本。即间有称全部者，及检阅仍只八十卷，读者颇以为憾。不佞以是书既有百二十卷之目，岂无全璧？爰为竭力搜罗，自藏书家甚至故纸堆中，无不留心。数年以来，仅积有二十余卷。
>
> 一日，偶于鼓担上得十余卷，遂重价购之。欣然翻阅，见其前后起伏尚属接榫。然漶漫不可收拾。乃同友人细加厘剔，截长补短，抄成全

---

① 《耄馀诗话》卷八。
② 《两浙輶轩录补遗》卷七。

部，复为镌板，以公同好。《石头记》全书至是始告成矣。

这告诉我们下列几件事：

（1）他所说的"卷"，实即"回"（或曰：一卷等于一回）。

（2）在印行程甲本（乾隆五十六年）之前，程伟元已经知晓，《红楼梦》"全书"（"全璧"）有一百二十回（卷）之多，且有"目录"流传。

（3）但他最初收藏的抄本仅仅有八十回。

（4）他"竭力搜罗"，也只得到二十余回（卷）。

（5）有一天，他偶然从"鼓担上"购得十余回（卷）。

（6）以前得到的二十余回（卷），再加上偶然购得的十余回（卷），正符合四十回（卷）之数。

程伟元说的都是大实话。从程伟元的为人，从程伟元的上述文字，我们看不出其中有蓄意欺骗、撒谎连篇的破绽和嫌疑。我们知道，程伟元是一位文士，一度以游幕为生。他不是某些人所说的书商，更非奸商。

到现在为止，我们还没有发现有谁曾举出过一丝一毫的正面证据来坐实程伟元说的是谎言。

严肃的学者所得出的结论应经得起证据的考验。考据学所遵循的原则是：要推翻前人的某个说法，必须举出直接的、确凿可靠的反证。否则就没有说服力。推测、猜想不能代替考据。大学者如胡适，竟然不相信程伟元的自述，而断言：

> 程序说先得二十余卷，后又在鼓担上得十余卷。此话便是作伪的铁证，因为世间没有这样奇巧的事！①

"此话便是作伪的铁证"吗？老实说，平庸如我辈，实在看不出"此话"竟被扣上个"作伪的铁证"的大帽子的道理何在。平心而论，"此话"既非"证"，更不"铁"！

天下"奇巧"的事多矣。请允许我在这里举出一件胡适自身经历的事：

> 我在四月十九日得着这部《四松堂集》的稿本。隔了两天，蔡孑民先生又送来一部《四松堂集》的刻本，是他托人向晚晴簃诗社里借来

---

① 胡适《红楼梦考证》。

的。……蔡先生对于此书的热心,是我很感谢的。最有趣的是蔡先生借得刻本之日,差不多正是我得着底本之日。我寻此书近一年多了,忽然三日之内两个本子一齐到我手里!这真是"踏破铁鞋无觅处,得来全不费工夫"了。

为什么"踏破铁鞋无觅处,得来全不费工夫"的事可以发生在自己身上,偏偏就不许发生在别人的身上?

我曾说过:

> 从考据学的角度说,你要推翻一种说法,一种结论,一定要举出反证,要是没有反证,凭着主观主义的猜测,那是没有说服力的。

主观猜测不能代替考据。若要断定程伟元是在撒谎,请务必举出正面的、直接的、真正的"铁证"来!

"店大欺客"!我们不信邪!

请让我在下面举出另外的三个证据,以明程伟元所云洵非虚语:

【证据一】程甲本第92回回目与正文的龃龉

程甲本第92回的回目是"评女传巧姐慕贤良,玩母珠贾政参聚散"。但是,在正文中,巧姐既没有"慕贤良",贾政也没有"参聚散"!

先看这一回的前半回:

> 巧姐儿道:"我昨夜听见我妈妈说,要请二叔叔去说话。"宝玉道:"说什么呢?"巧姐儿道:"我妈妈说,跟着李妈认了几年字,不知道我认得不认得?我说:'都认得。'我认给妈妈瞧。妈妈说我瞎认,不信,说我一天尽子顽,那里认得。我瞧着那些字也不要紧,就是那《女孝经》也是容易念的。妈妈说我哄他,要请二叔叔得空儿的时候给我理理。"贾母听了,笑道:"好孩子,你妈妈是不认得字的,所以说你哄他。明儿叫你二叔叔理给他瞧瞧,他就信了。"宝玉道:"你认得多少字了?"巧姐儿道:"认了三千多字,念了一本《女孝经》,半个月头里又上了《列女传》。"宝玉道:"你念了懂得吗?你要不懂,我倒是讲讲这个你听罢。"贾母道:"做叔叔的也该讲究给侄女儿听听。"
>
> 宝玉道:"那文王后妃是不必说了,想来是知道的。那姜后脱簪,待罪齐国的无盐虽丑能安邦定国,是后妃里头的贤能的。若说有才的是曹

大姑、班婕妤、蔡文姬、谢道韫诸人。孟光的荆钗裙布,鲍宣妻的提瓮出汲,陶侃的母截发留宾。还有画荻教子的。这是不厌贫的。那苦的里头,有乐昌公主破镜重圆,苏蕙的回文感主。那孝的是更多了,木兰父代(代父)从军,曹娥投水寻父的尸首等类也多。我也说不得许多。那个曹氏的引刀割鼻,是魏国的故事。那守节的更多了。只好慢慢的讲。若是那些艳的,王嫱、西子、素、小蛮、绛仙等。妒的是秃妾发怨洛神等类也少。文君、红拂是女中的……"

贾母听到这里,说:"够了,不用说了。你讲的太多,他那里还记得呢?"巧姐儿道:"二叔叔才说的,也有念过的,也有没念过的。念过的,二叔叔一讲,我更知道了好些。"

请看,只见宝玉独自一人说了一大套,而看不见巧姐有任何的反应。回目所谓的"巧姐慕贤良",那个"慕"字压根儿不见踪影。

再看这一回的后半回:

冯紫英道:"小侄与老伯久不见面,一来会会,二来因广西的同知进来引见,带了四种洋货,可以做得贡的……这是两件重笨的,却还没有拿来。现在我带在这里两件,却有些意思儿。"就在身边拿出一个锦匣子,见几重白绵裹着,揭开了绵子第一层,是一个玻璃盒子,里头金托子大红绉绸托底,上放着一颗桂圆大的珠子,光华耀目。冯紫英道:"据说这就叫做母珠。"因叫拿一个盘儿来。詹光即忙端过一个黑漆茶盘道:"使得么?"冯紫英道:"使得。"便又向怀里掏出一个白绢包儿,将包儿里的珠子都倒在盘里散着,把那颗母珠搁在中间,将盘置于桌上,看见那些小珠子儿滴溜滴溜都滚到大珠身边来,一回儿把这颗大珠子抬高了,别处的小珠子一颗也不剩,都粘在大珠上。詹光道:"这也奇怪。"贾政道:"这是有的,所以叫做母珠,原是珠之母。"

请看,只有"玩母珠",哪里有"参聚散"的感叹?

【证据二】贾芹的失忆

这见于程甲本第93回的结尾:

贾琏叫贾芹:"跟了赖大爷去罢。听着,他教你,你就跟着他。"说罢,贾芹又磕了一个头,跟着赖大出去。到了没人的地方儿,又给赖大磕头。赖大说："我的小爷，你太闹的不像了。不知得罪了谁，闹出这个乱儿？你想想，谁和你不对罢？"贾芹想了一想，忽然想起一个人来。未知是谁？下回分解。

再看下回的起首：

> 话说赖大带了贾芹出来，一宿无话。……

此回起首与上回结尾居然失却衔接。贾芹究竟想起了谁，毫无交代，此事居然不了了之了。

程甲本排印后，程伟元、高鹗发现了这个漏洞，于是连忙在程乙本中对第93回的结尾作了自己的修补：

> 贾芹又磕了一个头，跟着赖大出去，到了没人的地方儿，又给赖大磕头。赖大说："我的小爷，你太闹的不像了。不知得罪了谁，闹出这个乱儿来？你想想，谁和你不对罢？"贾芹想了一会子，并无不对人的，只得无精打彩，跟着赖大走回。未知如何抵赖？且听下回分解。

【证据三】

高鹗程乙本序云：

> 予闻《红楼梦》脍炙人口者，几廿余年，然无全璧，无定本。余每从友人借观，窃以染指未畅为憾。今年春，友人程子小泉过予，以其所购全书见示，且曰："此仆数年铢积寸累之苦心，将付剞劂，公同好。子闲且惫矣，盍分任之？"予以是书虽稗官野史之流，然尚不谬于名教，欣然拜诺，正以波斯奴见宝为幸，遂襄其役。

程伟元、高鹗程乙本引言云：

> 书中后四十回，系就历年所得，集腋成裘，更无它本可考。惟按其前后关照者，略为修辑，使其有应接而无矛盾。至其原文，未敢臆改，俟再得善本，更为厘定。且不欲尽掩本来面目也。

从以上所引的多种自述，不难看出，程伟元、高鹗所做的工作主要是搜集、整理、修饰，而这和撰写、创作完全是两码事。

程伟元、高鹗的话，说得是如此的明白，我再要继续饶舌，就不免显得多余了。

第十节　结语

以上九节，我用一连串的证据链证明了：程伟元、高鹗不可能是《红楼梦》后四十回的续作者，他们的身份不过是整理者、编辑者，仅此而已。

当然，我们并不能因此而轻视程伟元、高鹗在《红楼梦》传播史上的功劳，尤其不应施之以"狗尾续貂"的詈言。

最后，我要在这里说一句：我们期待着这个在程甲本印行之前就已在社会上流传并已广为人知的《红楼梦》一百二十回抄本的再度现身！

第四章　现存的舒本是由哪两部分组成的？

——舒本＝姚玉栋旧藏本＋当保藏本

第一节　对几个名词的解释

本章论述到的几个版本名称呈现着复杂的交互关系，因此需要先向读者诸君作一个简要的说明，以免产生纠结不清的误解。

试以 A、B、C、D、E、F、G 作为它们的代号：

A——姚玉栋（筠圃）① 原先收藏的《红楼梦》八十回抄本。

B——当保（当廉使）② 收藏的《红楼梦》八十回抄本。

C——姚玉栋收藏的八十回抄本已佚失了二十七回而保存下来的五十三回残本。

D——在舒元炜主持下，从 B（当保藏本）中所补抄的二十七回。

E——在补抄了二十七回之后的姚玉栋藏本（八十回）。

F——抄补完整以后的姚玉栋藏本又佚失的四十回（第41回至第80回）。

---

① 请参阅第一章"筠圃考略"。
② 舒序所说的"当廉使"即指当保。"廉使"乃昔时对"按察使"之称。亡友徐恭时兄曾指"当廉使"为山东按察使陆燿，非也。据王先谦《东华录》卷一百二，当保于乾隆五十年七月由直隶热河道迁河南按察使。

G——现在我们所看到的舒本（第 1 回至第 40 回）。

A = B
E = C + D
G = E − F

本章标题上所说的"姚玉栋旧藏本"是指姚玉栋（筠圃）所藏的《红楼梦》残本五十三回；本章标题上所说的"当保藏本"是指当保所藏的《红楼梦》八十回中的二十七回。

说得准确一些的话，应是：第一，姚玉栋原藏的《红楼梦》八十回，已佚失了二十七回，只保存下五十三回；当保原藏的《红楼梦》八十回抄本至今未见流传，但它之中的二十七回已被补抄进了姚玉栋藏残本，使得后者成为"全本"（八十回）。

但可惜的是，姚玉栋所藏的"全本"后来又佚失了后半部（第 41 回至第 80 回），而成为一个残本。

第二节　E = C + D

E = C + D，这是从舒本的序文里得知的。

不过，舒元炜序文并没有明说。它是通过暗示的方式向我们传递了这个消息。它始而说：

> 就现在之五十三篇，特加雠校；借邻家之二十七卷，合付钞胥。

可是，这仅仅交代出补抄的二十七回源自"邻家"所藏的抄本。至于"邻家"是谁，并未挑明①。

舒序继而又在正文"核全函于斯部，数尚缺夫秦关"两句之下接着说：

> 返故物于君②家，璧已完乎赵舍。

---

① 我相信，这不是舒元炜在故作狡狯，应是他的序文受了文字体裁、字数的限制而不得不这样说的。
② "君"，指姚玉栋。

并有小注说：

> 君先与当廉使并录者，此八十卷也。

综观此数句，可知：

(1) 当初姚玉栋曾和当保"并录"①《红楼梦》抄本八十回。

(2) "并录"是什么意思？这有两种可能。可能之一：姚玉栋和当保二人从一个共同的底本（《红楼梦》某抄本）各自转抄了一部。可能之二：先是姚玉栋从某抄本《红楼梦》录副，然后又把自己的录副本借给当保，于是当保再以姚玉栋的录副本为底本，又抄成了一部收藏。我认为后者的几率更大。

(3) 舒序所说的"故物"指的就是原先从姚玉栋藏本录副的当保藏本。

(4) "璧已完乎赵舍"一句用的是"完璧归赵"的典故。这意味着：

姚玉栋藏本（借抄）──→当保藏本（补配）──→姚玉栋藏本

走了一个循环。

(5) 一个"返"字，包含了这样的意思：原先从姚玉栋所藏《红楼梦》抄本录副的当保藏本，现在又被姚玉栋借抄回去了。只有作这样的解释，才可能和舒序中的下列文字合榫：

> 主人曰：自我失之，复自我得之。是书成，而升沉显晦之必有缘，离合悲欢之必有故，吾兹悟矣。……昔曾聚于物之好，今仍得于力之强。然而黄垆回首，邈若山河。

在最后两句之下，有小注说：

> 痛当廉使也。②

因此，舒元炜所说的"邻家"正是指当保。

---

① 原文"并录"二字，在一粟《红楼梦书录》引文中夺"并"字（古典文学出版社，1958年，上海，10页）。

② 舒元炜序文作于乾隆五十四年（1789），而当保已于乾隆五十年（1785）十月去世。见王先谦《东华录》卷一百二。

第三节　53 + 27

本节标题上的"53 + 27"是什么意思呢？

"53"指的是舒元炜序文所说的"现在之五十三篇"，即姚玉栋藏本残存的五十三回；"27"指的是舒元炜序文所说的"邻家之二十七卷"，即当保藏本中的二十七回。舒氏刻意避免"回"字，而分别使用"篇"和"卷"，显然是为了追求文字的变化，以符合骈文体裁的要求。

这说明，我们目前所看到的这部《红楼梦》舒本是由两个部分构成的。一部分是姚玉栋原先收藏的五十三回残本，另一部分是自当保藏本借抄、补配的二十七回。53 + 27 = 80。八十，是它原来所保存的正文的回数。可惜，在吴晓铃先生双椠书屋购藏之前已失去了后半部（第41回至第80回）。

问题在于，在现存的舒本前半部（第1回至第40回）中，能不能分辨出，哪些回属于姚玉栋藏本残存的五十三回？哪些回是从当保藏本借抄、补配的二十七回？

第四节　影印本的缺陷

现存的《红楼梦》脂本基本上都是善本、珍本。一般的读者和研究者很少有机会目睹原书。他们不得不依赖于影印本来对原书进行阅读和研究。然而，毕竟影印本不能完全替代原书。由于印刷技术条件等的限制，使得影印本同原书保持着一定的距离。这里不妨举两个例子来做说明。

一个例子是《红楼梦》眉本（眉盦旧藏本，也有学者称之为"卞藏本"）影印本。眉本的影印本，北京图书馆出版社（现改名国家图书馆出版社）出版于2006年。由于没有按照眉本原书的版式，印出空白的一行，因这个误会而引起了一场真伪之争[1]。

另一个例子便是舒本的影印本。舒本的影印本，主要有两个。一个是中华书局出版的《古本小说丛刊》第一辑的第4册和第5册（1987），另一个是

---

[1] 请参阅拙著《红楼梦眉本研究》（社会科学文献出版社，2013年，北京），65页至67页。

国家图书馆出版社的《石头记古抄本汇编》（2012）。这两个影印本都存在一个很大的缺点，就是没有百分百地反映出原书每页（半叶）版面的大小尺寸的差异，尤其是天头地脚大小尺寸的差异。

什么叫做天头？天头是指书籍每页从正文各行首字之上至各页顶端的空白地段。和天头相对的是地脚。地脚指书籍每页从正文各行末字之下至各页底端的空白地段。也有人把天头和地脚合称为天地头。

天头和地脚是专门的词汇。一般读者的阅读，主要着眼于正文。对于天头地脚尺寸的大小，是不必过多给予注意的。但对于研究版本的学者来说，有时候，天头地脚尺寸的大小却是他们不可忽略的内容之一。

作为一个抄本，《红楼梦》舒本恰恰在天头地脚方面存在着明显的差异。而这种差异也恰恰是在影印本中察觉不到的！

第五节　天头地脚尺寸大小的差异

20世纪70年代初期，人民文学出版社古典文学编辑室的杜、林二位负责人来文学所，约请我和陈毓罴兄校点《红楼梦》。我因此向吴晓铃先生借用了他所收藏的《红楼梦》舒本。舒本在我手上放了有三年之久。在这期间，我对舒本作了认真的、反复的阅读，并有了一些新的发现。其中有一点便是：舒本各回的天头地脚大小不尽一致，有的回天头比较大、地脚比较小，有的回天头比较小、地脚比较大[1]。

2005—2007年，夏薇博士来文学所博士后流动站研究《红楼梦》版本问题，与我合作。我将此事告诉了她，嘱咐她进行研究，并写出论文。她的论文《关于〈红楼梦〉舒元炜序本底本构成的新发现》后来公开发表了[2]。

她在论文中指出：

（一）舒本天头大的是：目录，第1回至第7回，第9回至第12回，第17回至第18回，第21回至第32回，第36回至第40回。

（二）舒本天头小的是：舒元炜序文，第8回，第13回至第16回，第19

---

[1] 天头大等于说地脚小，反之亦然。故下文仅以天头立论，以免辞费。
[2] 《红楼梦学刊》2008年第三辑。

回至第 20 回，第 33 回至第 35 回。

天头大	目录	1—7	9—12	17	18	21—32	36—40
天头小	舒序	8	13—16	19	20	33—35	

这样，从回数上说，天头大的共有三十回，天头小的共有十回。这两个数字（30＋10）和舒元炜序文所说的数字（53＋27）有距离。那是因为舒元炜所说的数字涵盖了整个的八十回，而现存的舒本是个残本，只有四十回，故不足为奇。

第六节　回应四点疑问

在夏薇博士的论文发表后，曹震先生在网上发表论文《舒本底本构成新发现献疑》（2008 年 6 月 10 日）[①]，提出了四个"疑问"。请允许我在这里对他提出的四点疑问一一作出回应。

曹先生的第一点疑问是：

> 我没有看过舒本原物，夏文也没有展示书影例证，夏文表述中并没有提到各回、各页天头大小的差别，是整齐划一还是不均衡？（止是笼统的说"尺寸不尽一致"）；对于相应的地头的大小情况也没有作交待。这是疑问之一。

我再次核对原书之后，可以负责任地告诉曹先生和各位读者：

如果笼统地说，舒本各回天头确实是"尺寸不尽一致"。所谓"不尽一致"，是指天头大的各回和天头小的各回的天头尺寸大小不一致。因此，如果说得更具体些、更准确些，在舒本天头大的各回，其天头的尺寸是基本上整齐划一的；在天头小的各回，其天头的尺寸也是基本上整齐划一的。

我量了一下，结果如下表所示：

---

① http://blog.sina.com.cn/hedycao

	天头	地脚
1－7回 9－12回 17－18回 21－32回 36－40回	5cm	2cm
8回 13－16回 19－20回 33－35回	4cm	2.5cm
总目	5cm	3cm
舒元炜序	3.5cm	2cm
舒元炳题词	3.2cm	2cm

需要说明的是，以上的尺寸数字，由于是按照各行首个或末个手写的字量取的，不免会存在少许的误差。所以我在上文"整齐划一"四字之前加上了"基本上"三字。

曹先生的第二点疑问是：

> 我们现在一般认为今存舒本是原抄本，也就是说和其底本（据舒序为两部分）是有区别的，是"合付抄胥"的结果，也就是说，要根据今存钞本来推断其底本构成，必须预设三项前提，即：
>
> 前提一、53和27这两部分说的是全部完整的章回。
>
> 前提二、抄胥抄录是完全忠实于底本，即底本天头和今本天头保持面貌一致。
>
> 前提三、所有抄手均遵守前提二（抄手分布，根据夏文是14人，根据郑庆山先生说是11人）。
>
> 就我个人的意见，这三项前提要同时成立，怕是有一定难度的。这是疑问之二。

我认为，这三个前提是完全可以同时成立的。

关于"前提一"：53和27这两部分当然说的是全部完整的章回。从现存的四十回来看，无论是姚玉栋藏本原有的五十三回，还是据当保藏本借抄补配的二十七回都是完整的，没有发现其间有残缺的问题或杂凑的痕迹。

关于"前提二"和"前提三"：抄手到底有几个人，我们各人可以有不同的判断，无须深究。在一般的正常情况下，抄手严格执行藏主或主事人的指示，应当是取决于他们的职业习惯和本分。底本所留的天头的大小，以及每叶每行的字数等等，他们只要依样画葫芦，就算是完成了任务，可以向主人交差，准备领取酬金。在抄录时，自作主张，随意改变格式，非彼辈所取。

因此，这三个前提是完全可以同时成立的。

曹先生的第三点疑问是：

> 夏文认为"天头小的章回的分目与总目不同……是借来的"，"天头大的部分总目分目基本一致……是原有的"。但是实际情况还是有些出入的，"基本一致"并不代表完全一致。比如天头大的部分的第24回，总目"醉金刚轻财尚义侠，痴女儿遗帕惹相思"，分目则作"醉金刚轻财仗义侠，痴女儿遗帕染相思"；比如天头大的部分的第28回，总目"蒋玉函"，分目"蒋玉菡"；可见从目录考察，天头大的部分总分目也有"异文情况很明显的"。这是疑问之三。

以曹先生所举的第24回为例。舒本的分目（回目）是"醉金刚轻财尚仗义（后三字不是曹先生所举的'仗义侠'），痴女儿遗帕染相思"，总目（目录）则是"醉金刚轻财尚义侠，痴儿女遗帕惹相思"。其异文有三：

1	仗义	义侠
2	女儿	儿女
3	染	惹

"义侠"，其他脂本以及程甲本、程乙本均同。可知分目的"仗"乃"侠"字的形讹；"仗（侠）义"乃"义侠"二字的颠倒。

"女儿"，其他脂本以及程甲本、程乙本均同。可知"儿女"乃"女儿"二字的颠倒。

"染"与"惹"之例，曹先生未提及。它证实了此二字各自有不同的版本的来源——

"染"，彼本、杨本同；"惹"，庚辰本、蒙本、戚本、晫本、梦本以及程甲本、程乙本同。

再以第28回为例。舒本的分目上联是"蒋玉菡情赠茜香罗"，总目上联是"蒋函玉情赠茜香罗"。异文在于人名"蒋玉菡"和"蒋函玉"的歧异。分目的"蒋玉菡",甲戌本、庚辰本分目、杨本、蒙本、戚本、彼本、梦本均同。"函玉"乃"玉函"的颠倒①。总目的"函玉"(玉函),程甲本、程乙本同。

在古代小说版本上,总目和分目偶有歧异,是常见的现象,不足为怪。举凡《三国演义》、《水浒传》、《红楼梦》等作品,概莫能外。例如《三国演义》费守斋刊本第139节的分目为"瓦口关张飞战张郃",总目却是"张飞关索取阆中",而在正文中根本不见关索其人的踪影。再如《水浒传》第8回,其分目下联为"鲁智深大闹野猪林",总目下联却是"花和尚大闹野猪林"。又如《红楼梦》戚本第17回,其分目下联为"怡红院迷路探深幽",而总目下联却是"怡红院迷路探曲折"。这种不一致现象的产生,推其原因,当是抄录或刊刻时底本来源非一,或是出于抄手的笔误。

因此,舒本出现总目与分目在个别的文字偶有出入,并不会对我们在舒本构成的研究中所得出的结论造成不利的影响。

曹先生的第四点疑问是:

> 我注意到,夏文提到舒序页"天头是小的"。舒序页有钤印,可以认为原抄的佐证,也就是说舒氏兄弟书写时是天头留小的,而我们知道"原有的"53回正是舒氏兄弟"摇毫掷简、口诵手批、特加雠校"的产物,也就是说,抄胥如果按照上面预设的三项前提进行抄录,那么这"原有的"部分抄录出来也应该"天头是小的"而非现在"天头大的"模样。这是疑问之四。

舒元炜序和舒元炳题词的天头,分别是 3.5cm 和 3.2cm。这两个数字,既不和天头大的那三十回相同,也不和天头小的那十回相同。因此不能用这来否定"原有的"部分是天头大的。

另外,舒元炜序文末尾云:

> 乾隆五十四年,岁次屠维作噩,且月上浣,虎林董园氏舒元炜序并书于金台客舍。

---

① 按:舒本"函玉"二字之侧已用红笔作勾乙符号(这一点,在中华书局《古本小说丛刊》影印本和国家图书馆出版社《石头记古钞本汇编》影印本上也都没有反映出来)。

请注意"序并书"三字。"序"即撰作序文之意。"书"则是书写之意。也就是说,整篇序文乃舒元炜本人所书写,并非出于抄手誊录。更何况舒元炜序文每行 28 字,而舒本《红楼梦》正文,每叶每行基本上是 24 字(偶尔有 25 字者)。所以,舒元炜序文的天头地尾的尺寸大小,无论是和 C(姚玉栋收藏的八十回抄本已佚失了二十七回而保存下来的五十三回残本)的天头地脚的尺寸大小相比,还是和 D(在舒元炜主持下,从 B 中所补抄的二十七回)的天头地脚的尺寸大小相比,都存在差异,也不足为怪。

我的回应,不知曹先生满意否?

感谢曹先生所提的疑问。这给予了我们一个补充说明和互相切磋的机会。

第七节　存佚·补配·分册

舒元炜序文说,"就现在之五十三篇,特加雠校;借邻家之二十七卷,合付钞胥。"这清楚地表明,八十回中的五十三回是姚玉栋藏本原有的,其余的二十七回是借当保藏本补配的。

上文已谈到,按天头大小来区分,现存舒本四十回可分为两部分,一为天头大者(1—7,9—12,17,18,21—32,36—40,共三十回),一为天头小者(8,13—16,19,20,33—35,共十回)。

问:在现存舒本的四十回中,哪一部分或哪几回是姚玉栋藏本原有的?哪一部分或哪几回是从当保藏本补配的呢?

答:天头大者,是姚玉栋藏本原有的;天头小者,是从当保藏本补配的。这是因为:根据舒元炜序文的交代,可以得出两条结论:

(1) 姚玉栋藏本原有的回数,不得超过"五十三"。

(2) 从当保藏本借抄补配的回数,不得超过"二十七"。

而据我们的统计,天头小者共十回,它既符合(1),也符合(2)。因此,从天头小者的回数看不出问题的所在。相反的,天头大者的回数给我们提供了答案。天头大者共三十回,它只符合(1),不符合(2)。不符合(2),就否定了它是借抄补配的可能。天头小者既被否定,仅仅剩下天头大者是唯一的可能。

这又间接地证明,在舒本现存的四十回中,天头小者的十回是自当保藏本借抄补配的。

第五章　避讳与分册

第一节　避讳

避讳是版本研究中的一个比较重要的问题。有时，在判断版本抄写或刊印的年代上，它起着不容忽视的作用。我曾指出：

它不是必然的证据。但，不可否认，它是重要的证据。[1]

在舒本中，有时避了康熙（玄烨）和乾隆（弘曆）的名讳，有时不避。对康熙的避讳，或改"玄"为"元"，或使"玄"、"弦"、"眩"、"炫"等字缺末笔。对乾隆的避讳，则是或使"弘"字缺末笔，或改"弘"为"宏"。

由于舒本可以确认为乾隆年间的抄本[2]，乾隆以后的各朝（嘉庆、道光、咸丰、同治、光绪）的避讳概不在我们的视线之内。

下文试一一列举舒本各回避讳之例，并与其他脂本互作比较。

【第 1 回】

第 1 回有三例，如下：

例 1，舒本：

二仙笑道："此乃元机不可预泄者。"

---

[1] 《红楼梦眉本研究》（社会科学文献出版社，2013，北京），12 页。
[2] 舒本的舒元炜序文书写于乾隆五十四年六月。

"元",蒙本、戚本、眉本同,甲戌本作"玄"(不缺末笔)①,己卯本、彼本、杨本作"玄"(缺末笔),庚辰本、梦本作"玄"。

例2,舒本:

　　士隐听了,不便再问,因笑道:"元机不可预泄,但适云'蠢物'不知为何,可一见否?"

"元",蒙本、戚本、眉本同,甲戌本作"玄"(不缺末笔),己卯本、庚辰本、彼本、杨本、梦本作"玄"(缺末笔)。

例3,舒本:

　　先是款斟慢饮,次渐谈至兴浓,不觉飞觥限斝起来。当时街坊上,家家箫管,户户弦歌。

"弦"(缺末笔),己卯本、蒙本、戚本、彼本、杨本、梦本同,甲戌本、庚辰本、眉本作"弦"(不缺末笔)。

【第2回】

第2回舒本有一例:

　　雨村罕然厉色忙止道:"非也。可惜你们不知道这人来历,大约政老先前辈也错以淫魔色鬼看待了。若非多读书识事,加以致知格物之功,悟道参元之力者,不能知也。"

"元",蒙本、戚本、眉本、梦本同,甲戌本、彼本作"玄"(不缺末笔),己卯本、庚辰本、杨本作"玄"(缺末笔)。

【第5回】

第5回有二例,如下:

例1,舒本:

　　此或咏叹一人,或感怀一事,偶成一曲,即可谱入管弦,若非个中

---

① 在现存甲戌本上,此处的"玄"字不缺末笔。但此末笔系后人所加,非甲戌本原有。《脂砚斋重评石头记汇校汇评》(北京图书馆出版社,2008年)注云:"此书今已归上海博物馆收藏,经冯其庸先生鉴定,此本上玄字的末笔是后加,非原钞,也就是说甲戌本的玄字原是缺末笔避讳的,共六个玄字都如此。"

人,不知其中之妙。

"弦"(舒本缺末笔),己卯本、戚本、杨本同,甲戌本、庚辰本、蒙本、眉本、梦本不缺末笔。

例2,舒本:

> 襁褓中父母叹双亡,纵居那绮罗丛里谁知娇养,幸生来英豪阔大宽宏量,从来未将儿女私情略萦心上。

"宏",甲戌本、己卯本、庚辰本、彼本、蒙本、戚本、眉本、梦本同,杨本作"弘"。

【第6回】

第6回舒本仅一例:

> 才入堂屋,只闻一阵香扑了脸来,竟不辨是何气味,身子如在云端一般,满屋中物都耀眼争光,使人头悬目眩。

"眩"(缺末笔),杨本同,甲戌本、己卯本、庚辰本、蒙本、戚本、眉本、梦本不缺末笔。

【第9回】

第9回舒本亦仅一例:

> 你道这一个是谁?原来这一个名唤贾蔷,亦系宁府中之正派元孙,父母早亡,从小儿跟着贾珍过活。

"元",戚本同,己卯本、庚辰本、杨本、眉本作"玄"(不缺末笔),彼本、蒙本作"玄"(缺末笔);梦本"玄"字原不缺末笔,后被点去,旁改为缺末笔的"玄"字。

【第10回】

第10回舒本亦一例:

> 肝家血亏气滞者,必然胁下疼胀,月信过期,心中发热,肺经气分太虚者,头目不时眩晕。

"眩"(缺末笔),蒙本、戚本同,庚辰本、彼本、杨本、眉本、梦本作

"眩"（不缺末笔）。

【第 11 回】

第 11 回舒本亦一例：

> 昨日开了方子，吃了一剂药，今日头眩略好些，别的仍不见怎么样大见效。

"眩"（缺末笔），己卯本、蒙本、戚本、杨本同，庚辰本、彼本、梦本作"眩"（不缺末笔）。

【第 12 回】

第 12 回舒本亦一例：

> 镜把上面錾着"风月宝镜"四字，递与贾瑞道："这物出自太虚元镜空灵殿上，警幻仙子所制，专治邪思妄动之症。"

"元"，梦本同，己卯本、庚辰本作"玄"（不缺末笔），戚本作"玄"（缺末笔），彼本、杨本作"幻"。

【第 22 回】

第 22 回舒本亦仅一例：

> 宝钗道："实在这方悟彻。当日南宗六祖惠能初寻师至韶州，闻五祖弘忍在黄梅，他便充作火头僧……"

"弘"（缺末笔），庚辰本、蒙本、戚本、彼本同，杨本、梦本作"宏"。

【第 26 回】

第 26 回舒本亦一例：

> 只见各色水禽都在池中浴水，也认不出名色来。但见一个个文彩炫耀，好看异常。

"炫"（缺末笔），蒙本、戚本同，甲戌本、庚辰本、彼本、梦本不缺末笔（杨本无此两句）。

【第 28 回】

第 28 回亦一例：

云儿又道：女儿喜，情郎不舍还家里。女儿乐，住了箫管弄弦索……

"弦"（缺末笔），甲戌本、蒙本、戚本、杨本同，庚辰本、彼本、梦本作"弦"（不缺末笔）。

【第 40 回】

第 40 回舒本亦一例：

只见乌压压的堆着些围屏、桌椅、大小花灯之类，虽不大认得，只见五彩炫耀，各有其妙。

"炫"（缺末笔），己卯本、蒙本、戚本同，庚辰本、彼本、杨本、梦本作"炫"（不缺末笔）。

【小结】

以上举例表明：在舒本四十回中，共有十五处避讳之例。

这十五处全部避讳。其避讳情况列表于下：

改"玄"为"元"	5 处
"玄"缺末笔	8 处
改"弘"为"宏"	1 处
"弘"缺末笔	1 处

第二节　分册

舒本的分册，需要分作两个时期（姚玉栋收藏时期、吴晓铃收藏时期）来谈。

【姚玉栋收藏时期】

舒本原为八十回抄本，其后残缺，仅存五十三回。这，我称之为姚玉栋藏本；其后又从当保藏本补抄二十七回；所以，舒本 = 姚玉栋藏本（五十三回）+ 当保藏本（二十七回）[①]。

[①] 请参阅第四章"现存的舒本是由哪两部分组成的？"。

舒本现存第 1 回至第 40 回。那么，它的分册是怎样的情况呢？

首先要确定的是，它现存的最后一册的最后一回必然是第 40 回。

这就有了三种可能：

  a. 四回一册，共十册。

  b. 五回一册，共八册。

  c. 十回一册，共四册。

我认为，最大的可能是以四回为一册。

从姚玉栋藏本（1—7，9—12，17—18，21—32，36—40）来看，最突出而引人注意的便是四或四的倍数。试看，"9—12"、"21—32"、"36"、"37—40"都以四的倍数收尾；"1—7"加上缺少的"8"（它可能是册末的第八回残缺了），也是四的倍数。只有"17—18"是唯一的例外；但也许是 17—20 构成一册，却佚失了 19—20 两回。

因此，姚玉栋藏本的前四十回可能是这样分册的：

册	回
1	1—4
2	5—8
3	9—12
4	13—16
5	17—20
6	21—24
7	25—28
8	29—32
9	33—36
10	37—40

我想，舒本已佚失的后半部也应该和残存的前半部一样，四回一册，共十册。

若以为是五回一册或十回一册，则无法解释为什么大多数回次以四的倍数收尾的现象。

【吴晓铃收藏时期】

在吴晓铃先生收藏时期,舒本原装为一函八册,五回一册,如下:

册	回数
1	1—5
2	6—10
3	11—15
4	16—20
5	21—25
6	26—30
7	31—35
8	36—40

而在第1回、第6回、第11回、第16回、第21回、第26回、第31回、第36回的首叶首行的下端都钤有阳文印章一方:"得天然乐趣斋之印"。这正是当时一册包含五回的旁证。

在舒本的影印本收入《古本小说丛刊》[①]之前,吴晓铃先生曾请中国书店的工作人员把舒本重新装裱了一次,并增加了衬页。所以,吴晓铃先生逝世以后,舒本改归首都图书馆收藏,分册情况又有了新的变化。

[①]《古本小说丛刊》第一辑第4册、第5册(中华书局,1987年,北京)。

第六章　贴条、挖补与改字

第一节　贴条

舒本的天头上存在着一些墨笔书写的贴条。
这见于第 2 回、第 4 回、第 5 回和第 6 回，共五例，列举于下：
例 1，舒本第 2 回，64/5—7[①]：

  如今生齿日繁，事务日盛，主仆上下，安富尊荣者尽多，运筹谋画者无一。其日用<u>排场费用</u>，又不能将就省俭，如今外面的架子虽未甚倒，内囊却也尽上来了。

此贴条位于第 6 行上端："排场××[②]费用。"
"排场费用"，己卯本、杨本、蒙本、戚本作"排场"，庚辰本、彼本作"排场废用"，甲戌本、眉本、梦本同于舒本。
例 2，舒本第 4 回，121/1—4：

  那原告道："彼殴死者乃小人之主人，因那日买了一个丫头，不想系拐子所拐来卖的。这拐人先<u>已</u>得了我家的银子，我家少爷原说第三日方是好日子，再接入门……"

[①] 本章引文均据影印本《舒元炜序本〈红楼梦〉》（国家图书馆出版社，2012 年，北京）。此处的"64/5—7"，意即第 64 页第 5 行至第 7 行，下同，不再另注。
[②] "××"，字迹不清。

此贴条位于第 3 行上端："'已'上下疑落。"
"先已得了"，眉本作"先因得了"，其他脂本（甲戌本、己卯本、庚辰本、彼本、杨本、蒙本、戚本、梦本）同于舒本。

例 3，舒本第 5 回，148/3—4：

  当下秦氏引了一簇人来至上房内间，宝玉抬头先看一幅画帖在上面……

此贴条位于第 4 行上端："贴。"
按：贴条之人不肯直接更改，而贴条于天头，当非抄手所为。

例 4，舒本第 5 回，164/2—4：

  姐姐曾说，今日今时必有绛姝妹子的生魂前来游玩，故我等久待，何反引这浊物来污染这清净女儿之境？

此贴条位于第 3 行上端："绛珠。"
此贴条的内容是指出正文中的"姝"字乃"珠"字之误。
"绛姝"，其他脂本（甲戌本、己卯本、庚辰本、杨本、蒙本、戚本、眉本、梦本）均作"绛珠"。

例 5，舒本第 6 回，193/2：

  周瑞家的又问，板儿倒长得这么大了。

贴条位于第 2 行行侧："周家的如何认得是板儿？"
按：此是后人所加的批语。疑系舒元炜所写。
在第 6 回之后，不再发现有贴条的痕迹。

【小结】

（1）贴条者非是抄手。他若是改正错字，即可将错字点去，并将正字写于行侧，不劳贴条于天头。例 3、例 4 就属于这种情况。

（2）贴条者疑是主持抄录工作的舒元炜。

（3）抄手的工作内容是抄书。加写批语已超出了他们的业务范围之外。故例 5 之批语当为舒元炜所加。

（4）从例 1、例 2 来看，加条者手中并无其他《红楼梦》抄本可资参校。

第二节　挖补

舒本常有挖补改字的现象。这在《红楼梦》脂本（抄本）中罕见。

这当然是出于抄手之所为。在抄录过程中，他发现了抄录的讹误，于是采取挖改的方式加以纠正或补救。这和木版刻书不同。在木板上是挖去错误的字，再补刻一个或两三个改正的字；而在纸质的抄本上，则是先挖空错误的字，用纸贴补空白，再补写上改正的字。这样做的目的是在一定程度上维护纸面的洁净（不同时出现错字和改正的字），使读者保持阅读的流畅性。

这种挖补痕迹的出现，系从第4回开始，直到第37回结束。

我一共发现了三十二例，列举于下：

例1，舒本第4回，139/7－8：

薛蟠道："如今舅舅正升了外省去，家里自然忙乱起身，咱们这两天一直的奔了去，还说你没眼色。"

"两天"二字系挖补。

此二字，甲戌本、己卯本、庚辰本、杨本、蒙本、戚本、眉本作"工夫"，彼本作"工天"，梦本作"会子"。

按：彼本的"工天"系"工夫"之误。舒本的"两天"当是因彼本的"工天"而来。抄手先发现"工天"有误，不悟"天"乃"夫"字的形讹，反而改"工"为"两"，保留了"天"字。这证明，舒本（或其底本）和彼本（或其底本）此回有亲近的关系。

例2，舒本第5回，170/4：

眼睁睁把万事全抛，荡悠芳芳魂销耗。

"荡"系第3行末字；第4行首字已被挖空，并补以白纸；第一个"芳"字被圈去，旁改"悠"。

按：第4行被挖空的首字应原为"悠"字。因违反了抄写的格式（第四行第一字位、第二字位应是空白，而误将"悠"字抄写于第二字位），抄手抄到第一个"芳"字时，方始觉察到错误的产生，于是将第一个"悠"字挖去，不料此时又多写了第二个"芳"字，只得再将第一个"芳"字圈去，代之以"悠"字。

例3，舒本第7回，230/4：

　　宝玉便道："周姊姊，你做什么到那边去了？"周瑞家的道："太太在那里，因向那边回话去了，遇着姨太太，就顺便叫我带来了。"

"周瑞家的道"五字系挖补，五字占了四字位。疑是原脱落"的"字。
"周瑞家的道"，甲戌本、己卯本、庚辰本、杨本、蒙本、戚本、梦本作"周瑞家的因说"，彼本、眉本作"周瑞家的说"。

例4，舒本第8回，253/2-4：

　　宝玉因问："哥哥不在家？"薛姨妈叹道："他是没龙头的马，天天逛不了，那里肯在家一日。"

"没龙头的"四字系挖补。四字并占三字位。"龙"字旁添竹字头。
"没笼头的马"，其他脂本（甲戌本、己卯本、庚辰本、彼本、杨本、蒙本、戚本、眉本、梦本）均同。

例5，舒本第8回，253/4-6：

　　宝玉道："姐姐可大安了？"薛姨妈道："可是呢，你前儿又想着打发人来瞧他。他在里间呢，你去瞧瞧他去。里间比这里暖和，那里坐着罢。我收拾收拾就进来和你说话儿。"

"里"字系挖补。
"这里"，甲戌本、己卯本、庚辰本、彼本、杨本、蒙本、戚本、梦本同，眉本作"这屋里"。

例6，舒本第8回，261/1：

　　宝玉笑道："什么药，这么好闻？姐姐给我一九尝尝。"

"好"字系挖补。
"好闻"，其他脂本均同。
"姐姐"，彼本作"姊姊"，其他脂本作"好姐姐"。

例7，舒本第8回，274/8：

宝玉吃了半碗茶，忽又想起早起的茶来，因问茜雪道："早起沏了一碗枫露茶。我说过，那茶三四次后才出色的。这会子怎么又沏了这个茶来？"

"会子怎么又"五字系挖补。五字占了四字位。
"这会子怎么又"，其他脂本均同。
例8，舒本第14回，418/7：

　　凤姐笑道："便是他们作，也得要东西，拦不住我不发给对牌是难的。"

"难"字系挖补。
"难"，其他脂本（甲戌本、己卯本、庚辰本、彼本、杨本、蒙本、戚本、梦本）均同。
例9，舒本第14回，423/1：

　　……又有迎春染病，每日请医服药，看大夫启帖症源脉案等事，亦言难尽述。

"亦"，旁改"一"。
"尽"字系挖补。
"述"，点去。
"亦言难尽述"，彼本同，甲戌本、己卯本、庚辰本、杨本、蒙本、戚本、梦本作"亦难尽述"。
此五字，舒本与彼本独同，可证二本有亲近的关系。
例10，舒本第15回，435/5：

　　不一时，只见从那边两匹马压地跑来，离凤姐车不远，一齐跳下来，扶车回话。

"车不"二字系挖补。
"不远"，甲戌本、己卯本、庚辰本、彼本、杨本、蒙本、戚本同，梦本无。
例11，舒本第15回，436/2：

宝玉在车内急命请秦相公。那时秦钟正骑马随他父亲的轿，忽见宝玉的小厮跑来请他去打尖。

"见"字系挖补。
"见"，其他脂本均同。
例12，舒本第15回，449/8：

只见智能独在房中洗茶碗，秦钟跑来便搂着亲嘴。智能急得跺脚说："这算什么呢？再这么，我就叫唤了。"

"这"字系挖补。
"再这么"，甲戌本、己卯本、庚辰本、彼本、戚本、蒙本同，杨本、蒙本作"再这么着"。
例13，舒本第15回，450/3：

秦钟道："这也容易，只是远水救不得近渴。"说着，一口吹了灯，满屋漆黑，将智能抱到炕上，就云雨起来。

"漆"字系挖补。
"漆黑"，其他脂本均同。
例14，舒本第19回，563/3：

宝玉见繁华热闹到如此不堪的田地，只落坐了一坐，便走开，各处闲耍。

"开各处"三字系挖补，三字并占二字位。
"便走开，各处闲耍"，己卯本、庚辰本、彼本、杨本、戚本同，蒙本、梦本作"便走开，各处闲顽"。
例15，舒本第19回，568/3：

袭人听了，也不知为何，忙跑出来，迎着宝玉，一把拉住问："你怎么来了？"宝玉听了，笑道："我怪闷的，来瞧瞧你作什么呢？"

"作什"二字系挖补，二字并占一字位。
例16，舒本第19回，568/7：

袭人听了，复又惊慌道："这还了得！倘或碰见人了，或是遇见了老爷，街上挤车碰马，有个闪失，也是顽得的。你们的胆子比斗还大。都是茗烟挑唆的，回去我定告诉嬷嬷们打你。"

"挑唆"二字系挖补，二字并占一字位（挖补后，又改"挑"为"调"）。
"调唆"，其他脂本均同。
例17，舒本第19回，569/7：

　　袭人笑道："你们不用白忙，我自然知道。果子也不用摆了，不敢乱舍东西吃。"一面说，一面将自己坐褥拿了，铺在一个杌子上，宝玉坐了。

"说一"二字系挖补。二字并占一字位。
"一面说，一面"，其他脂本均同。
例18，舒本第19回，577/3：

　　袭人道："那是我两姨妹子。"

"道"字系挖补。
"道"，其他脂本均同。
例19，舒本第19回，578/4：

　　宝玉道："你所说的话怎么叫我答言呢。我不过是赞他好，正配生在这深堂大院里，没的我们这浊物倒生在这里。"

"说"字系挖补。
"说"，其他脂本均同。
例20，舒本第19回，582/3：

　　宝玉听了，思忖半晌，乃说道："依你说，是去定了。"

"你说"二字系挖补，二字并占一字位。
"依你说"，彼本作"你依说"（"你"、"依"二字勾乙），其他脂本同于舒本。
例21，舒本第19回，590/8：

黛玉听了，嗤的一声笑道："你既要在这里，那边去老老实实的坐着，咱们说话儿。"宝玉道："我也歪着。"黛玉道："你就歪着。"宝玉道："没有枕头，咱们在一个枕头上。"黛玉道："放屁。外头不是枕头？拿一个来枕着。"宝玉出至外间，看了一看，回来笑道："那个我不要他，也不知是那个脏婆子的。"

"枕着宝玉出至"六字系挖补，六字并占四字位。
此六字，其他脂本均同。
例22，舒本第19回，598/4：

　　"小耗现形道：'我说你们没见识面，只认的果子是香玉，却不知林老爷的小姐才是真正香玉呢。'"黛玉听了，翻身爬起来，按着宝玉笑道："我把你烂了嘴的，我就知道你是编我呢。"

"玉听"二字系挖补，二字并占一字位。
"黛玉听了"四字，其他脂本均同。
例23，舒本第20回，602/2：

　　宝玉忙要赶过来，宝钗忙一把拉住道："你别和你妈妈吵才是，他老糊涂了，倒要让他一步为是。"

"是他"二字系挖补，二字并占一字位。
"才是"，杨本无，梦本作"那是"，其他脂本（己卯本、庚辰本、彼本、蒙本、戚本）同于舒本。
例24，舒本第20回，604/2：

　　彼时黛玉、宝钗等也走过劝说："妈妈，你老人家担待他们一点子就完了。"李妈妈见他二人来了，便拉住诉委曲，将当日吃茶、撩茜雪与昨日酥酪等事，唠唠叨叨说个不了。

"二人"二字系挖补，二字并占一字位。
"二人"，其他脂本均同。
例25，舒本第20回，606/5：

　　宝玉见他这般病势，又添了这些烦恼，连忙忍气吞声，安慰他仍旧睡下出汗，又见他汤热火烧，自己守他，歪在傍边，劝他养着病，别想着些没要紧的事生气。

"己守"二字系挖补，二字并占一字位。
"守"，彼本、杨本、梦本作"守着"，其他脂本同于舒本。
例26，舒本第20回，606/8：

　　袭人冷笑道："要为这些事生气，这屋里一刻还站不得了。但只是天长日久，只管这样，可叫人怎样才好呢。时常我劝你别为我们得罪人，你只顾一时为我们那样，他们都记在心里，遇着坎儿，说不好听的，大家什么意思。"

"们得"二字系挖补，二字并占一字位。
"时常我劝你别为我们得罪人"，梦本无，己卯本、庚辰本、戚本作"时常我劝你别为我们得罪人"，彼本作"时常我劝你别为着我们得罪人"，杨本作"时常我劝你别为着我得罪人"，蒙本作"时常我劝你别为我得罪人"。
例27，舒本第20回，620/7：

　　宝玉听了，忙上来瞧瞧（悄悄）的说道："你这么个明白人，难道连'亲不间疏'、'先不拒后'也不知道。我虽糊涂，却明白这两句话……"

"了"、"忙"二字系挖补，二字并占一字位。
"了，忙"，其他脂本均同。
例28，舒本第23回，698/3：

　　梅魂竹梦已三更，锦罽鹴衾睡未成。

"三"字系挖补。
"三更"，其他脂本（庚辰本、彼本、杨本、蒙本、戚本、梦本）均同。
例29，舒本第23回，704/5：

　　说的林黛玉嗤的一声笑了，一面揉着眼，一面笑道："一般唬的这个调儿，还只管胡说，呸，原来是苗而不秀，一个银样蜡枪头。"

"枪头"二字系挖补，二字并占一字位。

"银样蜡枪头",其他脂本均同。

例 30,舒本第 23 回,705/3:

宝玉听了,忙拿了书,别了黛玉,同袭人回房换衣不提。

"回房换衣"四字系挖补,四字并占二字位。
"回房换衣",其他脂本均同。

例 31,舒本第 24 回,733/7:

焙茗道:"等了这半日,也没个人儿过来。这就是宝二爷房里的。好姑娘,你进去带了信儿,就说廊上的二爷来了。"那丫头听说,方知是本家的爷们,便不似先前那等回避,下死眼把贾芸钉了两眼。

"听说方"三字系挖补。三字并占二字位。
"那丫头听说,方知是本家的爷们",梦本作"那丫头听见,方知是本家的爷们",其他脂本(庚辰本、彼本、杨本、蒙本、戚本、晳本)同于舒本。

例 32,舒本第 37 回,1145/7:

偷来梨蕊三分白,借得梅花一缕魂。

这是林黛玉所写的诗的第三句和第四句。

按照舒本抄写的格式,其中那个"偷"字本应写在第 7 行的第二字位;但是抄手起先却误写于第一字位了。该抄手发现之后,便挖空了那个错写的"偷"字,衬贴上白纸,并再在第二字位的"来"字的右侧补写一个"偷"字。

"偷",其他脂本(己卯本、庚辰本、彼本、杨本、蒙本、戚本、梦本)均同。

以上所举三十二例,如下表所示:

回次	例次
4	1
5	2
7	3

续表

回次	例次
8	4 5 6 7
14	8 9
15	10 11 12 13
19	14 15 16 17 18 19 20 21 22
20	23 24 25 26 27
23	28 29 30
24	31
37	32

上表所示，有一点值得注意：有的回只有一例，有的回却多达四例（第8回、第15回）、五例（第20回）、九例（第19回）。有挖补的章回，可能出于同一抄手，也可能出于有同一习惯的抄手。这给我们统计舒本抄手数目时提供了一个重要的辨别的线索。

第三节 改字

舒本的改字有下列几种不同的方式：

（1）挖补改字。请参阅上节所述各例。

（2）点去或圈去。例如"是"（171/7）、"可"（178/4）。

（3）将某字点去或圈去，再在此字的右侧改写另外的字。此类改字，或因音讹而改，例如"倍"—"辈"（76/1）、"识"—"食"（189/8），或因形讹而改，例如"游"—"逝"（160/6）、"奴"—"双"（171/1）。

（4）勾乙。例如"山中"—"中山"（161/4）、"说话"—"话说"（183/3）。

（5）旁添。例如"中"（163/8）、"珠"（169/6）。

（6）涂改。例如"皆"—"比"（188/2）、"二"—"四"（221/6）。

（7）添改。例如"到"—"倒"（271/4）、"雇"—"顾"（475/4）。

（8）其他。例如"钗"—"陵"（156/4）、"风流"—"多情"（157/7）。

还有其他方式，兹不列举。

现略举十七例于下：

例1，舒本第3回，110/2：

天下无能第一，古今不肖无双。寄言纨袴与膏粱，莫笑此儿形状。

"笑"，旁改"肖"。

此"笑"字，甲戌本、己卯本、杨本、蒙本、戚本、梦本作"效"，庚辰本原作"笑"，旁改"效"，眉本作"笑"。

按：舒本旁改的"肖"字无版本的依据，且与上文犯重。

例2，舒本第5回，157/7：

寿夭多因诽谤生，风流公子空牵念。

"风流"，旁改"多情"。

此"风流"二字无版本依据，其他脂本（甲戌本、己卯本、庚辰本、彼本、杨本、蒙本、戚本、眉本、梦本）均作"多情"。

疑此二字出于曹雪芹初稿。

例3，舒本第5回，161/4：

子系山中狼，得志便猖狂。

"山中"，庚辰本同，其他脂本（甲戌本、己卯本、彼本、杨本、蒙本、戚本、眉本、梦本）均作"中山"。

按："山中"系"中山"的显误。此例可以说明此回舒本与庚辰本的关系比较亲近。

例4，舒本第5回，172/4：

中山狼，无情兽，全不念当日根由，一味的骄奢淫荡贪还摄。

"摄"当是"搆"字的形讹。"还摄"二字圈去，旁改"婚媾"。

"还摄"，甲戌本、己卯本、杨本、蒙本、梦本作"还搆"，庚辰本作"还構"，戚本作"顽殻"，眉本作"纔搆"。

例5，舒本第6回，185/1：

因狗儿白日间又作些生意，刘氏又操井臼等事，青、板姐妹两个无人看管，狗儿遂将岳母刘姥姥接来，一处过活。

"姐"点去，旁改"兄"。

"姐妹"，甲戌本、杨本、蒙本、戚本、梦本作"姊弟"，己卯本、庚辰本作"姊妹"，眉本作"姐弟"。

按：据《汉语大词典》，"姊妹"或"姐妹"可以泛指"兄弟姐妹"，并举歌谣《嫂嫂不爱小姑》中"哥哥才是亲姊妹，嫂嫂到底是个外头人"为例①。

在《红楼梦》中，"姊妹"或"姐妹"一词常用来指称宝玉、黛玉、宝钗、探春等人，例不胜举。

例6，舒本第7回，221/6：

薛姨妈乃道："这是宫里头作的新鲜样法堆纱花十二枝，昨儿我想起来，白放着可惜旧了，何不给他们姊妹们带去，昨儿要送去，偏又忘了。你今儿来的巧，就带了去罢。你家的三位姑娘，每人两支。送林姑娘四支，那二支给了凤姐儿罢。"

"四"，点去，旁改"二"。"二"添改"四"。

"四支"，甲戌本、己卯本、庚辰本、杨本、蒙本、戚本、眉本作"两枝"，彼本、梦本作"二支"。

"二支"，其他脂本均作"四枝"。

在舒本原文和改文中，它所分配给各人的宫花的总数并没有出现差错。细微的区别仅仅在于，那四支宫花是给黛玉的，还是给凤姐的。

这涉及对薛姨妈这个人物性格的理解。此处不能细说，以免辞费。

但上文在周瑞家的给凤姐送花时，书中说：

平儿听了，便打开匣子拿了四枝转身去了。半刻工夫，手里又拿出两枝来，先叫彩明来分（吩）咐他送到那边府里给小蓉奶奶带去。

可知周瑞家的交给平儿的自以"四枝"为是。

例7，舒本第7回，229/5：

---

① 《汉语大词典》（汉语大词典出版社，1986年），2277页、2282页。

谁知此时黛玉不在房中，却在宝玉房中姊妹两人解九连环作戏。

"姊妹两人"四字点去，旁改"大家"。
按："姊妹两人"，其他脂本均作"大家"。
曹雪芹笔下的"姊妹"一词，按照他的习惯用法，是包括宝玉在内的。
因此，我认为，"姊妹两人"四字出于曹雪芹的初稿。
例8，舒本第7回，246/4：

　　众小厮听他说出没天日的话来，唬的魂飞魄散，也不顾别的了，便把他捆起来，用土和马粪满满的填了他一嘴。凤姐、贾蓉等也摇摇的闻得，便都装作不听见。

"摇摇"，涂改为"遥遥"。
"摇摇"，甲戌本、己卯本、庚辰本、彼本、杨本、蒙本、戚本作"遥遥"，眉本、梦本作"远远"。
此例给了我们很大的启发，帮助解决了另外一个困惑了几位老辈红学家的问题。那是在舒本第8回261/3：

　　一语未了，忽听外面人说："林姑娘来了。"说犹未了，林黛玉已摇摇的走了进来。

"摇摇"，甲戌本、己卯本、庚辰本、彼本同于舒本，蒙本、戚本、眉本无，杨本、梦本作"摇摇摆摆"。
按：用"摇摇"或"摇摇摆摆"形容黛玉走路的姿态，未免使读者产生"唐突西子"之感，这绝非曹雪芹笔下所应有。看到了第7回末尾的"遥遥"误写为"摇摇"的例子，我们方恍然大悟，找到了"摇摇"致误的来由。
例9，舒本第8回，273/5：

　　一时黛玉来了。宝玉见了黛玉，便笑道："妹妹，你别撒谎，你看这三个字那一个好？"黛玉仰头看里间门斗上新贴了三个字，写着"绛芸轩"。

"芸"圈去，旁改"云"。
"绛芸轩"，己卯本、庚辰本作"绛云轩"，甲戌本、彼本、杨本、蒙本、戚本、蒙本、眉本、梦本同于舒本。

例 10，舒本第 10 回，311/6：

> 璜大奶奶听了，说道："那里管得许多，你等我说说看是怎么样。"也不容他嫂子劝，一面叫老婆子瞧车就坐上，往宁府里来。到了宁府，进了东边，<u>好快骡子</u>，小角门前，下了车……

"好快骡子"，其他脂本（己卯本、庚辰本、彼本、杨本、蒙本、戚本、眉本、梦本）均无。

此四字，在舒本，原是正文，但已被点去。如无此四字，则上句"进了东边"与下句"小角门前"的衔接，十分紧密而流畅。

因此，我认为，此四字无疑是混入正文的批语。

例 11，舒本第 10 回，312/1：

> 尤氏说道："他这些日子不知是怎么着，经期有两个多月没来，叫<u>大夫</u>瞧了，又说并不是喜……"

"大夫"，点去，旁改"医生"。

"大夫"，杨本作"代夫"，其他脂本同于舒本。

在本回，其他相同的例子还见于 317/1、2、6。

例 12，舒本第 11 回，331/3、4：

> 话说是日贾<u>赦</u>的生日，贾珍先将上等可吃的东西，稀奇些的果品，装了十六大捧盒，着贾蓉带领家下人等，与贾<u>赦</u>送去。

"赦"点去，旁改"敬"。此"敬"字出于朱笔，非抄手所改。

"贾赦"，其他脂本（己卯本、庚辰本、彼本、杨本、蒙本、戚本、梦本）均作"贾敬"。

例 13，舒本第 15 回，441/8：

> 原来这馒头庵就是水月寺，因他庵内作的馒头好，就起了这浑号，离铁槛寺不远。当下和尚<u>攻</u>课已完，奠过了茶饭，贾珍便命贾蓉请凤姐歇息。

"攻"被圈去，旁改"功"。

"攻"，彼本同，其他脂本（甲戌本、己卯本、庚辰本、杨本、蒙本、戚本、梦本）作"工"。

此字舒本、彼本独同，可证此回的舒本、彼本有亲近的关系。

例14，舒本第21回，626/6：

> 大家闲话了一回，各自归寝。湘云仍往黛玉房中安歇。宝玉送他二人到房。那天已二更多时，袭人来催了几次，方回自己房中去睡。次日，天方明时，便披衣靸鞋，往黛玉房中来时，不见紫鹃（鵑）、翠楼二人，只有他姐妹两个，尚躺在衾内。

"楼"，点去，旁改"缕"。

"翠楼"，彼本、梦本同，其他脂本（庚辰本、蒙本、戚本）作"翠缕"。下文627/8（第21回）、660/2（第22回）仍然出现"翠楼"（彼本、梦本同）。此三例可证，舒本、彼本、梦本此二回有亲近的关系。

例15，舒本第23回，695/5：

> 薛宝钗住了蘅芜苑，林黛玉住了潇湘馆，贾迎春住了缀锦楼，探春住了秋掩书斋。

"掩"点去，旁改"爽"。

"秋掩书斋"，彼本、杨本、梦本、晳本同，庚辰本作"秋掩斋"，蒙本、戚本作"秋爽斋"。

此例可证，第23回分为两个营垒，一为舒本、彼本、杨本、梦本、晳本，另一为蒙本、戚本，庚辰本则近于舒本、彼本等。

例16，舒本第25回，767/5–8：

> 林黛玉信步便往怡红院中来，只见几个丫头舀水，都在回廊上围着看画眉洗澡呢。听见房内有笑声，林黛玉便入房中看时，原来是李宫裁、凤姐、宝钗都在这里呢。一见他进来，都笑道："这不又来了一个。"

在"宝钗"之下，旁添"宝玉"二字。

"宝钗"，庚辰本、杨本、蒙本、戚本、梦本同，彼本作"宝玉"。

按：此事发生在怡红院宝玉房中，外来者的名单中不包括宝玉的名字，是很自然的，因为他是主人。在这一点上，其他脂本（庚辰本、杨本、蒙本、戚本、梦本、晳本）无疑都是对的。但彼本把"宝钗"错成了（或改成了）

"宝玉"。而舒本又在"宝钗"之外添加了"宝玉",于中不难看出舒、彼二本的亲近关系。

例17,舒本第27回,827/4:

晴雯冷笑道:"怪道呢,原来爬上高枝儿去了,把我们不放在眼里。不知说了一句话半句话,明儿旺儿知道了不曾呢,就把他兴的这个样……"

"旺"点去,旁改"后"。

"明儿旺儿",甲戌本、庚辰本、彼本、戚本、梦本作"名儿姓儿",杨本作"名姓儿",蒙本作"名儿"。

舒本错误的由来:"明"乃"名"的音讹,"旺"乃"姓"的形讹。

第四节　改字出于谁手?

舒本的改文是谁写下的?

这要分作两部分来谈。

一部分改文是抄手①所写下的。他们抄缮时发现有抄错或抄漏的字词,遂即加以改正和弥补。但这仅仅占据极少的部分。他们的任务是抄书(依据底本誊录),而不是修改和润饰书中的字句。后者,对他们来说,是额外之事,亦非雇佣者所求。作为以抄书为谋生手段的他们,既没有时间,也不合算,去干那些得不偿失之类的事。

我们注意到,舒元炜序文中有如下的话:

于是摇毫掷简,口诵手批。

可知舒本的改文中无疑存在着全部是或绝大部分是舒元炜所批改的文字。

我们还注意到,舒本有一点和其他脂本(抄本)大不相同,就是:它在正文的每句文字之后加有句读的符号,这个符号是用小红圈钤印的。全书从头至尾都有这种符号。这表明,舒元炜所说的"摇毫掷简,口诵手批",洵非虚言。因此,我认为,这种句读符号无疑是舒氏所钤加②的。

---

① 我们没有证据能够证明舒本正文的抄写者非是职业抄手。
② 我认为,舒氏所钤盖的句读符号,对我们今天标点《红楼梦》排印本有较大的参考价值。

下面列举十三例，试作分析。
例1，舒本第9回，288/6：

原来这学中虽都是本族人口，与些亲戚的子弟，俗语说的好，一龙生九种，种种各别。未免人多了就有龙蛇混杂杂了下流人物在内。

这里接连出现了两个"杂"字。
为什么会出现两个接连的"杂"字呢？
有下列四点需要引起注意：
一是，第一个"杂"是写作繁体的"雜"，第二个"杂"是写作异体的"襍"；同样是"杂"，却出于不同的写法。
二是，第一个"杂"（雜）是旁添的，写于"混"字的右下侧，而"混"字则处于此页第6行的末位；第二个"杂"（襍）字是原文，处于此页第7行的首位。
三是，"雜"和"襍"，非同一人的笔迹。
四是，在旁添的那个"雜"字的右下侧钤有红色的圈印（句读的符号）。
例2，舒本第11回"庆寿辰宁府排家宴，见熙凤贾瑞起淫心"，340/6：

秦氏拉着凤姐儿的手，强笑道："这都是我无福，这样的人家，公公婆婆当自己的女孩似的。婶娘，侄儿虽说年青，却是他敬我，我敬他，从来没有红过脸……"

"娘"，点去，旁改"子"；后又将旁改的"子"字圈去，旁添恢复符号（△）。这样做的原因是次行下文有"婶娘"二字。
此例可证，"子"字非抄手所改。
例3，舒本第14回，406/8：

这八个人单管监收祭礼，这八个人单管各处油腊蠋纸劄。

这里有两个错字。一是"蜡"错写为"腊"。二是"烛"错写为"蠋"。"蠋"又涂改为"烛"（燭）。但这个涂改非出于抄手所为。因为下文（408/5）说：

说毕，又吩咐按数发给茶叶、灯油、蜡蠋、鸡毛担帚、笤帚等物。

此处的"蠋"是原文,后又涂改为"烛"(燭)。如果第一次的涂改是抄手所为,则他不会再犯第二次的错误。

例 4,舒本第 16 回,462/6:

> 贾琏遂问别后家中的诸事,又谢凤姐的操持劳碌。凤姐道:"我那里照管的这些事,见识又浅,口角又怵,心肠又直率,人家给个棒槌我就作针,脸又软,搁不住人给两句好话,心里就慈悲了,况且又没经过大事,胆子又小,太太略有些不自在,我就唬的连觉也睡不着……"

"怵"点去,旁改"笨"。

"怵",己卯本、庚辰本、彼本同,甲戌本作"夯",杨本作"拙",戚本、梦本作"笨"。蒙本原作"怵",旁改"笨"。

按:舒本的"怵"字乃抄手根据底本所写,他不可能,也没有必要事后把它点去,再补写一个"笨"字在侧。从字迹来看,此"笨"字亦与抄手的笔迹不符。

我认为,此"笨"字系舒元炜所加。

例 5,舒本第 16 回,478/4:

> 贾蓉在身后灯影下悄拉凤姐的衣襟,凤姐会意,因笑道:"你也太操心,难道大爷比咱们还不会用人,偏你又怕他不在行了。谁都是在行的?孩子们已长的这么大了,没吃猪也见过猪跑……"

"跑"点去,于右上侧添写"呢"字;后又将"呢"圈去,并于"跑"字右下侧添加恢复号(△)。

我认为,此与抄手无涉,而系舒元炜所为。

例 6,舒本第 17 回,524/1 - 2:

> 宝玉道:"你也不用剪,我知道你也懒给我东西,我连这荷包奉还何如?"说着,掷向怀中便走。黛玉见如此,越发气起来,声咽气堵,又汪汪的滚下泪来,拿起荷包要剪。宝玉见他如此,忙回身抢住,笑道:"好妹妹,饶了他罢。"黛玉将剪子一摔,拭泪说道:"你不同我好一阵歹一阵的,要恼就撂开手,这当了什么。"

"他"、"你"、"我"三字均被点去,"他"旁改"我","你"旁改

"我","我"旁改"你"。

按:"你不同我",彼本作"你不用与我",其他脂本(己卯本、庚辰本、杨本、蒙本、戚本、梦本)作"你不用同我"。舒本遗落"用"字。

又按:"他"原指荷包,改为"我",则是指宝玉自己;"好一阵歹一阵"的"你"原指宝玉,改为"我",就变成指黛玉自己了。可知改文大谬,不合情理。

职业抄手奉命抄书,他的任务只是"依样画葫芦",以意改字非彼辈所取,更何况是错改。因此,这有很大的可能是舒元炜这样身份的人士所改。

例7,舒本第19回,563/2 – 564/1:

> 宝玉见繁华热闹到如此不堪的田地,只落坐了一坐,便走开各处闲耍,先是进内去和尤氏、和丫环姬妾说笑了一回,便出二门来。尤氏等仍料他出来看戏,遂也不曾照管。贾珍、贾琏、薛蟠等只顾猜枚行令,百般作乐,也不理论。纵一时不见他在座,只道在里边去了,故也不问。至于跟宝玉小厮们,那年纪大些的,知宝玉这一来了,必是晚间才散,因此偷空也有会赌去的,也有往亲友家吃年茶的,更有或嫖或饮的,都私自散了,待晚间再来。那小厮都钻进戏房瞧热闹去了。

"厮",先是点去,旁改"的",后又将"的"字圈去,并于"厮"字右下侧添写恢复号(△)。因上文已有"小厮们"三字(563/7),故无必要更改。

我认为,这也是舒元炜之所为。

例8,舒本第21回,626/1:

> 恰至宝钗来在湘云身后,也笑道:"我劝你两个看宝玉弟分上,都丢开手罢。"黛玉道:"我不依,你们是一气的都亏弄我不成。"宝玉劝道:"谁敢戏弄你,你不打趣他,他焉敢说你?"

"亏"(虧),点去,先是旁改"戏"(戲),继而又点去"戏"字,并在"亏"字右上侧画恢复号(△)。

"戏"(戲),点去,旁改"亏"(虧)。

"亏弄",其他脂本(庚辰本、彼本、蒙本、戚本、梦本)均作"戏弄"。

"戏弄",其他脂本均同于舒本。

按：此改文出于舒元炜之手。

例9，舒本第22回，653/2：

　　且说史湘云住了两日，因要回去，贾母因说："等过了你宝<u>妹妹</u>的生日，看了戏再回去。"湘云听了，只得又住下了。

"妹妹"，点去，旁改"姐姐"。

"妹妹"，其他脂本（庚辰本、彼本、杨本、蒙本、戚本、梦本）均作"姐姐"。

按：原文"妹妹"与改文"姐姐"非同一人所写，前者的笔体与上下文一样，墨色深而浓，后者墨色浅而淡。故知改文非出于抄手所写，疑是舒元炜所为。

例10，舒本第22回，677/5：

　　能使妖魔胆尽摧，身如束帛气如雷。一声震得人方恐，回首相看<u>化成灰</u>。

"化成"改为"已化"。"已"系旁添于"化"字之右上侧，"成"字点去。

"已化灰"，其他脂本均同。

按：旁边的"已"字，笔画细，而原文的"化成"二字笔画粗，显非同一人同时所写。

例11，舒本第26回，808/3：

　　冯紫英<u>道说</u>，便立起身来，说道："论理应该陪饮几杯才是，只是今儿有一件大大要紧事，回去还要见家父的面，实不敢领。"

"道"点去，旁改"听"。

"道说"，其他脂本（甲戌本、庚辰本、彼本、杨本、蒙本、戚本、梦本）均作"说道"。

按：舒本旁改的"听"字写作"聽"（右半边居中的"一"横无）。此旁改的"聽"字位于此页的第三行，而在此页的第一行有两句云：

　　咱们几个人吃酒<u>听</u>唱的不乐，寻那个苦恼去。

其中那个"听"字的写法是：左半边写作"耳"。同一个"听"字，相距仅两行，而写法不同，显然出于两个不同的人的手笔。这就否定了那个旁改的"听"字是抄手所写的可能性了。

再举一个旁证。从字迹看，第 27 回和第 26 回这相邻的两回为同一个抄手所写。而在第 27 回 822/3 有云：

  红玉、坠儿刚一推窗，只听宝钗如此说着又往前赶，两个人都唬怔了。

其中那个"听"字的写法，正是左半边写作"耳"。这和第 26 回抄手 808/1 的抄手所写"听"字完全一模一样①。

例 12，舒本第 31 回，966/2：

  宝钗在旁笑道："姨娘不知道他穿的衣裳，还便爱穿别人的衣裳。可记的旧年三四月里，他在这里住着，把元玉的袍子穿上，靴子也穿上，额子也勒上，及一瞧，倒像是宝兄弟，就是多两个坠子。他站在那椅子背后，哄的老太太只是叫：'宝玉，你过来，仔细那上头挂的灯穗子招下灰来眯了眼。'他只是笑，也不过去。后来大家掌不住笑了，老太太才知道了，说道：'扮上男人好看了。'"

"元"，圈去，旁改"宝"。注意：旁改的"宝"写作繁体"寶"，中间那个"缶"写作"尔"。而恰恰在这一页第 2 行、第 4 行、第 6 行，以及次页的第 5 行，正文中都有那个包含"缶"在内的繁体"寶"字出现。这无可辩驳地证明了，966/4 的改文"宝"（含"尔"在内的繁体"宝"）非此抄手所写。

例 13，舒本第 40 回，1233/4：

  凤姐儿一面说话，早命人取了一匹来了。贾母说："可不是这个。先时原不过是糊屉，后来我们拿这做被、作帐子试试，也竟好。明儿就找出几匹来，拿银红的替他糊窗子。"

在"糊"字之下、"屉"字之上，旁添"窗"字。此旁添之"窗"字是

---

① 第 29 回 886/5、887/6 同样出现了这个"耳字旁"的繁体"听"字。

个异体字，写作"窓"。不同的是，原文中的"窗"字则写作"窻"，同页第 7 行的"窻"字亦然。由此可见，原文的"窗"（窻）与改文的"窗"（窓），写法不同，非出同一人的笔下。原文为抄手所抄，改文则为舒元炜所加。

以上所举十三例，证明改文均非抄手所写。

因此，除了那位写序的、主持姚玉栋藏本《红楼梦》补录工作的、"摇毫掷简，口诵手批"的、施加红色句读符号的舒元炜之外，还能有谁呢？

第七章　为什么八行变成了九行？

——舒本第五回首页行款异常问题辨析

本章讨论的对象是舒本第 5 回的首页。

所谓"首页"，是指第 1 叶的前半叶。"页"，有的学者一般称之为"半叶"，或以 a 和 b 分别代表前半叶和后半叶。本章此处以"页"代指"半叶"，简易可行，以免辞费，读者谅之。

本章从考察舒本第 5 回首页正文每行字数异常状况出发，再进而考察该回回前诗的插入、回目的异同，对舒本第 5 回首页前后两个底本来源问题作深入的探讨。

翻开舒本第 5 回首页，一眼望去，不难发现，它的版面行款存在着一些异常的状况。

所谓"异常"，是指它有异于舒本现存的其他三十九回的首页。

这"异常"有着什么样的表现？

产生这种"异常"状况的原因何在？

这种"异常"又和第 5 回的底本问题有着何等的联系？

这就是本章试图解答的问题。

第一节　舒本正文每页每行的字数

舒本每页每行正常的字数是二十四字。一般书目的著录均作如此的记载。

但是，严格地说，这个说法不够准确。

在舒本四十回中，正文每行保持二十四字的，见于下列二十八回：

```
1  2  3  4  9  10 12 13
14 15 17 18 21 22 25
26 27 28 29 30 31 32
33 34 35 37 38 40
```

剩下的十二回都有例外。例外主要表现为每行 25 字、23 字或 26 字。

正文每行增为 25 字的，有下列 53 行，分见于下列 10 回：

回次	5	6	7	8	16	19	20	24	36	39
行数	3	12	4	4	1	15	5	2	6	1

正文每行字数减为 23 字的，仅见于 1 回（第 11 回）1 行。

正文每行字数增为 26 字的，也仅见于 1 回（第 24 回）2 行。

最奇怪的是第 5 回首页。它的正文有 5 行（第 5 行至第 9 行）。除了第 9 行仍维持 24 字外，其他 4 行都超出了 24 字。

第二节　第五回首页正文每行有多少字？

舒本第 5 回首页正文位于第 5 行至第 9 行。

现按原来格式将舒本第 5 回首页这五行正文引录于下（参见 96 页图一）：

　　第四回中既将薛家母子在荣府中寄居等事略已表明，此回则渐（暂）不能写矣。

　　如今且说林黛玉自在荣府，一来贾母万般怜爱，寝食起居一如宝玉，迎春、探春、惜春三个亲孙女倒且靠后。便是宝玉、黛玉二人亲密友爱处，亦自觉别个不同，日则同行同坐，夜则同息同止，真是言和意顺，略无参商。

　　不想如今忽然来了一个薛宝钗，年岁虽大不多，然品格端方，容貌丰美，人……

这五行字数的多寡见于下表所列：

行次	5	6	7	8	9
字数	30	31	31	27	24

从这个表格可以看出，字数多者（31）与字数少者（24）竟然相差七个字之多，这在舒本全书算得上是绝无仅有的；只有到了此页的末行（第9行），其字数（24）方与全书正文每行的正常字数保持着一致。而在这之前的四行，字数均告涨溢。

为什么在第5行、第6行、第7行、第8行的字数会比常规的字数（每行24字）分别溢出6字（第5行）、7字（第6行、第7行）、3字（第8行）不等？为什么这四行的字数只见涨溢而不见缩减？为什么溢出的字数又不保持一律而致参差不齐？

这不能不引起我们的思考。

我认为，这种种异常情况显然不是偶然发生的，而是出于一种有意的改动。

问：为什么恰恰在末行保持着常规的字数？

答：因为经过涨溢的改动之后，正好可以使此页的末行末字和次页的首行首字实行正常的不间隔的衔接。

因此，我们有理由相信，这一页第5行至第8行的不正常的字数，乃是因后来者的临时插入而造成的局面。

试请细看这四行的字数与舒本全书正文每行正常的字数（24）的比较：

第5行：30 − 24 = 6
第6行：31 − 24 = 7
第7行：31 − 24 = 7
第8行：27 − 24 = 3
第9行：24 − 24 = 0

这五个数字（6、7、7、3、0）相加的结果是：

6 + 7 + 7 + 3 + 0 = 23

我们不会忘记，舒本全书正文每行的正常的数字是24。而23，这正好是和24毗邻的数字！它恰恰接近于每行正常的字数。

为什么会发生这样的情况？原因何在？

第三节　第五回首页有几行？

舒本第 5 回首页的异常，除了表现在每行的字数上，还表现在这一页的行数上。

按照舒本全书的格式，每页均为 8 行。在第 5 回之外的其他三十九回首页，一无例外（参见 101 页图二）：

第 1 行	书名 + 回数
第 2 行	回目
第 3 行至第 8 行	正文

但在第 5 回首页却起了变化（参见 96 页图一）：

第 1 行	书名 + 回数
第 2 行	回目
第 3 行　第 4 行	回前诗
第 5 行至第 9 行	正文

和正常的第一回首页相比：
（1）第 1 行、第 2 行没有变化。
（2）第 3 行、第 4 行多出了特有的回前诗一首。
（3）行有疏有密，不够匀称。
（4）正文不是八行，而是九行。

第四节　八行变成了九行

舒本第 5 回首页正文每行字数异常的原因在于此页行数的异常：一页八行变成了一页九行。

舒本第 5 回首页的异常，除了表现在每行的字数上，还表现在此页的行数上。

按照舒本全书的格式，每页均为八行。在第 5 回之外的其他三十九回，一无例外。以第 1 回为例：

第 1 行	书名 + 回数
第 2 行	回目
第 3 行至第 8 行	正文

但在第 5 回首页却起了变化（参见 96 页图一）：

第 1 行	书名 + 回数
第 2 行	回目
第 3 行　第 4 行	回前诗
第 5 行至第 9 行	正文

和正常的第一回首页相比较：

（1）第 1 行、第 2 行没有变化。
（2）第 3 行、第 4 行多出了特有的回前诗一首。
（3）行有疏有密，欠匀称。
（4）正文不是八行，而是九行。
问题指向哪里呢？

第五节　后来者：回前诗

问题指向临时插入的后来者。
这个后来者就是我们现在看到的舒本第 5 回的回前诗：

　　春困葳蕤拥绣衾，恍随仙子别红尘。
　　问谁幻入华胥境，千古风流造业人。

此回前诗，存在着四个引人注意的问题：

（1）在舒本现存四十回中，有回前诗的仅仅两回。一个便是这第 5 回，另一个则是第 2 回（"一局输赢料不真，香销茶尽尚逡巡。欲知目下兴衰兆，须问旁观冷眼人"）。

（2）舒本第 5 回的回前诗前面的提示语为"题曰"，而舒本第 2 回的回前诗前面的提示语是"诗云"。二者不一致。这似可表明，二者非出一源。

（3）舒本第 5 回的回前诗排列的格式，与第 2 回的回前诗也不同。舒本第 2 回的回前诗占三行（"诗云"占一行；诗句占两行）。而第 5 回的回前诗仅占两行（"题曰"二字与诗句的前 17 字占 1 行，诗句的后 11 字占 1 行）。

（4）舒本第 5 回回前诗的字体明显地小于此页其他的字。它所占有的两行也比较拥挤，实际上相当于通常的一行的地位。既然是两行等于一行，那么，这正符合舒本每页八行的规格。

因此不难看出，舒本第 5 回的回前诗确实是后来插入的。此回原先并没有回前诗（换言之，在舒本第 5 回所依据的底本上，此回是没有回前诗的）。而且这个插入的时间应是在抄手已经抄完了第 1 页和第 2 页之后（或者说，也有可能是在抄手已经抄完了第 5 回全回之后）。

为了在已抄缮完毕的一页上插入这首回前诗，为了在插入回前诗之后使此页的末行末字能够和次页的首行首字实现"无缝对接"，便不得不在此页的行款上作必要的变更。

插入回前诗，因而破坏了原来的格局——这就是造成舒本第 5 回首页呈现异常状况的缘由。

第六节　回前诗的提示语

在一般情况下，回前诗字形的大小，应和全书正文字形大小保持着一致，给人以浑然一体的感觉。然而舒本第 5 回首页第 3 行、第 4 行的提示语"题曰"二字以及回前诗二十八字，其字形显然小于正文诸字，显示出它们是一个临时插入的后来者的角色。

回前诗一般均在诗前设置提示语。现存脂本所用的提示语有"诗云"、"诗曰"、"题曰"等。偶尔也有不设提示语的。

现将脂本四十回之前各回回前诗提示语列举于下：

回	甲戌	庚辰	己卯	杨	蒙	戚	彼	眉	梦
2	诗云	诗云	诗云	诗曰	诗云	诗云	无	无	0
4	0	0	0	题曰	0	0	题曰	题曰	0
5	0	0	0	无	题曰	题曰	×	题曰	0
6	题曰	0	0	题曰	题曰	题曰	×	题曰	0
7	题曰	0	0	0	题曰	题曰	0	0	0
8	题曰	0	0	0	0	0	0	0	0
13	诗云	无	0	0	0	0	0	×	0
17	×	诗曰	0	诗曰	无	无	诗曰	×	0

（"无"＝无提示语；"0"＝无回前诗；"×"＝该回佚缺）

舒本第5回回前诗的提示语作"题曰"。

舒本仅有的另一首回前诗见于第2回（"一局输赢料不真，香销茶尽尚逡巡。欲知目下兴衰兆，须问旁观冷眼人"）。其提示语却作"诗云"，与第5回不同。

在脂本之中，己卯本只有一种提示语，眉本一回无提示语，另三回均作"题曰"，梦本全无回前诗，提示语当然也就无从谈起；此外，甲戌本、庚辰本、杨本、眉本、戚本、彼本各回的回前诗提示语均不一致。所以，舒本第5回和第2回的回前诗提示语亦复如此，不足为奇。

重要的是，各本第5回回前诗提示语有没有和舒本同样作"题曰"的？

经查，有。正是蒙本、戚本、眉本第5回回前诗提示语也作"题曰"。它也不同于杨本的无提示语。

因此，从回前诗提示语的角度说，舒本第5回回前诗提示语有来源于蒙本、戚本、眉本（或其底本）的可能性。

那么，这个可能性到底是否存在呢？

这就要考察第5回的那首回前诗本身了。

第七节　从有无、异同的比较寻找回前诗的来源

查现存脂本，有第5回者包括舒本、甲戌本、己卯本、庚辰本、杨本、蒙本、戚本、眉本、梦本九种。

在这九种脂本的第 5 回中，有无回前诗的情况见于下表：

舒本	有回前诗
杨本	有回前诗
蒙本	有回前诗
戚本	有回前诗
眉本	有回前诗
甲戌本	无回前诗
己卯本	无回前诗
庚辰本	无回前诗
梦本	无回前诗

（彼本缺第 5 回，其中有无回前诗不详）

这就为我们寻觅舒本第 5 回首页的底本问题提供了很大的方便。

底本实际上有两个。一个是舒本第 5 回首页没有修改前（即原无回前诗）的底本，可称之为底本甲；另一个是舒本第 5 回首页已经修改后（即插入回前诗）的底本，可称之为底本乙。

舒本第 5 回首页既然出现了修改的痕迹，因此在寻找底本甲时，便首先要排除第 5 回拥有回前诗的四种脂本：杨本、蒙本、戚本、眉本（或其底本），然后再到这四种之外的甲戌本、己卯本、庚辰本、梦本等的范围内去寻找。而在寻找底本乙时，正好要沿着相反的途径。

杨本、蒙本、戚本、眉本四种或它们的底本便构成了舒本第 5 回后来插入的回前诗的来源。

但舒本、杨本、蒙本、戚本、眉本此回回前诗的诗句却存在着异文。异文出现在末句：

千古风流造业人（舒本、杨本、蒙本、眉本）
千古风流造孽人（戚本）

如果戚本的"孽"字不是出于后人（例如狄平子等）的改动，则舒本此回的回前诗当非来自戚本。

杨本、蒙本、戚本、眉本四种，在有回前诗这一点上，和舒本相同。而更引人注意的是，在此回的回目上它们也和舒本相同。

第八节　回目的异同

现存九种脂本的第 5 回回目也有歧异。其异文可以分为六种：

版　本	回　目
舒本	灵石迷性难解仙机　警幻多情秘垂淫训
眉本	灵石迷性难解仙机　警幻多情密垂淫训
蒙本　戚本	灵石迷性难解仙机　惊幻多情秘垂淫训
甲戌本	开生面梦演红楼梦　立新场情传幻境情
己卯本　庚辰本　杨本	游幻境指迷十二钗　饮仙醪曲演红楼梦
梦本	贾宝玉神游太虚境　警幻仙曲演红楼梦

其中舒本、眉本、蒙本、戚本四种的回目是基本上相同的，仅仅有"警"与"惊"、"秘"与"密"的区别。

所以，从舒本第 5 回首页所抄写的回目看，它当与蒙本、戚本、眉本的回目同一来源。

但这里却又出现了一个奇怪的问题：舒本第 5 回回目开始的字位有异于舒本其他三十九回。

从其他三十九回看，舒本各回回目上下联独占一行，其上联首字均占第三字位，第一字位、第二字位是空白。例如第 1 回的回目：

　　□□甄士隐梦幻识通灵□□□□贾雨村风尘怀闺秀

而第 5 回回目所处的位置却与此有同有异。相同的是，都独占一行；相异的是，其上联首字却不在第三字位，而是处于第二字位，升高了一个字位，也就是说，其前只有一个空白的字位，而不是有两个空白的字位，如下：

　　□灵石迷性难解仙机□□□□警幻多情秘垂淫训

一个字位的挪移，破坏了原先的格局。这表明，此回目亦非舒本第 5 回原先所有，而是跟着回前诗一起从别的脂本上搬运过来的。否则就不会无端上提一个字位。

如果这个推测能够成立,则这个回目("灵石迷性……")极可能是和回前诗同样来自杨本、蒙本、戚本、眉本(或其底本)。

第九节　正文的字数

上文所说的底本问题(底本甲、底本乙),仅仅涉及回目和回前诗,而与正文无干。

寻找第 5 回首页正文的底本则需要另辟蹊径。

现在试从舒本第 5 回首页正文与其他脂本第 5 回首页正文的比较入手,来判断它和哪个或哪几个脂本的关系最亲近。

在这一节先比较字数的多寡,在下一节再比较文字的异同。

舒本第 5 回首页的第 5 行至第 9 行是正文。这五行的字数则是:

"第四回中……容貌丰美,人"(舒本,143 字)

再看其他脂本第 5 回首页正文与舒本相应位置的字数:

版本	正文	字数
庚辰本　蒙本	第四回中……容貌丰美,人	145
梦本	第四回中……容貌美丽,人	143
戚本	第四回中……容貌丰美,人	139
甲戌本	却说薛家母子……容貌丰美,人	140
己卯本	如今且说……容貌丰美,人	119
杨本	如今且说黛玉……容貌丰美,人	113
眉本	且说林黛玉……容貌丰美,人	109

以上数字可以分为两组。第 1 组是梦本、庚辰本、蒙本、戚本、甲戌本,它们的字数或和舒本相同,或相差无几。己卯本、杨本、眉本构成第 2 组,它们由于缺少"第四回中既将薛家母子在荣府中寄居等事略已表明,此回则暂不能写矣"两句,因此与舒本出入较大。

因此,在第 5 回首页正文字数上,与舒本完全相同的是梦本一种,与舒本最接近的是庚辰本、蒙本两种，与舒本比较接近的是戚本、甲戌本两种，而与舒本距离较远的则是己卯本、杨本、眉本。

这就引出了舒本第 5 回首页正文的底本：可能是梦本、庚辰本、蒙本，也可能是甲戌本、戚本。

这个结论的正确与否，还有待于考察第 5 回首页正文文字的结果。

第十节　正文的歧异

舒本第五回首页正文，可分为三个小段落，如下：

> 第四回中既将薛家母子在荣府中寄居等事略已表明，此回则渐（暂）不能写矣。
>
> 如今且说林黛玉自在荣府，一来贾母万般怜爱，寝食起居一如宝玉，迎春、探春、惜春三个亲孙女倒且靠后。便是宝玉、黛玉二人亲密友爱处，亦自觉别个不同，日则同行同坐，夜则同息同止，真是言和意顺，略无参商。
>
> 不想如今忽然来了一个薛宝钗，年岁虽大不多，然品格端方，容貌丰美，人……

比较：

（1）第一小段"第四回中……不能写矣"，庚辰本、蒙本、戚本、梦本基本上同于舒本，而己卯本、杨本、眉本无之。甲戌本则起首"第四回中既将"六字简作"却说"，其余仍同于舒本。

（2）第二小段"如今且说……略无参商"，庚辰本、蒙本、戚本、梦本、甲戌本以及己卯本、杨本、眉本基本上同于舒本；但个别字句有出入："一来"，甲戌本、戚本、杨本、眉本作"以来"；"迎春、探春、惜春三个"，梦本作"迎惜探三个"；"三个"，眉本作"等"；"亲"，梦本无；"倒且靠后"，杨本作"且打靠后"；"便是"，己卯本、蒙本、戚本作"就是"；"处"，甲戌本无；"亦自觉"，甲戌本、己卯本、蒙本、戚本、杨本作"亦自较"，梦本作"亦较"，眉本作"较"；"同息同止"，梦本作"同止同息"；"略无参商"，梦本作"似胶如漆"。

（3）第三小段"不想如今……人"，也是庚辰本、蒙本、戚本、梦本、甲戌本以及己卯本、杨本、眉本基本上同于舒本；也是个别字句有出入："忽然"，眉本无，蒙本、戚本作"忽"；"年岁"，己卯本、杨本作"岁数"，蒙本、戚本、眉本作"年纪"；"丰美"，梦本作"美丽"。

从第一小段可以看出，与舒本相同的是庚辰本、蒙本、戚本、梦本，与舒本基本上相同的是甲戌本，而与舒本不同的是己卯本、杨本、眉本。这构成了基调。而第二、三小段的异文则对这个基调没有产生重大的影响。

也就是说，对舒本第5回首页正文考察的结果是：在版本关系上，它与庚辰本、蒙本、戚本、梦本、甲戌本亲近，与己卯本、杨本、眉本疏远。

第十一节　结语

（1）舒本第5回首页版面行款存在着异常的状况：正文字体大小不一、每行字数多寡不侔；回目上下位置与其他三十九回不同；回前诗字体小于正文字体。

（2）舒本第5回回前诗是后来插入的。因而导致此页多出了一行。

（3）插入的回前诗来源于蒙本、戚本、眉本（或其底本）中的一种。

（4）随着回前诗的插入，回目也被更替。新的回目和蒙本、戚本、眉本（或其底本）同一来源。

（5）由于回前诗的插入，破坏了原先的格局。

（6）此页正文每行字数多寡不同，其原因在于：第一，因插入回前诗两行挤进一行。第二，为了保持此页末行末字与次页首行首字的不间隔的衔接，不得不把被挤掉的六行文字分散地放置到五行中去。也就是说，版面行款的变动仅仅限于首页，不涉及次页。

（7）舒本第5回首页的正文，与庚辰本、蒙本、戚本、梦本、甲戌本亲近，与己卯本、杨本、眉本疏远。

本章所论述，仅限于舒本的第5回，不涉及舒本的其他各回。本章所得出的结论，仅适用于舒本的第5回，对舒本的其他各回不一定适合。

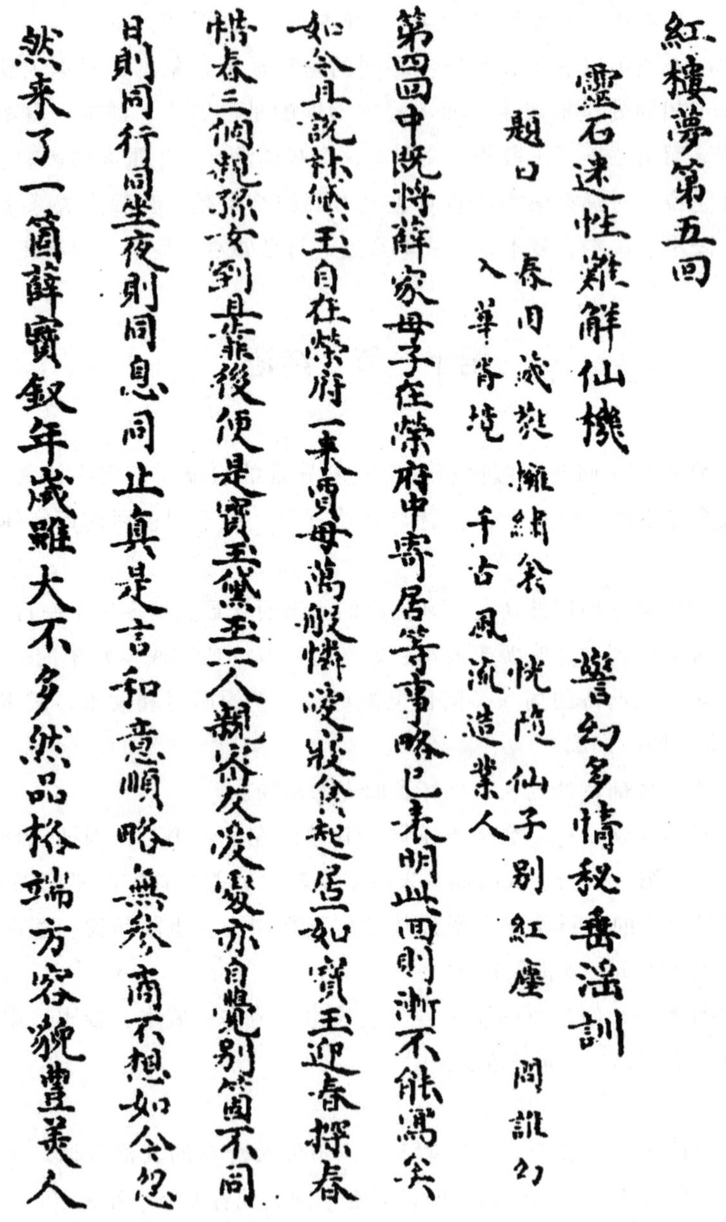

紅樓夢第五回

靈石迷性難解仙機　　警幻多情秘垂淫訓

題曰

春日炎炎擁綉衾　恍隨仙子別紅塵　問誰幻
入華胥境　千古風流造業人

第四回中既將薛家母子在榮府中寄居等事略已表明此回則漸不能寫矣
如今且說林黛玉自在榮府一來賈母憐愛寢食起居如寶玉迎春探春
惜春三個孫女到是靠後便是寶玉黛玉二人親密友愛亦自覺別箇不同
日則同行同坐夜則同息同止真是言和意順略無參商不想如今忽
然來了一箇薛寶釵年歲雖大不多然品格端方容貌豐美人

（圖一：舒本第5回首頁）

第八章　从回目看舒本

第一节　瞒天过海的把戏[①]

此节所谈，涉及"总目"与"回目"的关系。

"总目"是指位于全书正文之前的"红楼梦目录"。"回目"（或称"分目"）则指分置于各回正文之前的目录。

舒本现存的总目占五叶半的篇幅。每半叶八行。

第一叶前半叶第一行题"红楼梦目录"；从第二行起，回次（"第×回"）、回目（上联、下联）各占一行。

从第一叶后半叶开始，每半叶的格式一无例外地都是：第一行是回目上、下联（其回次在前一个半叶的末行），最后一行（第八行）是回次（"第×回"）。从现存的第一叶到最后一叶（第六叶），莫不如此。

蹊跷的是，第五叶末行是四字回次"第四十回"，而紧接着的第六叶首行的回目上、下联却是"夏金桂计用夺宠饵，王道士戏述疗妒羹"。

这难道竟然是第40回的回目吗？

在现存的脂本和程本的各种版本的第40回中，恐怕谁也找不到"夏金

[①] 此节的标题，在初稿上，原来只有"移花接木"四个字。后来考虑到，我以前曾发表过一篇论文，在标题上也有同样的这四个字，用的是褒义，说的是曹雪芹在《红楼梦》创作过程中设置和挪移尤二姐、尤三姐、柳湘莲故事的内容，故改用含有贬义的"瞒天过海"一词，以示区别。

桂"和"王道士"这样的人名和故事！你说怪也不怪。

不妨指出两点：

第一点，舒本正文第 40 回的回目是"史太君两宴大观园，金鸳鸯三宣牙牌令"，这既符合该回的情节内容，也保持着与其他脂本第 40 回回目的一致。

第二点，所谓"夏金桂计用夺宠饵，王道士戏述疗妒羹"，显然与第 40 回的情节内容背离，而它却见于第 80 回。这有其他脂本第 80 回的回目为证：

懦迎春肠回九曲，姣香菱病入膏肓（杨本、眉本）

懦弱迎春肠回九曲，姣怯香菱病入膏肓（蒙本、戚本）

美香菱屈受贪夫棒，丑道士胡诌妒妇方（梦本）

（庚辰本有回次、无回目；彼本无回目）

那么，在舒本总目上，"第四十回"（回次）为什么会和"夏金桂计用夺宠饵，王道士戏述疗妒羹"（回目）这样地嫁接在一起呢？

原来这只不过是出售舒本残本的书商或转让舒本残本的藏家所玩弄的一套巧妙的瞒天过海的把戏而已。

总目最后这半叶的第一行既然是第 80 回的回目，而第二行以后又全是空白，这就证明了下述三点：

第一，舒本原是八十回本，现在我们看到的舒本则是个仅存四十回的残本，它显然已佚失了第 41 回至第 80 回的正文。

第二，舒本的总目应该是包含了完整的从第 1 回到第 80 回的回目。按照总目的行款计算，它无疑应该是共有十六叶。

第三，出于蒙骗、牟利的动机，出售的书商或转让的藏家有意抽去了或撕毁了总目的十叶（即第六叶至第十五叶），故意使人误认为它是个八十回的完整本，以免被发现缺失后半部四十回（第 41 回至第 80 回）的危险。

第二节　舒本回目与总目的出入

舒本在下列八回存在着回目和总目相互歧异的现象：

| 8 | 14 | 15 | 24 | 28 | 29 | 32 | 35 |

兹分述于下：
(1) 舒本第 8 回回目：

薛宝钗小宴梨香院，贾宝玉逞醉绛云轩

此回目同于彼本。
舒本总目，"宴"作"羞"；"梨香院"作"梨花院"；"逞醉"作"大醉"。"羞"、"大醉"，同于甲戌本。
(2) 舒本第 14 回回目：

林如海捐馆扬州城，贾宝玉路谒北静王

此回目同于甲戌本、杨本①、戚本、彼本、梦本、程甲本。
舒本总目，"扬州城"作"扬州府"。
(3) 舒本第 15 回回目：

王凤姐弄权铁槛寺，秦鲸卿得趣馒头庵

此回目同于己卯本、庚辰本、杨本、蒙本、戚本、彼本、梦本、程乙本。
舒本总目，"王凤姐"作"王熙凤"，同于戚本总目。
(4) 舒本第 24 回回目：

醉金刚轻财尚仗义，痴女儿遗帕染相思

"义侠"，同于庚辰本、杨本、蒙本、戚本、彼本、晋本、梦本、程甲本、程乙本。
"染"，同于杨本、彼本。
（舒本总目，"仗义"作"义侠"，"女儿"作"儿女"，"染"作"惹"②。）
(5) 舒本第 28 回回目：

蒋玉菡情赠茜香罗，薛宝钗羞笼红麝串

---

① 杨本第 14 回回目"扬州"作"杨州"。
② "染"作"惹"，《红楼梦眉本研究》（社会科学文献出版社，2013 年，北京）附录"《红楼梦》回目汇校"失校（495 页）。

舒本总目,"蒋玉菡"作"蒋函玉"。

（6）舒本第 29 回回目：

> 享福人福深还祷福，多情女情重愈斟情

此回目同于程甲本、程乙本。
"痴情"，同于杨本、蒙本、戚本、彼本。
舒本总目,"多情"作"痴情"。

（7）舒本第 32 回回目：

> 诉肺腑心迷活宝玉，含耻辱情烈死金钏

此回目同于己卯本、庚辰本、杨本、蒙本、戚本、彼本、梦本、程甲本、程乙本。
舒本总目,"情烈"作"情屈"。

（8）舒本第 35 回回目：

> 白玉钏亲尝莲叶羹，黄金莺俏结梅花络

此回目同于彼本。
"巧"，同于己卯本、庚辰本、杨本、蒙本、戚本、梦本、程甲本、程乙本。
舒本总目,"俏"作"巧"。

在以上举例中，舒本总目异文同于他本者，统计如下：

甲戌本	1 例	第 8 回
杨本	2 例	第 24 回　第 29 回
蒙本	1 例	第 29 回
戚本	2 例	第 8 回　第 29 回
彼本	1 例	第 29 回

另外，舒本总目文字同于他本多达八九种者两例（第 24 回、第 35 回）；独异者三例（第 14 回、第 28 回、第 32 回）。

第三节 舒本与其他各本回目的异同

所谓"其他各本",在这里,是指舒本之外的其他脂本以及程甲本、程乙本。舒本回目和其他脂本以及程甲本、程乙本回目的比较,可以分为以下三类:

一,舒本回目与其他脂本以及程甲本、程乙本回目相同。

二,舒本回目与其他脂本以及程甲本、程乙本回目出入较小。

三,舒本回目与其他脂本以及程甲本、程乙本回目有出入且较大。

【一】舒本回目与其他脂本以及程甲本、程乙本回目相同。

属于这种情况的,有十二回,如下:

1	甄士隐梦幻识通灵,贾雨村风尘怀闺秀
2	贾夫人仙逝扬州城,冷子兴演说荣国府
11	庆寿辰宁府排家宴,见熙凤贾瑞起淫心[①]
12	王熙凤毒设相思局,贾天祥正照风月鉴
13	秦可卿死封龙禁尉,王熙凤协理宁国府
15	王凤姐弄权铁槛寺,秦鲸卿得趣馒头庵
21	贤袭人娇嗔箴宝玉,俏平儿软语救贾琏
22	听曲文宝玉悟禅机,制灯谜贾政悲谶语
27	滴翠亭杨妃戏彩蝶,埋香冢飞燕泣残红
28	蒋玉菡情赠茜香罗,薛宝钗羞笼红麝串
32	诉肺腑心迷活宝玉,含耻辱情烈死金钏
40	史太君两宴大观园,金鸳鸯三宣牙牌令

在四十回中,竟只有十二回回目的文字完全相同,仅占30%左右的比例,这使我们看到了问题的复杂性。

上表所列,仅限于分目,不涉及总目。

---

① 杨本第 11 回回目因残缺而由后人抄补。

若以总目而论,则上述十二回中,需要指出以下四点:

(1) 第15回,"王凤姐",舒本总目,作"王熙凤"。

(2) 第27回,庚辰本总目,"埋"原作"埋",涂改为"理"。

(3) 第28回,舒本总目,"蒋玉菡"作"蒋函玉";庚辰本总目、程甲本和程乙本回目,"蒋玉菡"作"蒋玉函"。

(4) 第32回,舒本总目,"情烈"作"情屈";杨本回目,"烈"字系涂改而成,原字不清。

【二】舒本回目与其他脂本以及程甲本、程乙本回目出入较小。

舒本有下列16回的回目与其他脂本相较,存在着或多或少的异文,分述如下:

| 4 | 6 | 10 | 14 | 15 | 16 | 19 | 20 |
| 23 | 24 | 26 | 29 | 30 | 31 | 37 | 38 |

(1) 舒本第4回回目:

薄命女偏逢薄命郎,葫芦僧乱判葫芦案

甲戌本、己卯本、庚辰本、杨本、蒙本、戚本、彼本同于舒本。
"乱判",梦本、程甲本、程乙本作"判断"。

(2) 舒本第6回回目:

贾宝玉初试云雨情,刘姥姥一进荣国府

庚辰本、杨本、眉本、同于舒本。(庚辰本总目,"云雨"作"雨云"。)
"云雨",甲戌本、己卯本作"雨云"。
"姥姥",蒙本、戚本作"老妪",梦本、程甲本、程乙本作"老老"。(梦本总目,"老老"作"姥姥"。)

(3) 舒本第10回回目:

金寡妇贪利权受辱,张太医论病细穷源

己卯本、庚辰本、杨本、彼本、眉本、梦本、程甲本、程乙本同于舒本。
"源",蒙本、戚本作"原"。(蒙本、戚本总目,"原"作"源"。)

(4) 舒本第 14 回回目：

  林如海捐馆扬州城，贾宝玉路谒北静王

（舒本总目，"扬州城"作"扬州府"。）
  甲戌本、戚本、彼本、梦本、程甲本同于舒本。
  "林如海"，己卯本、庚辰本、蒙本作"林儒海"。
  "扬州城"，杨本作"杨州城"。（己卯本、庚辰本总目，"扬"作"杨"。蒙本总目，"扬"作"杨"；"谒"系涂改，原字不清。）
  程乙本作"林如海灵返苏州郡，贾宝玉路谒北静王"。（程乙本总目，"灵返苏州郡"作"捐馆扬州城"。）
  (5) 舒本第 15 回回目：

  王凤姐弄权铁槛寺，秦鲸卿得趣馒头庵

（舒本总目，"王凤姐"作"王熙凤"。）
  己卯本、庚辰本、杨本、蒙本、戚本、彼本、梦本、程甲本、程乙本同于舒本。（蒙本总目，"庵"作"巷"。戚本总目，"王凤姐"作"王熙凤"。程甲本总目，"铁寺镜"作"铁槛寺"。）
  "王凤姐"，甲戌本作"王熙凤"。
  (6) 舒本第 16 回回目：

  贾元春才选凤藻宫，秦鲸卿夭①逝黄泉路

  甲戌本、己卯本、庚辰本、杨本、彼本、梦本、程甲本、程乙本同于舒本（甲戌本，"夭"作"殀"；彼本，"夭"作"大"，其误与舒本同）。
  蒙本、戚本作"贾元春才选凤藻宫，秦鲸卿夭游黄泉路"。（蒙本总目，"贾元春"作"贾春元"；"游"系涂改而成。）
  (7) 舒本第 19 回回目：

  情切切良宵花解语，意绵绵静日玉生香

  己卯本、庚辰本无回目。

---

① "夭"原作"大"（"大"乃"夭"字的形讹）。

杨本、蒙本、戚本、彼本、梦本、程甲本、程乙本同于舒本。

（8）舒本第 20 回回目：

　　王熙凤正言弹妒意，林黛玉巧语学娇音

"妒"，蒙本总目作"妬"；杨本此字系涂改，原作"妬"。

"巧语"，己卯本、庚辰本、蒙本、戚本、彼本、梦本、程甲本、程乙本作"俏语"。

"学"，己卯本、庚辰本、蒙本、戚本、彼本、梦本、程甲本、程乙本作"谑"。

（9）舒本第 23 回回目：

　　西厢记妙词通戏语，牡丹亭艳曲警芳心

庚辰本、蒙本、戚本、梦本、程甲本、程乙本同于舒本。（戚本总目，"警"作"惊"。）

杨本、彼本作"西厢记妙词通戏言①，牡丹亭艳曲警芳心"。

晋本作"西厢记妙词□□语，牡丹亭艳曲警芳心"。

（10）舒本第 24 回回目：

　　醉金刚轻财尚仗义，痴女儿遗帕染相思

（舒本总目，"仗义"作"义侠"，"女儿"作"儿女"，"染"作"惹"。）

庚辰本、蒙本、戚本、晋本、梦本、程甲本、程乙本作"醉金刚轻财尚义侠，痴女儿遗帕惹相思"。（庚辰本总目，"尚"作"向"。）

杨本、彼本作"醉金刚轻财尚义侠，痴女儿遗帕染相思"。

（11）舒本第 26 回回目：

　　蜂腰桥目送传密语，潇湘馆春困发幽情

甲戌本、杨本同于舒本（"密"作"蜜"）。

庚辰本、蒙本、戚本、梦本、程甲本、程乙本作"蜂腰桥设言传心事，潇湘馆春困发幽情"。彼本作"蘅芜院设言传密语，潇湘馆春困发幽情"。

---

①　杨本"言"添改"语"。

(12) 舒本第29回回目：

　　享福人福深还祷福，多情女情重愈斟情

(舒本总目，"多情"作"痴情"。)
程甲本、程乙本同于舒本。(程甲本、程乙本总目，"多"作"惜"。)
庚辰本作"享福人福深还祷福，斟情女情重愈斟情"。
杨本作"享福人福深还祷福，痴情女情重愈钟情"[①]。
蒙本、戚本、彼本作"享福人福深还祷福，痴情女情重愈斟情"。
梦本作"享福人福深还祷福，惜情女情重愈斟情"。

(13) 舒本第30回回目：

　　宝钗借扇机带双敲，椿灵划蔷痴及局外

庚辰本、杨本、蒙本、戚本、彼本、梦本同于舒本[②]。
程甲本、程乙本作"宝钗借扇机带双敲，椿龄画蔷痴及局外"。

(14) 舒本第31回回目：

　　撕扇子作千金一笑，因麒麟伏白头双星

己卯本、庚辰本、蒙本、戚本、彼本、梦本、程甲本、程乙本作"撕扇子作千金一笑，因麒麟伏白首双星"。
杨本作"撕扇子公子追欢笑，拾麒麟侍儿论阴阳"[③]。

(15) 舒本第37回回目：

　　秋爽斋偶结海棠社，蘅芜院夜拟菊花题

杨本、戚本、程甲本、程乙本同于舒本。
梦本作"秋爽斋偶结海棠社，蘅芜院长拟菊花题"。(梦本总目，"蘅芜院"作"蘅芜苑"，"长"作"夜"。)
己卯本、庚辰本、蒙本、彼本、眉本作"秋爽斋偶结海棠社，蘅芜苑夜

[①] 杨本"痴"被涂改为"多"。
[②] 杨本"及"、"外"二字系涂改，原字不清；此回目下，另有一回目"讥宝玉借扇生风，逐金钏因丹受气"，已删去。
[③] 杨本"拾"字系涂改而成，原字不清。

拟菊花题"。

(16) 舒本第 38 回回目：

> 林潇湘魁夺菊花诗，薛蘅芜讽和螃蟹咏

己卯本、庚辰本、杨本、蒙本、戚本、眉本、梦本、程甲本、程乙本同于舒本。（戚本总目，"咏"作"吟"。）

彼本作"林潇湘魁夺菊花诗，薛蘅芜讽和螃蟹韵"。

【三】舒本回目与其他脂本以及程甲本、程乙本回目出入较大。

属于这种情况的回目，有下列九回：

> 3 5 7 8 9 17 18 25 39

分述如下：

(1) 舒本第 3 回回目：

> 托内兄如海酬闺师，接外孙贾母怜孤女

蒙本、戚本①、彼本、眉本、梦本基本上同于舒本（"闺师"作"训教"，"怜"作"惜"）。

眉本基本上同于舒本（"内兄"作"内弟"，"怜"作"恤"）。

甲戌本作"金陵城起复贾雨村，荣国府收养林黛玉"。己卯本作"贾雨村夤缘复旧职，林黛玉抛父进京都"。庚辰本、杨本基本上同于己卯本（杨本，"夤"误作"寅"；庚辰本，"京都"作"都京"，但总目作"京都"）。程甲本、程乙本作"托内兄如海荐西宾，接外孙贾母惜孤女"。

(2) 舒本第 5 回回目：

> 灵石迷性难解仙机，警幻多情秘垂淫训

戚本同于舒本。

蒙本、眉本基本上相同于舒本。"仙机"，眉本作"天机"；"警"，蒙本误作"惊"。

甲戌本作"开生面梦演红楼梦，立新场情传幻境情"。

---

① "外孙"，蒙本、戚本总目作"外甥"。

己卯本、庚辰本、杨本作"游幻境指迷十二钗，饮仙醪曲演红楼梦"。
梦本、程甲本、程乙本作"贾宝玉神游太虚境，警幻仙曲演红楼梦"。

(3) 舒本第7回回目：

送宫花周瑞叹英莲，谈肆业秦钟结宝玉

甲戌本同于舒本。
己卯本、庚辰本、程乙本作"送宫花贾琏戏熙凤，宴宁府宝玉会秦钟"。
蒙本、戚本、彼本、眉本作"尤氏女独请王熙凤，贾宝玉初会秦鲸卿"。
梦本、程甲本作"送宫花贾琏戏熙凤，宁国府宝玉会秦钟"。
杨本此回无回目。

(4) 舒本第8回回目：

薛宝钗小宴梨香院，贾宝玉逞醉绛云轩

(舒本总目，"宴"作"羞"，"梨香院"作"梨花院"，"逞醉"作"大醉"。)
彼本同于舒本。
甲戌本基本上同于舒本（"宴"作"羞"，"逞"作"大"，"云"作"芸"）。
己卯本、庚辰本、杨本作"比通灵金莺微露意，探宝钗黛玉半含酸"。
蒙本、戚本作"拦酒兴李奶母讨厌，掷茶杯贾公子生嗔"。
眉本作"拦酒兴奶母讨厌，掷茶杯公子生嗔"。
梦本、程甲本、程乙本作"贾宝玉奇缘识金锁，薛宝钗巧合认通灵"。

(5) 舒本第9回回目：

恋风流情友入学堂，起嫌疑顽童闹家塾

"家塾"，己卯本、庚辰本、杨本、蒙本、戚本、彼本、眉本作"学堂"。
"学堂"，己卯本、庚辰本、杨本、蒙本、戚本、彼本、眉本作"家塾"。
梦本、程甲本、程乙本作"训劣子李贵承申饬，嗔顽童茗烟闹书房"。

(6) 舒本第17回回目：

大观园试才题对额，荣国府奉旨赐归宁

己卯本、庚辰本、彼本、梦本、程甲本、程乙本作"大观园试才题对额，荣国府归省庆元宵"。

蒙本作"大观园试才题对额，怡红院迷路探曲折"。

戚本作"大观园试才题对额，怡红院迷路探深幽"。（戚本总目，"深幽"作"曲折"。）

杨本作"会芳园试才题对额，贾宝玉机敏动诸宾"。

（7）舒本第 18 回回目：

    隔珠帘父女勉忠勤，搦湘管姊弟裁题咏

己卯本、庚辰本不分回。彼本无回目。

蒙本、戚本作"庆元宵贾元春归省，助情人林黛玉传诗"。

杨本作"林黛玉误剪香囊袋，贾元春归省庆元宵"。

梦本、程甲本、程乙本作"皇恩重元妃省父母，天伦乐宝玉呈才藻"。

（8）舒本第 25 回回目：

    魇魔法叔嫂逢五鬼，通灵玉蒙蔽遇双仙

彼本同于舒本（"蔽"作"敝"）。

甲戌本、程乙本作"魇魔法叔嫂逢五鬼，通灵玉蒙敝遇双真"。

庚辰本、蒙本、戚本作"魇魔法姊弟逢五鬼，红楼梦通灵遇①双真"（庚辰本总目，"魇"作"压"。蒙本总目，"红楼梦"三字被点去，并在"通灵"之下，旁添"玉蒙蔽"三字；"通"作"遇"）。

杨本作"魇魔法叔嫂逢五鬼，通灵玉姐弟遇双仙"。

梦本作"魇魔法叔嫂逢五鬼，红楼梦通灵遇双真"。

（9）舒本第 39 回回目：

    村嬷嬷是信口开河，情哥哥偏寻根问底

己卯本同于舒本。

庚辰本、彼本、梦本、程甲本、程乙本作"村姥姥是信口开河，情哥哥偏寻根究底"②。（庚辰本总目，"姥姥"作"嬷嬷"，"河"被点去，旁改

---

① "遇"，蒙本误作"通"。
② 庚辰本，"河"下添"合"字。

"合"。梦本总目,"究"作"问"。)

杨本作"村老妪谎谈承色笑,痴情子实意觅踪迹"。

蒙本、戚本作"村老妪是信口开河,痴情子偏寻根究底"[①]。

眉本作"村老妪荒谈承色笑,痴情子实意觅踪迹"。

以上谈的是第三种情况(舒本回目与其他脂本以及程甲本、程乙本回目出入较大),现列表小结于下:

回	同于舒本或基本上同于舒本	异于舒本
3	蒙 戚 彼 眉 梦	甲戌 己卯 庚辰 杨 程甲 程乙
5	戚 蒙 眉	甲戌 己卯 庚辰 杨 梦 程甲 程乙
7	甲戌	己卯 庚辰 程乙 蒙 戚 彼 眉 梦 程甲
8	彼 甲戌	己卯 庚辰 杨 蒙 戚 眉 梦 程甲 程乙
9	己卯 庚辰 杨 蒙 戚 彼 眉	梦 程甲 程乙
17	己卯 庚辰 彼 梦 程甲 程乙	蒙 戚 杨
18		蒙 戚 杨 梦 程甲 程乙
25	彼 甲戌 程甲 程乙	庚辰 蒙 戚 杨 梦
39	己卯	庚辰 彼 梦 程甲 程乙 杨 蒙 戚 眉

---

① 蒙本回目,"河"系涂改,原作"合"。

第九章　二尤故事移置考

本章标题上的"移置"二字，取自《水浒传》袁无涯刊本的《忠义水浒全书发凡》；"二尤"是指《红楼梦》中的尤二姐和尤三姐。京剧有"红楼二尤"，演尤二姐和尤三姐故事，故借用此简称以入本章的标题。

第一节　阎婆登场的两种方式

"阎婆"指《水浒传》中的宋江外室阎婆惜之母阎婆。

阎婆和二尤姐妹是不同时代、不同作品中的虚构人物，为什么会被我拉扯到一起呢？

原来她们三人在书中的登场时间和故事情节都有被"移置"的痕迹。正是这个共同点引发了我探究的兴趣。

《水浒传》袁无涯刊本的《忠义水浒全书发凡》第六条说：

    郭武定本即旧本移置阎婆事，甚善。①

这说的就是阎婆出场情节的"移置"。

《水浒传》的繁本有一百回本与一百二十回本之分。从刊行的时间上说，

---

① "郭武定本"，指明代武定侯郭英刊行的《水浒传》版本。有的学者在引用此条文字时，将全句标点为"郭武定本即旧本，移置阎婆事，甚善。"释"即"为"是"。愚意："即"者，"就"也。

一百回本早于一百二十回本。这是我们讨论阎婆出场问题之前必须予以确认的。

《水浒传》繁本的一百回本和一百二十回本,在故事情节、文字和章回结构上有诸多的歧异。其中一个引人注意的例子,便是阎婆的出场问题。《水浒传》一百回本和一百二十回本,对阎婆的出场有着不同的设置。

现以容与堂刊本作为《水浒传》一百回本的代表,拿它和一百二十回的袁无涯刊本作一比较,来介绍它们对阎婆出场的不同的设置。

依《水浒传》容与堂刊本第20回"梁山泊义士尊晁盖,郓城县月夜走刘唐"后半回的叙述,阎婆出场的情景是:济州府太守准备收捕梁山泊好汉,命令下属州县守御本境,郓城知县看了公文,教宋江迭成文案——

> 宋江却信步走出县来,去对过茶房里坐定吃茶。只见一个大汉,头戴白范阳毡笠儿,身穿一领黑绿罗袄……

这个大汉便是梁山头领赤发鬼刘唐。刘唐把晁盖的书信和一百两黄金递给宋江。宋江不肯收下黄金,另写了一封回信,送走刘唐——

> 再说宋江与刘唐别了,自慢慢行回下处来。一头走,一面肚里寻思道:"早是没做公的看见,争些儿惹出一场大事来!"一头想:"那晁盖倒去落了草,直如此大弄!"转不过两个弯,只听得背后有人叫一声:"押司,那里去来?老身甚处不寻遍了?"
>
> 不是这个人来寻宋押司,有分教:宋江小胆翻为大胆,善心变为恶心。正是:言谈好似钩和线,从头钓出是非来。
>
> 毕竟来叫宋押司的是甚么人?且听下回分解。

来人并非阎婆,而是王婆。请接下去看容与堂刊本第21回"虔婆醉打唐牛儿,宋江怒杀阎婆惜"的起首:

> 话说宋江在酒楼上与刘唐说了话,分付了回书,送下楼来。刘唐连夜自回梁山泊去了。
>
> 只说宋江乘着月色满街,信步自回下处来。一头走,一面肚里想:"那晁盖却空教刘唐来走这一遭。早是没做公的看见,争些儿露出事来。"走不过三二十步,只听得背后有人叫声押司。
>
> 宋江转回头来看时,却是做媒的王婆,引着一个婆子,却与他说道:

"你有缘,做好事的押司来也。"宋江转身来问道:"有甚么话说?"王婆拦住,指着阎婆对宋江说道……

王婆所引见的那个婆子就是阎婆。

阎婆的登场被《水浒传》一百回本安排在"刘唐下书"之后。

但一百二十回本(袁无涯刊本)却与此不同①,阎婆的登场被安排在第20回"梁山泊义士尊晁盖,郓城县月夜走刘唐"中段:郓城知县看了济州府太守的公文,遂教宋江迭成文案——

宋江却信步走出县来。走不过三二十步,只听得背后有人叫声:"押司。"宋江转回头来看时,却是做媒的王婆,引着一个婆子,却与他说道:"你有缘,做好事的押司来也。"宋江转身来问道:"有甚么话说?"王婆拦住,指着阎婆对宋江说道……

宋江"信步走出县来",他不是见到赤发鬼刘唐,而是见到了王婆和阎婆。在这之后,书中便逐步进入阎婆惜登场、王婆做媒、宋江购买楼房安顿阎婆惜母女、阎婆惜和张文远(张三)发生私情等等关目——

那张三和这婆惜如胶似漆,夜去明来。街坊上人也都知了,却有些风声吹在宋江耳朵里。宋江半信不信,自肚里寻思道:"又不是我父母匹配的妻室,他若无心恋我,我没来由惹气做甚么。我只不上门便了。"自此有几个月不去。阎婆累使人来请,宋江只推事故,不上门去。正是:

花娘有意随流水,义士无心恋落花。

婆爱钱财娘爱俏,一般行货两家茶。

话分两头。忽一日将晚,宋江从县里出来,去对过茶房里坐定吃茶。只见一个大汉,头戴白范阳毡笠儿……

这个大汉方是赤发鬼刘唐。

以上便是《水浒传》一百回本和一百二十回本两种不同的设置所产生的两种文字。

现列简表于下,以资比较:

---

① 在这一点上,《水浒传》七十回本(贯华堂刊本)同于袁无涯刊本。

一百回本	"宋江却信步走出县来,去对过茶房里坐定吃茶"——刘唐下书——宋江"信步自回下处来","走不过三二十步,只听得背后有人叫声押司"——阎婆出场——怒杀阎婆惜
一百二十回本	"宋江却信步走出县来。走不过三二十步,只听得背后有人叫声押司"——阎婆出场——"宋江从县里出来,去对过茶房里坐定吃茶"——刘唐下书——怒杀阎婆惜

两种设置的不同就在于"阎婆登场"和"刘唐下书"这两个情节发生的先后的不同:一百回本先有"刘唐下书",后有"阎婆登场";而在一百二十回本,却是先有"阎婆登场",后有"刘唐下书"。

一般来说,小说情节发生的先后次序的设置应以合情合理为前提。

那么,具体到这个阎婆登场问题上,《水浒传》一百回本和一百二十回本的不同设置孰优孰劣呢?

我认为,把阎婆登场的情节设置在刘唐下书之前,显然是不合乎情理的。不妨指出三点:

第一,从收下刘唐送来的书信起,到把招文袋遗落在阎婆惜床头止,事隔数月,宋江焉有不把这封不能轻易让外人知晓的重要书信烧毁或秘密收藏起来的道理?宋江是吃衙门饭的老手,他不可能疏忽大意到这样的地步。

第二,招文袋是随身携带的东西,并不是收藏重要书信的好地方。临时放一放,是必要的,长时间地(数月之久)置于其中,用"一向蹉跎忘了"六个字来解释,是不能令人信服的。

第三,从全书塑造的宋江形象看,他事事小心谨慎,绝非那种糊里糊涂、忘性很重的人。①

因此,我认为,《水浒传》一百回本关于阎婆登场的设置属于一种败笔。阎婆的登场问题与二尤故事的登场问题,从版本研究的角度说,在"移置"这一点上,有着共同点。

但它们却有着一个很大的不同。这就是:阎婆登场的移置不是出于《水浒传》作者之手,而是后人(例如袁无涯等)安排的;相反的,二尤故事的

---

① 《阎婆出场的移置》,《水浒论集》(社会科学文献出版社,2014年,北京)393页至394页。

移置却是作者曹雪芹自己动笔的,并非出于后人之手。

第二节 二尤的登场是在哪一回?

《水浒传》的阎婆登场是个"移置"的先例。

接着,我们来说《红楼梦》二尤的登场。

二尤的登场见于《红楼梦》的哪一回呢?

一般读者可能会以为是在第 63 回"寿怡红群芳开夜宴,死金丹独艳理亲丧"。引庚辰本于下:贾敬死后,圣旨一下,贾府众人谢恩,朝中大臣嵩呼称颂不绝——

> 贾珍父子星夜驰回,半路中又见贾璜、贾琼二人领家子(丁)飞骑而来,看见贾珍,一齐滚鞍下马请安。
>
> 贾珍忙问作什么。贾璜回说:"嫂子恐哥哥和侄儿来了,老太太路上无人,叫我们两个来护送老太太的。"
>
> 贾珍听了,赞称不绝。又问家中如何料理,贾璜等便将如何拿了道士,如何挪至家庙,怕家内无人,接了亲家母和两个姨娘,在上房住着。
>
> 贾蓉当下也下了马,听见两个姨娘来了,便和贾珍一笑。
>
> 贾珍忙说了几声"妥当",加鞭便走,店也不投,连夜换马飞驰。
>
> ……
>
> (贾珍)一面先打发贾蓉家中料理停灵之事。
>
> 贾蓉得①不得一声儿,先骑马飞来。至家,忙命前厅收桌椅,下槅扇,挂孝幔子,门前起鼓手篷、牌楼等事,又忙着进来看外祖母、两个姨娘。
>
> 原来尤老安人年高喜睡,常歪着了。他二姨娘、三姨娘都和丫头们作活计。他来了,都道烦恼。
>
> 贾蓉且嘻嘻的望他二姨娘笑说:"二姨娘,你又来了。我们父亲正想你呢。"
>
> 尤二娘②便红了脸,骂道:"蓉小子,我过两日不骂你几句,你就过

---

① "得"乃"巴"字之误。
② "娘"乃"姐"字之误。

不得了，越发连个体统都没了。还亏你是大家公子哥儿，每日念书学礼的，越发连那小家子瓢坎的也跟不上。"说着，顺手拿起一个熨斗来楼①头就打。吓的贾蓉抱着头滚到怀里告饶。

请注意贾蓉那句话。他对尤二姐说："二姨娘，你又来了。"
"又"，其他脂本（己卯本、蒙本、戚本、彼本、杨本、梦本）均同于庚辰本。

一个"又"字，表明尤二姐并非初次来到贾府。

果然，早在第13回"秦可卿死封龙禁尉，王熙凤协理宁国府"，二尤便已在贾府登场。

那是在秦可卿丧礼的场合，出现了尤二姐和尤三姐的身影。但那在书中仅仅是一笔带过，可能并没有引起大多数读者的注意。引庚辰本于下：

贾珍哭的泪人一般，正和贾代儒等说道："合家大小、远近亲友，谁不知我这媳妇比儿子还强十倍。如今伸腿去了，可见这长房内绝灭无人了。"说着，又哭起来。众人忙劝："人已辞世，哭也无益。且商议如何料理要紧。"贾珍拍手道："如何料理？不过尽我所有罢了。"

正说着，只见秦叶、秦钟并尤氏的几个眷属、尤氏姊妹也都来了。

"尤氏姊妹"，这明确地指的是尤二姐和尤三姐。
但在脂本中，此处有两个比较重要的异文：
第一，"秦叶（繁体：葉）"，甲戌本、己卯本、蒙本、戚本同于庚辰本，而舒本、彼本、杨本、梦本以及程甲本、程乙本作"秦业（繁体：業）"。
"秦叶"和"秦业"的两歧，和我们目前要讨论的问题关系不大，且不去说它。
第二，"尤氏的几个眷属"，舒本作"秦氏的几个眷属"，其他脂本以及程甲本、程乙本同于庚辰本。
"尤氏"和"秦氏"的两歧，则需要在这里多说几句。
依照庚辰本等脂本的描述，在关于秦可卿丧事的文字叙述中，可以看到秦可卿的父亲和弟弟，也可以看到秦可卿婆母尤氏的几个眷属，以及尤氏的两个异父异母的姊妹（尤二姐、尤三姐），却没有看到秦家的其他眷属。

---

① "楼"乃"搂"字之误。

按：在"尤氏（或"秦氏"）的几个眷属"七字之下，甲戌本、己卯本、庚辰本、蒙本、戚本、梦本有批语云：

伏后文。①

怎样理解这条批语的意思，它所说的"后文"又指的是什么？

我认为，可以有两种解释。

第一种解释——正文若作"尤氏的几个眷属"，则"后文"应理解为第 63 回及其以后数回的尤二姐、尤三姐故事。

但，从第 13 回到第 63 回，长达五十回篇幅的距离，相隔未免过于久远。等一般读者读到第 63 回的时候，恐怕他们早已忘记了其前第 13 回中的那"尤氏姊妹"四个字了。

第二种解释——正文若作"秦氏的几个眷属"，则"后文"可以理解为第 16 回"贾元春才选凤藻宫，秦鲸卿夭逝黄泉路"秦钟去世时书中提到的"秦钟的两个远房婶母并几个弟兄"，引舒本于下：

宝玉……忙上了车，李贵、茗烟等跟随，来至秦钟门首，悄无一人，遂蜂拥进至内室，唬的秦钟两个远房的婶母并几个弟兄都藏之不及。此时秦钟已发过两三次昏了，移床易簀多时矣。

从第 13 回到第 16 回，中间相隔不过两回，与第 13 回和第 63 回相隔五十回比较，似更为合理，更符合"后文"一词的内涵。

但这条批语的位置在"尤氏的几个眷属"七字之后，因而造成了正文"尤氏的几个眷属"七字和接连的"尤氏姊妹"四字在遣词造句上的瑕疵。所谓"尤氏的几个眷属"，据书中所写，不过就是尤老娘、尤二姐、尤三姐三人而已。既然"几个眷属"已经包含尤二姐、尤三姐在内，再单提"尤氏姊妹"，岂非画蛇添足？

有人有鉴于此，便说，"尤氏姊妹"四字应是针对正文"几个眷属"四字所加的批语。依我看，这样的解释，证据不足，未免有强为之说的嫌疑。

我认为，此一疵病其实是因"移置"而造成的。

第 13 回的批语说"伏后文"，而第 64 回有一条批语又说"上回"如何如

---

① 此三字，甲戌本为行侧朱笔批语，己卯本、庚辰本、蒙本、戚本、梦本为双行小字批语。

何，二者恰好构成了前后呼应的关系。

第 63 回那条批语究竟向我们透露了什么样的内容呢？

第三节 "上回"是哪一回？

在贾府，给三个人各自办理了一次丧事。第一次是秦可卿，见于第 13 回"秦可卿死封龙禁尉，王熙凤协理宁国府"；第二次是贾敬，见于第 63 回"寿怡红群芳开夜宴，死金丹独艳理亲丧"；还有一次是尤二姐，见于第 70 回"林黛玉重建桃花社，史湘云偶填柳絮词"。

场面最豪华、最吸引人眼球的是秦可卿的丧事，贾敬的丧事次之，尤二姐的丧事则草草了事而已。

上文第二节所说的那一条批语见于第 64 回"幽淑女悲题五美吟，浪荡子情遗九龙佩"。

第 64 回写到了贾敬的丧事。

第 13 回的批语说"伏后文"，第 64 回批语则说"上回"如何如何。一"后"一"上"，其间相隔着整整五十回的篇幅。但它们之间却有一个微妙的连接点，那就是尤二姐、尤三姐的名字（其实用的是"尤氏姊妹"这一代称）和故事。

虽然尤二姐、尤三姐的名字出现在第 13 回秦可卿的丧事之中，而尤二姐、尤三姐的故事在第 63 回、第 64 回正式展开之时，也正好是在贾敬的丧事之后。她们两次现身，都和丧事有关。

在彼本第 64 回有一首回前诗：

深闺有奇女，绝世空珠翠。情痴哭泪多，未惜颜憔悴。
哀我千秋魂，薄命无二致。嗟彼桑间人，好丑非其类。

这首回前诗不见于其他脂本。
在彼本此回，还有回末诗联曰：

只为同枝贪色欲，致教连理起戈矛。

此回末诗联则又见于蒙本、戚本、梦本。但在蒙本、梦本，"教"作

"叫"；在戚本，"戈矛"作"干戈"。

我们知道，每回设置回前诗和回末诗联，乃是曹雪芹当初拟定的一种体裁。由于在他生前《红楼梦》全书惜未完成，以致每回应有的回前诗、回末诗联未能一一补全。因此，可以断言，在现存的《红楼梦》前八十回中，有回前诗的、有回末诗联的各回，无一不是体现了曹雪芹拟设的初始的原貌。

在彼本第64回的回前诗之后，有一段批语说：

> 此一回紧接贾敬灵柩进城，原当铺叙宁府丧仪之盛，但上回秦氏病故，凤姐理丧，已描写殆尽，若仍极力写去，不过加倍热闹而已。故书中于迎灵、送殡极忙乱处，却只闲闲数笔带过，忽插入钗、玉评诗，琏、尤赠珮一段闲雅风流文字来，正所谓"急脉缓受"也。

这段批语又见于戚本，但"凤姐"作"熙凤"，"插"误作"挥"，"珮"作"佩"。

请注意批语第三句中的"上回"二字。

"上回"何意？

"回"是个量词，在这里可以有两种解释。

第一种解释，指事情的次数。

第二种解释，指章回小说中"第几回"的"回"。

在这一段批语中，第三句的"上回"二字与第一句的"此一回"三字对举，可知应作第二种解释看。

第64回批语所说的"上回"不应是指第63回"寿怡红群芳开夜宴，死金丹独艳理亲丧"，因为第63回和第64回写的都是贾敬的丧事。而该批语所说的"上回"的内容却是"秦氏病故"和"凤姐理丧"，前者见于第13回"秦可卿死封龙禁尉，王熙凤协理宁国府"，后者主要见于第14回"林如海捐馆扬州城，贾宝玉路谒北静王"。因此，如果第64回那条批语准确无误的话，则应该反过来说，第64回尤氏姐妹故事的设置应该是在"秦氏病故"（第13回）、"凤姐理丧"（第14回）之后的不久。这是一个自然而然得出的结论。

"上回"一词屡见于《红楼梦》正文和批语。且让我从中举出几条涉及"上回"二字的例子，来作分析。

例1：舒本第7回"送宫花周瑞叹英莲，谈肄业秦钟结宝玉"，秦氏笑道——

第九章 二尤故事移置考

今儿巧，<u>上回</u>宝叔叔立刻要见见我那兄弟，他今儿也在这里，想在书房里呢，宝叔叔何不去瞧瞧。

"上回"，蒙本、戚本无，杨本作"上会"，其他脂本（甲戌本、己卯本、庚辰本、彼本、眉本、梦本）同于舒本。

例2：庚辰本第37回"秋爽斋偶结海棠社，蘅芜苑夜拟菊花题"，湘云忙笑道——

好姐姐，你这样说倒多心待我了。凭他怎么糊涂，连个好歹也不知，还成个人了。我若不把姐姐当作亲姐姐一样看，<u>上回</u>那些家常话烦难事，也不肯尽情告诉你了。

"上回"，舒本作"上面"，其他脂本（己卯本、蒙本、戚本、彼本、杨本、梦本）同于庚辰本。

以上二例和第64回批语所说的"上回"不合。因为它们既非作者所说，亦非批者所说，而是出于书中人物秦氏和史湘云之口。她们怎么能够跳出《红楼梦》，说出书中"上回"如何如何的话语？故此二例不能印证第64回的那条批语。

秦氏和史湘云所说的"上回"即"上一次"之意。

例3：庚辰本第58回"杏子阴假凤泣虚凰，茜纱窗真情揆痴理"——

谁知<u>上回</u>所表的那位老太妃已薨，凡诰命等皆入朝随班按爵守制。

"上回"，其他脂本（舒本、己卯本、蒙本、戚本、彼本、杨本、梦本）均同于庚辰本。

这是作者的叙述语，与例1、例2的书中人物之语不同。

它所说的"回"字，当然是指章回小说的"回"。

那么，这"所表"之事究竟出在哪一回呢？

原来就在第55回"辱亲女愚妾争闲气，欺幼主刁奴蓄险心"的起首。

引庚辰本于下：

且说元宵已过，只因当今以孝治天下，目下宫中有一位太妃欠安，故各嫔妃皆为之减膳谢妆，不独不能省亲，亦且将宴乐俱免。故荣府今岁元宵亦无灯谜之集。

从第 55 回到第 58 回，相隔两回（第 56 回、第 57 回）。可知相隔两回的第 55 回，也在第 58 回批语所说的"上回"之列。

例 4：舒本第 18 回"隔珠帘父女勉忠勤，搦湘管姊弟裁题咏"，船上亦系各种精致盆景诸灯，珠帘绣幙，桂楫兰桡——

> 已而入一石港，港上一面匾灯，明现着"蓼汀花溆"四字。按此四字并"有凤来仪"等处，皆系上面贾政偶然一试宝玉之课艺才情耳，何今日认真用此匾联？况贾政世代诗书，来往诸客屏侍坐陪者，悉皆才技之流，岂无一名手题撰，竟用一小儿一戏之词，苟且唐塞？真似暴发新荣之家，滥使银钱，一味抹油涂朱毕，则大书"前门绿柳垂金锁，后户青山列锦屏"之类，则以为大雅可观，岂《石头记》中通部所表宁、荣贾府所为哉？据此论之，竟大相矛盾了。诸公不知，待蠢物将原委说明，大家方知。

"上面"，杨本、蒙本、戚本、彼本作"上回"。

自"按此四字"至"大家方知"，梦本无。

"面"，庚辰本及舒本原作此字，后被点去，旁改"回"字。

按：庚辰本及舒本的"面"字系"回"字之形讹。"面"字置于此处，从上下文看来，实欠通之至。

"蠢物"（即作者的夫子自道）所说的"上回"是哪一回呢？

恰恰是前一回，也就是舒本的第 17 回"大观园试才题对额，荣国府奉旨赐归宁"。

以此证彼，可知第 64 回批语所说的"此一回"即批语所在的第 64 回；"上回"则是指前面的一回（即现在我们所看到的第 64 回之前的一回）。"此一回"和"上回"二词是紧连在一起说的，近距离的两个"回"字已排除了别的解释。

那么，第 64 回批语所说的"上回"究竟是指哪一回呢？

当然不是指第 63 回。因为在我们目前看到的第 63 回中根本就没有涉及"秦氏病故，凤姐理丧"的内容。"秦氏病故，凤姐理丧"的内容却见于第 13 回，它的回目"秦可卿死封龙禁尉，王熙凤协理宁国府"已把这一点表达得再清楚不过了。

因此，"上回"无疑指的就是第 13 回。

第 13 回写的是秦可卿的丧事，而第 64 回写的也同样是一桩丧事，不过却是贾敬的丧事。

这就给了我们启发：按照曹雪芹的设计，原先是让尤二姐、尤三姐在秦可卿丧事的场面上亮相；紧接着，又让她们在贾敬丧事的场面上现身。这就缩短了五十回篇幅之长的距离。

我作这样的解读，有没有旁证呢？

第四节　柳湘莲上坟

旁证有二。

旁证之一就在第47回。

第47回"呆霸王调情遭苦打，冷郎君惧祸走他乡"有这样一段宝玉和柳湘莲的对话：

> 宝玉便拉了柳湘莲到厅侧小书房中坐下，问他："这几日可到秦钟的坟上去了？"
>
> 湘莲道："怎么不去？前日我们几个人放鹰去，离他坟上还有二里。我想，今年夏天的雨水勤，恐怕他的坟站不住。我背众人走去，瞧了一瞧，果然又动了一点子。回家来，就便弄了几百钱。第三日一早出去，雇了两个人收拾好了。"
>
> 宝玉道："怪道呢，上月我们大观园的池子里头结了莲蓬，我摘了十个，叫茗烟出去到坟上供他去。回来，我也问他，可被雨冲坏了没有，他说不但不冲，且比上回又新了些。我想着，不过是这几个朋友新筑了。我只恨我天天圈在家里，一点儿做不得主，行动就有人知道，不是这个拦，就是那个劝的，能说不能行。虽然有钱，又不由我使。"湘莲道："这个事也用不着你操心，外头有我，你只心里有了就是。眼前十月一，我已经打点下上坟的花消。你知道，我一贫如洗，家里是没的积聚，总有几个钱文，随手就光的。不如趁空儿留下这一分，省得到了跟前扎手。……"

宝玉、湘莲二人的谈话中向读者透露了一个重要的信息：柳湘莲不但认识秦钟，他们还是好友。

读者们想必都知道，在现存的《红楼梦》八十回中，并没有在其他的篇幅中直接地或间接地叙述和描写过柳湘莲和秦钟的友谊。

那么，他们二人怎么会有交往呢？

尤其是，秦钟死于第16回"贾元春才选凤藻宫，秦鲸卿夭逝黄泉路"，而柳湘莲却是直至第47回"呆霸王调情遭苦打，冷郎君惧祸走他乡"方始在书中登场。其间，相隔了三十回篇幅之多。从现在我们能够看到的曹雪芹《红楼梦》的任何版本说，秦钟和柳湘莲二人确实是在书中没有见面和结交的机会。

但，曹雪芹在第47回中这样写，非空穴来风，必有原因在。

人们公认，曹雪芹铺叙故事以细针密缕见长。他不会在自己的作品中无缘无故地、孟浪地、节外生枝地让宝玉和柳湘莲说出这样一段没有前因后果的对白。

也就是说，只有一种可能：柳湘莲是在第16回（秦钟逝世）之前登场，而不是在第47回方始露面。

这就回到了我在本章第二节里所说的话题：按照曹雪芹原先的设计，他让尤二姐、尤三姐在秦可卿的丧事的场面上亮相；紧接着，又让她们继续在贾敬的丧事的场面上现身；然后，正式展开了二尤故事的铺叙。

第五节　贾政出差

旁证之二则是贾政出差。

贾政平日居住在京城，居住在贾府。但他却有过一段出差在外的经历。

关于此事，各脂本的记载不尽相同，或有或无，或详或略。列表于下：

有	舒本　己卯本　庚辰本　蒙本　戚本　梦本
无	彼本　杨本
详	己卯本　庚辰本　蒙本　戚本　梦本
略	舒本

其中，庚辰本第37回"秋爽斋偶结海棠社，蘅芜苑夜拟菊花题"是这样记载的：

这年贾政又点了学差，择于八月二十日起身。

是日，拜过宗词①及贾母起身诸事，宝玉诸子弟等送至洒泪亭。

却说贾政出门去后，外面诸事不能多记。

单表宝玉……

这一段文字，同于庚辰本或基本上同于庚辰本的，是己卯、蒙、戚、梦四本。

比较奇怪的是彼、杨二本。它们压根儿没有提到贾政"出门"之事，径以"却说宝玉……"作为此回的起首。

舒本则记事比较简略，既不同于己卯本、庚辰本、蒙本、戚本、梦本，也不同于彼本、杨本，而是介于二者之间，但却明确地点出了"出差"和"去外边"：

却说贾政出差去外边，诸事不能多记。

单表宝玉……

我们要记住：贾政出差，始见于第37回。

那么，贾政此次出差又是何时返回京城和贾府的呢？

第70回"林黛玉重建桃花社，史湘云偶填柳絮词"有三处文字写到了贾政回京的消息，引庚辰本于下：

这日，众姊妹皆在房中侍早膳毕，便有贾政书信到了。宝玉请安，将请贾母的安禀拆开，念与贾母听。上面不过是请安的话，说六月中准进京等语。其余家信事务之帖，自有贾琏和王夫人开读。众人听说六七月回京，都喜之不尽。……

探春、宝钗等都笑说："老太太不用急，书虽替他不得，字却替得的。我们每人每日临一篇给他，搪塞过这一步就完了。一则老爷到家不生气，二则他也急不出病来。"贾母听说，喜之不尽。

原来林黛玉闻得贾政回家，必问宝玉的工课，宝玉肯分心，恐临期吃了亏，因此自己只装作不耐烦，把诗社便不起，也不以外事去勾引他。……

可巧近海一带海啸，又遭塌了几处生民，地方官题本奏闻，奉旨就

---

① "词"乃"祠"字之误。

着贾政顺路查看赈济回来。如此算去,至冬底方回。……

以上三处文字,其他脂本(己卯本、彼本、杨本、蒙本、戚本、梦本)基本上同于庚辰本。但"六月中"的"中"字,蒙本、戚本、梦本均无;"六七月",蒙本作"七月"。可知贾政于该年年底("冬底"①)方能返京。

让我们接着再看第 71 回"嫌隙人有心生嫌隙,鸳鸯女无意遇鸳鸯"的起首。引庚辰本于下:

话说贾政回京之后,诸事完毕,赐假一月,在家歇息。因年景渐老,事重身衰,又近因在外几年,骨肉离易,今得晏然复聚于庭室,自觉喜幸不尽,一应大小事务,一概亦发付于度外,只是看书闷了,便与清客们下棋吃酒,或日间在里面母子、夫妻共叙天伦庭闱之乐。

以上文字,除杨本②外,其他脂本(彼本、蒙本、戚本、梦本)基本上同于庚辰本。(但"离易"二字有异文:庚辰本原作"离易",后涂改为"离分";蒙本亦原作"离易",旁改"离异";戚本、梦本作"离异";彼本作"离别"。)

从第 70 回、第 71 回这几段文字,可以知道:从第 37 回起,至第 70 回止,贾政应是一直不在京,不在贾府;他在外的时间,据第 71 回说,有"几年"之久。

这一点要特别引起我们的注意。

为什么要强调这一点呢?

第六节　贾政分身有术

因为在现存的《红楼梦》书中,在第 64 回"幽淑女悲题五美吟,浪荡子情遗九龙珮"的贾敬丧事活动中,居然出现了贾政(即在外的那位贾政)的身影!

贾政的身影四次出现于第 64 回中。庚辰本缺此回。己卯本第 64 回不见

---

① 蒙本原作"冬底",后点去"冬"字,旁改"七月"。程甲本亦作"七月底"。
② 杨本此回有残缺。

贾政的身影，但在其他脂本（彼本、蒙本、杨本、梦本）的第64回中，贾政却赫然亮相。现先引己卯本有关文字于下：

至次日饭时前后，果见贾母、王夫人等到来，众人接见已毕，略坐了一坐，吃了一杯茶，便领了王夫人等人，过宁府中来，只听见里面哭声震天，却是贾赦、<u>贾琏a</u>送贾母到家，即过这边来了。

当下贾母进入里面，早有贾赦、<u>贾琏b</u>率领族中人哭着迎了出来，<u>他父子</u>一边一个挽了贾母走至灵前，又有贾珍、贾蓉跪着扑入怀内痛哭。

贾母暮年人，见此光景，亦搂了珍、蓉等痛哭不已。贾赦、<u>贾琏c</u>在傍苦劝，方略略止住。……

又过了数日，乃贾敬送殡之期。贾母犹未大愈，遂留宝玉在家侍奉。凤姐因未曾甚好，亦未去。其余贾赦、<u>贾琏d</u>、邢夫人、王夫人等率领家人仆妇，都送至铁槛寺，至晚方回。

为了醒目，我将上述引文中的四个"贾琏"，分别以a、b、c、d标示之。己卯本的这四个"贾琏"，在别的脂本上或无，或分别被"贾政"和"众人"代替：

"贾琏a"，彼本、蒙本、杨本、梦本作"贾政"，戚本作"贾瑞、贾珖"。

"贾琏b"，戚本无，蒙本、杨本、梦本作"贾政"。

"他父子"，蒙本、彼本、杨本作"赦、政"，戚本作"贾瑞、贾珖"。

"贾琏c"，彼本、蒙本、杨本、梦本作"贾政"，戚本作"合（和）众人"。

"贾琏d"，彼本、蒙本、戚本、杨本、梦本作"贾政"。

看到了现存各脂本之间关于贾琏、贾政两个人名的歧异与纠缠，使我们明白，在这一回，己卯本压根儿没有让贾政露面；彼本三处有贾政出场，蒙本、杨本、梦本则在四处都安排了贾政出场；戚本只在一处保留了"贾政"之名，而在另外三处，或删去此名，或将此名分别改易为"贾瑞、贾珖"、"合（和）众人"。

试问：己卯本、戚本为什么要改掉贾政的名字？

答曰：因为这和第37回（贾政出京）以及第70回（贾政回府）的情节叙述抵牾。

贾政出差在外未归，却让他突兀现身于贾府，这难道是出于曹雪芹大师的败笔？

当然不是，其中另有原因在。

第七节 "贾政"之有无是原文，还是改文？

在前面两节引述的各脂本有关贾政出差的文字中，"贾政"二字的有或无是出于原文，还是出于改文？

如果是原文，当然是曹雪芹亲笔写下的；如果是改文，那么是出自曹雪芹之手，还是后人修改的？修改的原因又何在？

先看第 37 回。

第 37 回始写贾政出差，那短短的一段文字，在脂本中，可分为甲、乙两类。其区别在于，甲类有此段文字，乙类无此段文字：

甲类	己卯本　庚辰本　蒙本　戚本　舒本　梦本
乙类	彼本　杨本

而在甲类中，又可再分为简者、繁者两类：

简	舒本
繁	己卯本　庚辰本　蒙本　戚本　梦本

在我看来，第 37 回叙述贾政出差之事，不论是有者（甲类），或是无者（乙类），不论是简者，或是繁者，都属于曹雪芹的原文。若说不是曹氏原文，而是旁人或后人所写或所改，那不可能有五种脂本（己卯本、庚辰本、蒙本、戚本、梦本）如此高度地一致。彼、杨两本的改文则是出于晚后阶段的删弃；那时曹雪芹已发现了第 37 回写贾政出差与第 64 回写贾政参加贾敬丧事活动二者相互之间存在着龃龉。这就必须有所修改。

修改无非是两个途径。

一个途径是改动第 37 回起首，像彼本、杨本那样闭口不提贾政出差之事。那样一来，必与第 70 回、第 71 回矛盾：没有"去"，何从而有"来"？

另一个途径是改写第 64 回，不让贾政参加贾敬的丧事活动。

前者还是比较容易做到的。后者则做起来比较困难，颇费斟酌。庚辰本之缺少第 64 回、第 67 回，己卯本之缺少第 67 回，其他脂本的第 67 回文字又

第九章　二尤故事移置考

有繁、简二类的区别，未尝不是与此有关。

以第64回而论，我认为，保留"贾政"二字者，或删去"贾政"二字者，全是曹雪芹的原文；将"贾政"更换为"贾琏"或其他人者，全是改文。其中，戚本的改文可能是出于后人之手；其他脂本的改文出于谁手，一时难以判断。

有一点似可作为判断的参考。那就是：将"贾赦、贾政"兄弟变换成"贾赦、贾琏"父子，是否合情合理？

请看己卯本第64回的描写：

当下贾母进入里面，早有贾赦、贾琏率领族中人哭着迎了出来……

其中的"贾琏"二字，戚本同，蒙本、杨本、梦本作"贾政"①。

像贾府这样的封建贵族大家庭，是十分讲究"长幼有序"②的礼仪的。

举例来说，死者贾敬与贾赦、贾政是平辈的兄弟，而贾琏系贾赦之子。这三个人之间的长幼关系，千万不能漠视。在贾敬的丧事活动中，按照正规的安排，如果贾政在家，则由贾赦、贾政二人领衔；如果贾政不在家，则应由贾赦一人领衔，万无由侄子顶替叔父站位的道理，何况死者之子贾珍还是顶替者贾琏的兄长。这种不合"长幼有序"的礼仪的安排难免要受到旁人的诟病。

再请看己卯本第64回的另一个例子：

又过了数日，乃贾敬送殡之期。贾母犹未大愈，遂留宝玉在家侍奉。凤姐因未曾甚好，亦未去。其余贾赦、贾琏、邢夫人、王夫人等率领家人仆妇，都送至铁槛寺，至晚方回。

其中的"贾琏"，蒙本、戚本、彼本、杨本、梦本均作"贾政"。

此处将"贾政"更换为"贾琏"，立刻显示出后改、不合理的破绽的痕迹。

试想，"贾赦、贾政、邢夫人、王夫人"四人的排列顺序，两位"反文

---

① 自"贾母进入里面"至"他父子一边一个挽了"，彼本无；但在"又有贾珍、贾蓉跪着"与"扑入怀内痛哭"之间，彼本作"迎了出来，赦、政一边一个搀定了贾母，走至灵前，又有贾珍、贾蓉跪着"。这表明，彼本此处仍提到贾政。

② 语出《荀子·君子·第二十四》。

旁"的兄弟在前，何等的自然而合理。而一旦改为"贾赦、贾琏、邢夫人、王夫人"，作为儿子、侄子的贾琏竟然跑到了母亲（邢夫人）和婶母（王夫人）的前面去站位，岂不显得滑稽可笑和不懂规矩？

在封建官僚贵族家庭中长大的曹雪芹的笔下，焉能出现这样的常识性的错误？即使是匆促补苴罅漏，也不至于疏忽到如此的地步。正是：补了一个漏洞，又露出了另一个漏洞。

第八节　结语

本章探讨了四个问题：

（1）尤二姐、尤三姐初次登场，是在第13回。直至五十回后，在第63回始再度于贾府现身。为何其间沉寂甚久？

（2）在第47回贾宝玉和柳湘莲的谈话中透露了柳湘莲曾为秦钟扫墓（上坟）。但秦钟在第16回去世，而柳湘莲迟至第47回方始登场。在书中，他们没有见面、结交的机会。他们是何时成为朋友的？

（3）贾政于第37回出差离京，并于第71回返京。但在有的脂本的第64回中，他却参与了贾敬的丧事活动。难道他分身有术？

（4）第64回批语指出，"上回"所写之事乃是"秦氏病故"和"凤姐理丧"。但此二事却见于第13回和第14回，距离第64回有五十回之遥。难道这也能叫做"上回"吗？

这四个问题，不妨称之为四个疑窦。

给这四个疑窦以合情合理的破解，这就是我们努力寻找的途径。

首先，必须确定一个前提：我不相信，这四个疑窦的存在，是天才的文学巨匠曹雪芹属稿之初就已存在的疏忽；我认为，这一定另有原因在。

试对这四个疑窦依次进行梳理。

（1）尤二姐、尤三姐初次现身，见于第13回，而尤二姐和贾琏的嫁娶之事始见于第63回，尤三姐属意柳湘莲之事则见于这之后的第65回的"尤三姐思嫁柳二郎"①。在现存的《红楼梦》中，从第13回到第63回，是个"空白"的时段，其间种种故事情节均与尤氏姐妹无涉，悬隔何其久远？而柳

---

① 这是第65回回目的下联，见于己卯本、庚辰本、彼本、杨本、梦本、眉本。

湘莲初次登场于第 47 回，在现存的《红楼梦》中，从第 13 回到第 47 回，再到第 65 回，尤三姐既没有机会直接地看到柳湘莲本人，也没有机会间接地听到有关柳湘莲的事迹。其次，尤三姐和柳湘莲的故事的起始，从时间上说，也不应晚于第 47 回。

（2）柳湘莲上坟见于第 47 回，而秦钟之死见于第 16 回的结尾和第 17 回的开首。因此，柳湘莲和秦钟缔交的时间段必然在第 16 回之前。

（3）贾政赴外地出差见于第 37 回，而贾政回京见于第 70 回和第 71 回。因此，贾政在贾敬丧事场合出现，只有两种可能性。可能性之一：此事必须发生于第 37 回之前。可能性之二：此事必须发生在第 71 回之后。两相衡量，我认为可能性之二的概率极小极小。

（4）第 64 回批语所说的"上回"不应指第 63 回，因为第 63 回和第 64 回写的都是贾敬的丧事。而该批语所说的"上回"的内容却是"秦氏病故"和"凤姐理丧"，前者见于第 13 回，后者主要见于第 14 回。因此，应该反过来说，第 64 回尤氏姐妹故事的设置是在"秦氏病故"（第 13 回）、"凤姐理丧"（第 14 回）之后的不久。

这样一来，就可以发现，四个疑窦之间其实存在着一个共同的交叉点，即第 14 回（凤姐理丧）至第 16 回（秦钟去世）。

换言之，若将尤二姐、尤三姐、柳湘莲的故事情节安排在第 14 回与第 16 回之间，则我所指出的四个疑窦均可涣然冰释。

这样说，并不是我们想要打乱或改变现有的《红楼梦》的结构（就像王国华所谓的"太极红楼梦"那样），而是说，在曹雪芹最早的初稿里，尤二姐、尤三姐、柳湘莲的故事情节是被放置在现有的第 14 回至第 16 回之间的。

因此，我认为，在曹雪芹的初稿里，描写尤二姐、尤三姐、柳湘莲故事的篇幅应位于现今我们所看到的第 14 回至第 16 回之间。它们被往后挪移了五十回，则是在曹雪芹"披阅十载，增删五次"的创作过程中完成的。

我曾说过：

> 甲戌本第一回的一条朱笔眉批曾说，"雪芹旧有《风月宝鉴》之书。"这就向我们透露了一条重要的消息。曹雪芹《红楼梦》的创作过程，原来有两个不可混淆的阶段，一个是《风月宝鉴》写作的阶段，另一个是《红楼梦》写作和修改的阶段。
>
> 所谓《风月宝鉴》其实就是《红楼梦》的一部分初稿。我们今天所

见到的曹雪芹的《红楼梦》则是在他的旧有的《风月宝鉴》一书的基础上增饰、改写而成的。因此，二者的人物和故事都有着若干的重复和交叉。但在重复和交叉中，人物的思想境界和性格特点都会有所发展和有所改变，故事的细节也会有所丰富和有所歧异。①

我还说过：

> 从艺术表现上说，在初稿写出后，曹雪芹同样需要芟除枝叶，以突出主干。贾宝玉、林黛玉和薛宝钗的恋爱、婚姻故事，是全书的精华，也是全书的中心线索。他必须采取一切艺术手段，使这条线索起贯串全书的作用。尤其不能使它停滞、中断，甚至退避一侧，造成喧宾夺主的局面。②

这就是我对曹雪芹从《风月宝鉴》到《红楼梦》的创作过程的认识。

也就是说，尤二姐、尤三姐故事，和其他的故事（例如闹学堂故事、"秦可卿淫丧天香楼"故事、贾瑞与王熙凤故事、秦钟与智能儿故事、贾琏与多姑娘故事等等）一样，无疑都是"风月宝鉴"的内容。只不过其他的故事都还保留在原先的开卷二十回左右的位置上，只有"二尤"故事往后挪移了五十回左右的篇幅。

我的结论是：尤二姐、尤三姐、柳湘莲故事，在《红楼梦》初稿中，原先被安排在现今的第 14 回之后和现今的第 16 回之前。

移花接木，这是曹雪芹在创作过程（起草、撰写、修改、再修改）中，构思有所变化的一个实例。

---

① 《红楼梦版本探微》（华东师范大学出版社，2003 年，上海），13 页至 14 页。
② 《红楼梦版本探微》，56 页。

第十章　舒本第九回结尾文字出于曹雪芹初稿考辨（上）

在现存脂本中，只有舒本的第九回结尾是最独特的。

这个独特性富有研究的价值。

它能给我们什么启示呢？

它反映了曹雪芹创作过程中的初稿的一部分面貌。

第一节　一种独特的结尾

第 9 回 "恋风流情友入学堂，起嫌疑顽童闹家塾" 后半部写的是众顽童大闹学堂。

闹事的双方，壁垒分明。一方是金荣，他的背后是贾瑞以及没有出场的薛蟠。另一方是秦钟、宝玉。双方各有明的、暗的支持者。贾蔷挑唆茗烟进来给宝玉助阵，茗烟揪住金荣大骂。金荣气极之下，要去抓打宝玉、秦钟。这时，金荣的朋友飞砚来打茗烟，偏没打着，落在贾菌[1]桌上。贾菌便抱起书匣子，照那边抡去，身小力薄，反而落到宝玉、秦钟桌上，贾菌跳出来要揪打那个飞砚的。金荣此时随手抓了一根毛竹大板舞动起来，茗烟吃了一下，宝玉的另外三个小厮拿起门闩和马鞭子蜂拥而上。霎时一阵大乱：

> 众顽童也有趁势帮着打太平拳助乐的，也有胆小藏过一边的，也有

---

[1] "贾菌"，此据舒本、己卯本、庚辰本、彼本、杨本、蒙本、眉本、梦本，戚本作 "贾茵"。

直立在桌上拍着手儿乱笑,喝着声儿叫打的。登时鼎沸起来。

这时,秦钟头上早撞在金荣的板上,打去一层油皮。
李贵等几个大仆人进来喝住众人。宝玉表示要去回禀贾代儒。
引舒本于下:

> 此时贾瑞也恐闹大了,自己也不干净,只得委曲着来央告秦钟,又央告宝玉。
> 先是他二人不肯,后来宝玉说:"不回去也罢了,只叫金荣陪不是便罢。"
> 金荣先是不肯,后来禁不得贾瑞也来逼他去陪个不是,李贵等只得好劝金荣说:"原是你起的端,你不这样,怎得了局?"金荣强不得,只得与秦钟作了揖。宝玉还不依,偏定要磕头。
> 贾瑞只要暂息此事,又悄悄的劝金荣说:"俗语说的,光棍不吃眼前亏。咱们如今少不得委曲着陪个不是,然后再寻主意报仇。不然,弄出事来,道是你起端,也不得干净。"
> 金荣听了有理,方忍气含愧的来与秦钟磕了一个头方罢了。
> 贾瑞遂立意要去调拨薛蟠来报仇,与金荣计议已定,一时散学,各自回家。
> 不知他怎么去调拨薛蟠?且看下回分解。

这个独特的结尾,尤其是其中的四句需要引起我们特别的注意:

> 俗语说的,光棍不吃眼前亏。
> 然后再寻主意报仇。
> 贾瑞遂立意要去调拨薛蟠来报仇。
> 不知他怎么去调拨薛蟠?

这和其他脂本以及程甲本、程乙本判然不同。

第二节 另外六种不同的结尾

舒本第9回的结尾,和其他脂本以及程甲本、程乙本比较起来,有什么很大的不同呢?

这个独特的结尾，不仅仅是表现为一两个脂本之间的歧异，而是表现为众多脂本以及程甲本、程乙本之间的歧异。

各脂本以及程甲本、程乙本第9回结尾的歧异，可细分为七种，试以A、B、C、D、E、F、G分别代称之，如下表所示：

结尾 A	舒本
结尾 B	己卯本　庚辰本　杨本　蒙本
结尾 C	戚本
结尾 D	彼本
结尾 E	眉本
结尾 F	梦本
结尾 G	程甲本　程乙本

下面分别依次介绍上述几种歧异的结尾。

【结尾A】

结尾A已引录于本章的第一节，此处从略。

【结尾B】

结尾B见于己卯本、庚辰本、杨本、蒙本。

引庚辰本于下：

> 此时贾瑞也怕闹大了，自己也不干净，只得委曲着来央告秦钟，又央告宝玉。
>
> 先是他二人不肯，后来宝玉说："不回去也罢了，只叫金荣赔不是便罢。"
>
> 金荣先是不肯，后来禁不得贾瑞也来逼他去赔不是，李贵等只得好劝金荣说："原是你起的端，你不这样，怎得了局？"金荣强不得，只得与秦钟作了揖。宝玉还不依，偏定要磕头。
>
> 贾瑞只要暂息此事，又悄悄的劝金荣说："俗语说的好，杀人不过头点地。你既惹出事来，少不得下点气儿磕个头就完事了。"
>
> 金荣无奈，只得进前来与宝玉磕头。
>
> 且听下回分解。

己卯本、杨本、蒙本基本上同于庚辰本。

以上一共六段。第四段（"贾瑞只要暂息此事……"）、第五段（"金荣无奈……") 与结尾 A 完全不同。

A、B 两个不同的结尾，其歧异主要表现为以下三点：

(1) 结尾 B 无结尾 A "立意要去调拨薛蟠来报仇"之说。

(2) 各自引用的俗语不同。结尾 A 的俗语是 "光棍不吃眼前亏"，结尾 B 的俗语则是 "杀人不过头点地"。

(3) 金荣磕头赔罪的对象不同。结尾 A 是金荣向秦钟磕头，而结尾 B 则是金荣向宝玉磕头。

【结尾 C】

结尾 C 见于戚本。

引戚本于下：

> 此时贾瑞也恐闹大了，自己不干净，只得委屈着来央告秦钟，又央告宝玉。
>
> 先是他二人不肯，后来宝玉说："不回去也罢了，只叫金荣赔不是便罢。"
>
> 金荣先是不肯，后来禁不起贾瑞也来逼他去赔不是，李贵等只得好劝金荣说："原是你起的端，你不这样，怎得了局？"金荣强不过，只得与秦钟作了一个揖。宝玉还不依，偏定要磕头。
>
> 贾瑞只要暂息此事，又悄悄的劝金荣说："俗语说的好，杀人不过头点地。你既惹出事来，少不得下点气儿磕个头就完事了。"
>
> 金荣无奈，只得进前来与秦钟磕头。
>
> 且听下回分解。

结尾 C 与结尾 B 可以说是基本上相同，尤其所引用的俗语更是完全相同。只有一点相异：金荣不是给宝玉磕头，而是给秦钟磕了头。

这一点表明，戚本 "与秦钟磕头" 中的 "秦钟" 二字显系出于后人（例如狄平子等）的改动（说详后）。

【结尾 D】

结尾 D 见于彼本。

引彼本于下：

> 此时贾瑞也生恐闹大了，自己也不干净，只得委屈着来央告秦钟，又央告宝玉。
>
> 先是他二人不肯，后来宝玉说："不回去也罢，只叫金荣赔不是便

罢了。"

　　金荣先是不肯，后来禁不得贾瑞也来逼他去赔不是，李贵等只得好劝金荣说："原是你起的祸端，你不这样，怎得了局？"金荣强不过，只得与秦钟作了个揖。宝玉还不依，偏定要磕头。

　　贾瑞只要暂息此事，又悄悄的劝金荣磕头。

　　金荣无奈何。俗语云：在他门下过，怎敢不低头。

结尾D又与结尾A、结尾B、结尾C显示出歧异：

（1）引用的俗语变成了另外一句"在他门下过，怎敢不低头"。

（2）贾瑞只是叫金荣磕头赔罪。至于向谁磕头赔罪，没有明说；金荣是否听从贾瑞的劝告，头磕了没有，也一字未提。

（3）结尾A、结尾B、结尾C都有回末套语。结尾A是"且看下回分解"，结尾B和结尾C作"且听下回分解"，结尾D此处不着一字，给人以一种匆忙刹车的感觉。

【结尾E】

结尾E见于眉本。

引眉本于下：

　　此时贾瑞也生恐闹大了，只得委屈着来央告秦钟、宝玉。

　　二人起先不肯，后来宝玉说："不回太爷罢了，只叫金荣赔不是便罢。"

　　金荣禁不得贾瑞来逼他去赔不是，李贵等又说："原是你起的事，你不这样，怎得了局？"金荣强不过，只得与秦钟作了揖。宝玉不依，定要他磕头。

　　贾瑞只要暂息此事，又悄悄的劝金荣说："是你起的端，你不这样，怎么了局？"金荣不得已，只得又向秦钟作了一揖。宝玉还不依，必定要磕头。贾瑞又悄悄劝金荣说："俗语说的好，杀人不过头点地。既惹出事来，少不得下点气儿磕个头就完了。"

　　金荣无奈，只得与宝玉、秦钟磕头。

　　下回分解。

在以上一段文字中，眉本因"又悄悄的劝金荣说"八字前后重叠而有长达九句的衍文。

结尾E的文字值得注意的有两点：

（1）俗语"杀人不过头点地"，与结尾 B、结尾 C 相同，而与结尾 D 相异。

（2）对金荣磕头的对象的选择，采取了调和的安排：金荣既给宝玉磕头，也给秦钟磕了头。

【结尾 F】

结尾 F 见于梦本。

引梦本于下：

  此时贾瑞也生恐闹大了，自己也不干净，只得委曲着来央告秦钟，又央告宝玉。

  先是他二人不肯，后来宝玉说："不回去也罢了，只叫金荣赔不是便罢。"

  金荣先是不肯，后来经不得贾瑞也来逼他权赔个不是，李贵等只得好劝金荣说："原是你起的端，你不这样，怎得了局？"金荣强不得，只得与秦钟作了揖。宝玉还不依，定要磕头。

  贾瑞只要暂息此事，又悄悄的劝金荣说："俗语云：忍得一时忿，终身无恼闷。"

值得注意的有下列三点：

（1）贾瑞所引用的俗语变成了和 A、B、C、D、E 等结尾不同的新的一句："忍得一时忿，终身无恼闷。"

（2）贾瑞并没有劝金荣磕头，金荣本人有没有磕头之事也就回避不提了。

（3）回末套语根本没有出现，留下了仿佛尚未结束的意味。

【结尾 G】

结尾 G 见于程甲本、程乙本。

引程甲本于下：

  此时贾瑞也生恐闹不清，自己也不干净，只得委曲着来央告秦钟，又央告宝玉。

  先是他二人不肯，后来宝玉说："不回去也罢了，只叫金荣赔不是便罢。"

  金荣先是不肯，后来经不得贾瑞也来逼他权赔个不是，李贵等只得好劝金荣说："原是你起的端，你不这样，怎得了局？"金荣强不得，只得与秦钟作了揖。宝玉还不依，定要磕头。

贾瑞只要暂息此事，又悄悄的劝金荣说："俗语云：忍得一时忿，终身无恼闷。"

未知金荣从也不从？下回分解。

程乙本基本上同于程甲本。

结尾G和结尾F基本上相同，包括结尾F特有的那句俗语"忍得一时忿，终身无恼闷"。结尾G和结尾F唯一的区别在于：它多出了最后那句"未知金荣从也不从"和"下回分解"（程甲本），把读者迫切想知道的两个悬念（金荣有没有听从贾瑞的劝告？如果听从了，那么，到底给宝玉磕了头，还是给秦钟磕了头？）留到了下一回（第10回）来交代。

第三节 七种歧异结尾的差别

A、B、C、D、E、F、G七种结尾的不同是显而易见的。

大体上说来，这七种结尾的不同，表现为以下七点：

第一，内涵不同。

七个不同的结尾的第四段，同样都以相同的字句（"贾瑞只要暂息此事，又悄悄的劝金荣"）开始。但它们的内涵却大不相同。

B（己卯本、庚辰本、杨本、蒙本）、C（戚本）、E（眉本）的结尾，是要让这场风波平息下去，以免引起新的矛盾和扩大冲突的范围。

D（彼本）的结尾是寄人篱下，无可奈何，得过且过，能忍则忍。

A（舒本）的结尾，却是只求暂时平息眼下发生的事端，采取忍耐的态度，表面上退让，实际上在寻觅和等待另外的机会，企图再来报这一箭之仇。

如果说B、C、D、E、F、G这六种结尾算得上真正的退却，那么，A结尾的战略便是佯退和以退为进了。

第二，引用的俗语不同。

七个不同的结尾，在贾瑞的话语中，使用了四句不同的俗语，来阐述他的打算：

光棍不吃眼前亏（A）

杀人不过头点地（B、C、E）

在他门下过，怎敢不低头（D）
忍得一时忿，终身无恼闷（F、G）

这和它们整体的内涵完全一致。

四句不同的俗语的意思有极大的区别。

B 结尾和 C、E 结尾的俗语是"杀人不过头点地"，它暗示不会出现更坏的结局。谁挑起事端，谁就有责任来了结，只要"下点气儿磕个头"，赔礼道歉，这幕闹剧也就可以收场了。

D 结尾的俗语，"在他门下过，怎敢不低头"，言外之意是：你怎么惹得起荣国府的宝二爷和他的密友？除了忍气吞声，自认倒霉，别无选择。

F 结尾、G 结尾的俗语，"忍得一时忿，终身无恼闷"，这显然是在开导金荣：小小的气愤只是暂时的，可以抛掉；无烦无恼，知足长乐应该是一生追求的目标。

而 A 结尾的俗语却是"光棍不吃眼前亏"。它所引发的意义包含着三个层次：

（1）说是不吃亏，其实是吃了亏，只不过不是吃大亏，而是吃小亏罢了。

（2）要让金荣带着"委屈"的情绪去赔不是，这为下一步的行动计划埋下了伏笔。

（3）事由金荣而起，因此吃点小亏，也不算完全冤枉。

贾瑞这番话，还暗含着为自己开脱的意思。他是司塾的贾代儒之孙，奉命承担了"暂且管理"的责任。不把这场风波暂时平息下去，他无法向自己的祖父以及贾府交代。

然而他又心有不甘，哪肯就此罢休？

这番话充分地暴露了贾瑞的这种矛盾的心情。

第三，贾瑞的献计有不同的内容。

从结尾 A（舒本）看，贾瑞的悄悄话的主旨在于：劝金荣委曲求全，耐心等待报仇的机会；从事态发展的反面向金荣指陈利害——万一出事，你就被人指认为挑起事端的罪魁祸首，那时你就辩白无辞了。

而从其他几种结尾看，贾瑞的目的却在于：平息争吵，避免事态进一步扩大。他建议金荣采取的行动方式，是低声下气，磕头赔礼。他认为，事情是金荣招惹出来的，解铃还须系铃人，自然应由金荣来采取主动的步骤。

这个不同是最主要的不同。其他的不同都是由这个不同引起的。

第四，金荣的态度不同。

在结尾A（舒本）中，金荣听从了贾瑞的悄悄话，觉得有一定的道理，忍羞含愧地赔礼道歉。

而在结尾B（己卯本、庚辰本、杨本、蒙本）、结尾C（戚本）、结尾E（眉本）中，金荣却是出于一种无可奈何的态度。

在结尾D（彼本）、结尾F（梦本）、结尾G（程甲本、程乙本）中，则根本没有给予金荣表露态度的机会。

第五，赔罪的对象不同。

金荣最后向谁磕了头呢？结尾A（舒本）、结尾C（戚本）说是秦钟，结尾B（己卯本、庚辰本、杨本、蒙本）说是宝玉，而结尾E（眉本）则说是既给宝玉磕了头，也给秦钟磕了头。结尾D（彼本）、结尾F（梦本）、结尾G（程甲本、程乙本）的情节则还没有进展到金荣真的去磕头的地步。

第六，有些字句为结尾A（舒本）所独有。

在其他六种结尾（B、C、D、E、F、G）最后只有一句"且听下回分解"（或"下回分解"），再不然，便是在引用一句俗语之后，戛然而止。

而在结尾A（舒本）的相应的位置上，却变成了这样的两段：

> 贾瑞遂立意要去调拨薛蟠来报仇，与金荣计议已定，一时散学，各自回家。
>
> 不知他怎么去调拨薛蟠？且看下回分解。

结尾A（舒本）的这些字句，我们务必给予特别的注意。

第七，在结尾的最后几句，作者叙述的主体不同。

结尾B（己卯本、庚辰本、杨本、蒙本）、结尾C（戚本）、结尾E（眉本）以金荣为叙述的主体。金荣处于无可奈何的境地，感到贾瑞并没有完全站在自己这边，大势已去，被迫地去磕了一个不大情愿的头。结尾D（彼本）也以金荣为叙述的主体，但缺乏具体的行动。

结尾A（舒本）则以贾瑞为叙述的主体。其时，金荣已磕过了头。贾瑞拿定主意，并和金荣共同策划，要去挑拨薛蟠来报仇。他是主要矛盾的一方，表现出积极的主动性。这样做的结果，是金荣感到贾瑞是自己人，是在为自己设身处地着想，因而觉得有理，也有了依靠和盼望。结尾F（梦本）、结尾G（程甲本、程乙本）也止于以贾瑞为叙述主体之处。

叙述主体的不同，是引起下文的关键所在。

不同的处理，是由于构思的不同。

构思的不同，则反映为第9回和第10回的衔接与否。

第9回有七种不同的结尾，那么接下去的第10回是不是也会有几种不同的起首呢？

第四节　回与回的衔接与不衔接

按照正常的情况说，章回小说的回与回之间的衔接应当是保持着连续性、紧密性的。

《红楼梦》的创作也理应如此。

但是，曹雪芹在创作《红楼梦》时有着修改、再修改的过程。据他自己说，"披阅十载，增删五次"[1]。经历了"增删五次"的过程，自然不免会对初稿作修改和再修改。

这样就使得某些章回的结构出现了不可避免的变动。

这个章回结构的变动，我在这里指的是回与回之间衔接与否的问题。

由于曹雪芹生前没有来得及把被修改或再修改的章回结构做到完善的地步，因此在我们所阅读到的《红楼梦》八十回若干章回中，在回与回之间的结构上不可避免地存在着不衔接的现象。

总起来看，回与回不衔接的现象在全书居于少数，多数还是衔接或基本上衔接的。

以舒本现存的四十回而论，回与回的衔接问题有三种情况可说。

【第一种情况】衔接。

故事情节、文字叙述有连续性和紧密性。其回数列表于下[2]：

1–2	2–3	3–4						
11–12	12–13	13–14	14–15	16–17	17–18	18–19	19–20
20–21	21–22	23–24	24–25	26–27	27–28	28–29	29–30
30–31	31–32	32–33	33–34	34–35	37–38	38–39	39–40

---

[1] 《红楼梦》第1回。

[2] 为了避免枝蔓，此表暂以舒本现存四十回为限。但为了说明问题方便，在行文中破例列举了第76回和第77回。

例1：第1回"甄士隐梦幻识通灵，贾雨村风尘怀闺秀"结尾：

　　至晚间正待歇息之时，忽听一片声打的门响，许多人乱嚷说，本府太爷的差人来传人问话。封肃听了，唬的目瞪口呆，不知有何祸事？
　　且听下回分解。

第2回"贾夫人仙逝扬州城，冷子兴演说宁国府"正文起首：

　　却说封肃因听见公差传唤，忙出来陪笑启问。

例2：第2回结尾：

　　于是二人起身算还酒账，方欲走时，又听得后面有人叫道："雨村兄恭喜了，特来报个喜信的。"雨村忙回头看时，你道是谁？
　　且听下回分解。

第3回"托内兄如海酬闺师，接外孙贾母怜孤女"起首：

　　却说雨村忙回头看时，不是别人，乃当日同僚一案参革的号张如圭者。

【第二种情况】处于衔接与不衔接之间。
上一回结尾暂时结束，下一回的起首则重打锣鼓另开张。其回数列表于下：

| 4－5　5－6　15－16 |
| 22－23　25－26　36－37 |

例1：第4回"薄命女偏逢薄命郎，葫芦僧乱判葫芦案"结尾：

　　况且这梨香院相隔两层房舍，又有街门别开，任意可以出入，所以这些子弟们竟可以放意畅怀的。因此遂将移居之念渐渐打灭了。
　　且听下回分解。

第5回"灵石迷性难解仙机，警幻多情秘垂淫训"起首：

　　第四回中既将薛家母子在荣府中寄居等事略已表明，此回则渐不能写矣。

如今且说林黛玉自在荣府,一来贾母万般怜爱,寝食起居一如宝玉,迎春、探春、惜春三个亲孙女到且靠后。

例2:第25回"魇魔法叔嫂逢五鬼,通灵玉蒙蔽遇双仙"结尾:

李宫裁并贾府三艳、薛宝钗、林黛玉、平儿、袭人等在外间听信息,闻得吃了米汤,省了人事,别人未开口,林黛玉先就念了一声"阿弥陀佛",薛宝钗便回头看了半日,嗤的一笑。

众人都不会意,贾惜春道:"宝姊姊(姐姐),好好的笑什么?"宝钗笑道:"我笑如来佛比人还忙,又要讲经说法,又要普渡众生。只(这)如今宝玉、凤姐姐病了,又烧香还愿,赐福消灾。今日才好些,又管林姑娘的姻缘了。你说,忙的可笑不可笑?"

林黛玉不觉的红了脸,啐了一口道:"你们这起人不是好人,不知怎么死,再不跟着好人学,只跟着凤姐贫嘴烂舌的学。"一面说,一面摔帘子出去了。

不知端详,且听下回分解。

第26回"蜂腰桥目送传密语,潇湘馆春困发幽情"起首:

话说宝玉养过了三十三天之后,不但身体强壮,亦且连脸上疮痕平服,仍回大观园内去,这也不在话下。

且说近日宝玉病的时节,贾芸带着家下小厮,坐更看守,昼夜在这里。那小红同众丫环也在这里守着宝玉,彼此相见多日,都渐渐混熟了。……

【第三种情况】不衔接。

上一回结尾故事情节、文字叙述都没有结束,下一回起首却突然移调别弹,奏起了新的乐章。第10回结尾和第11回起首不衔接就是一个典型的例子。

请看第10回"金寡妇贪利权受辱,张太医论病细穷源"的结尾:

尤氏向贾珍说道:"从来大夫不像他说的这般痛快,想必用的药也不错。"

贾珍道:"人家原不是混饭吃的久惯行医的人,因为冯紫英与我们好,他好容易方求了他来了。既有了这个人,媳妇的病或者就能好了。

他那方子上有人参二钱,可用前日买的那一斤好的罢。"

贾蓉听毕话,方出来叫人打药去煎给秦氏吃。

且听下回分解。

以上引自舒本。

在"方出来叫人打药去煎给秦氏吃"一句之后,庚辰本、彼本、蒙本、戚本、梦本作"不知秦氏服了此药,病势如何",杨本作"不知吃了药,病势何如",眉本作"吃了此药,病势如何"。

第11回"庆寿辰宁府排家宴,见熙凤贾瑞起淫心"起首:

话说是日贾敬的生日,贾珍先将上等可吃的东西、稀奇些的果品装了十六大捧盒,着贾蓉带领家下人等与贾敬送去,向贾蓉说:"你留神看太爷喜欢不喜欢。你就行了礼来,你说:'我父亲遵太爷的话,未敢来,在家里率领合家都朝上行了礼了。'"贾蓉听罢,即率领家人去了。

第10回结尾和第11回起首不衔接,在《红楼梦》脂本中,并非个别的、孤立的现象。

第五节 回与回不衔接不是个别的、孤立的现象

上文已指出,"总起来看,回与回不衔接的现象在全书居于少数"。

但从研究曹雪芹创作过程的角度说,这无疑是需要给予重视的有价值的少数。

不妨在这里再举出三个同样的例子,来作补充性的说明:

例1:第35回"白玉钏亲尝莲叶羹,黄金莺俏结梅花络"的结尾:

忽见邢夫人那边着两个丫环送了两样果子来与宝玉吃,又问他:"可走得了么?若是走得动,叫哥儿明儿过去散散心,太太着实记挂着呢。"宝玉忙道:"若走得了,必定请大太太的安去。疼的比先好些了,请太太放心罢。"一面叫他两个坐下,一面又叫秋纹来把才那果子拿一半给林姑娘送去。秋纹答应了,刚欲去送时,听得黛玉在院内说话,宝玉忙叫:"快请!"

不知黛玉进来如何?

且听下回分解。

第 36 回 "绣鸳鸯梦兆绛云轩，识定分情悟梨香院" 的起首：

话说贾母自王夫人处回来，见宝玉一日好似一日，心中自是欢喜，因将来怕贾政又叫他，遂命人将贾政的亲随小厮头儿唤来，吩咐他："已后倘有会人待客诸样的事，你老爷要叫宝玉，你不用上来传话，就回他说，我说了，一则打重了，得着实将养几个月才走得；二则他的星宿不利，祭了星不见外人，过了八月才许出二门。"

那小厮头儿听了，领命而去。

第 35 回和第 36 回这一不衔接的现象，前人早已察觉。
例如，王希廉《红楼梦摘误》说：

三十五回宝玉听见黛玉在院内说话，忙叫快请，究竟曾否去请，抑黛玉已经回去，与三十六回情事不接，似有脱漏。①

王氏的判断是其间存在着脱漏。
又如，俞平伯《论续书底不可能》说：

第 35 回，黛玉在院内说话，宝玉叫快请，下文便没有了，到第 36 回，又另起一事，了不和这事相干。黛玉既来了宝玉把她请了进来，两人必有一番说话；但各本这节都缺，明系中有缺文待补。

按平老的理解，缺文应有下述的内容：

《红楼梦》写钗黛喜作对文，宝钗看金莺打络子，已有了一段文字，则黛玉之来亦当有一段相当的文字。况且"通灵玉"是极重要的，宝钗底丫头为宝玉打络子，为黛玉所见（依本回看，莺儿正打络，黛玉来了），必不能默然无言的。所以这次宝黛谈话，必然关照到两点：(1) 黛玉应有以报宝玉寄帕之情，且应当有深切安慰宝玉之语。(2) 黛玉见人打络子，必然动问，必然不免讥讽嫉妒。②

---

① 《八家评批红楼梦》（文化艺术出版社，1991 年，北京），7 页。
② 《红楼梦辨》（人民文学出版社，1973 年，北京），4 页。

平老的分析细致入微，相当精辟。但是，他只把这归结为"缺文"，并没有把它当作回与回的不衔接看待。

另有一种补文，见于吴克岐的《犬窝谭红》：

> 第三十五回末，"只听黛玉在院内说话。宝玉忙叫快请。"此回已了。三十六回另叙他事，并未接写。残抄本"快请"下有云："丫头们打起帘子，黛玉已进来了。看见莺儿打络子，笑道：'好巧手儿。'又见打的是玉络子，不觉冷笑道：'傻丫头，你怎么不把你们姑娘的金锁也打个络子，配了对儿。'莺儿笑道：'昨儿我们姑娘叫我把手帕子四周打了络子，倒是新样儿。林姑娘要喜欢，也打个顽顽。'黛玉道：'我没好手帕，我不打。'莺儿道：'拣两块旧的打了试试也好。'宝、黛二人听了，不觉都低了头，不喷一声。却好湘云、探春从王夫人房中陪着贾母吃过饭来了，说笑一回，大家分散。"回应上回，饶有情趣，且与下回起首贾母自王夫人处出来语相接。

吴克岐说的是一种叫做"午厂本"的残抄本。补文未见精彩，而该抄本则大致可以肯定是一种伪托之作。

例2：第40回"史太君两宴大观园，金鸳鸯三宣牙牌令"的结尾：

> 刘姥姥道："我们庄家人闲了，也常会几个人弄这个，但不如说的这么好听。少不得我也试一试。"众人都笑道："容易说的，不相干，只管说。"
>
> 鸳鸯笑道："左边四四是个人。"刘姥姥听了，想了半日，说道："是个庄家人罢。"众人哄堂笑了。贾母笑道："说的好，就是这样说。"刘姥姥也笑道："我们庄家人不过是现成的本色，众位别笑。"
>
> 鸳鸯道："中间三四绿配红。"刘姥姥道："大火烧了毛毛虫。"众人笑道："这是有的。还说你的本色。"
>
> 鸳鸯道："右边幺四真好看。"刘姥姥道："一个萝卜一头蒜。"众人又笑了。
>
> 鸳鸯道："凑成便是一枝花。"刘姥姥两只手比着说道："花儿落了结个大倭瓜。"众人大笑起来。
>
> 要知端的，且听下回分解。

最后两句"要知端的,且听下回分解",除杨本残缺外,其他脂本均有异文:

> 只听外面乱嚷。(己卯本、庚辰本、彼本)
> 只听外面乱嚷,且听下回分解。(蒙本、戚本)(蒙本"嚷"误作"让")
> 只听外面乱嚷,嚷口何事?且听下回分解。(梦本)

重要的是,其他脂本均有的"只听外面乱嚷"一句,舒本独无。
而第41回"栊翠庵茶品梅花雪,怡红院劫遇母蝗虫"①的起首却作:

> 话说刘姥姥两只手比着说道:"花儿落了结个大倭瓜。"众人听了,哄堂大笑起来。
> 于是吃过门杯,因又逗趣笑道:"实告诉说罢,我的手脚子粗笨,又喝了酒,仔细失手打了这磁杯。有木头酒杯,取个子来,我便失了手,掉了地下也无碍。"众人听了,又笑起来。

以上文字引自庚辰本,其他脂本(蒙本、戚本、彼本、梦本)基本上同于庚辰本。

这个起首既重复又不接榫。说它重复,是因为第40回结尾已有"刘姥姥两只手比着说道:'花儿落了结个大倭瓜。'众人大笑起来"三句,这里又再叙述一遍:"话说刘姥姥两只手比着说道:'花儿落了结个大倭瓜。'众人听了,哄堂大笑起来"。说它不接榫,则是因为第40回结尾明明提示读者"只听外面乱嚷"、"且听下回分解",但到了第41回起首,却绝口不提"外面乱嚷"的究竟是怎么一回事。

例3:第76回"凸碧堂品笛感凄情,凹晶馆联诗悲寂寞"的结尾:

> 这里翠缕向湘云道:"大奶奶那里还有人等着咱们睡去呢,如今还是那里去好。"湘云笑道:"你顺路告诉他们,叫他们睡罢,这一去未免惊动病人,不如闹林姑娘半夜去罢。"说着,大家走至潇湘馆中,有一半人已睡去,二人进去,方才卸妆宽衣盥漱已毕,方上床安歇。紫鹃放下绡

---

① 此据庚辰本、彼本(彼本"栊"作"拢")。蒙本、眉本作"贾宝玉品茶拢翠庵,刘姥姥卧醉怡红院"。戚本作"贾宝玉品茶拢翠庵,刘姥姥醉卧怡红院"。杨本、梦本作"贾宝玉品茶栊翠庵,刘姥姥醉卧怡红院"(杨本此目系后人补抄)。

帐，移灯掩门出去。

　　谁知湘云有择息（席）之病，虽在枕上，只是睡不着。黛玉又是个心血不足、常常心（失）眠的，今日又错过了困头，自然也是睡不着。二人在枕上翻来覆去。

　　黛玉因问道："怎么你还没睡着？"湘云微笑道："我有择息（席）的病。况且走了困，只好躺躺罢。你怎么也睡不着？"

　　黛玉叹道："我这睡不着，也并非今日了。大约一年之中，通共也只好睡几夜满足的觉。"湘云道："却是因你病的原故，所以"，不知下文什么？

以上文字引自庚辰本。

这个结尾比较奇怪，似完未完。"所以"二字突然止住。"不知下文什么"又仿佛是作者在发问。此六字，其他脂本作：

　　不知是什么，下回分解。（蒙本、戚本）
　　不足。不知下文什么，且听下回分解。（彼本）
　　不知什么，下回分解。（杨本）
　　下文什么，再详分明。（梦本）

不管是在上述哪一个版本上，湘云、黛玉的夜床对语在回末显然尚未结束。尤其是庚辰本，它的倒数第二句，只有孤零零的"所以"两个字，更明确地显示出，湘云的这番话还没有说完，她理所当然地还要继续说下去。

　　湘云还会接着说什么呢？黛玉又会作出什么样的回答呢？读者们在期待着。

　　读者们或许会猜测，她们的话题大约仍然离不开黛玉的病情吧？

　　然而读者们失望了。他们盼来的，却是另外一桩和湘云、黛玉二人不相干的事——另外一个人的病情。

　　请看第77回"俏丫环抱屈夭风流，美优伶斩情归水月"的起首——登场的是王夫人，病主则变成了凤姐：

　　话说王夫人见中秋已过，凤姐的病已比先减了，虽未大愈，可以出入行走得了，仍命大夫每日诊脉服药……

上述文字引自庚辰本，其他脂本（蒙本、戚本、彼本、杨本、梦本）基本上同于庚辰本。

本节的三个例子和上节所举第 10 回与第 11 回的例子表明，在接连的上下两回，叙述文字脱榫的现象，在《红楼梦》现存各脂本中，并非个别的、孤立的存在。

既然不是个别的、孤立的现象，那么，它们就必然有能够阐释清楚的原因。

第六节　异文出自谁手？

这个原因就是：在上下两回衔接之处，经过了人为的修改。

有了修改，因此也就有了异文的产生。

修改有两种。

第一种修改，是主要的修改，发生在下一回的起始之处。

第二种修改，是次要的、补充性的修改，发生在上一回的结尾。

第一种修改是改变了情节的结构，改换了新的时间、新的地点、新的故事、新的人物。第 36 回起首，本来应该是怡红院宝玉、黛玉谈话的场景，却被改换为贾母回房，传唤贾政的随身小厮头儿。第 77 回起首，本来应该是湘云、黛玉夜床对语，谈论黛玉的病情，却被改换为凤姐生病未愈，王夫人寻找人参。

这种修改，有时是采用移花接木的方式，在结构、布局上作出调整，把原本放置于他处的情节片段移来此处；有时则采用另起炉灶的方式，重新撰写同样的情节片段，启动了新的开局。

作出第一种修改之后，自然就会产生两种不同的结果。

第一种结果，尽管下一回起首更换了新的时间和新的地点、新的故事、新的人物，上一回结尾却依然保存着旧的时间、旧的地点、旧的故事、旧的人物，纹丝不动。这就突出地造成了上下两回之间的不衔接。

第二种结果，由于下一回起首更换了新的时间和新的地点、新的故事、新的人物，上一回结尾或多或少地作出这样或那样的变动，以避免或减少上下两回之间脱榫的缺陷。

在第二种结果中，或多或少的变动，或这样或那样的变动，导致了异文的产生。

异文的来源，有的出于作者，有的出于非作者。所谓作者，即曹雪芹所谓非作者，指的是后人，包括各个版本的整理者、抄写者，甚至读者。

两种来源的区分，对我们的版本研究来说，非常重要。

以第 76 回为例。

它的结尾比较复杂，异文多达六种。

其中，最怪诞的是庚辰本（"'却是因你病的原故，所以'，不知下文什么？"），第二句仅有形单影只的"所以"一句。从常理来说，作者本人当然不会写下这样奇特的句子。

参考彼本的异文，可知曹雪芹的原稿的文字应是像彼本那样：

湘云道："却是因你病的原故，所以不足。"不知下文什么，且听下回分解。

这两句是湘云所说。所谓"不足"，系回应上文黛玉的话："我这睡不着，也并非今日，大约一年之中，通共也只好睡十夜满足的。"

庚辰本在"所以"和"不知"之间脱漏了"不足"二字；脱漏系由抄写者造成；脱漏的原因则是抄写者只看到了"不足"的"不"字，便跳跃过去，使这个"不"字和下面的"不知"的"不"字重合，直接连接到"知"字上去，以致"不足"二字消失。

这样看来，彼本的"所以不足。不知下文什么"当是曹雪芹的原文。庚辰本的原文应与彼本一致，只不过被抄写者抄漏了"不足"二字。

在这一点上，蒙本、戚本、杨本、梦本与庚辰本同出一源，它们的整理者或抄写者看出了毛病，但不了解病因的所在。

蒙本、戚本（"所以不知是什么，下回分解"）的整理者或抄写者虽稍作修改，却仍掩饰不住句子的瑕疵。

杨本（"不知什么，下回分解"）的整理者或抄写者干脆删去"所以"二字，连"下文"二字也割弃了。

程甲本、程乙本（"要知端底，下回分解"）的整理者或抄写者则删得更彻底，除了它所不知晓的"不足"之外，什么"所以"、"不知"、"下文"、"什么"等等，全都抛弃了。它甚至还在"却是因你病的原故"一句的位置上增加了现存各个脂本所没有的"你这病就怪不得了"八个字。

总之，从第 76 回结尾的异文来看，彼本（还包括庚辰本）出自作者，蒙本、戚本、杨本、梦本、程甲本、程乙本出自非作者。

第 35 回结尾的情况则和第 76 回结尾不同。

偏定要磕頭賈瑞只要暫息此事又情情的勸金榮說俗語說的光棍不喫眼前虧咱們如今少不得委曲着陪个不是然後再尋主意報仇不然鬧出事來道是你起端也不得乾淨金榮聽了有理方忍氣令愧的來與秦鐘磕了一箇頭方罷了賈瑞遂立意要去調撥薛蟠來報仇與金榮計議巳定一時散學各自回家不知他怎麼去調撥薛蟠且看下回分解

(舒本第 9 回结尾)

第十一章　舒本第九回结尾文字出于曹雪芹初稿考辨（下）

第一节　舒本第九回结尾为什么是初稿？

第35回结尾，对研究舒本第9回结尾文字是否出自曹雪芹之手有重要的参考价值。

大多数版本的第35回结尾最后两句（"要知端的，且听下回分解"）是中性的。

唯独舒本的结尾（"不知黛玉进来如何？且听下回分解"）不是中性的。它对下一回的起首起引导性的作用。

如果下一回的起首不写黛玉进来如何如何，那么，上一回的结尾就不必这样地吊读者的胃口了。如果上一回的结尾写了"不知黛玉进来如何"这样一个面向读者的问句，那么，下一回就必须写黛玉进来如何如何了。

这个"不知黛玉进来如何"，应当是作者本人亲笔写下，而不是后来的整理者、抄写者所加的。若是后来的整理者、抄写者所加的，就不符合情理了。

整理者、抄写者是在修改旁人的作品。在一般的情况下，他们所作的修改，应当起补苴罅漏、纠正偏弊的作用。他们只不过是在减少矛盾、消灭矛盾。制造矛盾、增加矛盾，则并非他们的本意。这是一个非常简单的道理。

唯一可能的解释是：作者在第35回结尾写下"不知黛玉进来如何"之后，他本来是准备在第36回起首接着写黛玉进来的情节，而且极可能已经写出了有关的草稿，但是后来他改变了主意，舍弃了黛玉、宝玉此时见面的情节，而改写其他的一些故事（从贾母自王夫人处回来开始）。结果是，他只改写了第 36 回的起首，而忘记回过头再去改写上一回的结尾（也许曹雪芹当时是想放在以后的某个时候再去动手），于是第 35 回结尾和第 36 回起首的不衔接现象因此而产生。

第 9 回结尾的情况和第 35 回结尾的情况大致相同。

舒本第 9 回结尾（"不知他怎么去调拨薛蟠？且看下回分解"）和舒本第 35 回结尾（"不知黛玉进来如何？且听下回分解"）一样，是作者的初稿，而不是后来的整理者、抄写者所写下的。

为什么呢？

舒本第 9 回结尾所说的"调拨"，在本回的上文已有伏笔。举凡薛蟠入学的目的，薛蟠平日在学堂中的所作所为，薛蟠和贾瑞、金荣的关系等等，都已有所交代和暗示。如果再在第 10 回中描写薛蟠向秦钟寻仇的情节，那么，第 9 回和第 10 回就自然而然地构成了前呼后应的格局，收到了水到渠成的效果。

如果第 10 回起首并没有出现贾瑞调拨薛蟠的情节，那么，第 9 回结尾的"不知他怎么去调拨薛蟠？且看下回分解"两句岂非驴唇不对马嘴？

如果不看第 10 回的起首，而仅仅看第 9 回的结尾，给人们的感觉是，写得非常自然、流畅，并没有丝毫的牵强和别扭。

舒本第 9 回结尾之所以成为问题，乃是因为第 10 回起首改稿的存在。

从第 9 回结尾"不知他怎么去调拨薛蟠？且看下回分解"和第 10 回起首文字二者产生的次序来说，只可能先有前者（舒本第 9 回结尾，这是作者没有修改前保存下来的原貌），后有后者（各本基本上相同的第 10 回起首，这是修改以后的文字），而不可能先有后者，后有前者。

从产生的顺序上说，先有舒本第 9 回结尾的初稿，后有其他版本第 9 回结尾的各种改稿。而其他版本第 9 回的各种结尾和现存所有版本的第 10 回同样都是属于改稿的性质。

也就是说，先有舒本第 9 回结尾的初稿，后有现存所有版本的第 10 回的改稿。

那么，具体到第 9 回的结尾，异文各自出于谁手呢？

要回答这个问题，必须先推测和确定第 9 回结尾异文出现的先后顺序。

我相信，舒本第 9 回结尾的异文并非出于后人的"妄改"。在修改他人的文稿时，后人不会有这样缜密的文思，也不会故意设置障碍，存心让上下两回互不衔接。

上文业已指出，第 9 回的不同的结尾有初稿与改稿之分。与现存的第 10 回衔接者，属于改稿；与现存的第 10 回不衔接者，属于初稿。

换言之，舒本第 9 回的结尾（结尾 A）是初稿，其他几种版本第 9 回的结尾（B、C、D、E、F、G 六种结尾）则是改稿。

初稿当然是曹雪芹写下的。改稿共六种，其中既有曹雪芹本人的改稿，也有他人（后人）的改稿。

第二节　初稿与改稿为什么都会保留下来？

有九种脂本都保存着《红楼梦》第 9 回的正文。它们是：己卯本、庚辰本、舒本、彼本、杨本、蒙本、戚本、眉本、梦本。上文已指出，这九种脂本的第 9 回有着六种不同的结尾[1]。

为什么会在现存的这些脂本中保存着六种不同的结尾呢？

这和当年《红楼梦》的流传情况有关。

现知最早的《红楼梦》印本的出现，是在乾隆五十六年（1791）[2]。在《红楼梦》传播史上，这一年是一条分界线。在这之前，可以叫做抄本时期；在这之后，可以叫做印本时期。

在抄本时期，无论是在曹雪芹生前，还是在曹雪芹身后，《红楼梦》一直都是以稿本、誊清本和传抄本的形式在社会上或在私人之间的小范围内流传。而在印本时期，则主要是以种种印本的形式流传。

现存的脂本中保留着六种不同的结尾，就是发生在抄本时期的事。

《红楼梦》在抄本时期的流传，先后经历了三个阶段。

（1）第一阶段：在曹雪芹撰写过程中，以及在部分章回脱稿之后，就开始不断地被传阅着。这时，流传的小圈子只限于和曹雪芹关系比较密切的亲友之间。被传阅的也仅仅是曹雪芹的稿本或誊清本。

（2）第二阶段：由于最早的一群读者的揄扬和推荐，加以《红楼梦》的故事情节又具有格外吸引人的艺术魅力，传阅的范围逐渐地扩大，从而拥有

---

[1] 加上程甲本、程乙本，就有了七种不同的结尾。
[2] 现存最早的第一部《红楼梦》印本，是萃文书屋木活字本《新镌全部绣像红楼梦》，即人们所习称的"程甲本"。

了一群比较固定的读者。这时,出现了越来越多的传抄本。

(3)第三阶段:职业的抄手参与了《红楼梦》抄本的缮写和流传,伴随着也就产生了以出租、出售《红楼梦》抄本为业的商人(当然,他们也出租、出售其他的小说作品、唱本等)。出售的地点,有时在"庙市中",有时在"鼓担上"。至于出租《红楼梦》及其他小说的则有所谓的"蒸锅铺"。

亡友周绍良兄曾介绍说:

> 所谓"蒸锅铺"者,是清代北京地方一种卖馒头的铺子,专为早市人而设,凌晨开肆,近午而歇,其余时间,则由铺中伙计抄租小说唱本,其人略能抄录,但又不通文理,抄书时多半依样葫芦,所以书中会"开口先云"变成"开口失云","癞头和尚"变成"獭头和尚"。这种铺子所出租的小说唱本,不论有否木刻,一律由人工抄出,三数回钉为一册,抄书纸皆为近于毛边纸的纸张,棉纸为面;其书的尺寸即如现在这个本子①(庚辰本当然也是这种店铺的本子),任人租阅。②

凡由曹雪芹本人撰写或修改的第9回结尾的异文之得以保留,都有赖于第一阶段的流传。每当曹雪芹写出一回或数回,或者每当曹雪芹写出一册(数回装订为一册),他的稿本或誊清本就立刻会被人借去阅读。借出去的稿本、誊清本,有的很快还回来了,有的迟迟不肯归还,有的则被录下了副本。与此同时,曹雪芹还在继续写新的章回,或者,他时刻都在对初稿(包括已借出的和未借出的)进行修饰和删改。他的改稿又会被人继续借去阅读,而借出去的改稿,同样是有的很快还回来了,有的迟迟没有归还,有的则被录下了副本。这时,曹雪芹依旧在撰写、修改他那尚未写完、改完的书稿……

我们可以设想:曹雪芹写出了第9回的初稿。这回初稿,或有这回初稿的一册被人借走了。借者抄录了副本,并把原稿还给了曹雪芹。其后,曹雪芹改写了第9回的结尾,并废弃了原先的第9回初稿,但是,在借者手中的副本(初稿)却保存下来了。

这个副本,后来又再度被另一位热心的读者或藏者抄录了一遍,成为传抄本,进入了流传的第二阶段。

---

① "现在这个本子"指《红楼梦》甲戌本。
② 周绍良:《读刘铨福原藏〈脂砚斋重评石头记〉散记》,见《红楼梦研究论集》(山西人民出版社,1983年,太原),134页。

不言而喻，副本或传抄本即是舒本第9回的来源。

这说的是初稿。

至于改稿，当然也会存在着同样的情形。于是，在己卯本、庚辰本、彼本、杨本、蒙本、戚本、眉本、梦本等八种脂本中，第9回的五种不同的结尾得以分别保留下来，终于全都呈现在我们的眼前。

那么，脂本以及程甲本、程乙本的这六种改稿能分辨出它们成立的先后顺序吗？能分辨出哪种是曹雪芹的改稿，哪种是他人（后人）的改稿吗？

第三节　六种改稿出现的先后顺序

第9回有七种不同的结尾。其中，一种为初稿，其他六种是改稿。初稿当然就是舒本。其他几个版本的第9回的结尾则都属于改稿。

初稿和改稿的区别，主要在于"顽童闹学堂"的闹剧是不是闭幕，宣告结束。初稿的下文仍有翻天覆地大闹的延续情节。改稿则以金荣赔罪收尾，到此为止，不再扩大。

寻找出作者的初稿之后，我们就不难发现其后各次改稿的先后顺序了。

就现存的版本而论，改稿共有先后六次之分。

第一次至第三次及第五、六两次改稿出于曹雪芹亲自的动笔。第四次改稿则出于后人之手。

第一次改稿是结尾F（梦本）。

由于要删去下文第10回初稿的薛蟠大闹的情节，不得不相应地删去第9回结尾中的"再寻主意报仇"、"立意要去调拨薛蟠来报仇"等等带有预示性的文句。于是，"光棍不吃眼前亏"就变成了"忍得一时忿，终身无恼闷"，金荣的赔罪也只限于给秦钟作一个揖。

金荣有没有磕头，变成了留给读者的悬念。

这次的修改显露出匆遽的心态，以致连照例应有的"欲知后事如何，且听下回分解"之类的套语都没有顾得上写下。

第二次改稿是结尾D（彼本）。

这次修改主要是仅仅更换了两句俗语。上次的"忍得一时忿，终身无恼闷"显得过分的消极，也过分的平淡，于是另外选择"在他门下过，怎敢不低头"，略微增加了一点力度。

贾瑞劝金荣磕头。金荣有了反应，是"无奈"两个字。但这个头，他到底有没有磕，依然要让读者费心去猜测。这无疑表明，此次的修改仍是属于一种仓促的举动。

第三次改稿是结尾 B（己卯本、庚辰本、杨本、蒙本）。

在初稿中，金荣的赔罪行动是既"与秦钟作了揖"，又"与秦钟磕了一个头"。第一次改稿和第二次改稿保留了作揖，却使磕头由明白变为暗昧，这一次遂使它再度呈现明朗化。

由于执意"不依，偏定要磕头"的是宝玉，不是秦钟，这次的改稿就让金荣只给秦钟作揖，而把头磕给了宝玉。

看来，曹雪芹在俗语的运用上，还是花费了不少的心思。他觉得，"忍得一时忿，终身无恼闷"两句仍然不能准确地、突出地表现贾瑞、金荣二人当时的心境和神情，因此用更合适的"杀人不过头点地"一句来代替。

第四次修改是结尾 C（戚本）。

最后，为了要和下文第 10 回起首的"给秦钟磕了头"保持一致，于是又把金荣所磕的头从宝玉那里夺回，还给了秦钟。这次修改极可能是出于后人（例如狄平子）之手。

第五次修改是结尾 E（眉本）。

为了解决金荣给谁磕头的问题，干脆采取了折衷的方式，既给秦钟磕，也给宝玉磕。

第六次修改，自然是结尾 G（程甲本、程乙本）。

程乙本以程甲本为底本，程甲本又以梦本为底本。所以，它们添加了两句"未知金荣从也不从？下回分解"，弥补了梦本的缺陷。

第四节　第九回与第十回的脱榫

在回与回的衔接与否的问题上，上文已指出了三种情况。其中，第一种情况和第二种情况占据绝大多数；第三种情况虽然只占据少数，但从版本学的角度看，却极有研究价值，有助于我们深入考察曹雪芹的创作过程。

现在让我们回过头来看第 9 回结尾和第 10 回起首的衔接问题。

第 9 回结尾和第 10 回起首不衔接，就属于这第三种情况。上文已举出第 35 回结尾和第 36 回起首、第 40 回结尾和第 41 回起首、第 76 回结尾和第 78

第十一章　舒本第九回结尾文字出于曹雪芹初稿考辨（下）

回起首不衔接三例。

舒本第 9 回的结尾始而说"贾瑞遂立意要去调拨薛蟠来报仇，与金荣计议已定"，继而又说"不知他怎么去调拨薛蟠，且看下回分解"。可是，当我们打开舒本第 10 回"金寡妇贪利权受辱，张太医论病细穷源"第 1 叶时，看到的却是：

> 话说金荣因人多势重，又兼贾瑞勒令陪了不是，给秦钟磕了头，宝玉方才不吵闹了。大家散了学，金荣回到家中，越想越气……

以上文字引自舒本。其他脂本（己卯本、庚辰本、蒙本、戚本、彼本、杨本、眉本、梦本）基本上同于舒本。

这使读者感到了失望。上一回（第 9 回）的结尾明明卖了一个关子："他（贾瑞）怎么去调拨薛蟠？且看下回分解。"读者不免疑惑：作者提示和预告的"调拨"和"报仇"之事，怎么在一叶之隔就忽然无影无踪、冰融雪消了呢？而且作者叙述的主体也悄然从贾瑞转移到了金荣的身上。

舒本第 10 回起首和第 9 回结尾的不衔接，还表现在另一点上：叫金荣磕头赔罪，贾瑞是"劝"（第 9 回），而非"勒令"（第 10 回）。

第 10 回和第 9 回的不衔接，远非舒本个例。我们现在看到的各种脂本，包括己卯本、庚辰本、彼本、杨本、蒙本、戚本、眉本、梦本等八种，概莫能外。

综观各脂本第 9 回结尾和第 10 回起首的衔接问题，可以指出以下四点：

第一，第 9 回结尾 C（戚本）和第 10 回起首在衔接上不存在问题，丝丝入扣。

这属于最理想的、比较完美的结构状态。

第二，第 9 回结尾 B（己卯本、庚辰本、杨本、蒙本）和第 10 回起首在衔接上有缺陷。

缺陷在于，第 9 回结尾说，"金荣无奈，只得进前来与宝玉磕头"，而第 10 回起首却说，金荣"给秦钟磕了头"。宝玉和秦钟，两个人名错了位。不过，从总体上看，这只不过是一种轻微的缺陷。

第三，第 9 回结尾 D（彼本）、F（梦本）、G（程甲本、程乙本）和第 10 回起首在衔接上有跳跃。

结尾 D（彼本）、F（梦本）、G（程甲本、程乙本）的共同点，是仅仅蜻蜓点水一般地写到了贾瑞"劝金荣"。至于贾瑞劝告的具体内容是什么，金荣对贾瑞的劝告是拒绝，还是接受，若是接受，那么是愉快地接受，还是被迫地接受，是全部地接受，还是部分地接受——这些都没有交代，尽在回避之列。

相反的，到了第10回起首，却补叙了金荣已采取的行动（已"陪了不是"、"磕了头"），并补叙了金荣采取这一行动的原因（一是"人多势重"；二是"贾瑞勒令"）。其间显然跨越了一段空白，直接从第9回跳入了第10回。

第四，第9回结尾A（舒本）在衔接上有龃龉，方枘圆凿，格格不入。

结尾A说是贾瑞如此这般，到了第10回起首却变成——金荣如彼那般。二者大相径庭，南辕北辙。

以上四点，以第一点（在衔接上不存在问题，丝丝入扣）、第二点（在衔接上有缺陷）同第四点（在衔接上有龃龉，格格不入）的对立最为严重。

从对立中，不难发现两个令人感到奇怪的矛盾现象。

（1）其他版本自身没有矛盾，舒本自身却存在着矛盾。

舒本第9回结尾贾瑞对金荣所说的，"咱们如今少不得委曲着陪个不是，然后再寻主意报仇"，以及"贾瑞遂立意要去调拨薛蟠来报仇，与金荣计议已定"，在舒本第10回却异乎寻常地毫无照应。

尤其最后那两句"不知他怎么去调拨薛蟠？且看下回分解"，是古代小说作家常用的手法，意在吸引读者的注意，预示紧接着的下一回故事情节发展的线索，却在各脂本以及程甲本、程乙本第10回起首、中间和结尾（甚至在第10回以后的各回里），作者都没有作任何继续性的交代或"分解"。

（2）舒本自身没有矛盾，其他几种版本自身却存在着矛盾。

金荣给秦钟磕了一个头，这在舒本第9回的结尾和舒本第10回起首完全保持着一致。但在己卯本、庚辰本、杨本、蒙本中，第9回结尾说是"与宝玉磕头"，第10回起首又说是"给秦钟磕了头"。不禁使读者感到纳闷：金荣到底是给哪一个人磕了头？难道给两个人都磕了头？

这些不同的衔接和奇怪的矛盾现象究竟说明了什么问题呢？

这表明，现在我们看到的第10回的起首已非曹雪芹的初稿，而是他的改稿。第10回起首和第9回结尾的不衔接，原因即在于此。

贾瑞去寻找薛蟠来报仇，这样的情节应属于曹雪芹初稿的内容，后来却在修改稿中被曹雪芹删弃了。

问题在于，能不能在我们现在所读到的《红楼梦》中找到证据来证明这一点呢？

由于贾瑞和秦钟先后死于第12回"王熙凤毒设相思局，贾天祥正照风月鉴"和第16回"贾元春才选凤藻宫，秦鲸卿夭逝黄泉路"，而在第16回和第12回之前，书中并没有给予薛蟠和秦钟会面和交手的机会，何从而谈起薛蟠替金荣、贾瑞"报仇"之事？

曹雪芹如果在初稿中曾经写下薛蟠找秦钟报仇之事，则有两点可以推断：

第一，这样的情节内容必然是发生在第9回之后，第12回之前。最大的可能就是发生在第10回（初稿）。

第二，初稿中的薛蟠替金荣、贾瑞报仇的情节内容，虽然被曹雪芹在改稿中删弃了，但这很可能会在现存的改稿中留下一些蛛丝马迹。

我们的任务就是细心地到书中其他地方去寻找这些蛛丝马迹，寻找薛蟠与秦钟的交集点。

第五节　薛蟠与秦钟的交集点何在？

贾瑞、金荣要寻找薛蟠来替他们报仇。

他们报仇的对象是谁呢？

应该承认，他们报仇的对象不可能是宝玉。在贾府的学堂中，金荣居于客位，而宝玉又是贾府的真正的"宝"，金荣焉敢以卵击石？更何况薛蟠和宝玉还存在着一层表亲的关系。在这样的情况之下，他们的矛头自然指向了秦钟。而最初和金荣发生正面冲突的也正是秦钟，而非宝玉。

因此可以预想的结果是，薛蟠仗义出手，向秦钟发起了挑衅。

但是，在现存的《红楼梦》文本中，薛蟠根本不存在和秦钟会面的机会。

秦钟死于第16回"贾元春才选凤藻宫，秦鲸卿夭逝黄泉路"的回尾和第17回"大观园试才题对额，荣国府奉旨赐归宁"的回首。而在第16回之前，书内并没有出现过薛蟠和秦钟见面、争吵、打架的任何场面或情节。

如果相信曹雪芹的初稿中的确曾有薛蟠替金荣、贾瑞报仇雪恨的情节以及后来在创作过程中被删改，那么，我们就必须在现存的脂本中耐心地、细心地寻找有关薛蟠与秦钟之间曾直接发生冲突的线索。

于是，我想起了第34回"情中情因情感妹妹，错里错以错劝哥哥"中薛宝钗说过的那两句奇怪的话。

那是在第 33 回"手足耽耽小动唇舌,不肖种种大承笞挞"宝玉挨打之后。袭人找了焙茗(茗烟)来细问"方才好端端的,为什么打起来,你也不早来透个信儿,要你们跟着作什么"——

　　焙茗急的说:"偏生我没在跟前,打到半中间我才听见了,忙去打听原故,却是为棋(琪)官同金钏儿姐姐的事。"

　　袭人问道:"此事老爷怎么得知道的?"

　　焙茗道:"那棋(琪)官的事,多半是薛大爷素昔吃醋,没法儿出气,不知在外头挑唆了谁来在老爷跟前下的火。那金钏儿的事是三爷说的,我也是听见跟老爷的人告诉的。"

　　袭人听了这两件事都对景,心中也就信了八九分。

接着,在第 34 回,宝钗前来探视宝玉,向袭人询问宝玉挨打的起因,袭人就把焙茗告诉她的那几句话说了出来。

宝玉听到袭人的话,见她在宝钗面前把自己挨打之事拉扯上薛蟠,怕宝钗听了"沉心",连忙止住袭人,不让她说下去:

　　薛大哥哥从来不会这样的,你们别混栽度他。

接着,书中描写了宝钗的反应,那是一番心理活动:

　　宝钗听说,便知宝玉是怕他多心,用话拦袭人,因心中暗暗想道:"打的这个形相,疼还疼的顾不过来,还是这样细心,怕得罪了人,可见在我们身上也算用心了。你既然这样用心,何不在外头大事上作些工夫,老爷也欢喜了,也不能吃这样亏。但你故①然怕我沉心,所以拦袭人的话,难道我就不知我的哥哥素日恣心纵欲,毫无防范的那种心性,<u>当日为了一个秦钟,还闹的天翻地覆,自然如今比先又更利害了。</u>"

其中那两句"当日为了一个秦钟,还闹的天翻地覆",应特别引起读者的注意。

那两句话,在舒本、己卯本、庚辰本、蒙本、戚本、梦本以及程甲本上

---

① "故"乃"固"字的音讹。

完全相同，彼本、杨本以及程乙本则基本上相同①。

翻遍全书，我们没有发现书中有"当日为了一个秦钟，还闹的天翻地覆"这样的故事情节的存在。曹雪芹不可能让薛宝钗说出无的放矢、不着边际的谎言。只有一种可能：在曹雪芹的创作过程中，在初稿中曾经有过如此这般的情节，但是后来在修改或再修改中却遭到了他的删弃。

宝钗的这两句话，非是一种虚言浪语，正反映出了薛蟠和秦钟的交集点之所在。

第六节　推测："天翻地覆"的"闹"

第9回结尾说："贾瑞遂立意要去调拨薛蟠来报仇"，"不知他怎么去调拨薛蟠？且看下回分解"。不言而喻，第10回初稿的全部情节内容，或一部分情节内容，自然是对这个提示语"且看下回分解"的直接回答。

那么，第10回初稿应当是写什么内容呢？

遗憾的是，第10回初稿昔年已遭曹雪芹舍弃，片纸无存。其真面目，我们已不能确知。

我只能根据自己的理解作如下的推测：

一、起首部分，仍以贾瑞为叙述的主体，应是"话说贾瑞"如何如何，而不是我们现在所见到的"话说金荣……"

就全书而论，贾瑞是比金荣更重要的人物。

从家塾看，金荣只不过是个普普通通的学生，贾瑞却有管理者的身份和责任。

从人物的出场看，金荣仅昙花一现而已，贾瑞却在接连着的几回中频繁露面。

而在全书的结构、布局上，从"顽童闹学堂"起，到"起淫心"和"正照风月鉴"，需要有过渡性的情节，方能给人以完整的感觉。第10回初稿写贾瑞，正好可以作为中间环节。

这样，就有了两条线索。一条是：

---

① 彼本"秦钟"误作"秦瑮"，"还"作"竟还"；杨本"还"亦作"竟还"；程乙本"一个"作"个"。

贾瑞——薛蟠——贾瑞

另一条是：

　　秦钟——秦可卿——王熙凤

最后，这两条线索汇聚在一起，才上演了"见熙凤贾瑞起淫心"那一幕。

二、贾瑞找到薛蟠，挑拨是非，惹起事端。

薛蟠和贾瑞、金荣等人的关系，在第9回中间，曾再三地着重交代。薛蟠和学堂的关系密切，是个具有特殊性的人物：

　　原来薛蟠自来王夫人处住后，便知有一家学，学中广有青年子弟，不免偶动了龙阳之兴，因此也假说来上学读书，不过是三日打鱼、两日晒网，白送些束修礼物与贾代儒，却不曾有一些儿进益，只图结交些契弟。

　　谁想这学内就有了好几个小学生，图了薛蟠的银钱、吃穿，被他哄上手的，也不消多说。

薛蟠又是贾瑞的"提携帮衬之人"，贾瑞贪图他的"银钱酒肉"，听任他在学中"横行霸道"，不但不去管约，还时常"助纣为虐"，连贾蔷也知道"金荣、贾瑞一干人，都是薛大叔的相知"，并估计到会有"他们告诉了老薛"的可能，从而产生"岂不伤和气"的结局。

第10回，尤氏曾骂贾瑞、金荣等人是"混账狐朋狗友"，专干"扯是搬非、挑三惑四"的勾当。

所以，写贾瑞在薛蟠跟前搬弄是非，是可信的。

而贾瑞的挑拨，又必然要对事情的原委添枝加叶，大加渲染，来触动薛蟠的神经。

三、薛蟠大闹学堂。

这应当是第10回初稿的主要情节。

薛蟠是个炮仗，一点就着。只有写出他的大闹特闹，方能与宝钗所说的"闹的天翻地覆"一语相称。

宝钗用"天翻地覆"来形容薛蟠和秦钟的"闹"。

我们知道，"天翻地覆"一词屡见于曹雪芹的笔下。现举一例；舒本第25回"魇魔法叔嫂逢五鬼，通灵玉蒙蔽遇双仙"曾经前后两次使用"天翻地覆"一词来形容"闹"——

（一）

　　这里宝玉拉着林黛玉的袖子，只是嘻嘻的笑，心里有话，只是口里说不出来。此时林黛玉只是禁不住把脸红涨起来，挣着要走。宝玉道："嗳呀，好头疼！"林黛玉道："阿弥陀佛！"宝玉大叫一声："我要死！"将身一纵，离地跳有三四尺高，口内乱嚷乱叫，说起胡话来了。林黛玉并丫头们都唬慌了，忙去报知王夫人、贾母等。

　　此时王子腾的夫人也在这里，都一齐来时，宝玉越发拿刀弄杖，寻死觅活的，<u>闹得天翻地覆</u>。贾母、王夫人见了，抖衣乱颤，且儿一声、肉一声，放声恸哭。

　　于是惊动诸人，连贾赦、邢夫人、贾珍、贾琏、贾蓉、贾芸、贾萍、薛姨娘、薛蟠、周瑞家一干人，家中上上下下、里里外外众媳妇、丫嬛等都来园内看视。登时乱麻一般，正没个主见。

　　只见凤姐手持一把明晃晃的钢刀，砍进园来，见鸡杀鸡，见狗杀狗，见人就要杀人。众人越发慌了。周瑞媳妇忙带着几个有力量、胆壮的婆娘，上去抱住，夺下刀来，抬回房去。

（二）

　　到了第四日早辰，贾母等正围着宝玉哭时，只见宝玉睁开眼说道："从今已后，我可不在你家了，快收拾打发我走罢。"贾母听了这话，如同摘去心肝一般。

　　赵姨娘在旁劝道："老太太不必过于悲痛，哥儿已是不中用了，不如把哥儿的衣服穿好，让他早些回去，也免些苦。只管舍不得他，这口气不断，他在那世里也受罪不安生。"这些话没说完，被贾母照脸啐了一口唾沫，骂道："烂了舌头的混账老婆，谁叫你来多嘴多舌的！你怎么知道他在那里受罪不安生？怎么见得不中用了？你愿他死了，有什么好处？你作梦，他死了，我只和你们要命。素日都不是你们调唆着，逼他写字念书，把胆子唬破了，他老子不像个逼鼠猫儿，都不是你们这起淫妇调唆的？这会子逼死了，你们遂了心，我饶那一个！"一面骂，一面哭。

　　贾政在旁边听见这些话，心里越发难过，便喝退赵姨娘，自己上来委宛解劝。

一时又有人来回说:"两口棺材都做齐了,请老爷出去看看。"贾母听了,如火上浇油一般,便骂道:"是谁做了棺材?"一叠声只叫把做棺材的拉来打死。

正闹的天反①地覆去没个开交,只闻得隐隐木鱼声响,念了一句"南无解冤孽菩萨":"有那人口不利,家宅颠倒,或逢凶险,或中邪祟者,我善能医治。"贾母、王夫人听见这些话,那里还捺得住,便命人去快请进来。

第10回初稿的那种"闹的天翻地覆"的情节已不可见。第25回的这种"闹得天翻地覆"的场面,则可供参考,聊资想像。

薛蟠大闹的地点则以学堂为最适宜,而且登场的人物至少要包括秦钟在内。很可能两人之间发生了遭遇战。至于交战双方投入多少兵力,战场实况怎样,如何交火,以及如何鸣金收兵等等,"此系疑案,不敢篡创"。

这也应当是紧锣密鼓的一出重头戏。

在第9回和前几回,作者已经富有匠心地作了许多的铺垫。第7回秦钟登场之后,在第8回几乎处处不忘记提及秦钟上学之事。终于在第9回和第10回初稿中先后迎来了一小一大两场风暴。

所以,薛蟠大闹学堂的情节,必是前十回中的重要关目。

蒙本第9回有脂批曰:

伏下文"阿呆争风"一回。

戚本也有这条脂批,但把"回"字误写为"面"字了。

"阿呆"指的是谁呢?"阿呆"自然是薛蟠的代称。

有人以为"下文"指的是第47回"呆霸王调情遭苦打,冷郎君惧祸走他乡"。实则非是。第47回距离第9回过于遥远。何况那是写薛蟠与柳湘莲之事,情景不合,和"争风"也了无关涉。

这条脂批指的其实就是薛蟠大闹学堂之事。它正可以作为第10回初稿写有薛蟠大闹学堂的内容的佐证:第10回恰恰就是第9回的"下文"。

四、薛蟠大闹学堂之事对秦可卿有不小的影响,给她造成了巨大的心理

---

① "反"乃"翻"字的音讹。

压力，终于染病卧床。

秦可卿在第 7 回出现时，是个正常的健康的人。第 8 回起首，写宝玉的心理活动，提到她一句，第 9 回她没有露面。但当读者读到第 10 回时，从尤氏的话语中了解到，她病倒了。

这病未免来得突兀。读者听到这个消息时，有点出乎意料。在这之前，似乎缺少一个必要的过程。

如果把薛蟠大闹学堂和秦可卿得病两件事用因果关系加以连接，那不就可以把这个过程补叙出来了吗？

仅仅一个小小的金荣，仅仅秦钟头上的一层油皮，不足以使秦可卿忧虑致病。只有薛蟠（不要忘记，他是王夫人的内侄）的介入和"闹"，方能构成秦可卿得病的重要的条件。

读者现在读到的第 10 回，有尤氏对贾璜之妻金氏所说的一段话，引舒本于下：

> 婶子，你是知道的，那媳妇虽则见了人有说有笑，会行事儿，他可心细，面又重，不拘听见个什么话儿，都要度量个三日五夜才罢。这个病就是打这个秉性上头思虑出来的。今日听见有人欺负了他兄弟，又是恼，又是气。恼的是那一群狐朋狗友的扯是搬非，挑三惑四那些人。气的兄弟不学好，不当心读书，以至如此学里抄①闹。他听了这事，今日索性连早饭也没吃。

这段话揭示了秦可卿得病的缘由和过程。
它正是第 10 回初稿某些部分的压缩、改写。

第七节　删改的原因

曹雪芹为什么要对第 10 回初稿进行删改呢？
在我看来，这多半是出于两个方面的考虑。
从思想内容上说，在初稿写出以后，他需要动一些必要的净化的手术。我和有的学者早已指出，《风月宝鉴》是曹雪芹《红楼梦》的初稿。由于题

---

① "抄"乃"吵"字之误。

材等方面的原因，《风月宝鉴》中的内容含有许多有伤大雅的描写。

第 16 回写秦钟之死，而在这之前，第 6 回、第 7 回、第 9 回、第 12 回、第 15 回等章回，都程度不同地存在着一些比较庸俗的、格调不高的细节描写。这还是就改稿而言，已有五回之多。我想，在初稿之中，这样的篇幅一定会远远超过此数。

为了提高思想内涵和艺术境界，曹雪芹必须对此进行某些删改，不能让它们显得那么多，那么集中。

初稿中原有"秦可卿淫丧天香楼"的情节。据甲戌本第 13 回回末总评说：

"秦可卿淫丧天香楼"，作者用史笔也。老朽因有魂托凤姐贾家后事二件，嫡是安富尊荣坐享人能想得到处，其事虽未漏，其言其意则令人悲切感服，故赦之，因命芹溪删去。

批语中所说的"芹溪"即曹雪芹。批语的作者，一般学者都认为是畸笏叟。

这条批语告诉我们，书中原有的"秦可卿淫丧天香楼"的情节已被曹雪芹删去。当然，曹雪芹之所以删去这一情节，并不完全如批语所说，是接受了批者的意见。作为一位有主见、有成就的艺术大师，曹雪芹在对自己的作品进行增删修改时，应有自己的艺术上的考虑，而不会完全为旁人的意见所左右。

上文已指出，我们现在见到的第 35 回结尾和第 36 回起首存在着脱榫的疵病。这当然就是由于初稿被改写和重新拼接时没有细加注意而留下的漏网之鱼。

这证明，《红楼梦》的创作有一个"初稿→改稿→初步的定稿"的过程。第 10 回初稿的被删改，就存在于此过程之中。

舒本第 9 回与第 10 回的不衔接，难道不正是和现存各脂本的第 35 回与第 36 回的情况相仿佛吗？

从艺术表现上说，在初稿写出后，曹雪芹同样需要芟除枝叶，以突出主干。贾宝玉、林黛玉和薛宝钗的恋爱、婚姻故事，是全书的精华部分，也是全书的中心线索。他必须采取一切艺术手段，使这条线索起贯串全书的作用。尤其不能使它停滞、中断，甚至退避一侧，造成喧宾夺主的局面。①

试以现在见到的第 8 回至第 19 回、第 20 回为例。

其中的首尾三回的叙事,都围绕着贾宝玉、林黛玉和薛宝钗三人的关系而展开,中间的十回则反之。个别的地方最多也只是写到了这三人中的两人或一人。从第 8 回到第 19 回,在叙事上,不是显得悬隔了吗?

何况中间再加上第 10 回初稿,以及"秦可卿淫丧天香楼"的情节,可能还有其他被删弃的故事情节,初稿首尾悬隔的距离超过至少十回。

看来,曹雪芹在前一二十回删掉的初稿(包括第 10 回在内),大概基本上都属于一些和贾宝玉、林黛玉、薛宝钗的恋爱、婚姻故事发展线索没有直接关系或者关系不大的人物和情节。这样,他们三人之间的纠葛,他们三人的种种悲欢离合的故事就能更完整地、更连续地、更清晰地、更提前地和读者见面了。

第八节 结语

一、舒本第 9 回独特的结尾,"贾瑞遂立意要去调拨薛蟠来报仇","不知他怎么去调拨薛蟠?且看下回分解",出于曹雪芹的初稿。

二、第 24 回宝钗所说的"当日为一个秦钟,还闹的天翻地覆"这两句话,不是随意出口的,而是和舒本第 9 回,以及已被曹雪芹舍弃的第 10 回初稿,有着呼应的关系。

三、现存各本第 9 回结尾存在着异文。异文可以分为 A(舒本)、B(己卯本、庚辰本、杨本、蒙本)、C(戚本)、D(彼本)、E(眉本)、F(梦本)、G(程甲本、程乙本)七种。

四、现存各本的第 10 回起首的情节、文字基本上是一致的。

五、第 9 回结尾与第 10 回起首的衔接与否,有四种情况:

(1) 第 10 回的起首与第 9 回的结尾 C(戚本)在衔接上不存在问题,丝丝入扣。

(2) 第 10 回的起首与第 9 回的结尾 B(己卯本、庚辰本、杨本、蒙本)

---

① 《红楼梦版本探微》(华东师范大学出版社,2003 年,上海),13 页至 14 页。

在衔接上有缺陷。

（3）第 10 回的起首与第 9 回的结尾 D（彼本）、F（梦本）、G（程甲本、程乙本）在衔接上有跳跃。

（4）第 10 回的起首与第 9 回的结尾 A（舒本）在衔接上有抵触，方枘圆凿，格格不入。

六、现存各本第 9 回结尾的异文有初稿与改稿之分。结尾 A（舒本）是曹雪芹的初稿，其余六种则是改稿（有的是曹雪芹本人的修改，有的则是后人的修改）。

七、改稿有六次之分。第一次改稿是结尾 F（梦本），第二次改稿是结尾 D（彼本），第三次改稿是结尾 B（己卯本、庚辰本、杨本、蒙本），第四次改稿是结尾 C（戚本），第五次改稿是结尾 E（眉本），第六次改稿是结尾 G（程甲本、程乙本）。

八、初稿及第一次改稿、第二次改稿、第三次改稿、第五次改稿、第六次改稿均出于曹雪芹之手，第四次改稿则是后人（整理者或抄写者）所为。

九、我推测，第 10 回初稿的内容是：贾瑞到薛蟠面前挑拨，薛蟠大闹学堂，此事又导致了秦可卿的染病卧床。

十、曹雪芹删改第 10 回初稿，有思想内容和艺术表现两方面的考虑。他需要舍弃一些有伤大雅的、格调不高的情节和描写，他需要使宝玉、黛玉、宝钗的恋爱、婚姻故事有更大的连贯性，提前出现在读者的面前。

十一、第 9 回结尾的特殊性，证明了舒本中包含着曹雪芹的《红楼梦》初稿的或多或少的若干成分。因此，舒本对了解和研究曹雪芹的创作过程具有特别重要的意义，这一点，在第 9 回结尾的独异性上，表现得尤为明显和突出。

第十二章　舒本有哪些独异的文字？

——第一回至第五回

六点说明：

（一）《红楼梦》版本多矣。这里所说的"独异"，指的是舒本独异于其他的脂本，包括混合本（杨本、蒙本）、过渡本（梦本）。举凡异于程甲本、程乙本以及程甲本、程乙本之后的版本（程本系统的版本），其异文概不在此处论述的范围之内。

（二）这里所说的"独异"，除了"独异"本身之外，还包括"独有"、"独无"、"独误"三者在内。

（三）有的例子，因有其特殊的重要性，将另设专章讨论，亦不包括在此处论述的范围之内。例如第9回结尾问题，请参阅本书第十章"舒本第九回结尾文字出于曹雪芹初稿考辨（上）"、第十一章"舒本第九回结尾文字出于曹雪芹初稿考辨（下）"的论述。

（四）各回回目、回末套语，以及字或多或少的脱文、混入正文的批语，亦不包括在此处论述的范围之内。

（五）有些通用的字，例如"倒"与"到"、"旁"与"傍"、"睬"与"採"、"很"与"狠"，是否列为异文，视具体情况而定。再如，使用不同写法的"逛"字，也不列入。

（六）除了专节之外，我将分回依次有选择地列举舒本独异的文字，并略作评述。

第一节　舒本第一回独异文字考

第 1 回脂本现存舒本、甲戌本、己卯本（残）、庚辰本、彼本、杨本、蒙本、戚本、眉本、梦本十种。

第 1 回舒本独异的文字有五十九例，如下：

例 1：故将其事隐去，而借通灵之说——

　　撰此《石头记》书也。

"书"，其他脂本均作"一书"。

例 2：觉其行止见识皆出于我之上——

　　何我堂堂须眉曾不若彼裙钗哉。

"曾"，其他脂本均作"诚"。

例 3：实愧则有余、悔又无益之大无如何之日也——

　　当此则欲将已往所赖天恩祖德，锦衣绸袴之时，饫甘餍肥之日，皆a父兄教育之恩，皆b师友规谏之德，以致今日一伎无成、半生潦倒之罪，编述一集，以告天下人……

"欲"，其他脂本均作"自欲"。
"绸袴"，其他脂本均作"纨袴"。
"皆a"，其他脂本作"背"（庚辰本原作"皆"，后点去，旁改"背"）。
"皆b"，其他脂本均作"负"。
"规谏"，蒙本、戚本作"规训"，其他脂本作"规谈"。
"伎"，杨本作"枝"，其他脂本作"技"。

例 4：然闺阁中本自历历有人——

　　若不可因我之不肖，自护己短，一并使其泯灭也。

"若"，其他脂本均作"万"。

例 5：又何妨用假语村言敷演出一段故事来——

亦可使闺阁昭然，复可悦世之目，破人愁闷，不亦宜乎？

"昭然"，蒙本、戚本、杨本作"照传"，彼本作"传照"，其他脂本作"昭传"。

按："然"、"传"二字，在吴语中读音相同。疑此抄手乃一能操吴语之人。

例6：独自己无材，不堪入选——

遂自怨自嗟，日夜悲号惭愧。一日正当嗟悼之余，俄见一僧一道远远而来。

"嗟"，其他脂本作"叹"（梦本此字不详）。
"余"，其他脂本均作"际"。

例7：形体倒也是个宝物了——

还只说有实在好处。

"说"，彼本、眉本作"无"，其他脂本作"没"。

例8：不知赐了弟子那几件奇处——

又不知携弟子到何地方，望乞明示，使弟子不惑。

"携"，杨本作"携×"（"×"字不清），其他脂本作"携了"。

例9：后来不知又过了几世几劫——

有个空空道人访道求仙，忽从这大荒山无稽崖青埂峰山经过……

"有个"，其他脂本作"因有个"。
"山"，眉本作"回有个"，其他脂本作"下"。
按：眉本的"回"乃"因"字的形讹。

例10：第二件——

并无大贤大忠、理朝廷、治风俗善政。

"善政"，其他脂本均作"的善政"。

例11：不过只取其事体情理罢了——

又何必拘乎朝代年纪哉。

"拘乎",其他脂本均作"拘拘乎"。

例12:历来野史,或讪谤君相,或贬人妻女,奸淫凶恶,不可胜数——

至若佳人才子,则又千部共出一套。

"佳人才子",眉本此数句略异,其他脂本作"佳人才子等书"。

例13:且其中终不能不涉于淫滥——

以致潘安、子建,西子、文君。

"以致",其他脂本均作"以致满纸"。

例14:不过作者要写出自己的那两首情诗艳赋来——

故假拟男女二人各①情,又必旁出一小人其间拨乱,亦如剧中之小丑然。

"假拟",其他脂本均作"假拟出"。
"各情",杨本作"姓名",彼本作"之名",其他脂本作"名姓"。

例15:那里有工夫去看那理治之书——

所以我这一段故事不愿世人称奇道妙,也不定要世人喜悦检读,只愿他们当那醉酒饱卧之时,或避事去愁之际,把此一玩⋯⋯

"不愿",其他脂本均作"也不愿"。
"醉酒饱卧",甲戌本作"醉余饱卧",庚辰本、眉本作"醉淫饱卧",蒙本、戚本作"醉饱淫卧",彼本作"为醉淫饱卧",杨本作"醉淫饱饿卧",梦本作"醉心饱卧"。

例16:把此一玩,岂不省了些寿命筋力——

就比那谋虚逐妄却也省些口舌是非之害,腿脚奔忙之苦。

"省些",杨本作"省了些",其他脂本作"省了"。

---

① 此字原作"各",后点去,旁改"之"。

例17：因见上面虽有些指奸责佞、贬恶诛邪之语——

亦非伤时骂世之指。

"指"，其他脂本均作"旨"。

例18：凡伦常所关之处——

皆是称功颂德，倦倦无穷，非别书之可比。虽其中大旨该①情，亦不过实录其事。

"倦倦"，其他脂本均作"眷眷"。
"该"，其他脂本均作"谈"。

例19：巷内有个古庙——

因地窄狭，人皆呼作葫芦庙。

"地"，其他脂本均作"地方"。

例20：嫡妻封氏——

性情贤淑，深知礼义。

"性情"，其他脂本均作"情性"。
"知"，其他脂本均作"明"。

例21：然本地便也推他为望族了——

因这甄士隐秉性恬淡，不以功名为念，每日只以灌花修竹、酌酒吟诗为乐。

"秉性"，其他脂本均作"禀性"。
"灌"，其他脂本均作"观"②。

例22：恰近日这神瑛侍者凡心偶炽——

乘此昌明太平朝市，意欲下凡造历幻缘。

---

① 此字原作"该"，后点去，旁改"言"。
② 蒙本此字原作"观"，后点去，旁改"看"。

"朝市"，己卯本、杨本作"盛世"，其他脂本作"朝世"。

例23：警幻亦曾问及——

> 灌溉之情未偿，趁此倒可<u>结得</u>。

"结得"，己卯本、杨本作"了结"，其他脂本作"了结的"。

例24：那绛珠仙子道——

> <u>是</u>甘露之惠，我并无<u>些</u>水可还他。

"是"，其他脂本均作"他是"。
"些"，其他脂本均作"此"。

例25：并不曾将儿女之真情发泄一二——

> 想这一干人<u>又</u>入世，其情痴色鬼、贤愚不肖者……

"又"，其他脂本均无。

例26：你且同我倒警幻仙子宫中将这蠢物交割清楚——

> <u>待等</u>这一干风流孽鬼下世已完，你我再去。如今<u>虽有</u>一半落尘，然犹未全集。

"待等"，蒙本、戚本无，其他脂本作"待"。
"虽有"，梦本作"虽已"，其他脂本作"虽已有"。

例27：道人道：既如此，便随你去来——

> <u>如今</u>却说甄士隐<u>已</u>听得明白。

"如今"，其他脂本均无。
"已"，其他脂本均作"俱"。

例28：两边又有一付对联，道是——

> <u>色色空空地，真真假假天</u>。

"色色空空地，真真假假天"，甲戌本、蒙本、戚本、彼本、眉本、梦本作"假作真时真亦假，无为有处有还无"，己卯本、庚辰本作"假作真时真假，无为有处有为无"，杨本作"假作真时真作假，无为有处有还无"。

例29：士隐大叫一声，定睛一看——

　　只见烈焰炎炎，芭蕉冉冉。

"烈焰"，其他脂本均作"烈日"。

例30：梦中之事便忘了对半——

　　又见了奶母正抱了英莲走来。

"了"，其他脂本均无。

例31：士隐见女儿越发生得粉妆玉琢，乖觉可喜——

　　便伸手接来，抱在怀中斗他顽耍，一面又带至街前，看那过会的热闹。

"一面"，其他脂本均作"一回"（连上读）。

例32：那僧还说：舍我罢，舍我罢——

　　士隐不耐烦，便抱女儿撒身要进去。

"撒身"，蒙本、戚本无，梦本作"转身"，其他脂本作"撒身"。

例33：因他生于末世，父母、祖宗根基一尽，人口衰微——

　　只剩得一身一口。

"一身"，其他脂本均作"他一身"。

例34：虽是贫窘，然生得腰圆背厚，面阔口方——

　　更兼剑眉星眼，直鼻朧腮。

"朧腮"，梦本作"方腮"，其他脂本作"权腮"。

例35：雨村见他回头——

　　便自为此女子心中有意于他，便喜狂不禁。

"此"，其他脂本均作"这"。
"喜狂"，其他脂本均作"狂喜"。

例 36：自顾风前影，谁堪月下俦——

　　蟾光如有意，先<u>照</u>玉人楼。

"照"，其他脂本均作"上"。

例 37：雨村忙笑道——

　　<u>这</u>不过偶吟前人之句，何敢狂诞至此。

"这"，庚辰本作"此"，梦本作"不敢"，眉本作"岂敢，此"，其他脂本作"岂敢"。

例 38：想尊兄旅寄僧房，不无寂寥之感——

　　<u>今</u>特具小酌邀兄到敝斋一<u>饭</u>，不知可纳芹意否？

"今"，其他脂本均作"故"。

"饭"，其他脂本均作"饮"。

例 39：雨村听了并不推辞，便笑道——

　　既蒙<u>爱</u>，何敢拂此盛情。

"爱"，庚辰本作"厚爱"，其他脂本作"谬爱"。

例 40：须臾茶毕——

　　<u>已</u>设下杯盘。

"已"，其他脂本均作"早已"。

例 41：先是款斟慢饮，次渐谈至兴浓——

　　不觉飞觥<u>传</u>斝起来。

"传"，杨本、梦本作"献"，眉本作"现"，其他脂本作"限"。

例 42：口号一绝云——

　　时逢三五便团圆，满把<u>清光</u>护玉栏。

"清光"，梦本作"晴光"，其他脂本作"晴光"。

例43：若论时尚之学，晚生也或可去充数沽名——

　　只是目下行囊路费一概无措。

"目下"，蒙本作"自今"，梦本作"如今"，其他脂本作"目今"。

例44：今既及此，愚虽不才——

　　"义利"二字却还认得。

"认"，其他脂本均作"识"。

例45：和尚说，贾爷今日五鼓已进京去了——

　　也曾留下与和尚转达老爷说，读书之人不在黄道、黑道……

"留下"，其他脂本均作"留下话"。
"之"，其他脂本均无。

例46：那些和尚不加小心，致使油锅火逸，便烧着窗纸——

　　此方人家都用竹篱木壁者多。

"都"，梦本作"俱"，其他脂本作"多"。

例47：大抵也因劫数——

　　于是接二连三，索五挂四，将一条街烧得如火焰山一般。

"索"，其他脂本均作"牵"。

例48：偏值近年水旱不收，鼠盗蜂起——

　　无非抢田抢地，鼠窃狗偷，民不安生。

"抢田抢地"，甲戌本作"抢粮夺食"，彼本作"抢钱夺米"，杨本作"抢夺田地"，其他脂本作"抢田夺地"。梦本无此三句。

例49：世人都晓神仙好，惟有功名忘不了——

　　古今将相在何方，荒冢一堆皆没了。

"皆"，其他脂本均作"草"。

例50：世人都晓神仙好，只有金银忘不了——

　　终朝只恨聚无多，及到那时眼闭了。

"那"，其他脂本均作"多"。

例51：若要好。须是了——

　　我这歌便名好了歌。

"歌"，其他脂本均作"歌儿"。

例52：士隐本是有宿慧的，一闻此言，心中早已彻悟，因笑道——

　　且住，待我将这好了歌解注出来，何如？

"这"，其他脂本均作"你这"。

例53：择膏粱，谁承望流落在烟花巷——

　　自嫌纱帽小，致使锁枷扛。

"自"，其他脂本均作"因"。

例54：那疯跛道人听了，拍掌笑道——

　　"解得切，解得切。"士隐便说了一声"走罢"。

"了"，其他脂本均无。

例55：同了疯道人飘飘而去——

　　当时烘动街坊，众人当做一件新闻传说。

"当时"，其他脂本均作"当下"。
"做"，其他脂本均作"作"。

例56：只得与父亲商议——

　　遣人各处找寻，那讨音信？

"找寻"，蒙本、彼本、杨本作"寻访"，其他脂本作"访寻"。

例57：主仆三人日夜作些针线发卖——

帮着<u>父母</u>用度。

"父母",其他脂本均作"父亲"。

例58:那封肃虽日日抱怨,也无奈何了——

这日那甄家大丫环在<u>门首</u>买线。

"门首",其他脂本均作"门前"。

例59:于是隐在门内看时——

只见军牢快手一对一对的过去<u>了</u>。

"了",其他脂本均无。

第二节　舒本第二回独异文字考

第2回脂本现存舒本、甲戌本、己卯本、庚辰本、彼本、杨本、蒙本、戚本、眉本、梦本十种。

第2回舒本独异的文字有四十四例,如下:

例1:然后于黛玉、宝钗二人目中极精极细一描——

则是文章<u>锁住</u>处。

"锁住",眉本作"凑合",庚辰本作"锁何"①,其他脂本作"锁合"。

例2:使其精华一泄而无余也——

究竟此玉<u>原</u>出自钗、黛目中方有照应。今预从<u>子兴</u>说出,实虽写而却未写。

"原",其他脂本均作"原应"。
"子兴",其他脂本均作"子兴口中"。
例3:因奉太爷之命来问你——

---

① 庚辰本于"锁"字之前旁添"关"字。

既是你女婿，便带了你去亲见太爷面禀，省得乱。

"乱"，其他脂本均作"乱跑"①。

例4：众人忙问端的，他乃说道——

原来本府新升的太爷姓贾名化，本湖州人氏，曾与小婿旧日相交。

"小婿"，其他脂本均作"女婿"②。

例5：太爷说——

"不妨，我自使番役自必探访回来。"说了一会话，临走倒送了我二两银子。

"自必"，其他脂本均作"务必"。
"一会"，其他脂本均作"一回"。

例6：封肃喜的屁滚尿流——

爬不得去奉承，便在女儿前一力撺掇成了，乘夜中用一乘小轿便把娇杏送进去了。

"爬不得"，其他脂本均作"巴不得"。
"乘夜中"，眉本作"乘夜间"，梦本作"当夜"，其他脂本作"乘夜"。

例7：那雨村心中虽十分惭恨——

面上全无一点怒色，仍是嬉笑自若，交代过公事，将历年积的些资本并家小人属送至原籍安排妥协。

"怒色"，其他脂本均作"怨色"。
"历年"，己卯本作"历年作官"，眉本、梦本作"历年所"，其他脂本作"历年做官"。

例8：却是自己担风袖月——

游览天下胜迹名区，又游至维扬地面，因闻的今岁鹾政点的是林如海。

---

① 蒙本"跑"原误作"跪"，后点去，旁改"跑"。
② 庚辰本"女"字系旁添。

"名区",其他脂本均无。
"又",蒙本、彼本作"那日偶",其他脂本作"那日偶又"。
"闻的",其他脂本均作"闻得"。
例9:虽系钟鼎之家,却亦是书香之族——

  只可惜这林氏支庶不盛,子孙有限。

"林氏",其他脂本均作"林家"。
例10:虽有几房姬妾——

  奈他年终无子,亦无可如何之事。今只有嫡妻贾氏生的一女,乳名黛玉。

"年终",其他脂本均作"命中"。
"生的",蒙本、戚本作"生了",其他脂本作"生得"。
例11:便也欲使他读书识得几个字——

  不过假充养子之意,聊解膝下荒冷之叹。

"荒冷",眉本作"流荒",其他脂本作"荒凉"。
例12:雨村不耐烦——

  便仍出来,欲到那村肆中沽饮三杯,以助野趣。

"欲",其他脂本均作"意欲"。
例13:承他之情,留我多住两日——

  我也无要紧事,且盘桓两日,到月半时也就起身了。

"无要紧事",庚辰本作"无紧事",其他脂本作"无甚紧事"。
"到",其他脂本均作"待"。
例14:但他那等荣耀,我们不便去攀扯——

  故至今越发生疏难认了。

"故至今",甲戌本、眉本作"至今",杨本作"至今所以",梦本作"故",其他脂本作"至今故"。

例15：二宅相连，竟将大半条街占了——

　　门前虽冷落无人，隔着围墙一望……

"门"，其他脂本均作"大门"。

例16：谁知这样钟鸣鼎食之家，翰墨诗书之族——

　　如今儿孙竟一代不如一代了。

"如今"，其他脂本均作"如今的"。

例17：雨村听说——

　　也罕道："这样诗礼之家，岂有不善教育之理？别门不知，只说这宁、荣二宅，是最教子有方的。"

"罕"，蒙本、戚本作"骇"，其他脂本作"罕"①。

例18：子兴叹道——

　　正说的是这弟兄两个早分居了，宁国公、荣国公是一母同胞弟兄两个……

"这弟兄两个早分居了"，其他脂本均作"这两门呢，待我告诉你"。

"宁国公、荣国公"，庚辰本作"当日宁国公"，眉本作"当日宁国府与荣国府"，其他脂本作"当日宁国公与荣国公"。

例19：他父亲又不肯回原籍来，只在都中城外和道士们胡羼——

　　这位珍爷也倒生一个儿子。

"生"，其他脂本均作"生了"。

例20：这珍爷那里肯读书——

　　只一味享乐不了，把宁国府竟翻了过来也没有敢来管他。

"享乐"，眉本作"快乐"，其他脂本作"高乐"。

---

①　庚辰本在"罕"上旁添"纳"字。

例21：长子贾代善袭了官——

娶的是金陵世勋史侯家的小姐为。

"为"，其他脂本均作"为妻"。
按：舒本"为"字点去。疑原文应是"为妻"，脱落"妻"字。
例22：长子贾赦袭着官——

次子贾政自幼酷爱读书。

"酷爱"，庚辰本、眉本作"酷甚"，彼本作"好喜"，杨本作"酷好"，其他脂本作"酷喜"。
例23：皇上因恤先臣，即时令长子袭官外，问还有几子，立刻引见——

遂额外赐了这政老爷一个主事职衔，令其入部学习。

"职衔"，己卯本、杨本作"之职"，其他脂本作"之衔"。
例24：不到二十岁就娶了妻，生了子——

因得一病而终。

"因得一病而终"，彼本作"贾珠因病死了"（"贾珠因"三字系旁添），杨本作"一疾死了"，梦本作"一病就死了"，其他脂本作"一病死了"。
例25：上面还有许多字迹，就取名叫作宝玉——

你道这是新奇异事不是？

"这"，其他脂本均无。
第26：我见了女儿，我便清爽，见了男子便觉浊臭逼人——

"你可好笑不好笑？将来色鬼无疑了。"雨村罕然作色，忙止道……

"可"，己卯本、彼本、蒙本、戚本作"到"，其他脂本作"道"。
"作色"，其他脂本均作"厉色"。
例27：可惜你们不知道这人来历——

大约政老先前辈也错以淫魔色鬼看待了。

"老先",己卯本、彼本、杨本、眉本作"老爷",其他脂本作"老"。

例28：若非多读书识字,加以致知格物之功,悟道参元之力,不能知也——

见他说这样重大,忙请教其端。

"说",眉本无,其他脂本作"说得"。

例29：运生世治,劫生世危——

尧舜汤禹,文武周召,孔孟董韩……

"汤禹",其他脂本均作"禹汤"。

例30：所余之秀气漫无所归——

遂为甘露,为和风,和气溉及四海。

"和气",庚辰本作"和①然",其他脂本作"洽然"。

例31：彼残忍乖僻之邪气——

不能荡溢于光天化日之下,终岁凝结充塞于深沟大壑之内。偶因风荡,或被云拥……

"之下,终岁",梦本作"之下,遂",眉本作"之下矣,遂",蒙本作"之中,逐",其他脂本作"之中,遂"。

"拥",甲戌本、庚辰本、彼本、梦本作"攉",杨本作"催",其他脂本作"推"。

例32：必为奇优名娼——

如前代之许由、陶潜、阮籍、嵇康、刘伶、王谢之族、顾显、陈后主……

"之",其他脂本均作"二"。

---

① 庚辰本原作"和",后点去,旁改"沛"。

"顾显",己卯本、杨本无,其他脂本作"顾虎头"。

例33:雨村道——

　　正是这意。你还不知,我自革职一来,这两年遍游名省……

"一来",其他脂本均作"以来"。

例34:亦是这一派人物——

　　不用远,只金陵城内……

"远",己卯本、杨本作"处",庚辰本作"远设",其他脂本作"远说"。

例35:说起来更可笑——

　　他说:"必得两个女儿伴着我读书,我方能认的字,心里也明……"

"的",其他脂本均作"得"。

例36:见了那些女儿们,其温厚和平、聪敏文雅,竟又变了一个——

　　因此他令尊也曾不死笞楚过几次,无奈竟不能改。每打的吃痛不过时,他便"姐姐"、"妹妹"乱叫起来。后来听的里面女儿们拿他取笑:"因何打急了只管叫姐妹作甚么,不是去求姐妹去讨情饶,你岂不愧些?"

"不死",其他脂本均作"下死"。
"痛",其他脂本均作"疼"。
"听的",其他脂本均作"听得"。
"么",其他脂本均作"莫"(连下读)。
"去",其他脂本均无。
"讨情饶",甲戌本、蒙本、梦本作"讨情讨饶",己卯本、彼本、杨本作"讨饶",戚本作"说情讨饶",眉本作"讨情"。

例37:雨村道——

　　更妙在甄家的风俗,女儿之名皆从男子之名命字。

"皆",杨本、眉本作"亦",其他脂本作"亦皆"。

例38:余者方从了"春"字——

上一倍的却也是从兄弟而来的。

"倍"①，梦本作"排"，其他脂本作"辈"②。

例 39：今听你说，是为此无疑矣——

怪道我这女学生言语行止另是一样，不与近日女子相同。

"行止"，其他脂本均作"举止"。

例 40：度其母必不凡，方得其女——

今知为荣府之孙辈，又不足罕矣。

"辈"，其他脂本均无。

例 41：又有长子所遗一个弱孙——

这赦公竟无一个不成？

"公"，彼本、眉本作"老爷"，其他脂本作"老"。

例 42：所以如今只在乃叔政老爷家住着，帮着料理些家务——

谁知自娶他令夫人之后，上下无一人不称颂他的。

"娶"，其他脂本均作"娶了"。
"上下"，其他脂本均作"到上下"或"倒上下"。

例 43：雨村道——

正是只顾说话，竟多吃了几杯了。

"了"，其他脂本均无。

例 44：子兴笑道——

说着别人的闲话，正好下酒。

"别人"，其他脂本均作"别人家"。

---

① 舒本原作"倍"，旁改"辈"。
② 庚辰本原作"背"，后点去，旁改"辈"。

第三节　舒本第三回独异文字考

第 3 回脂本现存舒本、甲戌本、己卯本、庚辰本、彼本、杨本、蒙本、戚本、眉本、梦本十种。

第 3 回舒本独异的文字有七十九例，如下：

例 1：却说雨村忙回头看时——

　　不是别人，乃当日同僚一案参革的号张如圭者。

"乃"，其他脂本均作"乃是"。

例 2：且兼林如海说——

　　汝父年将半百，无续室之意。

"无"，其他脂本均作"再无"。

例 3：今依傍外祖母及舅氏姊妹去——

　　正好减顾盼之忧。

"减"，其他脂本均作"减我"。

例 4：有日到了都中，进入神京——

　　雨村先整衣冠，带了小童……

"整"，其他脂本均作"整了"。

例 5：且说黛玉自那日弃舟登岸时——

　　便有荣国府打发了轿子并行李的车辆久候了。这林黛玉常听母亲说过，他外祖母家与别家不同。他向日所见的这几个三等的仆妇，吃穿用度已是不凡了。

"行李"，其他脂本均作"拉行李"①。

---

① "拉"，蒙本原作此字，后点去，旁改"装"。

"听",蒙本、戚本作"听见",眉本作"听的",其他脂本作"听得"。
"向日",其他脂本均作"近日"。

例6:又行半日——

忽见街北蹲着两个石狮子。

"石狮子",其他脂本均作"大石狮子"。

例7:正门之上有一匾——

匾上大书着"敕建宁国府"五个大字。

"着",其他脂本均无。

例8:将转弯时便歇下,退出去了——

后面的婆子们已都下了车,赶上前来,另换了四五个衣帽周全、十七八岁的小厮上来,复抬起轿子。

"车",其他脂本均作"轿"。
"四五",彼本、梦本作"四",其他脂本作"三四"。

例9:两边是超手游廊——

当中当地放着一个紫檀架子大理石的大插屏。

"当中",庚辰本作"当中是串堂",己卯本作"堂中是穿堂",梦本作"正中是穿堂",其他脂本作"当中是穿堂"。

例10:两边穿山游廊——

厢房挂着个鹦鹉、画眉等鸟,台基之上坐着几个穿红着绿的丫头。

"个",其他脂本均作"各色"。
"台基",甲戌本、庚辰本作"台矶",其他脂本作"台阶"。

例11:当下地下侍立之人无不掩面涕泣——

黛玉也哭的不住。

"的",其他脂本均作"个"(庚辰本原作"了",后涂改为"个")。

例12:贾母又说,请姑娘们来——

今日远客才来，<u>不必</u>上学去了。

"不必"，其他脂本均作"可以不必"。
例13：众人答应了一声——

便去了两个<u>人</u>，<u>不多时</u>只见三个奶妈妈并五六个丫环簇拥着三个姊妹来了。

"人"，其他脂本均无。
"不多时"，梦本作"不一侍"，其他脂本作"不一时"。
例14：其钗环裙袄——

三人皆是一样的<u>装饰</u>。

"装饰"，梦本作"妆束"，其他脂本作"妆饰"。
例15：众人见黛玉年貌虽小——

其举止言谈不俗，身体<u>面貌</u>虽怯弱不胜，却有一段自然风流态度。

"面貌"，其他脂本均作"面庞"。
例16：黛玉道——

我自来是如此，从会<u>吃饮</u>时便吃药。

"吃饮"，梦本作"吃饭"，其他脂本作"吃饮食"。
例17：心下想时——

只见一群媳妇、丫环围拥着一个人从后房<u>进了</u>。

"进了"，其他脂本均作"进来"。
例18：这个人打扮与众姑娘不同——

彩绣辉煌，恍若<u>神仙妃子</u>。

"神仙妃子"，梦本作"神飞仙子"，杨本无此句，其他脂本作"神妃仙子"。
例19：头上戴着金<u>丝</u>八宝攒珠髻，绾着朝阳五凤挂珠钗——

颈上带着赤金盘螭璎珞圈，裙边系着豆绿宫绦双衡比目玫瑰珮，上穿着镂金百蝶穿花大红萍缎窄衬袄。

"颈"，庚辰本作"顶"，其他脂本作"项"。
"上"，其他脂本均作"身上"。
"镂金"，其他脂本均作"缕金"。
"窄衬袄"，己卯本、庚辰本、梦本作"窄裉袄"，甲戌本作"窄裉袄"，蒙本、戚本作"穿福袄"，彼本、眉本作"穿裉袄"。（蒙本原作"穿"，后被点去，旁改"云"。）

例20：身量苗条，体态风骚——

　　粉面含春藏不露，丹唇未启笑先闻。

"藏"，其他脂本均作"威"。

例21：贾母笑道——

　　你不认得他，他是我这里有名泼皮没落户儿。

"我"，其他脂本均作"我们"。
"有名"，庚辰本作"有名的一"，其他脂本作"有名的一个"。

例22：况且这通身的气派儿——

　　竟不像老祖宗外孙女儿，竟是个嫡亲的孙女。

"老祖宗"，其他脂本均作"老祖宗的"。

例23：贾母笑道——

　　"我才好了，你倒来招我。你妹妹远路才来，身子又弱，也才劝住了，快休题这些前话。"凤姐听了，忙转悲为喜道……

"快休题"，甲戌本、蒙本、戚本作"快再休提"，彼本作"你快再休提"，己卯本、杨本作"快再休题起"，庚辰本作"快再休题"，眉本、梦本作"快休再题"。
"这些"，其他脂本均无。
"凤姐"，眉本作"熙凤"，其他脂本作"这熙凤"。

例24：林姑娘的行李东西可搬进来了——

　　带了几个人来，你们早早打扫两间干净房屋，让他们歇息歇息。说话时，已搬了茶果来。

"早早"，杨本作"赶早儿"，其他脂本作"赶早"。
"干净"，其他脂本均无。
"房屋"，其他脂本均作"下房"。
"歇息歇息"，其他脂本均作"去歇歇"。
"搬"，其他脂本均作"摆"。

例25：想是太太记错了——

　　王夫人道说："有没有，甚么要紧。"

"说"，其他脂本均无。
"甚么"，其他脂本均作"什么"。

例26：该随手拿出两个来，给你这妹妹去裁衣裳——

　　等晚上想着叫人再去拿罢，可不要忘了。

"可不要忘了"，梦本无，其他脂本作"可别忘了"。

例27：熙凤道——

　　"这倒是我先料着了，知道妹妹不过这两日到来，已预备下了，等太太回去过了目好送来。"王夫人笑了一笑，点头不语。

"到来"，己卯本、杨本作"到"，眉本作"来"，其他脂本作"到的"。
"笑了一笑"，眉本作"微笑"，其他脂本作"一笑"。

例28：当下茶果已彻（撤）——

　　贾母命两个老妈妈带了黛玉见两个母舅，此时贾赦之妻邢氏忙亦起身笑回道……

"老妈妈"，甲戌本、己卯本、庚辰本、彼本作"老嬷嬷"，眉本作"奶嬷嬷"，蒙本、梦本作"老嬷嬷"，戚本作"老婆"，杨本作"老姆姆"。
"见"，其他脂本均作"去见"。

"此",其他脂本均无。

例29：拉至宽处——

　　　方驾上<u>骣</u>。

"骣",其他脂本均作"驯骣"。

例30：众小厮退出,方打起车帘——

　　　邢夫人<u>搀上</u>黛玉的手,进入院中。黛玉度其房屋院宇必是荣府中之花园<u>隔</u>过来的。

"搀上",庚辰本作"搀着",蒙本、戚本、梦本作"挽了",其他脂本作"搀了"。

"隔",其他脂本均作"隔断"。

例31：不似方才那边轩峻壮丽——

　　　且院中随处之树木山石皆<u>幽</u>。

"幽",甲戌本、戚本作"有",己卯本、庚辰本、蒙本、梦本作"在"①,彼本作"再"②,眉本作"在行"。

例32：邢夫人听说,笑道——

　　　"这倒是了。"遂令两三个<u>妈妈</u>用方才的车好好送了过去。

"妈妈",甲戌本作"嬷嬷",杨本作"姆姆",其他脂本作"嫫嫫"。

例33：一时黛玉进了荣府下了车——

　　　众<u>妈妈</u>引着便往东转湾……

"妈妈",甲戌本、梦本作"嬷嬷",杨本作"姆姆",其他脂本作"嫫嫫"。

例34：进入堂屋中——

---

① 庚辰本原作"在",后被点去,旁改"多"。蒙本原作"在",后被点去,旁改"好"。
② 彼本无"皆"字。

抬头迎面先看见一个赤金九龙青地匾，匾上写着斗大的三个大字，是"荣禧堂"，旁有一行小字……

"匾"，其他脂本均作"大匾"。
"旁"，其他脂本均作"后"。
例35：悬着待漏随朝墨龙大画——

一边是金螭彝，一边是玻璃盒。

"金螭彝"，梦本作"凿金彝"，其他脂本作"金蜼彝"。
例36：只在这正室东边的三间耳房内——

于是老妈妈引黛玉进东房门来。

"妈妈"，彼本、蒙本、戚本、眉本作"嬷嬷"，杨本作"姆姆"，其他脂本作"嬷嬷"。
例37：正面设着——

大红金钱蟒靠背，石青金钱蟒卧枕。

"卧枕"，其他脂本均作"引枕"。
例38：椅之两边也有一对高几——

几上茗碗、瓶花俱全。

"全"，其他脂本均作"备"。
例39：其余陈设自不必细说——

老妈妈们让黛玉炕上坐。

"妈妈"，杨本作"姆姆"，彼本、蒙本、戚本作"嬷嬷"，其他脂本作"嬷嬷"。
例40：太太说，请林姑娘到那边坐罢——

老妈妈听了，于是又引黛玉出来，到了西边院内，有三间小正房内，正面炕上……

"妈妈",杨本作"姆姆",彼本、蒙本、戚本作"嬷嬷",其他脂本作"嬷嬷"。

"西边院内",其他脂本均作"东廊"。

"有",其他脂本均无。

例41:靠东壁面西——

　　设着半旧的青缎靠背卧枕。

"卧枕",其他脂本均作"引枕"。

例42:因见挨炕一溜三张椅子上——

　　也打着半旧的弹墨椅袱。

"打",其他脂本均作"搭"。

例43:或是偶一顽笑,都有尽让的——

　　"但我不放心的是一件,我有一个孽根祸胎是这家里的混世魔王,今日因庙里还愿去了,尚未回来。晚间你看便知道了。你只以后不要睬他,他这些姊妹都不敢沾惹他的。"

"是",梦本作"却有",其他脂本均作"最是"。

"看",梦本作"见",其他脂本作"看见"。

"他",其他脂本均作"你"。

例44:纵然他没趣——

　　不过出了二门,背地里拿着他两三个小幺子出气,咕唧一会子就完了。

"他两三个小幺子",甲戌本、彼本作"他的两三个小幺儿",己卯本作"他的两三个小幺儿们",庚辰本作"两个小优儿"①,蒙本、戚本作"他的两三个小子",杨本作"他的两三个小夭儿们",眉本作"他使的两三个小幺儿"。梦本无此数句。

例45:王夫人笑指向黛玉道——

---

① 庚辰本"优儿"二字被点去,旁改"子";上文"他"字之前,旁添"跟"。

这是你凤姐姐的屋子，回来你好<u>望</u>这里找他来。

"望"，梦本作"向"，其他脂本作"往"。

例46：已有多人在此伺候——

见王夫人来了，方<u>要设</u>桌椅。

"要设"，蒙本、戚本作"安"，其他脂本作"安设"。

例47：贾母正面榻上独坐——

两旁四张空椅，熙凤忙拉了黛玉在左边<u>一张</u>椅上坐了。

"一张"，其他脂本均作"第一张"。

例48：过一时再吃茶，方不伤脾胃——

今黛玉见了这里许多<u>事</u>不合家中之式……

"事"，梦本作"规矩"，其他脂本作"事情"。

例49：少不得一一改过来——

<u>因就</u>接了茶。

"因就"，梦本无，其他脂本作"因而"。

例50：贾母道——

读<u>了</u>是什么书……

"了"，梦本无，蒙本无此数句，其他脂本作"的"。

例51：不是睁眼的瞎子罢了——

<u>话未说了</u>，只听外面一阵脚步响。

"话未说了"，其他脂本均作"一语未了"。

例52：黛玉心里正疑惑着——

这个宝玉不知是怎生<u>一个</u>惫懒人物、懵懂顽童。

"一个"，其他脂本均作"个"。

例 53：面若中秋之月——

　　色如<u>春时</u>之花。

"春时"，其他脂本均作"春晓"。

例 54：鬓若刀裁，眉如墨画——

　　眼若桃瓣，睛若秋波。（舒本、己卯本、杨本、眉本）
　　眼似桃瓣，睛若秋波。（甲戌本）
　　面如桃瓣，目若秋波。（庚辰本）
　　脸若桃瓣，睛若秋波。（彼本、蒙本、戚本）
　　鼻如悬胆，睛若秋波。（梦本）

例 55：虽怒时而若笑，即瞋视而有情——

　　<u>颈</u>上金螭璎珞，又有一根五色丝绦系着一块美玉。

"颈"，其他脂本均作"项"。

例 56：一时回来再看，已换了冠带——

　　头上周围<u>一转身</u>短发，都结成小辫，红丝结束……

"一转身"，其他脂本均作"一转的"。

例 57：平生万种情思，悉堆眼角——

　　<u>其外貌</u>，最是极好，却难知其底细。

"其外貌"，其他脂本均作"看其外貌"。

例 58：后人有西江月二词——

　　批<u>着</u>宝玉极确。

"着"，庚辰本、戚本、梦本无，其他脂本作"这"。

例 59：有时似傻如狂——

　　纵然<u>生</u>的好皮囊，腹内原来草莽。

"的",其他脂本均作"得"。

例60:贾母因笑道——

"外客未见就脱了衣裳,还去见你妹妹。"宝玉已看见了,心中亦就料定是林姑妈之女。

"去",其他脂本均作"不去"。
"已",其他脂本均作"早已"。
"看见了",梦本作"看了一个姊妹",其他脂本作"看见多了一个姊妹"。
"心中亦就",其他脂本均作"便"。

例61:细看形容,与众各别——

眉湾似蹙而非蹙,目彩欲动而仍留。(舒本)
两湾似蹙非蹙笼①烟眉,一双似虚非虚②目③。(甲戌本)
两湾似蹙非蹙烟眉,一双似④目。(己卯本)
两湾半蹙鹅眉,一对多情杏眼。(庚辰本)
两湾似蹙非蹙罥烟眉,一双似泣非泣含露目。(彼本)
两湾似蹙非蹙罩烟眉,一双俊目。(蒙本、戚本)
两湾似蹙非蹙冒⑤烟眉,一双似目。(杨本)
两湾似蹙非蹙冒烟眉,一双似飘非飘含露目。(眉本)
两湾似憨非憨笼烟眉,一双似喜非喜含情目。(梦本)

例62:宝玉笑道——

虽然未曾见过他,然我看看面善,就算是旧相识。

"看看",其他脂本均作"看着"。

例63:宝玉笑道——

---

① 甲戌本"笼"系涂改,原字不清。
② 甲戌本两个"虚"字有涂改,原字不清。
③ 甲戌本"目"点去,下添"含情目"。
④ 己卯本"目"上旁添"似笑非笑含露"。
⑤ 杨本此字原作"冒",旁改"笼"。

除四书外，杜撰的太多，偏只<u>我</u>杜撰不成？

"我"，其他脂本均作"我是"。

例64：还说通灵不通灵呢——

我也不要这<u>捞什子</u>了。吓得众人一拥争去拾玉，贾母急搂了宝玉道……

"捞什子"，己卯本作"劳什子东西"，杨本作"劳东西"，戚本作"劳什古子"，其他脂本作"劳什子"。

"急"，其他脂本均作"急的"。

例65：如今来了这一个神仙似的妹妹也没有——

可知这<u>是</u>个<u>甚么</u>好东西。

"是"，其他脂本均作"不是"。

"甚么"，其他脂本均无。

例66：仔细你娘知道了——

说着，便<u>问</u>丫环手中接来，亲与他带上。

"问"，其他脂本均作"向"。

例67：宝玉听如此说——

想一想，<u>有情理</u>，也就不生别论了。当下奶娘来<u>请</u>问黛玉之房舍。

"有情理"，梦本无，庚辰本作"大有情理"，其他脂本作"竟大有情理"。

"请"，其他脂本均作"谓"①。

例68：宝玉道——

<u>老祖宗</u>，我就在碧纱橱外的床上很妥当，何必又出来。

"老祖宗"，其他脂本均作"好祖宗"。

---

① 庚辰本原作"谓"，后被点去，旁改"请"。

例69：每人一个奶娘并一个丫头照管——

　　余者在外间上面听呼唤。一面早有熙凤命送了顶藕合色花帐，并锦被缎褥之类。

"上面"，其他脂本均作"上夜"。
"命"，其他脂本均作"命人"。
"顶"，其他脂本均作"一顶"。
例70：黛玉只带了两个人来——

　　一个是自幼奶娘王妈妈。

"妈妈"，甲戌本、梦本作"嬷嬷"，杨本作"姆姆"，其他脂本作"嫫嫫"。

例71：贾母见雪雁甚小，一团孩气——

　　王妈又极老，料黛玉皆不遂心省力的。

"妈"，蒙本、戚本作"妈妈"，梦本作"嬷"，甲戌本作"嬷嬷"，其他脂本作"嫫嫫"。

例72：每人除自幼乳母外——

　　另有四个教妈妈。除贴身管钗环、盥沐两个丫环外，另有五六个洒扫房屋、来往使役的小丫头。

"教妈妈"，甲戌本、梦本作"教引嬷嬷"，己卯本、彼本、蒙本、戚本作"教引嫫嫫"，庚辰本、眉本作"教①嫫嫫"，杨本作"教引姆姆"。
"钗环"，蒙本作"钗玔"，其他脂本作"钗钏"。

例73：贾母因溺爱宝玉——

　　深恐宝玉之婢无竭力尽忠之人。

"深恐"，其他脂本均作"生恐"。
例74：宝玉因知他本姓花——

---

① 庚辰本原作"教"，后被点去，旁改"老"。

又曾见旧人诗句上有"花气袭人"之语，遂回明贾母，即更名袭人。

"语"，其他脂本均作"句"。

例75：每每规谏宝玉，心中着实忧郁——

是晚宝玉、李妈已睡了……

"李妈"，蒙本、戚本作"李妈妈"，梦本作"李嬷"，甲戌本作"李嬷嬷"，杨本作"李姆姆"，己卯本、庚辰本、彼本、眉本作"李嬷嬷"。

例76：姐姐们说的，我记着就是了——

究竟那个玉不知是什么来历？上头还有字迹？

"个"，其他脂本均无。
"什么"，眉本作"怎么"，其他脂本作"怎么个"。（梦本无此前后一大段文字。）

例77：袭人道——

连一家子也不知道来历，上头还有现成的眼儿，听得说落草从他口里掏出。

"知道"，其他脂本均作"知"。
"落草"，其他脂本均作"落草时"。

例78：因往王夫人处来——

正值王夫人与熙凤在一处拆金陵的书信看。

"金陵的"，其他脂本均作"金陵来的"。

例79：探春等却都晓得是——

议论金陵城中所居的薛家姨母之子、姨长兄薛璠倚财仗势打死人命……

"姨长兄"，其他脂本均作"姨表兄"。
"薛璠"，其他脂本均作"薛蟠"。

第四节　舒本第四回独异文字考

第 4 回脂本现存舒本、甲戌本、己卯本、庚辰本、彼本、杨本、蒙本、戚本、眉本、梦本十种。

第 4 回舒本独异的文字有四十八例，如下：

例 1：却说——

　　黛玉同姊妹至王夫人处……

"姊妹"，其他脂本均作"姊妹们"。

例 2：因见王夫人事情冗杂——

　　姊妹们遂送出来至寡嫂李氏房中来了。

"送"，其他脂本均无。

例 3：故生了李氏时，便不十分令其读书——

　　只不过将些《女四书》、《烈女传》、《贤媛集》三四种书使他认得几个字……

"《贤媛集》"，其他脂本均作"《贤媛集》等"。

例 4：却只以纺绩井臼为业——

　　因起名李纨，字宫裁。

"起名"，其他脂本均作"取名"。

例 5：日有这般姑嫂相伴，除老父余外者也都无庸虑及了——

　　如今且说雨村已补授了应天府。

"已"，眉本、梦本无，其他脂本作"因"。

例 6：不想是拐子所拐来卖的——

　　这拐人先已得了我家的银子。我家少爷原说第三日方是好日子，再接入门。

"拐人",其他脂本均作"拐子"。
"少爷",梦本作"小主",其他脂本作"小爷"。
例7:众豪奴将我小主人竟打死了——

  凶身主仆<u>皆已</u>逃走,无影无踪。

"皆已",其他脂本均作"已皆"。
例8:这门子忙上来请安——

  笑问:"老爷一向加官进禄八九年<u>了</u>,就忘了我了。"

"了",眉本无,其他脂本作"来"。
例9:不记当年葫芦庙里之事——

  雨村听了,如雷<u>振</u>一<u>警</u>,方想起往事。

"振",其他脂本均作"震"。
"警",其他脂本均作"惊"。
("听了,如雷振一警",梦本作"大惊"。)
例10:蓄了发,充了门子——

  雨村那里料得是<u>也</u>,便<u>忙忙</u>携手笑道:"原来是故人,<u>必让</u>坐了好谈。"<u>他道</u>①。

"也",其他脂本均作"他"。
"忙忙",其他脂本均作"忙"。
"必让",眉本作"可",梦本作"因令",其他脂本作"又让"。
"他道",其他脂本均无。
例11:如今凡作地方官者皆有一个私单——

  上面写的是本省最有权有势、极富极贵的大乡绅<u>姓</u>名,各省皆然。倘若不知,一时<u>触</u>犯这样的人家,不但官爵,只怕连性命还保不成呢。

---

① "他"字系旁添;"道"疑系下文"这"字之误。

"姓名",其他脂本均作"名姓"。
"触犯",其他脂本均"触犯了"。
例12:有一顿饭工夫方回来细问这门子——

　　这四家皆联络有亲,一损皆损,一荣皆荣。

"联络",其他脂本均作"连络"。
例13:酷爱男风——

　　最厌女人,这也是生前冤孽。

"女人",蒙本、戚本、梦本作"女色",其他脂本作"女子"。
"生前",其他脂本均作"前生"。
例14:雨村罕然道——

　　原来就是他。闻的养至五岁被人拐去。

"闻的",其他脂本均作"闻得"。
例15:门子道——

　　这一种拐子单管偷拐五六岁儿女。

"五六岁",其他脂本均作"五六岁的"。
例16:如今十二三岁的光景——

　　其模样虽然出脱齐整好些,然大概相貌自是不改,熟人易认。况且眉心中原有米粒大小的一点胭脂痣,从胎里带来。

"出脱",杨本、眉本作"出脱的",其他脂本作"出脱得"。
"况且",其他脂本均作"况且他"。
例17:因无钱偿债故卖他——

　　我又哄了再四,他又哭了,只说:"我不记的小时之事。"

"了",庚辰本作"至"①,梦本作"他",其他脂本作"之"。

---

① 庚辰本"至"字系旁添。

"记的",其他脂本均作"记得"。

例18：我又不忍其形——

等拐子出去,又命内里去解释他。

"内里",其他脂本均作"内人"。

例19：这也是他们的孽障遭遇亦非偶然——

不然这冯渊偏如何只看准了他。

"偏如何",其他脂本均作"如何偏"。
"他",其他脂本均无。

例20：做个整人情,将此案了结——

日后也好去见贾府、王府的。

"贾府、王府的",甲戌本作"贾、王二公的",己卯本、蒙本、戚本作"贾、王二公的面",庚辰本作"贾府、王府",彼本、眉本作"贾、王二公",杨本作"贾、王二公之面",梦本作"贾、王二公呢"。

例21：你说的何尝不是——

但事关人命,蒙皇上降恩,起复委用。

"降",其他脂本均作"隆"。

例22：趋吉避凶者为君子——

依老爷这一时不但不能报效朝廷,亦且自身不保。

"时",其他脂本均作"说"。

例23：小人已想了一个极好的主意在此——

明日坐堂,只管虚张声势……

"明日坐堂",其他脂本均作"老爷明日坐堂"。

例24：原告固是定要自然将薛家族中及奴仆人等拿几个来拷问——

小的在暗中做调听人,他们报个暴病身亡,合族中及地上共递一张保呈。

"做调听人",其他脂本均作"暗中调听,令"。
"地上",其他脂本均作"地方上"。
例25:乩仙批了——

　　死者冯渊与薛蟠原因冤孽相逢,今狭路既遇,原应了结。

"冤孽",蒙本作"夙业",杨本作"宿孽",其他脂本作"夙孽"。
例26:被拐之人原系某乡某姓人氏——

　　按法处法,余不略及……

"处法",其他脂本均作"处治"。
例27:胡乱判断了此案——

　　冯家得了许多的银子,也就无甚说话了。

"许多的银子",其他脂本均作"许多烧埋银子"。
例28:不过说令甥之事已完不必过虑等语——

　　此皆由葫芦庙内之沙弥新门子所出,雨村又恐他对人话出当日贫贱时的事来,因此心中大是不乐。

"此",其他脂本均作"此事"。
"话",其他脂本均作"说"。
"是",其他脂本均无。
例29:虽也上过学,略识几字——

　　惟有斗鸡走马、游山玩景而已。

"惟有",其他脂本均作"终日惟有"。
例30:一应经纪世事全然不知——

　　不过赖祖宗旧情分,户部挂虚名支领钱粮。

"祖宗",庚辰本作"祖父之",其他脂本作"祖父"。

例 31：其余事体自有伙计老人家等措办——

　　寡母王氏乃<u>现在</u>京营节度使王子腾之妹，与荣国府<u>贾政王夫人</u>是一母所生的姊妹。

"现在"，其他脂本均作"现任"。
"贾政王夫人"，眉本作"贾政的夫人"，其他脂本作"贾政的夫人王氏"。

例 32：乳名宝钗——

　　<u>生的</u>肌骨<u>荣润</u>，<u>丰姿</u>娴雅。

"生的"，其他脂本均作"生得"。
"荣润"，庚辰本作"莹润"，其他脂本作"莹润"。
"丰姿"，其他脂本均作"举止"。

例 33：自父亲死后——

　　见哥哥不能<u>依顺</u>母怀，他便不以书字为念。

"依顺"，甲戌本、彼本作"体贴"，杨本作"贴"，梦本作"慰"，其他脂本作"依贴"。

例 34：各省中所有的买卖承局总管、伙计人等——

　　见<u>薛蟠</u>不谙世事，便<u>乘时</u>拐骗起来，京都中几处<u>的</u>生意渐亦消耗。薛蟠素<u>闻的</u>都中<u>第一</u>繁华之地……

"薛蟠"，其他脂本均作"薛蟠年轻"。
"乘时"，其他脂本均作"趁时"。
"的"，其他脂本均无。
"闻的"，其他脂本均作"闻得"。
"第一"，其他脂本均作"乃第一"。

例 35：不想偏遇见了拐子重卖英莲——

　　薛蟠见英莲<u>生的</u>不俗，立意买他。

"生的"，其他脂本均作"生得"。

例 36：他却视为儿戏——

　　自为花上几个<u>钱</u>没有不了的。

"钱"，其他脂本均作"臭钱"。

例 37：那日已将入都时——

　　却又闻<u>的</u>母舅管辖，<u>咱</u>不能任意挥霍挥霍。

"闻的"，其他脂本均作"闻得"。
"咱"，蒙本、戚本、梦本无，其他脂本作"着"（连上读）。

例 38：须得先找几个人去打扫收拾才好——

　　<u>母亲</u>道："何必如此招摇。咱们这一进京，原是先拜望亲友，<u>或在</u>舅舅家，或是你姨爹家，他两家的房舍极是便宜的。咱们先<u>忝着</u>住下，再慢慢的着人去收拾，岂不消停些。"

"母亲"，其他脂本均作"他母亲"。
"或在"，其他脂本均作"或是在你"。
"忝着"，杨本无，戚本作"去寄"，梦本作"且"，其他脂本作"能着"。

例 39：如今舅舅正升了外省去，家里自然忙乱起身——

　　咱们<u>这两天一直</u>的奔了去，<u>还说你</u>没眼色。

"这两天一直"，甲戌本、己卯本、蒙本、杨本作"这工夫反一窝一拖"，庚辰本作"这工夫一窝一拖"，彼本作"这个工夫及一窝一拖"，眉本作"这个工夫一窝一拖"，梦本作"这会子反一窝一拖"。
"还说你"，其他脂本均作"岂不"。

例 40：还有你姨爹家——

　　况这<u>年来</u>你舅舅、姨娘两处每每带信稍书接咱们来。

"年来"，其他脂本均作"几年来"。

例 41：你的意思，我却知道——

　　<u>你</u>守着舅舅、姨父住着，未免拘紧了你，不如你各自住着，好任意

施为。

"你"，其他脂本均无。

例42：你既如此——

> 你自去调停宅子去住。

"调停"，其他脂本均作"挑所"。

例43：薛蟠见母亲如此说，情知扭不过的——

> 只得吩咐人夫一路奔荣国府。

"奔荣国府"，梦本作"奔荣国府而来"，其他脂本作"奔荣国府来"。

例44：喜的王夫人忙带了女媳人等——

> 接入大厅，将薛姨妈接了进来。姊妹们暮年相见，自不必说，喜悲交集。泣笑叙说一番，忙又引来拜见贾母。

"接入"，其他脂本均作"接出"。
"喜悲"，其他脂本均作"悲喜"。
"叙说"，其他脂本均作"叙阔"。
"来"，蒙本、戚本无，梦本作"着"，其他脂本作"了"。

例45：忙又治席接风——

> 薛蟠已拜见了贾政。

"了"，其他脂本均作"过"。

例46：请姨太太就在这里住下——

> 大家就密些……

"就密些"，己卯本、杨本作"亲蜜些"，其他脂本作"亲密些"。

例47：另有一门通街——

> 薛蟠家人就走此门出入。西南有一角门通一夹道，出夹道，便是王夫人正房的东首。

"家人"，其他脂本均无。
"东首"，己卯本作"东院门了"，庚辰本作"东边了"，其他脂本作"东院了"。

例48：一面使人打扫出自己的房屋再移居过去的——

　　谁知<u>在</u>此间住了不上一月的日期，贾宅族中<u>凡有</u>子侄俱已认熟了一半。

"在"，庚辰本作"自从在"，蒙本、戚本作"自来在"，其他脂本作"自在"。
"凡有"，其他脂本均作"凡有的"。

第五节　舒本第五回独异文字考

第5回脂本现存舒本、甲戌本、己卯本、庚辰本、杨本、蒙本、戚本、眉本、梦本九种。

第5回舒本独异的文字有八十二例，如下：

例1：三个亲孙女到且靠后——

　　便是<u>宝玉黛玉二人</u>亲密友爱处亦自觉别个不同。

"宝玉黛玉"，其他脂本均作"宝玉和黛玉"。
"二人"，其他脂本均作"二人之"。

例2：不比黛玉孤高自许，目下无尘——

　　<u>故黛玉大不得下人之心</u>。

此句，梦本作"故深得下人之心"，其他脂本作"故比黛玉大得下人之心"。

例3：便是那些小丫头子们亦多喜与宝钗去顽笑——

　　因此黛玉心中便有些<u>抑郁</u>不忿之意。

"抑郁"，梦本无，其他脂本作"悒郁"。

例 4：那宝玉亦在孩提之间——

况自天性所禀来的一片愚拙偏僻，视姐妹弟兄皆出一意，并无亲疏远近之间。

"姐妹"，其他脂本均作"姊妹"。
"间"，其他脂本均作"别"。

例 5：其中因与黛玉同随贾母一处坐卧——

故略与别个姐妹熟惯些。

"姐妹"，梦本作"姊姊"，其他脂本作"姊妹"。

例 6：先茶后酒——

不过皆宁荣二府女眷家宴小集，并无别样新文趣事可记。

"皆"，其他脂本均作"皆是"。

例 7：一时宝玉倦怠欲睡中觉——

贾母命人好哄着歇息一回再来。

"好"，其他脂本均作"好生"。

例 8：贾蓉之妻秦氏便忙笑回道——

我们这里有给宝玉叔叔舍下的屋子。

"宝玉叔"，其他脂本均作"宝叔"。
"叔舍"，己卯本、眉本作"收什"，其他脂本作"收拾"。按：舒本"叔舍（捨）"二字乃"收拾"的形讹。

例 9：老祖宗放心，只管交与我就是了——

又向宝玉奶娘、丫环等道……

"宝玉"，其他脂本均作"宝玉的"。

例 10：宝玉点头微笑——

有一妈妈说道："那里有叔叔往侄儿房里睡觉的理。"

"妈妈",杨本作"姆姆",己卯本作"嬷□",其他脂本作"嬷嬷"。

例 11：秦氏道——

嗳哟哟，<u>不怕恼</u>，他能多大呢，就忌讳这些个。

"不怕恼",其他脂本均作"不怕他恼"。

例 12：刚至房门——

便有一<u>般</u>细细的甜香袭人来，宝玉觉<u>的</u>眼<u>眶</u>骨软……

"般",其他脂本均作"股"。
"的",蒙本、戚本无,其他脂本作"得"。
"眶",眉本作"畅",其他脂本作"饧"。

例 13：有唐伯虎画的海棠春睡图——

两边有<u>家</u>学士秦太虚写的一对联。

"家",其他脂本均作"宋"。

例 14：盘内盛着安禄山掷过伤了太真乳的木瓜——

上面设着<u>寿长公主</u>于含章殿下卧的榻，悬的是同昌公主制的<u>连环帐</u>。

"寿长公主",眉本作"寿星公",庚辰本作"寿昌公",其他脂本作"寿昌公主"。

按：此乃曹雪芹的笔误，应作"寿阳公主"①。
"连环帐",庚辰本作"联珠帐",其他脂本作"连珠帐"。

例 15：秦氏笑道——

我这屋子大约神仙<u>可以</u>住得了。

"可以",蒙本、戚本作"也",其他脂本作"也可以"。

例 16：只留下袭人、媚人、晴雯、麝月四个丫环为伴——

秦氏<u>又</u>吩咐小丫环们小心在廊檐下<u>看</u>猫儿狗儿打架。

---

① 请参阅拙著《红楼梦版本探微》卷下"读红脞录"第五节"曹雪芹的笔误"。

"又"，其他脂本均无。
"小心"，其他脂本均作"好生"。
"看"，其他脂本均作"看着"。
例17：那宝玉刚合上眼——

　　惚惚的睡去。

"惚惚的"，其他脂本均作"便惚惚的"。
例18：我就在这里过一生——

　　就失了家，也愿意。

"就"，甲戌本、庚辰本作"总然"，己卯本、杨本、眉本、梦本作"虽然"，蒙本、戚本作"纵然"。
例19：正胡思之间——

　　忽听的后有人作歌曰……

"听的"，梦本作"听见"，其他脂本作"听"。（眉本无此句。）
例20：歌音未息——

　　只见那边走出一个人来。

"只见"，其他脂本均作"早见"。
例21：方离柳坞，乍出花房——

　　但行处，鸟惊匝树。将到时，月度回廊。

"匝"，眉本作"栖"，其他脂本作"庭"。
"月"，其他脂本均作"影"。
例22：云堆翠髻——

　　唇含樱颗兮榴吐娇香。

"含"，其他脂本均作"绽"。
"榴吐娇香"，眉本作"齿漱新香"，杨本作"描齿含香"，其他脂本作"榴齿含香"。

例 23：其洁若何，秋兰披霜——

　　其丽若何，霞映锦塘。其静若何，月射寒江。

"丽"，其他脂本均作"艳"。
"锦"，庚辰本作"池"，其他脂本作"澄"。
"静"，其他脂本均作"神"。

例 24：奇矣哉——

　　生于何地，长自何方？信矣哉，瑶池不二，紫府无双。

"何地"，甲戌本、庚辰本、眉本、梦本作"孰地"，己卯本、蒙本、戚本作"熟地"，杨本作"热地"。
"长"，蒙本作"出"①，其他脂本作"来"。
"哉"，其他脂本均作"乎"。

例 25：那仙姑笑道——

　　吾居离恨天之上，灌愁海之中，乃故春山遣香洞太虚幻境警幻仙姑是也。

"故春山"，其他脂本均作"放春山"。（庚辰本原作"山"，后被涂去，旁改"岩"。）

例 26：因近来风流冤孽缠绵于此处——

　　是以前来核察机会，布散妄想。

"核察"，杨本作"查访"，其他脂本作"访察"。
"妄想"，己卯本、杨本、梦本作"想思"，其他脂本作"相思"。

例 27：宝玉听了——

　　喜悦非常，便忘了秦氏在何处，竟随仙姑至一所在，有石牌横建于上书太虚幻境四个大字。

"喜悦非常"，庚辰本无，其他脂本作"喜跃非常"。

---

① 蒙本原作"出"，其上旁添"来"。

"随",其他脂本均作"随了"。
"于",其他脂本均无。
例28:痴男怨女,可怜风月债难偿——

> 宝玉一看,心下自思道……

"一看",其他脂本均作"看了"。
例29:何为风月之债——

> 从今到要领略。

"领略",其他脂本均作"领略领略"。
例30:当下随了仙姑进入二层门内——

> 只见两边便殿皆有匾额、对联。

"便殿",其他脂本均作"配殿"。
例31:因向仙姑道——

> 烦仙姑引我到那个司中游玩游玩,不知可使的?

"烦",其他脂本均作"敢烦"。
"个",其他脂本均作"各"。
"的",其他脂本均作"得"。
例32:只见有数十个大橱皆用封条封着——

> 皆是各省的地名。

"皆是",其他脂本均作"看那封条上皆是"。
例33:只见那边橱上——

> 大书"金陵十二钗正册"七字。

"七字",其他脂本均无。
按:在"大书"二字之后,其他脂本有"七字云"三字(甲戌本、己卯本、庚辰本、蒙本、戚本、杨本)或"七个字云"四字(眉本)或无(梦本)。

例34：警幻冷笑道——

　　省省的女子固多，不过择其紧要者录之。

"的"，其他脂本均无。

例35：宝玉便伸手——

　　先将又副册橱子开了，拿起一本册来。

"橱子"，庚辰本作"厨"，眉本、梦本作"橱门"，其他脂本作"厨门"。
"起"，其他脂本均作"出"。

例36：莲枯藕败，后面书云：

　　根并荷花一水香。

"一水香"，己卯本、杨本作"一茎青"，其他脂本均作"一茎香"。

例37：才自精明志自高，生于末世运偏消——

　　清明涕送江边舰，千里东风一梦遥。

"舰"，其他脂本均作"望"。

例38：后面又画——

　　几缕雲，一湾逝水。其词云……

"雲"，其他脂本均作"飞云"。
"云"，其他脂本均作"曰"。

例39：金闺花柳质，一载赴黄粱——

　　后面更是一所古庙，里面有一美人在内看经独坐。

"更"，其他脂本均作"便"。

例40：勘破三春景不长——

　　缁衣顿改昨年妆。

"昨年"，其他脂本均作"昔年"。

例41：上有一只雌凤，其判云——

　　凤鸟偏从末世来，都知爱慕此生才。

"凤"，其他脂本均作"凡"。

例42：一从二令三人木，哭向金陵事更哀——

　　后面又是一座荒村野庙，有一美人在那里纺绩。

"庙"，其他脂本均作"店"。

例43：势败休云贵——

　　家贫莫论亲。

"贫"，其他脂本均作"亡"。

例44：宝玉还欲看时——

　　那仙姑知他天分高明，性情聪慧，恐把仙机泄漏……

"聪慧"，杨本作"颖惠"，其他脂本作"颖慧"。

例45：姣若春花，媚如秋月——

　　一见了宝玉，便怨谤警幻道……

"便"，其他脂本均作"都"。

例46：故我等久待——

　　何反引这浊物来，污染这清净女儿之境。

"何"，其他脂本均作"何故"。

例47：警幻忙携住宝玉的手向众姊妹道——

　　你们不知原委。

"你们"，其他脂本均作"你等"。

例48：适从宁府所过——

　　偶见宁、荣二公之灵，嘱吾云……

"见",其他脂本均作"遇"。

例49：奈运终数尽,不可挽回者——

故迁之子孙虽多,竟无可以继业。

"迁",甲戌本、己卯本、杨本作"近",眉本作"近世",庚辰本作"遗",梦本作"我等"。(蒙本、戚本无此数字。)

例50：秉性乖张,性情怪谲——

虽聪明灵慧,略可玉成,无奈吾家运数合终,恐无人规引入道,正幸仙姑偶来……

"玉成",其他脂本均作"望成"。
"道",其他脂本均无。("入"字连下读。)

例51：故发慈心,引彼至此——

先以彼家上、中、下三等女子之终身籍册令彼熟玩。

"籍册",其他脂本均作"册籍"。

例52：此香尘世中既无,尔何能知——

此巧香系采名山胜境内初生异卉之精和各种宝林珠树之油所制,名为群芳髓。宝玉听了,是羡慕而已。

"巧",其他脂本均无。
"采",眉本无,其他脂本作"诸"。
"是",杨本作"只是",其他脂本作"自是"。

例53：警幻道——

此茶出在放春山道香洞。

"道香洞",杨本作"还香洞",庚辰本作"选[1]香洞",其他脂本作"遣香洞"。

例54：古画新诗,无所不有——

---

[1] 庚辰本原作"选",后点去,旁改"遣"。

> 更喜窗下有唾绒奁粉，壁上亦有一付对联。

"有"，其他脂本均作"亦有"。
"奁粉"，眉本作"奁间时清粉污"，其他脂本作"奁间时渍粉污"。
例55：因又请问众仙姑姓名——

> 一名痴梦仙姑，一名种情大士，一名引愁金女。

"种情大士"，其他脂本均作"钟情大士"。
例56：饮酒间又有十二个舞女——

> 上来请演何词曲。警幻道："就将新制红楼梦十二支演上来。"舞女答应了。

"请"，其他脂本均作"请问"。
"舞女"，其他脂本均作"舞女们"。
例57：警幻便说道——

> 此曲不比尘世所填传奇之曲……

"尘世"，其他脂本均作"尘世中"。
例58：一面目视其文——

> 一面耳聆其歌云。

"云"，己卯本、杨本无，其他脂本作"曰"。
例59：若说有奇缘，如何心事终虚化——

> 一个是枉自嗟呀，一个是空劳牵挂。

两个"是"，其他脂本均无。
例60：此曲散漫无稽，不见得好处——

> 但其声韵凄婉，意能销魂醉魄。

"意"，其他脂本均作"竟"。
例61：一帆风雨路三千——

把骨肉家园齐抛闪，恐哭损残年，告爹娘莫把儿悬念。

"齐"，其他脂本均作"齐来"。
"莫"，其他脂本均作"休"。
例62：襁褓中父母叹双亡——

纵居那绮罗丛里谁知娇养，幸生来英雄阔大宽宏量，从来未将儿女私情略萦心上，好一似霁月光风耀玉堂，厮配的才貌仙郎，博得个地久天长。准折的幼年时坎坷形状，终久是云散高唐，水涸湘江。

"里"，蒙本、戚本作"中"，其他脂本无。
"英雄"，其他脂本均作"英豪"。
"从来未"，庚辰本作"从来"，其他脂本作"从未"。
"的"，其他脂本均作"得"。
例63：气质美如兰，才华馥比仙——

天生孤癖人皆罕。你道是啖肉食腥膻，视绮罗欲厌。

"天生"，其他脂本均作"天生成"。
"欲"，其他脂本均作"俗"。
例64：中山狼，无情兽，全不念当日根由——

一味的骄奢贪还摄①，觑着那侯门艳质同蒲柳，作践得公府千金似下流。叹芳魂艳质一载荡悠悠。

"还摄"，甲戌本、己卯本、蒙本、梦本作"还构"，庚辰本作"还构"，戚本作"顽毂"，杨本作"这构"，眉本作"纔构"。
"得"，其他脂本均作"的"。
"艳质"，其他脂本均作"艳魄"。
例65：将那三春看破——

桃红柳绿得如何，把这韶华打灭。

---

① 舒本原作"还摄"，后被点去，旁改"婚媾"。

"得",其他脂本均作"待"。

例66：更兼着连天衰草遮坟墓——

　　这是的昨贫今富人劳碌，春荣秋谢花折磨。

"是的"，己卯本、杨本作"就是"，其他脂本作"的是"。

例67：生前心已碎，死后性空灵——

　　家富人宁中有个家亡人散各奔腾。

"中"，其他脂本均作"终"。

例68：留余庆，留余庆，忽遇恩人——

　　幸娘亲，幸娘亲，积的阴功……

"的"，其他脂本均作"得"。

例69：气昂昂头带簪缨，头带簪缨——

　　光烁烁胸悬金印。

"烁烁"，蒙本作"煽煽"，戚本作"闪闪"，其他脂本作"灿灿"。

例70：落了片白茫茫大地真干净——

　　歌毕，还有歌副曲。

"有"，己卯本、庚辰本、眉本作"要"，其他脂本均作"又"。

例71：更可骇者早有一位女子在内——

　　其鲜艳娇媚，有似乎宝钗。

"娇媚"，梦本作"妩媚"，眉本作"媚媚"，其他脂本作"斌媚"。

例72：那些绿窗风月，绣阁烟霞——

　　皆被淫物纨袴与那些荡女子悉皆玷污。更可恨者，自古来多少轻狂、多少轻薄浪子皆以好色不淫为饰……

"淫物"，其他脂本均作"淫污"。

"荡",其他脂本均作"流荡"。
"玷污",其他脂本均作"玷辱"。
"多少轻狂",其他脂本均无。
例73：吾辈推之为意淫——

　　意淫二字惟心会而不可口传,可神通而不能语达。今汝独得此二字,在闺阁中固可为良友……

"今汝",其他脂本均作"汝今"。
例74：然于世道中未免迂阔怪诡——

　　百口嘲谤,万国睚眦。

"万国",其他脂本均作"万目"。
例75：醉以灵酒,沁以仙茗,警以妙曲——

　　再将吾妹一人,乳名兼美、字可卿者计配与汝。

"计配",其他脂本均作"许配"。
例76：今夕良时,即可成姻——

　　不过令汝略领此仙闺幻境之风光尚且如此,况尘世之情景哉。今而后万万解释,改悟前情,留意于孔孟之间,要身于经济之道。

"略领",其他脂本均作"领略"。
"尚且",庚辰本作"尚",其他脂本作"尚然"。
"况",其他脂本均作"何况"。
"今而后",蒙本、戚本作"今以后",其他脂本作"而今后"。
"要身",其他脂本均作"委身"。
例77：说毕便秘授以云雨之事——

　　推宝玉入房,将门掩上自去了。宝玉恍恍惚惚……

"了",其他脂本均无。
"宝玉",其他脂本均作"那宝玉"。
例78：忽至一个所在——

但见荆榛遍地，狼虎同群，迎面一道黑溪阻路，并无桥梁可通。正犹豫之间，忽见警幻从后追来道："快休前进……"（舒本）

但见荆榛遍地，狼虎同群，忽尔大河阻路，黑水淌洋，又无桥梁可通。宝玉正自彷徨，只听警幻道："宝玉再休前进……"（甲戌本）

但见荆榛遍地，狼虎同群，迎面一道黑溪阻路，并无桥梁可通。正在犹豫之间，忽见警幻从后面追来告道："快休前进……"（己卯本、杨本）

但见荆榛遍地，狼虎同群，迎面一道黑溪阻路，并无桥梁可通。正在犹豫之间，忽见警幻从后面追来，说道："快休前进……"（眉本）

但见荆榛遍地，狼虎同群，迎面一道黑溪阻路，并无桥梁可通。正在犹豫之间，忽见警幻后面追来，告道："快休前进……"（庚辰本）

但见荆榛满地，狼虎成群，迎面一道黑溪阻路，并无桥梁可通。正在犹豫之间，忽见警幻从后追来，说道："快休前进……"（蒙本）

但见荆榛满地，狼虎成群，迎面一道黑溪阻路，并无桥梁可通。正在犹豫之间，忽见警幻从后追来，告道："快休前进……"（戚本）

但见荆榛遍地，狼虎同行，迎面一道黑溪阻路，并无桥梁可通。正在犹豫之间，忽见警幻从后面追来，告道："快休前进……"（梦本）

例79：深有万丈，遥亘千里，中无舟楫可通——

只有一个木筏，乃<u>本居士</u>掌舵……

"本居士"，其他脂本均作"木居士"。

例80：今偶游至此，设如堕落其中——

则深负我从前谆谆<u>傲</u>戒之语矣。

"傲"，其他脂本均作"警"。

例81：一面失声喊叫，可卿救我——

<u>唬的</u>袭人辈众丫鬟忙上来搂住，叫："宝玉别怕，我们在这里。"却说秦氏正在<u>外房</u>嘱咐小丫头们……

"唬的"，蒙本、戚本同，甲戌本作"唬得"，己卯本、庚辰本、梦本作"吓得"。

"外房",甲戌本作"外",其他脂本作"房外"。

例82:秦氏……纳闷道——

> 我的小名这里从没知道的,如何知道在梦里叫出?

"没",甲戌本、庚辰本作"没人",其他脂本作"无人"。
"如何知道",其他脂本均作"他如何知道"。
"叫出",其他脂本均作"叫出来"。

自第1回至第5回举例共计:

第1回	59 例
第2回	44 例
第3回	79 例
第4回	48 例
第5回	82 例

这五回(1—5)共312例。

第十三章　舒本有哪些独异的文字？

——第六回至第十回

第一节　舒本第六回独异文字考

第 6 回脂本现存舒本、甲戌本、己卯本、庚辰本、杨本、蒙本、戚本、眉本、梦本九种。

第 6 回舒本独异的文字有八十三例，如下：

例 1：彼时宝玉迷迷惑惑若有所失——

　　众人忙端上桂圆汤来，咂了两口，遂起身整衣。

"咂"，其他脂本均作"呷"。

例 2：宝玉红涨了脸，把他的手一捻——

　　袭人本是聪明女子，年纪本又比宝玉大两岁，近来已渐通人事。

"是"，其他脂本均作"是个"。
"已"，杨本无，其他脂本作"也"。

例 3：宝玉含羞央告道——

　　"好姐姐，千万别告诉别人要紧。"袭人亦含羞笑道："你梦见什么故事了？是那里流出来那些脏东西？"

"笑道",其他脂本均作"笑问道"。
"流出来",其他脂本均作"流出来的"。
例4:羞的袭人掩面伏身而笑——

宝玉亦<u>喜</u>袭人柔媚娇俏。

"喜",其他脂本均作"素喜"。
例5:遂和宝玉偷试一番——

幸<u>的</u>无人撞见。

"的",蒙本、戚本无,眉本作"而",其他脂本作"得"。
例6:暂且别无话说——

<u>荣府一宅中</u>合算起来,人口虽不多,从上至下,也有三四百丁,事虽不<u>大</u>,也有一二十件。

"荣府一宅中",其他脂本均作"按荣府一宅中"。
"大",其他脂本均作"多"。
例7:并没有个头绪可作纲领——

正寻思从那一件事、那一个人写起<u>才</u>妙,恰好忽从<u>数十里</u>之外,芥豆之微,小小一个人家,<u>与</u>荣府略有些瓜葛,这日<u>荣府</u>中来。

"才",其他脂本均作"方"。
"数十里",其他脂本均作"千里"。
"与",蒙本作"固与",戚本"向与",其他脂本作"因与"。
"荣府",其他脂本均作"正往荣府"。
例8:姓王,乃本地人氏——

祖上<u>做过</u>小小的京官。

"做过",杨本、梦本作"曾做过",其他脂本作"曾作过"。
例9:昔年曾与凤姐之祖、王夫人之父认识——

因贪那王家的势利,便连了宗,认作侄子。那时<u>只</u>那王夫人之大兄、凤姐之父与王夫人随在京中的，知有此事。

"那"，其他脂本均无。
"只那"，其他脂本均作"只有"。
"此事"，甲戌本作"此一门远族，余者皆不识认"，蒙本、戚本、眉本作"此一门远族，余者皆不认识"，梦本作"此一门远族，余者皆不知也"，己卯本、庚辰本、杨本作"此一门连宗之族，余者皆不认识"。

例10：因家业萧条——

仍搬出城外原乡中去住了。

"去住"，眉本、梦本作"住"，其他脂本作"住去"。

例11：王成新近亦因病故——

只有其子狗儿。

"狗儿"，其他脂本均作"小名狗儿"。

例12：一家四口仍以务农为业——

因狗儿白日间又作些生意，刘氏又操井臼等事。青、板姐①妹两个无人看管。

"生意"，其他脂本均作"生计"。
"姐妹"，甲戌本、蒙本、戚本、杨本、梦本作"姊弟"，己卯本、庚辰本作"姊妹"，眉本作"姐弟"。

例13：帮趁着女儿、女婿过活起来——

这年秋尽冬初，天气冷将上来。家中冬事未办，狗儿未免心中忧虑。

"这年"，其他脂本均作"因这年"。
"忧虑"，其他脂本均作"烦虑"。

例14：因此刘姥姥看不过，乃劝道——

姐夫，你别嗔着我多嘴。

---

① 舒本"姐"旁改"兄"。

"姐夫"，甲戌本、蒙本、戚本、眉本作"姑夫①"，己卯本、庚辰本、杨本、梦本作"姑爷"。

例15：守多大碗儿吃多大的饭——

你皆因<u>年少</u>时托着那老家的福，吃喝惯了。

"年少"，其他脂本均作"年小"。

例16：成了个什么男子汉大丈夫了——

如今咱们虽离<u>家</u>住着，终是天子脚下。

"家"，其他脂本均作"城"。

例17：只可惜没人会拿去罢了——

在家<u>跳踢没中用的</u>。

"跳踢没中用的"，甲戌本作"跳踢也没中用的"，己卯本、庚辰本作"跳踢会子也不中用"，蒙本作"跳踢坑也不中用的"，戚本作"跳踢也不中用的"，杨本作"跳踢会子也不终用"，眉本作"跳踏也不中用"，梦本作"跳踢也没用"。

例18：想当初我和女儿还去过一遭——

<u>他家</u>二小姐着实爽快会待人的，倒<u>也</u>不拿大。

"他家"，其他脂本均作"他家的"。
"也"，其他脂本均无。

例19：如今上了年纪——

越发<u>怜贫恤寡</u>，最爱斋僧敬道、舍米舍钱的。

"怜贫恤寡"，庚辰本作"怜贫惜老"，眉本作"惜老怜贫"，其他脂本作"怜贫恤老"。

例20：只要他发一点好心——

---

① 蒙本原作"夫"，旁改"爷"。

拔一根寒毛比咱们的腿还粗呢。

"腿",其他脂本均作"腰"。

例21:刘氏一傍接口道——

你老虽说的是,但只你这样嘴脸也怎么好到他们门上去的。

"你",其他脂本均作"你我"。
"也",其他脂本均无。

例22:人说的侯门深似海——

我是个什么东西,他家人不认得我,我去了也是白去的了。

"不",其他脂本均作"又不"。
"了",其他脂本均无。

例23:便是没银子来——

我也到那公侯府门见一见食①面,也不枉我一生。

"公侯府门",庚辰本误作"公府候门",其他脂本作"公府侯门"。
"食",杨本作"十",其他脂本作"世"。

例24:说毕——

大家笑了一笑。当晚计议已定。

"笑",其他脂本均作"回",梦本无此数句。

例25:次日天未明——

刘姥姥便起来梳洗了,又将板儿教训几句。那才只五六岁的孩子一无所知,听见带他进城里去,便喜的无不应承。

"那才只",梦本无,甲戌本作"那板儿才亦",眉本作"那板儿亦曾",其他脂本作"那板儿才"。

---

① "食"旁改"识"。

"里"，其他脂本作"逛①"。
例26：找至宁荣街——

　　来至荣府大门口狮子前。

"大门口狮子"，其他脂本均作"大门石狮子"。
例27：又教了板儿几句话——

　　然后偵到角门前。

"偵"，甲戌本同，己卯本作"缜"，庚辰本、杨本作"走"，蒙本、戚本、眉本、梦本作"蹭"。
　　按：严格地说，此非舒本独异之例。因此例比较特殊，姑且暂列于此，以供参考。
例28：坐在大凳上说东谈西呢——

　　刘姥姥只得偵上来问太爷们纳福。

"偵"，甲戌本作"徬"，梦本作"挨"，其他脂本作"蹭"。
例29：他娘子却在家——

　　你若找时，从这边绕到后街上后门上去问就是了。

"若"，其他脂本作"要"。（梦本无此字及其下二字。）
例30：也有卖顽耍物件的——

　　闹闹炒炒二三十个孩子在那里厮闹。

"二三十个"，其他脂本均作"三二十个"。
例31：孩子道——

　　"这个容易，你跟我来。"说着，跳蹿蹿的引着刘姥姥过了后院……

"过"，其他脂本作"进"，蒙本无此字及下一句。
例32：周瑞家的在内听说——

---

① 按：此字，各本有不同的写法，例如庚辰本作"旷"，眉本作"幌"，从略。

忙迎出来，问是那位。

"迎"，其他脂本均作"迎了"。
例33：好呀，周嫂子——

周瑞家认了半日，方笑道："刘姥姥，你好呀。你说，上了些年纪，我就忘了。"

"周瑞家"，其他脂本均作"周瑞家的"。
"上了些年纪"，梦本作"这几年不见"，其他脂本作"能几年"。
例34：周瑞家的命雇的小丫头倒上茶来吃着——

周瑞家的又问板儿倒长得这么大了，又问些别后闲话。

"得"，己卯本、庚辰本、杨本无，梦本作"了"，其他脂本作"的"。
例35：原是特来瞧瞧你，嫂子——

二则去请请姑太太的安。

"去"，其他脂本均作"也"。
例36：若不能，便借重嫂子转致意罢了——

周瑞家听了，便已猜着几分来意。

"周瑞家"，其他脂本均作"周瑞家的"。
例37：二则也要现弄自己体面——

听得如此说，便笑说……

"听得如此说"，眉本、梦本无，其他脂本作"听如此说"。
例38：又拿我当个人，投奔了我来——

我竟破个例，给与通个信去。

"给与"，梦本作"与你"，其他脂本作"给你"。
例39：你道这琏二奶奶是谁——

就是太太的侄女，当日这大舅老爷的女儿，小名凤哥的。

"这"，其他脂本均无。

例40：这等说来——

我今日还得见他了。

"今日"，蒙本、戚本作"今"，其他脂本作"今儿"。

例41：刘姥姥道——

"阿弥陀佛，全仗嫂子方便了。"周瑞家的："说那里话。俗语说的，与人方便，自己方便。不过我说一句话便了，害着我的什么。"

"周瑞家的"，梦本作"周瑞家的说"，其他脂本作"周瑞家的道"。
"我"，其他脂本均作"用我"。
"便"，其他脂本作"罢"。（梦本此句有异。）
"的"，其他脂本均无。

例42：周瑞家的听了道——

嗐，我的姥姥，告诉不得你呢，这位凤姑娘年纪虽小，行事却还比人都大呢。

"还"，其他脂本均无。
"人"，梦本作"是人"，其他脂本作"世人"。

例43：再歇了中觉越发没了时候了——

说着，齐下了炕，打扫打扫衣服，又叫了板儿几句话，随着周瑞家的逶迤往贾琏住宅而来，先至厕厅。

"齐"，其他脂本均作"一齐"。
"叫"，其他脂本均作"教"。
"往贾琏住宅而来"，甲戌本、蒙本、戚本、梦本作"往贾琏的住宅来"，己卯本、庚辰本、杨本作"往贾琏的住处来"，眉本作"往贾琏的住宅"。
"厕厅"，眉本作"侧厅"，其他脂本作"倒厅"。

例44：进了院门，知凤姐未出来——

先找着凤姐的一个心腹通房的大丫头名唤平儿的。

"的",其他脂本均无。

例45：周瑞家的先将刘姥姥起初来历说明，又说——

今日大远远的特来请安。当日太太是长会的。所以我带了他进来。

"大远远的",其他脂本均作"大远的"。

"所以",杨本作"今日不可不见,所以",其他脂本作"今儿不可不见,所以"。

例46：奶奶想也不责备我莽撞的——

平儿听了①，不便作主意，叫他们且②进来，先在这里坐着就是了。

以上引文，眉本作"平儿听了，先作了主意，叫他们进来，先在这里坐着就是了"，梦本作"平儿听了，便作了个主意，叫他们进来，先在这里坐着就是了"，其他脂本作"平儿听了，先作了主意，叫他们进来，先在这里坐着就是了"。

例47：身子如在云端里一般——

满屋中物都是耀眼争光，使人头悬目眩。刘姥姥斯时惟有点头咂眼念佛而已。

"物",眉本作"的东西",其他脂本作"之物"。

"有",其他脂本均无。

"眼",其他脂本均作"嘴"。

例48：于是来至东边这间屋内——

乃是贾琏的女儿大姐儿睡觉所在。平儿站在炕边打量了刘姥姥两眼。

"所在",其他脂本均作"之所"。

"炕边",其他脂本均作"炕沿边"。

例49：只得问个好让坐——

---

① 舒本"了"系旁添；在"作"字之后，原有"了"字，后被点去。
② 舒本"且"原作"进"，旁改"且"。

刘姥姥见平儿这身绫罗，插金戴银，花容玉貌的，便当是凤姐儿了。

"这身"，其他脂本均作"遍身"。

例50：刘姥姥只听见咯当咯当的响声——

大有似乎打箩柜箱面的一般。

"箱"，甲戌本作"籭"，其他脂本作"筛"。

例51：又若金钟铜磬的一般——

不防唬的一跳，展眼接着又是一连八九下。

"唬的"，其他脂本均作"倒唬的"。

例52：忽见两个人抬了一张炕桌来——

放在这边炕上，桌上碗盏森列，仍是满满的鱼肉在内。

"碗盏"，蒙本、戚本作"盘碗"，其他脂本作"碗盘"。

例53：板儿一见了，便吵着要肉吃——

刘姥姥一巴掌打了他去。

"一巴掌"，甲戌本作"一扒掌"，蒙本作"一把"，其他脂本作"一把掌"。

例54：于是携了板儿下炕，至堂屋中——

周瑞家的和他唧唧了一会，方侦到这边屋里来。只见门外凿铜钩上悬着撒花大红软帘。

"和"，其他脂本均作"又和"。

"侦到"，甲戌本作"徎到"，己卯本、庚辰本、杨本作"过"，蒙本、戚本、梦本作"蹭到"，眉本作"领到"。

"撒花大红"，戚本、梦本作"大红洒花"，其他脂本作"大红撒花"。

例55：炕上大红毡条——

靠东边板壁立着一个锁子锦靠背与一个靠枕。

"靠枕",其他脂本均作"引枕"。

例 56：这才忙欲起身犹未起身——

  满面春风的问好,又嗔周瑞家怎么不早说,刘姥姥在地下已<u>长</u>拜了数拜,问姑奶奶<u>好</u>。

"周瑞家",其他脂本均作"周瑞家的"。
"长",其他脂本均作"是"。
"好",其他脂本均作"安"。

例 57：凤姐忙说：——

  周姐姐快<u>搀着,不用拜</u>罢。请坐,我年轻不大认得,可也不知是什么辈数,不敢称呼。

"搀着,不用拜",甲戌本作"搀住下拜",己卯本作"才起来,别拜",庚辰本、戚本作"搀起来,别拜",杨本作"些扶起来,别拜",眉本、梦本作"搀着不拜"。

例 58：凤姐点头——

  刘姥姥<u>已</u>炕沿上坐了。板儿便躲在他背后,<u>百般</u>哄他出来作揖,他死也不肯。

"已",其他脂本均作"已在"。
"百般",其他脂本均作"百般的"。

例 59：凤姐笑道——

  亲戚们不大走动,都疏远了。知道的呢,说你们<u>厌弃</u>我们,不肯常来。

"厌弃",杨本作"弃嫌",其他脂本作"弃厌"。

例 60：谁家有什么,不过是旧日空架子——

  俗语<u>说道</u>,朝廷<u>家</u>还有三门子穷亲戚,何况你我。

"说道",眉本作"说的好",其他脂本作"说"。
"家",其他脂本均无。

例 61：如今等奶奶的示下——

　　凤姊儿道："你去瞧瞧，要是有人有事就罢，得闲了就回，看怎么说。"

"凤姊儿"，甲戌本、梦本作"凤姐儿"，其他脂本作"凤姐"。
"了"，庚辰本、梦本作"儿"，其他脂本无。

例 62：周瑞家的答应着去了——

　　这里凤姐叫人抓些果子给板儿吃。

"给"，其他脂本均作"与"。

例 63：刚问些闲话时——

　　就有家下许多媳妇管事的回话。这平儿回了。凤姐道："这里陪客呢……"

"回话"，其他脂本均作"来回话"。
"这"，其他脂本均无。
"这里"，其他脂本均作"我这里"。

例 64：多谢费心想着——

　　白来逛逛的便罢，若有甚话的，只管告诉二奶奶，都是一样。

"的"，蒙本、戚本无，其他脂本作"呢"。
"话"，其他脂本均作"说"。

例 65：刚说到这里——

　　只听二门上小厮们回话："宁府里小大爷进来了。"凤姐忙止刘姥姥不必说来。

"回话"，其他脂本均作"回说"。
"宁府"，其他脂本均作"东府"。
"来"，其他脂本均作"了"。

例 66：进来了一个十七八岁的少年——

面目清秀，身材夭矫，轻裘宝带，美服华冠。

"夭矫"，甲戌本、眉本、梦本作"夭娇"，蒙本、戚本作"夭乔"，己卯本、庚辰本、杨本作"俊俏"。

例67：贾蓉笑道——

我父亲打发了我来求婶子说，上回老太太给婶子那件玻璃屏，明日请一个要紧的客，借了略摆一摆。

"老太太"，其他脂本均作"老舅太太"。
"给婶子"，其他脂本均作"给婶子的"。
"件"，其他脂本均作"架"。
"玻璃屏"，其他脂本均作"玻璃炕屏"。

例68：凤姐笑道——

也没见我王家门的东西都是好的不成。

"我王家门"，甲戌本、蒙本、戚本、梦本作"我们王家"，己卯本、庚辰本、杨本、眉本作"你们王家"。

例69：贾蓉喜的眉开眼笑，忙说——

"我亲自带了人拿去，别由他们乱碰。"说着，便起身去了。

"去"，其他脂本均作"出去"。

例70：我今日带了你侄儿来，也不为别的——

只因他老子娘在家里连吃的都没有了，如今天又冷了，越想没个活路儿，只得带了你侄儿奔了你了。

"了"，其他脂本均无。
"活路"，其他脂本作"派头"，梦本无此句。

例71：凤姐早已明白了——

听了一回说话，因笑道："不必说了，我知道了。"

"听了一回"，其他脂本均作"听他不会"。

例 72：凤姐因问周瑞家的——

"这姥姥不知可用早饭呢 a 没有呢 b？"这刘姥姥忙道："一早就往这里赶来，那里还有吃饭的工夫呢 c。"

"呢 a"、"呢 b"，其他脂本均无。
"这"，其他脂本均无。
"来"，眉本作"呢"，其他脂本作"咧"。
"呢 c"，杨本无，其他脂本作"咧"。

例 73：凤姐听说——

忙命快传饭来。一时周瑞家的传一桌客饭来，摆在东边屋内。这周瑞家的安排饭菜已毕，遂到凤姐面前说明，去叫过刘姥姥合板儿过去吃饭呢。

"传"，其他脂本均作"传了"。
"这周瑞家的安排饭菜已毕，遂到凤姐面前说明，去叫过"，其他脂本均作"过来带了"。
"呢"，其他脂本均无。
"合"，其他脂本均作"和"。
"呢"，其他脂本均无。

例 74：说话时——

刘姥姥已吃罢饭，拉了板儿过来，餂舌打①嘴道："多谢。"

"罢"，甲戌本、蒙本、戚本、杨本作"毕"，己卯本、庚辰本、眉本作"毕了"，梦本作"完了"。
"餂舌打嘴"，甲戌本作"餂唇抹嘴"，己卯本、杨本作"餂舌咂嘴"，庚辰本作"餂舌咂嘴"，蒙本、戚本作"餂唇打嘴"，眉本作"甜嘴蜜舌"，梦本作"餂唇咂嘴"。
在"餂舌打嘴"四字之后，其他脂本均有"的"字。
"多"，其他脂本均无。

---

① "打"字，舒本原作"打"，旁改"咂"。

例 75：一时想不到也是有的——

况是我近来管些事，都不大知道这些亲戚们。

"管些事"，其他脂本均作"接着管些事"。

例 76：殊不知大有大的艰难去处，说与人也未必信罢了——

今儿既大远的来了，又是头一次见我张口，怎好叫你空回去呢，可巧昨日太太给我的丫头们作衣裳的二十两银子，我还没动的。

"今儿"，其他脂本均作"今儿你"。
"的"，其他脂本均作"呢"。

例 77：你若不嫌少，就暂且拿了去罢——

那时刘姥姥先听见艰难，只当是没有，心里便突突的，后来听见说给他二十两，喜的又浑身发痒起来。

"时"，其他脂本均无。
"艰难"，其他脂本均作"告艰难"。
"说"，其他脂本均无。

例 78：但俗语说，瘦死的骆驼比马大——

凭他怎样，你老拔根寒毛，比我们的腿还粗呢。

"腿"，其他脂本均作"腰"。

例 79：周瑞家的在旁见他说的粗鄙——

只管使眼色正他。

"正"，其他脂本均作"止"。

例 80：这钱雇了车子坐罢——

改日无事，再来逛逛，方是亲戚们的意思。天色也晚了，也不虚留你们了。

"再"，其他脂本均作"只管"。
"色"，其他脂本均无。

例81：一面说，一面就站起来了——

刘姥姥只管千辞万谢的，拿了银子钱，随了周瑞家的来至外厢。

"千辞万谢"，其他脂本均作"千恩万谢"。

例82：我说句不怕你恼的话——

便是亲侄儿也要说和软些儿，那蓉大爷才是他正经侄儿呢，怎么又跑出这么个侄儿来了？

"儿"，其他脂本均无。
"他"，其他脂本均作"他的"。
"怎么"，其他脂本均作"他怎么"。

例83：刘姥姥笑道——

"我的嫂子，我见了他，我心眼里爱还爱不过来，那里说上话来了。"二人正说着，又至周瑞家坐了片时，刘姥姥便留下一块银子与周瑞家的儿女们买果子吃，周瑞家的如何放在眼里，执意不肯。

"我"，其他脂本均无。
"那里"，其他脂本均作"那里还"。
"正"，其他脂本均无。
"便"，其他脂本均作"便要"。

第二节　舒本第七回独异文字考

第7回脂本现存舒本、甲戌本、己卯本、庚辰本、彼本、杨本、蒙本、戚本、眉本、梦本十种。

第7回舒本独异的文字有五十三例，如下：

例1：谁知王夫人不在上房——

问丫环们时，方知往薛姨妈那边闲话去了，周瑞家的听说，便转东门出至东院，往梨香院来。

"东门",其他脂本均作"东角门"。

例2:只见宝钗穿着家常服……坐在炕里边——

伏在小炕几上同<u>小</u>丫鬟莺儿正描花样子呢。

"小",其他脂本均无。

例3:也不知白花了多少银子钱呢——

凭你什么名医仙药,从没见<u>一点效验</u>。

"一点",其他脂本均作"一点儿"。
"验",其他脂本均无。

例4:又给了一包末药作引——

异香异气的,不知是那里弄<u>的</u>来的。

"的",己卯本、庚辰本、彼本作"了",其他脂本无此字。(梦本无此句。)

例5:周瑞家的因问——

不知是个<u>海上什么</u>方儿?

"海上什么",其他脂本均作"什么海上"。

例6:周瑞家的忙道——

<u>嗳呀</u>,这样说来,就得三年的工夫。

"嗳呀",蒙本、戚本作"嗳哟哟",其他脂本作"嗳哟"。

例7:还要白露这日的露水十二钱——

<u>小雪这日的雪十二钱,霜降这日的霜十二钱</u>。

此二句,其他脂本基本上作"霜降这日的霜十二钱,小雪这日的雪十二钱"。

例8:再加十二钱蜂蜜、十二钱白糖——

九<u>个</u>龙眼大的丸子盛在旧磁坛内,埋在花根底下……

"个"，梦本无，甲戌本、己卯本、庚辰本、杨本、眉本作"了"，彼本作"如"，蒙本、戚本作"成"。

例9：周瑞家的听了笑道——

阿弥陀佛，真巧死了人，等十年<u>也未必能</u>这样巧呢？

"也未必能"，彼本作"也未必都"，眉本、梦本作"都未必"，其他脂本作"未必都"。

例10：周瑞家的听了点头儿，因又说道——

这<u>病发</u>时，到底<u>那意思</u>是怎样？

"病发"，蒙本、戚本作"发病了"，其他脂本作"病发了"。
"那意思是"，彼本作"竟是"，眉本作"是"，其他脂本作"竟"。

例11：王夫人问，谁在里头呢——

周瑞家的<u>忙着</u>答应了，趁便回了刘姥姥之事，<u>又</u>略待半刻……

"忙着"，其他脂本均作"忙着出去"。
"又"，其他脂本均无。

例12：薛姨妈忽又笑道——

你且站<u>着</u>，我有一宗东西，你带了去罢。

"着"，其他脂本均作"住"。

例13：你家的三位姑娘每人两支——

<u>剩</u>六支送林姑娘二支，那四支给了凤姐儿罢。

"剩"，己卯本、眉本、梦本作"剩下"，庚辰本作"剩下的"，其他脂本作"下剩"。

例14：王夫人道——

留着给宝丫头<u>带了罢</u>，又想着他们。

"带了罢"，甲戌本、蒙本作"带罢了"，眉本作"戴"，戚本、彼本作"戴罢了"，梦本作"戴也罢了"，己卯本、庚辰本、杨本作"带罢"。

例 15：只见香菱笑嘻嘻的走来——

　　周瑞家的便拉了他手，细细的看了一回。

"他手"，其他脂本均作"他的手"。

例 16：金钏笑道——

　　我也这么说呢。

"也"，其他脂本均作"也是"。

例 17：本处是那里人——

　　香菱听问，都摇头道："不记得了。"

"道"，其他脂本均作"说"。

例 18：只见几个小丫头子都在抱厦内听呼唤默坐——

　　迎春的丫环司棋、探春的丫环侍书二人正掀帘子出来。

"司棋、探春"，其他脂本均作"司棋与探春"。

例 19：周瑞家的便知他们姊妹在一处坐着——

　　随进入内房……

"随"，其他脂本均作"遂"。

例 20：说着，大家取笑一回——

　　惜春命丫头入画来收了。

"丫头"，眉本无，其他脂本作"丫环"。

例 21：周瑞家的又和智能儿劳叨了一回——

　　便往凤姊处来。

"凤姊"，己卯本、庚辰本、杨本作"凤姐儿"，其他脂本作"凤姐"。

例 22：周瑞家的会意，慌的蹑手蹑脚的往东边房里来——

　　只见奶子正拍着大姐儿睡着呢。

"睡着"，其他脂本均作"睡觉"。
例 23：奶子摇头儿——

　　正问着，只<u>见</u>那边一阵笑声，却有贾琏声音。

"见"，其他脂本均作"听"。
例 24：平儿……先叫彩明来吩咐他——

　　送到那边府里给小蓉<u>奶奶</u>带去。

"奶奶"，其他脂本均作"大奶奶"。
例 25：次后方命周瑞家的回去道谢——

　　周瑞家的这才往贾母<u>那边</u>来。

"那边"，其他脂本均作"这边"。
例 26：所以我来和你老人家商议商议——

　　<u>寻个</u>情分，求那一个可以了事。

"寻个"，其他脂本均作"这个"。
例 27：黛玉……便问道，还是单送一人的，还是别的姑娘们都有——

　　周瑞家的道："<u>各房</u>都有了，这两枝是姑娘的了。"黛玉<u>笑</u>道："我<u>知道</u>，别人不<u>挑剩</u>的<u>不肯</u>给我。"

"各房"，眉本作"各位姑娘"，其他脂本作"各位"。
"笑"，其他脂本均作"冷笑"。
"知道"，其他脂本均作"就知道"。
"挑剩"，其他脂本均作"挑剩下"。
"不肯"，其他脂本均作"也不"。
例 28：周瑞家的听了，一声不言语——

　　宝玉便道："周<u>姊姊</u>，你<u>做</u>什么到那边去了？"周瑞家的<u>道</u>："太太在那里，因向那边回话去了，<u>遇着</u>姨太太，就顺便叫我带来了。"

"姊姊"，其他脂本均作"姐姐"。

"做"，蒙本、戚本作"为"，其他脂本作"作"。
"道"，彼本、眉本作"说"，其他脂本作"因说"。
"遇着"，其他脂本均无。

例29：宝玉听了，便和丫头说——

　　谁去瞧瞧，就说我和林姑娘打发来问姨娘、姐姐<u>的</u>安。

"的"，其他脂本均无。

例30：故遣女人来讨情分——

　　周瑞家的仗着主子<u>的势头</u>，把这些事也不放在心上，晚间<u>自</u>求求凤姐儿便完了。

"势头"，眉本作"势力"，梦本作"势"，其他脂本作"势利"。
"自"，其他脂本均作"只"。

例31：凤姐已卸了妆，来见王夫人回话——

　　今儿甄家送了来<u>的</u>东西，我已收了。

"的"，其他脂本均无。

例32：王夫人道——

　　你瞧谁闲着，不管打发那四个女人去就完了，<u>来</u>当什么正紧事问我。

"来"，其他脂本均作"又来"。

例33：可知是他诚心叫你散淡散淡——

　　别<u>负</u>了他的心。

"负"，其他脂本均作"辜负"。

例34：凤姐答应了——

　　当下李纨、迎、探等<u>姊妹</u>亦曾定省毕，各自归房无话。

"姊妹"，其他脂本均作"姊妹们"。

例35：只是怯怯羞羞有女儿之态——

腼腆含糊，便向凤姐作揖问好。

"便"，彼本无，甲戌本、蒙本、戚本、梦本作"的"，己卯本、庚辰本、杨本、眉本作"慢"。

例36：凤姐喜的先推宝玉笑道——

"比下去了。"便欠身一把手携了这孩子的手，就命他身傍坐了。

"手"，其他脂本均无。

例37：如今看来，我就成了泥猪癞狗了——

可恨我为什么生在侯门公府中，若要是也生在寒门薄宦之中……

"要是"，其他脂本均无。
"中"，其他脂本均作"家"。

例38：可知贫寒二字限人——

亦世间之大不快事。二人一样胡思乱想。

"一样"，其他脂本均作"一样的"。

例39：宝玉笑道——

"你去罢，我知道了。"秦氏嘱付了他兄弟一回，方去陪凤姐。

"嘱付"，其他脂本均作"嘱"。

例40：秦钟因说——

业师于去年病故，家父又老迈……

"老迈"，彼本、杨本作"年老迈"，梦本作"年纪老了"，其他脂本作"年纪老迈"。

例41：宝玉不待说完，便答道——

正是呢。我们却有一个家塾。

"有一个"，其他脂本均作"有个"。

例42：家父之意——

亦欲送我去温习旧书，待明年业师一上来，再各自在家里读书亦可。

"送"，其他脂本均作"暂送"。

"一"，其他脂本均无。

例43：二则因我病了几天——

遂且暂担搁着。

"且暂"，其他脂本均作"暂且"。

例44：秦钟笑道——

家父前日在家提起延师一事，也曾提起这里的义学到好，原要来和这亲翁商议引荐。

"这"，彼本作"这里"，其他脂本作"这里的"。

例45：何不速速的作成——

又彼此不至荒废了。

"了"，其他脂本均无。

例46：那天气也是掌灯时候，出来又看他们顽了一回牌——

算账时却又秦氏、尤氏二人输了戏酒的东道，言明后日吃这东道。

"却又"，彼本作"却"，眉本作"又是"，其他脂本作"却又是"。

"明"，其他脂本均作"定"。

例47：尤氏、秦氏都说道——

偏又派他作什么？放着些小子们，是那一个派不得？偏要惹他。

"些"，其他脂本作"这些"。（梦本此句有异。）

"是"，其他脂本均无。

例48：凤姐道——

我成日在家说你太软弱了些，纵放的家里人这样还了得了。

"些"，其他脂本均无。

"纵放的",梦本作"纵得",其他脂本作"纵的"。
例49：从死人堆里把太爷背了出来——

　　得了命，自己挨着饥，却偷了东西来给主子吃。

"饥"，其他脂本均作"饿"。
例50：得了半碗水，给主子喝——

　　他自己喝马溺。不过仗着这功劳情分，有祖宗时都另眼相待。

"这"，其他脂本均作"这些"。
例51：别说你们这一把子杂种忘八羔子们——

　　正骂的高兴上，贾蓉送凤姐的车来。

"高兴"，其他脂本均作"兴头"。
例52：凤姐在车上——

　　说于贾蓉："以后还不早打发了这没王法的东西……"

"于"，其他脂本作"与"。（蒙本、戚本无此句。）
例53：到也有趣，因问凤姐道——

　　姊姊，你听见"爬灰的爬灰"，什么是爬灰？

"姊姊"，其他脂本均作"姐姐"。

第三节　舒本第八回独异文字考

第 8 回脂本现存舒本、甲戌本、己卯本、庚辰本、彼本、杨本、蒙本、戚本、眉本、梦本十种。
第 8 回舒本独异的文字有三十四例，如下：
例1：宁可绕远路罢了——

　　当下众妈妈、丫环伺候他换衣服。

"妈妈",戚本、杨本作"嬷嬷",其他脂本作"嬷嬷"。
例2：仍出二门去了——

　　众妈妈、小丫环只得跟随出来。

"妈妈",戚本、杨本作"嬷嬷",其他脂本作"嬷嬷"。
例3：你二位爷是在老爷跟前来的不是——

　　二人点头："老爷在梦坡斋小书房里歇中觉呢……"

"点头",其他脂本均作"点头道"。
例4：于是转湾向北奔梨香院来——

　　可巧银库房的总领名叫吴新登与仓上的头目名戴良,还有几个管事的头目……

"名叫",眉本无,其他脂本作"名唤"。
例5：众人都笑说——

　　前儿在那里看见二爷写的斗方儿……

"那里",彼本作"那处",其他脂本作"一处"。
例6：闲言少述——

　　且说宝玉来至梨香院中,入薛姨妈室中来。

"入",其他脂本均作"先入"。
例7：薛姨妈忙一把拉住了他,抱入怀中,笑道——

　　这么冷天,我的儿,难为你想着来,快上炕去坐着罢。

"去",其他脂本均作"来"。
例8：说着,让他在炕上坐了——

　　命莺儿倒茶来。

"命",眉本作"忙命",其他脂本作"即命"。

例 9：五色花纹缠护——

　　这就是大荒山中青崾峰下的那块补天剩下的石头幻相。

"青崾峰"，其他脂本均作"青埂峰"。

例 10：宝玉听了，忙笑道——

　　姐姐那项圈上也有八个字……

"姐姐那项圈上"，其他脂本均作"原来姐姐那项圈上"。

例 11：宝玉笑道——

　　这么好闻，姐姐，给我一丸尝尝。

"姐姐"，其他脂本均作"好姐姐"。

例 12：今儿他来了，明儿我再来——

　　如此间错来看，岂不天天有人来。

"看"，庚辰本作"着"，其他脂本无。

例 13：宝玉笑道——

　　"我多早晚说要去了，不过拿来预备着。"宝玉的奶娘李妈妈因说道……

"李妈妈"，己卯本、庚辰本、戚本作"李嬷嬷"，其他脂本作"李嬷嬷"。

例 14：宝玉笑道——

　　这个须就着酒吃才好。

"着"，彼本作"有"，其他脂本无。

例 15：薛姨妈便命人灌了最上等的酒来——

　　李妈妈便上来道……

"李妈妈"，戚本作"李嬷嬷"，梦本作"李嬷"，其他脂本作"李嬷嬷"。
例16：李妈妈道——

　　不中用，当着老太太，那怕叫你吃一坛呢。

"叫"，其他脂本均无。
例17：怎么他说了你就依，比圣旨还遵些——

　　宝玉听了这话，知道黛玉借此奚落他的，也无回护之词。

"知道"，甲戌本作"知"，其他脂本作"知是"。
例18：倘或在别人家里，人家岂不要恼——

　　好说就看的人家连手炉也没有。

"连"，其他脂本均作"连个"。
例19：薛姨妈道——

　　你这个多心的也有这样一想，我就没这心。

"也"，其他脂本均无。
"一"，其他脂本均无。
例20：说话时，宝玉已是三杯过去了——

　　李妈妈又上来拦阻。

"李妈妈"，戚本、眉本作"李嬷嬷"，其他脂本作"李嬷嬷"。
例21：宝玉正在高兴之时——

　　和宝钗、黛玉姐妹说说笑笑的。

"姐妹"，眉本作"们"，其他脂本作"姊妹"。
例22：李妈妈道——

　　你可仔细老爷今日在家呢，隄防问你的书。

"今日"，其他脂本均作"今儿"。

例 23：宝玉听了，方又鼓起兴来——

　　李妈妈因吩咐小丫头们："你们在这里小心着……"

"李妈妈"，戚本作"李嬷嬷"，其他脂本作"李嬷嬷"。

例 24：这里虽还有三两个婆子，都是不关痛痒的——

　　见李妈妈走了，也都悄悄的自寻方便去了。

"李妈妈"，戚本作"李嬷嬷"，其他脂本作"李嬷嬷"。

例 25：幸而薛姨妈千哄万哄的——

　　只容他吃几杯，就忙收过了。

"吃"，彼本作"吃个"，其他脂本作"吃了"。

例 26：宝玉便说——

　　罢，罢，好蠢才，你也轻些儿，难道没见过别人带过的，让我自己带罢。

"蠢才"，其他脂本均作"蠢东西"。

例 27：薛姨妈忙道——

　　跟你们的妈妈还都没有来呢。

"还都没有"，彼本作"还都没"，其他脂本作"都还没"。

例 28：薛姨妈不放心，到底命两个妇人跟随他兄妹方罢——

　　他二人又道了扰，一径回往贾母房中。

"又"，其他脂本均无。

例 29：晴雯笑道——

　　这个人可醉了。你头里过那府里去，就吩咐我粘在这门斗上……

"吩咐"，其他脂本均作"嘱咐"。
"粘"，其他脂本均作"贴"。

例 30：一时黛玉来了——

宝玉见了黛玉便笑道："妹妹，你别撒谎，你看这三个字那一个好？"

"见了黛玉便笑道"，庚辰本、眉本、梦本作"笑道"，其他脂本作"便笑道"。

"妹妹"，其他脂本均作"好妹妹"。

例 31：偏我才吃了饭就搁在那里——

后来李妈妈来了看见了，说宝玉未必吃了，拿来给我孙子吃去罢……

"李妈妈"，甲戌本、己卯本、庚辰本、蒙本作"李奶奶"，彼本、杨本、梦本作"李嬷嬷"，戚本、眉本作"李媪媪"。

例 32：茜雪道——

我原是留着的，那会子李妈妈来了，他要尝尝，就给他吃了。

"李妈妈"，彼本作"李嬷嬷"，其他脂本作"李奶奶"。

例 33：那宝玉就枕睡着了——

彼时李妈妈等已进来了。

"李妈妈"，戚本作"李媪媪"，其他脂本作"李嬷嬷"。

例 34：亲身带了秦钟——

来至代儒家拜见了。

"至"，其他脂本均无。

第四节　舒本第九回独异文字考

第 9 回脂本现存舒本、己卯本、庚辰本、彼本、杨本、蒙本、戚本、眉本、梦本九种。

第 9 回舒本独异的文字有六十三例①，如下：
例 1：话说秦业父子——

　　专候贾家的人来送<u>上学</u>。

"上学"，梦本作"上学之信"，其他脂本作"上学择日之信"。
例 2：读书是极好的事——

　　不然就潦倒<u>一辈</u>，终究怎么样呢。

"一辈"，其他脂本均作"一辈子"。
例 3：袭人又道——

　　大毛衣服我也包好了，<u>交</u>给小子们去了，<u>学里</u>好歹想着添换。

"交"，眉本作"交出去"，其他脂本作"交出"。
"学里"，其他脂本均作"学里冷"。
例 4：宝玉道：你放心——

　　出外头我自己都会调停的，你们也<u>不可</u>闷死在屋里。

"不可"，杨本、梦本作"可别"，彼本作"可也别"，其他脂本作"别"。
例 5：说着，俱已穿带齐备——

　　袭人催他去见<u>贾母</u>。宝玉且又嘱咐了晴雯、麝月等人几句，方出来<u>见</u>贾母。贾母也未免有几句嘱咐<u>他</u>的话，然后<u>见</u>王夫人。

"贾母"，彼本作"贾母、王夫人等"，眉本作"贾母、贾政、王夫人"，其他脂本作"贾母、贾政、王夫人等"。
"他"，其他脂本均无。
"见"，彼本作"又去见"，其他脂本作"去见"。（眉本无此处十余字。）
例 6：偏生这日贾政回家的早——

---

① 第 9 回结尾的异文问题，请参阅本书第十章"舒本第九回结尾文字出于曹雪芹初稿考辨（上）"、第十一章"舒本第九回结尾文字出于曹雪芹初稿考辨（下）"，此处不再赘述。

正在<u>房中</u>与相公清客们闲话，忽见宝玉进来请安，<u>回话</u>上学里去……

"房中"，眉本无，其他脂本作"书房中"。
"回话"，眉本无，彼本作"回道"，其他脂本作"回说"。

例7：他倒底念了些什么书——

　　倒念了些流言混话<u>在肚子里</u>。

"在肚子里"，彼本、眉本作"在肚子里学了些精微淘气"，其他脂本作"在肚子里学了些精致的淘气"。

例8：此时宝玉站在院外屏声静候，待他们出来，便忙忙的走了——

　　李贵等一面弹<u>衣</u>，一面说道："哥儿可<u>听了</u>不曾，要揭我们的皮呢……"

"衣"，其他脂本均作"衣服"。
"听了"，蒙本作"听见"，其他脂本作"听见了"。

例9：只求听一两句话就有了——

　　说着，又<u>到</u>贾母这边。

"到"，其他脂本均作"至"。

例10：彼时黛玉才在窗下对镜理妆——

　　听宝玉<u>辞</u>上学去，因笑道："好。这一去，<u>可是</u>蟾宫折桂了。我不能<u>送送</u>你了。"

"辞"，蒙本、戚本作"来说"，其他脂本作"说"。
"可是"，己卯本、庚辰本、杨本作"可定是要"，彼本作"可定是"，蒙本、戚本作"可要"，眉本、梦本作"可是要"。
"送送"，其他脂本均作"送"。

例11：族中有官爵之人皆有供给银两——

　　按俸之多寡帮住为学中之费。

"帮住"，彼本作"不同"，其他脂本作"帮助"。

例12：和自己的重孙一般疼爱——

　　因见秦钟家不甚宽裕，更有助些衣履等物。不上一月之久，秦钟在荣府惯熟了。宝玉终是一个不能安分守理之人……

"家"，庚辰本无，其他脂本作"家中"。
"有"，彼本无，其他脂本作"又"。
"之久"，眉本无，戚本作"之后"，其他脂本作"之工"①。
"惯熟"，梦本作"便惯熟"，己卯本、庚辰本、杨本、眉本作"便熟"，蒙本、戚本作"便熟惯"，彼本作"便热"。
"一个"，杨本、眉本、梦本作"个"，己卯本、庚辰本、蒙本、戚本、彼本无。

例13：因此又发了癖性——

　　又时向秦钟悄说："咱们两个人，一样的年纪，又况同窗……"

"时"，眉本无，其他脂本作"特"。
"又况"，己卯本、庚辰本、杨本作"况又是"，蒙本、戚本、梦本作"况又"，彼本作"又是"。

例14：未免人多了——

　　就有龙蛇混杂了下流人物在内。

"了"，眉本作"有"，其他脂本无。

例15：又见秦钟腼腆温柔——

　　未语先红面，怯怯羞羞，有女儿之风。

"先红面"，己卯本、庚辰本、彼本、杨本作"面先红"，蒙本、戚本、眉本、梦本作"先面红"。

例16：宝玉又是天生成——

---

① 庚辰本原作"之工"，旁改为"的工夫"；蒙本原作"之工"，后将"工"字点去，旁改"功"。

惯能作小服低，<u>陪</u>身下气，性情体贴，<u>语话</u>缠绵……

"陪"，其他脂本均作"赔"。
"语话"，其他脂本均作"话语"。
例17：只图结交些契弟——

　　谁想这学内就有<u>了</u>好几个小学生图了薛蟠的银钱吃穿……

"了"，其他脂本均无。
例18：更又有两个多情的小学生——

　　亦不知是那一<u>方</u>的亲眷，亦未考真名姓，只因生得<u>妍媚</u>风流，满学中都送了他<u>两</u>外号，一号香怜，一号玉爱。

"方"，其他脂本均作"房"。
"妍媚"，彼本作"娇媚"，其他脂本作"妩媚"。
"两"，其他脂本均作"两个"。
例19：虽都有窃慕之意，将不利于孺子之心——

　　只是都<u>惧怕</u>薛蟠的威势，不敢来沾惹。

"惧怕"，其他脂本均作"惧"。
例20：亦因知系薛蟠相知，故未敢轻举妄动——

　　香、玉二人心中也一般的留情<u>于</u>宝、秦。

"于"，其他脂本均作"与"。
例21：或设言托意——

　　或咏桑<u>窃</u>①柳，遥以心照。

"窃"，彼本作"写"，其他脂本作"寓"。
例22：却外面自为避人眼目——

　　不意偏又有几个滑贼看出<u>形迹</u>来。

---

① 舒本原作"窃"，旁改"哦"。

第十三章　舒本有哪些独异的文字？ | 257

"形迹"，其他脂本均作"形景"。

例23：妙在薛蟠如今不大来学中应卯了——

　　因此秦钟趁此和香怜挤眉弄眼便暗号……

"便"，梦本无，己卯本、庚辰本、彼本、杨本作"递"，蒙本、戚本、眉本作"使"。

例24：二人假装出小恭，走至后院说梯己话——

　　秦钟先问他："你们家里的大人可管你叫朋友不管？"

"他：你们"，杨本作"他们"，其他脂本作"他"。

例25：一语未了——

　　只听得背后面咳嗽了一声，二人吓得忙回头……

"面"，其他脂本均无。

"回头"，眉本、梦本作"回顾时"，其他脂本作"回头看时"。

例26：原来是窗友名金荣者——

　　香怜有些心虚，便羞怒相激，问他道……

"心虚"，其他脂本均作"性急"。

例27：我只问你们有话不明说——

　　你们这鬼鬼祟祟的干什么故事。

"你们这"，彼本无，眉本作"许你这样"，其他脂本作"许你们这样"。

例28：先让我抽个头儿，咱们一声儿不言语——

　　不然，大家就嚷起来。

"嚷"，彼本作"夺"，眉本作"愤"，其他脂本作"奋"。

例29：秦钟、香怜二人又气又急——

　　忙进向贾瑞前告金荣说，金荣无故欺负他两个。原来这贾瑞是个图便宜、无行止的。

"进"，己卯本、庚辰本作"进去"，其他脂本作"进来"。

"是个"，其他脂本均作"最是个"。

在"无行止的"四字之后，舒本有夺文，引庚辰本为："人，每在学中以公报私，勒索子弟们请他，后"。其他脂本基本上同于庚辰本。

例30：今见秦、香二人来告金荣——

　　贾瑞心中便更<u>自在</u>起来，虽不好呵斥秦钟，却拿着香怜<u>发作</u>，反说他多事，着实抢白了几句。香怜<u>讨了无趣</u>，连秦钟也<u>诎诎</u>的各归坐位去了。

"自在"，其他脂本均作"不自在"。

"发作"，其他脂本均作"作法"。

"讨了无趣"，其他脂本均作"反讨了没趣"。

"诎诎"，彼本作"汕汕"，眉本作"赸赸"，其他脂本作"讪讪"。

例31：口内还说许多闲话——

　　<u>宝玉听了偏又</u>不忿，两个人隔座咕咕<u>嘟嘟</u>的角起口来。

"宝玉"，其他脂本均作"玉爱"。

"听了偏又"，蒙本、戚本作"偏又听见了"，其他脂本作"偏又听了"。

"嘟嘟"，其他脂本均作"唧唧"。

例32：两个商议定了——

　　一对一俞，撅草棍儿<u>抽</u>长抽短，谁长谁先来。

"抽"，其他脂本均无。

例33：贾蔷……如今长了十六岁——

　　比贾蓉<u>生</u>的风流俊俏。

"生的"，其他脂本均作"生的还"。

例34：总恃上有贾珍溺爱——

　　下有贾蓉<u>帮助</u>，因此族中人谁敢触逆于他。

"帮助"，杨本作"匡扶"，眉本作"拔助"，其他脂本作"匡助"。

例35：因此族人谁敢触逆于他——

　　既和贾蓉最好，今见有人欺负秦钟，如何肯依。

"既和"，其他脂本均作"他既和"。

例36：金荣、贾瑞一等人都是薛大叔的相知——

　　平日我又与薛大叔相好，倘或我一出头，他们告诉了老薛，我们岂不伤和气？待若不管，如此谣言说得大家没趣。

"平日"，梦本无，蒙本、戚本作"素来"，眉本作"素日"，其他脂本作"向日"。

"待若"，梦本作"待"，眉本无此二句，其他脂本作"待要"。

"说得"，蒙本、戚本无，其他脂本作"说的"。

例37：又不伤了脸面——

　　想毕，装作出小恭，出至外面，悄悄把跟宝玉的书童，名唤茗烟者，唤至身边，如此这般调拨他几句。这茗烟乃宝玉第一个得用的，且又年轻不谙事。

"装作"，梦本作"又装作"，其他脂本作"也装作"。

"乃"，眉本作"是"，其他脂本作"乃是"。

例38：贾蔷遂跺一跺靴子——

　　故意整整衣冠，看看日影儿说："是时候了。"遂向贾瑞说："有事要早走一步。"

"衣冠"，其他脂本均作"衣服"。

例39：这里茗烟走进来，便一把揪住金荣问道——

　　我们造屁股不造，管你毧毧相干，横竖没造你参去就罢了。

"我们造屁股不造"，己卯本、杨本作"我们肏屁股不肏"，庚辰本作"我们肏屁股不肏屁股"，蒙本、戚本作"我们的事"，彼本作"我肏屁股不肏"，眉本作"我们毡屁股不毡"，梦本作"我们臊屁股不臊"。

"造"，梦本作"臊"，眉本作"毡"，其他脂本作"肏"。

例40：你是好小子——

　　出来动一动茗大爷！吓得满室中子弟都怔怔的痴望。

"茗大爷"，其他脂本均作"你茗大爷"。
"吓得"，己卯本、彼本、杨本、梦本作"吓的"，庚辰本、蒙本、戚本、眉本作"唬的"。

例41：贾瑞忙吆喝茗烟不得撒野——

　　金荣气得黄了脸道："反了！……"

"道"，其他脂本均作"说"。

例42：却又打了旁人的座上——

　　乃是贾兰、贾菌。这贾兰与贾菌最好，所以同一座。

"贾兰与贾菌"，其他脂本作"贾菌与贾兰"。

例43：极是个淘气不怕人的——

　　他在坐上冷眼看见金荣的朋友暗助金荣，飞砚来打茗烟，没打着茗烟。

"坐"，其他脂本均作"座"。
"没"，其他脂本均作"偏没"。

例44：好囚攮的们，这不都动了手了么——

　　骂着，他便抓起砚砖来，要飞。

"他"，彼本、眉本无，其他脂本作"也"。

例45：好兄弟，不与咱们相干——

　　贾菌如何忍得住，见按住砚砖，他便两手抱起书匣子来，照这边抡来。

这四句，其他脂本作：

　　贾菌如何忍得住，便两手抱起书匣子来，照那边抡了去。（己卯本、

庚辰本、杨本）

贾菌如何忍得住，他见按住砚，他便两手抱起书匣子来，照这边抢了来。（蒙本、戚本）

贾菌如何忍得住，便两手执起书匣子来，照着那边打了去。（彼本）

贾菌如何忍得，早又抓起装书的木匣子来，照那边抢了去。（眉本）

贾菌如何忍得，见按住砚砖，他便两手抱着书篚子来，照这边揕了来。（梦本）

例46：终是身小力薄——

却抢不到，至宝玉、秦钟桌案上，就落了下来。

这三句，其他脂本作：

却抢不到那里，刚到宝玉、秦钟桌案上，就落了下来。（己卯本、庚辰本、杨本）

却抢到半道，至宝玉、秦钟案上，就落了下来。（蒙本、戚本）

却打不到那里，刚到宝玉桌案上，就落下来了。（彼本）

抢不远，刚到宝玉、秦钟桌上，就落了下来。（眉本）

却揕不到，反至宝玉、秦钟案上，就落下来了。（梦本）

例47：就落了下来——

只听的嚗啷啷一声，砸在桌子上。

"的"，蒙本、戚本作"得"，其他脂本无。

例48：笔砚等物撒了一桌——

又把宝玉的一碗茶砸得碗碎茶流。贾兰便跳出来，要揪打那一个飞砚的。

"砸得"，其他脂本均作"也砸得"，眉本无此数字。
"贾兰"，戚本作"贾茵"，其他脂本作"贾菌"。

例49：金荣此时随手抓了一根毛竹大板在手——

地狭人多，那里经得起舞动大板。

"大",其他脂本作"长"。

例50:墨雨遂掇起一根门闩——

扫红、锄药手中都有马鞭子,蜂拥而上。

"有",其他脂本均作"是"。

例51:登时鼎沸起来——

外面李贵等几个大仆人,听见里边作反起来,忙都进来,一齐喝住。

"外面",其他脂本均作"外边"。

例52:众声不一——

这一个如此说,那一个又如此讲,被李贵么喝骂了茗烟四个一顿,撵了出去。

"如此讲",彼本作"如此说",其他脂本作"如彼说"。(眉本无此二句。)

"被",其他脂本均无。

"么喝",其他脂本均作"且喝"。

例53:瑞大爷反派我们的不是——

听着人家骂我们,还调他打我们。

"调",彼本作"调拨",其他脂本作"调唆"。

例54:素日知你老人家到底有些不正——

所以这些兄弟才不听,就闹到太爷跟前,你老人家也脱不过的。

"你",其他脂本均作"连你"。

例55:还不快作主意——

斯罗开了罢。宝玉道:"斯罗什么……"

"斯罗",彼本作"撒",其他脂本作"撕罗"。(彼本第三句有异。)

例56:又问李贵——

<u>是</u>那一房的亲戚？

"是"，其他脂本均作"金荣是"。

例57：给我们琏二奶奶跪着借当头——

我眼里就看不起<u>那样的</u>主子奶奶<u>了</u>。

"那样的"，其他脂本均作"他那样的"。
"了"，其他脂本均无。

例58：李贵忙断喝不<u>止</u>说——

偏你这<u>囚囵</u>的知道，有这些<u>嚼蛆</u>。

"囚囵的"，己卯本作"小仓的"，杨本作"小仓子"，蒙本作"小狗仓的"，庚辰本、彼本、眉本作"小囵的"，戚本作"小狗囵的"，梦本作"小狗养的"。
"嚼蛆"，彼本作"咀嘴"，梦本作"咀嚼"，其他脂本作"蛆嚼"。

例59：叫茗烟进来包书——

<u>茗烟</u>又得意道……

"茗烟"，己卯本、庚辰本作"茗烟包着书"，蒙本、戚本、梦本作"茗烟进来包书"，彼本作"茗烟来包着书"，杨本作"茗烟包着"，眉本作"茗烟进来包着书"。

例60：李贵忙喝道——

你要死，仔细回去<u>好不好</u>先捶了你。

"好不好"，其他脂本均作"我好不好"。

例61：然后回老爷、太太——

就说宝玉全是你<u>挑唆</u>的。

"挑唆"，其他脂本均作"调唆"。

例62：我这里好容易劝哄的好了一半——

你又来<u>生</u>出新法子。

"生出"，梦本作"生了"，其他脂本作"生个"。

例63：不说变法儿压息了才是——

倒遂①往火里奔。

此句，己卯本、庚辰本、杨本作"倒要往大里闹"，蒙本、戚本作"反要迈火坑"，彼本作"倒往大里奋"，眉本作"倒要往大里套"，梦本作"倒遂往火里奋"。

第五节　舒本第十回独异文字考

第10回脂本现存舒本、己卯本、庚辰本、彼本、杨本、蒙本、戚本、眉本、梦本九种。

第10回舒本独异的文字有七十九例，如下：

例1：他就目中无人——

他既是这样，该行些正经事，人也无的说。他素日又和宝玉鬼鬼祟祟的，只当人是瞎子看不见。

"该"，其他脂本均作"就该"。
"无"，其他脂本均作"没"。
"是"，梦本作"多是"，其他脂本均作"都是"。

例2：他母亲胡氏听见他咕咕嘟嘟的说，因问道——

你又要生什么闲事？

"生什么闲事"，己卯本、彼本作"增什么闲事"，庚辰本作"增②什么闹事"，蒙本、戚本作"争什么闲气"，眉本作"争什么闲事"，杨本、梦本作"管什么闲事"。

例3：好容易我望你姑妈说了——

---

① 舒本"遂"被点去，旁改"反"。
② 庚辰本"增"旁改"做"。

你姑妈又千方百计的向他们西府里琏二奶奶跟前说，你才得了这个念书的地方。

"说"，其他脂本均作"说了"。

例4：你这二年在那里念书——

家里也省着好大的吃用呢。省出来你又爱穿着鲜明衣服。再者，不是在那里念书，你就认得什么薛大爷了。

"着"，杨本作"得"，其他脂本无。
"吃用"，杨本作"搅用"，其他脂本作"嚼①用"。
"省出来"，其他脂本均作"省出来的"。
"着"，其他脂本均作"件"。
"不是"，其他脂本均作"不是因你"。

例5：这二年也帮了咱们有七八十两银子——

你如何要闹出了这个学房，再要找这么个地方，我告诉你说罢，比登天还难呢。

"如何"，其他脂本均作"如今"。

例6：你给我老老实实的——

顽一会子睡觉，好多着呢。

"睡觉"，其他脂本均作"睡你的觉去"。

例7：不在话下——

且说他姑娘原聘恰是贾家玉字辈的嫡派。

"恰"，其他脂本均作"给的"。

例8：但其族人那里皆能像宁、荣二府的富势——

也不用细说。这贾璜守着些小小的产业，又时常到宁、荣二府去请请安，又会奉承凤姐并尤氏。

---

① 蒙本原作"嚼"，旁改"搅"。

"也",其他脂本均作"原"。

"贾璜",其他脂本均作"贾璜夫妻"。

"凤姐",其他脂本均作"凤姐儿"。

例9:所以凤姐、尤氏也时常资助资助他——

　　方能<u>为此</u>度日。

"为此",其他脂本均作"如此"。

例10:又值家中无事——

　　遂带了一个婆子,坐了车,<u>往娘家去</u>走走。

"往娘家去",蒙本、戚本作"家里",其他脂本作"来家里"。

例11:闲话之间——

　　金荣<u>之</u>母偏提起昨日贾家学房里的那事<u>来</u>,<u>遂</u>从头至尾,一五一十都向<u>他</u>说了。

"之",其他脂本作"的"。(眉本无此两句。)

"来",其他脂本均无。

"遂",其他脂本均无。

"他",其他脂本均作"他小姑子"。

例12:这璜大奶奶……一时怒从心上起,说道——

　　这秦钟<u>小畜子</u>是贾门的亲戚,难道荣儿不是贾门的亲戚?

"小畜子",彼本、蒙本、眉本作"小犊子",其他脂本作"小崽子"。

例13:人都别忒势利了——

　　况且都作的<u>什么</u>有脸的好事。

"什么",其他脂本均作"是什么"。

例14:就是宝玉也不犯向着他到这个田地——

　　等我去到东府<u>里</u>瞧瞧我们珍大奶奶,再向秦钟他姐姐<u>说</u>,叫他评评这个理<u>儿</u>。

"里",其他脂本均无。
"说",其他脂本均作"说说"。
"儿",其他脂本均无。
例15:金荣的母亲听了这话——

　　急的受不得,忙说道:"我的嘴快,告诉姑奶奶,求姑奶奶快别去管他们谁是谁非。倘或闹起来,再怎么在这里站得住。……"

"受不得",其他脂本均作"了不得"。
"我",其他脂本均作"这都是我"。
"告诉",其他脂本均作"告诉了"。
"管",其他脂本均作"别管"。
"再",其他脂本均无。
例16:若是站不住——

　　家里不但不能请先生,反倒在身上添出许多的吃用来呢。

"身上",其他脂本均作"他身上"。
"的",其他脂本均无。
"吃用",杨本作"搅用",蒙本作"嘴①用",其他脂本作"嚼用"。
例17:璜大奶奶听了说道——

　　那里管得许多,你等我说说,看是怎么样。

"说说",己卯本作"说子",蒙本作"说定了",其他脂本作"说了"。
例18:也不容他嫂子劝——

　　一面叫老婆子瞧车,就坐上往宁府里来。

"瞧车",其他脂本均作"瞧了车"。
例19:东边小角门前下了车——

　　进去见了尤氏,也并未敢气高。

---

① 蒙本"嘴"旁改"搅"。

"尤氏",庚辰本、眉本作"贾珍之妻尤氏",己卯本、彼本、蒙本、戚本作"贾珍的妻尤氏",杨本作"贾珍妻尤氏",梦本作"贾珍的妻子尤氏"。

"并",其他脂本均无。

例20:说了些闲话——

> 方问起今日怎么没见蓉大奶奶。

"起",其他脂本均作"道"。

例21:又说并不是喜——

> 那两日,到了晚半天,就懒待动嘴,说也懒待说,头目发眩。

"懒待动嘴,话也懒待说",己卯本、杨本作"懒待动,话也懒待说",庚辰本作"懒待动,说话也懒待",蒙本、戚本作"懒怠动,话也懒怠说",彼本作"懒怠动,话也懒待说",眉本作"懒待动,话也懒待",梦本作"懒怠动了,话也懒说"。

"头目",蒙本、梦本作"眼睛",杨本作"眼",其他脂本作"眼神"。

例22:就是有亲戚一家儿来,有我呢——

> 长辈儿怪你,等我去告诉,连蓉哥儿我都嘱咐了……

"长辈儿",杨本作"就长辈们",梦本作"就有长辈",其他脂本作"就有长辈们"。

"去",其他脂本均作"替你"。

"蓉哥儿",庚辰本作"荣哥",其他脂本作"蓉哥"。

例23:这么个性情的人儿——

> 打着灯笼也无处寻去,他这个为人行事,那个亲戚,那个一家儿的长辈不喜欢他。

"无处寻去",梦本作"没处去找呢",其他脂本作"没地方找去"。

"个",其他脂本均无。

例24:那媳妇虽则见了人有说有笑,会行事儿——

> 他可心细,面又重,不拘听见个什么话儿都要度量个三日五夜才罢。

"面",其他脂本均作"心"。
例25:这个病就是打这个秉性上思虑出来的——

　　今日听见有人欺负了他兄弟,又是恼又是气。恼的那一群狐朋狗友的扯是搬非,挑三惑四那些人,气的兄弟不学好,不当心读书,以致如此学里抄闹。

"今日",蒙本、戚本作"今",其他脂本作"今儿"。
"那一群",己卯本作"事(是)那群混账",庚辰本、彼本、蒙本、戚本作"是那群混账",眉本作"是那起混账",杨本、梦本作"是那"。
"挑三惑四",杨本作"调三唆四",其他脂本作"调三惑四"。
"气的",梦本作"气的是为他",其他脂本作"气的是他"。(眉本无此数句。)
"不当心",其他脂本均作"不上心"。
"抄",其他脂本均作"吵"。
例26:我才瞧着他吃了半盏燕窝汤——

　　我方才过来了。

"方",其他脂本均无。
例27:我想到他这病上——

　　心里倒像针扎似的。

"心里",其他脂本均作"我心里"。
"似的",戚本无,梦本作"一般",其他脂本作"是的"。
例28:早吓的丢在爪洼国去了——

　　听见尤氏问他有好大夫的话,连忙答道:"我们这么听着,实在也没有见人说有个好大夫。"

"有好大夫",梦本作"好大夫",杨本作"有知道好大夫",其他脂本作"有知道的好大夫"。
"有",其他脂本均无。
例29:倘或认错了——

> 这<u>个</u>是了不得的。

"个",其他脂本作"可"。(梦本此上下三句歧异。)

例30:贾珍向尤氏说道——

> 让这<u>大姆姆</u>吃了饭去。

"大姆姆",彼本作"大奶奶",蒙本、戚本作"大妹子",其他脂本作"大妹妹"。

例31:听见秦氏病——

> 不但不能说,<u>并且</u>不敢提了。

"并且",杨本作"抑且",其他脂本作"亦且"。(梦本此句有异。)

例32:又说了一会子话儿——

> 方<u>才</u>家去了。

"才",其他脂本均无。

例33:贾珍方过来坐下,问尤氏道——

> <u>他来</u>有什么说的事情?

"他来",杨本作"今儿他来",其他脂本作"今日他来"。

例34:尤氏答道——

> <u>没</u>说什么……

"没",眉本作"到没有",杨本作"倒么",其他脂本作"倒没"。

例35:及至说了半天话——

> 又提起媳妇病,他倒渐渐的气色平静了。你又让他吃饭,他<u>听</u>媳妇这么<u>病</u>,也不好意思只管坐着。

"病",梦本作"的病",其他脂本均作"这病"。
"听",其他脂本均作"听见"。

例36:如今且说媳妇这病——

你<u>到底</u>那里寻个好大夫来给他瞧瞧要紧，可别耽误了。

"到底"，梦本无，其他脂本作"到"。

例37：这群大夫那里要得——

一个个都是听着人的<u>气儿</u>，人怎么说，他也添<u>上</u>几句文话儿说一遍。

"气儿"，其他脂本均作"口气儿"。
"上"，其他脂本均无。

例38：他们大家商量着——

立个<u>方儿</u>，吃了也不见效。

"方儿"，梦本作"方个"，其他脂本作"方子"。

例39：其实于病人无益——

贾珍<u>道</u>："<u>孩子</u>也糊涂，何必脱脱换换的，倘或又着了凉，更添一层病<u>了</u>，那还了得。"

"道"，梦本作"说"，其他脂本作"说道"。
"孩子"，眉本作"可是呢，孩子"，其他脂本作"可是这孩子"。
"了"，其他脂本均无。

例40：我才告诉他说——

媳妇忽然身子有好几天的不爽快。

此句，梦本作"媳妇身子大不爽快"，其他脂本作"媳妇忽然身子有好大的不爽快"。

例41：因为不得个好太医——

断不透是喜是病，<u>不知</u>有妨碍无妨碍，所以我这两日<u>着实着急</u>。

"不知"，其他脂本均作"又不知"。
"着实着急"，梦本作"心里实在着急"，其他脂本作"心里着实着急"。

例42：冯紫英因说起——

他有一个幼时从学的先生，姓张，名<u>有士</u>。

"有士"，其他脂本均作"友士"。

例43：尤氏听了，心中甚喜，因说道——

后日是太爷的寿日，<u>到应</u>怎么办？

"到应"，其他脂本均作"到底"。

例44：贾珍说道——

我方才到了太爷那里<u>去请</u>太爷来家来<u>受</u>一家子的礼。

"去请"，其他脂本均作"去请安，兼请"。
"受"，其他脂本均作"受一受"。

例45：我不愿意往你们那是非场中去闹去——

你们<u>必是说我</u>生日，要叫我去受众人的头……

"必是说我"，眉本作"说必定是我的"，其他脂本作"必定说是我的"。

例46：莫若你把我从前注的阴骘文——

<u>叫人</u>好好的写出来<u>刻</u>，比叫我无故受众人的头还强百倍呢。倘或<u>明日后日</u>这两日一家子要来，你就在家里好好的款待他们就是了。

"叫人"，彼本作"你给叫人"，杨本、眉本作"给我叫人"，己卯本、蒙本、戚本作"你给我叫人"，庚辰本、梦本作"给我令人"。
"刻"，蒙本、戚本作"刻去"，其他脂本作"刻了"。
"明日后日"，其他脂本均作"后日"。

例47：后日我是再不敢去的了——

且叫<u>来昇儿</u>来吩咐他，<u>叫他</u>预备两日的筵席。

"来昇儿"，眉本作"来升"，梦本作"来陞"，其他脂本作"来昇"。
"叫他"，其他脂本均无。

例48：尤氏因叫了贾蓉来——

吩咐<u>来昇儿</u>照旧例预备两日的筵席。

"来昇儿"，梦本作"来陞"，其他脂本作"来昇"。

例49：贾蓉复转身进去回了贾珍、尤氏的话——

　　方才出来，叫了来昇儿来，吩咐他预备两日的筵席的话。来昇儿听毕……

"才"，其他脂本均无。
两个"来昇儿"，杨本作"来陞"，其他脂本作"来昇"。

例50：你再亲自到西府里去请老太太、大太太、二太太和你琏婶子来逛逛——

　　你父亲今日听见了一个好大夫，业已打发人请去了。

"听见了"，其他脂本均作"又听见"。

例51：贾蓉一一的答应着出去了——

　　正遇着方才去冯紫英家请那先生的小子回来，因回道："小人方才到了冯大爷家里，拿了名帖请那先生去……"

"回来"，其他脂本均作"回来了"。
"小人"，其他脂本均作"奴才"。
"里"，其他脂本均无。
"名帖"，梦本作"老爷名帖"，其他脂本作"老爷的名帖"。

例52：方才这里大爷也向我说了——

　　但今日拜了一天的客，才回到家。

"但"，眉本作"他是"，其他脂本作"但是"。

例53：大人名帖着实不敢当——

　　叫小人拿回来了。哥儿替我回一声儿罢。

"小人"，其他脂本均作"奴才"。
"我"，其他脂本均作"奴才"。

例54：且说次日午间——

　　家人回话："请的那先生来了。"贾珍随请入大厅……

"家人回话"，杨本、梦本作"门上人回道"，其他脂本作"人回道"。
"随请入"，其他脂本均作"遂延入"。

例55：茶毕，方开言道——

　　昨来冯大爷示知老先生人品学问，又兼深通医理之至，小弟不胜钦仰。

"昨来"，杨本、梦本作"昨日承"，其他脂本作"昨承"。
"医理"，其他脂本均作"医学"。

例56：张先生道——

　　晚生粗鄙下士，不知自身浅陋……

"不知自身"，杨本、梦本作"本知识"，蒙本、戚本作"本来见识"，己卯本、庚辰本、彼本、眉本作"本知见"。

例57：昨因冯大爷示知大人家第——

　　谦恭下士，又承呼唤，敢不依命。

"依命"，其他脂本均作"奉命"。

例58：仰仗高明，以释下怀——

　　于是贾蓉同了先生进来，到贾蓉的居室，见了秦氏，因向贾蓉说道……

"同了先生进来"，其他脂本均作"同了进去"。
"到贾蓉的居室"，杨本、梦本作"到了内室"，其他脂本作"到了贾蓉居室"。
"因"，其他脂本均无。

例59：依小弟的意思——

　　竟是先看了脉再说的为是。我是初到尊府，本来也不晓得什么。

"竟是先看了脉"，己卯本、庚辰本、彼本作"竟先看过脉"，蒙本、戚本作"先看过脉"，杨本、梦本作"竟先看脉"，眉本作"就先看脉"。
"到"，其他脂本均作"造"。

"本来",己卯本、庚辰本、彼本作"本",其他脂本无。
例60：小弟所以不得不来——

  如今<u>看看</u>脉息,看小弟说的是不是。

"看看",其他脂本均作"看了"。
例61：方换过左手——

  诊毕脉息,<u>说</u>:"我们外边坐<u>着</u>罢。"

"说",其他脂本均作"说道"。
"着",其他脂本均无。
例62：于是陪先生吃了茶——

  <u>因</u>问道:"先生看这脉息还治得治不得？"

"因",杨本、梦本无,其他脂本作"遂"。
例63：先生道——

  看<u>的</u>尊夫人这脉息……

"的",其他脂本均作"得"。
例64：心气虚而生火者——

  应<u>现在</u>经期不调,夜间不寐。

"现在",眉本无,杨本、梦本作"现今",其他脂本作"现"。
例65：精神倦怠,四肢酸软——

  据我看<u>来</u>,这脉息应当有这些<u>病症</u>才对。或以<u>这脉</u>为喜脉,则小弟不敢从其教也。

"来",其他脂本均无。
"病症",其他脂本均作"症候"。
"这脉",杨本作"这个的",其他脂本作"这个脉"。
例66：真正先生说的如神,倒不用我们告诉了——

如今我们家里现有好几位太医老爷们瞧着呢，都不能说的这般真切。

"们"，其他脂本均无。

"说的这般真切"，庚辰本作"的当真切的这么说"，蒙本、戚本作"说这么真切"，彼本作"说的这么真切"，杨本作"说得这样真切"，眉本作"说这么真却"，梦本作"说得这样真切呢"。

例67：这位说不相干，那位说怕冬至——

总没有说个一样儿的话，求老爷明明白白指示指示。

"说个"，其他脂本均作"个"。

"一样儿的话"，庚辰本作"准话儿"，彼本、杨本、蒙本、梦本作"真着话儿"，戚本作"真实话儿"，眉本作"真话儿"。

"明明白白"，蒙本作"名白"，其他脂本作"明白"。

例68：那先生笑道——

大奶奶这个症候，可是这几位耽搁了。

"这几位"，杨本作"众"，梦本作"众位"，其他脂本作"那众位"。

例69：不但断无今日之患，而且此时已全愈了——

如今既是把病耽搁到这个地位，也是应有是灾。

"耽搁"，眉本作"拖"，其他脂本作"耽误"。
"是"，其他脂本均作"此"。

例70：那时又添了二分拿手了——

据我看来，这脉息，大奶奶是个心气高强、聪明不过的人……

"来"，蒙本、戚本作"着"，其他脂本无。
"心气"，其他脂本均作"心性"。

例71：这婆子答道——

可不是，从没有缩过，或是长三二日以至十日，都长过。

"三二日"，其他脂本均作"两日三日"。

例72：从前若能彀以养心调经之药服之，何至于此——

如今明显出一个水亏木旺的症候来。

"如今"，其他脂本均作"这如今"。

例73：于是写了方子——

递与贾蓉，上面写的是……

"上面写的是"，眉本无，彼本作"写的是"，其他脂本作"上写的是"。

例74：真阿胶——

二钱，鸽粉炒。

"鸽"，其他脂本均作"蛤"。

例75：非一朝一夕的症候——

乃①这药也要看医缘了。依小弟看来，今年一冬不相干的，总是过春分就可望全愈了。

"乃"，其他脂本均作"吃了"。
"不相干的"，其他脂本均作"是不相干的"。
"过"，其他脂本均作"过了"。

例76：贾蓉也是个聪明人——

也不往下细问了。于是贾蓉送先生去了……

"送"，其他脂本均作"送了"。

例77：尤氏向贾珍说道——

从来大夫不像他说的这般痛快。

"这般"，杨本、梦本无，其他脂本作"这么"。

例78：人家原不是混饭吃的久惯行医的人——

---

① 舒本"乃"系"了"字之误。

因为冯紫英与我们好，好容易方求了他来了。

"方"，其他脂本均无。

例79：媳妇的病或者就能好了——

他那方子上有人参二钱，可用前日买的那一斤好的罢。

"二钱"，其他脂本均无。
"可"，其他脂本均作"就"。

自第6回至第10回举例共计：

第6回	83例
第7回	53例
第8回	34例
第9回	63例
第10回	79例

这五回（6—10）共312例。

第十四章　舒本有哪些独异的文字？

——第十一回至第十五回

第一节　舒本第十一回独异文字考

　　第 11 回脂本现存舒本、己卯本、庚辰本、彼本、杨本、蒙本、戚本、梦本八种。
　　第 11 回舒本独异的文字有七十例，如下：
例 1：话说——

　　是日<u>贾赦</u>①的<u>生日</u>，贾珍……着贾蓉带领家下人等与<u>贾赦</u>送去，向贾蓉<u>说</u>……

"贾赦"，其他脂本均作"贾敬"。
"生日"，其他脂本均作"寿辰"。
"说"，其他脂本均作"说道"。
例 2：家人答道——

　　我们爷<u>今日算计请太爷来家来</u>，所以并未敢准备顽意儿。前日听见太爷又不来了，现叫奴才们找了一班小戏儿并一班<u>档</u>子打十番的，都在<u>院子里</u>戏台上预备着呢。

---

①　舒本"赦"旁改"敬"。

"今日"，杨本、梦本无，其他脂本作"原"。
"来"，其他脂本均作"今日来"。
"班"，其他脂本均无。
"院子"，其他脂本均作"园子"。
例3：这样日子原不敢请他老人家——

   但只是这个时候天气正凉爽，满园子的菊花又盛开，请老祖宗过来散散闷，看看众儿孙，热闹热闹，是这个意儿。

"只"，其他脂本均无。
"子"，其他脂本均无。
"意儿"，其他脂本均作"意思"。
例4：王夫人道——

   前日听见你大妹妹说，蓉哥儿媳妇身上不大什么好，到底是怎么样？

"身上不大什么好"，其他脂本均作"身上有些不大好"。
例5：尤氏道——

   他这个病，病的也奇。

"病的"，杨本作"得的"，梦本作"得"，其他脂本作"的"。
例6：一日比一日觉懒，也懒得吃东西——

   这将近有半个月了。

"半个月"，其他脂本均作"半个多月"。
例7：外头人回道，大老爷、二老爷并一家子的爷们都来了，在厅上呢——

   贾珍连忙出来了。

"来"，其他脂本均作"去"。
例8：这里尤氏方说道，从前大夫也有说是喜的——

   昨日冯紫英荐了他从过学的一个先生，医的很好，瞧了说不是喜，竟是一个很大的症候。昨日开了方，吃了一剂药，今日头眩略好些。

"医的"，其他脂本均作"医道"。
"一个很大的"，杨本、梦本作"一个"，其他脂本均作"很大的一个"。
"方"，其他脂本均作"方子"。
"头眩"，其他脂本均作"头眩的"。
例9：尤氏道，你是初三日在这里见他的——

　　他还扎挣了半天，也是你们娘儿两个好的上头，他才恋恋的舍不得去。

"也是"，其他脂本均作"也是因"。
例10：凤姐儿听了——

　　眼圈儿红了半日，半天才说道："天有不测风云，人有旦夕祸福。这个年纪，倘或就因这个病上怎么说了，人还活有什么趣儿。"

"才"，其他脂本均作"方"。
"怎么说了"，杨本、梦本作"有个长短"，其他脂本作"怎么样了"。
"人还活"，杨本作"人生在世"，其他脂本作"人还活着"。
例11：贾蓉……方回尤氏道——

　　我去给太爷送吃食。

此句，其他脂本均作"方才我去给太爷送吃食去"。
例12：叫我好生伺候叔叔、婶子并哥哥们——

　　还说那阴骘文，叫急刻着①出来，印一万张散人。我将这话都回了我父亲。这会子得快出去打发太爷们并合家的爷们吃饭。凤姐儿说道："你且站住，你媳妇今日到底是怎么着？"贾蓉皱了皱眉说道……

"急刻着"，杨本、梦本作"他们急急刻"，蒙本、戚本作"急急的刻了"，己卯本、庚辰本、彼本作"急急的刻"。

---

① 舒本"着"系旁改，原作"主"。

"回了我父亲",其他脂本均作"回了我父亲了"。
"这会子",其他脂本均作"我这会子"。
"的",其他脂本均无。
"说道",蒙本作"道",其他脂本作"说"。
"你且站住",其他脂本均作"蓉哥儿,你且站住"。
"皱了皱眉",杨本、梦本作"皱皱眉儿",其他脂本作"皱皱眉"。
例13:这里尤氏向邢夫人、王夫人道——

太太们在这里吃饭呵,还是园子里吃去呢?

"呵",杨本、梦本无,蒙本、彼本作"呢",己卯本、庚辰本、戚本作"阿"。
"园子里",其他脂本均作"在园子里"。
例14:王夫人向邢夫人道——

我们索性吃了饭再过去罢,也好省些事。

"好省些事",其他脂本均作"省好些事"。
例15:邢夫人道:狠好——

于是尤氏吩咐媳妇、婆子们快来送饭来。

"吩咐",其他脂本均作"就吩咐"。
"来",其他脂本均无。
例16:尤氏让邢夫人、王夫人并他母亲都上了坐——

他与凤姐儿并宝玉都侧席坐了。

"并",其他脂本均无。
"都",其他脂本均无。
例17:邢夫人、王夫人道——

"我们来原给大老爷拜寿,这不是我们竟来过生日来了么?"凤姐儿道:"大老爷原是好静的,已经修炼成了,也算的是神仙了……"

"原",其他脂本均作"原为"。

"竟"，其他脂本均无。
"道"，杨本、梦本作"说"，其他脂本作"说道"。
"静"，其他脂本均作"养静"。
"的"，其他脂本均作"得"。

例18：大老爷说，家里有事，二老爷是不爱听戏——

  又怕人闹的慌，都<u>散</u>去了。别的一家子爷们都被琏二叔并蔷兄弟<u>邀过园子里</u>听戏去了。

"散"，杨本、梦本无，蒙本作"才回"，其他脂本作"才"。
"邀过园子里"，蒙本作"让过去"，其他脂本作"都让过去"。

例19：俱回了我父亲，先收在账房里了——

  礼单都上了档子，老爷的<u>领谢帖</u>都交给各来人了。

"领谢帖"，杨本、梦本作"领谢名帖"，其他脂本作"领谢的名帖"。

例20：凤姐儿说——

  我回太太，<u>我</u>瞧瞧蓉哥儿媳妇，我再过去。

"我"，其他脂本均作"我先"。

例21：王夫人道，狠是——

  "我们都要去<u>看看他们</u>，<u>怕他</u>嫌闹的慌，说我们问他好罢。"尤氏<u>说</u>……

"看看他们"，其他脂本均作"瞧瞧他"。
"怕他"，其他脂本均作"倒怕他"。
"说"，其他脂本均作"道"。

例22：你就快些过园子里来——

  宝玉也<u>跟了</u>去瞧秦氏。王夫人道："你看看就过<u>来</u>罢……"

"跟了"，彼本作"跟了凤姐"，其他脂本作"跟了凤姐儿"。
"来"，其他脂本均作"去"。

例23：凤姐儿、宝玉方合贾蓉到秦氏这边来了——

进了房门，悄悄的进了里间房门口。

"进了"，其他脂本均作"走到"。

例24：于是凤姐儿就紧走了两步，拉住秦氏的手说道，怎么几日不见——

　　就瘦得这样着了。于是就坐在秦氏坐的褥子上了。宝玉也问了好，坐在对面褥子上。

"瘦得这样着"，杨本、梦本作"瘦的这样"，其他脂本作"瘦的这么着"。

"了"，其他脂本均无。

"褥子"，其他脂本均作"椅子"。

例25：贾蓉叫快倒茶来——

　　婶子和宝叔在上房还没吃茶呢。

"宝叔"，其他脂本均作"二叔"。

"没"，其他脂本均作"未"。

例26：秦氏拉着凤姐儿的手强笑道——

　　这都是我无福，这样的人家，公公、婆婆当自己的女孩似的。婶娘侄儿虽说年青，却是他敬我，我敬他，从来没有红过脸。就是长辈、同辈之中，除了婶子是不用说了，别人从来也没有不疼我的，也没有不合我好的。

"无"，其他脂本均作"没"。

"的"，其他脂本均无。

"似的"，其他脂本均作"似的待"。

"婶娘侄儿"，杨本、梦本作"婶娘你侄儿"，其他脂本作"婶娘的侄儿"。

"年青"，其他脂本均作"年轻"。

"脸"，其他脂本均作"脸儿"。

"长辈、同辈"，彼本作"一家子长辈、同辈"，其他脂本作"一家子的长辈、同辈"。

"是"，杨本、梦本无，其他脂本作"到"。
"从来也没有"，蒙本、戚本作"也从没"，其他脂本作"也从无"。
"没有"，蒙本作"没"，梦本作"从无"，其他脂本作"无"（杨本此句有异）。

例27：如今得了这个病——

　　把我那要强的心一分也无有了。

"无有"，彼本、杨本、梦本作"没有"，其他脂本作"没"。

例28：就是婶娘这样疼我——

　　就有十分孝顺的心，如今也不能够了。我自己想着，未必熬的过年去呢。宝玉正眼看着那海棠春睡图，……不觉想起那日在这里睡晌觉梦到太虚幻境的事来。

"就有"，其他脂本均作"我就有"。
"己"，其他脂本均无。
"看"，梦本作"眊"，其他脂本作"瞅"。
"那日"，其他脂本均无。

例29：见宝玉这个样子，因说道——

　　宝兄弟，你不要婆婆妈妈的了。

"不要"，戚本、梦本作"忒"，其他脂本作"特"。

例30：况且能多大年纪的人，略病一病儿就这么想那么想的——

　　"这不是自己给自己添病了么？"贾蓉道："他这个病也不用别的，只是吃的些饮食就不怕了。"凤姐儿道："宝兄弟，太太叫你过去呢。……太太那里又掂着你。"因向贾蓉道……

"给"，其他脂本均作"到给"。
"个"，其他脂本均无。
"的"，其他脂本均作"得"。
"过去"，其他脂本均作"快过去"。
"道"，其他脂本均作"说道"。

例31：凤姐儿又劝解了秦氏一番——

又低低说了许多衷肠的话儿。尤氏打发人请了二三遍，凤姐儿才向秦氏说道……

"的"，其他脂本均无。
"二三"，梦本作"三两"，其他脂本作"两三"。

例32：合该你这病要好——

所以前就有人荐这个好大夫来。

"前"，其他脂本均作"前日"。
"荐"，其他脂本均作"荐了"。

例33：秦氏笑道——

任凭神仙也罢，治得病治不得命。婶子，我知道，我这病也不过是挨日子了。

"也"，其他脂本均无。
"了"，其他脂本均无。

例34：你公公婆婆要听见治得好你，别说一日二钱人参——

就是一日二两，也能够吃得起。好生养着罢。

"一日二两"，其他脂本均作"二斤"。

例35：秦氏又道，婶子，恕我不能跟过去了——

闲了的时候，还求婶娘常过来瞧瞧我。

"婶娘"，其他脂本作"婶子"。（梦本无此前后文字。）

例36：凤姐儿听了——

不觉的又眼圈儿一红。

"的"，蒙本、戚本无，杨本作"大"（连下读），其他脂本作"得"。

例37：石中清流激湍，篱落飘香——

枝头红叶翩翩，疏林如画。

"枝头"，其他脂本均作"树头"。

例38：凤姐儿正是看园中景致，一步步行来赞赏——

猛从假山石后走过一个人来。

"猛"，其他脂本均作"猛然"。

例39：凤姐儿道——

"不是，猛然一见，想不到是大爷到这里来。"贾瑞道："也是合该与嫂子有缘……"

"不是"，其他脂本均作"不是不认得"。
"也"，其他脂本均无。

例40：凤姐儿是个聪明人，见他这个光景，如何不猜透八九分呢——

因向贾瑞含笑说道："怨不得你哥哥时常提你，说你狠好。今日见了，听你说几句话儿，就知道你是个聪明和气人了……"

"含笑说道"，己卯本、彼本作"假意含笑说道"，其他脂本作"假意含笑道"。
"几句"，其他脂本均作"这几句"。
"人"，其他脂本均作"的人"。

例41：贾瑞道，我要到嫂子家里去请安——

"又恐怕嫂子年青，不肯轻易见人。"凤姐儿假意儿笑道："一家骨肉，说什么年青不年青的话。"贾瑞听了这话，再想不到今日得这奇遇，那神情光景一发不堪难看了。

"年青"，其他脂本均作"年轻"。
"假意儿"，梦本作"假"，其他脂本作"假意"。
"年青不年青"，其他脂本均作"年轻不年轻"。
"想不到"，彼本、梦本作"不想"，其他脂本作"不想到"。
"这"，梦本作"此"，其他脂本作"这个"。

"一发"，戚本作"益发"，杨本、梦本作"越发"，其他脂本作"亦发"。

例42：贾瑞听了，身上木了半边，慢慢的一面走着，一面回过头来看——

  凤姐儿故意<u>儿</u>的把脚步<u>儿</u>放迟了<u>些儿</u>。

"儿"（两处），其他脂本均无。

例43：这才是知人知面不知心呢——

  那里有这禽兽样的人<u>呢</u>，他果如此，几时叫他死在我手里，他才知道我的手段呢！<u>于是</u>方移步前来。将转过<u>一层</u>山坡，见<u>二三</u>个婆子<u>忙忙张张</u>的走来。

"呢"，其他脂本均无。
"于是"，杨本作"于是凤姐"，其他脂本作"于是凤姐儿"。
"一层"，其他脂本均作"一重"。
"二三"，彼本作"二"，其他脂本作"两三"。
"忙忙张张"，其他脂本均作"慌慌张张"。

例44：凤姐儿说道——

  你们奶奶就是这么<u>急脚儿</u>似的。

"急脚儿"，其他脂本均作"急脚鬼"。

例45：有一个丫头说道——

  太太们都<u>是</u>楼上坐着呢。请奶奶就从这<u>门</u>上去罢。

"是"，其他脂本均作"在"。
"门"，其他脂本均作"边"。

例46：凤姐儿听了，款步提衣上了楼——

  见尤氏已在楼梯<u>上</u>等着呢。

"上"，其他脂本均空缺。

例47：尤氏笑说道，你们娘儿两个忒好了，见了面总舍不得来了——

你明儿搬了来合他住着罢,你坐下,我先敬你一杯。

"明儿搬了来",其他脂本均作"明日搬来"。
"杯",其他脂本均作"钟"。
例48:于是凤姐儿在邢、王二夫人前告了坐——

尤氏的母亲前周旋一遍,仍同尤氏坐在一桌上吃酒听戏。

"周旋",蒙本、戚本作"周全了",其他脂本作"周旋了"。
例49:尤氏叫拿戏单来,让凤姐儿点戏——

凤姐儿说道:"太太们在这里,我如何敢点呢?"邢夫人、王夫人说……

"呢",其他脂本均无。
"说",其他脂本均作"说道"。
例50:凤姐儿立起身来答应了一声——

方接过戏单来,从头一看,遂点了一出《还魂》,一出《谈词》。

"遂",其他脂本均无。
例51:王夫人道——

可不是呢,也该趁早儿叫你哥哥、嫂子歇歇。

"歇歇",其他脂本均作"歇歇呢"。
例52:尤氏说道,太太们又不常过来,娘儿们多坐一会子,才有趣儿天还早着呢——

凤姐儿立起身来,往楼下一看说:"爷们都往那里去了?"旁边一个婆子说道……

"往",其他脂本均作"望"。
"说",其他脂本均无。
例53:凤姐儿说道——

在这里不便宜,背地里又不知道干什么去了。

"道",其他脂本均无。

例54:摆上饭来,吃毕——

　　大家才出院子,来到上房坐下,吃了茶,方才叫预备车,向尤氏的母亲告了辞。尤氏率同众姬妾并家下婆子、媳妇们都送出来。

"院子",其他脂本均作"园子"。
"都",蒙本、梦本无,其他脂本作"方"。
例55:贾珍率领众子侄都在车旁侍立等候着呢——

　　见了邢、王二夫人说道:"二位婶子明日还来逛逛。"

"来",其他脂本均作"过来"。
例56:于是都上车去了——

　　贾瑞由不得拿眼睛觑着凤姐儿。

"由不得",杨本作"由不时的",梦本作"犹不住",其他脂本作"犹不时"。
例57:贾政等进去后——

　　李贵才牵过马来。

"牵",彼本、梦本作"拉",其他脂本作"拿"。
例58:宝玉骑上,随了王夫人去了——

　　这里贾珍同一家子的兄弟子侄吃过晚饭去①,才大家散了。

"去",其他脂本均无。
"才",其他脂本均作"方"。
例59:王夫人向贾母说——

　　这个症候过这样的大节,不添病,就有好大的指望了。

"过这样的",杨本作"遇着这样的",己卯本、庚辰本、彼本、梦本作

---

①　舒本"去"字后被点去。

"遇着这样"。(蒙本、戚本无此句。)

例60：贾母道，可是呢，好个孩子——

"万一有个缘故，可不叫人疼死。"说着心酸，叫凤姐儿说道："你们两个也好一场，明日大初一，过了明日，到后日再看看他去。你细细的瞧瞧他那光景，倘或好些儿，你回来可告诉我……"

"万一有个缘故"，梦本作"若有个长短"，彼本作"要是有些缘故"，其他脂本作"要是有些原故"。

"心酸"，其他脂本均作"一阵心酸"。

"你们两个也好一场"，其他脂本均作"你们娘儿两个也好了一场"。

"到"，其他脂本均作"你"。

"可"，其他脂本均无。

例61：凤姐儿一一的答应了，到了初二日，吃了早饭，来到宁府——

看见秦氏的光景，虽未见添病，但是那脸上身上的肉全瘦干了。

"见"，其他脂本均作"甚"。

例62：秦氏说道，好不好，春天就知道了，如今现过了冬至——

又要怎么样，或者好的了，也未可知。婶子回老太太、太太放心罢。那日老太太赏的那枣泥馅的山药糕，我倒吃了两块，倒像克化的东西的。凤姐儿说……

"要"，蒙本、戚本作"无"，其他脂本作"没"（杨本无此句）。

"那日"，其他脂本均作"昨日"。

"克化的东西的"，梦本作"克化的动的是的"，其他脂本作"克化的动似的"。

"说"，其他脂本均作"说道"。

例63：凤姐儿答应着就出来了——

到了尤氏的上房坐下。尤氏道："你冷眼看媳妇是怎么样？"凤姐儿低了半日头，说道："这实在没方法了。"

"的"，其他脂本均无。

"看",其他脂本均作"瞧"。

"方法",彼本作"没法",蒙本、戚本作"无法",其他脂本作"没法儿"。

例64：尤氏道，我也暗暗的叫人预备了——

"就是<u>有一件</u>东西不得好木头。暂且慢慢的办罢。"于是凤姐儿吃<u>毕</u>茶……

"有一件",其他脂本均作"那件"。
"毕",其他脂本均作"了"。

例65：尤氏道——

"你可缓缓儿的说，别唬着老人家。"凤姐儿说道："我知道。"于是凤姐儿就回来了。<u>到来</u>①家中，见了贾母说："蓉哥媳妇请老太太安，给老太太磕头，说他好些儿了……"

"缓缓儿的"，杨本作"慢慢儿的"，其他脂本作"缓缓的"。
"唬"，其他脂本均作"吓"。
"到来"，梦本作"到"，其他脂本作"到了"。
"儿"，其他脂本均无。

例66：他再略好些，还要给老祖宗请安来呢——

贾母说："你看他是怎么样?"凤姐儿道："暂且无妨，精神还好呢。"贾母听了，沉吟了半日，<u>向</u>凤姐儿说："你<u>换衣裳</u>去罢。"凤姐儿<u>答应</u>出来，见过了王夫人，到了自己的房内。平儿将烘下的家常衣服给凤姐儿换了。

"说"，其他脂本均作"道"。
"道"，其他脂本均作"说"。
"向"，其他脂本均作"因向"。
"换衣裳"，其他脂本均作"换换衣服歇歇"。
"答应"，其他脂本均作"答应着"。

---

① 舒本"到来"勾乙为"来到"。

"自己的房内"，其他脂本均作"家中"。

"烘下的"，杨本作"换的"，其他脂本作"烘的"。

例 67：凤姐儿方坐下问道——

"家里有什么事没有？"平儿方端了茶来，递过去说道……

"有什么事没有"，己卯本、庚辰本、梦本作"没有什么事么"，蒙本、戚本作"没有什么事"，彼本作"有什么事么"，杨本作"没什么事"。

"递"，其他脂本均作"递了"。

例 68：他要来请安说话——

凤姐听了，哼了一声……

"凤姐"，其他脂本均作"凤姐儿"。

例 69：平儿因问道——

这瑞大爷是因为甚么只管来？

"甚么"，其他脂本均作"什么"。

例 70：平儿说道——

癞蛤蟆想吃天鹅肉，无人伦的混账东西！

"无"，其他脂本均作"没"。

第二节　舒本第十二回独异文字考

第 12 回脂本现存舒本、己卯本、庚辰本、蒙本、戚本、彼本、杨本、梦本八种。

第 12 回舒本独异的文字有四十二例，如下：

例 1：凤姐道：不知什么缘故——

贾瑞问道："别是在路上有人绊住了脚，舍不得回来，也未可知。"
凤姐说："也未可知……"

"问"，其他脂本均作"笑"。
"说"，其他脂本均作"道"。
例2：贾瑞笑道，嫂子这话说错了——

　　"我就不这样呢。"凤姐笑道："像你这样的人，能有几个……"

"呢"，其他脂本均无。
"能有几个"，其他脂本均作"能有几个呢"。
例3：贾瑞听了——

　　喜的爬耳搔腮，又道："嫂嫂天天也闷得狠。"

"爬耳搔腮"，其他脂本均作"抓耳挠腮"。
"得"，其他脂本均作"的"。
例4：在你跟前一点也错不得，所以唬住了我——

　　如今见嫂子最是个有笑有说极疼人的，我怎么不来？死了也愿意。

"有笑有说"，其他脂本作"有说有笑"。
例5：凤姐笑道，你该去了——

　　贾瑞笑道："我再坐一坐儿。好狠心的嫂子。"

"笑道"，庚辰本作"说"，其他脂本作"道"。
例6：凤姐道——

　　你放心，我把上夜的小厮们都放了假。

"你放心"，彼本、杨本作"你只管放心"，其他脂本作"你只放心"。
例7：忽听咯噔一声，东边的门也倒关了——

　　贾瑞急的也不敢出声，只得悄悄的出来，将门撼了撼，关的铁桶一般，彼时要求出去，永不能够。南北皆是大房墙，要跳亦无扳援。

"出声"，戚本作"作声"，其他脂本作"则声"。
"彼时"，其他脂本均作"此时"。
"永"，其他脂本均作"亦"。

"扳援",其他脂本均作"攀援"。
例8:贾瑞父母早亡,只有他祖父代儒教养——

那代儒素日教训<u>最</u>不许贾瑞多走一步。

"最",其他脂本均作"最严"。
例9:代儒道——

自来出门,非禀我<u>不许</u>擅出。

"不许",其他脂本均作"不敢"。
例10:令他跪在院内读文章——

<u>要补</u>十天的工课来方罢。

"要补",彼本作"定他补出",其他脂本作"定要补出"。
例11:此时贾瑞前心犹未改——

再想不到是凤姐<u>作弄</u>他。过后两日得了空,便仍来找寻凤姐,凤姐<u>故</u>抱怨他失信,贾瑞急<u>得</u>赌身发誓。

"作弄",其他脂本均作"捉弄"。
"故",其他脂本均作"故意"。
"得",其他脂本作"的"。
例12:凤姐因见他自投罗网,少不得再寻别计,令他知改——

<u>又</u>约他道:"<u>今晚</u>你别在那里了,你在<u>我</u>房后小过道子里那间空屋里等我,可别冒撞了。"

"又",戚本作"过"(连上读),其他脂本作"故又"。
"今晚",其他脂本均作"今日晚上"。
"我",其他脂本均作"我这"。
例13:热锅上蚂蚁一般——

只是<u>千转万转</u>,左等不见人影,右闻也没有声响,心下自思道……

"千转万转",己卯本作"千转",彼本作"千思百想",其他脂本作

"干转"。

例 14：正是胡猜——

　　只见黑魆魆来了一个人。

"黑魆魆"，其他脂本均作"黑魆魆的"。

例 15：抱到屋里炕上就亲嘴扯裤子——

　　顺口亲娘亲爷乱叫起来。

"顺口"，其他脂本均作"满口里"。

例 16：只见贾蔷举着个拈子照道：谁在屋里——

　　只见炕上那人说道："瑞大叔要造我呢。"贾瑞一见，却是贾蓉，只臊的无地可入，不知怎么样才好，回身就走，被贾蔷一把揪住："别走……"

"说"，其他脂本均作"笑"。
"造"，杨本作"肏"，其他脂本作"臊"。
"只"，其他脂本均作"直"。
"走"，其他脂本均作"要跑"。
"揪住"，其他脂本均作"揪住道"。

例 17：贾蔷道——

　　这也不妨，写一句赌钱输了外人账目，借头家银若干两，便罢。

"句"，其他脂本均作"个"。

例 18：只写了五十两，然后画了押——

　　贾蔷收起来，然后撕还贾蓉。

"撕还"，彼本作"撕罗"，梦本作"撕捋"，其他脂本作"撕逻"。

例 19：贾蔷又道——

　　如今放你，我就担着不是。

"如今放你"，其他脂本均作"如今要放你"。

例 20：老太太那边的门早已关了——

老爷正在厅上看<u>南京</u>东西。

"南京",梦本作"南京来的",其他脂本作"南京的"。
例21:等我们先去哨探探,再来领你——

　　这屋里你还藏不<u>的</u>,少时就来<u>找</u>东西。

"的",梦本作"住",其他脂本作"得"。
"找",其他脂本均作"堆"。
例22:说毕,拉着贾瑞,仍息了灯,出至院外——

　　摸着大台<u>基</u>底下,说道:"这<u>窝</u>里好。"

"台基",蒙本、戚本作"台阶",其他脂本作"台矶"。
"窝",其他脂本均作"窝儿"。
例23:说毕,二人去了——

　　贾瑞此时<u>身不由自己</u>,只得蹲在那里。

"身不由自己",其他脂本均作"身不由己"。
例24:只听头顶上一声响——

　　唏唏拉拉一净桶尿粪从<u>上</u>直泼下来,可巧<u>浇上</u>他一身一头。

"上",其他脂本均作"上面"。
"浇上",其他脂本均作"浇了"。
例25:贾瑞掌不住嗳哟了一声,忙又掩住口,不敢声张——

　　满头满脸浑身<u>皆</u>尿屎,冰冷打战。只见贾蔷跑来,叫<u>快走</u>。贾瑞如得了命,三步<u>二步</u>从后门跑到家里。天已三更,只得叫门,开门人见他这般<u>景状</u>,问是怎的。

"皆",其他脂本均作"皆是"。
"快走",其他脂本均作"快走快走"。
"二步",其他脂本均作"两步"。
"景状",己卯本、庚辰本作"景贶",蒙本、戚本、杨本作"景况",彼本、梦本作"光景"。

例26：因此发一回恨，再想想凤姐的模样儿——

又<u>不恨了，怎得</u>一时搂在怀<u>中</u>，一夜竟不曾合眼。

"不恨了，怎得"，其他脂本均作"恨不得"。
"中"，其他脂本均作"内"。

例27：贾蓉两个常常的来索银子——

他又怕祖父知道<u>了</u>，正是相思尚且难禁，<u>重</u>又添了债务，日间工课又紧，他二十来岁人<u>未</u>娶亲，迩来想着凤姐，未免有那"指头儿告了消乏"等事，更兼两回<u>冻慌</u>奔波……

"了"，其他脂本均无。
"重"，梦本作"况"，其他脂本作"更"。
"未"，其他脂本均作"尚未"。
"冻慌"，其他脂本均作"冻恼"。

例28：心内发膨胀，口中无滋味——

脚下如绵<u>软</u>，眼中似醋<u>酸</u>，黑夜作烧，白昼常倦，下溺<u>遗</u>精。

"软"，其他脂本均无。
"酸"，其他脂本均无。
"遗"，彼本作"流"，其他脂本作"连"。

例29：贾代儒也着了忙，各处请医疗治，皆不见效——

<u>后来</u>吃独参汤，代儒如何有这力量，只得往荣府来寻。

"后来"，其他脂本均作"因后来"。

例30：王夫人道，就是咱们这边没了——

"你打发个人往你婆婆<u>家</u>那边问问。或是你珍大哥哥那府里再寻些来凑着给人家<u>吃了</u>，救一命也是你的好处。"凤姐听了，<u>也不去寻</u>。

"家"，其他脂本均无。
"吃了"，其他脂本均作"吃好了"。

"救一命"，其他脂本均作"救人一命"。
"也不去寻"，其他脂本均作"也不遣人去寻"。
例31：然后回王夫人——

　　只说都寻了来，共凑了<u>二两</u>送去。

"二两"，其他脂本均作"有二两"。
例32：忽然这日有个跛足道人来化斋——

　　口称<u>善</u>治冤业之症。

"善"，其他脂本均作"专"。
例33：两面皆可照人——

　　镜把上錾着"风月宝镜"四字。

"风月宝镜"，其他脂本均作"风月宝鉴"。
例34：递与贾瑞道——

　　这物出自<u>太虚元镜空镜</u>空灵殿上，警幻仙子所制。

"太虚元镜空镜"，梦本作"太虚元境"，蒙本、彼本、杨本作"太虚幻境"，己卯本、庚辰本、戚本作"太虚玄境"。
例35：三日后吾来收取，管叫你好了——

　　说毕，<u>佯狂</u>而去。众人<u>挽留</u>不住。贾瑞收了镜子，<u>想</u>："这道士倒有些意思，我何不照一照试试。"

"佯狂"，己卯本作"佯长"，梦本作"徜徉"，其他脂本作"佯常"。
"挽留"，其他脂本均作"苦留"。
"想"，彼本作"想到"，其他脂本作"想道"。
例36：又将正面一照——

　　只见凤姐站在里面招手<u>叫</u>。贾瑞心中一喜，<u>荡荡悠悠</u>的觉得进了镜子。

"叫"，其他脂本均作"叫他"。

"荡荡悠悠"，其他脂本均作"荡悠悠"。

例 37：到了床上，嗳哟一声——

　　一睁眼，镜子从手里掉下来。

"下"，其他脂本均作"过"。

例 38：旁边伏侍贾瑞的众人——

　　只见他先还拿着镜子。

"拿着镜子"，其他脂本均作"拿着镜子照"。

例 39：众人上来看看，已没了气——

　　身子里下冰凉渍湿一大滩精。

"里下"，其他脂本均作"底下"。

例 40：若不早毁此物——

　　遗害一世不小。

"一世"，梦本作"人世"，其他脂本作"于世"。

例 41：直入中堂，抢入手内，飘然去了——

　　当时代儒料理丧事，各处去报丧事。

"当时"，梦本作"当日"，其他脂本作"当下"。
"事"，其他脂本均无。

例 42：争奈父女之情，也不好拦劝——

　　于是贾母着贾琏送他去。

"着"，其他脂本均作"定要"。

第三节　舒本第十三回独异文字考

第 13 回脂本现存舒本、甲戌本、己卯本、庚辰本、蒙本、戚本、彼本、杨本、梦本九种。

第 13 回舒本独异的文字有六十七例，如下：

例1：话说凤姐自贾琏送黛玉往扬州去后——

心中<u>每觉</u>无趣，每到晚间不过和平儿说笑一回就胡乱睡了。

"每觉"，其他脂本均作"实在"。

例2：凤姐听了，恍惚问道——

"<u>你</u>有何心愿？只管托我就是了。"秦氏道："婶婶，<u>你是</u>脂粉队<u>中</u>的英雄……"

"你"，其他脂本均无。
"你是"，其他脂本均作"你是个"。
"中"，甲戌本作"内"，其他脂本作"里"。

例3：凤姐听了此话——

<u>心中</u>大快，十分<u>敬重秦氏</u>，忙问道……

"心中"，其他脂本均作"心胸"。
"敬重秦氏"，其他脂本均作"敬畏"。

例4：将来衰时的世业，亦可谓保常的了——

即如<u>目今</u>诸事都妥，只有两件未妥。若把此事如此以行，则<u>日后</u>可保永全<u>矣</u>。

"目今"，其他脂本均作"今日"。
"日后"，其他脂本均作"后日"。
"矣"，甲戌本无，其他脂本作"了"。

例5：秦氏道，今祖茔虽四时祭祀，只是无一定的钱粮——

第二件，家塾虽立，<u>亦</u>无一定的工给。依我想来，如今盛时故不缺祭祀工给，但<u>至</u>将来败落之时，此二项<u>出自何处</u>。莫若依我定见，<u>趁着今日富贵之际</u>，将祖茔附近多置田庄房屋地亩，以备祭祀工给之用，<u>将来塾</u>亦设于此。合同族中长幼<u>大</u>小定了则例，日后按房<u>管理</u>。

"亦"，其他脂本均无。
"故"，其他脂本均作"固"。
"至"，其他脂本均无。
"出自何处"，其他脂本均作"有何出处"。
"趁着今日富贵之际"，其他脂本均作"趁今日富贵"。
"房屋"，其他脂本均作"房舍"。
"工给之用"，杨本作"工给之费皆出自此"，彼本作"供给之费皆出处"，其他脂本作"供给之费皆出自此处"。
"将来塾"，其他脂本均作"将家塾"。
"大小"，其他脂本均作"大家"。
"管理"，甲戌本作"拿管"，彼本作"管"，其他脂本作"掌管"。
例6：便是有了罪——

凡物皆可入官，惟这祭产连官也不入的。

"惟这祭产"，其他脂本均作"这祭祀产业"。
例7：不思后日，终非长策——

眼看不日又有一件非常喜事。

"眼看"，其他脂本均作"眼见"。
例8：真是烈火烹油、鲜花着锦之盛——

要知道也不过瞬息的繁华，一时之欢乐。

"不过"，其他脂本均作"不过是"。
"之"，其他脂本均作"的"。
例9：此时若不早为后虑——

又恐后悔无益了。

"又"，其他脂本均作"只"。
例10：凤姐还欲问时——

只听二门上传事的云牌连叩了四下，正是报丧事。因将凤姐惊醒时，有人回说:"东府蓉大奶奶殁了。"凤姐听了,唬了一身冷汗,呆呆的出了一回神。

以上八句,各脂本不同的文字如下:

只听得二门上传事云牌连叩四下,正是丧音。将凤姐惊醒,人回:"东府蓉大奶奶没了。"凤姐闻听,吓了一身冷汗,出了一回神。(甲戌本)

只听二门上传事云板连叩四下,因将凤姐惊醒,人回话:"东府蓉大奶奶没了。"凤姐闻听,吓了一身冷汗,出了一回神。(己卯本、庚辰本、蒙本、戚本)

只听二门上传事的云牌叩了四下,正是报丧。将凤姐惊醒,人回:"东府蓉大奶奶没了。"凤姐闻听,唬了一身冷汗,出了一回神。(彼本)

只听二门上传事的云牌连击四下,正是丧事。将凤姐惊醒,人回说:"东府蓉大奶奶没了。"凤姐闻听,唬了一身冷汗,出了一回神。(杨本)

只听二门上传事云板连叩四下,正是丧音。将凤姐惊醒,人回话:"东府蓉大奶奶没了。"凤姐吓了一身冷汗,出了一回神。(梦本)

例11:只得忙忙的穿衣往王夫人处来——

彼时合家无不纳罕,都有些疑心,说他不该死。

以上三句,各脂本不同的文字如下:

彼时合家皆知,无不纳罕,都有些疑心。(甲戌本、己卯本、庚辰本)

彼时合家皆知,无不赞叹,都有些疑心。(蒙本)

彼时合家皆知,无不纳叹,都有些伤心。(戚本)

彼时合家皆无不纳罕,都有些疑心。(彼本)

彼时合家皆知,无不纳罕。(杨本)

彼时合家皆知,无不纳闷,都有些疑心。(梦本)

例12:下一辈的想他素日慈爱——

以及家中仆从<u>老幼</u>想他素日怜贫惜贱、慈老爱幼之恩,莫不<u>悲痛</u>者。

"老幼",其他脂本均作"老小"。

"悲痛者",甲戌本作"悲嚎痛哭之人",杨本作"悲号痛哭者",梦本作"悲号痛哭",其他脂本作"悲嚎痛哭者"。

例13:忍不住哇的一声直喷出一口血来——

袭人等唬的慌忙上来搀扶。

"唬的",其他脂本均无。

例14:宝玉笑道——

不用忙,不相干,这是一点儿急火攻心、血不能归经的原故。

"一点儿",其他脂本均无。

"血不能归经的原故",其他脂本均作"血不归经"。

例15:贾母见他要去,因说——

才咽气,那里不干净。

"才咽气",其他脂本均作"才咽气的人"。

例16:宝玉那里肯依——

贾母只得命人预备车,多派几个跟从人役拥护前来。

"只得",其他脂本均无。

"几个",其他脂本均无。

例17:一致到了宁国府门——

两边的灯笼照如白昼。

"的",其他脂本均无。

例18:宝玉下了车——

忙忙奔至停灵之室,痛哭一场。然后见过尤氏,谁知尤氏正犯了胃气疼的旧病,睡在床上。

"一场",其他脂本均作"一番"。

"胃气疼的旧病",梦本作"胃气痛旧症",其他脂本作"胃气疼旧疾"。

例19：然后又出来见了贾珍——

彼时贾代儒、贾代修、贾赦等，合族长辈、平辈、晚辈都来了。

"贾代修"，彼本、杨本同，甲戌本作"带领"，其他脂本作"代修"。

在"贾赦"之后，"等"之前，庚辰本作"贾效、贾敦、贾赦、贾政、贾琮、贾瑞、贾珩①、贾珖、贾琛、贾琼、贾璘、贾蔷、贾菖、贾菱、贾芸、贾芹、贾蓁、贾萍、贾藻、贾蘅②、贾芬、贾芳、贾兰③、贾菌、贾芝"，甲戌本、彼本、杨本同于庚辰本。

"合族长辈、平辈、晚辈"，其他脂本均无。

例20：如今伸腿去了——

可见长房内绝灭无人了。

"长房内"，其他脂本均作"这长房内"。

例21：众人忙劝道，人已辞世，哭也无益——

"且商议如何办理要紧。"贾珍拍手道："如何料理？不过尽我力罢。"

"办理"，其他脂本均作"料理"。
"尽我力"，其他脂本均作"尽我所有"。

例22：正说着——

只见秦业、秦钟并秦氏的几个眷属、尤氏姐妹也都来了。贾珍便命贾琼、贾琛、贾璘、贾蔷四人去陪客。

"秦氏"，其他脂本均作"尤氏"。
"姐妹"，其他脂本均作"姊妹"。
"四人"，其他脂本均作"四个人"。

例23：另设一坛于天香楼上——

---

① "珩"，戚本作"璜"。
② "蘅"，己卯本、蒙本作"衡"。庚辰本"蘅"安的草字头疑系添加。
③ "兰"，梦本作"蓝"。

　　　　请九十九位金真道士①打四十九日解冤洗业醮。然后停于荟芳园中。灵前另别有五十众高僧、五十位高道对坛按七作好事。

"请"，其他脂本均作"是"。
"荟芳园"，其他脂本均作"会芳园"。
"别有"，甲戌本作"有"，梦本作"设"，其他脂本作"外"。
例24：那贾敬闻得长孙媳死了，因为自己早晚就要飞升——

　　　　如何肯又回家染了红尘，前功尽弃，因此并不在意，只任贾珍料理。

"前功尽弃"，其他脂本均作"将前功尽弃"。
"任"，其他脂本均作"凭"。
例25：贾珍见父亲不管，亦发恣意奢华——

　　　　看板时，看了几付杉木板，皆不中意。可巧薛蟠来吊问，因见贾珍寻觅好板，便说道："我们本店里有一付板，叫做什么樯木，出在潢海铁钢山上，此木作了棺木，万年不坏。"

"看了"，其他脂本均无。
"几付"，其他脂本均作"几副"。
"觅"，其他脂本均无。
"铁钢山"，彼本作"铁纲山"，其他脂本作"铁网山"。
"此木"，其他脂本均无。
例26：现在还封在店内——

　　　　也没有人出的起价值能买，你若要用就取了来用罢。

"出的起价值能买"，梦本作"买得起"，其他脂本作"出价敢买"。
"用"，其他脂本均无。
"取了来用罢"，甲戌本作"抬来使罢了"，己卯本、彼本、蒙本、戚本作"抬来便罢"，庚辰本、杨本作"抬来使罢"，梦本作"抬了来看看"。
例27：贾政听说，喜之不尽——

---

① 舒本"金真道士"乃"全真道士"之误。

即命人从店中抬来。

"从店中",其他脂本均无。
例28:纹如槟榔,味若檀麝——

　　以手扣之,玎珰如金玉之响声,大家俱称赏不已。贾珍笑问:"价值若干?"薛蟠笑道:"纵有一千两银子,只怕也没处买去。你我亲戚怎么好说价不价的,赏他们几两工钱就是了。"贾珍听说,忙忙道谢不尽,即命木匠锯解成做糊漆。贾政因劝道:"此物恐非常人可享者,买上一等的杉木也就是了。"

"玎珰如金玉之响声",梦本作"声如玉石",其他脂本作"玎珰如金玉"。
"俱称赏不已",梦本作"称奇异赞",杨本作"多姜异称赏",其他脂本作"都奇异称赞"。
"若干",彼本、杨本作"多少",其他脂本作"几何"。
"纵有",梦本作"拿着",其他脂本作"拿"。
"你我亲戚怎么好说价不价的",其他脂本均作"什么价不价"。
"忙忙道谢",其他脂本均作"忙谢"。
"木匠",其他脂本均无。
"锯解成做糊漆",梦本作"锯造成",其他脂本作"解锯糊漆"。
"买上",甲戌本、庚辰本、梦本作"殓以",己卯本、蒙本、戚本作"检以",彼本作"检上"。
"一等的",彼本作"一等",其他脂本作"上等"。
例29:这话如何肯听——

　　正说,忽又听得秦氏之丫环名唤瑞珠者……

"正说",杨本、梦本无,其他脂本作"因"。
例30:贾珍遂以孙女之礼殡殓——

　　一并停于荟芳园中之登仙阁内,又有秦氏房中伏侍的小丫环名宝珠者,因秦氏身无所出,乃甘心愿为义女,承摔丧驾灵之任。贾珍又喜又悲,即时传下,从此皆呼为宝珠小姐。那宝珠按未嫁女之例,在灵前哀哀哭哭，其余族人并家下诸人俱各遵旧制行事，自不得紊乱。贾珍因想贾蓉乃一黉门监生，灵幡经榜上写时不壮观瞻，正自想念……

"停于荟芳园"，其他脂本均作"停灵于会芳园"。
"承"，梦本作"请任"，其他脂本作"誓任"。
"又喜又悲"，甲戌本作"喜之不禁"，梦本作"甚喜"，其他脂本作"喜之不尽"。
"呼为宝珠小姐"，其他脂本均作"呼宝珠为小姐"。
"例"，梦本作"礼"，其他脂本作"丧"。
"哀哀哭哭"，其他脂本均作"哀哀欲绝"。
"其余族人"，其他脂本均作"于是合族人丁"。
"俱各"，蒙本、戚本作"诸各"，杨本作"多各"，其他脂本作"都各"。
"因想贾蓉乃一"，梦本作"因想道贾蓉不过是个"，其他脂本作"因想着贾蓉不过是个"。
"不壮观瞻"，其他脂本均作"不好看"。
"正自想念"，其他脂本均无。

例 31：便是头七第四日——

早有大明宫掌宫内宦戴权先备了祭礼，着人送来。

"内宦"，梦本作"内监"，其他脂本作"内相"。
"着人"，其他脂本均作"遣人"。

例 32：贾珍忙接着让至逗蜂轩献茶——

彼此未免不各说些谦逊的话毕，贾珍心中已打算定了主意，因而趁便就说要与贾蓉捐个前程的话。戴权会意，便笑道："想是为丧礼上看着风光些的意思。"贾珍忙笑道："老内相所见不差，实系为此。"戴权道："事到凑巧，现在有一个美缺……"

"彼此未免不各说些谦逊的话毕"，其他脂本均无。
"已"，其他脂本均无。
"便"，其他脂本均作"因"。
"看着风光些的意思"，其他脂本均作"风光些"。
"实系为此"，其他脂本均无。

"现在",其他脂本均作"正"。

例33：昨儿襄阳侯的兄弟老三来求我——

他现拿了一千五百两银子送到我家里。你知道的，咱们都是老相与，不拘怎么样，都看着他爷爷的分上，就胡乱应了。

"他",其他脂本均无。
"就",其他脂本均无。

例34：还剩了一个缺——

谁知永兴节度使冯胖子他来求我，要与他孩子捐，我就没那们大工夫应他呢。既是咱们的孩子要捐，快写个履历来给我。

"他",其他脂本均无。
"没那们大工夫应他呢",其他脂本作"没工夫应他"。
"给我",其他脂本均无。

例35：贾珍听说——

忙吩咐："快命书房里的书启先生恭恭敬敬的写了你大爷的履历来。"小厮不敢怠慢，去了一刻，便拿了一张红纸帖来与贾珍。

"书房里的书启先生",彼本作"书房里",其他脂本作"书房里人"。
"恭恭敬敬的",彼本、杨本作"恭恭敬敬",甲戌本、己卯本、庚辰本、蒙本、戚本作"恭敬"。
"你",其他脂本均无。
"帖",梦本作"履历",其他脂本无。

例36：贾珍十分款留不住，只得送出府门——

临上轿时，贾珍因问："银子还是我们到部里去兑，还是一并送上老内相府中去呢？"

"时",其他脂本均无。
"呢",其他脂本均无。

例37：戴权道，若到部里，你又吃亏了——

"不如兑准一千二百两，送至我家就完了。我替你送交户部，你也省事。"贾珍听了，感谢不尽，只说："待服满后，亲领小犬，到府叩谢罢。"戴权在轿内躬身笑道："你我通家之好，这也是令郎他有福气造化，偏偏遇的这们巧。"说毕，作别。

"兑准一千二百两"，戚本、彼本、杨本作"平准一千二百银子"，梦本作"平准一千两银子"，其他脂本作"平准一千二百银子"。

"至"，其他脂本均作"到"。

"我替你送交户部，你也省事"，其他脂本均无。

"听了"，其他脂本均无。

"领"，其他脂本均作"带"。

"罢"，其他脂本均无。

"戴权在轿内躬身笑道：'你我通家之好，这也是令郎他有福气造化，偏偏遇的这们巧。'说毕"，其他脂本均作"于是"。

例38：接着——

又听吆喝道之声，原来是忠靖侯史鼎的夫人来了。

"吆"，其他脂本均无。

例39：贾政等忙接上大厅——

如此亲朋你来我往，也不能胜数。只这四十九日，宁国府这街上，一条白茫茫，人来人往。

"往"，其他脂本均作"去"。

"这"，其他脂本均无。

"白茫茫"，其他脂本均作"白漫漫"。

例40：贾珍命贾蓉次日换了吉服——

领凭回来，将灵前所供执事等物俱按五品官职例陈设。

"将灵前所供"，彼本作"灵前供"，其他脂本作"灵前供用"。

"官职例陈设"，蒙本所"职分例"，其他脂本作"职例"。

例41：秦氏恭人之灵位——

荟芳园临街大门两边起了鼓乐楼。

"荟芳园",其他脂本均作"会芳园"。
在"大门"二字之后,甲戌本有"洞开,现在"四字,其他脂本有"洞开,旋在"四字。
"鼓乐楼",其他脂本均作"鼓乐厅"。

例42:但里面尤氏又反了旧病——

不能理事,惟恐各诰命夫人来往缺失了礼仪,怕人笑话,因此心中反不得自在,当下正愁闷思虑时,宝玉在侧见他有些忧闷,因问道:"事事都算安妥了,大哥哥还愁什么?"贾珍见问,便将里面无人管理的话说了出来。

"理事",彼本作"理事务"其他脂本作"料理事务"。
"诰命夫人来往缺失了礼仪",其他脂本均作"诰命来往亏了礼数"。
"反不得",彼本作"反不",其他脂本作"不"。
"愁闷思虑",庚辰本、杨本作"忧",其他脂本作"忧虑"。
"宝玉在侧见他有些忧闷,因问道",其他脂本均作"因宝玉在侧问道"。
"安妥",戚本作"妥帖",其他脂本作"安帖"。
"管理",其他脂本均无。

例43:我荐一个人与你权理这一个月的事,管保妥当——

贾珍忙问道:"兄弟,是谁?"宝玉因见坐间还有许多亲友,不便明言,故走至贾珍的耳边说了两句。

"道",其他脂本均无。
"兄弟",其他脂本均无。
"因",其他脂本均无。
"故",其他脂本均无。
"的",其他脂本均无。

例44:贾珍听了,喜不自禁,连忙起身笑道——

"果然妥当。如今就去说去。"遂拉了宝玉,辞了众人,便往上房来。

"说去",其他脂本均作"说着"。

"遂",其他脂本均无。
"上房",其他脂本均作"上房里"。
例45:可巧这日非正经日期——

　　外亲友来的少,里面不过几位近亲堂客,邢夫人、王夫人、凤姐并族中的内眷,闻人报说"大爷进来了",忙的众婆娘唿的一声往后藏之不迭。

"外",其他脂本均无。
"内眷",其他脂本均作"内眷陪坐"。
"忙",甲戌本作"吓",其他脂本作"唬"。
例46:贾珍此时也有些病症在身——

　　二则过于悲伤了,因拄了拐杖踱了进来。

"悲伤",其他脂本均作"悲痛"。
"杖",其他脂本均无。
例47:贾珍一面扶拐作挣着要蹲身跪下请安道乏——

　　邢夫人等忙教宝玉搀住,命人搬椅子来:"与你大爷坐。"

"搬",其他脂本均作"挪"。
"你大爷",其他脂本均作"他"。
例48:有一件事要求二位婶娘并大妹妹——

　　邢夫人忙问什么事。

"邢夫人",其他脂本均作"邢夫人等"。
例49:如今孙子媳妇没了,侄儿媳妇偏又病倒——

　　我为里边无人料理,实在不成个体统,意欲怎么屈尊大妹妹一个月,在这里替他大嫂子料理料理,我就放心了。

"我为里边无人料理",彼本作"我为里头",其他脂本作"我看里头"。
"实在",其他脂本均作"着实"。
"意欲",其他脂本均无。

"替他大嫂子"，其他脂本均无。

例50：只和你二婶婶说就是了——

　　王夫人接道："他一个小孩子家，何曾经过这些事，倘或料理不来，岂不反叫人笑话。到是烦别人的好。"

"接"，其他脂本均作"忙"。
"岂不"，其他脂本均无。

例51：贾珍笑道：婶婶意思，侄儿猜着了——

　　是怕大妹子劳苦了。若说料理不来，我保管必料理的来，他料理的便是错一点儿，别人看着还是不错的。再，大妹妹从小儿顽笑时他就有设法决断来，这如今出了阁，又在婶婶那边管事，越发历练老成了。

"大妹子"，其他脂本均作"大妹妹"。
"不来"，其他脂本均作"不开"。
"来"，其他脂本作"开"。（梦本无此前后三句，下同。）
"他料理的"，其他脂本均无。
"再"，其他脂本均无。
"大妹妹从小儿顽笑时他就"，其他脂本均作"从小儿大妹妹顽笑着他就"。
"来"，其他脂本均无。
"这"，其他脂本均无。
"在婶婶那边管事"，彼本作"在那府里边事"，其他脂本均作"在那府里办事"。

例52：越发历练老成了——

　　只怕这一点事还不直①妹妹一办的呢。婶婶怎说不能料理的话呢。

此二句，其他脂本均无。

例53：我想了，这几日除了大妹妹——

　　再无第二个人了。婶婶不看侄儿，也别看侄儿媳妇现在病着，只看

---

①　舒本"直"乃"值"字之误。

死了的分上罢。<u>况且侄儿素日也听见说，他们娘儿两个很好，又很疼侄儿媳妇的</u>。

"第二个"，其他脂本均无。
"也别看"，其他脂本均无。
"现在病着"，其他脂本均作"的分上"。
最后三句，其他脂本均无。

例54：又很疼侄儿媳妇的——

　　<u>说着说着就流下泪来了</u>。王夫人<u>不肯应允者</u>，心中怕的是凤姐未经过丧事，<u>恐</u>他料理不清，<u>反</u>惹人耻笑。

"说着说着就流下泪来了"，梦本作"说着流下泪来"，其他脂本作"说着滚下泪来"。
"不肯应允者"，其他脂本均无。
"恐"，其他脂本均作"怕"。
"反"，其他脂本均无。

例55：今见贾珍苦苦的说到这步田地——

　　心中已<u>应允了几分了</u>，却<u>以目视凤姐</u>，那凤姐<u>他</u>素日最喜揽事，好<u>借此</u>卖弄才干。

"应允了几分了"，彼本作"应了几分"，其他脂本作"活了几分"。
"以目视凤姐"，其他脂本均作"又眼看着凤姐出神"。
"他"，其他脂本均无。
"借此"，其他脂本均无。

例56：虽然当家妥当——

　　<u>因</u>未办过婚丧大事，恐人还<u>看不起</u>，巴不得遇见这事，<u>便好显自己的本领</u>，今日贾珍如此一说……

"因"，其他脂本均作"也因"。
"看不起"，甲戌本、彼本、杨本作"不服"，己卯本、庚辰本作"不伏"，蒙本、戚本作"不妥"。（梦本无此前后数句。）
"便好显自己的本领"，其他脂本均无。

"今日"，其他脂本均作"今见"。
"一说"，梦本作"央"，其他脂本作"一来"。

例57：他心中早已欢喜——

  <u>在那里</u>先见王夫人不允，后<u>因</u>贾珍说的情真，<u>见</u>王夫人有<u>些</u>活动之意……

"在那里"，其他脂本均无。
"因"，其他脂本作"见"。（梦本无此句，下同。）
"见"，其他脂本均无。
"些"，其他脂本均无。

例58：便向王夫人道——

  大哥哥说的<u>这们</u>恳切，太太就依了罢，<u>省的大哥只是着急</u>。

"这们"，杨本无，梦本作"如此"，其他脂本作"这么"。
"省的大哥只是着急"，其他脂本均无。

例59：凤姐道——

  "有什么不能的，<u>学着办罢咧</u>。外面的大事，大哥哥已经料理清了，不过是里头的照管照管便是。我有不知道<u>的</u>，<u>再请示</u>太太就是了。<u>难道太太不赏我主意么</u>？"王夫人<u>听他</u>说的有理，<u>又兼着宝玉在旁边替贾珍说了几句</u>，<u>王夫人</u>便不则声。

"学着办罢咧"，其他脂本均无。
"的"，其他脂本均无。
"再请示"，梦本作"请示"，其他脂本作"问问"。
"难道太太不赏我主意么"，其他脂本均无。
"听他"，其他脂本均作"见"。
"又兼着宝玉在旁边替贾珍说了几句"，其他脂本均无。
"王夫人"，其他脂本均无。

例60：贾珍见凤姐允了——

  又<u>忙</u>陪笑道："我也不管许多，横竖只求大妹妹辛苦辛苦……"

"忙",其他脂本均无。

"我也不管许多",其他脂本均作"也管不得许多了"。

"只求",其他脂本均作"要求"。

例61：等事完了——

"你大嫂子病好了,我们再到那边婶婶、妹妹府里去道谢。"说着,就作下揖去。

"你大嫂子病好了,我们再到那边婶婶、妹妹府里去道谢",彼本作"我到那边府里去谢",其他脂本作"我再到那府里去谢"。

"作下揖去",彼本作"作揖了",其他脂本作"作揖下去"。

例62：只管拿这牌取去——

也不必问我,只求诸事好看,别存心怕费了我的银钱。二则,看这府里的人,要同那府里的人一样看待,别要存心怕他们抱怨。除这两件外,我再没不放心的了。

"诸事好看",其他脂本均无。

"怕费了我的银钱",其他脂本作"替我省钱"。

在"二则"二字之前,梦本有"要好看为上"五字,其他脂本有"只要好看为上"六字。

"看这府里的人",其他脂本均无。

"要同那府里的人一样看待",甲戌本作"也要与那府里一样待人才好",己卯本、庚辰本、蒙本、戚本作"也要同那府里一样待人才好",彼本作"也要同那府里代人才好",杨本作"也要同那府里待人才好",梦本作"也同那府里一样待人才好"。

"别",其他脂本均作"不"。

"他们",其他脂本均作"人"。

"除",其他脂本均作"只"。

例63：王夫人道——

你大哥哥既这们托你,你就照看照看罢了。虽然如此说,只是别就自作主意。

"大哥哥",梦本作"哥",其他脂本作"哥哥"。
"这们托你",梦本作"这们说你",其他脂本作"这么说你"。
"虽然如此说",其他脂本均无。
"就",其他脂本均无。

例64：有了事打发人——

"问你哥哥、嫂嫂才是。"宝玉将对牌递与凤姐了。贾珍又问："妹妹还是住在这里，还是天天过来呢？若是日日早来晚去，越发辛苦了……"

"嫂嫂",其他脂本均作"嫂子"。
"才是",梦本作"声儿要紧",其他脂本作"要紧"。
"将",彼本、杨本作"早向贾珍手内接过",其他脂本作"早向贾珍手里接过"。
"递",其他脂本均作"来强递"。
"贾珍",其他脂本均无。
"过",其他脂本均无。
"日日早来晚去",其他脂本均作"天天来"。

例65：妹妹住过这几日——

"到也安稳。"凤姐笑道："不用。你二兄弟不在家，那边也离不得我，到是天天来的好。能有几步路儿。"贾珍听说，只得罢了。彼此又说了一回闲话，方才出去。

"也",其他脂本均无。
"你二兄弟不在家",其他脂本均无。
"能有几步路儿",其他脂本均无。
"彼此",其他脂本均作"然后"。

例66：凤姐儿道——

"太太只管请先回去，我须得先理出一个头绪出来再回去呢。"王夫人听说，便先同邢夫人等回去。不在话下。这凤姐儿来至……

"先",其他脂本均无。
"出来再",其他脂本均作"来才"。

在"呢"字之前，其他脂本均有"得"字。
"先"，其他脂本均无。
"这"，其他脂本均作"这里"。
例67：无脸者不能上进——

　　此五件实<u>系</u>宁国府<u>中的</u>风俗。

"系"，其他脂本均作"是"。
"的"，其他脂本均无。

第四节　舒本第十四回独异文字考

第14回脂本现存舒本、甲戌本、己卯本、庚辰本、蒙本、戚本、彼本、杨本、梦本九种。
第14回舒本独异的文字有七十三例，如下：
例1：话说宁国府中——

　　<u>督总管</u>来昇闻知里面委请了凤姐<u>管事</u>，因传齐了同事人等说道："如今请了西府<u>的</u>琏二奶奶<u>来</u>管理内事，倘或他来<u>着人</u>支取东西，或是<u>说什么话时</u>……"

"督总管"，其他脂本均作"都总管"。
"管事"，其他脂本均无。
"的"，其他脂本均作"里"。
"来"，其他脂本均无。
"着人"，其他脂本均无。
"说什么话时"，其他脂本均作"说话"。
例2：那是个有名的烈货，一时恼了，是不认得人的——

　　"<u>你们难道没听见那府的人议论么？</u>"众人都道有理。内有一个笑道："论理，我们里面也须得<u>这样的一个人</u>来整理整理才好，都特不像了。"

"你们难道没听见那府的人议论么"，其他脂本均无。

"内有",其他脂本均作"又有"。
"这样的一个人",其他脂本均作"他"。
"才好",其他脂本均无。
例3:正说着——

　　只见来旺媳妇拿了对牌来领取呈文纸京榜纸劄,票上批着数目,众人连忙让坐倒茶,一面命人按数取来抱着,同来旺媳妇一路行来,至仪门口方交与来旺媳妇自己拿着进去了。

"纸",其他脂本均无。
"取来",其他脂本均作"取纸来"。
"拿着",彼本作"抱着",其他脂本作"抱"。
例4:凤姐即命彩明钉造簿册——

　　即时传来昇媳妇来,令取家口花名册档来查看。

"来",彼本作"进来",其他脂本无。
"令取",梦本作"要",其他脂本作"兼要"。
"档",其他脂本均无。
例5:大概点了一点数目单册——

　　又问了来昇媳妇几句话,便上车回家。

"又",其他脂本均无。
"上车",甲戌本作"坐了车",其他脂本作"坐车"。
例6:一宿无话,至次日卯正二刻便过来了——

　　那荣国府中的婆娘、媳妇俱已到齐。只见凤姐正与来昇媳妇分派各款事件。

"的",其他脂本均无。
"各款事件",其他脂本均无。
例7:众人不敢擅入,只在窗外听觑——

　　只听凤姐说道:"大哥哥既然再三的托了我,我就说不得要讨你们嫌了。我可比不得你家奶奶好性儿，由着你们去。再自我分派之后，不要说你们这府里的例原是这样的话，如今我既然管了，就要依着我行，倘有错我一点儿，我管不得谁是有脸的、谁是没脸的，我总是一例的现清白处治，你们可别自招没趣儿。"

"说道"，彼本、杨本作"和来昇媳妇说道"，梦本作"和来陞媳妇道"，其他脂本作"与来昇媳妇道"。

"大哥哥既然再三的"，其他脂本均作"既"。

"你家"，其他脂本均作"你们"。

"自我分派之后"，其他脂本均无。

"的例"，其他脂本均无。

"我既然管了"，其他脂本均无。

"倘有错我一点儿"，其他脂本均作"错我半点儿"。

"我"，其他脂本均无。

"我总是一例的"，其他脂本均作"一例"。

"你们可别自招没趣儿"，其他脂本均无。

例8：说着，便吩咐彩明念花名册——

　　按名一一的叫进来过目。一时看完，便吩咐道："这二十个分作两班，每日十个在里头，单管人来客往倒茶。……"

"一一"，其他脂本均作"一个一个"。

"过目"，其他脂本均作"看视"。

"便"，其他脂本作"便又"。

"每日十个"，彼本作"十个"，其他脂本作"一班十个每日"。

例9：这二十个也分作两班——

　　每日单管本家亲戚的茶饭，别的事也不用管。

"的"，其他脂本均无。

"管"，杨本作"他管"，其他脂本作"他们管"。

例10：这四十个人也分作两班——

　　单在灵前上香添灯油，挂幔守灵，供饭供茶，随起举哀，别的事也

第十四章　舒本有哪些独异的文字？ | 321

不必管。这四十 a 个人单在内茶房收管杯碟茶器，若少一件，便叫他四十 b 人赔补。这四十 c 个人单管酒饭器皿，若少一件，也是他四十 d 个人赔还。

"灯"，其他脂本均无。
"不必管"，梦本作"不管别事"，其他脂本作"不与他们相干"。
"四十 a"，其他脂本均作"四"。
"四十 b"，梦本作"四"，其他脂本作"四个"。
"赔补"，杨本作"摊赔"，甲戌本作"描陪"，己卯本、庚辰本、戚本、彼本作"描赔"，蒙本作"赔"，梦本作"分赔"。
"四十 c"，其他脂本均作"四"。
"四十 d"，其他脂本均作"四"。
"赔还"，杨本作"摊陪"，甲戌本作"描陪"，己卯本、庚辰本、戚本、彼本作"描赔"，蒙本作"赔"，梦本作"分赔"。

例 11：这八个人单管监收祭礼——

这八个人单管各处油蜡烛、纸劄，我成总支了来，交与你八人。然后按我所定数目再往各处去分给。

"油"，其他脂本均作"灯油"。
"成总"，其他脂本均作"总"。
"我所定数目"，其他脂本均作"我的定数"。
"分给"，其他脂本均作"分派"。

例 12：这三十个人每日轮流各处上夜——

照管门户，监察火烛，打扫地面。

"地面"，其他脂本均作"地方"。

例 13：这下剩的按着房屋分开——

某人守某处，某处所有桌椅、古董起，以及痰盒、掸帚，一草一苗，或丢或坏，就和这几处的人算账均赔，至来昇家的，每日督总查看。

"以及"，其他脂本均作"至于"。
"至"，其他脂本均无。

"督总",杨本作"总理",其他脂本作"揽总"。

例14：或有偷懒的，赌钱吃酒的——

<u>并</u>打架拌嘴的，<u>即</u>来回我。你要<u>徇私作情</u>，经我<u>查问出来</u>，<u>你这</u>三四辈子的老脸，<u>我</u>就顾不成了。

"并"，其他脂本均无。
"即"，彼本作"刻"，其他脂本作"立刻"。
"徇私作情"，其他脂本均作"徇情"。
"查问出来"，其他脂本均作"查出"。
"你这"，其他脂本均无。
"我"，其他脂本均无。

例15：如今都有了定规，以后那一行乱了——

只和那一<u>个</u>①说话。

"个"，其他脂本均作"行"。

例16：第二日仍是卯正二刻过来——

说不得咱们大家辛苦这几日，<u>把事情</u>完了，你们大爷自然从重赏你们<u>就有了</u>。说毕，又吩咐按数<u>发给</u>茶叶、灯油、<u>蜡烛</u>、<u>担苹</u>、笤苹等物。

"把"，甲戌本无，其他脂本作"罢"（连上读）。
"事情"，其他脂本均作"事"。
"从重"，其他脂本均无。
"就有了"，其他脂本均无。
"发给"，其他脂本均作"发与"。
"蜡烛"，彼本、杨本无，其他脂本作"烛"。
"担苹"，甲戌本、彼本、杨本、梦本作"担子"，己卯本、庚辰本、蒙本作"掸子"。

例17：一面交发——

一面令人登记，某人管某处，某人领某物，开得十分清楚。众人一

---

① 舒本"个"系旁改，原作"那"。

一领去了。自分派之后，各人都有了投奔，不似先前则拣便宜的做，剩下苦差，彼此推委，没个招拴。

"令人"，其他脂本均作"提笔"。
"一一"，其他脂本均无。
"领去了"，其他脂本均作"领了去"。
"自分派之后"，其他脂本均无。
"各人都"，杨本作"也多"，其他脂本作"也都"。
"则"，其他脂本均作"只"。
"彼此推委"，其他脂本均无。
"招拴"，其他脂本均作"招揽"。

例18：各房中也不能趁乱失迷东西——

便是人来客往也都安静，不比从前一个正摆茶，又叫去端饭，正陪着举哀，又令接客。如这些无头绪推委偷闲、得便窃取等弊，次日一概免了。

"安静"，其他脂本均作"安静了"。（梦本无此上下数句。）
"从前"，其他脂本均作"先前"。
"叫"，其他脂本均无。
"着"，其他脂本均无。
"令"，杨本作"去"，其他脂本作"顾"。
"推委"，其他脂本作"荒乱推托"。
"得便"，其他脂本均无。
"免"，彼本、杨本作"蠲"，蒙本、戚本、梦本作"都蠲"，甲戌本、己卯本、庚辰本作"独蠲"。

例19：凤姐儿见自己威重令行——

心中却也十分得意。

"却也"，其他脂本均无。

例20：因见尤氏犯病，贾珍又过于悲哀——

不大进饭食，自己却每日从那府中煎了各样的细粥，精致小菜，命人送来劝贾珍夫妇食用，贾珍也另外备办些上等菜，送到抱厦内，<u>单伺候凤姐吃</u>。那凤姐<u>不怕</u>勤劳……

"饭食"，其他脂本均作"饮食"。
"却"，其他脂本均无。
"劝贾珍夫妇食用"，其他脂本均作"劝食"。
"备办些"，其他脂本均作"分付每日送"。
"单伺候凤姐吃"，彼本、杨本作"单与凤姐吃"，其他脂本作"单与凤姐"。
"不怕"，其他脂本均作"不畏"。

例 21：独在抱厦内起坐，不与众妯娌合群——

便有堂客来往，也<u>不迎去会聚</u>。

"迎去会聚"，彼本作"迎合"，梦本作"迎送"，其他脂本作"迎会"。

例 22：那道士们行香放焰口、拜水忏——

又有十三众<u>青衣</u>尼僧搭绣衣、靸红鞋，在灵前<u>念诵</u>接引诸咒。

"青衣"，己卯本、庚辰本、蒙本、戚本无，甲戌本、彼本、杨本、梦本作"青年"。
"念诵"，甲戌本、己卯本、庚辰本、杨本、梦本作"默诵"，蒙本、戚本、彼本作"点诵"。

例 23：十分热闹——

那凤姐料定今日<u>来客</u>必不少。

"来客"，其他脂本均作"人客"。

例 24：至寅正，平儿便请起来梳洗，及收拾完备——

<u>更衣</u>，吃了两口奶子糖、粳粥，漱口已毕，已是卯正二刻了。

"更衣"，其他脂本均作"更衣盥手"。

例 25：凤姐出至厅，上了车——

前面打了一对明角灯，<u>灯上大书"荣国府"三个大字</u>。

"灯"，其他脂本均无。

例26：两边一色戳灯，照如白昼——

白汪汪穿孝的仆从两边侍立。

"的"，其他脂本均无。

例27：凤姐下了车，一手扶着丰儿——

两个媳妇执着手，把灯前引，撮拥着凤姐进来。

"前引"，杨本无，甲戌本、己卯本、庚辰本、彼本作"罩"，蒙本、戚本作"儿"，梦本作"照着"。

例28：宁府诸媳妇迎来请安——

凤姐款款缓缓走入荟芳园中登仙阁灵前。

"荟芳园"，其他脂本均作"会芳园"。

例29：于是里外男女上下见凤姐出声——

都忙忙齐声嚎哭。

"齐声"，彼本作"皆齐"，其他脂本作"接声"。

例30：凤姐方起身别过族中之众人，自入抱厦内，按名查点，各项人数俱已到齐——

只有迎送亲客上的一人未到，即命传到，那人已张皇愧惧。

"张皇愧惧"，甲戌本、彼本、杨本作"张惶愧惧"，己卯本、庚辰本、蒙本作"张慌愧惧"，戚本作"慌张愧惧"，梦本作"惶恐"。

例31：凤姐冷笑道——

我说是谁误了呢，原来是你，你比别人有体面，所以不听我的话。

"呢"，其他脂本均无。

"别人"，其他脂本均作"他们"。

例32：那人道，小的天天都来的早——

只有今日醒了时觉得还早些，因又睡迷了，来的迟了一步，求奶奶饶过这次。

"只有今日醒了时觉得还早些，因又睡迷了"，己卯本、庚辰本、蒙本、戚本作"只有今儿醒了觉得早些，因又睡迷了"，甲戌本、彼本、杨本作"只有今日醒了觉得早些，因又睡迷了"，梦本作"今儿"。

"的"，其他脂本均无。

例33：凤姐且不发放这人——

却先问他a作什么来了，王兴媳妇巴不得先问他，他b完了事好去，遂连忙进来说："领牌取线，打车轿上网络。"说着，将个帖儿递将上去。

"他a"，其他脂本均作"王兴媳妇"。
"来了"，其他脂本均无。
"他b"，其他脂本均无。
"好去"，其他脂本均无。
"遂连忙进来"，甲戌本作"连忙进来"，梦本作"近前"，其他脂本作"连忙进去"。
"将"，其他脂本均无。

例34：凤姐命彩明念道——

"大轿四顶，小轿四顶，车四辆，共大小络子若干根，用珠儿线若干斤。"凤姐听了，数目相同，便命彩明登记，取荣府对牌交于王兴家的拿去了。

"共"，其他脂本均作"共用"。
"相同"，其他脂本均作"相合"。
"交于"，其他脂本均作"掷下"。
"拿"，其他脂本均无。

例35：凤姐方欲说话时，只见荣国府的四个执事的人进来——

都是要支领东西，领对牌来的。凤姐向他们要了帖子，令人念着听了，一共四件，因指着这两件说道："这两件开销错了，再另算清楚了来取。"说着，便把原帖儿掷下去了，便说："你二人趁着我的事多，故来有意蒙混于我，可仔细你们的皮肉。"说的二人不敢回说，只扫兴而去。凤姐因见张材家的亦在旁侍立，因问道："你有什么事？"张材家的忙进前取帖儿回说："就是方才车轿围①子作成了，领取裁缝工银若干两。"

"对牌"，其他脂本均作"牌"。
"向"，其他脂本均作"命"。
"令人念着"，其他脂本均作"念过"。
自"因指着这两件说道"至"说的二人不敢回说，只"，庚辰本作"指两件说道：'这两件开销错了，在算清了来取。'说着，掷下帖子来，那二人"，其他脂本基本上同于庚辰本。
"亦在旁侍立"，其他脂本均作"在旁"。
"进前"，其他脂本均无。
"围子"，其他脂本均作"围"。
"了"，其他脂本均无。

例36：待王兴家的交过牌——

得了买办的回押相符时，然后才与张材家的去领。一面又命念那一个，是为宝玉外书房收拾完竣，支买纸张糊裱。凤姐听了，即命收了帖子登记。

"时"，其他脂本均无。
"收拾"，其他脂本均无。
"纸张"，其他脂本均作"纸料"。
"了"，其他脂本均无。

例37：说与来昇，革他一月银米——

众人听说，又见凤姐眉头立着，知是恼了，不敢怠慢……

"眉头立着"，梦本作"动怒"，其他脂本作"眉立"。

例38：凤姐道——

明日再有误的，打四十。后日的，打六十。你们有爱挨的，只管误。

---

① "围"系旁改，原作"帏"。

"打"，其他脂本均无。（梦本无此上下数句。）
"你们"，其他脂本均无。

例39：窗外众人听说，方各自执事去了——

　　彼时荣府、宁府两处<u>执事的人</u>领牌<u>的</u>、交牌的来往不绝。

"执事的人"，杨本作"执事人"，其他脂本作"执事"。
"的"，其他脂本均无。（梦本无此上下数句。）

例40：这才知道凤姐利害——

　　众人不敢偷安，<u>人各</u>兢兢业业，执事保全。

"人各"，梦本作"自此各"，其他脂本作"自此"。

例41：不在话下——

　　<u>且说</u>宝玉因见今日人众，恐秦钟受了委曲，因与他商议……

"且说"，其他脂本均作"如今且说"。

例42：秦钟道——

　　他的事多，况且不喜人去，咱们去了，<u>岂不惹他</u>烦腻。

"岂不惹他"，其他脂本均作"他岂不"。

例43：凤姐笑道，我算着你们今儿该来支取，总不见来，想是忘了——

　　这会子倒底来取。<u>若要</u>忘了，自然是你们包出来，<u>倒</u>便宜了我。

"若要"，梦本作"要终久"，其他脂本作"要"。
"倒"，杨本作"多"，其他脂本作"都"。

例44：秦钟因笑道——

　　你们两府里都是这牌，倘或别人<u>也</u>私弄一个支了银子跑了怎样？

"也"，其他脂本均无。

例45：凤姐道——

　　人家来领的时候，你还作<u>梦</u>呢。

"作",其他脂本均作"做"。

例46:凤姐笑道——

你请我一请,<u>管保</u>就快了。

"管保",其他脂本均作"包管"。

例47:凤姐笑道,便是他们作——

也得要东西,搁不住我不<u>发给</u>对牌是难的。

"发给",其他脂本均作"发"。

例48:宝玉听说——

便向凤姐身上<u>要对牌</u>说:"好姐姐,给出牌子来,叫他们要东西去。"

"要对牌",甲戌本、己卯本、庚辰本、蒙本作"要牌,立刻",戚本、杨本、梦本作"立刻要牌",彼本作"要牌"。

例49:照儿道:二爷打发回来的——

林姑老爷是九月初三巳时<u>殁</u>的。

"殁",其他脂本均作"没"。

例50:二爷打发小的来报个信,请安,讨老太太的示下——

还瞧瞧奶奶家里好<u>么</u>,叫把大毛衣服带几件去。

"么",其他脂本均无。

例51:凤姐道——

你见过<u>了</u>别人了没有?

"了",其他脂本均无。

例52:连夜打点大毛衣服——

和平儿亲自检点了<u>件数</u>包裹,再细细追想所<u>用</u>何物,一并包藏交付照儿。

"件数"，其他脂本均无。
"用"，其他脂本均作"需"。

例53：又细细吩咐照儿在外好生小心伏侍，不要惹怒二爷生气——

　　时时劝他少吃酒，别勾引他走混账道儿，你若不听，你回来，打折你的腿等语。

"走混账道儿"，彼本作"混账女人"，甲戌本、杨本、梦本作"认得混账女人"，己卯本、庚辰本、蒙本、戚本作"认得混账老婆"。
"你若不听，你"其他脂本均无。

例54：不觉天明鸡唱——

　　忙梳洗过宁国府来。

"宁国府"，其他脂本均作"宁府"。

例55：那贾珍因见发引日近，亲自坐车带了阴阳司吏——

　　往铁槛寺来查看安灵所在。

"查看"，彼本作"蹅看"，其他脂本均作"踏看"。

例56：一面又派荣府中车辆、人从跟王夫人送殡——

　　又顾自己送殡，预令人去占下处，目今又值缮国公诰命亡故，王、邢二夫人去打祭送殡，西安郡王妃的华诞送寿礼……

"预令人"，其他脂本均无。
"去"，其他脂本均作"又去"。
"的"，其他脂本均无。

例57：又有迎春染病——

　　每日请医服药，看大夫，启帖症源药按等事，亦言难尽述。

"大夫"，其他脂本均作"医生"。

例58：忙的凤姐茶饭也无工夫吃得，坐卧不得清净——

　　刚到了宁府，荣府的人有跟到宁府，既回至荣府，宁府的人又找到荣府。凤姐见如此，心中却十分欢喜。

"至"，彼本无，其他脂本作"到"。
"却"，其他脂本作"到"。（梦本此句无。）

例59：于是合族上下无不称叹者——

　　这夜伴宿之夕，里面两班小戏并耍百戏的，与亲朋堂客伴宿的，看尤氏犹卧于内室，一应张罗款待，都是凤姐一人周全承应。

"夜"，其他脂本均作"日"。
"的"，其他脂本均无。
"看"，其他脂本均无。

例60：一夜中灯明火彩，客送官迎——

　　那般热闹，自不必说。

"那般"，其他脂本均作"那百般"。
"不必"，其他脂本均作"不用"。

例61：奉天洪建兆年不易之朝——

　　诰封一等宁国公冢孙媳妇。

"媳"，其他脂本均无。

例62：防护内庭紫禁道——

　　御前侍值龙禁尉亨强寿贾门秦氏恭人之灵位。

"亨"，其他脂本均作"享"。

例63：齐国公陈翼之孙、世袭三品威镇将军陈瑞文——

　　治国公马魁之孙、世袭威远将军马成修。

"世袭"，其他脂本均作"世袭三品"。
"马成修"，其他脂本均作"马尚修"。

例64：余锦乡侯公子韩奇——

　　神武将军公子冯子英……

"冯子英",其他脂本均作"冯紫英"。

例65:堂客算来亦有十来顶大轿、四十顶小轿——

　　连家下大小轿并车辆,不下百余十乘。

"并",其他脂本均无。

例66:路旁彩棚高搭,设席张筵,和音奏乐,俱是各家路祭——

　　第一座是东平王府的,第二座是南安郡王的。

"的",梦本作"的祭",其他脂本作"祭棚"。

例67:北静王水溶年未弱冠,生得形容秀美,情性谦和——

　　近闻宁国公冢孙媳告殂……

"媳",其他脂本均作"妇"。

例68:上日也曾探丧上祭——

　　如今又设路祭,命麾下各官在此伺候。

"祭",其他脂本均作"奠"。

例69:手下各官两傍拥侍,军民人众不得往还——

　　一时只见宁府大殡压地银山一般,从北而至。早有宁国府开路……

"压地银山一般",其他脂本均作"浩浩荡荡压地银山一般"。
"宁国府",其他脂本均作"宁府"。

例70:贾珍急命前面驻扎——

　　自同贾赦、贾政三人连忙迎来,以国礼相见。

"自",其他脂本均无。

例71:水溶在轿内欠身含笑答礼——

　　仍以世交称呼,并不妄自尊大。贾珍道:"犬妇之丧,累蒙王驾下临,麋生辈何以克当?"水溶笑道:"世谊之交,何出此言。"

"王驾",甲戌本作"驾",其他脂本作"郡驾"。
"世谊之交",梦本作"世交至谊",其他脂本作"世交之谊"。

例72：贾政听说——

忙忙回去,急命宝玉脱了孝服,领他前来。那宝玉素日就曾听得父兄亲友等说闲话时赞水溶是个贤王……

"忙忙",彼本作"忙退",梦本作"忙退下",其他脂本作"忙"。
"脱了",其他脂本均作"脱去"。
"等",甲戌本、己卯本、庚辰本、蒙本、戚本、彼本、杨本作"人等",梦本无此上下数字。

例73：今见反来叫他,自是喜欢——

一面走,一面早看见那水溶坐在轿内,好个仪表人才。

"看",彼本无,其他脂本作"瞥"。

第五节　舒本第十五回独异文字考

第15回脂本现存舒本、甲戌本、己卯本、庚辰本、蒙本、戚本、彼本、杨本、梦本九种。

第15回舒本独异的文字有五十四例,如下：

例1：宝玉见问,连忙从衣内取了出来递将过去——

水溶细细的看了,又念了上边的字因问验否？

"上边",其他脂本均作"那上头"。
"验",彼本作"果验",其他脂本作"果灵验"。

例2：水溶一面极口称奇道异——

一面理好了彩绦,亲自与宝玉带上,又携手问道："几岁了？读何书？"

"了",其他脂本均无。

"道",其他脂本均无。

"几岁了",彼本、杨本作"宝玉几岁了",其他脂本作"宝玉几岁"。

例3:水溶又道——

只是一件:令郎如是资质,想老太太及尊夫人辈自然钟爱极矣。

"及尊",其他脂本均无。

例4:今日初会,仓促间竟无敬贺之物——

"此系前日圣上恩赐鹡鸰香念珠一串,权为贺敬之礼。"宝玉连忙双手接来,叩首谢赏,回身奉与贾政。贾政亦道谢毕,并请回舆。

"恩赐",梦本作"所赐",其他脂本作"亲赐"。

"双手接来,叩首谢赏,回身奉与贾政。贾政亦道谢毕,并请回舆",彼本作"接了,回身奉与贾政,上来请回舆",梦本作"接了,回身奉与贾政,贾政与宝玉一齐谢过了。于是贾赦、贾珍等一齐上来请回舆",其他脂本作"接了,回身奉与贾政,贾政与宝玉一齐谢过。于是贾赦、贾珍等一齐上来请回舆"。

例5:贾赦等见执意不从,只得告辞谢恩——

回来命手下掩乐停音,滔滔然将殡过完,方请水溶回舆去了。

"请",其他脂本均作"让"。

例6:凤姐儿因记挂着宝玉,怕他在郊外纵性逞强——

不服家人的话,惟恐有了闪失,难见贾母。

在第一句和第二句之间,甲戌本、己卯本、庚辰本、戚本、杨本作"贾政管不着这些小事",蒙本作"贾政也管不着这些小事",彼本作"贾政管着这些小事",梦本作"贾政管不着"。

例7:然后出城,竟奔铁槛寺大路行来——

彼时贾珍同贾蓉来到诸长辈前让坐轿上马。

"同",蒙本作"带领",其他脂本作"带"。

例8:宝玉听说,忙下了马——

爬入车上，二人说笑前进。不一时，只见从那边两匹马压地跑来，离凤姐车不远，一起跳下来……

"车上"，其他脂本均作"凤姐车上"。
"跑"，梦本作"奔"，其他脂本作"飞"。
"跳下来"，梦本作"蹿下马"，其他脂本作"蹿下来"。

例9：凤姐听了，便命歇了再走——

众小厮们听了，一带辕马，岔出人群，往北而去。

"而去"，梦本作"而来"，其他脂本作"飞走"。

例10：宝玉等会意，因同秦钟出来，带着小厮们各处游玩——

凡庄农动用，皆不曾见过。

"动用"，其他脂本均作"动用之物"。

例11：宝玉一见了锹镢锄犁等物，皆以为奇——

不知何项可使，其名为何。小厮在旁，一一的告诉了名色，说明原故。

"可"，其他脂本均作"所"。
"原故"，梦本无（无此处五字），其他脂本作"原委"。

例12：只见炕上有个纺车——

宝玉又问小厮："这又是什么？"

"小厮"，其他脂本均作"小厮们"。

例13：待他们收拾完备，便起身上车——

外面旺儿预备下赏封，赏了房主人，其庄妇来叩赏。

"房"，其他脂本均作"本村"。
"其"，其他脂本无。（梦本无此句。）

例14：宝玉不换，只得罢了——

> 家下仆妇们将带着行①走路的茶壶、茶杯、十锦屉盒、各样小食端来。

"行走路",其他脂本均作"行路"。

例15:外面旺儿预备下赏封——

> 赏了房主人,其庄妇来叩赏。

"房主人",梦本作"那庄户主人",其他脂本作"本村主人"。
"其庄妇",梦本作"那庄妇人等",其他脂本作"庄妇等"。

例16:一时上了车出来,走不远——

> 只见迎面那丫头怀里抱着他小兄弟,同着几个小女孩子说笑而来。宝玉恨不得下了车跟他去,料是众人不依的,只得以目相送。

"那丫头",彼本作"那二丫头",梦本作"这二丫头",其他脂本作"二丫头"。
"了",其他脂本均无。

例17:走不多时,仍又跟上了大殡——

> 早又见前面法鼓铙钹,幢幡宝盖,铁槛寺接灵众僧齐至。

"铙钹",彼本作"铙",其他脂本作"金铙"。

例18:安灵于内殿偏室之中——

> 将宝珠安于里寝室相伴。

"将",其他脂本均无。
"安于里寝室",其他脂本均作"安理寝室"。

例19:外面贾珍款待一应亲友——

> 也有抚饭的,也有不吃饭而去的。

"而去",梦本作"告辞",杨本作"儿辞",其他脂本作"而辞"。

---

① 舒本"行"字被点去。

例20：里面的堂客皆是凤姐张罗接待——

先从显官诰命散起，也到晌午大错方散尽了。

"大错"，梦本无，杨本作"大错时分"，其他脂本作"大错时"。

例21：那时邢、王二夫人知凤姐必不能回家，也便要进城——

王夫人要带宝玉去，宝玉乍到这郊外，那里肯回去。

"这"，其他脂本均无。

例22：原来这铁槛寺原是宁、荣二公当日修造——

现今还是有香火地亩，以便京中老了人口，在此便宜寄放。其中阴阳两宅俱已预备安妥，好为送灵人口寄居。

在"地亩"二字之后，其他脂本均有"布施"二字。
"以便"，其他脂本均作"以备"。
"安妥"，其他脂本均作"妥帖"。

例23：不想如今后辈人口繁盛——

内中贫富不一，或性情参商。

"内中"，其他脂本均作"其中"。

例24：因他庵内作的馒头好，就起了这浑号，离铁槛寺不远——

当下和尚功①课已完，奠过了茶饭，贾珍便命贾蓉请凤姐歇息。

"功课"，彼本作"攻课"，其他脂本作"工课"。
"茶饭"，其他脂本均作"晚茶"。

例25：那秦钟便只跟着凤姐、宝玉，一时到了寺中——

净虚带智善、智能两个徒弟出来迎接。

"带"，其他脂本均作"带领"。

例26：因见智能越发长高了，模样儿越发出息了——

---

① 舒本"功"系旁改，原作"攻"。

因问道："你们师徒怎么这些日子也不往我们那里去？"

"问道"，彼本作"问"，杨本作"说到"，其他脂本作"说道"。

例 27：因胡老爷府里产了公子，太太送了十两银子来——

叫这里请几位师父念三日血盆经，忙的没个工夫去请奶奶的安。不言老尼陪凤姐说话……

"叫这里"，杨本作"叫我这里"，其他脂本作"这里叫"。
"没个工夫去"，甲戌本作"无个空儿，就无来"，彼本作"没个空儿，就没有来"，其他脂本作"没个空儿，就没来"。
"陪"，其他脂本均作"陪着"。

例 28：宝玉笑道，你别弄鬼——

那一日在老太太屋里，一个人没有，搂着他作什么？

"搂着"，其他脂本均作"你搂着"。

例 29：秦钟笑道——

这又奇了。你叫他去倒，还怕他不倒，何必又要我说呢。

"又"，其他脂本均无。

例 30：宝玉道——

我叫他倒的茶是无情意的，不及你叫他倒的有情意的。

"有情意"，其他脂本均作"是有情意"。

例 31：秦钟只得说道，能儿倒碗茶来给我——

那智能自幼在荣府走动，无人不识。因常与宝玉、秦钟顽耍，他如今大了，渐知风月，看上了秦钟人物风流。

"智能"，其他脂本均作"智能儿"。
"看上"，其他脂本均作"便看上"。

例 32：今智能见了秦钟，心眼俱开——

忙走去倒了茶来。秦钟笑说："给我。"宝玉说："给我。"

"忙",其他脂本均无。

例33:智能抿嘴笑道——

　　一碗茶,<u>彼此来争</u>,我难道手里有蜜?

"彼此来",甲戌本作"也来",彼本作"来",其他脂本作"也"。

例34:老尼便乘机说道——

　　我正有一事要到府里求太太,<u>今</u>先请奶奶一个示下。

"今",其他脂本均无。

例35:那年都往我庙里来进香——

　　不想<u>偶</u>见了长安府府太爷的小舅子李衙内。

"偶",其他脂本均作"遇"。

例36:张家若退亲,又怕守备不依——

　　因此说已有了人家<u>了</u>,谁知李衙内执意不依,定要娶他女儿。

"了",其他脂本均无。

例37:不想守备家听了此信,也不管青红皂白——

　　便来作践辱骂<u>张家</u>说,一个女儿许几家。

"张家",其他脂本均无。

例38:那张家急了——

　　只得使人上京<u>寻门路</u>,赌气偏要退定礼。

"寻门路",甲戌本作"求寻门路",其他脂本作"来寻门路"。

例39:我想如今长安节度云老爷与府上最契——

　　可以求太太与老爷<u>说说</u>,打发一封书去求那云老爷转和那守备说一声……

"说说",其他脂本均作"说声"。

"转"，其他脂本均无。

例40：净虚听了，打去妄想，半晌叹道——

虽然如此，张家已知我来求府里的。如今不管这事，张家不知道没工夫管这事，不希罕他的谢敬，倒像咱们府里连这点子手段也没有的一般。

"虽然如此"，其他脂本均作"虽如此说"。
"的"，其他脂本均无。
"谢敬"，其他脂本均作"谢礼"。
"咱们"，其他脂本均无。

例41：凤姐听了这话便发了兴头，说道——

你是素日知道我的，从来不信什么损阴骘、地狱报应的话。

"话"，其他脂本均无。

例42：凤姐又道，我比不得他们拉蓬扯纤的图银子——

这三千银子不过是给他打发说话去的小厮作盘缠，便使他拣几个辛苦钱，我一个也不要他的，就是二三万两，我此刻也还拿得出来。

"话"，其他脂本均无。
"便"，其他脂本均无。
"我一个"，其他脂本均作"我一个钱"。
"就是"，杨本作"便"，其他脂本作"便是"。
"二三万两"，其他脂本均作"三万两"。

例43：我此刻也还拿得出来——

老尼连忙笑道："奶奶家中的过活，岂是希罕这几两银子的呢，也是我求之再三，赏我脸，才肯办罢咧。"又说道："如此，奶奶明日何不就开恩也罢了。"

"笑"，梦本作"答应"，其他脂本作"答应，又说"。
自第二句"奶奶家中的过活"至第六句"才肯办罢咧"，其他脂本均无。
"何不"，其他脂本均无。

按：此系其他脂本脱文。脱文原因："又说道"三字前后重叠。

例44：只是俗语说的好，能者多劳——

　　太太因大小事见奶奶办的有条有理，如今事事索性都推给奶奶一人身上了。虽然事情该料理，奶奶也要保重贵体才是。闻说蓉大奶奶这件事，四五十日，上上下下，里里外外，都是你老人家一个人辛辛苦苦张罗的，谁不知道，谁不夸奖有本事呢？这一路奉承的凤姐越发受用……

"办的有条有理，如今事事索性都推给奶奶一人身上了。虽然事情该料理，奶奶也要保重贵体才是。闻说蓉大奶奶这件事，四五十日，上上下下，里里外外，都是你老人家一个人辛辛苦苦张罗的，谁不知道，谁不夸奖有本事呢？这一路奉承的凤姐越发受用"等字，庚辰本作"妥帖，越性都推给奶奶了，奶奶也要保重金体才是，一路奉承的凤姐越发受用"，其他脂本基本上同于庚辰本。

例45：那智能百般挣挫不起，又不好叫唤的——

　　少不得依他了，正在得趣之时，只觉一人进来，将他二人按住，也不则声。二人不知是谁，唬的不敢哼一哼。

"之时"，其他脂本均无。
"只觉"，其他脂本均作"只见"。
"哼一哼"，其他脂本作"动一动"。（梦本此句作"唬得魂飞魄散"。）

例46：宝玉笑道——

　　你倒不依了，咱们就叫喊。

"了"，其他脂本均无。
"叫喊"，其他脂本均作"叫喊起来"。

例47：宝玉拉了秦钟出来道——

　　你可还敢和我强嘴么？

"敢"，其他脂本均无。
"强嘴么"，彼本、杨本作"强嘴"，其他脂本作"强"。

例48：宝玉笑道——

这会子也<u>不必</u>说，等一会睡下再细细的算账。

"不必"，其他脂本均作"不用"。

例49：满地下皆是家人婆子打铺坐更——

凤姐因怕<u>宝玉带</u>的通灵玉失落，便等宝玉睡下，命人拿来，塞在自己<u>枕下</u>。

"宝玉带的"，其他脂本均无。
"枕下"，其他脂本均作"枕边"。

例50：次日一早，便有贾母、王夫人打发了人来看宝玉——

又<u>嘱咐</u>多穿两件衣服，<u>郊外的风寒气冷，无事宁可回家去罢</u>。

"嘱咐"，其他脂本均作"命"。
"郊外的风寒气冷，无事宁可回家去罢"两句，其他脂本均作"无事宁可回去"。

例51：又有秦钟恋着智能——

<u>桃（挑）唆</u>宝玉求凤姐再住一天。

"挑唆"，其他脂本均作"调唆"。

例52：三则顺了宝玉的心，贾母听见岂不欢喜——

因有<u>三益</u>，便向宝玉道："<u>我</u>的事完了，你要在这里顽儿，少不得我越性辛苦一日罢了。"

"三益"，其他脂本均作"此三益"。
"我"，其他脂本均无。

例53：宝玉听说，千姐姐万姐姐的央求——

只再住一日，明儿必回去的<u>了</u>。

"了"，其他脂本均无。

例54：那秦钟与智能百般不忍分离，背地里多少幽期密约，俱不用细述，只得含恨而别——

第十四章 舒本有哪些独异的文字？ | 343

凤姐又到铁槛寺中秦氏灵前痛哭一场，然后众人都回家。另有家中许多事情，下回分解。

此结尾文字四句，其他脂本的异文列举于下：

凤姐又到铁槛寺中照望一番，然后众人都回家。另有家中许多事情，下一回分解。（彼本）

凤姐又至铁槛寺中照望一番，宝玉致意不肯回家，贾珍只得派妇女相伴，后文再见。（甲戌本）

凤姐又到铁槛寺中照望一番，宝玉①致意不肯回家，贾珍只得派妇女相伴，后回再见。（己卯本、庚辰本）

凤姐又到铁槛寺中照望一番，宝珠执意不肯回家，贾珍只得派妇女相伴，后回再见。（戚本）

凤姐又到铁槛寺中照望一番，方作别回家，不知又有何事？后面再见。（蒙本）

凤姐又到铁槛寺中照望一番，宝珠坚意不肯回家，贾珍只得派妇女相伴，要知端的，再听下回分解。（杨本）

凤姐又到铁槛寺中照望一番，宝珠执意不肯回家，贾珍只得派妇女相伴，后回再见分解。（梦本）

自第 11 回至第 15 回举例共计：

第 11 回	70 例
第 12 回	42 例
第 13 回	67 例
第 14 回	73 例
第 15 回	54 例

这五回（11—15）共 306 例。

---

① 庚辰本"玉"字系涂改，原作"珠"。

第十五章　舒本有哪些独异的文字？

——第十六回至第二十回

第一节　舒本第十六回独异文字考

第 16 回脂本现存舒本、甲戌本、己卯本、庚辰本、蒙本、戚本、彼本、杨本、梦本九种。

第 16 回舒本独异的文字有三十例①，如下：

例1：果然那守备忍气吞声的收了前聘之物——

　　谁知那张家的父母如此爱势贪财，却养了一个知义多情的女儿。

"的"，其他脂本均无。

例2：忽有门吏忙忙进来至席前报说，有六宫都太监夏老爷来降旨——

　　唬的贾政、贾赦一干人不知是何消息，忙令止了戏文，撤去酒席……

"贾政、贾赦"，庚辰本作"贾政等"，彼本作"贾赦等"，其他脂本作"贾赦、贾政"。

例3：见面时彼此悲喜交接，未免又大哭一阵后又致喜庆之词——

---

① 舒本第 16 回结尾的歧异文字，请参阅拙著《红楼梦版本探微》（华东师范大学出版社，2003 年，上海）第一章"秦钟之死——论第十六回的结尾"，不再列入此三十例之内。

宝玉心中品度黛玉越出落的超逸了。

"越",其他脂本均作"越发"。

例4：太太略有些不自在,我就唬的连觉也睡不着——

我苦辞了几回,太太又不允,倒反说我图受用,不肯习学了。

"苦",其他脂本均作"若"。

例5：这些管家奶奶们,那一位是好缠的——

错一点他们就笑话打趣,严一点儿他们就指桑说槐的报怨……

"严",彼本无,其他脂本作"偏"。

例6：你这一来了——

明日见了他,好歹搊补搊补。

"搊",其他脂本均作"描"。

例7：凤姐道——

嗳,往苏杭走了一趟回来,也不见些世面了。

"不",其他脂本均作"该"。

例8：这里凤姐乃问平儿——

方才姨妈有什么话巴巴的打发了香菱来?

"话",彼本无,其他脂本作"事"。

例9：奶奶自然不肯瞒二爷的,少不得照实告诉二爷——

我们二爷那脾气,油锅里钱还要找出来。

"找出来",彼本作"找出来花",其他脂本作"找出来花呢"。

例10：谁知奶奶偏听见了问我,我就撒谎说香菱来了——

凤姐笑道："我说呢,姨妈知道二爷来了,忽剌巴的反打发个屋里人来了?"

"凤姐"，其他脂本均作"凤姐听了"。

例 11：凤姐又道：妈妈狠嚼不动那个，到没的硌了他的牙，因向平儿道——

早起我说那一碗火腿煨的很烂，正好给妈妈吃。

"很烂"，其他脂本均作"肘子很烂"。

例 12：幸亏我从小儿奶了你这么大——

我也老了，有的是两个儿子，你就另眼照看他们些。

"两个"，杨本作"我那两个"，其他脂本作"那两个"。

例 13：他们谁敢说个不字儿——

没的白便宜了外人，我这话也错说了，我们看着是外人，你却看着是内人一样呢。

"错说"，其他脂本均作"说错"。

例 14：凤姐笑道——

可不是呢。有内人的才慈软呢，他在咱们娘儿们的跟前才是刚硬呢。

"才"，其他脂本均作"他才"。
"的"，其他脂本均无。

例 15：贾琏道——

"就为省亲事。"凤姐说："竟准了不成？"

"说"，彼本作"道"，其他脂本作"忙问道"。
"竟准了"，彼本作"省亲事竟准了"，其他脂本作"省亲的事竟准了"。

例 16：因此成疾致病，甚至死亡——

皆由朕躬禁固，不能使其遂天伦之愿，亦大伤天和之事。

"禁固"，其他脂本均作"禁锢"。

例 17：每月逢二、六日期准其椒房眷属入宫请候看视——

> 太上皇、皇太后大喜，深赞当今至孝纯仁，体天格物。

在第一句句首，其他脂本均有"于是"二字。
例18：椒房眷属入宫未免国体仪制——

> 母女尚不惬怀，竟大开天地之恩……

"不"，其他脂本均作"不能"。
例19：凡有外国人来，都是咱们家养活——

> 粤、闽、滇所有的洋船货物都是我们家的。

"滇"，庚辰本作"滇、浙"，其他脂本作"滇、浙"。
例20：赵嬷嬷道——

> 那是谁不知道的，如今还有个号儿。

"号儿"，其他脂本均作"号儿呢"。
例21：这说的就是奶奶府上了——

> 还有现在江南甄家，嗳哟哟，好势派，独他接驾四次。

"江南"，其他脂本均作"江南的"。
"他"，其他脂本均作"他家"。
例22：凭是世上所有的，没有不是堆山塞海的——

> "罪过可惜"四个字竟顾不的了。

"的"，其他脂本均作"得"。
例23：若老爷们再要改时——

> 全仗大爷谏阻，不可另寻地方。

"不可"，其他脂本均作"万不可"。
例24：贾琏道：自然是这样，我并不是驳回——

> 少不得替他筹算筹算，因问道："这项银子动那一地的？"

"道",其他脂本均无。

例25：审察两府的地方——

> 缮画省亲殿宇,一面参度<u>办事</u>人丁。

"办事",彼本作"办",其他脂本作"办理"。

例26：且说宝玉近因家中有这等大事——

> 贾政不来问他的书,心中是件畅<u>快</u>①事。

"快",其他脂本均无。

例27：此时秦钟已发过两三次昏了,移床易簀多时矣——

> 宝玉一见,便<u>不觉</u>失声。

"不觉",彼本作"觉",其他脂本作"不禁"。

例28：宝玉忙叫道——

> "鲸兄,宝玉来了。"<u>一连</u>两三声,秦钟不睬。

"一连",彼本、梦本作"连叫了",其他脂本作"连叫"。

例29：如今只等他请出了运旺时盛的人来才罢——

> 众鬼见<u>判官</u>如此也都忙了手脚。

"判官",彼本作"判",其他脂本作"都判"。

例30：依我们愚见——

> 他是阳,<u>我</u>是阴。

"我",其他脂本均作"我们"。

第二节　舒本第十七回独异文字考

第17回脂本现存舒本、己卯本、庚辰本、蒙本、戚本、彼本、杨本、梦

---

① "快"系旁添。

本八种。

第 17 回舒本独异的文字有一百二十例，如下：

例1：偌大景致，若干亭榭，无一字标题，也觉寥落无趣——

"任有花柳山水，也断不能生色。"众清客在旁笑道……

"笑道"，其他脂本均作"笑答道"。

例2：贾母常命人带他到新园中来戏耍——

此时亦正进去，忽见贾珍走来，向他笑道……

"正"，其他脂本均作"才"。

例3：宝玉听了，带着奶娘、小厮们一溜烟就出园来——

方转过湾头，贾政引众客来了，躲之不及，只得一旁站了。贾政近因闻得塾师称赞宝玉尚能对对联……

"头"，其他脂本均作"顶头"（连下读）。
"塾师"，彼本作"塾长"，其他脂本作"塾掌"。

例4：贾政刚至园门前——

只见贾珍带领许多执事人等一旁侍立。

"人等"，彼本、杨本、梦本作"人"，其他脂本作"人来"。

例5：贾珍听说，命人将门闭了——

贾政先看正门，只见……

"看正门"，其他脂本均作"秉正看门"。

例6：那门栏窗槅皆是细雕新鲜花样——

并无朱粉涂饰，一色水磨砖墙。下面白石台矶，凿成西番花草样。

"砖墙"，其他脂本均作"群墙"。
"西番花草样"，其他脂本均作"西番草花样"（彼本"草"旁改"莲"）。

例7：贾政道——

非此一山，一进来，园中所有之<u>物</u>悉入目中，则有何趣？

"物"，其他脂本均作"景"。

例8：说毕，往前一望——

见白<u>玉</u>峻嶒，或如鬼怪，或如猛兽，纵横拱立。

"玉"，其他脂本均作"石"。

例9：贾政道——

"我们就从此小径<u>过</u>去，回来由那一边出去，方可遍览。"

"过"，其他脂本均作"游"。

例10：说毕，命贾珍前导，自己扶了宝玉，迤逦进入山口——

抬头忽见<u>山头</u>有钟面白石一块，正是迎面留题处。

"山头"，其他脂本均作"山上"。

例11：贾政回头笑道：诸公请看此处题以何名方妙——

众人听说，也有说该题"叠翠"二字妙的，也有说该题"<u>嶂</u>"的。

"嶂"，其他脂本均作"锦嶂"。

例12：况此处并非主山，原无可题之处——

<u>不过</u>探景之一进步耳。莫若直书"曲径通幽处"，<u>只向旧诗上想</u>，倒还大方气派。

"不过"，其他脂本均作"不过是"。

"只向旧诗上想"，梦本作"这旧句在上"，其他脂本作"这句旧诗在上"。

例13：众人听了，都赞道——

<u>便是</u>二世兄天分高，才情<u>大</u>，不似我们读腐了书的。

"便是"，己卯本、庚辰本、蒙本、戚本作"是极"，彼本、杨本作"极是"，梦本作"是极妙极"。

"大",其他脂本均作"远"。
例14：贾政笑道——

"'翼然'虽佳，但此亭压水而成，还须编于水题方称。依我拙裁，欧阳公云'泻出于两峰之间'，竟用他这一个'泻'字。"有一客道："长极长极。"

"编"，其他脂本均作"偏"。
"云"，梦本作"句"，其他脂本作"之"。
"长极长极"，彼本、杨本作"极是极是"，其他脂本作"是极是极"。
例15：贾政拈髯寻思，因抬头见宝玉侍侧——

便叫他也拟一个来。

"叫"，其他脂本均作"笑命"。
例16：宝玉听说，连忙回道——

老爷方才说议已是，但是如今追究了去，似乎当日欧阳公题酿泉用一"泻"字则妥，今日此泉若亦用一"泻"字则不妥。

"说议"，彼本作"所拟"，梦本作"所说"，其他脂本作"所议"。
"一"，其他脂本均无。
例17：况此处虽云省亲驻跸别墅，亦当入于应制之例——

用此等字眼，亦觉粗丑不雅。

"粗丑"，其他脂本均作"粗陋"。
例18：宝玉道——

"用'泻玉'二字，不如用"沁芳"二字，岂不新雅。"贾政拈髯点头不语。众都忙迎合，赞宝玉才情不凡。

"不如用"，己卯本、庚辰本、彼本、杨本作"则莫若"，蒙本、戚本作"莫若"，梦本作"则不若"。
"众"，其他脂本均作"众人"。
例19：宝玉听说——

立于亭上，回头一望，便机上心来，乃念道："绕堤柳借三篙翠，隔岸花分一脉春。"

"回头"，其他脂本均作"四顾"。
"春"，其他脂本均作"香"。
例20：贾政听了，点头微笑——

众人咸称赞不已。

"咸"，梦本作"又"，其他脂本作"先"。
例21：忽抬头看见前面一带粉垣——

里面数间修舍，有千百竿翠竹遮映。

"间"，其他脂本均作"楹"。
例22：阶下石子漫成甬路——

上面三间小小房舍。

"三间小小"，庚辰本、彼本、杨本、梦本作"小小两三间"，已卯本、蒙本、戚本作"小小二三间"。
例23：一明两暗——

里面都是合着地步打就的床几椅案，次里间房内又得一小门，出去则是后院。

"次"，其他脂本均作"从"。
例24：有大株梨花，兼着芭蕉——

又有两间小小的退步。

"的"，其他脂本均无。
例25：后院墙下忽开一隙，得泉一派，开沟径尺许，灌入墙内——

绕阶缘房，至前院盘旋竹下而出。

"房"，其他脂本均作"屋"。

例26：贾政笑道——

　　这一处倒也罢了，若能早夜至此窗下读书，不枉虚生一世。

"倒也"，彼本、杨本作"到还"，梦本作"倒还好"，其他脂本作"还"。
"早夜至此"，其他脂本均作"月夜坐此"。

例27：贾政道：俗——

　　又一个道是"睢园旧迹"。

"又"，其他脂本均无。
"旧蹟"，梦本作"遗迹"，其他脂本作"雅迹"。

例28：贾政道：也俗。贾珍笑道：还是宝兄弟拟一个来——

　　贾政道："他未曾作，又要议论人家的好歹，可见就轻薄人。"

"又"，蒙本、戚本作"先就"，其他脂本作"先"。
"就"，其他脂本均作"就是个"。

例29：贾政忙道：休如此纵了他——

　　因命他道："今日任你妄言乱道，先设议论来，然后方许你拟。"

"拟"，梦本作"做"，其他脂本作"作"。

例30：宝玉道——

　　"这太板腐了。莫若'有凤来仪'四字。"众人都哄然叫妙。

"哄"，其他脂本均作"閧"。

例31：贾珍回道——

　　那陈设的东西，早已添了许多的东西，自然临期合式。陈设帐幔帘子。昨日听见琏兄弟说不全……

"的东西"，其他脂本均无。
"不全"，其他脂本均作"还不全"。

例32：贾政听了，便知此事不是贾珍的首尾——

便命人去叫贾琏，一时贾琏赶来。

"叫"，其他脂本均作"唤"。

例33：贾琏见问，忙向靴桶内取靴掖内装的一个纸折节来——

看一看，回道……

"看"，其他脂本均作"看了"。

例34：方才众人可有使得的——

宝玉便答道："都似不妥。"

"便答道"，己卯本、庚辰本、蒙本、戚本作"见问，答道"，彼本作"见问，便道"，杨本、梦本作"见问，便答道"。

例35：有几百株杏花，如喷火蒸霞一般——

里面茨楹茹舍，外面却是桑榆槿柘，各色树桠新条，随其曲折编就两溜青篱。

"茨楹茹舍"，彼本、杨本作"数间茅舍"，其他脂本作"数楹茅屋"。
"树桠"，蒙本、戚本、杨本作"树木"①，其他脂本作"树稚"。

例36：山坡之下有一土井——

旁有桔槔辘轳之属。

"辘轳"，其他脂本均作"轳辘"。

例37：众人笑道——

便妙，便妙。此处若悬匾待题，则"农舍家风"一洗尽矣。

"便妙，便妙"，其他脂本均作"更妙，更妙"。
"农舍家风"，庚辰本、彼本、杨本作"田舍佳风"，己卯本作"田舍住风"，蒙本、戚本、梦本作"田舍家风"。

例38：贾政又向众人道——

---

① 杨本无"新条"二字。

"'杏花村'固佳，只是犯了<u>真个</u>村名，直待请名方可。"

"真个"，梦本无，其他脂本作"正名"。

例39：宝玉却等不得了——

也不<u>待</u>贾政的命，便说道："旧诗有'红杏梢头挂酒旗'，如今莫若'杏帘在望'四字。"众人都道："好个'在望'，又暗合'杏花村'意。"

"待"，其他脂本均作"等"。

例40：宝玉冷笑道——

村名若用"杏花"二字，则俗陋不堪了。又有古人诗云："柴门临水稻花香。"何不就用"<u>稻花村</u>"的妙？

"稻花村"，蒙本、戚本作"稻村"，其他脂本作"稻香村"。

例41：贾政一声断喝：无知的孽障——

你知道几个古人，能<u>记的</u>几首熟诗，也敢在老先生前卖弄。

"记的"，其他脂本均作"记得"。

例42：众人忙道——

别的都明白，如何连天然不知。天然者，天之自然而有，非人力之<u>所能成</u>也。

"所能成"，梦本作"所为"，其他脂本作"所成"。

例43：宝玉道——

却又来，此处置一田庄，分明见<u>的</u>人为穿凿，扭捏而成。

"的"，己卯本、庚辰本、蒙本、戚本、彼本、杨本作"得"。

例44：远无邻村，近不负郭——

背山无脉，临水无源。

此二句，其他脂本均作"背山山无脉，临水水无源"。

例45：未及说完——

贾政气的唬命叉出去，又喝命回来，命再题一联。

"唬"，其他脂本均作"喝"。

在第一句和第二句之间，彼本作"刚叉出去"，梦本作"才出去"，其他脂本作"刚出去"。

例46：众人都道——

好，好，好！

"好，好，好"，其他脂本均作"好景，好景"。

例47：众人道——

"再不必拟了，恰恰乎是'武陵源'三个字。"贾政道……

"道"，其他脂本均作"笑道"。

例48：宝玉道——

这越发过露了。"秦人旧舍"说避乱之意，如何使得？莫若用"蓼汀花溆"四字。

"用"，其他脂本均无。

例49：贾政听了，更批胡说——

于是要进港洞，又想起有船无船。

"要进港洞"，其他脂本均作"要进港洞时"。

例50：贾政笑道——

可惜不得入去。从山上盘道亦可以进去。

"去"，其他脂本均作"了"。

在"去"字之后，其他脂本均有"贾珍道"三字。此三字的讹夺，使得贾珍的话变成了贾政的话。

例51：说毕，在前导引——

大家扳藤抚树过去。

"扳"，其他脂本均作"攀"。

例52：因而步入门时忽迎面突出插天的大玲珑山石，四面群绕各式石块——

　　竟把里面所有房屋悉皆遮住，一株花木也无。

"一株"，蒙本、戚本作"而且一株"，彼本、杨本、梦本作"且一株"，己卯本、庚辰本作"耳①且"。

例53：甚至垂檐绕柱，紫砌盘阶——

　　或如翠带飘飖，或似金绳盘屈。

"似"，其他脂本均作"如"。

例54：红的自然是紫芸——

　　绿的定然是青芷。

"然"，其他脂本均无。

例55：想来《离骚》《文选》等书上所有的那些异草——

　　也有叫作什么藿药姜汇的。

"药"，己卯本作"纳"，其他脂本作"蒳"。

例56：也有叫作什么纶组紫绛的——

　　还有叫石帆、水②车、扶③留等样。又有叫什么绿荑的，还有叫什么丹椒、蘼芜、风连。

"叫"，其他脂本均无。
"水车"，其他脂本均作"水松"。
"叫什么"，其他脂本均作"什么"。

例57：如今年深岁改，人不能识——

---

① 庚辰本原作"耳"，旁改"并"。
② 舒本"水"点去，旁改"揭"。
③ 舒本"扶"点去，旁改"夷"。

故皆像形夺名，渐渐唤差了，也是有的。

"渐渐"，其他脂本均作"渐渐的"。

例58：诸公必有佳作新题，以颜其额，方不负此——

众笑道……

"众"，彼本作"众客"，其他脂本作"众人"。

例59：那人道：古人诗云，蘼芜满院泣斜晖——

众人道："颓丧，颓丧。"又有一人道……

"有"，其他脂本均无。

例60：贾政拈髯沉吟，意欲也题一联——

忽抬头见宝玉在旁，不好出声，因喝道："你怎么该说话时又不说了……"

"不好出声"，梦本作"便不则声"，蒙本、戚本作"不敢喷声"，其他脂本作"不敢则声"。

"你怎么"，其他脂本均作"怎么你"。

"该"，其他脂本均作"应"。

例61：众客道——

李太白凤凰之作全套黄鹤楼，只要套的妙。

"凤凰"，其他脂本均作"凤凰台"。

"的"，其他脂本均作"得"。

例62：如今细评起来——

方才这一联竟比"书成蕉叶文犹绿"觉幽闲活泼，视"书成"之句竟似套此而来。

"'文犹绿'，觉幽闲活泼"，梦本作"犹觉幽雅活动"，其他脂本作"犹觉幽闲活泼"。

例63：说着，大家出来，行不多远——

只见崇阁巍峨，层楼高起……

"只见"，其他脂本均作"则见"。

例64：只见正面现出一座玉石牌坊来——

　　上面龙蟠虬护，玲珑凿就。

"虬"，其他脂本均作"螭"。

例65：宝玉见了这个所在，心中忽有所动，寻思起来——

　　却像那里曾见过的一般。

"却"，其他脂本作"倒"或"到"。

例66：宝玉只顾细思前景，全无心于此了——

　　众人不知其意，只当他受了半日的折磨，精神耗散，才尽词穷了。再要考难逼迫，着了急，生出事来，倒不便。

"半日的"，其他脂本均作"这半日的"。
"生出事来"，其他脂本均作"或生出事来"。

例67：贾政笑道——

　　"此数处不能游也。虽如此，到底从那一边走走，纵不能细观，也可稍览。"说着，引客行来，至一桥前，见水如晶帘一般奔入。

"走走"，其他脂本均作"出去"。
"桥"，其他脂本均作"大桥"。

例68：于是一路行来——

　　或高堂，或茆舍……

"高堂"，其他脂本均作"清堂"。

例69：或长廊曲洞，或方厦圆亭——

　　贾政皆不进去。

"不"，其他脂本均作"不及"。

例70：贾政笑道：到此可要进去歇息歇息了——

说着，一径引人绕着碧桃花，穿过一层竹篱花障编就的穴洞门，俄见粉垣环护，绿柳周垂。

"穴洞门"，其他脂本均作"月洞门"。

例71：贾政与众人进去——

一入门内，两边都是游廊相接，院中点衬几案山石……

"几案"，其他脂本均作"几块"。

例72：众人赞道——

好花，好花！从来也见过许多海棠，那里有这样的。

"这样的"，其他脂本均作"这样妙的"。

例73：贾政道——

这叫女儿棠，乃是外国之种，俗传系出女儿国中，云彼国之种最盛，亦荒唐不经之说罢了。

"之"，其他脂本均作"此"。

例74：宝玉道——

"大约骚人咏士以此花之色红晕，红若施脂，轻弱似扶病，大近乎闺阁风度，所以以女儿命名。想因彼世间俗恶听了，他便以野史纂入为证，以俗传俗，以讹传讹，都认真了。"众人都点头赞妙。

"红"，其他脂本均无。

"彼"，其他脂本均作"被"。

"点头赞妙"，己卯本、庚辰本、彼本、杨本作"摇身赞妙"，蒙本、戚本作"摇首赞妙"，梦本作"说：领教妙解"。

例75：一客道：蕉鹤二字最妙——

又一个道："'崇光泛彩'方妙。"

"又"，其他脂本均无。

例76：贾政与众人都道——

"崇光泛彩"好。

"崇光泛彩"，其他脂本均作"好个崇光泛彩"。
"好"，其他脂本均无。

例77：宝玉道——

此处蕉、棠两植，其意暗蓄红、绿二字在内。若只说蕉，则棠无着落；若说棠，则蕉亦无着落。故有蕉无棠不可，有棠无蕉更不可。

"若"，其他脂本作"若只"。（彼本、梦本此数句文字歧异，略。）
"故"，其他脂本作"固"。（彼本、梦本此数句文字歧异，略。）

例78：宝玉道——

"依我，题'红香绿玉'四字方两全其妙。"贾政摇头："不好，不好。"说着，引人进入房内，只这几间房内收拾的与别处不同，竟分不出间槅来的，原来都是雕空玲珑木板，或流云蝙蝠，或岁寒三友……

"摇头"，其他脂本均作"摇头道"。
"只"，其他脂本均作"只见"。
"都是"，其他脂本均作"四面皆是"。
"流云蝙蝠"，梦本作"流云百幅"，其他脂本作"流云百蝠"。

例79：各种花样皆是名手雕镂——

五色销金嵌宝的。

"五色"，其他脂本均作"五彩"。

例80：真是花团锦簇，剔透玲珑——

倏尔五色纱糊就，竟系小窗；倏尔彩绡轻覆，竟系幽户。

"绡"，其他脂本均作"绫"。

例81：且满墙满壁皆系随古董玩器之形抠成的槽子——

诸如琴剑悬瓶、挂屏之类，虽悬于壁，却都是与壁相平的。

"挂屏",彼本、梦本无,己卯本、庚辰本作"棹屏",蒙本、戚本作"桌屏",杨本作"掉屏"。

例82:及至门前,忽见迎面也进来了一群人,都与自己形相一样——

却是玻璃大镜相照,及转过大镜去,一发见门多了。

"大",其他脂本均无。

例83:贾珍笑道——

老爷随我来。从这门里①去,便是后院。从后院去②,倒比先近了。

"里去",梦本作"去",其他脂本作"出去"。
"去",其他脂本均作"出去"。

例84:贾珍遥指道——

原从那闸起,流至那洞口,从东北山坳里引到村庄里,又开一道岔口,引到西南上,共总流到这里,仍就合在一处,从那墙下出去。

"村庄",其他脂本均作"那村庄"。
"就",其他脂本均作"旧"。

例85:贾珍笑道:随我来——

乃至前导引,众人随他。

"乃至",己卯本、彼本、杨本作"乃在",其他脂本作"仍在"。

例86:于是大家出来——

那宝玉一心只记挂里边。

"记挂",其他脂本均作"记挂着"

例87:贾政忽想起他来,方喝道——

你还不去,难道还逛不足?也不想逛了这半日,老太太必悬念,不

---

① 舒本"里"系旁改,原作"去"。
② 梦本此句作"出了后院"。

快进去，疼你也白疼了。

"悬念"，其他脂本均作"悬挂着"。
例88：宝玉听说，方退了出来——

　　至院外，就有跟贾政的几个小厮上来拦腰抱住道……

"道"，梦本作"都说道"，其他脂本作"都说"。
例89：不然，若老太太叫你进去——

　　就不展才了。

"不"，其他脂本均作"不得"。
例90：今儿得了这样的彩头，该赏我们了——

　　宝玉笑道："每人一串钱。"众人道："谁没见那一串钱？把这荷包赏了罢。"说着，一个上来解荷包，那一个就解香囊。

"串"，其他脂本均作"吊"。
"香囊"，彼本作"扇套"，梦本作"扇袋"，其他脂本作"扇囊"。
例91：那时贾母已命人看了几次——

　　众奶娘、丫环跟上来见了贾母。

"了"，其他脂本作"过"。（梦本此两句有异。）
例92：林黛玉听说，走来瞧瞧，果然一件无存，因向宝玉道——

　　我给你的那个荷包也给了他们，你明儿再想我的东西可不能够了。

"给了他们"，其他脂本均作"给了他们了"。
例93：宝玉见他生气——

　　便知不妥，赶过来，早剪破了。

"赶过来"，其他脂本均作"忙赶过来"。
例94：宝玉道——

你也不用剪，我知道你也懒给我东西。

"也懒"，梦本作"是懒怠"，其他脂本作"是懒待"。

例95：黛玉见如此，越发气起来，声咽气堵，又汪汪的滚下泪来——

拿起荷包要剪，宝玉见他如此，忙回身抢住。

"要"，彼本、梦本作"又"，其他脂本作"来又"。

例96：贾母听说道：好，好好让他姊妹们一处顽顽罢——

才他老子拘束①了他这半天，让他开心一会子罢。只别叫他们拌嘴，不许忤了他。

"拘束"，其他脂本均作"拘"。

"忤"，己卯本、庚辰本、彼本、杨本、蒙本作"牛"，戚本作"扭"。（梦本无此句。）

例97：宝玉笑道——

你那里走，我跟到那里。

"那里走"，其他脂本均作"到那里"。

例98：一面说，一面二人出房到王夫人上房中去了——

可巧宝钗也在那里。

"也"，其他脂本均作"亦"。

例99：原来贾蔷已从姑苏采买了十二个女孩子——

并聘了教习以及行头的事来了。

"的事"，彼本作"等物"，其他脂本作"等事"。

例100：那时薛姨妈另迁于东北上一所幽净房舍居住——

将梨花院早腾挪出来，另行修理了，就令教习在此教演女戏，又另派家中旧有曾演过学歌唱的女人们如今皆已蟠然老妪了，着他们带领管

---

① 舒本"束"系旁添。

理，就令贾蔷总理其日用出入的银钱的事。

"梨花院"，其他脂本均作"梨香院"。
"演过学"，其他脂本均作"演学过"。
"的"，其他脂本均无。
"的事"，其他脂本均作"等事"。
例101：又有林之孝来回：采访聘买得是个小尼姑、小道姑都有了——

连新作的二十分道袍也有了，外有个带发修行的……

"个"，其他脂本均作"一个"。
例102：因生了这位姑娘，自小多病，买了许多替生儿，皆不中用——

只的这姑娘亲自入了空门，方才好了。

"只的"，彼本作"须得"，杨本、梦本作"到底"，蒙本、戚本作"促的"，其他脂本作"足的"。
例103：文墨也极通，经文也不用学了，模样儿又极好——

因听见长安都中有观音遗像，并贝叶遗文，去岁随了师父上来。

"遗像"，其他脂本均作"遗迹"。
例104：他师父极精演先天神数，于去冬圆寂了——

妙玉本欲扶灵回乡，因数上起得在此静居，然后自然有你的结果，所以他竟未回。

此四句，庚辰本、梦本作：

妙玉本欲扶灵回乡的，他师父临寂遗言说他衣食起居不宜回乡，在此净居，自然有你的结果，所以他竟未回。（庚辰本）

遗言说他不宜回乡，在此静候，自有结果，所以未曾扶灵回去。（梦本）

其他脂本基本上同于庚辰本。
例105：林之孝家的回道——

请他了，说：侯门公府必以贵势压人，我再不去的。

"了",其他脂本均作"他"(连下读)。
例106:宝钗便说:咱们别在这里碍手碍脚,找探丫头去——

说着,同宝玉、黛玉往迎春等房中来闲玩,无话。

"玩",其他脂本作"顽"。(梦本无此四字。)
例107:王夫人等日日忙乱,直到十月将尽,幸皆全备——

各处监管各交清账目。各处古董文玩皆已陈设齐备。采办鸟雀的,自仙鹤、孔雀以及鹿、兔、鸡、鹅等数,悉已买全,交与园中各处安放饲养。

"各交清",彼本、杨本作"都交清",其他脂本作"都清"。
"数",其他脂本均作"类"。
"安放",梦本无,彼本作"按景",其他脂本作"像景"。
例108:小尼姑、道姑也都学念会了几卷经咒——

贾政方略小意宽畅。

"小意宽畅",彼本作"心中宽畅",梦本作"心安意畅",杨本作"觉心意宽畅",己卯本、庚辰本、蒙本、戚本作"心意宽畅"。
例109:贾府领了此恩旨——

一发昼夜不闲年也不曾过好的。

"过好",其他脂本均作"好生过"。
例110:何处开宴,何处退息——

又有巡查地方总理关防太监等带了许多小太监……

"巡查",其他脂本均作"巡察"。
例111:打扫街道,撵逐闲人——

贾赦等督率匠人张挂灯彩烟①火之类。

---

① 舒本"彩烟"二字系旁添。

"张挂灯彩烟火",其他脂本均作"扎花灯烟火"。

例112:至十五日五鼓——

　　自贾母有爵者皆按品服大妆。

"贾母",其他脂本均作"贾母等"。
"者",其他脂本均作"的"。

例113:一时有十来个太监都喘吁吁跑来拍手儿——

　　这些太监儿会意,都知道是来了,各按方向站住。贾政领合族子侄在西街门外,贾母领合族女眷在大门外迎接。

"太监儿",其他脂本均作"太监"。
"贾政",其他脂本均作"贾赦"。

例114:忽见一对红衣太监骑马缓缓的走来,至西街门下了马,将马赶出围幙之外——

　　更垂手儿站住。半日又见一对亦是如此。

"更垂手儿站住",梦本作"便向西站立",其他脂本作"便垂手面西站住"。
"见",其他脂本均作"是"。

例115:方闻的隐隐细乐之声——

　　一对对龙旌凤翼、雉羽夔头。

"凤翼",彼本作"凤翚",其他脂本作"凤翣"。

例116:早飞过几个太监来,扶起贾母、邢夫人、王夫人来——

　　那板舆抬进大门,入仪门,往东去,到一所院落门前……

"板舆",其他脂本均作"版舆"。

例117:于是抬舆入门——

　　太监等散出。

"出",其他脂本均作"去"。

例118：只见院内各色花灯烂灼，皆系纱绫扎成，精致非常——

上面有一<u>匾</u>，写着"体仁沐德"四字。

"匾"，其他脂本均作"匾灯"。

例119：若不亏癞僧、跛道二人携来到此，又安能得见这般世面——

本欲作一<u>联</u>灯月赋、省亲颂，<u>一</u>志今日之事，<u>又</u>恐入了别书的俗套。

"联"，其他脂本均作"篇"。
"一"，其他脂本均作"以"。
"又"，其他脂本作"但又"。（杨本、梦本无此数句。）

例120：但又恐入了别书的俗套——

按此时之景即<u>特</u>作一赋一赞也不能形容得尽其妙。

"特"，其他脂本均无。

第三节　舒本第十八回独异文字考

第18回脂本现存舒本、己卯本、庚辰本、蒙本、戚本、彼本、杨本、梦本八种。

第18回舒本独异的文字有四十九例，如下：

例1：话说贾妃在轿内——

看<u>此园</u>如此豪华，因<u>点头</u>叹息奢华过费。

"此园"，其他脂本均作"此园内外"。
"点头"，其他脂本均作"默默"。

例2：况贾政世代诗书，来往诸客屏侍座陪者悉皆才技之流——

岂无一名手题撰，竟用<u>一</u>小儿一戏之辞苟且唐塞，真似暴发新荣之家。

"一"，其他脂本均无。

例3：则大书前门绿柳垂金锁、后户青山列锦屏之类——

则以为大雅可观，岂《石头记》中通部<u>所表</u>宁、荣贾府所为哉。

"所表"，其他脂本作"所表之"。（梦本大段文字有异。）

例4：当日这贾妃未入宫时，自幼亦系贾母教养，后来添了宝玉——

贾妃乃长姊，宝玉为弱弟，贾妃之上念母年将迈始得此弟，是以怜爱宝玉，与诸弟不同，<u>自其</u>同随祖母刻未暂离。

"自其"，其他脂本均作"且"。

例5：那宝玉未入学堂之先，三四岁时已得贾妃手引口传——

<u>教授</u>几本书、数千字在腹内了。

"教授"，其他脂本均作"教授了"。

例6：自入宫后时时带信出来与父母说——

千万<u>好</u>扶养，不严不能成器，过严恐生不虞。

"好"，其他脂本均作"好生"。

例7：前日贾政闻塾师背后赞宝玉偏才尽有，贾政未信——

<u>适</u><u>那园遇</u>已落成，令其题撰，聊一试其情思之清浊。

"适"，其他脂本均作"适巧"。
"那园遇"，其他脂本均作"遇园"。

例8：其所拟之匾联虽非妙句，在幼童为之，亦或可取——

即<u>令</u>使名公大笔为之，固不费难，然想来倒不如这本家风味有趣，<u>再</u>使贾妃见之，其爱弟所为，亦或不负其素日<u>切爱之心</u>。

"令"，其他脂本作"另"。（梦本无此数句，下同。）
"再"，梦本作"且"，其他脂本作"更"。
"切爱之心"，其他脂本均作"切望之意"。

例9：一时舟临内岸，弃舟上舆，便见琳宫绰约，桂殿巍峨——

石牌坊上明显着"天仙宝镜"四大字。

"着",其他脂本均无。

例 10:于是进入行宫——

但见庭燎烧空,香屑布地,火树琪花,金窗玉栏。

"栏",其他脂本均作"槛"。

例 11:贾妃点头不语——

礼仪太监跪请升殿受礼。

"殿",其他脂本均作"座"。

例 12:礼仪太监二人引贾赦、贾政等于月台下排班——

殿上昭容传谕曰免。太监引贾赦等出。

"出",其他脂本均作"退出"。

例 13:半日贾妃方忍悲强笑,安慰贾母、王夫人道——

当日既送到我那不得见人的去处,好容易今日回家,娘儿们一时不说说笑笑,反倒哭起来。一会子我去了,又不知多早晚才回来。

"到我",其他脂本均作"我到"。
"一时",杨本无,其他脂本作"一会"。
"回",其他脂本均无。

例 14:一时薛姨妈等进来,欲行国礼——

亦命免过,上前各诉叙阔情寒温。又有贾妃原带进宫去丫环抱琴等上来叩见,贾母等连忙扶起,命入别室款待。执事太监及彩嫔、昭容,各侍从人等,宁国府及贾赦那边两宅,自有人款待。

"诉叙阔情",其他脂本均作"叙阔别"。
"原带进宫去",其他脂本均作"原带进宫去的"。
"那边两宅",蒙本、戚本作"宅两处",其他脂本作"那宅两处"。

例 15:又隔帘含泪谓其父曰:田舍之家虽虀盐布帛,终能聚天伦之乐——

今虽富贵已极，骨肉各方，<u>终无意趣</u>。

"终无意趣"，其他脂本均作"然终无意趣"。

例16：贾政亦含泪启道——

臣草莽寒门，<u>鸦群雀属</u>之中，岂意得徵凤鸾之瑞。

"鸦群雀属"，彼本、蒙本作"鸠群雅①属"，其他脂本作"鸠群鸦属"。

例17：贾政退出——

贾妃见宝、林二人越发比别姊妹不同，真<u>似娇花</u>软玉一般。

"似娇花"，其他脂本均作"是姣花"。

例18：因问宝玉为何不进见——

贾母乃启："<u>无论</u>外男，不敢擅入。"

"无论"，梦本作"无职"，其他脂本作"无谕"。

例19：小太监出去引宝玉进来，先行国礼毕——

元妃命他进前，携手拦于怀内，又抚其<u>头额</u>，笑道："比先长了好些。"

"头额"，其他脂本均作"头颈"。

例20：元妃等起身，命宝玉导引——

遂同诸人步<u>入</u>园门前。

"入"，其他脂本均作"至"。

例21：早见灯光火树之中，诸般罗列非常——

进园来，先从"有凤来仪"、"红香绿玉"、"杏帘在望"、"蘅芷清芬"等处登楼步阁，涉水缘山，百般眺览徘徊，一处处铺陈不一，一桩

---

① 蒙本"雅"旁改"鸦"。

桩点缀奇新。

"旂",其他脂本均作"帘"。
"奇新",其他脂本均作"新奇"。
例22:对联——

  天地启宏慈,赤子苍生同感戴。古今垂旷典,九州万国被恩荣。

"苍生",其他脂本均作"苍①头"。
例23:正楼曰大观楼——

  东西②飞楼曰缀锦楼,西面斜楼曰含芳阁。

"缀锦楼",其他脂本均作"缀锦阁"。
例24:于是先题一绝云——

  衔山抱水建来精,灵巧工夫筑始成。

"灵巧",其他脂本均作"多少"。
例25:今夜聊以塞责,不负斯景而已——

  异日少暇再补撰大观园记并省亲颂等文,以记今日之事。姊妹辈各题一匾一诗……

"再",其他脂本均作"必"。
"姊",其他脂本均无。
例26:万象争辉匾额,探春——

  名园筑出势巍嵬,奉命何惭学浅微。精妙一时言不出,果然万物吐光辉。

"巍嵬",其他脂本均作"巍巍"。
"吐",彼本作"有",戚本作"耀",其他脂本作"生"③。

---

① 蒙本"苍"误作"仓"。
② 舒本"东西"二字当为"东面"的讹误。
③ 蒙本原作"生",旁改"有"。

例27：文章造化匾额，惜春——

　　山水横**包**千里外，楼台高起五云中。园修日月光辉里，景夺文章造化**工**。

"包"，其他脂本均作"拖"。
"工"，其他脂本均作"功"。

例28：世外桃源匾额，林黛玉——

　　何处邀恩宠，宫车过往频。

"何处"，其他脂本均作"何幸"。

例29：贾妃看毕——

　　诵赏一番，又笑道……

"诵赏"，其他脂本均作"称赏"。

例30：原来林黛玉安心今夜大展奇才，将众人压倒——

　　不想贾妃只**令**一匾一咏，不好违谕多做，只胡乱作一首五言律应景罢了。**宝玉方作完**潇湘馆与蘅芜院二首，正作怡红院一首。

"令"，其他脂本均作"命"。
"宝玉方作完"，梦本作"彼时宝玉尚未做完，才做了"，其他脂本作"彼时宝玉尚未作完，只刚作了"。

例31：再想一个字改了罢——

　　宝玉见宝钗如此说，便**拭泪**说道……

"拭泪"，其他脂本均作"拭汗"。

例32：宝钗见问，悄悄的咂嘴点头笑道——

　　亏你今夜不过如此，**若**将来金殿对策，你大约连赵钱孙李都忘了呢。

"若"，其他脂本均无。

例33：你都忘了不成——

> 宝玉听了，不觉洞开心意，笑道……

"心意"，彼本作"心腹"，其他脂本作"心臆"。

例34：想着，便也走至案旁，悄问可都有了——

> 宝玉道："才有了三首，只有杏帘在望一首了。"

"有"，其他脂本均作"少"。

例35：说毕，低头一想，早已吟成一律——

> 便写在纸条上，搓成个纸团，掷在他跟前。宝玉打开一看，只觉此首比自己作三首高过三倍，真是喜出望外。

"纸团"，其他脂本均作"团子"。

例36：杏帘在望——

> 杏帘招客望，在望有山庄。

"望"，其他脂本均作"饮"。

例37：遂将瀚葛山庄改为稻香村——

> 又命探春另以彩笺誊录出方才一十一首诗来，令太监传于外厢。

"一十一首"，其他脂本均作"一共十数首"。
"来"，梦本无，其他脂本作"出"。

例38：此时贾兰极幼，未达诸事，只不过随母依叔行礼，故无别传——

> 贾环从幼染病未痊，自有闲处调养，故亦不传。

"从幼"，其他脂本均作"从年内"。
"不"，其他脂本均作"无"。

例39：只见一太监飞来说，作完了诗，快拿戏目来——

> 贾蔷急将锦册送上。

"送"，其他脂本均作"呈"。

例40：第四出《离魂》——

贾蔷忙张罗扮演来,一个个歌传裂石之音,舞有天魔之态。

"来",其他脂本均作"起来"。
"传",梦本作"有",其他脂本作"欷"。
例41:刚演完了——

一太监执一盘糕之属进来,问道:"谁是龄官?"贾蔷便知是赐龄官之物,喜的忙接了,命龄官叩头。太监又说道……

"一盘糕",其他脂本均作"金盘糕点"。
"说",其他脂本均无。
例42:贾蔷扭他不过,只得依他做了——

贾妃甚喜,命不要难为了这女孩子,好生教习。

"不要",梦本作"莫",其他脂本作"不可"。
例43:然后撤筵——

将未到之处复游玩。

"复",其他脂本均作"复又"。
例44:少时太监跪启——

赐物俱齐,请验赐例。

"赐例",彼本无,其他脂本作"等例"。
例45:太监听了,下来一一发放——

原来贾母的……福寿绵长宫缎四匹……

"的",其他脂本均作"的是"。
"宫缎",蒙本作"宫绸",其他脂本作"宫紬"。
例46:贾敬、贾赦、贾政等每分御制新书二部——

宝墨二匣,金银爵二枚,表里按前。宝钗、黛玉诸姊妹等每人新书一部,宝墨一方。

"二枚"，梦本作"各二双"，其他脂本作"各二只"。
"表里"，其他脂本均作"表礼"。
"墨"，蒙本、戚本作"镜"，其他脂本作"砚"。
例47：尤氏、李纨、凤姐等皆是——

金银锞四锭，表里a四端外，表里b二十四端……

"表里a"，其他脂本均作"表礼"。
"表里b"，彼本作"薛姨妈亦同此"，其他脂本作"表礼"。
例48：贾珍、贾琏、贾环、贾蓉等皆是——

表里一分，金锞一双。其余缎匹百端，金银千两……

"表里"，其他脂本均作"表礼"。
"缎匹"，其他脂本均作"彩缎"。
例49：拉住贾母、王夫人的手紧紧的不忍释放，再四叮咛——

不要记挂，好生安养。如今天恩浩瀚，一月许进内省视一次，见面是尽有的，何必惨伤。倘明日天恩归省，万不可如此奢华糜费了。

"不要"，其他脂本均作"不须"。
"安养"，梦本作"保养"，其他脂本作"自养"。
"惨伤"，梦本作"过悲"，其他脂本作"伤惨"。
"明日"，其他脂本均作"明岁"。
"归省"，其他脂本均作"仍许归省"。

第四节　舒本第十九回独异文字考

第19回脂本现存舒本、己卯本、庚辰本、彼本、杨本、蒙本、戚本、梦本八种。

第19回舒本独异的文字有一百零三例，如下：
例1：且说荣、宁二府中因连日用尽心力，真是人人力倦，各各神疲——

又将园中一应陈设动用之物收拾两三天方完。

"收拾",其他脂本均作"收拾了"。
例2：第一个凤姐事多任重——

　　别人或可<u>偷静</u>，独<u>他</u>不能脱得的。

"偷静"，梦本作"偷闲躲静"，其他脂本作"偷安躲静"。
"他"，其他脂本均作"他是"。
例3：第一个宝玉是极无事最闲暇的——

　　偏这日一早袭人的母亲又来回过贾母，接袭人家去吃年茶，晚间才得回<u>来</u>。因此宝玉只和众丫头们掷骰子、<u>下</u>围棋作戏。

"来"，其他脂本均作"亲来"。
"下"，其他脂本均作"赶"。
例4：忽见丫头们来回说——

　　东府<u>内</u>珍大爷来请过去看戏、放花灯。宝玉听了，便命换衣裳要去时，<u>有</u>贾妃赐出糖蒸酥酪来。

"内"，杨本、梦本作"里"，其他脂本无。
"有"，其他脂本均作"忽又有"。
例5：更有孙行者大闹天宫、姜子牙斩将封神等类的戏文——

　　倏尔神鬼乱出，忽<u>天魔</u>毕露。

"天魔"，杨本作"又妖么"，其他脂本作"又妖魔"。
例6：宝玉见繁华热闹到如此不堪的田地——

　　只<u>落</u>坐了一坐，便走开，各处闲耍。

"落"，其他脂本均作"略"。
例7：因此偷空也有去会赌的——

　　也有往亲友家<u>吃</u>年茶的。

"吃"，其他脂本均作"去吃"。
例8：更有或嫖或饮的，都私自散了，待晚间再来——

那小厮①都钻进戏房瞧热闹去了。宝玉见一人没有，因想日里有个小书房内……

"那小厮"，彼本、杨本作"那些小的"，其他脂本作"那小些的"。
"一人"，其他脂本均作"一个人"。
"日里有个"，彼本作"来日这里有"，杨本作"那日来这里见"，梦本作"素日这里有个"，其他脂本作"这里素日有个"。
"内"，其他脂本均无。

例9：今日这般热闹——

　　想……

"想"，梦本作"想那里自然无人"，彼本作"想那里自然冷静"，杨本作"想来那里"，其他脂本作"想那里"。

例10：那美人自然是寂寞的，须得我去望慰他一回——

　　想着便往里面来，刚到窗前，闻的房内有呻吟之韵。宝玉到唬了一跳，敢是美人活了不成，乃壮着胆子，舔破窗纸，向内一看……

"里面"，杨本作"小书房"，梦本作"那厢"，其他脂本作"书房里"。
"的"，其他脂本均作"得"。
"壮"，戚本、梦本作"大"，其他脂本作"乍"。

例11：宝玉道——

　　青天白日，这都是怎么说。珍大爷知道，你是死是活，一面看那丫环……

"都"，其他脂本均无。
"丫环"，其他脂本均作"丫头"。

例12：急的茗烟在后叫祖宗，这是分明告诉人了——

　　宝玉回问那丫头几岁了。

---

① 舒本原作"小厮"，后"厮"字旁改"的"，后又圈去"的"，恢复"厮"字。

"回",彼本无,其他脂本作"因"。
"几岁",其他脂本均作"十几岁"。
例13：宝玉道——

连他的岁数也不问问,别的自然越发不知道,可见他白认得你了。可怜,可怜。

"不知道",其他脂本均作"不知了"。
例14：茗烟笑道——

若说出名字来话长,真是新解奇文。

"新解奇文",彼本作"新奇□文",其他脂本均作"新鲜奇文"。
例15：宝玉道：看了半日怪烦的,出来逛逛,就遇见你们了这会子作什么呢——

茗烟欢欢笑道："这会子没人知道,我悄悄的引二爷往城外且去一回子再往这里来,他们就不知道了。"

"欢欢",彼本无,梦本作"微微",戚本作"趋近",蒙本作"趋进前来",己卯本、庚辰本、杨本作"欤欤"。
"且去",彼本、杨本、梦本作"逛去",己卯本、庚辰本、蒙本、戚本作"逛逛去"。
"一回子",其他脂本均作"一会子"。
例16：宝玉道——

不好,倘被花子拐了去,便是他们知道了,又闹大了。不如往熟近些地方去……

"倘被花子",戚本作"仔细看",蒙本作"仔细看人",其他脂本作"仔细花子"。
"地方",其他脂本均作"的地方"。
例17：茗烟道——

"熟近地方,谁家可去?"宝玉笑道："依我的主意,竟找花大姐姐去……"

在"谁家可去"和"宝玉笑道"两句之间,其他脂本均作"这却难了"。
例18:茗烟笑道——

"好,好。倒<u>忘了</u>。"又道:"若他们知道了,说我<u>引</u>二爷胡走,要打我呢。"

"忘了",其他脂本均作"忘了他家"。
"引",其他脂本均作"引着"。
例19:幸而袭人家不远,不过一半里路程——

展眼<u>就</u>到门前。

"就",其他脂本均作"已"。
例20:彼时袭人之母接了袭人与几个外甥女儿、几个侄女儿来家——

正吃茶果,<u>听</u>外面有人叫花大哥。

"听",其他脂本均作"听见"。
例21:花自芳忙出去看时——

<u>见</u>他主仆两个,唬的惊疑不止,连忙<u>跪</u>下宝玉来。

"见",其他脂本均作"见是"。
"跪",其他脂本均作"抱"。
例22:袭人听了,也不知为何,忙跑出来,迎着宝玉一把拉着问,你怎么来了——

<u>宝玉</u>笑道:"我怪闷的,来瞧瞧你作什么呢?"

"宝玉",其他脂本均作"宝玉听了"。
例23:茗烟笑道——

"别人都不知,<u>就</u>我们两个。"袭人听了,复又惊慌道:"这还了得,倘或碰见了人,或是遇见了老爷,街上<u>挤车碰马</u>,有个闪失,也是顽得的……"

"就",其他脂本均作"就只"。
"道",其他脂本均作"说道"。
"挤车碰马",己卯本、戚本、彼本、杨本作"人挤车碰马",庚辰本作"人挤车碰,马轿纷纷的",蒙本作"人挤车碰的",梦本作"人挤马撞"。

例24:茗烟撅了嘴道——

"二爷打着骂着叫我引了来的,这会子推在我身上。我说别来罢,不然,我们还去罢。"花自芳忙说①:"罢了,已是来了,也不用多说了。只是茅檐草舍,又窄又脏,爷怎么坐呢?"袭人之母亦早迎了出来。

"打着骂着",其他脂本均作"骂着打着"。
"推在",彼本作"推倒",蒙本作"倒推",己卯本、庚辰本、戚本、梦本作"推到",杨本无此上下数句。
"说",己卯本、庚辰本、戚本作"劝",蒙本、彼本、梦本作"劝道"。
"亦",其他脂本均作"也"。

例25:袭人笑道——

"你们不用白忙,我自然知道。果子也不用摆了,也不敢乱舍东西吃。"一面说,一面将自己坐褥拿了,铺在一个杌子上,宝玉坐了……

"舍",其他脂本均作"给"。
"自己",其他脂本均作"自己的"。

例26:又将自己的手炉掀开,焚上——

仍盖好,送②与宝玉怀内。然后将自己的茶杯斟了茶送与宝玉。彼时他母兄已忙忙另齐齐整整摆上一桌子果品来。袭人见总无可吃之物,笑道……

"送",其他脂本均作"放"。
"已忙忙"("已忙"被点去),杨本作"忙忙",其他脂本作"已是忙"(连下读)。
"笑道",其他脂本均作"因笑道"。

---

① 舒本"说"系旁改,原作"看"。
② 舒本"送"系旁改,原作"好"。

例27：说着，便拈了几个松子穰，吹去细皮——

　　手帕托着送与宝玉。

"手帕"，其他脂本均作"用手帕"。

例28：众人也不敢相留，只得送宝玉出去——

　　袭人又把些果子与茗烟，又把些钱与他买花炮放，叫他不可告诉人，连你也有不是。

"把"，其他脂本均作"抓"。

例29：袭人道——

　　你特为诳这里来，又换新衣服，他们就不问你往那里去？

"诳"，其他脂本均作"往"。

例30：宝玉笑道——

　　原是珍大爷请过去看戏换的新服。

"新服"，其他脂本均无。

例31：一面又伸手从宝玉顶上将通灵玉摘了下来——

　　向他姐妹们笑道："你们俱见识见识，时常说起来都当希罕，恨不能一见，今日可尽力瞧了再瞧，什么希罕物儿，也不过是这么个东西。"

"俱"，其他脂本均无。
"今日"，其他脂本均作"今儿"。

例32：说毕，递与他们传看了一遍，仍与宝玉挂好——

　　又命他哥哥去顾一乘小轿，或顾一辆小车，送宝玉回去。花自芳道："有我送去，骑马也不妨了。"袭人道："不为不妨，为的是碰见人。"花自芳忙去顾了一顶小轿来……

"顾"，其他脂本均作"雇"。

例33：偏奶母李嬷嬷拄拐进来请安，瞧瞧宝玉——

见宝玉不在家了，丫头们只顾顽闹，十分看不过。

"了"，其他脂本均无。

例34：这些丫头们明知宝玉不讲究这些——

二则李嬷嬷已自告老解事出去的了。

"已自"，其他脂本均作"已是"。

例35：一个丫头道——

快别动，那是要给袭人留着的。

"要"，其他脂本均作"说了"。

例36：又一丫头笑道——

他不会说话，怨不得你老人家生气。宝玉时常还送东西孝敬你老老，岂有为这个不自在的。

"他"，其他脂本均作"他们"。
"老老"，梦本无，己卯本、庚辰本、戚本、梦本作"老"，彼本、杨本作"老人家"。

例37：李嬷嬷道——

你们也不知道，不必装狐媚子哄我，想打量上次为茶撵茜雪的事我不知道呢。

"不知道"，其他脂本均无。
"想"，其他脂本均无。

例38：少时宝玉回来命人去接袭人——

只见晴文淌①在床上不动，宝玉因问："敢是病了，再不然输了？"秋雯道："他倒是赢的，谁知李老太太来了，混输了，他气的睡下了。"

"晴文"，其他脂本均作"晴雯"。

---

① "淌"乃"躺"字之误。

"秋雯",其他脂本均作"秋纹"。

"下",其他脂本均作"去"。

例39：袭人便忙笑道：原来是留的这个,多谢费心——

前儿我吃的时候好吃,吃过了好肚子疼,足的<u>疼</u>的吐了才好,他吃了倒好,搁在这里<u>遭塌了</u>。

"疼的",其他脂本均无。

"遭塌了",杨本作"白到糟蹋了",梦本作"白糟蹋了",其他脂本作"到白遭塌了"。

例40：袭人道——

叹什么？我知道你心里的缘故,<u>想是</u>他<u>在那里不配穿红的</u>。

"想是",其他脂本均作"想是说"。

"在那里不配穿红的",蒙本、戚本、梦本作"那里配穿红的",己卯本、庚辰本、彼本、杨本作"那里配红的"。

例41：袭人冷笑道：我一个人是奴才命罢了——

难道连我的亲戚都是奴才命不成？定还要拣<u>好的实在的</u>丫头才往你家来？

"好的实在的",其他脂本均作"实在好的"。

例42：袭人道——

那也<u>爱配</u>不上。

"爱配",其他脂本均作"搬配"。

例43：袭人笑道——

"怎么不言语了？想是我才<u>冒撞冲犯了</u>,明儿赌气花几两银子买他们进来就是了。"

宝玉<u>道</u>："你<u>所</u>说的话怎么叫我答言呢？我不过是赞他好,正配生在这深堂大院里,没<u>有</u>的我们<u>这浊</u>物倒生在这里。"

"冒撞冲犯了",其他脂本均作"冒撞冲犯了你"。

"道"，其他脂本均作"笑道"。
"所"，其他脂本均无。
"有"，其他脂本均无。
"这"，其他脂本均作"这种"。

例44：如今十七岁——

各样的嫁妆都齐备了，明年<u>即</u>出嫁。

"即"，其他脂本均作"就"。

例45：宝玉听了出嫁二字，不禁又嗜了两声，正是不自在，又听的袭人叹道——

"只从我来了几年，<u>姨妹</u>们都不得在一处，<u>于今</u>我要回去了，他们又都去了。"宝玉听这<u>些</u>话内有文章，不觉吃一惊，忙丢下栗子问道："怎么你<u>于今</u>要回去了？"

"姨妹"，彼本作"娣妹"，梦本作"姐妹"，其他脂本作"姊妹"。
"于今"，其他脂本均作"如今"。
"些"，其他脂本均无。

例46：袭人道：我今日听见我妈和哥哥商议——

"<u>叫</u>我再耐烦一年，明年他们上来就赎我出去呢。"宝玉听了这话，越发<u>急</u>了。

"叫"，其他脂本均作"教"。
"急"，彼本、梦本作"忙"，其他脂本作"怔"。

例47：袭人道——

从来<u>没有这礼</u>。便是朝廷宫里也有个定例。<u>或</u>几年一选，<u>或</u>几年一<u>出</u>。

"没有这礼"，已卯本、庚辰本作"没这道理"，蒙本作"没这个道理"，彼本、梦本作"没有这理"，杨本作"没有这个理"。
"或"，其他脂本均无。
"出"，其他脂本均作"入"。

例48：或者感动了老太太——

老太太必不肯放我出去的，设或多给我们家几两银子留下我，容或有之。其实我也不过是个平常之人，比我强的多而且自我从小儿来了……

"不肯"，彼本、杨本作"不可"，其他脂本作"不"。
"容或"，杨本作"这或"，梦本作"也或"，蒙本作"或者"，其他脂本作"然或"。
"之"，其他脂本均作"的"。
"多而且"，梦本作"多着呢，且"，其他脂本作"多而且多"。

例49：先伏侍了史大姑娘几年——

于今又伏侍了你几年，于今我们家来赎，正是该叫去的。

"于今"，其他脂本均作"如今"。

例50：只怕连身价也不要，就开恩叫我去呢——

若说为伏侍得好，不叫我去，断然没有的事。

"好"，其他脂本均作"你好"。

例51：我去了，仍旧有好的了——

不是没了我就不说成不得的。

"就不说成不得的"，彼本作"就成不得的"，杨本作"就使不得了"，梦本作"就成事"，其他脂本作"就不成事"。

例52：袭人道——

我妈自然不敢强，且谩说和他好说，又多给银子……

"谩"，彼本、杨本、梦本作"慢"，其他脂本作"漫"。

例53：但只是咱们家从没干过这仗贵霸道的事——

这比不的别的东西，为你喜欢，加十倍利弄了来给你，那卖的人不曾吃亏，可以行得。如今无故凭空留下我，你又大无益，反叫我们骨肉分离……

"的",其他脂本均作"得"。
"为",其他脂本均作"因为"。
"不曾",其他脂本均作"不得"。
"凭空",其他脂本均作"平空"。
"你又大无益",杨本作"与你又无益",其他脂本作"于你又无益"。

例54:宝玉听了,思忖半晌,乃说道——

　　依你说,是去定了。

"是",其他脂本均作"你是"。

例55:说着,便赌气上床睡去了——

　　原来袭人在家听的他母兄要赎他回去,他就说至死也不回去的。

"听的",其他脂本均作"听见"。

例56:况且如今爹虽没了——

　　却又整理的家成业就,复了元气,若果还艰难,把我赎出来,再多淘澄几个钱也还罢了。其实又不难了,过日子又赎我做什么。

"却又",其他脂本均作"你们却又"。
"果",其他脂本均作"果然"。
"过日子",其他脂本均作"这会子"。

例57:他母、兄见他这般坚执——

　　自然必不出来的了,况且原是卖绝的死契。

"卖绝",其他脂本均作"卖倒"。

例58:且凡老少房中所有亲侍的女孩子们——

　　更比家下众人不同。

"家下众人",其他脂本均作"待家下众人"。

例59:近来仗着祖母溺爱——

父母亦<u>不能</u>严紧拘管，更觉放荡弛纵，任性恣情，最不喜务正。

"不能"，其他脂本均作"不能十分"。

例60：故先用骗词以探其情，以压其气，然后好下箴规——

<u>今日</u>他默默睡去了，知其情有不忍，气已馁堕。

"今日"，其他脂本均作"今见"。

例61：自己原不想栗子吃的——

只因怕为酥酪又生<u>故事</u>，亦如茜雪之茶等事。

"故事"，梦本作"事"，其他脂本作"事故"。

例62：于是命小丫头子们将栗子拿去吃了——

<u>自然</u>推宝玉，只见宝玉泪痕满面。袭人笑<u>说</u>道："这有什么伤心的，你<u>果</u>留我，我自然不出去了。"

"自然"，其他脂本均作"自己来"。
"说"，其他脂本均无。
"果"，其他脂本均作"果然"。

例63：宝玉见这话有文章，便说道——

你倒说说，<u>我</u>还要怎么留你，<u>我</u>也难说了。

"我"，其他脂本均作"我自己"。

例64：我另说出两三件事来，你果然依了我——

就是<u>真心</u>留，<u>到了</u>刀搁在脖子上，我也是不出去的了。

"真心"，其他脂本均作"你真心"。
"到了"，其他脂本均作"我了"（连上读）。

例65：宝玉忙笑道——

你说那几件<u>事</u>，我都依你。姐姐，<u>亲姊姊</u>……

"事"，其他脂本均无。

"姐姐",其他脂本均作"好姐姐"。

"亲姊姊",其他脂本均作"好亲姐姐"。

在"亲姊姊"一句之后,庚辰本有"别说两三件,就是两三百件,我也依"三句,其他脂本基本上同于庚辰本。

例66:只求你们同看着我、守着我,等我有一日化成了飞灰——

飞灰还不好,灰还有形有<u>踪</u>,还有知识。

"踪",其他脂本均作"迹"。

例67:那时凭我去——

我也凭你们爱那里去就<u>是</u>了。

"是",其他脂本均作"去"。

例68:急的袭人忙握他的嘴说——

好好的正<u>为</u>劝你,这些更说的狠了。

"为",其他脂本均无。

例69:也教老爷少生些气,在人前也好说嘴——

他心里想着,我家代代读书,<u>自从</u>有了你,不承望你不喜读书……

"自从",其他脂本均作"只从"。

例70:又说,只除"明明德"外无书,都是前人自己不能解圣人之书,便另出己意——

<u>混纂</u>出来的。这些话怎怨的老爷不生气,不时时打你,叫别人怎么<u>疼</u>①你。

"混纂",其他脂本均作"混编纂"。

"疼",其他脂本均作"想"。

例71:宝玉笑道——

---

① "疼"系旁添。

你这里长远了，不怕没八人轿与你坐。

"与"，其他脂本均无。

例72：袭人冷笑道——

我可不希罕的，有那个福气，没那个道理。纵坐了，也没甚趣。

"没"，其他脂本均作"没有"。
"纵"，其他脂本均作"总"。

例73：只见秋纹走进来说，快三更了，该睡了，方才老太太打发嬷嬷来问——

我答应睡了。宝玉命取表来看，果然针已指到亥时。

"看"，其他脂本均作"看时"。

例74：次后捱不住，只要睡着——

因而和衣淌在床上。

"床"，其他脂本均作"炕"。

例75：宝玉忙回了贾母，传医诊视，说道——

不过风寒，一两剂药，疏散疏散，就好了。开方去，令人取药来……

"一两剂药"，其他脂本均作"吃一两剂药"。
"去"，其他脂本均作"去后"。

例76：只见黛玉睡在那里，忙走上来推他道——

"好妹妹，才吃了饭又睡觉。"那黛玉见是宝玉，因答①道："你且出去逛逛……"

"那"，己卯本、庚辰本作"将黛玉换醒"，其他脂本作"将黛玉唤醒"。
"答道"，其他脂本均作"说道"。

---

① "答"系旁改，原作"问"。

例77：宝玉道，酸疼事小，睡出来的病大——

　　我替你<u>解闷</u>混过困去就好了。

"解闷"，其他脂本均作"解闷儿"。

例78：宝玉出至外间，看了一看，回来笑道——

　　那个我<u>不要</u>，也不知是那个脏婆子的。

"不要"，其他脂本均作"不要他"。

例79：说着，将自己枕的推与宝玉——

　　又起身<u>自己</u>再拿了一个来，自己枕了。

"自己"，其他脂本均作"将自己的"。

例80：吹到舅舅耳朵，又有大家不干净惹气——

　　宝玉总未<u>听了</u>这些话，只闻得一股幽香，却是从<u>黛玉</u>袖中发出，闻之令人醉魄酥骨，宝玉一把便将黛玉袖子拉住，要瞧笼着何物。

"听了"，其他脂本均作"听见"。
"黛玉"，其他脂本均作"黛玉的"。

例81：黛玉道——

　　连我也不知道，想必是柜子里头的香气，衣服上熏染的，也未可<u>定</u>。

"定"，其他脂本均作"知"。

例82：黛玉冷笑道，难道我也有什么罗汉真人给我些奇香不成——

　　便是得了奇香，也<u>没</u>亲哥哥、亲兄弟弄了花儿朵儿、霜儿雪儿替我炮制。我<u>有</u>是那些俗香罢了。

"没"，其他脂本均作"没有"。
"有"，其他脂本均作"有的"。

例83：说着，翻身起来，将两支手呵了两口——

　　便伸向黛玉膈肢窝内<u>胁下</u>乱挠，黛玉素性触痒，不禁宝玉两手伸来挠……

"胁下",其他脂本均作"两胁下"。

"挠",其他脂本均作"乱挠"。

例84:宝玉见问,一时解不来,因问什么暖香——

黛玉点头笑道:"蠢才,蠢才,你有玉,人家就有金来配……"

"笑道",彼本、杨本、梦本作"笑叹道",其他脂本作"叹笑道"。

例85:宝玉笑道——

方才求饶,如今又说狠了。

"又",杨本作"便",其他脂本作"更"。

例86:宝玉笑道——

便饶了你,只把袖子我闻一闻。

"便饶了你",蒙本、戚本作"饶你",其他脂本作"饶便饶你"。

例87:黛玉夺了手道——

这你好去了。

"你好",其他脂本均作"可该"。

例88:宝玉有一搭没一搭的说些鬼话,黛玉只不理——

宝玉问他几岁上京,路上有何景致、古迹……

"有",其他脂本均作"见"。

例89:宝玉只怕他睡出病来——

便哄道……

"哄",其他脂本均作"哄他"。

例90:黛玉见他说的郑重,且又正言厉色,只当是真事,因问什么事——

宝玉见问,忍着笑,顺口诌道:扬州有一座黛山,黛山上有个林子洞。

"忍着笑",其他脂本均作"便忍着笑"。
"黛山",其他脂本均作"山"。
例91:黛玉笑道——

就是扯谎,自来也没听见。

"没听见",其他脂本均作"没听见这山"。
例92:宝玉道——

天下山水多着呢,那里知道这些不成,待我说完了,你再批评。

"那里",其他脂本均作"你那里"。
"待",其他脂本均作"等"。
例93:黛玉道,你且说,宝玉又诌——

林子洞里有一群耗子精。那年腊月初七日老耗子升座议事……

"有",其他脂本均作"原来有"。
"那年",其他脂本均作"那一年"。
例94:如今我们洞中果品短少——

须得剩些,打劫些来方妙。

"剩些",己卯本、庚辰本作"剩①此",梦本作"趁此",其他脂本作"乘此"。
例95:遣一能干小耗前去打听——

一时小耗回报,各处访察已毕……

"访察",其他脂本均作"察访"。
例96:老耗听了大喜——

---

① 庚辰本"剩"旁改"趁"。

那时点耗前去。

"那时",其他脂本均作"即时"。

例97:只见一个极小极弱的小耗应道,我愿去偷玉——

　　老耗并众耗儿见他这样,恐不谙练,且怯弱无力,都不准他去。

"儿",其他脂本均无。

例98:小耗道——

　　我不学他们,我只摇身一变,也变个香玉,滚在香玉堆里,使人看不出,听不见,却暗暗用分身法搬运……

"变个",其他脂本均作"变成个"。
"暗暗",其他脂本均作"暗暗的"。

例99:众耗听了,都道——

　　妙,妙,只是不知怎么个变法?

"妙,妙",其他脂本均作"妙却妙"。

例100:小耗听了,笑道——

　　"这个不难,等我变来。"说毕,摇身说变,竟变了一个最标致美貌的一位小姐。众耗子忙说:"变错了,原说是变果子的,如何变出小姐来?"小耗现形道:"我说你们没见食①面,只认的这果子是香玉,却不知林老爷的小姐才是真正香玉呢。"

"众耗子",其他脂本均作"众耗"。
"道",其他脂本均作"笑道"。
"食面",戚本、杨本作"世面",其他脂本作"识面"。
"认的",其他脂本均作"认得"。
"林老爷",其他脂本均作"盐课林老爷"。

例101:我把你烂了嘴的,我就知道你是编我呢——

---

① "食"旁改"识"。

说着，便拧的宝玉连连的央告说："好妹妹，饶我罢，再不敢了。我因为闻你香，忽然想起这故典来。"黛玉笑道："饶骂了人，还说是典呢。"

"连连的"，其他脂本均作"连连"。
"这"，其他脂本均作"这个"。
"典"，彼本作"古典"，其他脂本作"故①典"。
例102：黛玉忙让坐，笑道——

瞧瞧，还有谁，他饶骂了人，还说是故典。

"瞧瞧"，其他脂本均作"你瞧瞧"。
例103：黛玉听了，笑道——

阿弥陀佛，到底是我的姐姐，你一般也遇见对子了。

"姐姐"，彼本作"好姊姊"，其他脂本作"好姐姐"。

第五节　舒本第二十回独异文字考

第20回脂本现存舒本、己卯本、庚辰本、彼本、杨本、蒙本、戚本、梦本八种。

第20回舒本独异的文字有五十三例，如下：
例1：话说宝玉在林黛玉房中说耗子精——

宝钗撞来，讽刺宝玉元宵不知芭蕉之典。

"芭蕉"，其他脂本均作"绿蜡"。
例2：三人正在房中互相讥刺取笑——

那宝玉正恐林黛玉饭后贪眠，一时存了食，或夜间走了困，皆非保养身体之法。

"林黛玉"，其他脂本均作"黛玉"。

---

① 蒙本"故"旁改"古"。

例3：只见李嬷嬷拄着拐棍在当地骂袭人，忘了本的小娼妇——

　　我抬举起你来，这会子我来了，你大模大样的躺在床上，见我来也不理一理。

"床"，其他脂本均作"炕"。

例4：好不好拉出去配一个小子，看你还妖精似的哄宝玉不哄——

　　袭人先知道李嬷嬷不过为他躺着生气，少不得分辩说……

"知道"，其他脂本均作"只道"。

例5：李嬷嬷听了这话，益发气起来了，说道——

　　你护着那起狐狸，那里认得我了。

"你"，其他脂本均作"你只"。

例6：把你奶了这么大，到如今吃不着奶了，把我丢在一旁——

　　"逞着丫头要我的强。"一面说，一面也哭起来。彼时黛玉、宝钗等也走过劝说……

"丫头"，其他脂本均作"丫头们"。
"走过"，其他脂本均作"走过来"。

例7：李嬷嬷见他二人来了，便拉住诉委曲——

　　将当日吃茶撵①茜雪与昨日酥酪等事唠唠叨叨说了②不清。

"撵"，其他脂本均无。
"茜雪"，其他脂本均作"茜雪出去"。
"了"，其他脂本均作"个"。

例8：可巧凤姐正在上房算完输赢账——

　　听的后面声音嚷动，便知是李嬷嬷老病发了，排揎宝玉的人。

---

①　"撵"系旁添。
②　"了"旁改"个"。

"声音"，蒙本作"高声"，梦本作"一片声"，其他脂本作"声"。

例9：便连忙赶过来，拉了李嬷嬷笑道——

　　好嬷嬷，别生气，大节下老太太才喜欢了一日，你是个老人家，别人高声你还管他们呢，难道你反不知规矩，在这里嚷起来，叫老太太生气不成？

"嬷嬷"，其他脂本均作"妈妈"。
"还"，其他脂本均作"还要"。

例10：你只说，谁不好，我替你打他——

　　我家里烧的滚热的野味，快来，跟我吃酒去。

"野味"，其他脂本均作"野鸡"。

例11：一面说，一面拉着走——

　　又叫丰儿替你李奶奶拿着拐棍子、擦眼的手帕子。那李嬷嬷脚不沾地跟了凤姐走了，一面还说："我也不要这老命了，索性今儿没了规矩闹一场子，讨了没脸，强如受那娼妇蹄子的气。"

"眼"，其他脂本均作"眼泪"。
"李嬷嬷"，其他脂本均作"嬷嬷"。
"了"，其他脂本均作"个"。

例12：宝玉点头叹道——

　　这又不知是那里来的账，只拣软的排揎。

"来"，其他脂本均无。

例13：宝玉见他这般病势，又添了这些烦恼，连忙忍气吞声安慰他仍旧睡下出汗——

　　又见他汤热火烧，自己守他，歪在旁边劝他养着病，别想着这些没要紧的事生气。

"汤热火烧"，其他脂本均作"汤烧火热"。

例14：袭人冷笑道，要为这些事生气，这屋里一刻还站不得了——

但只是天长日久只管这样，可叫人<u>怎样</u>才好呢。

"怎样"，其他脂本均作"怎么样"。

例15：你只顾一时为我们那样，他们都记在心里——

"遇着坎儿，<u>说不好听的</u>，大家什么意思。"一面说，一面禁不住流泪，<u>只</u>怕宝玉烦恼，只得又勉强忍着。

"说不好听的"，彼本作"说的好听不好听"，杨本作"说得好听不好听"，梦本作"说得说不好听"，其他脂本作"说的好说不好听"。
"只"，其他脂本均作"又"。

例16：袭人道，你吃饭不吃饭——

倒底老太太、太太跟前<u>坐一坐</u>，和姑娘们顽一会子<u>再来</u>，我就<u>静静</u>躺一躺也好。

"坐一坐"，其他脂本均作"坐一会子"。
"再来"，其他脂本均作"再回来"。
"静静"，其他脂本均作"静静的"。

例17：自往上房来同贾母吃毕饭——

贾母犹欲同那几个<u>管家嬷嬷</u>斗牌解闷。

"管家嬷嬷"，其他脂本均作"老管家嬷嬷"。

例18：麝月道：都顽去了，这屋里交给谁呢——

那一个<u>有</u>病了，满屋里上头是灯，地下是火，那些老妈妈子们<u>劳天拔地</u>伏侍一天，也该叫他歇歇；小丫头子们也是伏侍一天，这会子还不叫他们顽去？所以让他们都去罢，我在<u>这里</u>。

"有"，杨本作"也"，其他脂本作"又"。
"劳天拔地"，其他脂本均作"老天拔地"。
"这里"，梦本作"这里看看"，其他脂本作"这里看着"。

例19：宝玉笑道，咱们两个作什么呢，怪没意思的——

也罢了，早上你说<u>头痒痒</u>，这会子没什么事，我替你篦头罢。

"说"，其他脂本均无。

例20：只见晴雯忙忙走进来，所为取钱——

　　一见他两个，便冷笑道："哦，交杯盏还没吃，倒上头了。"

"见"，其他脂本均作"见了"。

例21：宝玉会意——

　　忽听的嗯的一声帘子响，晴雯又跑进来……

"的"，其他脂本均无。

例22：这里宝玉通了头——

　　麝月悄悄的伏侍他睡下，不肯惊动袭人，已是无话。

"麝月"，其他脂本均作"命麝月"。
"已是"，其他脂本均作"一宿"。

例23：至次日清晨起来，袭人已是夜间发了汗——

　　觉得身子轻省了些，只吃些米汤静养，宝玉放心。

"身子"，其他脂本均无。
"放心"，其他脂本均作"放了心"。

例24：彼时正月内，学房中放年学——

　　闺阁中忌针，却是闲时。

"却是"，彼本、杨本、梦本作"都是"，其他脂本作"却都是"。

例25：贾环也过来顽——

　　正遇见宝钗与香菱、莺儿三个人赶围棋作耍，贾环见了也要顽，宝钗素日看他亦如宝玉，并没他意。

"与"，其他脂本均无。
"人"，其他脂本均无。
"素日"，梦本作"素昔"，其他脂本作"素习"。

例26：头一回自己赢了——

心中十分喜，谁知后来接连输了九盘，便有些着急。

"九"，其他脂本均作"几"。

例27：赶着这盘正该自己掷骰子，若掷个七点便赢，若掷个六点，下该莺儿——

三点就赢了。因拿起骰子恨命一掷。一个坐定了五，那一个乱转，莺儿拍着手只叫幺，贾环瞪着眼六七八混叫，那骰子偏生转出幺来。贾环急了，便伸手抓起骰子来……

"三点"，其他脂本均作"掷三点"。
"拿起骰子"，其他脂本均作"拿起骰子来"。
"贾环"，其他脂本均作"贾环便"。

例28：莺儿便说——

分明是个幺。

"分明"，其他脂本均作"明明"。

例29：莺儿满心委曲，见宝钗说，不敢则声，只得放下钱来，口内嘟囔说——

一个做爷的还赖我们这几个钱，连我们也放不在眼里。

"放不在"，彼本作"不放钱在"，杨本、梦本作"不放在"，其他脂本作"不在"。

例30：宝钗素知他家规矩，凡做兄弟的都怕哥哥——

却不知宝玉是不要人怕他的，也想着弟兄们一并都有父母教训，何必我多事，反生疏了，况且我是正出，他是庶出，饶这样还有人背后议论，还禁辖治他了。更有个獃意思在心里。

"宝玉"，其他脂本均作"那宝玉"。
"也"，杨本无，其他脂本作"他"。
"议论"，其他脂本均作"谈论"。
"禁"，其他脂本均作"禁得"。

"在",其他脂本均作"存在"。

例31:他便料定原来天生人为万物之灵——

　　凡山川日月之精秀,都聚于女儿。

"都聚于",其他脂本作"只钟于"。

例32:只是父亲、伯叔、兄弟中——

　　因孔子是亘古第一人,说不得不可忤慢,只得要听他这句话。

"说不得",其他脂本均作"说下的"(连上读)。(梦本此二句有异文。)

例33:你原是来取乐的,既不能取乐,就往别处去——

　　再寻乐顽去,哭一会子难道算取乐顽不成?

"顽",杨本无,其他脂本作"顽了"。

例34:赵姨娘见他这般,因问又是那里垫了踹窝来了,一问不答——

　　再问时,贾环说:"同宝姐姐顽的,莺儿欺负我,赖我的钱……"

"说",其他脂本均作"便说"。

例35:赵姨娘啐道——

　　谁叫你不省自去,下流没脸的东西!

"不省自去",己卯本、庚辰本、蒙本作"上高抬攀去了",戚本作"上高台攀去了",彼本作"上高枱攀去了",杨本作"上高抬摆去了",梦本作"上高台盘去了"。

例36:凭他怎么去——

　　还有老爷、太太管他呢。

"老爷、太太",其他脂本均作"太太、老爷"。

例37:贾环素日怕凤姐比怕王夫人更甚——

　　听见叫他,忙唯唯的出来,跟着顽去。

"跟着顽去",其他脂本均无。

例 38：你不听我的话——

反教这些人教的歪心邪意的,狐媚子霸道的,自己不尊重,往下流里走。

"的",其他脂本均无。

例 39：为你这个不尊重——

恨的你哥哥牙疼,不是我拦着,窝心脚把你的肠子窝出来了。

"牙疼",杨本作"牙痒痒",其他脂本作"牙痒"。

例 40：说着下了炕,同宝玉一齐来至贾母这边——

只见史相云大说大笑的,见他两个来,忙问好又见。

"史相云",其他脂本均作"史湘云"。
"大说大笑",其他脂本均作"大笑大说"。
"又见",杨本作"相见",其他脂本作"厮见"。

例 41：黛玉冷笑道——

我说你果在那里绊住,不然早就飞了来。

"果",其他脂本均作"亏"。
"来",其他脂本均作"来了"。

例 42：宝玉笑道：只许同你顽,替你解闷儿——

不过偶然去一淌就说这话。

"去一淌",彼本作"到他那里",其他脂本作"去他那里"。

例 43：说着,便赌气回房去了,宝玉忙跟了来问道——

好妹妹①又生气了。就是我说错了,你倒底也还坐在那里和别人说笑一会子,又来自己纳闷。

---

① "妹妹"系旁改,原作"姐姐"。

"好妹妹",其他脂本均作"好好的"。
例44:宝玉笑道:我自然不敢管你——

但只没个看着你自己作践坏了身子呢。林黛玉道:"我作践坏了自身我死,与你何干?"

"但",其他脂本均无。
"没个",其他脂本均作"没有个"。
"坏",其他脂本均无。
"自身",其他脂本均作"身子"。

例45:没两盏茶的工夫,宝玉仍来了——

黛玉见了,越发抽抽噎噎的哭个不了。

"不了",其他脂本均作"不住"。

例46:宝玉听了——

忙上来睄睄的说道:"你这么个明白人,难道连亲不间疏、先不拒后也不知道。"

"睄睄",其他脂本均作"悄悄"。
"先不拒后",梦本作"后不替先",彼本作"先不替后",其他脂本作"先不僭后"。

例47:黛玉啐道——

难道为我叫你疏他,我成个什么人了呢。

"难道",其他脂本均作"我难道"。
"我",其他脂本均无。
"成个",其他脂本均作"成了个"。

例48:黛玉听了,低头一语不发,半日说道——

你只怨人行动嗔怪了你,你再不知道你自己沤的人难受。就拿今日天气来比,分明今儿冷的这样,你怎么到反把个青肷褂脱了呢?

"的",其他脂本均无。

"来"，其他脂本均无。

"裓"，其他脂本均作"披风"。

例49：宝玉笑道，何尝不穿，看见你一恼，我一炮燥就脱了——

　　林黛玉听道："这回来伤了风，又该饿的吵吃的了。"

"听"，其他脂本均作"叹"。

"饿的"，其他脂本均作"饿着"。

例50：二人正说着，只见湘云走来笑道——

　　二哥哥、林妹妹，你们天天一处顽，我好容易来了，也不理我一理儿。

"妹妹"，其他脂本均作"姐姐"。

例51：宝玉笑道——

　　你学惯了他，明儿连你还咬起舌①来呢。

"舌"，其他脂本均无。

例52：指出一个人来，你敢挑他，我就服你——

　　黛玉忙问道："是谁？"

"道"，其他脂本均无。

例53：林黛玉听了冷笑道，我道是谁，原来是他，我哪里敢挑他呢——

　　宝玉不等说完，忙用话岔②开。湘云笑道："一辈子我自然比不上你，我只保佑着明儿得一个咬舌的林姐夫，时时刻刻你可听了受用去。"

"岔"，其他脂本均作"分"。

"一辈子"，其他脂本均作"这一辈子"。

"你"，其他脂本均作"你们"。

---

① "舌"系旁添。
② "岔"系旁改，原作"分"。

"听了受用",蒙本作"听爱呀[①]厄",其他脂本作"爱厄"。

自第 16 回至第 20 回举例共计:

第 16 回	30 例
第 17 回	120 例
第 18 回	49 例
第 19 回	104 例
第 20 回	53 例

这五回(16—20)共 356 例。

[①] "呀"系旁添。

第十六章　舒本有哪些独异的文字？

——第二十一回至第二十五回

第一节　舒本第二十一回独异文字考

第21回脂本现存舒本、庚辰本、彼本、杨本、蒙本、戚本、梦本七种。
第21回舒本独异的文字有四十六例，如下：
例1：宝玉叉手在门框上拦住，笑劝道：饶他这一遭罢——

　　黛玉撇着手说道："我饶过云儿呢，再不活着。"

"撇"，戚本作"板"，其他脂本作"搬"。（梦本不清。）
"呢"，其他脂本均无。
例2：那天已二更多时——

　　袭人来催了几次，方回自己房中去睡。

"去"，其他脂本均作"来"。
例3：次日天明时，便披衣靸鞋往黛玉房中来时——

　　不见紫鹃、翠缕二人，只有他姐妹两个尚淹在衾内。

"有"，其他脂本均作"见"。
"姐妹"，其他脂本均作"姊妹"。

例 4：宝玉见了，叹道——

　　睡觉还是不老实，回来风吹了，又嚷肩疼了。

"肩"，其他脂本均作"肩窝"。

例 5：黛玉早已醒了——

　　觉得有人，就猜疑定是宝玉。

"猜疑"，其他脂本均作"猜着"。

例 6：宝玉道：站着，我趁势洗了就完了，省得又过去费事——

　　说着，便走过来湾腰洗了两把，紫鹃拿过香皂去。

"拿"，梦本作"递"，其他脂本作"付"①。

例 7：翠缕道：还是这个毛病儿，多早晚才改——

　　宝玉也不理，忙忙的要了青盐擦了牙，漱了口完毕。

"了"，彼本、梦本无，其他脂本作"过"。

例 8：宝玉道——

　　横竖我不出门，又不带冠子络子，不过打几根散辫子就完了。

"络子"，其他脂本均作"勒子"。

例 9：湘云只得扶他的头过来——梳篦——

　　在家不带冠，并不总角，只得四围短发编成小辫……

"得"，彼本作"从"，其他脂本作"将"。

例 10：自发顶至辫稍一路四颗珍珠——

　　下面有金坠的。

"金坠的"，其他脂本均作"金坠脚"。

---

① 庚辰本"付"旁改"递"。

例 11：宝玉道：丢了一颗。湘云道——

　　必定是外头丢掉了，不防被人拣了去，倒便宜他。

"丢掉了"，彼本作"弄丢了"，蒙本、戚本作"去吊下来"，其他脂本作"去掉下来"。

例 12：宝玉不答，因镜台两边俱是妆奁等物，顺手拿起来赏玩——

　　不觉顺手拈了胭脂，意欲要往口送，因又怕湘云说，正犹豫间，湘云果身后看见。

"口"，彼本作"口里"，其他脂本作"口边"。
"果"，梦本作"在"，其他脂本作"果在"。

例 13：一时宝玉来了——

　　宝钗才出去。

"才"，其他脂本均作"方"。

例 14：宝玉见了这般景况，深为骇异，禁不住赶来劝慰——

　　那袭人只管不理。

"不理"，梦本作"合着眼不理"，其他脂本作"合了眼不管"。

例 15：麝月道——

　　我知道怎么，问你自己便明白了。

"怎么"，其他脂本均作"么"。

例 16：说着，便起身下炕，到自己床上歪着去了——

　　袭人听他半日无动静，微微的打呼，料他睡着，便起身拿一领斗篷来替他刚压上，只听忽的一声，宝玉便翻过去，也仍合眼装睡。

"打呼"，其他脂本均作"打齁"。
"翻"，其他脂本均作"掀"。

例 17：才刚又没见你劝我，一进来你就不理，我赌气睡了，我还摸不着是为什么——

这会子你又说我恼了，我何从听见你劝我是什么话呢。

"何从"，蒙本、彼本作"何常"，其他脂本作"何尝"。
"话呢"，彼本作"来着"，梦本作"话儿"，其他脂本作"了"。
例18：袭人道：你心里还不明白——

"还着我说呢。"正闹着，贾母差人来唤他吃饭，方在①往那边去。

"着"，其他脂本均作"等"。
"在"，其他脂本均无。
"那边"，其他脂本均作"前边"。
例19：蕙香道：我第四个的——

宝玉道："明儿就叫第四儿，不必什么蕙香兰气的，那一个配比这些花儿……"

"第四儿"，其他脂本均作"四儿"。
"花儿"，其他脂本均作"花"。
例20：谁知这个四儿是个聪敏乖巧不过的丫头——

见宝玉用他，他便笼络宝玉。

"便"，梦本作"就变尽方法"，其他脂本作"变尽方法"。
例21：说不得横心，只当他们死了，横竖自然也要过的——

只得当他们死了，毫无牵挂，反怡然自悦。

"只得"，其他脂本均作"便权"。
"反"，其他脂本均作"反能"。
例22：看至此，意趣洋洋，趁着酒兴，不禁提笔续曰——

焚花散麝，而闺阁始人含其幻矣。戕宝钗之仙姿，灰黛玉之灵窍，丧减情意，而闺阁之美恶始相数矣。

---

① "在"旁改"才"。

"幻",庚辰本、蒙本作"动"①,梦本作"勤",彼本、杨本、戚本作"劝"。

"数",其他脂本均作"类"。

例23:戕其仙姿,无恋爱之心矣——

　　灰其灵窍,无不恩之情矣。

"不恩",其他脂本均作"才思"。

例24:续毕,掷笔就寝——

　　头刚着枕,便酣然睡去。

"酣然",彼本、杨本作"安然",庚辰本作"忽",蒙本、戚本、梦本作"忽然"。

例25:只见袭人合衣睡在炕上——

　　宝玉将昨日之事已付于意外,便向他说道:"起来好好睡,看冻着了。"原来袭人见他无晓无夜合姊妹们厮闹,若直劝,料不能改,故用柔情以警之。

"之",其他脂本均作"的"。
"向",其他脂本均作"推"。
"好好",彼本、杨本作"好好的",其他脂本作"好生"。
"无晓无夜",其他脂本均作"无晓夜"。
"劝",其他脂本均作"劝他"。

例26:不想宝玉一日夜竟不回转,自己反不得主意,直一夜没好生睡得——

　　今日忽见宝玉如此,料他心意回转,便越性不采他。

"今日",其他脂本均作"今"。

例27:宝玉道:我过那里去?袭人冷笑道——

---

① "动"旁改"劝"。

"你问我,我知道么,你爱往那里去就往那里去。从今咱们两个丢开手,省得鸡声鹅斗,叫别人笑话。"

"么",其他脂本均无。
"笑话",其他脂本均作"笑"。
例28:夜里说了,早辰就忘了——

宝玉见他姣嗔满面,情不可禁,便向枕边拿起一根玉簪来,一跌两股⋯⋯

"两股",彼本、杨本作"两节",其他脂本作"两段"。
例29:袭人忙的拾了簪子,说道——

大清早起起誓,是何苦来,听不听什么要紧,值得这种样子。

"起誓",彼本作"这誓",其他脂本作"这"。
"值得",其他脂本均作"也值得"。
例30:不悔自己无见识——

却将丑话怪他人。

"丑话",其他脂本均作"丑语"。
例31:谁知凤姐之女大姐病了,正乱着——

请医生来诊脉,医生诊过脉,便说:"替夫人奶奶们道喜,姐儿发热是见了喜⋯⋯"

"医生",其他脂本均作"大夫"。
"医生诊过脉",其他脂本均作"大夫"。
"见了喜",其他脂本均作"见喜了"。
例32:一面命平儿打点铺盖、衣服与贾琏隔房——

一面又拿大红尺头与女子、丫头亲近人等裁衣。

"女子",其他脂本均作"奶子"。
例33:人见他懦弱无能,却唤他作多浑虫——

因他父母自己在外给他娶了一个夫①人。

"父母自己",彼本、杨本作"父母自小",梦本作"自小儿父母",其他脂本作"自小父母"。

"夫人",其他脂本均作"媳妇"。

例34:况都合这媳妇是好友,一说便成——

是夜二鼓人净,多浑虫醉昏在炕。

"净",彼本、杨本作"静",其他脂本作"定"。(梦本无"二鼓人净"四字。)

例35:谁知这妇人有天生的奇趣——

一经男子粘身,便觉遍身筋骨瘫软,使男子如卧绵上。

"粘",其他脂本均作"挨"。

例36:平儿会意,忙揣在袖内,便走至这边房里来,拿出头发来,向贾琏笑道——

"这是什么?"贾琏看见有了这个,忙抢上来要夺,平儿便跑,被贾琏一把掀住……

"有了这个",梦本作"连",其他脂本作"着了"。

"掀",其他脂本均作"揪"。

例37:平儿刚起身,凤姐已走进来。命平儿快开匣子替太太找样子——

平儿含笑应了找时,凤姐见了贾琏忽然想起来……

"含笑",其他脂本均作"忙答"。

例38:凤姐道:可少什么没有——

平儿道:"我也怕丢了一二件细软,查了,不少。"

"细软",其他脂本均作"细软的"。

---

① "夫"旁改"女"。

"查了",其他脂本均作"查了查"。
"不少",其他脂本均作"也不少"。

例39：一夕话说的贾琏脸都黄了——

　　贾琏在凤姐身后只望着平儿杀鸡抹脖使眼色。

"使眼色",其他脂本均作"使眼色儿"。

例40：平儿只装着看不见,因笑道——

　　怎么我的心就合奶奶的心一样,我就怕这个,留神细细搜了一搜……

"这个",其他脂本均作"有这个"。
"细细",其他脂本均无。

例41：凤姐笑道：傻丫头,他便有这些东西——

　　"那里就叫咱们翻着呢。"言毕,拿了样子便送往王夫人房中去了。

"呢",其他脂本均作"了"。
"言毕",梦本作"说了",其他脂本作"说着"。
"送往王夫人房中去了",庚辰本作"又上去了",蒙本、戚本作"上去了",彼本、杨本作"去了",梦本作"走开去了"。

例42：难道图你受用一回,叫他知道了,又不待见我——

　　贾琏见凤姐出去,便对平儿说道："你不用怕他……"

此三句,彼本、杨本作"贾琏说道",其他脂本作"贾琏道"。

例43：平儿道：他醋你使得,你醋他使不得,他原行的正走的正——

　　你行动便有了坏心,连我也不放心,别说他。

"了",其他脂本均作"个"。

例44：平儿道——

　　屋里一个人没有,我在他根前作什么？

"根前",其他脂本均作"跟前"。

例45：平儿道——

"别叫我说出好话来呢。"说着，也不打帘子让凤姐走，自己先掀帘子进来……

"呢"，其他脂本均作"了"。
"走"，其他脂本均无。
"掀"，其他脂本均作"摔"。

例46：凤姐道：都是你惯的他，我只合你说——

贾琏听说道："怎么你两个不卯，又拿我来作人，我躲开你。"凤姐道："我看躲到那里去。"

"道"，其他脂本均作"忙道"。
"怎么"，其他脂本均无。
"你"，其他脂本均作"你们"。
"躲到"，其他脂本均作"你躲到"。

第二节　舒本第二十二回独异文字考

第22回脂本现存舒本、庚辰本、蒙本、戚本、彼本、杨本、梦本七种。
第22回舒本独异的文字有四十九例，如下：
例1：凤姐道：二十一日是薛妹妹的生日，你倒底怎么样——

贾琏道："我知道怎么样，你连多少大生日都料理过了。这会子倒没了主意。"凤姐道："大生日料理，不过是一定的则例在那里……"

"过"，其他脂本均作"过去"。
"是"，其他脂本均作"是有"。
例2：贾琏听了，低头想了半日道——

今儿你糊涂了，现有比例。那林妹妹就是比例。往年怎么给林妹妹办过，如今也照依给薛妹妹就是了

"今儿你",其他脂本均作"你今儿"。
"办过",杨本作"做的",其他脂本作"过的"。
例3:凤姐听了冷笑道——

　　我难道连这个也不知道,<u>原也是</u>这么想定了。但昨儿听见老太太说,问起大家的年纪、生日来,听见薛大妹妹今年十五岁,虽不是<u>正</u>生日,也算得待笄之年。老太太说要替他作生日,想来若果真替他作<u>生日</u>,自然比往年与<u>林姑娘</u>的不同了。

"原也是",其他脂本均作"我原也"。
"正",其他脂本均作"整"。
"生日",其他脂本均无。
"林姑娘",其他脂本均作"林妹妹"。
例4:我若私自添了东西——

　　你又怪我不告诉明白<u>了</u>,<u>就自己作主意了</u>。

"了",彼本作"了你",其他脂本作"你了"。
"就自己作主意了",其他脂本均无。
例5:贾琏笑道:罢,罢,这空头情我不领——

　　"你不<u>盘查</u>我就够了,我还怪你。"说着,<u>就出</u>去了。不在话下。

"盘查",其他脂本均作"盘察"。
"就出",杨本作"一径",其他脂本作"一竟"。
例6:史湘云听了——

　　只得<u>又</u>住下<u>了</u>,又一面遣人回去将自己旧日作的两色针线活计取来,为宝钗<u>作</u>生辰之仪。

"又",其他脂本均无。
"了",其他脂本均无。
"作",其他脂本均无。
例7:凤姐凑趣笑道——

一个老祖宗给孩子们作生日，不拘怎样，谁还不遵依，说不得自己多花上几两。

"谁还不遵依"，杨本作"谁敢还争，又办什么酒戏呢，既高兴要热闹，就"，梦本作"谁还敢争，又办什么酒席，既高兴要热闹，就"，其他脂本作"谁敢还争，又办什么酒戏，既高兴要热闹，就"。

"多"，其他脂本均无。

例8：宝钗深知贾母年老人喜热闹戏文，爱甜烂之食——

　　便总依贾母素日喜者说了出来，贾母更加欢悦。

"素日"，杨本、梦本无，彼本作"向日素"，庚辰本作"往日素"，蒙本、戚本作"向日所"。

例9：至二十一日，就贾母内院内搭了家常小巧戏台——

　　定了一班新出小戏子，昆京两腔皆有，就在贾母上房排了几桌家宴酒席，并无一个外客，只有薛姨妈、湘云、宝钗是客。

"子"，其他脂本均无。
"京"，其他脂本均作"弋"。
"桌"，其他脂本均作"席"。
"并"，其他脂本均无。

例10：只见黛玉歪在炕上，宝玉笑道——

　　起来，吃饭去，就开戏了，你爱看那一出，我点。

"我点"，其他脂本均作"我好点"。

例11：黛玉冷笑道：你既这样说——

　　你就该特叫一班戏，拣我爱的唱给我看。这会子犯不着仰着人借光儿问我。

"该"，其他脂本均无。
"犯不着"，其他脂本均作"犯不上"。
"仰"，其他脂本均作"趾"。

例 12：宝玉笑道——

　　这有什么难的呢，明日就这样行，也叫他们借咱们的光儿。

"明日"，其他脂本均作"明儿"。

例 13：凤姐亦知贾母喜热闹，更喜谑笑科诨——

　　便点了一出刘二当衣，贾母果真更有喜欢。

"有"，其他脂本均作"又"。

例 14：黛玉方点了一出——

　　然后宝玉、湘云、迎春、探春、惜春、李纨等俱点了，按出扮演。

"俱"，其他脂本均作"俱各"。

例 15：至上酒席时，加密又命宝钗点——

　　宝钗又点一出《鲁智深醉闹五台山》。宝玉道："只好点这些戏。"

"又点"，其他脂本均作"点了"。

例 16：只那词藻中有一枝《寄生草》填的极妙——

　　你可曾知道呢？

"可"，其他脂本均作"何"。

例 17：宝玉听了——

　　喜的拍膝画圈，称赏不绝。

"称赏不绝"，蒙本、戚本、彼本、杨本、梦本作"称赏不已[①]"，庚辰本作"称之不已"。

例 18：林黛玉道——

　　安静看戏罢，还没有唱"山门"，你到"装疯"了。

[①] 彼本"已"旁改"绝"。

"有"，其他脂本均无。

例19：那小旦才十一岁，小丑才九岁——

  大家叹息了一回，贾母令人拿些肉果来给他两个。

"来"，其他脂本均无。

例20：湘云道——

  明儿一早就走，在这里作什么看人家鼻子眼睛，什么意思。

"人家"，其他脂本均作"人家的"。

例21：宝玉听了这话，忙赶进前拉他说道：好妹妹，你错怪了我——

  林妹妹是个多心的人，别人明知道，不肯说出来，也皆因怕他恼。谁知你不妨头就说了出来，他岂不恼你，我是怕你多得罪他，所以才使眼色。你这会子恼我，不但辜负了我，而且反到委曲了我。若是旁人，那怕他得罪十个人，与我何干呢。

"明"，其他脂本均作"分明"。
"多得罪"，其他脂本均作"得罪了"。
"得罪"，其他脂本均作"得罪了"。

例22：我原不配说他——

  他是小姐主子，我是奴才牙头。

"牙头"，其他脂本均作"丫头"。

例23：散语歪话说给那些小性儿行动爱恼的人、回辖治你的人听去，别叫我啐你——

  说着，一径至贾母里间房内悠悠的逛着去了。

"房内"，杨本作"屋里"，其他脂本无。

例24：宝玉没趣，只得又来寻黛玉——

  刚至门槛前，黛玉便推出来，将门关上。

"至"，杨本、梦本作"进"，其他脂本作"到"。

例 25：黛玉总不理他——

　　宝玉闷闷垂头自审。袭人早知端的，当此时断不能劝。宝玉呆呆站着。

"闷闷"，其他脂本均作"闷闷的"。
"宝玉呆呆"，彼本作"那宝玉呆呆的"，蒙本、戚本、杨本、梦本作"那宝玉只呆呆的"，庚辰本作"那宝玉只是呆呆的"。

例 26：宝玉随进来问道——

　　凡事都有了缘故。

"有了缘故"，梦本作"有个原故"，其他脂本作"有个原故"。

例 27：黛玉道——

　　你还要比，你还要笑，你不比不笑，就比别人比了笑了的还利害呢。

"就"，其他脂本均无。

例 28：他原是公侯的小姐，我原是贫民的丫头——

　　他合我顽，设如我回了口，岂不他是惹人轻贱呢。

"是"，其他脂本均作"自"。

例 29：不想并未调和成功，反自己落了两处的贬谤——

　　正与前日所看《南华经》上有功者劳而智者忧……

"功"，其他脂本均作"巧"。

例 30：宝玉不理，回房淌在床上，只是瞪瞪的——

　　袭人深知原委，不敢说出，只得以他事来解释，因笑道："今日看了戏文……"

"说出"，其他脂本均作"就说"。
"戏文"，其他脂本均作"戏"。

例 31：谁想黛玉见宝玉此番果断而去——

故意寻袭人为由，来视动静。

"意"，其他脂本均作"以"。

例32：说着便将方才那曲子与偈语悄悄拿来，递与黛玉看——

　　黛玉看了，知是宝玉因一时感怒而作，不觉可笑可叹。

"感怒"，其他脂本均作"感忿"。

例33：这些道书禅机最能移性——

　　"明儿任真说出这些疯话来，存了这个意思，都是从我这一枝曲子上来，我成了个罪魁了。"说着，便撕了个分碎。

"任真"，其他脂本均作"认真"。
"枝"，彼本、杨本、梦本作"支"，其他脂本作"只"。
"分碎"，其他脂本均作"粉碎"。

例34：黛玉笑道——

　　不该撕，等我问他。你们跟我来，包管他收了这个痴心邪念。

"他"，其他脂本均作"叫他"。

例35：至贵者是宝，至坚者是玉——

　　"尔有何贵，你有何坚？"宝玉听说，竟不能答。

"听说"，其他脂本均无。

例36：五祖便将衣钵传他——

　　今见这偈语亦同此意了，只是方才这几句机锋尚未完全了结，这便丢开手不成。

"见"，其他脂本均作"儿"。
"几"，其他脂本均无。

例37：黛玉笑道：彼时不能答就算输了，这会子答上了也不为出奇——

　　只是已后再不许谈禅。连我们两个所知的所能的你还不知不能呢，还去参禅呢。

"谈禅"，其他脂本均作"谈禅了"。

例38：自己想了一想——

　　原来他们比我的<u>觉</u>在先，尚未解悟，我如今何必自寻苦恼。

"觉"，其他脂本均作"知觉"。

例39：四人听说——

　　忙<u>出至</u>贾母上房。

"出至"，杨本、梦本作"出来至"，蒙本、戚本、彼本作"来至"，庚辰本作"出去至"。

例40：贾母见元春这般有兴，自己越发喜乐——

　　便命速作一架小巧精制围屏灯来，设于<u>堂房</u>，命他姊妹们各自<u>暗暗</u>作了写出来，拈于屏上，然后<u>预备香细果</u>，以及各色玩物，为猜着之贺。

"堂房"，庚辰本作"当屋"，其他脂本作"堂屋"。
"暗暗"，其他脂本均作"暗暗的"。
"预备"，其他脂本均作"预备下"。
"香细果"，其他脂本均作"香茶细果"。

例41：宝钗原不妄言轻动——

　　便此时<u>已是</u>坦然自若。

"已是"，其他脂本均作"亦是"。

例42：故此一席虽是家常取乐，反见拘束不乐——

　　贾母亦知因贾政一人在此<u>所以</u>①之故。

"所以"，其他脂本均作"所致"。

例43：贾政忙陪笑道——

　　今日听见老太太设<u>春灯谜</u>，故也备了彩礼酒席，特来入会……

---

① "所以"，舒本点去此二字。

"设",其他脂本均作"这里大设"。

"春灯谜",戚本作"春灯哑谜",其他脂本作"春灯雅谜"。

例44:你要猜谜时,我便说一个你猜——

　　猜不着是罚的。

"是",其他脂本均作"是要"。

例45:身自端方,体自坚硬,虽不能言,有言必应。打一用物——

　　说毕,便悄悄的说与宝玉知道,宝玉会意,又悄悄的告诉了贾母。

"知道",其他脂本均无。

例46:贾政笑道:到底是老太太,一猜就是——

　　回头说:"快把贺彩送上来。"他下面妇女答应一声,大盘小盒一齐捧上。贾母逐件看去,都是灯节下所用之物,尽是顽物的,甚喜,遂命:"给老爷斟酒。"

"他下面",其他脂本均作"地下"。

"所用之物",彼本作"所用所顽之物",其他脂本作"所用所顽新巧之物"。

"尽是顽物的",其他脂本均无。

"老爷",其他脂本均作"你老爷"。

例47:贾政道:是算盘。迎春笑道:是。又往下看是——

　　阶下童儿仰面时,清明装点最堪宜。

"童儿",其他脂本均作"儿童"。

例48:贾政道:这是风筝。探春笑道:是——

　　又向下看是……

"向下",庚辰本、蒙本、戚本无,彼本、杨本、梦本作"往下"。

例49:前身色相总无成,不听菱歌听佛经——

　　莫道此生沉鱼海,性中自有大光明。

"鱼海",蒙本、戚本作"墨海",其他脂本作"黑海"。

第三节　舒本第二十三回独异文字考

第 23 回脂本现存舒本、庚辰本、蒙本、戚本、彼本、杨本、蒙本、晳本八种。

第 23 回舒本独异的文字有四十例,如下:

例 1:元春自那日幸大观园回宫去后,便命将那日所有的题咏命探春依次抄录妥协——

　　自己编次,<u>序</u>其优劣,又命在大观园勒石,为千古<u>留风</u>雅事。因此贾政命人各处选拔精工名匠<u>将</u>大观园磨石镌字。

"序",彼本、杨本作"较阅",其他脂本作"叙"。
"留风",其他脂本均作"风流"。
"将",庚辰本作"在"①,其他脂本无。
例 2:因贾蔷又管理着文官等十二个女戏并行头等事不大得便——

　　因此贾珍又将<u>贾蔷</u>、贾菱唤来监工。

"贾蔷",蒙本作"贾葛",其他脂本作"贾菖"。
例 3:贾芹之母正盘算着也要到贾政这边谋一个大小事务与儿子管管——

　　也好弄些银钱使用。可巧听见这件事,<u>即</u>便坐轿子来求凤姐。

"即",其他脂本均无。
例 4:一时娘娘出来,就要承应的——

　　倘或散了<u>去</u>,若再用时,可是又费事。

"去",杨本、梦本、晳本无,庚辰本、彼本作"花",蒙本作"火",戚本作"伙"。

---

①　庚辰本"在"系旁添。

例5：依我的主意，不如将他们竟送到咱们家庙里铁槛寺去，月间不过派一个人——

拿几两银子去买柴买米就完了。说声用，去叫来，一点儿不费事呢。

"买"，其他脂本均无。
"去"，其他脂本均作"走去"。

例6：凤姐一把拉住，笑道——

你且站住听我说话，若是别的话，我不管……

"话"，其他脂本均作"事"。

例7：西廊下五嫂子的儿子芸儿来求了我两三遭，要个事情管，我依了——

叫他等着。好容易出来这件事，你夺了去。

"你"，其他脂本均作"你又"。

例8：凤姐儿笑道：你放心，园子东北角子上，——

娘娘说了，还叫多多的种些松柏树，楼底下还叫种些个花草，等这件事出来，我管包叫芸儿管这件工程。

"些"，其他脂本均无。
"个"，其他脂本均无。
"管包"，戚本作"保管"，梦本作"包管"，其他脂本作"管保"。

例9：贾琏道——

果然这样，到也罢了。只是昨晚上我不过是要改了样子，你就扭手扭脚的。

"到也"，彼本、杨本、梦本作"也到"或"也倒"，庚辰本、蒙本、戚本作"也"。
"昨"，彼本、杨本作"昨日"，其他脂本作"昨儿"。
"改了样子"，彼本作"改过样子"，其他脂本作"改个样儿"。

例10：贾琏便依了凤姐主意——

说到：如今看来，芹儿到大大的出息了，这件事竟交与他去管理……

"到"，其他脂本均作"道"。
"管理"，其他脂本均作"管办"。
例11：贾政原不大理论这些事，听贾琏如此说，便如此依了——

贾琏回到房中，告诉了凤姐儿，凤姐即命人去告诉了周氏。贾芹便来见贾琏夫妻两个，感谢不尽凤姐，凤姐又作情央贾琏先支三个月的，叫他写领字。

"了"，其他脂本均无。
"凤姐"，其他脂本均无。
例12：贾琏批票画了押，登时发了对牌——

出来到银库上按数发出三个月供给来，白花花二三百两。

"出来到"，皙本作"出来去"，其他脂本作"出去"。
例13：如今且说贾元春在宫中自编大观园题咏之后——

忽想起大观园景致，自己幸过之后，贾政必定敬谨封锁，不敢使人进去骚扰……

"大观园"，其他脂本均作"那大观园中"。
例14：未免贾母、王夫人愁虑，须得也命他进园居住方妙——

想毕，随命太监夏忠到荣国府来，仍随谕命宝钗等只管在园中居住……

"随"，其他脂本均作"遂"。
"仍随谕"，其他脂本均作"下一道谕"。
例15：忽见丫环来说老爷叫宝玉——

宝玉听了，好似打个焦雷，登时扫去兴头，脸上转了颜色。

"打个"，其他脂本均作"打了个"。

例 16：想是娘娘叫你进去住——

　　他吩咐几句，不过不教你在里头淘气。

"吩咐"，其他脂本均作"吩咐你"。

例 17：老嬷嬷答应了——

　　宝玉只得前去，一步挪了一步，径到这边来。可巧在王夫人房中商议。金钏儿、彩云、彩霞、绣鸾、绣凤及众丫环都在廊檐下站着呢。

"一步挪了一步"，庚辰本、蒙本、戚本、梦本、皙本作"一步挪不了三寸"，彼本作"一步挪了①三指"，杨本作"一步挪不了三指"。

"径"，庚辰本、皙本作"侦"，蒙本、戚本作"挨"，彼本作"蹉"，杨本作"踱"，梦本作"蹭"。

"商议"，彼本作"商议事件"，其他脂本作"商议事情"。

"及"，其他脂本均作"等"。

例 18：金钏一把拉住宝玉，悄悄的笑道——

　　我这嘴上是才擦上的香胭脂，你这会子可要不要了？

"上"，其他脂本均无。
"香"，其他脂本均作"香浸"。
"要不要"，其他脂本均作"吃不吃"。

例 19：宝玉只得挨进门去——

　　原来贾政和王夫人对面坐在炕上，都在那里闲谈呢。

"对面坐在炕上，都在那里闲谈呢"，彼本作"都在里间屋里"，杨本作"多在里间屋里"，其他脂本作"都在里间呢"。

例 20：看看贾环人物委蕤，举止荒疏，忽又想起贾珠来——

　　又看看贾环人物平常，只有这一个亲生的儿子，素爱如珍。

"贾环人物平常"，其他脂本均作"王夫人"。

---

① "了"旁改"上"。

例21：因这几件上把素日嫌恶处分不要之心不觉减了八九，半晌说道——

娘娘吩咐说，你日日在外头游嬉，渐次疏懒，如今叫进管①同你姊妹在园里读书写字。

"游嬉"，其他脂本均作"嬉游"。
"进管"，其他脂本均作"禁管"。

例22：王夫人见贾政不自在了，便替宝玉掩饰道——

"是太太起的。"贾政道："太太如何知道这话，一定是宝玉。"宝玉见瞒不过，只起身道……

"太太"，其他脂本均作"老太太"。
"只起身道"，其他脂本均作"只得起身回道"。

例23：王夫人忙又向宝玉道——

"宝玉，你回去改了罢，老爷也不用为小事动气。"贾政道："究竟也无方碍，又何用改。只是可见宝玉不务正经，专在这些秾诗艳曲做工夫。"说毕，喝一声……

"小事"，其他脂本均作"这小事"。
"经"，其他脂本均无。
"秾"，其他脂本均作"浓"。
"喝"，其他脂本均作"断喝"。

例24：只见袭人倚门立在那里，一见宝玉平安回来，堆下笑来问：叫你作什么——

宝玉告诉："也没什么，不过怕我进园去淘气，吩咐吩咐。"一面说，一面在贾母跟前回明原委。

"也"，其他脂本均作"他"（连上读）。
"在"，杨本作"至"，蒙本作"来至"，其他脂本作"回至"。

---

① 舒本"进管"二字被点去。

例 25：宝玉听了，拍手笑道——

"正和我的主意一样，我也叫你住这里呢。我就住怡红院。咱们两个又近又都清幽。"二人计较……

"也"，其他脂本均作"也要"。
"计较"，其他脂本均作"正计较"。

例 26：每日只和姊妹、丫头们一处，或读书或写字，或弹琴下棋，作画吟诗——

以致描鸾刺凤，斗草簪花，低吟巧唱，拆字猜谜，无所不至，到也十分快乐。他曾有几首纪事诗，作的虽不算好，却到是真情真景。

"巧唱"，其他脂本均作"悄唱"。
"猜谜"，其他脂本均作"猜枚"。
"纪事诗"，其他脂本均作"即事诗"。

例 27：春夜——

霞绡云屋任铺陈，蛩蟆更深听未真。……盈盈烛泪因谁泣，默默花愁为尔嗔。

"云屋"，其他脂本均作"云幄"。
"蛩蟆更深"，梦本作"隔巷蟆声"，皙本作"隔岸鼍更"，其他脂本作"隔巷蟆更"。
"尔"，其他脂本均作"我"。

例 28：夏夜——

水亭望处齐纨动，帘卷朱楼罢晚妆。

"望处"，其他脂本均作"处处"。

例 29：秋夜——

绛芸轩里绝喧哗，桂魄流光侵茜纱。……静夜不眠因酒渴，沉吟跌坐索烹茶。

"侵"，其他脂本均作"浸"。

"沉吟跌坐",其他脂本均作"沉烟重拨"。

例30:因此竟有人来寻诗觅字,倩画求题的——

宝玉越发得了意,镇日竟做这些外务。

"竟",其他脂本均无。

例31:园中那些人多半是女孩儿——

正在混沌世界、天真烂漫,至坐卧不避。

"至",其他脂本作"之时"(连上读)。(暂本无此数句。)

例32:把那古今小说并那飞燕、合德、武则天、杨贵妃的外传与那传奇角本——

买了许多本引宝玉看。

"本",其他脂本均作"来"。

例33:踟蹰再三,单把那文理细密的拣了几套进去放在床顶上——

无人时自己密看,那粗俗浅露的藏在外面书房里。

"浅露",其他脂本均作"过露"。
"藏在",其他脂本均作"都藏在"。

例34:你看这里的水干净,只一流出去有人家的地方——

脏的臭的混着①,仍旧把花遭塌了。那犄角上有我一个花冢,如今也扫了……

"混着"("着"系旁添),梦本、暂本无,杨本作"混了",其他脂本作"混倒"。
"犄角",其他脂本均作"旮角"。
"有我",其他脂本均作"我有"。
"也",彼本、杨本作"把他",其他脂本作"他"。

例35:林黛玉把花具都放下,接书来瞧——

---

① "着"系旁添。

从头看，越看越爱看。不一顿饭工夫，将十六出俱已看完，自觉词藻惊人，余香满口，虽看完了书，却只当出神，心内还默默记诵。

"看"，其他脂本均作"看去"。
"不一顿饭工夫"，彼本、杨本作"不过顿饭工夫"，暨本作"不上顿饭工夫"，梦本作"不顿饭时"，其他脂本作"不顿饭工夫"。
"惊"，其他脂本均作"警"。
"只当"，其他脂本均作"只管"。
例36：林黛玉听了，不觉带腮连耳通红，登时直竖起两道似蹙非蹙的眉——

　　瞪了两只似睁非睁的眼，桃腮带怒，杏面含春，指宝玉道："你这该死的胡说，好好的把这淫词艳曲弄了来，还来说这些混话欺负我，我若告诉舅舅、舅母去。"说到这"欺负"两个字上，早又把眼睛圈儿红了。

"桃腮带怒"，庚辰本、彼本、戚本作"微腮带怒"，暨本作"香腮带怒"，蒙本作"香腮带恕"，杨本作"微腮带露"。（梦本同于舒本。）
"杏面含春"，庚辰本、戚本、梦本作"薄面含嗔"，杨本作"箔面含嗔"，彼本作"满面含嗔"，蒙本作"粉面含嗔"，暨本作"娇面含嗔"。
"来"，其他脂本均无。
"欺负我"，其他脂本均作"来欺负我"。
"若"，其他脂本均无。
"这"，其他脂本均无。
例37：若有心欺负你，明日我吊在池子里叫个癞头鼋吞了去，变个大忘八——

　　等你做了一品夫人病老归西的时候，往你坟上替你驼一辈子的碑去。

"往"，其他脂本均作"我往"。
例38：这里林黛玉见宝玉去了——

　　又听见众姊妹们也不在房，自己闷闷的……

"们"，其他脂本均无。
例39：偶然两句只吹到耳内，明明白白，一字不落——

唱道：原来姹紫嫣红开遍，这般都付与断井颓垣。

"唱道"，其他脂本均作"唱道是"。
"这般"，其他脂本均作"似这般"。
例40：可惜世人只知看戏，未必能领略其中的趣味——

想毕，又后悔不该胡思，耽误了听曲子。

"胡思"，其他脂本均作"胡想"。

第四节　舒本第二十四回独异文字考

第24回脂本现存舒本、庚辰本、蒙本、戚本、彼本、杨本、梦本、晢本八种。

第24回舒本独异的文字有七十一例，如下：

例1：香菱嘻嘻笑道——

我来寻找我们姑娘的，找他总不着。

"寻找"，彼本、杨本作"请"，其他脂本作"寻"。
"不着"，庚辰本作"找不着"，蒙本、戚本、梦本作"找他不着"，彼本、杨本、晢本作"不见"。
例2：你们紫鹃也找你呢，说琏二奶奶送了什么茶叶来给你的，走罢——

"快回家去坐着。"一面说着，一面拉黛玉手回潇湘馆来。

"快"，其他脂本均无。
"拉"，彼本、杨本、晢本作"拉了"，其他脂本作"拉着"。
"手"，其他脂本均作"的手"。
例3：林黛玉和香菱坐了——

料他们有何正事谈讲，不过说些这一个绣的好，那一面刺的精。

"料"，杨本无，彼本、晢本作"靠"，庚辰本、梦本作"况"，蒙本作

"说话"（连上读），戚本作"试问"。
"面"，其他脂本均作"个"。
例4：袭人便进房去取衣服——

  宝玉坐在床沿上退了鞋，等靴子穿的工夫，回头见鸳鸯穿着水红绫子袄儿，青缎子背心，带着白绉绸汗巾儿。

"退"，杨本、皙本作"脱"，其他脂本作"褪"①。
"带着"，其他脂本均作"束着"。
例5：不住用手摩挲，其白腻不在袭人之下——

  便猴上身去，顽皮笑道："好姐姐……"

"顽皮"，梦本作"皯皮"，皙本作"涎脸"，其他脂本作"涎皮"。
"好"，其他脂本均无。
例6：袭人抱了衣服出来，向宝玉道——

  左劝也不改，右劝也不改，你到底是怎么样的？再这么着，这个地方可就难住了。

"的"，其他脂本均作"你"（连下读）。
例7：同鸳鸯往前面来见贾母——

  见过贾母，来至外面，人马俱齐备，刚欲上马，只见那贾琏请安回来了。

"来"，其他脂本均作"出"。
"俱"，其他脂本均作"俱已"。
"那"，其他脂本均无。
例8：宝玉看时——

  只见这人浑长脸，长挑身材，年纪只好十八九岁，生得着实的斯文清秀。

---

① 庚辰本"褪"旁改"脱"。

"混长脸",杨本作"细长脸儿",暂本作"容长脸儿",其他脂本作"容长脸"。

"的",其他脂本均无。

例9：贾琏笑道——

你怎么发呆,连他也不认的？

"认的",蒙本作"认得了",其他脂本作"认得"。

例10：贾芸指贾琏道——

和二叔说句话。

"和",庚辰本作"我",其他脂本作"找"。

例11：自从我父亲没了,这几年也无人照管教导——

若宝叔叔不嫌侄儿蠢笨,认作儿子,就是我的造化了。

"宝叔叔",其他脂本均作"宝叔"。

例12：宝玉笑道——

明日若闲了,只管来找我。

"明日",杨本作"明",其他脂本作"明儿"。
"若",其他脂本均作"你"。

例13：说着,扳鞍上马——

众小厮围随同往贾赦这边来。

"同",其他脂本均无。

例14：贾赦先站起来回了贾母话——

次后唤人来带哥儿进去太太屋里坐着。

"唤人",其他脂本均作"便唤人"。

例15：你那奶妈子死绝了,也不收拾收拾你——

弄的黑煤乌嘴的,那里像大家子念书的孩子。

"黑煤",其他脂本均作"黑眉"。

例16:邢夫人便叫他两个椅子上坐了——

贾环见宝玉、邢夫人坐在一个椅子上,邢夫人又百般摩娑抚弄,他早已心中不自在起来,坐不多时,便和贾兰使了眼色儿要走。

"邢夫人",其他脂本均作"同邢夫人"。
"椅子",蒙本作"褥",其他脂本作"坐褥"。
"起来",其他脂本均作"了"。
"了",梦本作"个",其他脂本无。

例17:邢夫人笑道——

你坐着,我还和你说话。

"坐着",其他脂本均作"且坐着"。

例18:邢夫人向他两个道——

你们回去各人替我问你们各人母亲好,你们姑娘姊姊妹妹都在这里呢。

"姊姊妹妹",梦本作"姐妹",其他脂本作"姐姐妹妹"。

例19:宝玉笑道——

可是姊姊们都来了,怎么不见?

"姊姊",其他脂本均作"姐姐"。
"来",其他脂本均作"过来"。

例20:还有一个好顽的东西——

给你带去顽,娘儿两人说话,不觉早又晚饭时节。

"带去",其他脂本均作"带回去"。
"两人",其他脂本均作"两个"。

例21:你先去等着,后日起更以后,你来讨信儿——

早了我就不得闲儿。

"就"，其他脂本均无。
"儿"，其他脂本均无。
例22：贾芸出了荣国府回家——

  一路思量，想出<u>个</u>主意来，一径往他母舅卜世仁家来。

"个"，其他脂本均作"一个"。
例23：我有一件事用些冰片、麝香使用，好歹舅舅每样赊四两给我——

  八月里按数送了<u>银</u>来。

"银"，其他脂本均作"银子"。
例24：前儿也是我们铺子里一个伙计替他的亲戚赊几两银子的货——

  至今总未还上，因此<u>大家</u>立了合同，再不许替亲友赊欠，<u>谁家错了</u>，就罚他二十两银子的东道。况且如今<u>这</u>货也短，你就拿现银子到我们这<u>不上三不上四</u>的铺子里<u>买</u>，也还没有这些，只好<u>倒点儿</u>去。这是一。二则，你<u>那</u>有正紧事。

"大家"，其他脂本均作"我们大家赔上"。
"谁家错了"，彼本、杨本、蒙本、戚本、晢本作"谁要错了"，庚辰本作"谁要赊欠"，梦本作"谁要犯了"。
"这"，其他脂本均作"这个"。
"不上三不上四的"，梦本无，其他脂本作"不三不四的"。
"买"，其他脂本均作"来买"。
"倒点儿"，庚辰本作"倒辨儿"，彼本、杨本、晢本、梦本作"倒扁儿"，蒙本、戚本作"倒包儿"。
"那"，其他脂本均作"那里"。
例25：你小人家狠不知个好歹，也到底立个主见——

  赚几个钱，弄的穿是穿吃是吃的，我看着也<u>欢喜</u>。

"欢喜"，其他脂本均作"喜欢"。
例26：贾芸笑道：舅舅说的到干净，我父亲没的时候——

　　　　我年纪又小，不知<u>人事</u>。

"人事"，其他脂本均作"事"。
例27：我天天和你舅母说——

　　　　只<u>恐</u>你没个算计儿，<u>但</u>立的起来，到你大房里，就是他们爷儿们见不着，便<u>下气</u>和他们的管家或者管事的人们嬉和嬉和，也弄个事儿管管。

"恐"，其他脂本均作"愁"。
"但"，其他脂本均作"但凡"。
"下气"，其他脂本均作"下个气"。
例28：只见娘子说道——

　　　　你又糊涂了，说着没有米，这里买了半斤面来，<u>不够</u>你吃，这会子还装胖呢！

"不够"，其他脂本均作"下给"。
例29：那个贾芸早说了几个"不用费事"，去的无影无踪了——

　　　　不言卜世仁夫妇，且说贾芸赌气离了母舅家门，一径回归旧路，心下正<u>是</u>烦恼，一边想，一边低头只管走来，不想一头<u>碰在</u>一个醉汉身上。

"卜世仁夫妇"，庚辰本作"卜家夫妇"，其他脂本作"卜家夫妻"。
"是"，其他脂本均作"自"。
"碰在"，其他脂本均作"就碰在"。
例30：贾芸吓了一跳，听那醉汉骂——

　　　　<u>臊你妈的</u>，瞎了眼睛，碰起我来了。

"臊你妈的"，彼本、杨本、暂本作"肏你妈的"，庚辰本、蒙本、戚本作"臊你娘的"，梦本作"你"。
例31：原来这倪二是个泼皮，专放重利债，在赌博场吃闲钱，专管打降吃酒——

　　　　<u>正从欠钱人家索了利钱</u>，<u>吃酒回来</u>。

"正从",其他脂本均作"如今正从"。

"吃酒回来",梦本作"归来已在醉乡",其他脂本作"吃醉回来"。

例32：只听那人叫道：老二住手，是我冲撞了你——

倪二听见是熟人的<u>话</u>，将醉眼睁开看时，见是贾芸。

"话",其他脂本均作"语音"。

例33：贾芸道——

<u>告诉你不得</u>，平白的又<u>讨了</u>没趣。

"告诉你不得",其他脂本均作"告诉不得你"。
"讨了",梦本作"讨个",其他脂本作"讨了个"。

例34：倪二道——

"不妨，不妨，有什么不平事，告诉<u>了</u>我替你出气。这三街六巷凭他是谁，有人得罪了我<u>金刚</u>倪二的街坊，管教他人离家散。"贾芸道："老二，你<u>别气</u>……"

"了",其他脂本均无。
"金刚",其他脂本均作"醉金刚"。
"别气",其他脂本均作"且别气"。

例35：倪二听了大怒道——

要不是<u>令母舅</u>，我便骂出好话来，真真气死我倪二。

"令母舅",庚辰本、蒙本、彼本、杨本、暂本作"令舅",戚本作"你令舅",梦本作"令亲"。

例36：我这里现有几两银子——

你若<u>做</u>什么，只管拿去买办。

"做",其他脂本均作"用"。

例37：也不知你厌恶我是个泼皮，怕低了你的身份——

也不知是<u>怕我</u>难缠，利钱重……

"怕我",其他脂本均作"你怕我"。

例38：若说怕低了你的身分,我就不敢借给你了,各自走开——

  一面说,一面从搭膊里掏出一卷银子来。

"搭膊",其他脂本均作"搭包"。

例39：若今日不领他这情,怕他臊了,道恐生事——

  不如借借他的,改日加倍还他,也到罢了。

"借借",其他脂本均作"借了"。

例40：倪二大笑道：好会说话的人,我却听不上这话——

  既说"相与交接"四个字,如何又放账给他使,图赚他的利钱？既把银子借与他,图他的利钱,便不是"相与交接"了。

"交接",其他脂本均作"交结"。

例41：倪二笑道：这不是话——

  天气黑了,也不让茶让酒,我还到别处有点事情去,你竟请回去。我还求你带了信儿与舍下……

"到别处",杨本、梦本无,其他脂本作"到那边"。
"了",其他脂本均作"个"。

例42：心内犹豫不决——

  忽又想到,不妨等那件事成了也可加倍还他。想毕,一直走到了钱铺里……

"到",其他脂本均作"道"。
"了",其他脂本均无。

例43：贾芸见倪二不说谎,心下越发欢喜,收了银子,来至家门——

  先到了隔壁,将倪二带的信捎了与他娘子。

"了",其他脂本均无。
"带",其他脂本均无。

例44：只说在西府里等琏二叔的——

　　问他母亲吃了饭的不曾？他母亲已吃过了，说留饭在那里，叫小丫头子拿过来与他吃。那天已是掌灯的时候……

"的"，其他脂本均无。
"留饭"，其他脂本均作"留的饭"。
例45：周瑞家的道：老太太叫，想必是裁什么尺头——

　　正说着，只见一群人簇着凤姐出来。贾芸深知凤姐是喜奉承、尚场的……

"出来"，其他脂本均作"出来了"。
"尚场"，梦本作"当排场"，其他脂本作"尚排场"。
例46：贾芸道：只是身上不大好，到时常记罣着婶婶，要来瞧瞧，又不能来——

　　凤姐儿笑道："可是会撒谎……"

"凤姐儿"，其他脂本均作"凤姐"。
例47：贾芸道：有个原故，只因我有个朋友家里有几个钱，现开香铺——

　　只因他身上捐着个通判，前儿选了云南不知那一处，连家眷一齐去，他这香铺也不在这里开了，便把账物攒了一攒，该给人的给人，该贱发的贱发了。像这细贵的货物都分着送与亲朋。

"物"，其他脂本均无。
例48：他就一共送了我些冰片、麝香——

　　我就和母亲商量，若要转卖，卖不出原价……

"母亲"，其他脂本均作"我母亲"。
"卖不出"，其他脂本均作"不但卖不出"。
例49：便是狠有钱的大家子——

也不过使了几分几钱就挺折腰了。

"使了",杨本无,彼本作"使",其他脂本作"使个"。

例50：一边说,一边将一个锦匣举起来——

凤姐要办端阳的节礼,采买香料药饵的时节,忽见贾芸如此一来,听这一篇话,心下又自得意,又是欢喜。

"要办",其他脂本均作"正是要办"。
"自",其他脂本均作"是"。

例51：贾芸也不好提的,只得回来——

因昨儿见了宝玉教他在外书房等着。

"教他在",其他脂本均作"叫他到"。

例52：贾芸吃了饭便又进来,到贾母那边仪门外绮霞斋书房里来——

只见焙茗、锄药两个小厮下象棋,为夺车正拌嘴,还有引泉、扫花、桃芸、拌鹤四五个人在房檐上掏小雀儿顽。

"桃芸",其他脂本均作"挑云"。
"拌鹤",其他脂本均作"伴鹤"。

例53：正是烦闷——

只听门上娇声嫩语是叫了一声"哥哥"。

"门上",其他脂本均作"门前"。

例54：贾芸见了焙茗,也就赶了出来问——

"怎样?"焙茗道："等了这半日,也没个人儿过来。这就是宝二爷房里的,好姑娘,你进去带了信儿,就说廊上的二爷来了。"

"怎样",其他脂本均作"怎么样"。
"半日",其他脂本均作"一日"。
"了",其他脂本均作"个"。

例55：有什么话,明儿再来——

今儿晚上得空儿<u>先</u>①回了他。

"先"，其他脂本均作"我"。

例56：凤姐冷笑道——

你们<u>若</u>拣远路儿走，叫我也难。早告诉我一声儿，什么不成了，多大点子事<u>情</u>，耽误到<u>这回子</u>。

"若"，其他脂本均作"要"。
"情"，其他脂本均无。
"这回子"，其他脂本均作"这会子"。

例57：凤姐半晌道——

这个<u>看着</u>不大好。等明年正月里烟火灯烛那个大宗儿下来再派你罢。

"看着"，其他脂本均作"我看着"。

例58：这里贾芸又拿了五十两出西门找到花儿匠方椿家里去买树。不在话下——

如今且说宝玉自那日见<u>了</u>贾芸，曾说明日着他进来说话儿。

"了"，其他脂本均无。

例59：檀云又因他母亲的生日接了出去——

麝月<u>现在</u>家中养病。虽还有几个做粗活听唤的丫头，估着叫不着他们，都出去寻伙觅伴的顽<u>去</u>。

"现在"，其他脂本均作"又现在"。
"去"，其他脂本均作"去了"。

例60：方见两三个老嬷嬷走进来——

宝玉见了他们，连忙<u>摆手</u>儿说："罢，罢，不用你们了。"

"摆手"，其他脂本均作"摇手"。

---

① "先"系旁添。

例61：只听背后说道：二爷仔细烫了手，让我们来到——

　　一面说，一面<u>上来</u>，早接了过<u>来</u>。宝玉到吓了一跳。

"上来"，其他脂本均作"走上来"。
"来"，其他脂本均作"去"。
例62：宝玉道——

　　"既是这屋里的，我怎么不<u>认的你</u>？"丫头听说，便冷笑了一声道："<u>认不的</u>也多，岂止我一个。从来我又不递茶递水、拿东拿西，眼见的事儿一点不作，<u>你</u>那里<u>认的</u>呢？"

"认的你"，其他脂本均作"认得，那"（连下读）。
"认不的"，晳本作"不认得"，其他脂本作"认不得"。
"你"，庚辰本、蒙本、戚本、梦本无，彼本作"宝爷"，杨本、晳本作"爷"。
"的"，其他脂本均作"得"。
例63：不想二爷又往北府里去了——

　　刚说到这句话，<u>只见</u>秋纹、碧痕唏唏哈哈的说笑着进来。两个人共提着一桶水，一手撩着衣裳，趔趔趄趄、泼泼撒撒的。那丫头<u>便</u>迎去接。那秋纹、碧痕正对<u>报怨</u>……

"只见"，其他脂本均无。
"便"，其他脂本均作"便忙"。
"报怨"，其他脂本均作"抱怨"。
例64：二人便都诧异，将水放下，忙进房来——

　　东瞧西望，并没<u>有</u>个别人，只有宝玉，便心中大不自在。

"有"，其他脂本均无。
例65：不想二爷要茶吃，叫姐姐们，一个没有——

　　<u>着</u>我进去了，才到了茶。

"着"，其他脂本均作"是"。

例66：秋纹听了，抖脸便啐一口，骂——

没脸面的下流东西，正经叫<u>我们</u>催水去，你说有事，故意叫我们去，你可等着做这个巧宗儿。一里一里的，这不上来了？难道我们到跟不上你了，你也<u>照镜子瞧瞧</u>，配递茶递水不配？

"我们"，其他脂本均作"你"。
"照镜子瞧瞧"，其他脂本均作"拿镜子照照"。

例67：碧痕道——

<u>等</u>明儿我说给他们，凡要茶要水、拿东送西的事，咱们都别动，只叫他去便是了。

"等"，其他脂本均无。

例68：只见有个老嬷嬷进来传凤姐的话说——

<u>明儿个</u>有人带花儿匠<u>种树</u>，叫你们严禁些衣服裙子别<u>混晾</u>的。

"明儿个"，蒙本、戚本、彼本作"明儿"，其他脂本作"明日"。
"种树"，其他脂本均作"来种树"。
"混晾"，蒙本、杨本、晢本作"混晒混晾"，其他脂本作"混晒晾"。

例69：每每要在宝玉面前显弄显弄——

只是宝玉身边一干人都是<u>能牙利齿</u>的，那里<u>又下的手来</u>。不想今儿才有些消息，又遭秋纹等一场<u>恶气</u>，心内早灰了一半。

"能牙利齿"，庚辰本、杨本作"能牙利爪"，蒙本、戚本作"灵牙利爪"[①]，梦本作"伶牙利爪"，彼本、晢本此句上下有大段缺文。
"又下的手来"，庚辰本、梦本作"插的下手去"，蒙本作"能还下的手去"，戚本作"还能下的手去"。
"恶气"，梦本作"恶语"，庚辰本、蒙本、戚本作"恶意"。

例70：便闷闷的回至房中，睡在床上暗暗盘算，翻来掉去，正没个抓寻——

[①] 蒙本误"爪"为"瓜"。

忽然窗外低低的叫道……

"忽然"，庚辰本、杨本、蒙本、戚本、梦本作"忽听"，彼本此处有大段缺文。

例71：那红玉急回身一跑——

被门槛绊倒。

"被"，庚辰本、蒙本、戚本、梦本作"却被"。
（按：自"这红玉年方十六岁"起，至回末"且听下回分解"止，彼本、杨本均无。）
（又按：暂本回末一段文字亦与其他脂本有异。）

第五节　舒本第二十五回独异文字考

第 25 回脂本现存舒本、甲戌本、庚辰本、蒙本、戚本、彼本、杨本、梦本八种。

第 25 回舒本独异的文字有八十二例，如下：

例1：一则怕袭人等寒心，二则又不知红玉是何等行为——

若好，还罢了。若不好起来，那时倒不好退还的。

"退还"，其他脂本均作"退送"。

例2：早起来也不梳洗，只坐着出神——

一时下去窗子，隔着纱屉子向外看的真切……

"下去"，彼本、杨本作"拿下"，甲戌本作"下来"，其他脂本作"下了"。

例3：独不见昨儿那一个——

宝玉便拔了鞋，恍出了房门。

"拔"，杨本无，其他脂本作"靸"。

例4：袭人笑道：我们这里的喷壶还没有收拾了来呢——

你到林姑娘那里去，把他们的<u>借来</u>。红玉答应了，便<u>走出</u>，往潇湘馆去。正走上翠烟桥，抬头一望，只见<u>土坡</u>上高处都拦着帏幙。

"借来"，梦本作"借来一用"，其他脂本作"借来使使"。
"走出"，甲戌本、杨本、梦本无，其他脂本作"走出来"。
"土坡"，其他脂本均作"山坡"。

例5：只见那边远远的一簇人在那里掘土——

贾芸<u>坐在那里</u>山子石上。

"坐在"，其他脂本均作"正坐在"。
"那里"，甲戌本无，其他脂本作"那"。

例6：众人只说他一时身上不快，都不理论——

<u>转眼</u>过了一日，原来次日就是王子腾夫人的寿诞。那里原打发人来请贾母、王夫人的，王夫人见贾母不去，自己也<u>不便</u>去了，是<u>薛姨娘</u><u>仝</u>着凤姐……

"转眼"，杨本、梦本无，其他脂本作"展眼"。
"不便"，杨本作"不"，彼本作"便也不"，其他脂本作"便不"。
"薛姨娘"，其他脂本均作"薛姨妈"。
"仝"，其他脂本均作"同"。

例7：众丫鬟素日厌恶他，都不答理——

只有彩霞还<u>合他和的来</u>，倒了一钟茶递与他。

"合他和的来"，梦本作"和他合得来"，其他脂本作"和他合的来"。

例8：他便悄悄的向贾环说道——

你安些分罢，<u>别</u>讨这个厌那个厌的。

"别"，其他脂本均作"何苦"。

例9：宝玉也来了，进门见了王夫人，不过规规矩矩说了几句——

便命人除去抹额，脱了衣服，拉了靴子。

"衣服"，杨本作"包服"，彼本作"色服"，其他脂本作"袍服"。

例10：宝玉听说，下来在王夫人身后倒下——

又叫彩霞来替他拍着，宝玉便和彩霞说笑，只见彩霞澹淡的，不大答理。

"叫"，其他脂本均作"着"。
"澹淡"，其他脂本均作"淡淡"。

例11：二人正闹着——

原来贾环听见，素日原恨宝玉，如今又见他和彩霞厮闹，心里越发按不下这口毒气。

"听见"，梦本作"听见的"，蒙本作"都听见了"，其他脂本作"听的见"。
"心里"，梦本作"心上"，其他脂本作"心中"。

例12：今见相离甚近，便要用热油烫瞎他的眼睛——

因而故意装作失手，把那盏油汪汪的蜡灯向宝玉脸上只一推，只听宝玉嗳呀了一声，屋里众人都唬了一跳，连忙将地下的掉灯挪过来，又将外间屋里的灯拿来三四盏，看时，只是宝玉满头都是油。

"那盏"，其他脂本均作"那一盏"。
"嗳呀"，其他脂本均作"嗳哟"。
"外间"，其他脂本均作"里外间"（彼本、杨本、梦本此两三句有异）。
"拿来"，其他脂本均作"拿了"。
"只是"，其他脂本均作"只见"。
"满头"，梦本无，彼本、杨本作"满脸满身"，其他脂本作"满脸满头"。

例13：王夫人又急又气，一面命人来替宝玉擦洗，一面又骂贾环——

凤姐三步二步跑去炕上替宝玉收拾着，一面笑道："三哥还是这么荒脚鸡似的……"

"三步二步跑去炕上",甲戌本、彼本、杨本作"三步两步跑上炕去",梦本作"三步两步上炕去",其他脂本作"三步两步的上炕去"。

"三哥",其他脂本均作"老三"。

例14:便叫过赵姨娘来骂道:养出这样黑心不知道理下流种子来——

也不管管,几番几次,<u>都不理论</u>。

"都不理论",其他脂本均作"我都不理论"。

例15:凤姐笑道——

便<u>说</u>自己烫的,也要骂人为什么不小心看着,<u>教</u>你烫了,横竖有一场气<u>受</u>的。

"便说",甲戌本、梦本同,庚辰本、蒙本、戚本、彼本、杨本作"便说是"。
"教",甲戌本、庚辰本、蒙本、戚本、彼本、杨本作"叫"。梦本无此句。
"受",其他脂本均作"生"。

例16:林黛玉便赶着来瞧——

只见宝玉正拿<u>着</u>镜子照呢。左边脸上满满的敷了一脸药。林黛玉<u>只当十分的</u>利害……

"着",其他脂本均无。
"只当十分的",梦本作"十分烫得",其他脂本作"只当烫的十分"。

例17:宝玉见他来了,忙把脸遮住,摇手叫他出去——

不肯<u>教</u>他看,知道他的癖性喜洁,见不得这些东西。

"教",其他脂本均作"叫"(杨本无此数句)。

例18:我瞧瞧,烫了那里了?有什么遮着藏着的——

<u>凑上来</u>强扳着脖子瞧了一瞧。

"凑上来",杨本无,甲戌本、庚辰本、蒙本、戚本、彼本作"就凑上来"。梦本此处有大段缺文。

例19:宝玉道:也不狠疼,养一两日就好了——

林黛玉坐了一回，<u>闷闷</u>回房去了。

"闷闷"，其他脂本均作"闷闷的"。

例20：一面向宝玉脸上用指画了一画——

<u>唧唧哝哝</u>的又持诵了一回……

"唧唧哝哝"，杨本作"口内哆哆嚷嚷"，其他脂本作"口内嘟嘟嚷嚷"。

例21：大凡那王公卿相人家的子弟，只一生长下来——

暗里便有<u>多少</u><u>捉使鬼儿</u>跟着他，得空便<u>摔</u>他一下，或掐他一下，<u>吃饭</u>打下他的饭碗。

"多少"，彼本作"许多的"，其他脂本作"许多"。
"捉使鬼儿"，梦本作"促侠鬼"，其他脂本作"促狭鬼"。
"摔"，其他脂本均作"拧"。
"吃饭"，其他脂本均作"或吃饭时"。

例22：贾母听如此说，便赶着问道——

这有<u>个</u>什么佛法解释<u>呢</u>？

"个"，其他脂本均无。
"呢"，其他脂本均作"没有呢"。

例23：马道婆道——

这个容易。<u>只要</u>替他多作些因果善事，也就罢了。再那佛经上还说，西方有位大光明普照菩萨，专管照耀阴暗邪祟，若有善男子、善女人<u>虔</u>供奉<u>这位菩萨</u>，可以永保儿孙康宁安静，再无惊恐邪祟撞磕之灾。

"只要"，其他脂本均作"只是"。
"虔"，其他脂本均作"虔心"。
"这位菩萨"，其他脂本均作"者"。

例24：马道婆道——

也不置些什么，不过除香烛供养之外，<u>一日</u>多添几斤香油，点上个大海灯……

"一日"，其他脂本均作"一天"。
例25：马道婆听如此说，便笑道——

这也不拘，随施主菩萨们发心。像我家里就有好几处王妃诰命供奉的，南安郡王府里的太妃也许的愿心大，一天是四十八斤油、一斤灯草。

"发心"，甲戌本作"心愿"，梦本作"愿心"，其他脂本作"随心"。
"好几处"，其他脂本均作"好几处的"。
"也"，甲戌本作"有"，其他脂本作"他"。
"大"，其他脂本均无。
例26：锦田侯的诰命次一等——

一天不过三十四斤。

"三十四"，其他脂本均作"二十四"。
例27：贾母道——

既是这样说，你使一日五斤，准了，每月来打趸来关了去。

"准了"，梦本无，其他脂本作"合准了"。
"来"，其他脂本均无。
例28：贾母又命人来吩咐——

"已后大凡宝玉出门的日子，拿几串钱去交给他小子们带着，遇见僧道穷苦还施舍的。"说话毕，那马道婆又坐一回，便又往各院各房问安……

"去"，其他脂本均无。
"话"，其他脂本均无。
"又坐一回"，杨本无，甲戌本作"又闲话了一回"，其他脂本作"又坐了一回"。
例29：赵姨娘命小丫头倒杯茶来与他吃——

马道婆因见枕上堆着零碎绸缎湾角，赵姨娘正粘鞋呢。

"枕"，其他脂本均作"炕"。

"堆着"，蒙本作"推着些"，其他脂本作"堆着些"（梦本此句移后）。

例30：赵姨娘听说，便叹口气说道——

"你瞧瞧那里头，还有那一块是成样的东西也到不了手里来，没的都在那里。你不嫌，就挑两块子去。"马道婆见说，果真便挑了两块绸将来。

"东西"，梦本作"好东西"，杨本作"好的东西"，甲戌本作"成样的东西"，其他脂本作"成了样的东西"。

"手里"，其他脂本均作"我手里"。

"没的"，其他脂本均作"有的没的"。

"绸将来"，彼本、杨本作"红青的袖将起来"，甲戌本作"袖起来"，蒙本、戚本作"收将起来"，庚辰本作"袖将起来"。梦本无此数句。

例31：赵姨娘叹口气道——

我手里但凡从容些，时常的上个供。只是心有余，力量不足。

"但凡"，其他脂本均作"但能"。

"些"，其他脂本均作"些儿"。

例32：马道婆道——

你只管放心，将来熬得环哥儿大了，得个一官半职，那时你要做多大功德不能。

"熬得"，其他脂本均作"熬的"。

"多大"，其他脂本均作"多大的"。

例33：我们娘儿们跟的上这屋里那一个儿，也不是有了宝玉，竟是得了个活龙——

他还是小孩子家，长得人意儿，大人偏疼他些也还罢了。

"长"，其他脂本均作"长的"。

例34：马道婆会意，便问道：可是琏二奶奶——

赵姨娘唬的忙摆手儿，走到门前，掀开帘子向窗外看看无人，方进来……

"摆手儿"，其他脂本均作"摇手儿"。
"开"，其他脂本均无。

例35：马道婆见他如此说，便探他口气说道——

我还用说，难道都看不出来，也亏你们心里也不理论，只凭他去，倒也妙。

"说"，其他脂本均作"你说"。

例36：马道婆听说，鼻子里一笑，半晌说道——

不是我说句作孽的话，你们没有本事，也难怪别人明不敢怎么，暗里也就算了，还等到得如今。

"作孽"，其他脂本均作"造孽"。
"算"，其他脂本均作"算计"。
"得"，梦本无，其他脂本作"这"。

例37：赵姨娘闻听这话里有道理，心内暗暗的欢喜，便说道——

怎么暗里算计，我倒有了心，只是没怎样能干人，你若教给我这法子，我大大谢你。

"有了心"，甲戌本作"有这心"，彼本作"这样心"，蒙本、戚本、杨本、梦本作"有这个心"，庚辰本作"有这个意思"。
"大大"，其他脂本均作"大大的"。

例38：难道就眼睁睁的看人家去摆布死了我们娘儿两个不成——

难道还怕我不谢的。

"的"，其他脂本均作"你"。

例39：马道婆听说如此，便笑道——

"说我不忍，叫你娘儿们受人委屈还犹可，但若说谢的这个字可是你错发算盘了。就便是我希图你谢，靠你也有些什么能打动我？"赵姨娘听说这话口气松动了，便说道："是你这么个明白人，怎么糊涂起来了……"

"说"，其他脂本均作"若说"。

"但"，其他脂本均无。

"也"，甲戌本、庚辰本、蒙本、戚本、彼本、杨本无。梦本此处有缺文。

"说"，其他脂本均无。

"是"，其他脂本均无。

例40：那时候事情妥当了，又无凭据，你还理我呢——

赵姨娘<u>笑</u>道："这又何难？如今我虽手里没<u>有</u>什么，也零碎攒了几两梯己……"

"笑"，其他脂本均无。

"有"，其他脂本均无。

例41：那婆子出去了，一时回来——

果然<u>写了</u>五百两欠契来。赵姨娘便印了<u>手印</u>。

"写了"，甲戌本、庚辰本、蒙本、戚本、彼本、杨本作"写了个"。梦本此处有大段缺文。

"手印"，甲戌本、庚辰本、蒙本、戚本、彼本、杨本作"手模"。梦本此处有大段缺文。

例42：伸手先去抓了银子，然后收了欠契，又向裤腰里掏了半晌——

掏出十个<u>钱</u>铰的青面白发的鬼来，并两个纸人，递与赵姨娘，又<u>悄悄</u>教他道："把他两个的年庚八字写在这两个纸人<u>上</u>，一并五个鬼都<u>撂</u>在他们各人床上就完了。"

"钱"，其他脂本均作"纸"。

"悄悄"，梦本无，甲戌本、庚辰本、蒙本、戚本、彼本、杨本作"悄悄的"。

"上"，其他脂本均作"身上"。

"撂"，其他脂本均作"掖"。

例43：这日饭后看了两篇书，自觉无趣——

便同紫鹃、雪雁等做了一回针线，<u>便觉</u>烦闷，<u>倚着</u>房门出了一回神，信步出来看阶下新<u>迸</u>出来的稚笋。

"便觉",梦本作"总",其他脂本均作"更觉"。
"倚着",甲戌本、庚辰本、蒙本、戚本、彼本、杨本作"便倚着"。
"出来",其他脂本均作"出"。

例44：林黛玉便入房中看时——

原来是李宫裁、凤姐、宝钗①、宝玉②都在这里呢。

"宝玉",其他脂本均无。

例45：凤姐道——

前儿个我打发个丫头送了两瓶茶叶去,你往那里去了？

"前儿个",甲戌本、庚辰本、彼本作"前儿",蒙本、戚本、杨本、梦本作"前日"。
"打发个丫头",甲戌本、杨本、梦本作"打发人",庚辰本、蒙本、戚本作"打发了丫头",彼本作"打发丫头"。

例46：凤姐儿又道——

你尝尝,可好不好？

"尝尝",甲戌本、庚辰本、蒙本、戚本、彼本、杨本作"尝了"。梦本无此上下数句。
"好不好",甲戌本、庚辰本、彼本、杨本作"还好不好",蒙本、戚本作"还好"。

例47：宝玉便说道——

论理可倒罢了,只是我说不是甚好。

"不是甚好",甲戌本、庚辰本、蒙本、戚本、彼本、杨本作"不大甚好",梦本作"不大好"。

例48：宝钗道——

味道轻,只是颜色不狠好些。

---

① 杨本"宝钗"作"宝玉"。
② "宝玉"二字系旁添。

"道",其他脂本均作"倒"(或"到")。

例49:凤姐道——

　　那是暹罗进贡来的,我吃着也没甚趣儿。

"吃",其他脂本均作"尝"。

例50:凤姐笑道:你要爱吃,我那里还有呢——

　　林黛玉说:"果真的,我就打发丫头去取了。"

"就",其他脂本均无。
"去取",其他脂本均作"取去"。

例51:林黛玉听了笑道——

　　你们听听,只是吃了他们一点子茶叶,就来使唤了。

"只",其他脂本均作"这"。
"他们",甲戌本作"他",梦本作"他家",其他脂本作"他们家"。

例52:李宫裁笑向宝钗道——

　　真真好,我们二婶子的诙谐是好的。

"好",其他脂本均无。

例53:林黛玉道:什么诙谐,不过是贫嘴贱舌讨人厌恶罢了——

　　说着便啐一口。

"啐",其他脂本均作"啐了"。

例54:(凤姐)指宝玉道——

　　你瞧瞧人物儿,门第配不上,模样配不上,家私配不上。

"模样",杨本作"模样儿",甲戌本作"还是根基",其他脂本作"根基"。

例55:说着,便站起来拉住——

　　刚在房门前,只见赵姨娘周姨娘两个进来瞧宝玉。

"在"，其他脂本作"至"（甲戌本无此句）。
"赵姨娘"，其他脂本均作"赵姨娘和"。
"两个"，其他脂本均作"两个人"。
例56：李宫裁听了，连忙叫着凤姐等走了——

  赵、周两个也辞了宝玉出来。

"来"，其他脂本均作"去"。
例57：宝玉道——

  "嗳呀，好头疼。"林黛玉道："阿弥陀佛。"

"阿弥陀佛"，其他脂本均作"该，阿弥陀佛"。
例58：宝玉越发拿刀弄杖，寻死觅活的，闹得天翻地覆——

  贾母、王夫人见了，抖衣乱颤，且儿一声肉一声放声恸哭。

"抖衣乱颤"，其他脂本均作"唬的抖衣乱颤"。
例59：于是惊动诸人——

  连贾赦、邢夫人、贾珍、贾琏、贾蓉、贾芸、贾萍、薛姨娘、薛蟠、周瑞家一干人，家中上上下下、里里外外众媳妇、丫头等都来园内看视。

"贾珍、贾琏"，其他脂本均作"贾珍、贾政、贾琏"。
"周瑞家"，其他脂本均作"并周瑞家的"。
例60：也曾百般医治祈祷、问卜求神，总无效验——

  看看日落，王子腾夫人告辞回去。

"回去"，梦本作"去了"，其他脂本作"去后"。
例61：贾母、王夫人、邢夫人、薛姨娘等寸地不离——

  只围着干哭。

"干"，其他脂本均作"了"。
例62：贾赦还各处去寻僧觅道——

贾政见总不灵效，着实懊悔，因阻贾赦道："儿女之类，皆由天命，非人力也可强者……"

"总"，甲戌本作"都"，其他脂本无。
"懊悔"，彼本作"懊恨"，其他脂本作"懊恼"（杨本、梦本无此句）。
"也"，其他脂本均无。

例63：贾赦也不理此话，仍是百般忙乱——

那里能见些效验。看看三日光景，那凤姐和宝玉躺在床上，一发竟连气都将没了，合家人口无不慌，都说没了指望，忙着将他二人后世衣履都置备下了。贾母、王夫人、贾琏、平儿、袭人几人更比诸人哭的忘飡废食，觅死寻活。

"能"，其他脂本均无（梦本无此句）。
"竟"，其他脂本均无。
"二人后世"，其他脂本均作"二人的后世的"。
"置备"，其他脂本均作"治备"。
"几人"，其他脂本均作"这几个人"。
"忘飡废食"，彼本作"忘食废寝"，其他脂本作"忘餐废寝"（梦本此句有异）。

例64：赵姨娘在旁劝道——

老太太不必过于悲痛，哥儿已是不中用了……

"不必"，其他脂本均作"也不必"。

例65：谁叫你来多嘴多舌的——

你怎么知道他在那里受罪不安生，怎么见得不中用了？

"那里"，其他脂本均作"那世里"。

例66：素日都不是你们调唆着逼他写字念书——

把胆子唬破了，他老子不像个逼鼠猫儿，都不是你们这起淫妇调唆的！

"逼鼠猫儿",其他脂本均作"避猫鼠儿"。

按:舒本此处语意正与其他脂本相反。前两句,庚辰本作"把胆子唬破了,见了他老子,不像个避猫鼠尔儿",甲戌本、蒙本、戚本基本上同于庚辰本。梦本无此二句。彼本则无"见了"二字,在这一点上,同于舒本。

例67:这会子逼死了,你们遂了心,我饶那一个,一面骂,一面哭——

贾政在旁边听见这些话,心里越发难过。

"边",其他脂本均无。

例68:是谁做了棺材?只叫把做棺材的拉来打死——

正闹的天反地覆去,没个开交……

"天反地覆去",其他脂本均作"天翻地覆"。

例69:只闻得隐隐木鱼声响,念了一句南无解冤孽菩萨——

"有那人口不利,家宅颠倒,或逢凶险,或中邪祟者,我善能医治。"贾母、王夫人听见这些话,那里还捺得住……

"颠倒",其他脂本均作"颠倾"。

"我",其他脂本均作"我们"。

"捺",彼本、杨本作"忍",其他脂本作"耐"(梦本无此句)。

例70:贾政虽不自在,奈贾母之言如何违拗,想如此深宅何得听的这样真切——

心中亦希罕,众人举目看时,原来是一个癞头和尚与一个跛足道人。

在第一句和第二句之间,其他脂本多出一句:"命人请了进来"。(彼本、杨本、梦本无此上下数句。)

例71:只见那和尚怎的模样——

他鼻如悬胆两眉长……

"他",其他脂本均无。

例72:浑身带水又拖泥——

相逢若问家何<u>在</u>，<u>恰</u>在蓬莱若水西。

"在"，其他脂本均作"处"。

"恰"，彼本作"都"，杨本此字不清，其他脂本作"却"。

例73：贾政问道——

你二人在那庙焚修？

"你二人"，其他脂本均作"你道友二人"。

例74：那僧笑道——

长官不须多<u>问</u>。

"问"，甲戌本作"言"，其他脂本作"话"。

例75：人世光阴如此迅速，尘缘满目，若似弹指——

可羡你<u>当时</u>那段好处，<u>念云</u>……

"当时"，彼本作"当初的"，杨本作"当出"，梦本作"当日"，其他脂本作"当时的"。

"念云"，其他脂本均无。

例76：可叹你今日这番经历——

粉渍脂痕污宝光，绮栊昼夜<u>伴</u>鸳鸯。

"伴"，其他脂本均作"困"。

例77：此物已灵，不可亵渎——

悬于<u>屋</u>上槛。

"屋"，其他脂本均作"卧室"。

例78：说着，回头便走了——

贾政赶着还<u>要</u>说话，让二人坐了吃茶，要送谢礼。

"要"，其他脂本均无。

例79：少不得依言将他二人就安放在王夫人卧室之内，将玉悬在门上——

　　王夫人亲身<u>看守</u>，不许别个人进来。

"看守"，其他脂本均作"守着"。

例80：至晚间——

　　他二人<u>渐渐的</u>醒来，说腹中饥饿，贾母、王夫人如得了<u>真宝</u>一般，<u>就</u>熬了米汤……

"渐渐的"，其他脂本均作"竟渐渐的"。
"就"，彼本、杨本作"遂"，甲戌本、庚辰本、戚本作"旋"，蒙本作"即"。
按：以上文字，梦本有多处异文，略。

例81：贾惜春道——

　　宝<u>姊姊</u>好好的笑什么？

"姊姊"，其他脂本均作"姐姐"。

例82：宝钗笑道：我笑如来佛比人还忙，又要讲经说法，又要普度众生——

　　<u>只</u>如今宝玉、凤姐姐病了，又烧香还愿，赐福消灾。今日才好些，又管林姑娘的姻缘了。

"只"，其他脂本作"这"。（梦本此数句有异。）

自第21回至第25回举例共计：

第21回	46例
第22回	49例
第23回	40例
第24回	71例
第25回	82例

这五回（21—25）共288例。

第十七章　舒本有哪些独异的文字？

——第二十六回至第三十回

第一节　舒本第二十六回独异文字考

第 26 回脂本现存舒本、甲戌本、庚辰本、蒙本、戚本、彼本、杨本、梦本八种。

第 26 回舒本独异的文字有五十六例，如下：

例 1：那红玉同众丫环也在这里守着宝玉，彼此相见多日都渐渐混熟了——

那红玉见贾芸手里拿着手帕子倒像是自己从前带的，欲又问他，又不好问的。

"带"，彼本作"失"，杨本作"失去"，甲戌本、庚辰本作"吊"，蒙本作"去"，戚本作"丢"，梦本作"掉"。

"欲又"，其他脂本均作"待要"。

例 2：原来是本院的个小丫头名叫佳蕙的——

因答说："在家里呢，进来罢。"

"呢"，其他脂本均作"你"（连下读）。

例 3：佳蕙点头道——

我想了一会，可也怨不的这个地方难站。

"的"，其他脂本均作"得"。

例4：如今身上好了，各处还完了愿，叫他跟着的人都按着等儿赏他们——

　　我们算年纪小，上不去不得，我们也不报怨，想你怎么也不算在里头，我心里就不服。袭人那怕他十分儿……

"想"，其他脂本均作"像"。

"十分儿"，彼本、杨本、蒙本作"得十分子"，甲戌本作"得十个分儿"，其他脂本作"得十分儿"。

例5：别说他素日殷勤小心，便是不殷勤小心，也拼不得——

　　可气晴雯、绮霞他们这个都算在上等里去。

"这个"，其他脂本均作"这几个"。

例6：红玉道——

　　也不犯着气他们，俗语说的，千里搭长棚，没有不散的筵席呢。

"没有"，其他脂本均作"没有个"。

"呢"，彼本、杨本作"谁混一辈子呢"，梦本作"谁守一辈子呢"，其他脂本作"谁守谁一辈子呢"。

例7：由不得眼睛红了，又不好意思好端端的哭——

　　只得勉强笑道："你这说的却是……"

"这"，其他脂本均作"这话"。

例8：红玉向外问道——

　　到是谁家的，也等不及说完就跑，谁蒸下馒头等着你怕冷了？

"家"，其他脂本均无。

"怕冷了"，其他脂本均作"怕冷了不成"。

例9：红玉立住，笑问道——

"李奶奶，你老人家那里去了？怎打这里来？"李嬷嬷站住，将手一拍……

"那里"，其他脂本均作"那"。
"将手一拍"，其他脂本均作"将手一拍道"。
例10：这会子逼着我叫了他来——

明儿叫上房里听见可又是不好。

"听见"，其他脂本均作"相见"。
例11：红玉笑道——

那一个是要是知道好歹就回不进来了才是。

"了"，其他脂本均无。
例12：林姐姐，你在这里作什么呢——

红玉抬头见是个小丫头子坠儿。

"个"，其他脂本均无。
例13：那贾芸一面走，一面拿眼把红玉一溜——

那红玉只当着和坠儿说话，也把眼去一溜。

"当"，其他脂本均作"装"。
例14：一溜回廊上吊着各色笼子，各色仙禽异鸟——

上面小小立门抱厦，一色雕镂新鲜花样隔扇。上面悬着一个匾额，四个大字题的是"怡红快绿"。

"立门"，其他脂本均作"五间"。
"的"，其他脂本均作"道"。
例15：贾芸连正眼也不敢看，连忙答应了——

又进一座碧纱橱，只见小小一张填漆床上悬着大红销金撒花帐子，宝玉穿着家常衣。

"座",其他脂本均作"道"。
"衣",其他脂本均作"衣服"。
例16：看见他进来,将书掷下,早堆着笑立起身来——

　　贾芸上前请了安。

"上前",其他脂本均作"忙上前"。
例17：说着,只见有个丫嬛端了茶来与他——

　　那贾芸口里和宝玉说着话,眼里却溜瞅那丫嬛,细觥身材,长方脸面……

"眼里",其他脂本均作"眼睛"。
"觥",甲戌本、彼本作"条",其他脂本作"挑"。（杨本无此段文字。）
"长方",戚本作"茏长",其他脂本作"容长"。
例18：不是别个,却是袭人——

　　这贾芸儿自从宝玉病了,他在里头混了两日……

"这",其他脂本均作"那"。
例19：今见他端了茶来,宝玉又在旁边坐着——

　　忙站起来,笑道："姐姐怎么替我倒起茶来,到叔叔这里又不是客,让我自己倒罢。"

"忙",其他脂本均作"便忙"。
"到",其他脂本均作"我来到"。
例20：一面说,一面坐下吃茶——

　　那宝玉便合他说些没要紧的散话,又说道谁家戏子好,谁家的花园好,又告诉他谁家的丫头标致,谁家酒席丰盛,又是谁家有奇货,又是谁家有异物。那贾芸只得口里顺着他说。

"合",其他脂本均作"和"。
"谁家",其他脂本均作"谁家的"。
"只得口里",其他脂本均作"口里只得"。

例21：贾芸见四顾无人，便把脚慢慢的停着些走——

口里一长一短和坠儿说话，先问了几岁了，名字叫什么……

"了"，其他脂本均作"他"。

例22：那坠儿见问——

便一桩桩的都告诉了他。

"告诉了他"，其他脂本均作"告诉他了"。

例23：贾芸道——

方才他问你找什么手帕子，我到拣了一块。

"找"，其他脂本均无。

例24：坠儿听了笑道——

他问了我几遍，可有看见他的手帕子？

"几遍"，其他脂本均作"好几遍"。

例25：他说，我替他找着了，他还谢我呢——

才在那蘅芜院门口说的，二爷也听见了，不是我撒谎。

"那"，其他脂本均无。

例26：原来上月进来种树之时，便拣了一块罗帕——

便知是所在园内的失落的，但不知是那个人的，故不敢造次。

"园内的"，其他脂本均作"园内的人"。

"那个"，其他脂本均作"那一个"。

例27：今听见红玉问坠儿，便知是红玉的——

心内不胜喜幸，又见坠儿追索，心中已得了主意。

"追索"，其他脂本均作"追索"。

例28：袭人道——

你出来就好了。

"出来",杨本作"出去",其他脂本作"出去了"。

例29:宝玉无精打采的,只得依他——

说出了房门。

"说"(连上读),杨本作"旷",甲戌本作"恍",其他脂本作"惧"。

例30:只见黛玉的奶娘并两个婆子都跟了进来说,妹妹睡觉呢——

"等醒了再请来。"说着,黛玉便翻身坐了起来,笑道:"谁睡觉呢?"那两个婆子见黛玉起来,便笑道:"我们只当姑娘睡着了。"

"说着",其他脂本均作"刚说着"。
"两个",其他脂本均作"两三个"。

例31:黛玉坐在床上,一面抬手整理鬓发,一面笑向宝玉道——

"人家睡觉,你进来作什么?"宝玉见他星眼微睗,香腮带赤……

"睗",其他脂本均作"饧"。

例32:宝玉不知要怎样,心下慌了——

忙赶上来道:"好妹妹,我一时该死,你别告诉去,我要敢嘴上就长个疔……"

"道",蒙本作"央着说"①,彼本、杨本作"笑道",其他脂本无。
"要",其他脂本均作"再要"。

例33:宝玉问道——

你可知道叫我可是为什么?

"可",其他脂本均无。

例34:一面说,一面催着宝玉,转过大厅——

宝玉心里还是狐疑。

---

① 蒙本"央着说"三字系旁添。

"还是狐疑",彼本、杨本作"正自胡疑",其他脂本作"还自狐疑"。

例35:这藕和瓜亏他怎么种出来的——

　　我连忙孝敬了母亲,赶着给你们老太太、<u>姨夫</u>、姨母送了些去。如今留<u>下</u>了些……

"姨夫",彼本、杨本作"姨爹",蒙本、梦本无,其他脂本作"姨父"。
"下",其他脂本均无。

例36:宝玉听说——

　　心下<u>猜疑</u>,古今字画也都见过些,那里有个庚寅?

"猜疑",其他脂本均作"猜疑道"。

例37:命人取过笔来,在手心里写了两个字——

　　<u>问</u>薛蟠道……

"问",其他脂本均作"又问"。

例38:薛蟠只觉没意思,笑道——

　　"谁知他<u>是</u>糖银果银的。"正说着,小厮来回:"冯大爷<u>来</u>。"

"是",其他脂本均无。
"来",其他脂本均作"来了"。

例39:冯紫英笑道——

　　好呀,也不出门了,在家里<u>享乐</u>罢。

"享乐",其他脂本均作"高乐"。

例40:薛蟠见他面上有些青伤,便笑道——

　　这脸上又<u>合</u>谁挥拳的,挂了幌子了?

"合",其他脂本均作"和"。

例41:冯紫英笑道,从那一遭把仇都尉打伤了,我就记了,再不呕气——

如何又挥拳？这个脸上是前日打围的在铁网山叫兔虎捎一翅膀。

"的"，其他脂本均无。
"叫"，彼本、杨本作"被"，其他脂本作"教"。
例42：我要问，不知怎么就忘了——

单你去了，还是老伯也去了？

"老伯"，其他脂本均作"老世伯"。
例43：难道我闲疯了，咱们几个人吃酒听唱的不乐，寻那个苦恼去——

这一次不幸之中又大幸。

"不幸"，其他脂本均作"大不幸"。
例44：冯紫英听说，便立起身来，说道——

论理该陪饮几杯才是，只是今儿有一件大大要紧事回去还要见家父的面，实不敢领。

"该"，其他脂本均作"我该"。
"的面"，其他脂本均作"面回"。
例45：冯紫英笑道，这又奇了，你我这些年——

那一回有这道理，果然不能遵命，若必定叫我领，拿大杯来，我领两杯就是了。

"有这道理"，其他脂本均作"有这个道理的"。
例46：众人听说，只得罢了——

薛蟠执壶，宝玉把盏，斟了两大杯。

"杯"，其他脂本均作"海"。
例47：冯紫英笑道——

今儿说的也不尽兴，我为这个还要特制一东，请你们去细谈。一则还有可惜之处。

"制"，其他脂本均作"治"。

"细谈"，其他脂本均作"细谈一谈"。

"可惜"，甲戌本、彼本、杨本作"所恳"，梦本作"相恳"，其他脂本作"可恳"。

例48：冯紫英道，多则十日，少则八天——

　　一面说，一面出门上马去了。众人回来，依席又饮了一回才散。

"才"，其他脂本均作"方"。

例49：袭人道——

　　人家牵肠挂肚的等着，你且享乐去，也到底打发人来给个信儿。

"享乐"，其他脂本均作"高乐"。

例50：正说，只见宝钗走进来，笑道——

　　"偏我们新鲜东西了。"宝玉笑道："姊姊家的东西自然先偏了我们了。"

"偏"，其他脂本均作"偏了"。

"姊姊"，其他脂本均作"姐姐"。

例51：却说那林黛玉听见贾政叫了宝玉去了，一日不回来，心中也替他忧虑——

　　至晚饭后，闻得宝玉来家来了，心里要找他问问是怎么样了，一步步行来，见宝钗进宝玉的院内去了，自己也便随后走来了。

"来家"，其他脂本均无。

"走来了"，其他脂本均作"走了来"。

例52：但见一个个文彩炫耀，好看异常，因而站住看了一会——

　　往怡红院来，只见院门关着。

"往"，其他脂本均作"再往"。

例53：谁知晴雯和碧痕正辩了嘴，没好气，忽见宝钗来了——

那晴雯正移在宝钗身上。

"正移在",其他脂本均作"正把气移在"。

例54:林黛玉听了,不觉气怔在门外——

待要高声问他,透起气来,自己又回思一番……

"透",甲戌本、彼本、杨本作"斗",其他脂本作"逗"。

例55:左思右想,忽然想起早起的事来,必竟是宝玉恼我告他的原故——

但只我何尝告你去来,你也不打听打听竟恼我到这步田地。

"去来",杨本无,其他脂本作"了"。

例56:独立墙角边花阴之下悲悲戚戚呜咽起来——

原来这黛玉秉绝代姿容,具希世俊美。

"黛玉",其他脂本均作"林黛玉"。

第二节　舒本第二十七回独异文字考

第27回脂本现存舒本、甲戌本、庚辰本、蒙本、戚本、彼本、杨本、梦本八种。

第27回舒本独异的文字有六十一例,如下:

例1:因而闪过一旁让宝钗去了,宝玉等进去关了门,方转过来——

犹望着门洒了几点泪,自觉无味,方转回身来,无精打采的卸了残妆。

"转回身来",其他脂本均作"转身回来"。

例2:无事闷坐,不是愁眉,便是长叹——

且好端端的不知为了什么常常的便自泪自郁的。

"自泪自郁",甲戌本、戚本、梦本作"自泪自干",庚辰本作"自泪道不干"，蒙本作"泪自①干"，彼本作"自泪自叹"，杨本作"自己泪叹"。

例3：那林黛玉倚着床栏杆，两手抱着膝，眼睛含着泪——

好似木雕泥塑的一般，<u>至</u>坐到二更多天，方才睡了。

"至"，其他脂本均作"直"。

例4：尚古风俗，凡交芒种节的这日，都要设摆各色礼物，祭饯花神——

言芒种一过，便是夏日了，众花皆<u>因</u>花神退位，须要饯行。

"因"，其他脂本均作"卸"。

例5：且说宝钗、迎春、探春、惜春、李纨、凤姐等——

并巧姐、大姐、香菱与众<u>丫头</u>们在<u>园</u>顽耍，独不见林黛玉。

"丫头"，其他脂本均作"丫环"。
"园"，其他脂本均作"园内"。

例6：宝钗道，你们等我去闹了他来，说着便丢了众人，一直往潇湘馆来——

正走着，<u>见</u>文官等十二个女孩子也来了。

"见"，其他脂本均作"只见"。

例7：宝钗意欲扑了来顽耍——

遂向袖中<u>取出扇子</u>，向草地下来扑。

"取出扇子"，其他脂本均作"取出扇子来"。

例8：香汗淋漓，娇喘细细，宝钗也无心扑了——

<u>欲</u>回来，只听滴翠亭里边喊喊喳喳有人说话。

"欲"，其他脂本均作"刚欲"。

例9：你瞧瞧这手帕子果然是你丢的那块，你就拿着，要不是，就还芸二爷去——

---

① 蒙本"自"旁改"不"。

> 有人说话："可不是我那块，拿来给我罢。"

"有人"，其他脂本均作"又有一人"。

例 10：又答道，我既许了谢你，自然不哄你的——

> 又听道说："我寻了来给你，自然谢我。"

"听道说"，彼本、杨本作"说"，其他脂本作"听说道"。

例 11：又听说道——

> 你不谢他，你怎么回他呢？

"你"，其他脂本均作"我"。

例 12：况且他再三再四的和我说了——

> 若没谢的，不许我给你的。

"的"，其他脂本均作"呢"。

例 13：又听答道——

> 也罢，拿我这个给他，算谢的罢。

"谢"，其他脂本均作"谢他"。

例 14：又听说道——

> 我要告诉一个人，就长一个疔疮，日后不得好死。

"疔疮"，其他脂本均作"疔"。

例 15：便是人见咱们在这里——

> "他们只当我们在这里说顽话呢，若是走到跟前，咱们也看的见，就别说了。"宝钗在外面听见这话，心内吃惊。

"在这里"，其他脂本均无。
"是"，其他脂本均无。
"内"，其他脂本均作"中"。

例 16：这一开了，见我在这里，他们岂不臊了——

况才说话的语音大似宝玉房里红儿的<u>语音</u>。

"语音",甲戌本、杨本无,其他脂本作"言语"。

例17:宝钗道——

我才在河边<u>看</u>看林姑娘在<u>那里</u>蹲着弄水儿的。

"看"(点去),杨本作"见",其他脂本作"着"。
"那里",其他脂本均作"这里"。

例18:一面说,一面故意进去寻了一寻,抽身就走——

口内说道:"一定是又钻在山子<u>洞</u>去了,遇见蛇咬一口也罢了。"

"洞",其他脂本均作"洞里"。

例19:红玉道——

这<u>个</u>怎么样呢?

"个",其他脂本均作"可"。

例20:红玉笑道——

"奶奶有什么话,只管吩咐我<u>去</u>。若说的不齐全,误了奶奶的事,凭奶奶责罚就是了。"<u>凤姐儿</u>笑道:"你是那位小姐房<u>内</u>的?"

"去",其他脂本均作"说去"。
"凤姐儿",其他脂本均作"凤姐"。
"内",其他脂本均作"里"。

例21:红玉道——

<u>我</u>宝二爷房里的。

"我",其他脂本均作"我是"。

例22:凤姐听了笑道——

<u>嗳呀</u>,你原来是宝玉房里的,怪道呢。

"嗳呀",其他脂本均作"嗳哟"。

第十七章　舒本有哪些独异的文字？ | 473

例23：你道我们家告诉你平姐姐——

　　外头屋里桌子上<u>窑</u>盘子架儿底下放着一些银子。

"窑"，其他脂本均作"汝窑"。

例24：再里头床头间有一个小荷包拿了来——

　　红玉听说，<u>撒身</u>去了。

"撒身"，戚本作"抽身"，其他脂本作"彻身"。

例25：晴雯一见了红玉，便说道——

　　你只是疯罢，院子里花儿也不浇，雀儿也不喂，<u>茶炉</u>也不爐，就在外头逛。

"茶炉"，其他脂本均作"茶炉子"。

例26：昨儿二爷说了，今儿不用浇花，过一日浇一回罢——

　　我喂雀儿<u>时候</u>，姐姐还睡觉呢。

"时候"，其他脂本均作"的时候"。

例27：碧痕道，茶炉子呢——

　　红玉道："今儿不该我爐的班儿。有茶没茶，别问我<u>了</u>。"

"了"，其他脂本均无。

例28：晴雯冷笑道，怪道呢，原来爬上高枝儿去了，把我们不放在眼里——

　　不知说了一句话半句话，<u>明儿旺</u>①儿知道了不曾，就把他兴的这个样。这一遭儿半遭儿的算不得什么，过来后儿还<u>得听我</u>，有本事<u>今儿</u>出了这圈子，长长远远的在高枝儿上，才算<u>的</u>。

"明儿旺儿"，蒙本作"姓儿"，其他脂本作"名儿姓儿"。
"得听我"，戚本作"听得么"，其他脂本作"得听呵"。

---

① 舒本"旺"旁改"后"。

"今儿"，其他脂本均作"从今儿"。
"的"，其他脂本均作"得"。
例29：红玉听说，不便分证——

忍气着来找凤姐儿。

"忍气着"，梦本作"认着气"，其他脂本作"忍着气"。
例30：红玉上来回道——

平姐姐说，奶奶刚出来了，他就将银子收了起来。

"将"，其他脂本均作"把"。
例31：才旺儿进来讨奶奶的示下，好往那家子去的——

平姐姐就把那话按着奶奶的意思打发他去了。

"意思"，其他脂本均作"主意"。
例32：明儿有人去——

"就顺路给那舅奶奶带去的。"话未说完，李氏道："嗳呀呀，这些话我就不懂了，什么爷爷奶奶的一大堆。"凤姐儿笑道："怨不的你不懂，这是四五门子的话呢。"

"那"，其他脂本均作"那边"。
"嗳呀呀"，蒙本作"嗳哟"，其他脂本作"嗳哟哟"。
"爷爷奶奶"，其他脂本均作"奶奶爷爷"。
"凤姐儿"，其他脂本均作"凤姐"。
"的"，其他脂本均作"得"。
例33：嫂子你不知道，如今除了我随手使的几个丫头、老婆子外——

我就怕别人说话，他们必定把这一句话拉长了，作两三句儿，咬文嚼字……

"这"，其他脂本均无。
"句"，其他脂本均作"截"。
例34：我就问着他，难道必定装蚊子哼哼就是美人了——

第十七章　舒本有哪些独异的文字？ | 475

"几遭才好些儿了。"李宫裁笑道："都像你泼落户才好。"凤姐儿又道："这一个丫头就好，方才这遭说话虽不多，听那口声就简断。"

"几遭"，蒙本作"就说了几遭"，其他脂本作"说了几遭"。
"这"，其他脂本均作"两"。
例35：又向红玉笑道——

你明儿伏侍我去罢，我认你做干女儿，我一调理你就有出息了。

"有"，其他脂本均无。
例36：凤姐听了——

十分诧意，因问道："原来是他的丫头。"又笑道："林之孝两口子都是锥子扎不出一点声儿来的，我成日家说他们倒是配就的了一对夫妻，一个是天聋，一个是地哑。"

"诧意"，杨本无（无"十分诧意"四字），甲戌本、梦本作"咤意"，庚辰本、蒙本、彼本作"岔异①"，戚本作"诧异"。
"点"，其他脂本均无。
"的了"，其他脂本均作"了的"。
"是"，其他脂本均无。
例37：红玉道，原叫红玉的，因为重了宝二爷——

"如今只叫红儿。"凤姐听了，将眉一皱，把头一回，说道："讨人嫌的很，得了玉的倚似的，你也玉，我也玉。"

"只叫红儿"，其他脂本均作"只叫红儿了"。
"听了"，其他脂本均作"听说"。
"倚"，甲戌本作"宜"，庚辰本作"依"，蒙本、戚本作"益"，彼本作"济"，梦本作"便宜"。（杨本无此句。）
例38：我还和他妈说，赖大家的如今事多，也不知这府里谁是谁——

你替我好好挑两个丫头我使，他一般的答应着。

---

① 彼本"异"系旁改，原作"意"。

"好好",其他脂本均作"好好的"。

例 39：红玉笑道——

> 我们也不敢说。

"我们也不敢说",杨本作"愿不愿,我们也不敢说",其他脂本作"愿意不愿意,我们也不敢说"。

例 40：如今且说林黛玉因夜间失寐,次日起来迟了——

> 闻得众姊妹都在院中作饯花会。

"院中",其他脂本均作"园中"。

例 41：林黛玉便回头叫紫鹃道——

> 把屋子收拾了,下一扇纱窗屉,看那大燕子回来。

"窗",其他脂本均无。

例 42：林黛玉正眼也不看——

> 各自出了院门,一直的找别的姊妹去了。

"的",其他脂本均无。

例 43：宝玉心中纳闷,自己猜疑,看起这个光景来,不像是为昨日的事——

> 但只昨日事我回来晚了,又没有见他,再没有冲撞了他去处了。

"事",其他脂本均无。
"回来",其他脂本均作"回来的"。

例 44：只见宝钗、探春正在那边看鹤舞——

> 见黛玉去了,三个一同站住说话儿。

"站住",其他脂本均作"站着"。

例 45：探春道,宝哥哥,你往这里来,我和你说话——

> 宝玉听说,便跟了他,离了宝钗两个,到了一棵石榴树下。

"宝钗"，甲戌本无，其他脂本作"钗、玉"。

例46：宝玉笑道——

　　那想是别人听错了，并无叫的。

"无"，其他脂本均作"没"。

例47：明儿出门逛去的时候——

　　或是好字画，好新巧顽意儿，替我带些来。

"新巧"，其他脂本均作"轻巧"。

例48：宝玉道——

　　我这么城里大廊小庙的逛，也没见个新奇精致东西，左不过是那些金玉铜磁没处摆的古董，再就是绌缎吃食衣服。

"城里"，其他脂本均作"城里城外"。
"绌缎"，其他脂本均作"细致"。
"衣服"，其他脂本均作"衣服了"。

例49：宝玉笑道——

　　原来要这个，这不值什么，那五百钱去给小子们，管拉两车来。

"去"，其他脂本均作"出去"。

例50：探春道，小厮们知道什么——

　　你拣那朴而不俗、直而不曲者这些东西，你多多的替我带了来，我还想上回的鞋做一对你穿，彼那双还加工夫如何呢？

"直而不曲"，彼本作"真而不诈"，杨本作"真而不作"，梦本作"直而不拙"，其他脂本作"直而不作"。
"想"，其他脂本均作"像"。
"一对"，其他脂本均作"一双"。

例51：宝玉笑道——

你提起鞋来，我想起来①故事。那一回穿着，可巧遇见了老爷，老爷就不受用，问道："谁做的？"我那里敢提"三妹妹"三字。

"来"，甲戌本、彼本、梦本无，杨本作"来了"，其他脂本作"个"。
"穿着"，其他脂本均作"我穿着"。
"道"，其他脂本均作"是"。
"三字"，其他脂本均作"三个字"。

例52：我回来告诉袭人——

袭人说："这还罢了。赵姨娘气的抱怨的了不得……"

"还"，其他脂本均无。

例53：宝玉听了，点头笑道，你不知道，他心里自然又有个想头了——

探春听了，一发动了气，将头一扭，说道："连你也糊涂了，他那想头自然是有的，不过是阴微鄙贱的见识，他只管这么想，我只管认的老爷、太太两个人，别人我一概不管，就是妹妹兄弟跟前，谁和我好，我就和谁好。"

"听了"，其他脂本均作"听说"。
"是"，其他脂本均作"是那"。
"认的"，其他脂本均作"认得"。
"妹妹兄弟"，甲戌本作"姊妹兄弟"，其他脂本作"姊妹弟兄"。

例54：过了两天，他见了我——

也是说没钱使，怎么难，我也没理论。

"没"，其他脂本均作"不"。

例55：他就抱怨起我来，说我趱的钱为什么给你使，倒不给环儿使了——

"我见这话，又好笑，又好气。我就出来往太太跟前去了。"正说着，只听宝钗那边笑道："说完了来罢，显见的是哥哥妹妹了。"

---

① "来"被点去。

"见",其他脂本均作"听见"。
"听",其他脂本均作"见"。
例56：宝玉因不见了林黛玉，便知他躲了别处去了——

  想一想，索性迟两日等他的气叹一叹再去也罢了。

"想一想",其他脂本均作"想了一想"。
例57：将已到了花冢，犹未转过山坡——

  只听山坡那边有呜咽之声，一行数落着哭，好不伤感。

"哭",其他脂本均作"哭的"。
例58：三月香巢已垒成，梁间燕子太无情——

  明年花发虽犹啄，却不道人去梁空巢也倾。

"犹",其他脂本均作"可"。
例59：一年三百六十日，风刀霜剑严相逼——

  明媚鲜娇能几时，一朝飘泊难寻觅。

"鲜娇",其他脂本均作"鲜妍"。
例60：花魂鸟魂总难留，鸟自无言话自羞——

  愿奴胁下生双翼，随花落到天尽头。

"落",其他脂本均作"飞"。
例61：一朝春尽红颜老，花落人亡两不知——

  宝玉不觉痴倒。

"宝玉",其他脂本均作"宝玉听了"。

第三节　舒本第二十八回独异文字考

第28回脂本现存舒本、甲戌本、庚辰本、蒙本、戚本、彼本、杨本、梦本八种。

第 28 回舒本独异的文字有七十七例，如下：

例 1：至次日又可巧遇见饯花之期——

　　正是一腔无明欲为发泄，又勾起伤春愁思，因把些残花落瓣去掩埋。

"欲为"，其他脂本均作"正未"。

例 2：林黛玉看见便道——

　　啐，我道是谁，原来是狠心短命的。

"是"，其他脂本均作"是这个"。

例 3：宝玉叹道——

　　当日姑娘来了，那不是我陪着顽笑。

"当日"，其他脂本均作"当初"。

例 4：姊妹们从小儿长大，亲也罢，热也罢——

　　和气到了头，才见得此人好。如今谁承望姑娘人大心大，不把我放在眼睛里，倒把外四路的什么宝姊姊、凤姊姊放在心坎儿上，倒把我三日不理、四日不见的。

"此"，其他脂本均作"比"。
"姊姊"，其他脂本均作"姐姐"。

例 5：但只凭着怎么不好，万不敢在妹妹跟前有错处——

　　便有一二错处，你倒是或教道我成人，你下次或骂我两句，打我两下。

"一二"，其他脂本均作"一二分"。
"成人"，其他脂本均作"戒"。
"你"，其他脂本均作"我"。

例 6：黛玉听了这话，不觉将昨晚的事都忘在九霄云外了，便说道——

　　你既这样说，昨儿为什么我去了，你不叫丫头开门？

"这样",其他脂本均作"这么"。

例 7：林黛玉啐道——

大清早死呀活的也不忌讳，你说有呢就有，没有就没有，起什么誓言呢？

"大清早",其他脂本均作"大清早起"。

例 8：宝玉道——

实在没有见你去，就是宝姊姊坐了一坐就出来了。

"姊姊",其他脂本均作"姐姐"。

例 9：林黛玉想了一想，笑道——

想必是你丫头们懒得动，丧声歪气的也是有的。

"懒得",甲戌本、戚本作"懒怠",其他脂本作"懒待"。

例 10：林黛玉道——

也不过这样着。

"这样",其他脂本均作"这么"。

例 11：宝玉道，太太不知道，林妹妹是内症，先天生的弱——

所以禁不住一点风寒，不过吃两剂药疏散了风寒，还是吃丸药好。

"药",其他脂本均作"煎药"。

"吃丸药好",其他脂本均作"吃丸药的好"。

例 12：宝玉又道——

人参益母丸，左归，右归，再不就是麦味地黄丸。

"人参",其他脂本均作"八珍"。

例 13：宝玉扎手笑道——

从来没听见有个金刚丸。

"有个",其他脂本均作"有个什么"。
例14:宝玉笑道,这些药都不中用的——

太太给我三百六十两银子,我替妹妹配一料丸药,<u>且保管</u>一料不完就好了。

"且保管",其他脂本均作"包管"。
例15:只讲那头胎紫河车、人形带叶参、三百六十两不足龟大何首乌——

千年松根茯苓<u>脂</u>,诸如此类的药,都不算为奇。只<u>这一</u>群药里,算那<u>为君药</u>说起来唬人一跳。

"脂",其他脂本均作"胆"。
"这一",其他脂本均作"在"。
"为君药",其他脂本均作"为君的药"。
例16:前儿薛大哥哥求了我一二年,我才给了他这方子——

他拿了这方子,<u>又去</u>寻了二三年,花了有上千的银子才配成了。太太不信,只问宝<u>姊姊</u>。

"又去",其他脂本均作"去,又"。
"姊姊",其他脂本均作"姐姐"。
例17:宝玉站在当地,听见如此说——

一回身,把手一<u>指</u>,说道:"我说的倒是真话呢……"

"指",其他脂本均作"拍"。
例18:我问他什么药,他说是宝兄弟的方子——

说了多少药,<u>也</u>没工夫听他,<u>他</u>说,不然,我也买几颗珍珠了。只是定要头上带过的,所以来和我寻。他说:"妹妹就没散的,花儿上<u>的</u>也得,摘下来过后儿,<u>拣好</u>的再给妹妹穿了来……"

"也",其他脂本均作"我也"。
"他",其他脂本均无。

"的"，其他脂本均无。
"拣好的"，其他脂本均作"我拣好的"。

例19：宝玉又道——

　　太太想这不过是将就呢，正紧按那方子，那a珍珠宝石定要那b古坟里的，有那古时富贵人家装裹的头面拿了来才好，如今那里有为这个去刨坟掘墓。

"那a"，其他脂本均作"这"。
"那b"，其他脂本均无。
"有"，其他脂本均无。

例20：宝玉向林黛玉说道——

　　"你听见了没有，难道二姊姊也跟着我撒谎不成？"面望着林黛玉说话，却拿眼睛瞟着宝钗。林黛玉便拉王夫人道："舅母听听，宝姊姊不替他圆谎，他只问着我。"

"姊姊"，其他脂本均作"姐姐"。
"面"，其他脂本均作"脸"。

例21：王夫人也道——

　　"宝玉狠为欺负你妹妹。"宝玉笑道："太太不知道这原故，宝姊姊先在家里住着，那薛大哥哥的事，他也不知道……"

"为"，其他脂本均作"会"。
"姊姊"，其他脂本均作"姐姐"。

例22：正说着——

　　只见贾母房中的丫嬛找宝玉、林黛玉去吃饭。林黛玉也不叫宝玉，便起身拉了那丫嬛走。那丫嬛说："等着宝玉一块儿走。"

"中"，其他脂本均作"里"。
"丫嬛"，其他脂本均作"丫头"。

例23：宝玉道——

"我也跟着吃斋。"说着，便叫那丫头去罢，自己先跑桌子上坐了。

"跑"，其他脂本均作"跑到"。

例24：二则他记罣着林黛玉，忙忙的要茶漱口，探春、惜春却笑道——

二哥哥，你成日家忙些什么，吃饭吃茶也是这么忙碌碌。

"忙碌碌"，其他脂本均作"忙碌碌的"。

例25：宝玉道——

这算什么，又不是账，又不是礼物，怎么写法？

"怎么"，其他脂本均作"怎么个"。

例26：宝玉道，我屋里的人也多得狠——

姊姊喜欢谁，只管叫了来，何必问我。

"姊姊"，其他脂本均作"姐姐"。

例27：凤姐笑道——

你既这样着，我就叫人带他去了。

"你"，其他脂本均无。

"这样着"，其他脂本均作"这么着"。

例28：因问林妹妹在那里——

贾母道："在里头屋里呢。"

"在"，其他脂本均无。

例29：宝玉走进来笑道——

哦，这是做什么呢？才吃了饭，这么空着头，一回又要头疼了。

"一回又要"，其他脂本均作"一会子又"。

例30：宝钗笑道，我告诉你个笑话儿——

刚才为这个药，我说了个不知道，宝兄弟心里不受用了。

"这个"，其他脂本均作"那个"。
例31：宝玉向宝钗道——

　　老太太要抹骨牌，正没人，你就去抹骨牌呢。

"就"，其他脂本均无。
例32：林黛玉道——

　　你倒是去罢，这里有老虎，吃了你。

"吃了你"，庚辰本作"看吃你"，其他脂本作"看吃了你"。
例33：林黛玉见问丫头们——

　　便说："凭他谁叫我裁，我也不管二爷的事。"

"说"，其他脂本均作"说道"。
"我"，其他脂本均无。
例34：那婆子说道——

　　放你娘的屄。倒好，宝二爷如今在园里住着，跟他的都在园里，你又跑到这里来带信儿。

"屄"，甲戌本、彼本、杨本作"毧"，其他脂本作"屁"。
"跟他的"，其他脂本均作"跟他的人"。
"跑到"，其他脂本均无。
例35：回道书房里，宝玉换了，命人备马——

　　只带着焙茗、锄菜、双福、双寿四个小厮去了。

"锄菜"，其他脂本均作"锄药"。
"双福"，蒙本无，其他脂本作"双瑞"。
例36：只见薛蟠早已在那里久候——

　　还有许多唱曲儿小厮并唱小旦的蒋玉菡、锦香院的妓女云儿，大家都见过了。

"唱曲儿"，其他脂本均作"唱曲儿的"。

例37：宝玉擎茶笑道，前日所言幸与不幸之事——

　　我昼悬夜想，今日已开呼唤即至。

"已开"，其他脂本均作"一闻"。

例38：冯紫英笑道——

　　你们令姨表弟兄倒都信为实，然前日不过是我的设辞。

"姨表"，彼本作"表"，其他脂本作"姑表"。
"信为实"，其他脂本均作"心实"。
"然"，其他脂本均无。

例39：那薛蟠三杯下肚——

　　忘了情，拉着云儿的手笑道："你把那梯己新样的曲儿唱个我听……"

"忘了情"，其他脂本均作"不觉忘了情"。
"新样"，其他脂本均作"新样儿"。

例40：宝玉拿起海来，一气饮干，说道——

　　如今要说悲、愁、喜、乐四字，却要说女儿来。

"说"，其他脂本均作"说出"。

例41：酒面要唱一个新鲜时样曲子，酒底要席上生风一样东西——

　　或古诗，或对四书五经成语。

"或"，其他脂本均作"旧"（连上读）。

例42：不过罚上几杯——

　　那里就醉死，你如今一乱令，倒喝了十大海下去斟酒不成。

"醉死"，其他脂本均作"醉死了"。
"了"，其他脂本均无。

例43：众人听了都道，说得有理——

　　薛蟠独仰着脸摇头说："不好，该罚。"

"仰"，彼本、杨本作"杨"，其他脂本作"扬"。

例 44：睡不稳纱窗风雨黄昏后，忘不了新愁与旧愁——

　　嚥不下玉粒金团噎满喉。

"金团"，杨本作"金薄"，梦本作"金波"，其他脂本作"金莼"。

例 45：唱完，大家齐声喝彩——

　　独薛蟠无语。

"无语"，其他脂本均作"说无板"。

例 46：雨打梨花深闭门。完了——

　　令下，冯紫英说道……

"冯紫英"，其他脂本均作"该冯紫英"。

例 47：鸡鸣茅店月——

　　令完，下该云儿，便说道……

"便说道"，其他脂本均作"云儿便说道"。

例 48：薛蟠连忙自己打了一个嘴巴子，说道——

　　没耳性，再不说了。

"不"，其他脂本均作"不许"。

例 49：薛蟠登时急的眼睛铃铛一般——

　　便咳嗽了两声，又说道……

"又"，其他脂本无。

例 50：众人呵呵笑道——

　　"该罚，该罚，这句更不通，先还可恕。"说着，便筛酒。

"便"，其他脂本均作"便要"。

例 51：众人都怔了说，这是个什么曲儿——

薛蟠还唱："两个苍蝇嗡嗡嗡。"

"唱"，其他脂本均作"唱道"。

例52：薛蟠道——

　　爱听不听，这是新鲜曲儿，就叫哼哼韵。

"就"，其他脂本均无。

例53：女儿喜，灯花并头结双蕊——

　　女儿乐，夫倡妇随真和合。

"倡"，其他脂本均作"唱"。

例54：说毕唱道——

　　可喜的天生成百媚娇，却便是活神仙离碧霄。度青春年正小，配鸾凤真也俏。

"的"，其他脂本均作"你"。
"却便是"，其他脂本均作"恰便似"。
"俏"，梦本作"巧"，其他脂本作"着"。

例55：这诗词上我倒有限，幸而昨日见了一副对子——

　　可巧只记这句，幸儿席上还有这件东西。

"记"，其他脂本均作"记得"。
"儿"，其他脂本均作"而"。

例56：这席上并没有宝贝——

　　"你怎么念起宝来？"

"宝"，其他脂本均作"宝贝"。

例57：二人站在廊檐下，蒋玉菡又陪不是——

　　宝玉见他妩媚温柔，心中十分留意，便紧紧的搭着他的手……

"留意"，其他脂本均作"留恋"。

例58：蒋玉菡笑道，就是我的小名儿——

宝玉听了，不觉欣然。

"听了"，其他脂本均作"听说"。

例59：聊可表我一点亲热之意——

说毕，撩衣将所系小衣一条大红汗巾子解了下来，递与宝玉。

"小衣"，其他脂本均作"小衣儿"。

例60：只见薛蟠跳了出来，拉着二人道——

放酒不吃，两个人逃席出来干什么？

"放"，其他脂本均作"放着"。

例61：薛蟠那里肯依，还是冯紫英出来才解开了——

于是复归坐饮酒，至晚方散。

"复"，其他脂本均作"复又"。

例62：睡觉时只见腰里一条血点似的大红汗巾子——

袭人便猜了八九分，因说道："有了好的系裤子，把你那条还我罢。"

"有了"，其他脂本均作"你有了"。
"你"，其他脂本均作"我"。

例63：我就知道又干这些事，也不该拿着我的东西给那起混账人去——

也难为你心里没了算计儿。

"没了"，其他脂本均作"没个"。

例64：袭人低头一看，只见昨日宝玉系的那条汗巾子系在自己腰里呢——

便知是宝玉夜间换了，忙一顿的解下来，说道："我不稀罕这行子，趁早儿拿了去。"

"一顿的",杨本作"一顿",梦本作"一顿就",戚本作"一头",甲戌本、庚辰本、蒙本、彼本作"一顿把"。

例65:袭人无法,只得系在腰里——

过后宝玉出来,终究解下来,掷在空箱子里,自己又换了一条系着。

"出来",彼本作"说出",其他脂本作"出去"。

例66:宝玉并未理论——

因问起昨有什么事情。

"昨有",其他脂本均作"昨日可有"。

例67:叫在清虚观初一到初三大三天平安醮——

唱戏献供,珍大爷领着众位爷们跪香拜佛呢。

"珍大爷",其他脂本均作"叫珍大爷"。

例68:还有端午儿的节礼也赏了——

就命小丫头子来将昨日所赐之物取了出来。

"就",其他脂本均作"说着"。

例69:宝玉听了笑道——

这是怎么个原故?怎么林姑娘的倒不同我的一样,倒是宝姊姊的同我一样?

"宝姊姊",彼本、杨本作"宝姑娘",其他脂本作"宝姐姐"。

例70:林黛玉昨日所恼宝玉的心事早又丢开,只顾今日的事了——

因说道:"我没这个大福承受,比不得宝姑娘什么金、什么银、什么玉的……"

"这个",其他脂本均作"这么"。
"承受",其他脂本均作"禁受"。

例71:除了别人说什么金、什么玉——

我心里要有这个想头，<u>天诛地昧</u>，万世不得人身。

"天诛地昧"，其他脂本均作"天诛地灭"。

例72：林黛玉道——

你也不用说誓，我狠知道你心里有妹妹，但只是见了<u>姊姊</u>，就把妹妹忘了。

"姊姊"，其他脂本均作"姐姐"。

例73：正说着，只见宝钗从那边来了，二人便走开了——

宝钗分明看见，只装<u>着</u>看不见，低着头过去了。

"着"，其他脂本均无。

例74：然后到了贾母这边，只见宝玉在这里呢——

薛宝钗因往日母亲<u>同</u>王夫人等曾提过金锁是个和尚给的，等日后有玉的方可结为婚姻等语，所以总远着宝玉。昨日见元春所赐的东西<u>独与他和</u>宝玉一样，心里<u>越</u>没意思起来，<u>幸喜</u>宝玉被一个林黛玉缠绵住了，心心念念只记挂着林黛玉，并不理论这事。此刻忽见宝玉笑<u>向</u>道："<u>宝姊姊</u>，我瞧瞧你的红麝串子。"可巧宝钗<u>昨晚</u>上<u>笼了</u>一串。

"同"，其他脂本均作"对"。
"独与他和"，甲戌本、庚辰本作"独他与"，蒙本、戚本作"独与"，彼本、梦本作"独他与"。（杨本此处大段脱文。）
"越"，蒙本、戚本作"愈发"，其他脂本作"越发"。
"幸喜"，其他脂本均作"幸亏"。
"向"，其他脂本均无。
"宝姊姊"，其他脂本均作"宝姐姐"。
"昨晚"，其他脂本均作"左腕"。
"笼了"，其他脂本均作"笼着"。

例75：见宝玉问他，少不得褪了下来——

宝钗生的肌肤丰泽，容易<u>褪</u>了下来。

"褪了下来"，其他脂本均作"褪不下来"。

例76：这个膀子要长在林妹妹身上，或者还得摸一摸，偏长在他身上——

　　正是恨没福<u>的</u>摸，忽然想起金玉一事来，再看看宝钗形容，只见脸<u>似</u>银盆，眼似水杏，唇不点而红，眉不画而翠，比林黛玉<u>别</u>具一种妩媚风流……

"的"，其他脂本均作"得"。
"似"，其他脂本均作"若"。
"别"，其他脂本均作"另"。

例77：宝玉不防，正打在眼上——

　　嗳呀了一声。

"嗳呀"，其他脂本作"嗳哟"。

第四节　舒本第二十九回独异文字考

第29回脂本现存舒本、庚辰本、蒙本、戚本、彼本、杨本、梦本七种。
第29回舒本独异的文字有八十八例，如下：
例1：话说宝玉正自发怔，不想黛玉将手帕子甩了来，正碰在眼睛上，唬了一跳——

　　问是谁，林黛玉摇着头儿<u>装道</u>："不敢，是我失了手……"

"装道"，其他脂本均作"笑道"。
例2：一时凤姐儿来了，因说起初一日在清虚观打醮的事——

　　<u>来的请</u>宝钗、宝玉、黛玉等看戏去。

"的请"，其他脂本均作"约着"。
例3：宝钗笑道——

罢，罢，怪热的，什么没看过的，我就不去了。

"没看过的"，其他脂本均作"没看过的戏"。

例4：我头几天打发人去把那些道士都赶出去，把楼打扫干净，挂起帘子来——

　　一个闲人不许放进去，才是好呢。我已经回了太太了，你们不去我去，这些日子也闲的狠了，家里唱动戏，我又不得舒舒服服的看。

"放进去"，其他脂本均作"方进庙去"。
"闲"，其他脂本均作"闷"。

例5：凤姐听说，笑道——

　　老祖宗也去，干净好了。就这是我又不受用了。

"就这是"，其他脂本均作"就只是"。
"不"，其他脂本均作"不得"。

例6：贾母道——

　　到明儿我在正楼上，你在旁边楼上，你也不用到我这边来立规矩不好。

"不好"，彼本、杨本、戚本作"好不好"，庚辰本、蒙本、梦本作"可好不好"。

例7：凤姐儿笑道——

　　这就老祖宗疼我了。

"这就"，其他脂本均作"这就是"。

例8：贾母又打发人去请了薛姨妈——

　　顺路告诉王夫人，要带了我们姊妹去。王夫人一则身上不好……

"我们"，其他脂本均作"他们"。
"一则"，其他脂本均作"因一则"。

例9：因打发人去到园里告诉，有要逛去的只管初一跟了老太太逛去——

这个话一扬开了，别人都还可已，只是那些丫头们天天不得出门槛儿……

"扬开"，其他脂本均作"传开"。

例10：便是个人的主子懒怠去——

也百般的撺掇去。因此李宫裁等都说去，贾母心中越发欢喜。

"撺掇去"，杨本作"撺掇着去"，其他脂本作"撺掇了去"。
"心中越发欢喜"，杨本作"越发欢喜"，庚辰本作"越发心中喜欢"，其他脂本作"越发心中欢喜"。

例11：单表道了初一这一日，荣国府门前车轿纷纷，人马簇簇——

那底下凡执事人等闻得是贾妃作好事，贾母亲去拈香……

"贾妃"，其他脂本均作"贵妃"。

例12：然后贾母的丫头鸳鸯、鹦鹉、琥珀、珍珠——

黛玉的丫头紫鹃、雪雁、春纤……

"黛玉"，其他脂本均作"林黛玉"。

例13：王夫人的两个丫头——

也要跟了凤姐儿来的，金钏、彩云。

"来的"，庚辰本、梦本作"来"，其他脂本作"去的"。

例14：还有两个丫头——

一共再连上各房的老妈妈、奶娘并跟出门的家人媳妇子……

"妈妈"，戚本作"媒媒"，其他脂本作"嬷嬷"。

例15：这个说，我不同你在一处——

那个说："你压了我们奶奶包袱。"那边车上又说："撍了我的花儿。"

"奶奶"，其他脂本均作"奶奶的"。
"撍"，庚辰本、彼本、杨本作"蹭"，蒙本、戚本作"蹲"，梦本作"扪"。

例16：周瑞家的过来过去的说道——

  姑娘们，这是街上，<u>看</u>笑话。

"看"，庚辰本、梦本作"看人"，其他脂本作"看人家"。

例17：贾母在轿内因看见有守门大帅并千里眼、顺风耳——

  当坊土地、本境城隍各位<u>泥胎塑像</u>，便命住轿。

"泥胎塑像"，梦本作"泥塑胎像"，其他脂本作"泥塑圣像"。

例18：可巧有个十二三岁的小道士儿拿着剪筒照管剪各处的蜡花——

  正欲得便且藏出去，不想一头<u>儿</u>撞在凤姐儿怀里。

"儿"，其他脂本均无。

例19：凤姐便一扬手照脸一下把那小孩子打了一个筋斗，骂道——

  <u>驴牛</u>俞的，胡朝那里跑！

"驴牛"，其他脂本均作"野牛"。

例20：那小道士也不顾拾烛剪——

  爬起来往外<u>要</u>跑。正值宝钗等下车，众婆娘、媳妇<u>围遮</u>的风雨不透。

"要"，其他脂本均作"还要"。
"围遮"，其他脂本均作"正围随"。

例21：但见一个小道士滚了出来，都喝声叫拿、拿，打、打、打——

  贾母听了，忙问是<u>什么</u>了。

"什么"，其他脂本均作"怎么"。

例22：贾母听说，忙道——

  快带了那小孩子来，别<u>唬</u>着他。小门小户的孩子都是娇生惯养惯了的，那里见<u>得</u>这个势派的。<u>或</u>唬着他，倒怪可怜见的，他老子娘岂不疼的<u>忙</u>。

"小孩子"，其他脂本均作"孩子"。
"见得"，其他脂本均作"见的"。
"的"，其他脂本均无。
"或"，庚辰本、梦本作"倘或"。彼本、杨本、蒙本、戚本无此句。
"忙"（连下读），梦本作"慌"，其他脂本作"慌"。
例23：贾母还说可怜见的，又向贾珍道——

　　珍哥儿带他去，给他些钱买果子吃，别叫人难为他。

"去"，其他脂本均作"去罢"。
"难为"，杨本作"难为着"，其他脂本作"难为了"。
例24：贾珍答应，领他去了——

　　这里贾母带着众人一层一层瞻拜，一处处观玩。

"一层一层"，其他脂本均作"一层一层的"。
"一处处"，其他脂本均无。
例25：家人听说，忙上来领了下去——

　　贾母站在台矶上，因问管家在哪里。

"贾母"，其他脂本均作"贾珍"。
例26：贾珍道，虽说这里地方大，今儿不承望来这么些人——

　　你使的人你就带到这院里去。使不着的打发到那院里去。把小厮们挑几个……

"带到这院里"，庚辰本作"带了往你的那院里"，蒙本、戚本作"带往你那院里"，彼本、梦本作"带了你的那院里"，杨本作"带了你的院子里"。
"小厮"，彼本作"小幺"，杨本作"小×①儿"，其他脂本作"小幺儿"。
例27：贾珍道——

　　"瞧瞧他，我这里也不热，他倒乘凉去了。"喝命家人啐他。小厮们

---

① "×"，字迹不清。

都知道贾珍素日的性子违拗不得，有一小厮便上来向贾蓉脸上啐了一口。

"瞧瞧他"，其他脂本均作"你瞧瞧他"。

"这里也不热"，庚辰本、梦本作"这里也没热"，彼本作"这里没热"，杨本作"这么热"，梦本、戚本作"这里还受着热"。

"小厮们"，庚辰本、戚本、梦本作"那小厮们"。（蒙本、彼本、杨本此处脱文。）

"一"，其他脂本均作"个"。

例28：那贾芸、贾芹、贾萍等听见了，不但他们慌了——

亦且连贾琏、贾瑞、贾琼等也都慌，一个一个从墙根地下漫漫的溜下来。

"慌"，其他脂本均作"忙"。

"地"，其他脂本均无。

"漫漫"，其他脂本均作"慢慢"。

例29：贾珍又向贾蓉道——

你站着作什么，还不骑了马到家里告诉你母亲去。

"到"，其他脂本均作"跑到"。

"母亲"，其他脂本均作"娘母子"。

例30：贾蓉听说，忙跑了出来，一叠声要马，一面报怨道——

"早都不知道作什么的，这会子寻起我来①。"一面又骂小厮："捆着手呢，马也拉不来。"要打发小厮去，又恐怕后来对出来。

"不知道"，其他脂本均作"不知"。

"寻起"，庚辰本作"寻嗔"，其他脂本作"寻趁"。

"来"，其他脂本均无。

"小厮"，其他脂本均作"小子"。

"恐怕"，庚辰本作"恐"，其他脂本作"怕"。

例31：贾珍知道这张道士虽然是当日荣国公的替身——

---

① "来"系旁添。

曾经先皇御口亲叫为大幻仙人。

"叫",庚辰本、梦本作"呼",其他脂本作"封"。

例32:那张道士呵呵大笑着跟了贾珍进来——

贾珍到贾母跟前欠身陪笑说道:"张爷爷进来请安。"

"欠身",戚本作"躬身",杨本作"×①身",其他脂本作"控身"。

例33:贾母听了忙道——

"接他来。"贾珍忙去搀了过来。那张道士先呵呵大笑道……

"大",其他脂本均无。

例34:谁知宝玉解手去了才来,忙上前问张爷爷好——

张道士抱住忙问了好。

"抱住忙",其他脂本均作"忙抱住"。

例35:依小道看来也就罢了,又叹道,我看哥儿的这个形容身段、言谈举动——

"怎么就同当日国公爷一个样子。"说着,两眼流着泪来。

"样子",庚辰本作"槁子",杨本作"稿",其他脂本作"稿子"。
"着",其他脂本均作"下"。

例36:若论这个小姐模样儿聪明智慧——

根基家当倒也配得过,倒不知老太太怎么样?

"得",其他脂本均作"的"。
"倒",其他脂本均作"但"。

例37:贾母道——

上面有个和尚说了这孩子命里不敢早娶,等再大一大儿再定罢。你可如今也打听着。

---

① "×",字迹不清。

"上面"，其他脂本均作"上回"。
"不敢"，其他脂本均作"不该"。
例38：只见凤姐笑道——

　　你就手里拿出来罢了，又用<u>了</u>盘子托着。

"了"，其他脂本均作"个"。
例39：二则外面的人多，气味难闻，况是个暑热的天，哥儿受不惯——

　　倘或哥儿中了<u>腌腊</u>气味倒值多的。

"腌腊"，其他脂本均作"腌臜"。
例40：这里贾母与众人各处游玩了一回，方去上楼——

　　<u>贾珍回说</u>："张爷爷送了玉来。"

"贾珍回说"，其他脂本均作"只见贾珍回说"。
例41：贾母听说，向盘内看时，只见也有金璜，也有玉玦——

　　或有事事如意，或有岁岁平安，<u>皆</u>珠穿宝贯，玉琢金镂，共有三五十件。

"皆"，其他脂本均作"皆是"。
例42：因说道，你也胡闹，他们出家人，是那里来的——

　　何必，这断不<u>敢</u>收。

"敢"，其他脂本均作"能"。（庚辰本旁改"可"。）
例43：张道士笑道——

　　这是他们<u>敬意</u>，小道也不<u>敢</u>阻挡。老太太若不留下，岂不叫他们看着小道微薄，不像是门下出身了。<u>那</u>贾母听如此说，方命人接了。

"敬意"，其他脂本均作"一点敬意"。
"敢"，其他脂本均作"能"。
"那"，其他脂本均无。
例44：宝玉笑道，老太太，张爷爷既说，又推辞不得，我要这个也无用——

　　不如叫小子捧了这个跟着我去散给穷人罢。

"去"，其他脂本均作"出去"。
例45：若给了乞丐，一则与他们无益——

　　二则反倒遭塌这些东西，施舍穷人，何不就散钱与他们。

"遭塌"，其他脂本均作"遭塌了"。
"施舍"，庚辰本作"要舍给"，其他脂本作"要舍"。
例46：贾母问，《白蛇记》是什么故事——

　　贾珍道："是汉高祖斩蛇方起义的故事。"

"起义"，其他脂本均作"起首"。
例47：贾珍退了下来——

　　至外边预伸表、焚钱粮、开戏，不在话下。

"预"，其他脂本均作"预备着"。
例48：且说宝玉在楼上坐在贾母旁边——

　　因叫小丫头子捧着方才那一盘子贺物，将自己玉带上，用手翻弄寻擦，一件一件挑与贾母看。贾母看见有个赤金上翠的麒麟，便伸手拿了起来。

"叫"，其他脂本均作"叫个"。
"寻擦"，庚辰本、梦本作"寻拨"，其他脂本无。
"看见"，其他脂本均作"因看见"。
"上翠"，其他脂本均作"点翠"。
例49：宝玉道——

　　他这向往我们家去住着，我也没看见。

"这向往"，庚辰本作"这么往"，其他脂本作"这么住在"。
例50：探春笑道，宝姐姐有心——

"不管什么他都记得。"林黛玉笑道："他在别的上还有限，惟有这些人带着东西上越发留心。"

"笑"，其他脂本均作"冷笑"。
"着"，其他脂本均作"的"。
"上"，其他脂本均无。

例51：宝玉不觉心里没好意思起来——

又摘了出来，向黛玉笑道……

"摘"，其他脂本均作"掏"。

例52：只见贾珍、贾蓉的妻子婆媳两个来了——

因此见过。

"因此"，其他脂本均作"彼此"。

例53：凤姐儿听了——

忙赶进正楼，拍手笑道："嗳呀，我就不防这个，只说咱们娘儿们来闲逛逛，人家当是咱们大摆斋坛的来送礼，都是老太太闹的，又不曾预备赏封儿。"刚说了，只见冯家的管家的两个娘子上楼来了。冯家的两个来，接着曾侍郎也有礼来了。

"赶进正楼"，其他脂本均作"赶过正楼来"。
"当是"，其他脂本均作"只当"。
"又不曾"，庚辰本作"这又不得不"，其他脂本作"这又得"。
"管家的"，其他脂本均作"管家"。
"来"，其他脂本均作"未去"。
"曾侍郎"，其他脂本均作"赵侍郎"。

例54：于是接二连三都听见贾府打醮——

家眷都在庙里……

"家眷"，其他脂本均作"女眷"。

例55：凡一应远亲近友、世家相与都来送礼——

贾母才后悔起来，又是什么正紧斋事，我们不过闲逛逛，就想不到这里上。

"后悔起来"，其他脂本均作"后悔起来说"。
"又是"，其他脂本均作"又不是"。
"里"，其他脂本均作"礼"。
例56：凤姐又说，打墙也是动土，已经惊动了人——

今儿乐的还去逛逛。那贾母昨日见张道士提起宝玉说亲的事来，谁知宝玉一日心中不自在，因家来生气，嗔着张道士与他说了亲，口口声声从今已后再不见张道士了，别人也不知什么缘故。

"的"，其他脂本均作"得"。
"昨日见"，其他脂本均作"因昨日"。
"因"，其他脂本均作"回"。
"口口声声"，其他脂本均作"口口声声说"。
"什么缘故"，彼本作"为什么原故"，其他脂本作"为什么原故"。
例57：且说宝玉因此见林黛玉病了，心里放不下，饭也懒去吃——

不时来问林黛玉，又怕他有个好歹的，说道："你只管看他的戏去……"

"的"，其他脂本均无。
"他"，其他脂本均作"你"。
例58：今听见林黛玉如此说——

心里因想到，别人不知我的心还可恕，连他也奚落起我来。因此心中比往日的烦恼加了百倍。若是别人跟前断不能动这干火，只是林黛玉说了这话……

"到"，其他脂本均作"道"。
"不知"，其他脂本均作"不知道"。
"比"，其他脂本均作"更比"。
"干火"，其他脂本均作"肝火"。
例59：宝玉听了，便向前来——

指脸上问道："你这么说是安心咒我天诛地灭。"

"指脸上问道"，庚辰本、梦本作"支问到脸上"，蒙本作"直问道脸上"，戚本作"直问道"，彼本、杨本作"直问到脸上"。

例60：宝玉又道——

昨儿还为这个赌了咒，今儿你倒底又准我一句。

"赌了咒"，其他脂本均作"赌了几回咒"。

例61：今日原自己说错了，又是着急，又是羞愧，便战战兢兢的说道——

我要安心的①咒你，我也天诛地灭。何苦来，我知道，昨日张道说亲，你怕阻了他的好姻缘，你心里生气，来拿我煞性子。

"的"，其他脂本均无。
"张道"，其他脂本均作"张道士"。
"他"，其他脂本均作"你"。

例62：那宝玉自幼生成一种下流痴病——

况从幼时和黛玉耳鬓相磨，心情相对，及如今又看了那些邪书稗传……

"耳鬓相磨"，庚辰本、梦本作"耳鬓厮磨"，蒙本、彼本作"耳鬓撕磨"，戚本作"耳鬓廝磨"。
"稗传"，其他脂本均作"僻传"。

例63：你既将真心真意瞒了起来，只用假意——

我也将真心真意瞒了起来，只用假意。如此两假相连，终有一个。

"连"，其他脂本均作"逢"。
"个"，其他脂本均作"真"。

例64：难道你就不想，我的心里眼里只有你，你不能为我烦恼——

---

① "的"字被点去。

反来以这话奚落堵我，可见我心里一时一刻自有你，你竟心里没有我。

"有"，其他脂本均无。

例65：那林黛玉心里想着，你心里自然有我，虽有金玉相对之说——

你岂是重这邪说不重我的，我便时常提这金玉，你只管了然，视有如无的，方见的是待我重而毫无此心了。

"视有如无"，蒙本、戚本、彼本、杨本作"自若无闻"①，庚辰本、梦本作"自有无闻"。
"的"，杨本无，其他脂本作"得"。

例66：如何我只一提金玉的事你就着急，可知你心里时时有金玉——

见我一提金玉，你又怕我多心，故意着急，安心哄我。

"金玉"，其他脂本均无。

例67：看来两个人原本是一个心，但都多生了枝叶，反弄成两个心了——

这宝玉心中又想着，我不管怎么样都好，只要你随意，我便立刻应你死了也情愿。你知我也罢，不知也罢，只有我的心，可见你方和我近，不知（和）我远。

"这"，其他脂本均作"那"。
"应"，庚辰本、梦本作"因"，其他脂本作"同"。
"我"，其他脂本均无。
"有"，梦本作"要"，其他脂本作"由"。

例68：如此看来，却都是求近之心，反弄成疏远之意——

皆他二人素习所存邪心，也难备述。如今且述他们外面的形容。宝玉又听见他说好姻缘三字，越发挠了己意，心里干噎，口里说不出话来，赌气向颈上抓下通灵玉来，咬牙恨命往地下一摔道："这捞什子，我砸了

---

① 蒙本"自若"二字被点去。

你完事。"偏生那玉坚硬非常，摔了一下，竟闻风不动，宝玉见不摔碎，便回身找东西来砸。

"邪心"，其他脂本均作"私心"。
"三字"，其他脂本均作"三个字"。
"拗"，其他脂本均作"逆"。
"这"，其他脂本均作"什么"。
"闻风不动"，戚本作"公然不动"，庚辰本作"文风没动"，蒙本、彼本、梦本作"文风不动"，杨本作"纹风不动"。

例69：林黛玉见他如此，早已哭起来，说道——

　　何苦来，你摔砸那哑物件，要砸他，不如来砸我。

"哑"，其他脂本均作"哑叭"。
"要砸他"，戚本作"有轧他的"，其他脂本作"有砸他的"。

例70：袭人见他脸都气黄了，眉眼都变了，从来没气的这样，便拉着他的手笑道——

　　同你妹妹辩嘴，不犯着砸他。倘或砸坏了，叫他心里脸上怎么过的去。

"同你"，其他脂本均作"你同"。

例71：可见宝玉连袭人不如，越发伤心大哭起来——

　　心里一烦恼，方才吃香薷饮、解暑汤便承受不住，哇的一声都吐了出来。

"吃"，其他脂本均作"吃的"。

例72：登时一口一口的把一块手帕子吐湿——

　　雪雁上来捶。

"上来"，其他脂本均作"忙上来"。

例73：紫鹃道，虽然生气，姑娘倒底也该保重着——

　　才吃了药好些，这会子因向宝二爷辩嘴，又吐出来……

"向"，杨本作"合"，其他脂本作"和"。

例 74：宝玉见了这般，又自己后悔方才不该同他较证，这会子他这样光景——

我又替不了他，心里想着，由不得也滴下泪来了。

"由不得也滴下泪"，杨本、梦本作"也由不得滴下泪"，蒙本作"也不由的滴下泪"，其他脂本作"也由不的滴下泪"。

例 75：袭人见他两个哭，由不得守着宝玉也心酸起来——

又摸着宝玉的手冰凉，待要叫宝玉不哭罢，一则又恐宝玉有什么委屈闷在心里。

"叫"，其他脂本均作"劝"。

例 76：紫鹃一面收拾了吐的药，一面拿扇子替林黛玉轻轻的扇着——

三个人都鸦雀无声，各自哭各自己的，由不得伤起心来，也拿手帕子擦泪，四个人也无言对泣。

"三个人"，其他脂本均作"见三个人"。
"各自己"，其他脂本均作"各自"。
"由不得"，其他脂本均作"也由不得"。
"也"，其他脂本均作"都"。

例 77：林黛玉听了——

不顾病赶来夺过去，顺手抓起一把剪子来要剪。袭人、紫鹃要夺，已经剪了几段。

"不"，其他脂本均作"也不"。
"要"，其他脂本均作"刚要"。

例 78：林黛玉哭道——

也是白效力，他也不希罕，自有别人替他再穿好的去。

"也是"，其他脂本均作"我也是"。

例 79：只顾里头闹，谁知那些老婆子们——

见林黛玉大哭，宝玉又砸玉，不知要到什么田地……

"大哭"，其他脂本均作"大哭大吐"。
"到"，其他脂本均作"闹到"。
例80：急的袭人抱怨紫鹃为什么惊动了老太太、太太——

紫鹃又只当是袭人告诉的，也抱怨袭人。

"告诉"，其他脂本均作"去告诉"。
例81：那贾母、王夫人进来，见宝玉也无言，林黛玉也无语——

问起来又没为什么事，便将这祸多移到袭人、紫鹃两个人身上，说你们为什么不小心服[①]侍。

"多"，其他脂本均无。
"你们为什么"，其他脂本均作"为什么你们"。
"服"，梦本作"扶"，其他脂本作"伏"。
例82：还是贾母带了宝玉去了，方才平服——

过了一日，初三日乃薛蟠生日，家里摆酒唱戏。

"初三日"，其他脂本均作"至初三日"。
"乃"，其他脂本均作"乃是"。
例83：宝玉因得罪了林黛玉——

二人总未见面，心中正是后悔，无精打采的。

"正是"，蒙本、戚本作"已"，其他脂本作"正自"。
例84：心里想，他是好吃酒看戏的，今日反不去，自然是因为昨儿气着了——

再不然，见我不去，他也没心肠去。只是昨儿千不该万不该剪了那玉的穗子。

[①] "服"系旁改，原作"伏"。

"见我"，其他脂本均作"他见我"。
"玉"，其他脂本均作"玉上"。
例85：那贾母见他两个都生了气——

　　只说起今儿那边去看戏，他两个见了也就完了，不想又都不去。老人家急的抱怨说："我这老冤家自那世里孽障，偏生遇见了这么两个不省事的小冤家……"

"起"，其他脂本均作"趁"。
"自"，其他脂本均作"是"。
例86：几时我闭了这眼，断了这口气，凭这两个冤家闹上天去——

　　眼不见，心不烦，也就罢了。

"眼不见"，其他脂本均作"我眼不见"。
例87：这话传入宝、黛二人耳内——

　　原来他二人竟从未听见过"不是冤家不聚头"的这句话。如今忽然得了这句话头，好似参禅的一般的，都底头细嚼这句的滋味，都不觉清然泣下。虽不曾会面，然一个在潇湘馆临几洒泪，一个在怡红院对月长吁。

"话"，其他脂本均作"俗语"。
"的"，其他脂本均无。
"底头"，其他脂本均作"低头"。
"临几"，其他脂本均作"临风"。
例88：老太太越发要生气，一定弄得不安身——

　　依我劝，你正紧下个气陪个不是，大家不是照常一样。

"不是"，其他脂本均作"还是"。

第五节　舒本第三十回独异文字考

第30回脂本现存舒本、庚辰本、蒙本、戚本、彼本、杨本、梦本七种。

第 30 回舒本独异的文字有六十例，如下：
例 1：话说林黛玉自与宝玉口角后，也自后悔——

但<u>无</u>去就他之理，因此日夜闷闷，如有所失。

"无"，其他脂本均作"又无"。
例 2：黛玉啐道——

你<u>别</u>来替人派我的不是，我怎么浮躁了？

"别"，其他脂本均作"到"或"倒"。
例 3：紫鹃笑道——

好好为什么又剪了<u>他</u>穗子？岂不是宝玉<u>口角</u>三分不是，姑娘倒有七分不是。我看他素日在姑娘身上就好，皆因姑娘小性儿，常要歪派他，才<u>这模样</u>。

"他"，其他脂本均作"那"。
"口角"，其他脂本均作"只有"。
"这模样"，庚辰本作"这么"，其他脂本作"这么样"。
例 4：紫鹃听了一听笑道，这是宝玉的声音，想必是来陪不是来了——

这么<u>暑天</u>毒日头地下晒坏了他，如何<u>使的</u>呢？

"暑天"，其他脂本均作"热天"。
"使的"，其他脂本作"使得"。（彼本此句有异。）
例 5：紫鹃道——

身上<u>病大好</u>，只是心里气不大好。

"病大好"，彼本作"到好了些"，其他脂本作"病好了"。
例 6：那黛玉本不曾哭，听见宝玉来，由不得伤了心，止不住滚下泪来——

宝玉笑着<u>走近床</u>道："妹妹身上可大好了？"

"走近床"，其他脂本作"走近①床来"。

例7：林黛玉只顾拭泪，并不答应——

　　宝玉因便挨在床上坐了。

"床上"，杨本作"床边沿上"，其他脂本作"床沿上"。

例8：不如这会子你要打要骂，凭着你怎么样，千万别不理我——

　　说着又把好妹妹叫了几声。林黛玉心中原是理宝玉的，这会子见宝玉说因叫人知道他们辩了嘴就生分了似的这一句话，又可见得比人原亲近。

"几声"，戚本作"几十声"，其他脂本作"几万声"。
"心中"，其他脂本均作"心里"。
"理"，其他脂本均作"再不理"。
"因"，其他脂本均作"别"。
"似的"，彼本、戚本无，其他脂本作"是的"。

例9：因又掌不住便笑道，你也不用来哄我——

　　"从今已后我也不亲近二爷，也全当我去了。"

"不"，彼本作"再不敢"，其他脂本作"不敢"。

例10：宝玉自知这说的造次了，后悔不来——

　　登时红胀了脸，低了头，不敢做声。

"红胀了脸"，庚辰本作"脸上红胀起来"，其他脂本作"脸上红胀"。
"做声"，戚本作"啧声"，其他脂本作"则一声"。

例11：林黛玉两眼直瞪瞪的瞅了他半天，气的一声儿也说不出来——

　　只见宝玉脸上鳖的紫胀，便咬着牙用指头恨命的在他头颅上戳了一下，哼了一声，咬牙说道："你"，这句话刚说了两个字，便又叹了一口气，仍拿起手帕子来擦眼泪。

---

① 梦本"近"作"进"；蒙本"近"系旁改，原作"进"。

"只",其他脂本均无。
"'你',这句话",其他脂本均作"你这"。
例12：因此自己也有所感,不觉滚下泪来——

　　要用手帕子揩拭,又想又忘了带来,便用衫袖去擦。林黛玉虽然哭着,却一时看见了,见他穿着簇新的藕合纱衫,竟去拭泪,便一面自己拭着泪,一面回身将枕搭的一方销金帕拿起来,向宝玉怀里一摔,一语不发,仍掩面自泪。

"又想",其他脂本均作"不想"。
"一时",其他脂本均作"一眼"。
"的",其他脂本均无。
"枕",庚辰本作"枕边",其他脂本作"枕上"。
"销金帕",彼本作"绢帕",庚辰本作"绡帕子",其他脂本作"绡帕"。
"泪",其他脂本均作"泣"。
例13：又挨近前些,伸手挽了黛玉一只手,笑道——

　　我的五脏都碎了,你只是哭,走罢,我同你往老太太跟前去。

"只是",其他脂本均作"还只是"。
例14：林黛玉将手一摔道——

　　谁全你拉拉扯扯的,一天大如一天的,还这样顽皮赖脸的,连个道理也不知道。

"如",其他脂本均作"似"。
"这样",其他脂本均作"这么"。
"顽皮",庚辰本、蒙本作"延皮",其他脂本作"涎皮"。
例15：一句话没说完,只听喊道,好了——

　　宝、黛两个不防都唬一跳,回头看时,只见凤姐儿跑了出来,笑道……

"跑",彼本无,杨本作"笑",其他脂本作"跳"。

例16：老太太在那里抱怨天抱怨地，只叫我来瞧瞧你们好了没有，我说不用瞧——

过不了三日，他们自己就好了。老太太骂说我懒。我来了，果然应了我的话。也没见你们两个有什么可搬①嘴的。

"三日"，彼本作"两三天"，其他脂本作"三天"。
"骂"，其他脂本均作"骂我"。
"搬"，戚本作"拌"，蒙本作"辨"，其他脂本作"辩"。

例17：三日好了，两日恼了——

越大越孩子气②了，又a这会子拉着手笑的，昨儿又b为什么成了乌眼鸡呢。

"孩子气"，其他脂本均作"成了孩子"。
"又a"，其他脂本均作"有"。
"笑"，其他脂本均作"哭"。
"又b"，其他脂本均无。
"成了"，其他脂本均作"又成了"。

例18：凤姐笑道，我说他们不用人费心，自己就会好的——

老祖宗不信，一定叫我去说合，我及至到那里要说合，谁知两个倒在一处对陪不是了，对笑对诉，倒像黄鹰拉鹞子的脚，两个都扣了环。

"我"，其他脂本均无。
"两个"，其他脂本均作"两个人"。
"陪"，其他脂本均作"赔"。
"拉"，杨本作"抓住"，其他脂本作"抓住了"。

例19：此时宝钗正在这里——

林黛玉一言不发。

---

① "搬"旁改"拌"。
② "气"系旁添。

"林黛玉"，其他脂本均作"那林黛玉"。
例20：大哥哥好日子，偏生我又不好了——

没别的礼送，连个头也不得<u>磕</u>。

"磕"，其他脂本均作"磕去"。
例21：宝玉又笑道，姐姐知道体谅我就好了——

又道："姐姐怎么不看戏去？"宝钗道："我怕热，<u>看</u>两出，热的狠……"

"看"，其他脂本均作"看了"。
例22：宝钗听说——

不由<u>得 a</u> 大怒，待要怎样，又不好<u>得 b</u> 怎样，回思了一回，脸红<u>了</u>起来。

"得 a"，其他脂本均作"的"。
"得 b"，其他脂本均无。
"了"，其他脂本均无。
例23：我倒像杨妃，只是没一个好哥哥好兄弟可以做得杨国忠的——

二人正<u>说</u>，可巧小丫头靓儿因不见了扇子，和宝钗笑道："必是宝姑娘藏了我的，<u>姑娘</u>，赏我罢。"宝钗指他道："你要仔细，我和你顽过，你再疑我，<u>和你</u>嘻皮笑脸的那些姑娘们，你该问他们去。"

"说"，其他脂本均作"说着"。
"姑娘"，其他脂本均作"好姑娘"。
"和你"，其他脂本均作"和你素日"。
例24：宝玉自知又把话说造次了，当着许多人更比才在林黛玉跟前更不好意思——

便急回身<u>仝</u>别人搭赸去了。

"仝"，其他脂本均作"又仝"。
例25：宝钗……忽又见问他这话，便笑道——

"我看的李逵骂了宋江，后来又陪不是。"

"看的"，其他脂本均作"看的是"。

"陪"，其他脂本均作"赔"。

例26：宝钗笑道——

原来这叫作负荆请罪，别请罪，你们通今博古，才知道负荆请罪。我不知道什么是负荆请罪。

"别请罪"，其他脂本均无。

例27：宝玉、黛玉二人听见这话越发不好过了——

宝钗欲说话，见宝玉十分惭愧，形景改变，也就不好再说，只得再笑收住。别人总未解的他四个人的言语，因此付之流水。一时凤姐儿、宝钗去了。

"欲"，庚辰本作"再要"，其他脂本作"再欲"。

"再笑"，其他脂本均作"一笑"。

"的"，其他脂本均作"得"。

"凤姐儿、宝钗"，其他脂本均作"宝钗、凤姐"。

例28：林黛玉笑向宝玉道——

你也试着比我利害的人了。谁都像我心直口快的有着人说呢。

"心直口快"，蒙本、戚本、彼本作"心拙口夯"，庚辰本、杨本、梦本作"心拙口笨"。

"有着"，其他脂本均作"由着"。

例29：只见院门掩着，知道凤姐素日的规矩——

每到天热午间自要歇一个时辰的，进去不便，遂进角门来到王夫人上房内，只见个丫头子手里拿着针线却打盹儿。王夫人在里间凉榻上瞧着。金钏儿坐在旁边捶腿，也乜着斜眼乱晃。

"自"，其他脂本均无。

"个"，其他脂本均作"几个"。

"瞧"，其他脂本均作"睡"。
"乜着斜眼"，其他脂本均作"乜斜着眼"。
例30：金钏儿睁开眼见是宝玉——

　　宝玉悄悄笑道："就困的这么着。"

"悄悄"，其他脂本均作"悄悄的"。
例31：宝玉见了他就有些恋恋不舍的，悄悄的探头瞧瞧王夫人合着眼——

　　便自己向身边荷包里带的香雪梨津丹掏出了一丸出来，便向金钏儿口里一送。金钏儿并不睁眼，只管衔了。

"香雪梨津丹"，其他脂本均作"香雪润津丹"。
"衔"，其他脂本均作"嚼"。
例32：金簪子掉在井里头，有你的只是有你的——

　　连这句话难道也不明白，我到告诉你的巧宗儿……

"话"，彼本、杨本、梦本作"俗语"，其他脂本作"话语"。
"的"，戚本作"这个"，其他脂本作"个"。
例33：只见王夫人翻身起来——

　　照金钏儿脸上打了个嘴巴。

"打"，其他脂本均作"就打"。
"嘴巴"，其他脂本均作"嘴巴子"。
例34：好好的爷们都叫你们教坏了——

　　宝玉见夫人起来，早一溜烟去了。

"夫人"，其他脂本均作"王夫人"。
例35：不在话下——

　　宝玉见夫人醒来，自己没趣，原进大观园来。

"夫人"，其他脂本均作"王夫人"。

"原",其他脂本均作"忙"。
例36：宝玉便悄悄的隔着篱笆洞儿一看——

　　只见一个女孩子蹲在花下，手里拿着一根绾头的簪子在地下抠土。

"一",其他脂本均无。
例37：宝玉心里想道——

　　难道这也是个痴丫头，又学颦儿来葬花不成。

"学",其他脂本均作"像"。
例38：若真也葬花，可谓东施效颦——

　　"不但不为新时，且更可厌了。"想毕，便要叫那女孩子说："不要跟着林姑娘学了。"

"新时",杨本作"新奇",戚本作"奇特",其他脂本作"新特"。
"女孩子",彼本作"女儿",其他脂本作"女子"。
例39：话未出口，幸而再看时，这女孩子面生，不是个侍儿——

　　倒像是十二个学戏的女孩子之内一个，也辨不出他是生旦净丑那一个脚色来。

"十二个",其他脂本均作"那十二个"。
"也",其他脂本均无。
例40：一面想，一面又恨认不得这个是谁，再留神细看——

　　只是这女孩子眉蹙春山，眼颦秋水，面薄腰纤，嬝嬝婷婷，大有林黛玉之态。

"是",其他脂本均作"见"。
例41：宝玉早又不忍弃他而去，只管痴看——

　　只见他虽然用金簪掘地，并不是刨土埋花。

"掘",其他脂本均作"划"。
"刨",其他脂本均作"掘"。

例42：自己又在手心里用指头按着他方才下笔的规矩写了，猜是个什么字——

写成一想，原来这就是个蔷薇花的蔷字。

"这"，其他脂本均无。

例43：宝玉想道，必定是他也要作诗填词——

这会子见了这花园有所感，或者偶成了两句，一时兴至恐忘，在地下画着推敲……

"园"，其他脂本均作"因"。

例44：一面想，一面又看——

只见那女孩子还在那画呢。

"那"，其他脂本均作"那里"。

例45：里面的原是早已痴了——

画完了一个蔷，又画一个蔷，已经画了有几千个。外面的也不觉看痴了，两个眼睛珠儿只管随着簪动，心里却想，这女孩子一定有什么话说不出大心事，才是这么个形景。

"了"，其他脂本均无。
"也不觉"，其他脂本均作"不觉也"。
"簪"，其他脂本均作"簪子"。
"说不出"，庚辰本作"说不出来的"，其他脂本作"说不出的"。
"是"，其他脂本均无。

例46：看他的模样儿这般单薄，心里那里还搁得住熬煎——

可惜我不能替你分些过来。伏中阴晴不定，扇去可致雨，忽一阵凉风过来，唰唰落下一阵雨来。

"可惜"，其他脂本均作"可恨"。
"扇去"，其他脂本均作"扇云"。
"唰唰"，其他脂本均作"唰唰的"。

例47：一则宝玉脸面俊秀——

二则花叶繁密，上下俱被枝叶隐住，刚露着半边脸。

"繁密"，其他脂本均作"繁茂"。

例48：那女孩子只当是个丫头，再不想是宝玉，因笑道——

"多谢姐姐提醒我，难道姐姐在外头有什么遮雨的？"一句提醒了宝玉，哎哟了一声，才觉得浑身冰凉。

"提醒"，其他脂本均作"提醒了"。
"哎哟"，梦本作"哟哟"，其他脂本作"嗳哟"。

例49：可巧小生宝官、正旦玉官两个女孩子正在怡红院和袭人顽笑——

被雨阻止，大家把沟堵了，水积在院内，把些绿头鸭、花鸡鹅、彩鸳鸯捉的捉，赶的赶。缝了翅膀，放在院内耍。

"阻止"，其他脂本均作"阻住"。
"鸡鹅"，其他脂本均作"㶉𫛹"。
"耍"，其他脂本均作"顽耍"。

例50：宝玉见关着门，便以手扣门，里面诸人只顾笑，那里听见——

叫了半日，拍的门讪响，里面方听见了。

"讪"，其他脂本均作"山"。

例51：宝玉道，是我——

射月道："是宝姑娘的声音。"晴雯道："胡说，宝姑娘这会子做什么来？"

"射月"，其他脂本均作"麝月"。
"子"，其他脂本均无。

例52：说着，便顺着游廊到门前，往外一瞧——

只见宝玉淋得水打鸡一般。袭人见了，又是着忙，又觉可笑。

"水"，其他脂本均作"雨"。

"觉"，其他脂本均作"是"。
例53：及开了门，并不看真是谁——

　　还只当是那些小丫头子们，便抬腿踢在那上。

"那"，彼本作"胁"，其他脂本作"肋"。
例54：宝玉还骂道——

　　"下流东西们，我素日担待你们的多了，一点儿也不怕，越发拿着我取笑儿了。"口里说着，一低头见是袭人，方知踢错了他，笑道……

"的多了"，庚辰本作"得了益"，彼本、杨本作"得了已①"，蒙本、戚本、梦本作"得了意"。
"袭人"，其他脂本均作"袭人哭了"。
"他"，其他脂本均作"忙"（连下读）。
例55：真一时置身无地，待要怎么样——

　　料着宝玉是未必是安心踢他，忍着说："没有踢着，快去换衣裳去。"宝玉一面进房来换衣，一面笑道……

"是"，其他脂本均无。
"忍着说"，其他脂本均作"少不得忍着说道"。
"快去"，彼本作"你还不"，其他脂本作"还不"。
"换"，其他脂本均作"解"。
例56：袭人一面忍痛换衣裳，一面笑道——

　　我是个起头儿的人，不论事大事小，是好是歹，自然也该从我起。但只是别说打了我，明儿顺了手打起别人来。

"是好是歹"，庚辰本作"事好事歹"，其他脂本作"是好是歹"。
"打"，其他脂本均作"也打"。
例57：他们是顽皮惯了的——

---

① 彼本"已"旁改"意"。

早已恨的人<u>牙疼</u>，他们也没个<u>怕惧儿</u>。

"牙疼"，其他脂本均作"牙痒痒"。
"怕惧儿"，其他脂本均作"惧怕儿"。

例58：说着，雨已住了——

宝官、玉官也<u>去了</u>。袭人只觉<u>那</u>上疼的<u>发闹</u>。

"去了"，其他脂本均作"早去了"。
"那上"，彼本作"胁上"，杨本、梦本作"肋上"，其他脂本作"肋下"。
"发闹"，其他脂本均作"心里发闹"。

例59：至晚间洗澡时，脱了衣服——

只见<u>那</u>上青了碗大一块，自己倒唬了一跳，又不好声张。一时睡下，梦中<u>乍</u>痛，由不得哎哟<u>了一声</u>，从梦中哼出。宝玉<u>虽然</u>不是安心……

"那"，彼本作"胁"，蒙本、戚本、杨本、梦本作"肋"，庚辰本作"助"。
"乍"，其他脂本均作"作"。
"了一声"，其他脂本均作"之声"。
"虽然"，其他脂本均作"虽说"。

例60：自己下床来悄悄的秉灯来照，刚到床前——

只见袭人嗽了两声，吐出一口痰<u>子</u>。

"子"，其他脂本均作"来"。

自第26回至第30回举例共计：

第26回	56例
第27回	61例
第28回	77例
第29回	88例
第30回	60例

这五回（26—30）共342例。

第十八章　舒本有哪些独异的文字？

——第三十一回至第三十五回

第一节　舒本第三十一回独异文字考

第31回脂本现存舒本、己卯本、庚辰本、彼本、杨本、蒙本、戚本、梦本八种。

第31回舒本独异的文字有七十六例，如下：

例1：话说袭人见了自己吐的鲜血在地，也就冷了半截——

　　想着往日<u>尝</u>听人说，少年吐血年月不保。纵然命长，终是废人了。想起此言，不觉将<u>着后</u>争荣夸耀之心尽皆灰了。

"尝"，彼本作"长"，其他脂本作"常"。
"着后"，杨本作"素日"，其他脂本作"素日想着后来"。

例2：宝玉见他哭了，也不觉心酸起来——

　　因<u>向</u>道："你心里觉的怎么样？"
"向"，其他脂本均作"问"。

例3：宝玉听了有理，也只得罢了——

　　向<u>桌</u>上斟了茶来，给袭人漱了口。

"桌"，其他脂本均作"案"。

例4：(王济仁)便说了个丸药的名字，怎么服，怎么敷——

　　宝玉问了。回园依方调治，不在话下。

"问"，其他脂本均作"记"。

例5：这日正是端阳佳节，蒲艾簪门，虎符系背——

　　午间，王夫人治了酒，请薛家母女等赏午。

"酒"，其他脂本均作"酒席"。

例6：林黛玉见宝玉懒懒的，只当是他因为得罪了宝钗的原故——

　　心中不自在，形容也是懒懒的。

"是"，其他脂本均作"就"。

例7：知道王夫人不自在，自己如何敢说笑——

　　也随着王夫人的气色行事，更觉淡淡的。贾迎春姊妹见众人没意思，也都没意思了。

"也"，其他脂本均作"也就"。
"没"，其他脂本均作"无"。

例8：林黛玉天性喜散不喜聚，他想的也有道理——

　　他说，人家有聚就有散；聚时喜欢，散时岂不清冷。

"家"，其他脂本均无。

例9：那花只愿常开——

　　生怕谢了没趣。

"谢了"，其他脂本均作"一时谢了"。

例10：因此今日之筵大家无兴散了——

　　林黛玉倒不觉的，倒是宝玉心中闷闷不乐，回至自己房中，长吁短叹，淌着的。晴雯上来换衣裳，不防又把扇子失了手，跌在地下，将骰子跌折。

"觉的"，其他脂本均作"觉得"。
"淌着的"，其他脂本均作"偏生"（连下读）。
"衣裳"，其他脂本均作"衣服"。
"骰子"，梦本作"骨子"，其他脂本作"股子"。
例11：宝玉因叹道：蠢才，蠢才——

　　将来怎么样，明儿你自己当家立业，难道你也这么顾前不顾后的？

"你也"，其他脂本均作"也是"。
例12：晴雯冷笑道——

　　二爷近来气大的很，行动就给脸子看，前儿连袭人都打了。

"看"，其他脂本均作"瞧"。
例13：宝玉听了这些话——

　　气得浑身乱战，因说道："你不用忙，将来有散的日子。"袭人在那边听见，忙就赶过来，向宝玉道："好好的又怎么了？可是我说的，一时我不到，就有事故。"

"得"，其他脂本均作"的"。
"听见"，其他脂本均作"早已听见"。
"就"，其他脂本均无。
"事故"，彼本作"事故了"，其他脂本作"事故儿"。
例14：晴雯听了，冷笑道——

　　姐姐既会说，就该早来，也省的爷生气。自古以来，就是你一人伏侍爷的……

"的"，其他脂本均作"了"。
"一人"，其他脂本均作"一个人"。
例15：因为你伏侍的好——

　　昨儿才踢窝心脚。

"踢"，蒙本、戚本作"挨过"，其他脂本作"挨"。

例16：袭人听了这话，又是恼又是愧，待要说几句话——

又见宝玉<u>气的</u>黄了脸。

"气的"，其他脂本均作"已经气的"。

例17：好妹妹，你出去逛逛，原是我们的不是——

晴雯<u>听见</u>说"我们"两个字，自然是他<u>合</u>宝玉了……

"听见"，其他脂本均作"听他"。
"合"，其他脂本均作"和"。

例18：明公正道连个姑娘还没挣上去呢——

也不过<u>合</u>我似的，那里就称上"我们"了。

"合"，其他脂本均作"和"。

例19：要是心里恼我，你只和我说，不犯着当着二爷吵——

<u>就</u>①是恼二爷，也不该这么吵的万一人知道。

"就是"，其他脂本均作"要是"。

例20：姑娘倒寻上我的晦气——

又不像是恼我，又不<u>是</u>恼二爷，夹枪带棒，终究是个什么主意。

"是"，其他脂本均作"像是"。

例21：晴雯听见了这话——

<u>又觉</u>伤感心来。

"又觉"，其他脂本均作"不觉又"。

例22："不如回太太打发你去罢"，说着，站起来就要走——

袭人忙<u>回</u>身，笑道……

---

① "就"系旁改，原作"也"。

"回身"，其他脂本均作"回身拦住"。
例23：袭人笑道：好没意思，认真的去回，你也不怕臊——

便是认真要去，也等把这气下了，等无事中说说话儿，回了太太也不迟。

"便是"，其他脂本均作"便是他"。
"下了"，其他脂本均作"下去了"。
"说"，其他脂本均无。
例24：晴雯哭道——

我多早闹着要去了。

"多早"，其他脂本均作"多早晚"。
例25：宝玉道：这也奇了，你又不去，你又闹些什么——

我经不起这个吵，不如去了到干净。

"这个吵"，彼本作"这么闹"，蒙本作"这吵①"，己卯本、庚辰本、杨本、戚本、梦本作"这②吵"。
例26：袭人见拦不住——

只的跪下了。碧痕③、秋纹④、麝⑤月等众丫环见吵闹，都倒鸦鹊无闻，在外头听消息。这会子听袭人跪下央求，便一齐进来都跪下了。

"的"，其他脂本均作"得"。
"倒"，其他脂本均无。
"鸦鹊无闻"，彼本作"鸦雀无声"，其他脂本作"鸦雀无闻"。
"听"，其他脂本均作"听见"。
例27：宝玉忙把袭人拉起来，叹了一声——

叫底下的众人起去，向袭人道……

---

① 蒙本"吵"系旁改，原作"呢"。
② 庚辰本"这"下旁添"么"。
③ "痕"系旁改，原作"眼"。
④ "纹"系旁改，原作"波"。
⑤ "麝"原误作"射"。

"叫底下的"，其他脂本均作"在床上坐下，叫"。

例28：宝玉道：你何苦来替他招骂名儿——

饶这么着，还有人说闹话，还搁得住你来说他。

"闹话"，其他脂本均作"闲话"。

例29：宝玉听了，知道是他点前儿的话，自己一笑，也就罢了——

一时林黛玉去后，就有人说薛大哥请。

"林黛玉"，其他脂本均作"黛玉"。

例30：宝玉将他一拉，拉在身旁坐下，笑道——

你的性子越发惯娇了。早起就是跌了扇子，我不过说了你两句，你就说上那些话，你说我罢了，袭人好意来劝，你又括上他。

"越发惯娇"，戚本、梦本作"越发姣惯"，彼本作"原是发惯了姣的"，己卯本、庚辰本、杨本、蒙本作"越发惯姣"。

"你"，彼本无，其他脂本作"那①"。

"罢了"，其他脂本均作"也罢了"。

例31：晴雯道——

怪热的，拉拉扯扯干什么。

"干"，戚本作"像"，梦本作"做"，其他脂本作"作"。

例32：宝玉笑道——

"你既知道不配，为什么睡呢？"晴雯没得说，嗤的又笑了。

"睡"，其他脂本均作"睡着"。

"没得说"，彼本、杨本、梦本作"没的说"，其他脂本作"没的话"。

例33：起来，让我洗澡去——

袭人、射月却洗了澡。

---

① 庚辰本"那"下旁添"么"。

"射月"，其他脂本均作"麝月"。
按：舒本下文尚有数处将"麝月"误作"射月"，不再出校。
例34：你既没有洗，拿了水来——

　　咱们同洗。

"同"，其他脂本均作"两个"。
例35：晴雯摇手笑道：罢，罢，我不敢惹爷——

　　还记的碧痕打发你洗澡，足有两三个时辰，也不道怎么呢。我们也不好进去瞧瞧，地下的水淹着腿，连席子上都汪着水。

"的"，其他脂本均作"得"。
"不道怎么"，梦本作"不知道做什么"，其他脂本作"不知道作什么"。
"腿"，其他脂本均作"床腿"。
例36：才刚鸳鸯送了好些果子来——

　　都湃在那水晶缸里呢，叫我①们打发你吃。

"我们"，其他脂本均作"他们"。
例37：晴雯笑道——

　　我慌张的很，连扇子还跌折了你的，还配打发吃果子。

"你的"，其他脂本均作"那里"。
例38：你爱这样，我爱那样，各自性情不同——

　　譬如扇子，原是搧的，你要撕着顽也可以使得，只是不可生气时拿他出气，就如杯盆原是盛东西的，你要喜欢听那一声响，就故意跌碎了，也可以使的。

"譬如"，其他脂本均作"比如那"。
"盆"，其他脂本均作"盘"。
"跌"，彼本作"摔"，杨本作"咂"，其他脂本无。

---

① "我"系旁改，原作"你"。

"的",其他脂本均作"得"。

例39:宝玉在旁笑着说:响得好,再撕响些——

  正说着,只见射月走过来,笑道:"少作些孽罢。"宝玉赶上来,一把将他手中扇子也夺了,递与晴雯,晴雯接了,也撕作两半了。

"手中",其他脂本均作"手里的"。
"两半",其他脂本均作"几半"。

例40:射月道:"我可不造这孽,他又没折了手,叫他自己搬去。"——

  晴雯倚在床上说道……

"晴雯",其他脂本均作"晴雯笑着"。

例41:宝钗、黛玉等忙迎至阶下相见,青年姊妹间经月不见——

  一旦相逢,其亲密自不消细说的。

"的",其他脂本均作"得"。

例42:贾母因说——

  天热,把外面的衣裳脱脱罢。

"外面",其他脂本均作"外头"。
"衣裳",其他脂本均作"衣服"。

例43:王夫人因笑道——

  也没见穿这些做什么。

"穿",其他脂本均作"穿上"。

例44:史湘云笑道:都是二婶婶叫穿的,谁愿意穿这些——

  宝钗在旁笑道:"姨娘不知道他穿的衣裳,还便爱穿别人的衣裳。可记的旧年三四月里他在这里住着,把宝[①]玉的袍子穿上,靴子也穿上,额子也勒上。及一瞧,倒像是宝兄弟,就是多两个坠子。他站在那椅子背

[①] "宝"原作"元",旁改"宝"。

后，哄的老太太只是叫：'宝玉，你过来，仔细那上头挂的灯穗子招下灰来眯了眼。'……"

"的"，其他脂本均无。
"便"，其他脂本均作"更"。
"记的"，其他脂本均作"记得"。
"宝玉"，戚本作"兄弟"，其他脂本作"宝兄弟"。
"及"，其他脂本均作"猛"。
"眯"，其他脂本均作"迷"。
例45：后来大家掌不住笑了——

老太太才知道了，说道："扮上男人好看了。"

"知道"，其他脂本均作"笑"。
"道"，其他脂本作"到"或"倒"（连下读）。
例46：林黛玉道：这算什么，惟有前年正月里——

接了他来住了没两日，就下起雪来了，老太太合舅母那日想是才拜了影堂①回来……

"了"，其他脂本均无。
"合"，其他脂本均作"和"。
"影堂"，其他脂本均作"影"。
例47：和丫头们在后院子里扑雪人儿去，一跤栽倒沟跟前，弄了一身泥水——

说着前情，大家都笑了。宝钗笑问那周奶妈："周妈，你们姑娘还那么淘气不淘气？"周奶妈也笑了。迎春道："淘气也罢了，我就嫌他爱说话，也没见眯在那里还是咭咭呱呱笑一阵，也不知那里来的那些诓话。"

"说着前情，大家都笑了"，其他脂本均作"说着，大家想着前情都笑了"。
"不淘气"，其他脂本均作"不淘气了"。

———————
① "堂"系旁添。

"道"，其他脂本均作"笑道"。
"瞅"，其他脂本均作"睡"。
"笑一阵"，其他脂本均作"笑一阵说一阵"。
"诓话"，庚辰本作"话"，梦本作"慌话"，其他脂本作"谎话"。
例48：王夫人道——

  只怕如今好了，前儿有人家来说着，眼见有婆婆家了，还是那么着。

"说着"，其他脂本均作"相看"。
例49：林黛玉道："你哥哥得了好东西，等着你呢。"——

  史湘云道："得了什么好东西？"宝玉笑道："你信他呢。几日不见，越发高了。"湘云道："袭人姐姐好。"

"得了"，其他脂本均无。
"道"，其他脂本均作"笑道"。
例50：湘云笑道——

  "这是什么？"说着，打开，众人看时，果然就是上次送来的绛纹戒指一包四个。

"打开"，其他脂本均作"便打开"。
例51：前儿一般的打发人给我们送了来，你就把他的也带了来，岂不省事——

  今儿巴巴的带了来，只当又是什么新奇东西。

"带了来"，其他脂本均作"自己带了来"。
"只当"，其他脂本均作"我只当"。
例52：我把这理说出来，大家评一评谁胡涂——

  给你们送东西，就是使人来的说话不周，拿进来一看，自然就知道送姑娘们的了。

"说话不周"，其他脂本均作"不用说话"。
例53：那使来的人明白还好，再糊涂些——

第十八章 舒本有哪些独异的文字？ | 531

丫头名字他也不记的，混闹胡说的，反连你们的东西都觉糊涂了。

"丫头"，其他脂本均作"丫头的"。
"的"，其他脂本均作"得"。
"觉"，其他脂本均作"搅"。

例54：这到是四个人的——

难道小子们也这么记得清白？

"这么记得"，彼本作"记的这们"，庚辰本作"记得这们"，其他脂本作"记得这么"。

例55：林黛玉听了，冷笑道：他不会说话，他的金麒麟也会说话——

一面说着，就起身走了。幸而诸人还不曾听见。

"就"，其他脂本均作"便"。

例56：贾母因向湘云道——

吃了茶，歇一歇，瞧瞧你的嫂子们去，园里一凉快，同你姐姐们去逛逛。

"一"，其他脂本均作"也"。

例57：众奶娘、丫头跟着，到了凤姐那里——

说笑了一会，出来便往大观园来。

"一会"，其他脂本均作"一回"。

例58：翠楼①道——

这也合咱们家池子一样，也是捲子花。

"池子"，其他脂本均作"池子里的"。
"捲子花"，其他脂本均作"楼子花"。

例59：湘云听了，由不的一笑，说道——

---

① "翠楼"乃"翠缕"之误。下同。

我说他不用说话，你偏好说，这叫人怎么好笑这。天地间都赋阴阳二气所生，或正或斜，或奇或怪，千变万化……

"他"，其他脂本均作"你"。
"笑这"（连下读），其他脂本均作"答言"。
"斜"，其他脂本均作"邪"。
例60：湘云笑道：糊涂东西，越说越放屁，什么都是些阴阳——

　　难道还有两个阴阳不成？阴阳两个字还这是一个字。阳尽了就成阴，阴尽了就成阳。不是阴尽了又有一个阳生出来，阳尽了又有一个阴生出来。

"这"，其他脂本均作"只"。
"一"，其他脂本均无。
例61：我只问姑娘——

　　这阴阳是什么个样儿？

"什么个"，其他脂本均作"怎么个"。
例62：湘云道：阴阳可有什么样儿——

　　不过是个气，万物赋了成形。譬如天是阳，地就是阴，水为阴，火就是阳。

"为"，其他脂本均作"是"。
例63：翠楼（缕）道——

　　这些大东西有阴阳罢了，难道那些蚊子、蚤、蠓虫儿……

"罢了"，其他脂本均作"也罢了"。
"蚤"，其他脂本均作"虼蚤"。
例64：湘云道——

　　怎么没有呢。譬那一个树叶儿，还分阴阳呢。那边向上朝阳的就是阳，这边背阴覆下的就是阴。翠楼（缕）点了点头，笑道："原来这样，我可明白了。只是咱们这手里的扇子怎么是阳，怎么是阴呢？"湘云笑道："这边正面是阳，那边反面就是阴。"翠楼（缕）点头笑道：还要拿几件东西问……

"譬"，其他脂本均作"比如"。
"点"，其他脂本均作"听"。
"笑"，其他脂本均无。
"是"，其他脂本均作"为"。
"点头笑道"，其他脂本均作"又点头笑了"。
例65：翠楼（缕）道：这是公的，到底是母的呢——

　　湘云笑道："这也连我不知道。"

"笑"，其他脂本均无。
"也连我"，其他脂本均作"连我也"。
例66：翠楼（缕）道——

　　"姑娘是阳，我是阴。"说的湘云拿帕子握着嘴呵呵的笑起来。

"是"，其他脂本均作"就是"。
"帕子"，其他脂本均作"手帕子"。
例67：湘云道——

　　你瞧那是谁掉的首饰，金滉滉在那里。

"滉滉"，彼本作"幌幌"，杨本作"恍恍"，其他脂本作"晃晃"。
例68：翠楼（缕）只管不放手，笑道——

　　这件宝贝，姑娘瞧不的。

"这"，其他脂本均作"是"。
"的"，其他脂本均作"得"。
例69：湘云举目一验——

　　却是文彩耀煌的一个金麒麟。

"耀煌"，其他脂本均作"辉煌"。

例 70：湘云伸手擎在掌上，只是默默不语——

　　正在出神，只见宝玉从那边来了。

"在"，其他脂本均作"自"。
"只见"，其他脂本均作"忽见"。

例 71：袭人正在阶下倚槛追风，忽见湘云来了——

　　连忙迎下来，携手笑说一向别离之况。

"笑说一向别离之况"，彼本作"笑道：许久不来，想念的人了不得"，蒙本、戚本作"笑说一向别情景"，杨本作"笑说一向久别情况"，己卯本、庚辰本作"笑说一向别情况"，梦本作"笑说一向别情"。

例 72：说着，一面在身上掏摸，掏了半天——

　　嗳呀了一声，便问袭人："那个东西你收拾起来了？"

"收拾"，其他脂本均作"收"。
"了"，其他脂本均作"了么"。

例 73：袭人道：什么东西——

　　宝玉道："前儿的麒麟。"

"的"，其他脂本均作"得的"。

例 74：宝玉听了，将手一拍，说道——

　　这个可丢了往那里去找去？

"这个"，其他脂本均作"这"。
"去"，其他脂本均无。

例 75：史湘云听了，方知是他遗落的——

　　笑问道："你几时又有个麒麟了？"宝玉道："前儿好容易得的，你不知道多早晚丢了，我也糊涂了。"

"笑问"，其他脂本均作"便笑问"。
"你"，其他脂本均作"呢"（连上读）。

"道",彼本作"是",其他脂本无。

例76：说着，将手一撒，笑道：你瞧瞧，是这个不是——

宝玉一见，由不<u>的</u>欢喜非常，因说道："不知是如何<u>拾得</u>？"

"的"，其他脂本均无。
"拾得"，其他脂本均无。

第二节　舒本第三十二回独异文字考

第32回脂本现存舒本、己卯本、庚辰本、彼本、杨本、蒙本、戚本、梦本八种。

第32回舒本独异的文字有五十九例，如下：

例1：史湘云笑道——

幸而是这个，明儿倘或<u>印</u>也丢了，难道也就罢了不成？

"印"，其他脂本均作"把印"。

例2：袭人斟了茶来——

与史湘云吃<u>了</u>，一面笑道……

"了"，其他脂本均无。

例3：后来我们太太没了，我家去住了一程子——

怎么就把你<u>配</u>了跟二哥哥？

"配"，其他脂本均作"派"。

例4：袭人笑道——

<u>还</u>说呢，先姐姐长、姐姐短，哄着我替<u>你</u>梳头洗脸，作这个、弄那个。如今大了就拿出小姐的款来。你既拿小姐的款，我怎敢亲近你。

"还"，其他脂本均作"你还"。
"你"，其他脂本均作"呢"。

例5：话未了，忙的袭人和宝玉都劝道——

　　顽话你就认真了，还是这么性急。

"就"，其他脂本均作"又"。

例6：袭人感谢不尽，因笑道：你前儿送你姐姐们的，我已得了——

　　今儿你亲自又送来，可见是又没忘了我。

"又"，其他脂本均无。

例7：我天天在家里想着，这些姐姐们再没一个比宝姐姐好的——

　　可惜我们不是一娘养的，我但凡有这个亲姐姐，就是没有父母，也是没妨碍的。

"一"，其他脂本均作"一个"。
"有"，其他脂本均作"了"。

例8：宝玉道：罢，罢，不用提这话——

　　史湘云道："提了便怎么，我知道你的心病，恐怕你林姐姐听见，又嗔我赞了宝玉道，可是为这个不是？"

"林姐姐"，其他脂本均作"林妹妹"。
"宝玉道"，其他脂本均作"宝姐姐"。

例9：史湘云听了，便知是宝玉的鞋了——

　　笑道："既这么说，我就替你做了罢……"

"笑道"，其他脂本均作"因笑道"。

例10：袭人笑道——

　　来了，我是个什么就烦你做鞋了。

"来了"，其他脂本均作"又来了"。

例11：史湘云道——

　　"论理，你的东西也不知烦我做了多少，也不知道给谁？"宝玉道：

"给我。"

"也不",庚辰本作"今儿我到不做了的原故,你必定也",其他脂本基本上同于庚辰本。

"给谁?宝玉道:给我",庚辰本作"袭人道:到也不知道",其他脂本基本上同于庚辰本。

例12:史湘云冷笑道:

前儿我听见把我做的扇套子拿着向人家比,赌气又铰了。

"向",其他脂本均作"和"。

例13:这会子又叫我做,我成了你们的奴才了——

宝玉笑道……

"笑道",其他脂本均作"忙笑道"。

例14:他就信了,拿了出去给这个瞧给那个看的——

不知怎么又惹了林姑娘,铰了两段。

"惹了",其他脂本均作"惹恼了"。

例15:大夫又说好生静养才好,谁还烦他做——

旧年算好一年的工夫做了做香袋儿,今年半年还没见拿针线呢。

"做",其他脂本均作"个"。

例16:宝玉听了,便知是贾雨村来了,心中好不自在,袭人忙去拿衣服——

宝玉一面登鞋子,一面抱怨道:"老爷和他坐着就罢了……"

"登鞋子",庚辰本作"蹬着靴子",其他脂本作"登着靴子"。
"老爷",其他脂本均作"有老爷"。
例17:史湘云一边摇着扇子,笑道——

自然你能会宾接客,老爷才叫出去呢。

"叫",其他脂本均作"叫你"。

例18:湘云笑道——

　　主雅客来勤,自然你有些敬他的好处,他才只要会呢。

"敬他",戚本作"惊他",其他脂本作"警他"(蒙本旁改"惊人")。
"呢",其他脂本均作"你"。

例19:湘云笑道——

　　还是这情性改不了。

"这",其他脂本均作"这个"。

例20:也好将来应酬世务,日后也有个朋友——

　　没见你成年只在我们队里搅些什么。

"成年",其他脂本均作"成年家"。

例21:袭人道——

　　云姑娘快别说这些①,上回也是宝姑娘曾说过一会,他也不管人脸上过不去,就啐了一声,拿起脚来走了。这里宝姑娘的话也不说完,见他走了,登时羞的脸通红……

"这些",其他脂本均作"这话"。
"曾",其他脂本均作"也"。
"一会",其他脂本均作"一回"。
"过不去",梦本作"过得去过不去",其他脂本作"过的去过不去"。
"啐",其他脂本均作"咳"。
"不",其他脂本均作"没"。

例22:幸而是宝姑娘,那要是林姑娘——

　　不知他又闹的怎么样,哭的怎么样呢。提起这些话来,真真的宝姑娘敬重,自己搭讪了一会子去了。

---

① "些"系旁添。

"他",其他脂本均无。
"敬重",庚辰本、梦本作"叫人敬重",其他脂本作"教人敬重"。
"搭赸",梦本作"过",其他脂本作"赸"。
按:"搭赸"和"赸"的意思不同。按照《汉语大词典》的解释:

> 搭讪:亦作"搭赸"。谓找寻话头藉以开始攀谈。亦谓无话找话进行敷衍或寒暄。①
>
> 赸:尴尬、难为情的样子。②

准此,二者皆可通,难分伯仲。

例23:真真有涵养,心地宽大——

> 谁知这一个倒同他生分。那林姑娘是你赌气不理他,你得陪多少不是呢。

"倒",其他脂本均作"反倒"。
"生分",其他脂本均作"生分了"。
"是",其他脂本均作"见"。
"陪",其他脂本均作"赔"。

例24:宝玉道——

> 林姑娘从来不曾,若他也说过这些混话,我早和他生分了。

"混话",其他脂本均作"混账话"。(庚辰本此处有脱文。)

例25:原来林黛玉知道史湘云在这里,宝玉一定要赶来说麒麟的原故——

> 因心下忖夺着近来宝玉弄着的外传野史多半才子佳人都因小巧玩物上作合,或有鸳鸯,或有凤凰,或玉环金佩,或鲛帕鸾,皆由小物而遂终身。

"近来",其他脂本均作"近日"。

---

① 《汉语大词典》(汉语大词典出版社,1997年),3697页。
② 《汉语大词典》(汉语大词典出版社,1997年),5762页。

"着",其他脂本均作"来"。
"作合",杨本作"缘合",其他脂本作"撮合"。
例26:因而悄悄走来见机行事,以察二人之意——

　　不想<u>刚刚</u>走来,听见史湘云说经济事,宝玉又说"林妹妹不说<u>这些</u>混账话,若说这话,我也同他生分了"……

"刚刚",其他脂本均作"刚"。
"这些",其他脂本均作"这样"。
例27:妹妹往那里去,怎么又哭了,又谁得罪了你——

　　林黛玉回头见是宝玉,<u>勉强</u>笑道:"好好的我何曾哭了?"宝玉笑道:"你瞧瞧眼睛上的<u>泪儿</u>未干,还<u>说谎</u>呢。"

"勉强",其他脂本均作"便勉强"。
"泪儿",其他脂本均作"泪珠儿"。
"说谎",其他脂本均作"撒谎"。
例28:你死了倒不值什么,只是丢下了什么金,又是什么麒麟,可怎么样呢——

　　一句话又把<u>那</u>宝玉说急……

"那",其他脂本均无。
例29:难道我素日在你身上的心都用错了,连你的意思若体贴不着——

　　<u>难怪</u>你天天为我生气了。

"难怪",其他脂本均作"就难怪"。
例30:不但我素日之意白用了,且连你素日待我之意也都辜负了——

　　你<u>皆</u>总是不放心的原故,<u>才</u>弄了一身病,单凡<u>宽裕</u>些,这病也不得一日重似一日。

"皆",其他脂本均作"皆因"。
"才",其他脂本均无。
"宽裕",其他脂本均作"宽慰"。

例31：竟有万句言语满心要说，只是半个字也不能吐——

　　却怔怔望着他。此时宝玉也有万句言词，一时不知从那一句上说起……

"怔怔"，其他脂本均作"怔怔的"。
"宝玉"，其他脂本均作"宝玉心中"。
例32：宝玉站着，只管发起獃来——

　　原来方才来慌忙，不曾带得扇子。

"来"，其他脂本均作"出来"。
例33：好妹妹，我的这心事从来也不敢说——

　　今儿我大胆说出来，死了心。

"死了心"，其他脂本作"死也甘心"。
例34：只等你的病好了，只怕我的病才的好呢——

　　睡梦里也忘不了你。

"睡"，其他脂本均作"睡里"。
例35：（袭人）便推他道——

　　这是那里的话，就是中了邪，还不快去。

"就是"，其他脂本均作"敢是"。
例36：宝玉一时醒过，方知是袭人送扇子来——

　　羞得满脸红涨，套了扇子，便抽身忙忙的跑了。

"满脸"，其他脂本均作"满面"。
"红涨"，戚本、彼本作"紫胀"，其他脂本作"紫涨"。
"套"，其他脂本均作"夺"。
例37：这里袭人见他去了，自思方才之言一定是因林黛玉起——

　　如此看来，将来难免不妥之事，令人可做可畏。想到此间，也不觉怔怔的滴下泪来，心下暗度如何处方免此丑祸。正裁度间，忽见宝钗从那走来……

"不妥"，其他脂本均作"不才"。
"傲"，其他脂本均作"惊"。
"处"，梦本作"处置"，其他脂本作"处治"。
"那"，杨本作"那里"，其他脂本作"那边"。

例38：他如今说话越发没了经纬——

　　我故此不见他了，由他去罢。

"不见"，其他脂本均作"没叫"。
"去"，其脂本均作"过去"。

例39：宝钗听了，忙道——

　　嗳哟，这么炎天暑热的，叫他做什么，别说想什么来生了气。叫出去教训一场。

"炎天暑热"，彼本作"暑热天"，其他脂本作"黄天暑热"。
"想"，其他脂本均作"想起"。

例40：袭人笑道——

　　倒是你说得是罢。

"说得是"，蒙本、戚本作"说的是"，其他脂本作"说说"。（梦本无此二句。）

例41：我近来看着云丫头的神情——

　　在风里言风里语的听起来，那云丫头在家里竟一点儿做不的主。

"在"，其他脂本均作"再"。

例42：差不多的东西都是他们娘儿们动手——

　　为什么这几次他来，他和我说话儿，见没人在眼前……

"来"，其他脂本均作"来了"。

"眼前",其他脂本均作"跟前"。
例43：袭人见说这话,将手一拍,说道——

　　是了,是了。怪道上月我烦他打十根蝴蝶结,过了那些日子才打发人送来。还说：这是粗打的,且在别处<u>侬着</u>使罢。

"蝴蝶结",其他脂本均作"蝴蝶结子"。
"侬着",戚本作"哝着",己卯本作"能自",其他脂本作"能着"。
例44：宝钗道——

　　上次他就告诉我,在家里做活<u>到</u>三更天。

"到",其他脂本均作"做到"。
例45：袭人道：偏生我们那个牛心左性的小爷——

　　凭着小的大的活计,<u>一般</u>不要家里这些活计上的人做,我又丢不开这些。

"一般",其他脂本均作"一概"。
例46：袭人道：那里哄的信他,他才是认的出来呢——

　　说不<u>的</u>我只好慢慢的累去罢了。

"的",其他脂本均作"得"。
例47：袭人笑道——

　　当真<u>是</u>这样就是我的福了。

"是",其他脂本均作"的"。
例48：一句话未了——

　　忽见一个老婆子<u>忙忙的</u>走来<u>笑道</u>……

"忙忙的",其他脂本均作"忙忙"。
"笑道",其他脂本均作"说道"。
例49：金钏儿姑娘好好的投井死了——

袭人唬了一唬，忙问："那个金钏儿？"那老婆子道："那里还有个金钏儿呢？就是太太房里的，前儿不知为什么推他出去，在家里哭天泪地的，也都没理会……"

"唬"，其他脂本均作"跳"。
"个"，其他脂本均作"两个"。
"推"，其他脂本均作"撵"。
"没"，其他脂本均作"不"。

例50：这里袭人回去不提——

却说宝钗来到王夫人房里，只见鸦鹊不闻，独有王夫人在里间房里坐着垂泪，不好提这事，只得一旁坐了。

"到"，其他脂本均作"至"。
"鸦鹊不闻"，彼本作"鸦雀无声"，杨本作"雅雀无闻"，其他脂本作"鸦雀无闻"。
"里"，其他脂本均作"内"。
"不好提这事"，其他脂本均作"宝钗便不好提这事"。

例51：据我看来，他并不是赌气投井，多半地下去住着——

或是在井眼前憨顽失了脚掉下去的。

"眼"，梦本作"根"，其他脂本作"跟"。

例52：岂有这样大气的理——

纵然有这样大气，也不过是个糊涂人，也不为可惜。

"纵然"，其他脂本均作"总然"。

例53：宝钗笑道——

姨娘不劳念念于兹，十分过不去，多赏他几两银子发送他，也就尽主仆之情了。

"多赏"，其他脂本均作"不过多赏"。

例54：原要还把你姊妹们的新衣服拿两套给他装裹——

谁知凤丫头可巧都没有什么新做的<u>衣裳</u>，只有你林妹妹做生日的两套。我想你林妹妹那个<u>性子</u>，素日是个<u>最讲究</u>的。况且他也三灾八难的，<u>既然</u>说了给他过生日……

"衣裳"，其他脂本均作"衣服"。
"性子"，其他脂本均作"孩子"。
"最讲究"，其他脂本均作"有心"。
"既然"，其他脂本均作"既"。
例55：我现叫裁缝赶两套给他——

要是别的丫头，赏他几两<u>银</u>也就完了。

"银"，其他脂本均作"银子"。
例56：宝钗忙道：姨娘这会子又何用叫裁缝赶去，我前儿到做了两套——

拿来给他岂不<u>是</u>省事。

"是"，其他脂本均无。
例57：宝钗笑道：姨娘放心，我从来不计较这些。一面说，一面起身就走——

王夫人忙<u>叫</u>两个人来跟宝姑娘去。

"叫"，其他脂本均作"叫了"。
例58：只见宝玉在王夫人旁边坐着垂泪——

王夫人正<u>欲</u>说他，因见宝钗来了，却掩住口不说了。

"欲"，彼本作"数"，其他脂本作"才"。
例59：宝钗见此景况——

<u>察言观气</u>，早知觉了八分。于是将衣服交割明白，王夫人将他母亲叫来拿了去罢。

"察言观气"，杨本作"察言观"，其他脂本作"察言观色"。

"罢",其他脂本均无。

第三节　舒本第三十三回独异文字考

第 33 回脂本现存舒本、己卯本、庚辰本、彼本、杨本、蒙本、戚本、梦本八种。

第 33 回舒本独异的文字有四十三例,如下:

例1:一面感叹,一面慢慢的走着——

　　信步来至厅上,方转过屏门,不想对面来了一人正往里走。

"方",其他脂本均作"刚"。

例2:我看你脸上一团思欲愁闷气色,这会子又咳声叹气——

　　你那些儿还不足,还不自在,无故这样,却是为何?宝玉素日虽然口角伶俐,只是此时一心总为金钏儿伤感,恨不得此时也身亡命殒,跟了金钏儿去。

"儿",其他脂本均无。
"伤感",其他脂本均作"感伤"。

例3:如今见了他父亲说这些话,究竟不曾听见——

　　只是怔克克的站着,贾政见他神气惶悚,应对不似往日,原本无气的,这一见他这般光景,到有了二三分气了。方欲究问,忽有回事的人来说……

"怔克克",己卯本、庚辰本作"怔呵呵",其他脂本作"怔怔"。
"神气",其他脂本均无。
"这一见他这般光景,到有了二三分气了",其他脂本均作"这一来生了三分气"。
"究问",其他脂本均作"说话"。
"的",其他脂本均无。
"说",其他脂本均作"回"。

例4：贾政听了，心下疑惑——

　　暗暗思忖：素日并不与忠顺王府里来往，为什么事打发人来。

"思忖"，其他脂本均作"思忖道"。
"王府里"，彼本作"王"，杨本作"王府"，其他脂本作"府"。
"事"，其他脂本均作"今日"。

例5：急走出来看时，却是忠顺王府长史官——

　　忙接进厅上坐下献茶，未及叙谈，那长府官先就道……

"坐下"，其他脂本均作"坐了"。
"道"，其他脂本均作"说道"。

例6：贾政听了这话，抓不着头脑，忙陪笑起身问道——

　　大人既奉命而来，不知有何见谕？

"奉命"，其他脂本均作"奉王命"。

例7：那长府官冷笑道：也不必承办，只用大人一句话就完了——

　　我们府里有一个作小旦的，名叫棋官，一向好好在府里，如今竟三五日不见回去，各处去找，又摸不着他的下落。因此各处察访，这一城内十停人到有八停人，说他近日和衔玉的那位令郎相与甚厚。下官辈听见是尊府，不比别家可以擅入来索取……

"名叫棋官"，其他脂本均作"琪官"。
按：舒本下文"琪官"均作"棋官"，异于其他脂本，不再出校。
"下落"，其他脂本均作"道路"。
"听见是"，其他脂本均作"听了"。

例8：只是这棋官随机应答，谨慎老成，甚合我老人家的心意——

　　断断少不了此人，因此求老大人转吩咐令郎……

"少不了"，其他脂本均作"少不得"。
"因此"，其他脂本均作"故此"。
"转吩咐"，己卯本作"转"，庚辰本、蒙本、戚本作"转谕"，彼本

"转达",梦本作"转答",杨本作"转×"("×"字迹不清)。
　　例9：一则可慰王爷谆谆奉恳——

　　　　二则下官辈也可免操劳寻觅之苦。说毕，忙立身打一躬。贾政听了，又气又惊，即命人唤宝玉。宝玉也不知是何原故，忙忙走来，贾政一见便骂："该死的奴才，你在家不读书也罢了，怎么又作出这无法无天的事来。那棋官现是那忠顺王驾前承奉之人，你是何等草芥，无故引逗他出来，如今祸及于我。"宝玉听说，唬了一跳，忙回道："不知此事，究竟连'棋官'两个字也不知为何物，岂更又加一'引逗'二字。"

"寻觅"，其他脂本均作"求觅"。
"立身"，其他脂本均无。
"听了"，其他脂本均作"听了这话"。
"又气又惊"，其他脂本均作"又惊又气"。
"人唤"，其他脂本均无。
"走来"，其他脂本均作"赶来"。
"一见"，其他脂本均无。
"骂"，其他脂本均作"问"。
"这"，其他脂本均作"这些"。
"那忠顺王"，其他脂本均作"忠顺王爷"。
"听说"，其他脂本均作"听了"。
"不知"，其他脂本均作"实在不知"。
"也"，其他脂本均无。
"一"，杨本、梦本作"以"，其他脂本无。
　　例10：既云不知此人——

　　　　那汗巾怎么到了公子腰里？宝玉听了，不觉轰去魂魄，目瞪口呆，心下自思：这话他如何得知？他既连这样机密事都知道了，大约也瞒他不过。

"汗巾"，彼本、蒙本作"红汗巾子"，其他脂本作"红汗巾子"。
"听了"，其他脂本均作"听了这话"。
"也"，其他脂本均作"别的"。

例11：因说道：大人既知他的底细——

如何连他置买<u>房屋</u>这样大事到不晓得了？听得说，他<u>现今</u>在东郊……

"房屋"，其他脂本均作"房舍"。
"现今"，其他脂本均作"如今"。

例12：那长府官听了笑道——

"这样说，一定是在那里，我且去找一回。若有了便罢，若没有还要<u>求教</u>。"说着，便忙忙的走了。贾政此时<u>已</u>气的目瞪口歪……

"求教"，其他脂本均作"来请教"。
"已"，其他脂本均无。

例13：贾政便问：你跑什么？带着你的那些人都不管你，不知往那里逛去——

"由<u>着</u>你野马一般。"喝命叫跟上学的人来。贾环见他父亲<u>动怒</u>，便乘机说道："方才原不曾<u>要</u>跑，只因从那井边一过，那井里淹死了一个丫头……"

"着"，其他脂本均无。
"动怒"，梦本作"甚怒"，其他脂本作"盛怒"。
"要"，其他脂本均无。

例14：实在可怕，所以才赶着跑了过来——

贾政听了惊疑，<u>忙</u>问道……

"忙"，其他脂本均无。

例15：贾环便悄悄说道：我母亲告诉我说——

"宝玉哥哥前拉着太太的丫头金钏儿<u>要</u>强奸不遂，打了一顿，<u>他</u>便赌气投井死了。"话未说完，把个贾政气的面如金纸，大喝："快拿宝玉来！"一面说，一面便往书房去。

"要"，其他脂本均无。

"他"，杨本、梦本作"金钏儿"，彼本作"谁知金钏儿"，其他脂本作"那金钏儿"。

"便"，其他脂本均无。

例16：众门客、仆从见贾政这个形景——

　　便知是为宝玉。

"是为宝玉"，其他脂本均作"又是为宝玉了"。

例17：那贾政喘吁吁的直挺挺坐在椅子上——

　　满脸泪痕，一迭声叫拿宝玉，拿大棍，拿锁捆上，把各门都关上。如有人传信到里头去，立刻打死。

"满脸"，其他脂本均作"满面"。
"叫"，其他脂本均无。
"锁"，杨本作"绳锁"，彼本、梦本作"绳"，其他脂本作"索子"。
"如"，其他脂本均无。

例18：正在厅上干转——

　　怎得个人来往里头去送信，偏生没个人，连焙茗也不知在那里。正盼望时，只见一个老嬷嬷出来，宝玉一见，如得珍宝。

"送信"，彼本作"稍个信"，其他脂本作"稍信"。
"嬷嬷"，杨本作"么么"，彼本、梦本作"妈妈"，其他脂本作"姆姆"。
"一见"，其他脂本均无。
"得"，其他脂本均作"得了"。

例19：宝玉一则急了，说话不明——

　　二则偏生这老婆子又是个聋子，竟不曾听见是什么话……

"偏生这老婆子又是个聋子"，其他脂本均作"老婆子偏生又聋"。

例20：贾政一见，眼都红了，也不暇问他在外流荡优伶、表赠私物——

　　在家荒疏学业、淫辱母婢等事，只喝命堵嘴来着实打死。

"等事"，梦本无，其他脂本作"等语"。

"堵",其他脂本均作"堵起"。

例21:小厮们不敢违拗,只得将宝玉按倒凳上,举起大板打了十来下——

贾政犹嫌打轻了,一脚将掌板人踢开,自己夺过来,咬着牙根,又盖了三四十下。

"将掌板人踢开",其他脂本均作"踢开掌板的"。
"咬着牙根,又",彼本、戚本作"咬着牙狠[①]命",其他脂本作"咬着牙恨命"。

例22:众门客见打的不祥了,忙上来夺劝——

贾政那里肯听解劝,说道:"你们问问他干的勾当可饶不可饶。素日皆是这些人把他酿坏了到这步田地。此刻还来劝解。明日酿到弑君弑父,你们才不劝不成。"众人听了这话不好听,知道是气极了,忙各退出,只得觅人进去给信与王夫人。王夫人听了却不敢先回贾母……

"解劝",其他脂本均无。
"这些人",其他脂本均作"你们这些人"。
"此刻",其他脂本均无。
"了",其他脂本均无。
"各",其他脂本均作"又"。
"王夫人听了却",其他脂本均无。

例23:也不顾有人没人,忙忙赶往书房中来——

忙的众门客、小厮等避之不及。王夫人一进书房,贾政如火上浇油一般……

"忙",其他脂本均作"慌"。
"一进书房",梦本作"一进屋来",其他脂本作"一进房来"。
"如",其他脂本均作"更如"。

例24:按宝玉的两个小厮忙松了手走开——

[①] 彼本"狠"系旁改,原作"恨"。

宝玉早已动掸不得了。

"动掸",其他脂本均作"动弹"。

例25:贾政冷笑道——

倒别提这话,我养了这不肖孽障,我已不孝,教训他一番,又有众人护持,不如赶今日一发勒死了,亦绝将来之患。

"别",其他脂本均作"休"。
"不肖",梦本作"不孝的",其他脂本作"不肖的"。
"赶",其他脂本均作"趁"。

例26:因哭出苦命的儿来——

忽然想起贾珠来,便叫着贾珠哭道:"若有你活着,便死一百个宝玉,我也不管了。"

"忽然",庚辰本作"又",其他脂本作"忽又"。
"宝玉",其他脂本均无。

例27:此时里面的人闻得王夫人出来——

那李宫裁与王熙凤与迎春姐妹早已出来了。王夫人哭着贾珠的名字,刻下别人还可,惟有李宫裁禁不住也放声哭了。

"与",其他脂本均无。
"刻下",其他脂本均无。

例28:忽听丫环来说,老太太来了。一句话未了——

只听窗外颤巍巍的声音说道:"先打死我,再打死他,岂不干净。"

"声音",其他脂本均作"声气"。

例29:贾政上前躬身陪笑说道:大暑热天,母亲有何生气亲自走来——

有话只该叫了孩儿进去吩咐。

"孩儿",彼本作"政儿",其他脂本作"儿子"。

例30:贾政听这话不像,忙跪下含泪说道——

为儿的教训儿子,<u>为的是</u>光宗耀祖。母亲这话,我作儿的如何禁得起?

"为的是",其他脂本均作"也为的是"。

例31:贾母听说,便啐了一口,说道——

我说了一句话,你就禁不起,你<u>那</u>下死手的板子,难道<u>我的</u>宝玉就禁得起了?

"那",其他脂本均作"那样"。
"我的",其他脂本均无。

例32:贾政又陪笑道——

母亲也不必伤感,皆是<u>为儿的</u>一时性急,从此已后再不打他了。

"为儿的",己卯本、蒙本、戚本、梦本作"做儿的",庚辰本作"作儿的",彼本作"作儿",杨本作"作儿子的"。

例33:贾母便冷笑道——

你也不必和我赌气,你的儿子我也<u>不</u>管你打不打。我<u>也</u>猜着<u>了</u>,你厌烦我娘儿们……

"不",其他脂本均作"不该"。
"也",其他脂本均无。
"了",其他脂本均无。

例34:贾母一面说话,一面又记挂着宝玉——

忙进<u>房</u>来看时,只见今日这顿打不比往日,又是心疼,又是生气,也抱着宝玉<u>哭了</u>。

"房",其他脂本均无。
"哭了",其他脂本均作"哭个不了"。

例35:凤姐便骂道:糊涂东西,也不睁开眼瞧瞧——

打的这么个样儿,还要挽着走,还不快进去把<u>藤屉子春凳</u>抬出来呢。

"藤屉子春凳",其他脂本均作"那藤屉子春凳"。

例36：再看看王夫人,儿一声、肉一声,你替珠儿早死了,留着珠儿——

免你父亲生气,我也不白操了这半世心了。这会子你倘有个好歹,丢下我,叫我靠那一个,数落一场,又哭不挣气的儿。

"半世心",其他脂本均作"半世的心"。
"倘",其他脂本均作"倘或"。
"不挣气",其他脂本均作"不争气"。

例37：贾政听了,也就灰心——

自悔不该下这毒手,打到如此地步。

"这",其他脂本均无。

例38：贾政听说,方退了出来——

此时人同薛姨妈、宝钗、香菱、袭人、史湘云等也都在这里。

"人同",其他脂本均无。

例39：袭人满心委屈,只不好十分使出来——

见众人围着,灌水的灌水,打扇的打扇,自己又不好下去……

"又不好下去",彼本、杨本作"又不下收去",其他脂本作"插不下手去"。

例40：方才好端端的,为什么打起来,你也不早来透个信——

要你们跟着作什么？

此句,其他脂本均无。

例41：行到半中间,我才听见了——

忙去打听原故,却是为棋官同金钏儿姐姐的事。袭人问道："此事老爷怎么得知道的？"

"去",其他脂本均无。

"此事"，其他脂本均无。
例42：那金钏儿的事是三爷说的——

  我也是听见跟老爷的人告诉的。

"告诉"，其他脂本均作"说"。
例43：贾母命好生抬到他房内去——

  众人答应，七手八脚把宝玉送到怡红院内自己的床榻上卧好。

"把"，其他脂本均作"忙把"。
"到"，其他脂本均作"入"。
"的"，其他脂本均无。
"榻"，其他脂本均无。

第四节　舒本第三十四回独异文字考

  第34回脂本现存舒本、己卯本、庚辰本、彼本、杨本、蒙本、戚本、梦本八种。
  第34回舒本独异的文字有八十四例，如下：
例1：只是下半截疼的狠——

  你瞧瞧，打坏了那里没有？

"没有"，其他脂本均无。
例2：袭人看时——

  只见脚上半段青紫，都是四指阔的僵痕，高了起来。

"脚"，其他脂本均作"腿"。
"是"，其他脂本均作"有"。
例3：袭人咬着牙说道——

  我的娘，怎么下这般狠手。

"下这般狠手"，蒙本、戚本、梦本作"下这般的狠手"，彼本、杨本作"下的这么毒手"，己卯本、庚辰本作"下般的这么狠手"。

例4：说毕，递与袭人，又问——

　　这会子可好些了？

"了"，其他脂本均无。

例5：宝钗见他睁开眼说话不像先时——

　　心中也觉宽慰了好些。

"觉"，其他脂本均无。

例6：刚说了半句，又忙掩住，自觉说的话急了，不觉的就红了脸，低下头来——

　　宝玉听了这话如此亲切稠密，大有深意……

"听了"，彼本、杨本作"听见"，其他脂本作"听得"。

例7：只听宝钗问袭人道——

　　怎么好好的动了气就打起来了？想必有些原故。

"想必有些原故"，其他脂本均无。

例8：袭人便把焙茗的话说了出来——

　　宝玉原不知道是贾环说的，见袭人说出方才知道内因……

"原不"，其他脂本均作"原来还不"。
"是"，其他脂本均无。
"说的"，其他脂本均作"的话"。
"内因"，其他脂本均作"因"（连下读）。

例9：忙又止住袭人道——

　　薛大哥哥从来不会这样的，别混栽度他。

"会"，其他脂本均无。

例10：袭人因心中暗暗想道——

打的这个形相，疼还疼的顾不过来，还是这样细心，怕得罪了人，可见在我们身上也算用心了。你既然这样用心，何不在外头大事上作些工夫。

"形相"，彼本、杨本作"形景"，其他脂本作"形像"。
"疼的"，其他脂本均无。
"算"，其他脂本均作"算是"。
"既然"，杨本无，其他脂本作"既"。
"作些"，杨本、梦本作"作"，其他脂本作"做"。
例11：老爷喜欢了，也不能吃这样亏——

　　但你故然怕我沈心，所以拦袭人的话……

"故然"，其他脂本均作"固然"。
例12：一则也是本来的实话——

　　二则他原不理论这些防闲小事。

"防闲"，己卯本、蒙本、梦本作"妨嫌"，庚辰本、戚本作"防嫌"，彼本作"防碍"，杨本作"妨碍"。
例13：袭姑娘从小儿只见宝兄弟这么样细心的人——

　　你何尝见过我哥哥天不怕地不怕、心里有什么口里就说的人。

"我哥哥"，庚辰本无，戚本作"我那哥"，其他脂本作"我那哥哥"。
例14：袭人因说出薛蟠来，见宝玉拦他的话——

　　早已明白自己说造次了，恐怕宝钗没意思，听宝钗如此说，更觉羞愧无言。

"恐怕"，其他脂本均作"恐"。
例15：方才我拿了药来交给袭人——

　　晚上敷上，管保就好。

"管保就好"，其他脂本均作"管就好了"。

例 16：宝玉默默的躺在床上，无奈臀上作痛，如针挑刀挖一般——

　　更又热如<u>火炭</u>，略辗转时禁不住嗳哟之声。那时<u>天气</u>将晚……

"火炭"，其他脂本均作"火炙"。
"天气"，其他脂本均作"天色"。
例 17：宝玉半梦半醒，都不在意——

　　忽又觉有人推他，<u>耳内</u>恍恍惚惚听得有人悲泣之声。

"耳内"，其他脂本均无。
例 18：宝玉还欲看时——

　　怎奈<u>下身</u>疼痛难禁，支持不住，便嗳哟一声，仍旧倒下。

"下身"，其他脂本均作"下半截"。
例 19：虽说太阳落下去——

　　那<u>地下</u>的余热未散。

"地下"，其他脂本均作"地上"。
例 20：黛玉急的跺脚，悄悄的说道——

　　你瞧瞧我的眼睛，<u>被他看见</u>，<u>他又该</u>取笑开心了。

"被他看见"，其他脂本均无。
"他又该"，其他脂本均作"又该他"。
例 21：宝玉听说，连忙的放了手——

　　黛玉<u>二步三步</u>转过床后，出了后院而去。

"二步三步"，其他脂本均作"三步两步"。
例 22：宝玉只喝了两口汤，便昏昏沉沉的睡去——

　　接着，周瑞媳妇、<u>吴登龙</u>媳妇、郑好时媳妇这几个有年纪长往来的。

"吴登龙"，杨本、梦本作"吴新登"，其他脂本作"吴龙登"。

例 23：听见宝玉捱了打——

也都进来看，袭人忙迎出，悄悄的笑道……

"看"，彼本、杨本作"请安"，其他脂本作"进来"。
"出"，其他脂本均作"出来"。
例 24：那几个媳妇子都悄悄的坐了一回，向袭人说——

等二爷醒了烦姑娘你替我们说罢。

"烦姑娘"，其他脂本均无。
例 25：袭人见说，想了一想——

便回身悄悄的告诉晴雯等说："太太叫人，你们好生在房里，我去了就来。"

"晴雯等"，彼本、杨本作"晴雯、麝月、香云、秋纹等"，其他脂本作"晴雯、麝月、檀云、秋纹等"。
例 26：（袭人）说毕——

同那婆子一路出了园子，到上房。

"一路"，己卯本、庚辰本、梦本作"一径"，蒙本、戚本作"径"，彼本、杨本作"一直"。
"到"，其他脂本均作"来至"。
例 27：王夫人正坐在凉榻上摇着芭蕉扇，见他来了，说道——

你不管叫个谁来个也罢了，你又丢下他来了，谁伏侍他呢？

"个"，其他脂本均无。
例 28：袭人见说，连忙陪笑回道——

二爷睡安稳了，那四五个丫头如今也好，都会伏侍二爷了。

"睡"，其他脂本均作"才睡"。
"都"，其他脂本均无。
例 29：先疼的躺不稳——

这会子都睡沉了，可见是好些了。

"是"，其他脂本均无。

例30：才刚捱了打，又不许叫喊——

自然急的那热血毒热未免存在心里，倘吃下这个去，激在心里，再弄出大病来，可怎么样好？

"热血毒热"，其他脂本均作"热毒热血"。
"倘"，其他脂本均作"倘或"。
"好"，庚辰本、彼本作"呢"，其他脂本无。

例31：王夫人道：嗳哟，你不该早来和我说——

前儿有人送了两碗子香露来……

"碗"，其他脂本均作"瓶"。

例32：只用挑一茶匙儿就香的了不得呢——

说着，就叫彩云来把前儿的那几瓶香露拿了来。

"叫"，其他脂本均作"唤"。
按：由此例可知上例之以"瓶"为是。

例33：袭人道——

只拿两瓶来罢，多了也白遭塌，等不勾再要时再来取也是一样。

"时"，其他脂本均无。

例34：彩云听说，去了半日——

果然取了两瓶来，付于袭人。

"取"，其他脂本均作"拿"。

例35：袭人看时——

只见这玻璃小瓶都有三寸大小……

"这"，其他脂本均作"两个"。

例36：袭人答应着——

　　<u>要</u>走时，王夫人又叫<u>站住</u>："我想起一句话来问你……"

"要"，其他脂本均作"方要"。
"站住"，其他脂本均作"站着"。

例37：袭人道——

　　别的原故实在<u>不知道</u>。

"不知道"，其他脂本均作"不知道了"。

例38：袭人道——

　　论理我们二爷也须得老爷教训两顿<u>才好</u>。<u>若</u>再不管，不知将来<u>作</u>出什么事来呢。

"才好"，其他脂本均无。
"若"，其他脂本均作"若老爷"。
"作"，其他脂本均作"做"。

例39：王夫人一闻此言，便合掌念声阿弥陀佛——

　　由不得<u>对着</u>袭人叫了一声"我的儿"……

"对着"，梦本作"赶了"，其他脂本作"赶着"。

例40：若管紧了他，倘或再有个好歹，或是老太太气坏了——

　　那时上下不安，岂不<u>生事</u>，<u>所以</u>纵坏了他。我常常<u>辨</u>着口儿劝一阵说一阵……

"生事"，己卯本、彼本、杨本、梦本作"倒怀了"，庚辰本作"到不好了"，蒙本、戚本作"坏了"。
"所以"，其他脂本均作"所以就"。
"辨"，己卯本、庚辰本作"掰"，彼本、杨本作"办"，梦本作"辩"，蒙本作"搬"，戚本作"苦"。

例41：要这样起来——

连个平安都不能了。那一日那一时我不苦口劝二爷，只是再劝不醒。偏生那些人又肯亲近他，也怨不得他这样。

"个"，其他脂本均无。
"苦口"，其他脂本均无。
在末句"也怨不得他这样"之后，梦本作"总是我们劝的不到"，其他脂本作"总是我们劝的到不好了"。

例42：王夫人听了这话内有因，忙问道——

我的儿，你有话只管说。近来我因听见众人背前背后都夸你好，我只说你不过是在宝玉身上留心、或是诸人跟前和气这些小意思儿好，所以将你合老姨娘们一体行事，谁知你方才和我说的那话全是大道理。

"好"，其他脂本均无。
"意思儿"，庚辰本作"意"，其他脂本作"意思"。
"那"，其他脂本均无。

例43：袭人道——

我也没什别的说，我只想着讨太太一个示下，怎么变个法儿，已后竟还叫二爷搬出园外来住就好了。王夫人听了这话，吃一大惊，忙拉了袭人的手问道："宝玉难道和谁作甚怪了不成？"

"什"，其他脂本均作"什么"。
"这话"，其他脂本均无。

例44：虽说是姐妹们，到底是男女之分——

日夜一处起坐也不方便。由不得叫人悬心，便是外人看着也不像一家之事。

"也"，其他脂本均无。
"一家之事"，戚本作"大家子的事"，彼本、杨本作"大家子的体统"，其他脂本作"一家子的事"。

例45：只是预先不防着断然不好——

二爷的素性，太太是知道的。他又偏好在我们队里闹……

"二爷的素性"，彼本、杨本作"二爷素日的性格儿"，其他脂本作"二爷素日性格"。

"这"，其他脂本均无。

例46：二爷将来倘或有人说好，不过大家直过——

设或叫人哼出一声"不"字来，我们不用说，粉身碎骨，罪有万重，都是平常小事。但后来二爷一生的声名岂不完了。

"设或"，彼本、杨本作"若要"，蒙本、戚本、梦本作"设若"，己卯本作"没若"，庚辰本作"没事若要"。

"声名"，其他脂本均作"声名品行"。

例47：太太事情多，一时固然想不到——

我们想不到也就罢了，既想到了，若不回明太太，罪越重了。

"也就罢了"，其他脂本均作"则可"。

例48：王夫人听了这话，如雷轰电掣的一般——

正触动了金钏儿之事，心下越发感爱袭人不尽，忙笑道："我的儿，你竟有这个心胸，想的这样周全，我何曾又想不到这里，这是这几次有事就忘了……"

"动"，其他脂本均无。

"想不到"，其他脂本均作"不想到"。

"这是"，其他脂本均作"只是"。

例49：你今儿这一番话提醒了我——

难为你成全我娘儿两个的声名体面，真真我竟不知道你这样好歹。罢了，你且去罢。

"好歹"，其他脂本均作"好"。

例50：你今日既说了这样的话——

我心里狠喜欢，我就把宝玉交给你了，诸事留心保全他，你保全宝玉就是保全了我。

"我心里狠喜欢"，其他脂本均无。
"宝玉"，其他脂本均作"他"。
"诸事"，其他脂本均作"好歹"。
"你保全宝玉"，其他脂本均无。
例51：袭人连连答应着去了——

  回至怡红院，正值宝玉睡醒。

"回至怡红院"，其他脂本均作"回来"。
例52：袭人回明香露之事——

  宝玉甚喜不禁，即命调来尝试，果然香美异常，因心中记里着黛玉，满心里要打发人去，只是怕袭人拦阻，便设一法，使袭人往宝钗那里去借书。

"甚喜不禁"，其他脂本均作"喜不自禁"。
"香美异常"，己卯本、庚辰本、梦本作"香妙非常"，蒙本、戚本作"绝妙非常"，彼本、杨本作"异妙非常"。
"拦阻"，彼本、杨本作"疑心"，其他脂本无。
"使"，其他脂本均作"先使"。
例53：晴雯道：白眉赤眼作什么去呢——

  倒底说句话儿也像一件事好去。

"好去"，其他脂本均无。
例54：晴雯道——

  若不然，或是送件什么东西，或是取件东西，我到那里也好搭讪。

"什么"，其他脂本均无。
在第四句之前，其他脂本均有"不然"二字，舒本无之。
"那里也好"，彼本、杨本作"去了怎样"，其他脂本作"去了怎么"。
在第四句末尾，其他脂本均有"呢"字。
例55：宝玉想了一想，便伸手拿了两条手帕子撂与晴雯，笑道——

也罢，你就说叫你送这个给他去了。

"你就说"，其他脂本均作"就说我"。

例56：晴雯道：这又奇了，他要这半新不旧的两条手帕子作什么——

"他要恼了，又说你打趣他了。"宝玉道："你放心，只管送去，他自然知道。"晴雯听了，只得拿了手帕子往潇湘馆而来。

"又"，其他脂本均无。
"了"，其他脂本均无。
"道"，其他脂本均作"笑道"。
"只管送去"，其他脂本均无。
"手帕子"，其他脂本均作"帕子"。
"而"，其他脂本均无。

例57：只见春纤正在栏杆上晾手帕子——

见他进来，忙对他摇手儿说："睡下了。"晴雯走进一看，满屋漆黑，并未点灯。

"对他"，其他脂本均无。
"一看"，其他脂本均作"来"。

例58：黛玉已睡在床上——

尚未睡着，听得有人说话，便问是谁。晴雯忙答道："是晴雯。"黛玉道："作什么来了？"晴雯道："二爷命送手帕子来给姑娘。"黛玉听了，心中纳闷，暗想：作什么送手帕子给我？

"尚未睡着，听得有人说话，便"，其他脂本均无。
"是"，其他脂本均无。
"纳闷"，其他脂本均作"发闷"。
"给我"，其他脂本均作"来给我"。

例59：晴雯笑道：不是新的就是家常旧的——

林黛玉听见，越发纳闷，再着实细心搜求思忖一时，才大悟过来。

"纳闷",彼本、杨本作"闷了",其他脂本均作"闷住"。
"才",彼本作"半日",杨本作"半日方",其他脂本作"方"。

例60：如此左思右想，一时五内沸然炙起——

> 黛玉由不得余意绵缠难卧，命掌灯火，也想不起嫌疑避讳等事……

"难卧",其他脂本均无。
"灯火",其他脂本均作"灯"。

例61：其三——

> 绿线难收面上珠，湘江旧迹已模糊。

"绿线",其他脂本均作"彩线"。

例62：窗前亦有千竿竹，不识香痕渍也无——

> 林黛玉还要往下写，觉得浑身火热，面上作烧……

"往下写",其他脂本均作"往下写时"。

例63：却说袭人来见宝钗，谁知宝钗不在园内，往他母亲那里去了——

> 袭人便空手回来，等到二更，宝钗方回来。原来宝钗素知薛蟠情性，心中已有一半疑是薛蟠调唆了人来告宝玉的。

"到",其他脂本均作"至"。
"是",其他脂本均无。

例64：谁知又听袭人说出来，越发信了——

> 究竟袭人也是听得焙茗说的。

"也",其他脂本均无。
"听得",彼本、杨本作"听",梦本作"听见",其他脂本无。

例65：那焙茗也是私心窥度，并未据实——

> 大家都是一半裁度，一半据实，究竟认准是他说的，也因薛蟠素日有这个名声，其实这一次却不是他干的，被人生生的一口咬死是他，他也有口难分。

"究",其他脂本均无。
"也因",其他脂本均无。
"素日",其他脂本均作"都因素日"。
"他也",其他脂本均无。
例66:这日正从外头吃了酒回来,见过母亲——

　　只见宝钗在<u>那里</u>,说了几句闲话后,因问:"听见宝兄弟吃了亏,是为什么?"

"那里",其他脂本均作"这里"。
例67:都是你闹的,你还有脸来问——

　　薛蟠见说<u>这话</u>,便怔了,忙问道:"<u>我</u>闹什么来?"

"这话",其他脂本均无。
"我",其他脂本均作"我何尝"。
例68:薛姨妈道:你还装憨呢,人人都知道是你说的——

　　你姨夫几乎没把宝玉打死了,若不是老太太同你婶娘出来,还不知是怎么样呢。

此三句,彼本、杨本作"你还有脸来问",其他脂本作"还赖呢"。
例69:薛蟠道——

　　人人<u>都</u>说我杀了人,也就信了罢。

"都",其他脂本均无。
例70:倘或有事不是你干的——

　　人人都也<u>疑你</u>,若是你干的,不用说别人,我就先疑惑你。

"疑你",其他脂本均作"疑惑你"。
例71:薛蟠本是个心直口快的人,一生见不得这样藏头露尾的事——

　　又见宝钗劝他不要<u>往外头去</u>,母亲又说他犯舌<u>告人</u>宝玉之打是他治的……

"往外头",其他脂本均作"逛"①。
"告人",其他脂本均无。
例72:早已急的乱跳,赌身发誓的分辩——

又骂众人:"谁这样赃派我,我把那囚攮的牙敲了才罢。分明是见打了宝玉,没的献勤儿,拿着我来作幌子。难道宝玉是天王,他父亲打了他一顿,一家子定要闹几天?"

"谁",其他脂本均作"是谁"。
"见",其他脂本均作"为"。
"着",其他脂本均无。
"了",其他脂本均无。
例73:过后老太太不知怎么知道了,说是珍大哥哥治的——

好好的把珍大哥叫了去骂了一顿。今儿又拉上我了。既拉上我,我也不怕,我索性进去把宝玉打死了,我替他偿命,大家干净。

"把珍大哥",其他脂本均无。
"又",彼本、杨本作"索性",其他脂本作"越发"。
"偿命",其他脂本均作"偿了命"。
例74:一面嚷,一面抓起一根门闩来跑——

忙的薛姨妈一把拉住,骂道:"作死的孽障,你打谁去?你先打我来。"薛蟠急的两眼铜铃一般,嚷道……

"忙",其他脂本均作"慌"。
"两眼",其他脂本均作"眼似"。
例75:将来宝玉活一日我担一日的口舌——

"不如大家死了到也清净。"宝钗忙上前劝道:"你忍耐些儿罢,妈急的这样儿,你不知道听说,你反闹的这样。别说是妈跟前,便是旁人来劝,也为的是你好,倒把你的糊涂性子劝上来了。你进去打去,打死了怕你不偿命。你的命也不值钱,妈也白养了你了。"

---

① "逛"字,在此处,其他脂本有七种不同的写法,略。

"到也",其他脂本均无。
"忙",其他脂本均作"忙也"。
"这",其他脂本均作"这个"。
"你不知道听说",其他脂本均作"你不说来劝吗"。
"反",杨本无,梦本作"到反",其他脂本作"还反"。
"跟前",其他脂本均无。
"劝",其他脂本均作"劝你"。
"的是",其他脂本均无。
"糊涂",其他脂本均无。
"你进去打去,打死了怕你不偿命。你的命也不值钱,妈也白养了你了",其他脂本均无。

例76:薛蟠道——

　　这会子又说这样话,都是你说的。

"样",其他脂本均无。

例77:薛蟠道——

　　你会怨我顾前不顾后。

"会",其他脂本均作"只会"。

例78:你怎么不怨宝玉外头招风惹草的那个样子——

　　别说多的,只拿前儿棋官的事比给你们听。那棋官我们见了十来次,他并未和我说一句亲热话……

"棋官",其他脂本均作"琪官"。

例79:薛蟠道:真真的气死了人——

　　赖我说的我不恼,我只为一个宝玉闹的天翻地覆的也不该。

"也不该",其他脂本均无。

例80:宝钗道——

　　谁闹了?你先持刀动杖的闹起来,你到说别人。

"你"，其他脂本均无。

"别人"，其他脂本均作"别人闹"。

例81：薛蟠见宝钗说的话句句有理——

难以驳证，因此便设法拿话堵回他去，因正在气头上，未曾思忖话之轻重，便说道……

"证"，蒙本、戚本、梦本作"正"，己卯本、庚辰本、彼本、杨本作"政"。

在"难以驳证"之后，其他脂本均有"比母亲的话反难回答"一句。

"便"，其他脂本均作"便要"。

在"堵回他去"之后，其他脂本均有"就无人敢拦自己的话了，也"等十一字。

"思忖"，其他脂本均作"想"。

例82：你不用和我闹，我早知道你的心了——

从先妈合我说，你要拣有玉的才可正配，你留了心……

"合"，其他脂本均作"和"。

例83：宝钗气怔了——

拉着他母亲哭道："妈妈，你听，哥哥说的是什么话！"

"他母亲"，彼本作"薛妈妈"，其他脂本作"薛姨妈"。

例84：薛蟠见妹子哭了——

便知自己冒撞，赌气走到自己房里去睡，不提。这里薛姨妈气的乱站，一面又劝宝钗道："你素日知道那畜生说话没道理，明儿我叫他给你陪不是。"宝钗满心委曲气忿，待要怎么，又怕他母亲不安……

"去睡"，其他脂本均作"安歇"。

"站"，戚本作"颤"，其他脂本作"战"。

"畜生"，彼本、杨本作"业障"，其他脂本作"孽障"。

"怎么"，其他脂本均作"怎样"。

第五节　舒本第三十五回独异文字考

第 35 回脂本现存舒本、己卯本、庚辰本、彼本、杨本、蒙本、戚本、梦本八种。

第 35 回舒本独异的文字有一百一十五例，如下：

例 1：只不见凤姐儿来，心内自己盘算道——

　　如何他不来瞧宝玉呢？

"呢"，其他脂本均无。

例 2：今儿这早晚不来，必定有原故——

　　一面猜疑，一面抬头看时，只见花花簇簇一群人又向怡红院内来了，定睛细看时……

"看"，其他脂本均作"再看"。
"细"，其他脂本均无。

例 3：林黛玉道——

　　你倒底要怎么样，只管催我吃不吃，管你什么相干？

"只管"，其他脂本均作"只是"。

例 4：紫鹃笑道——

　　姑娘咳嗽的才好些了，又不吃药了。如今虽然是五月里天气热，倒底也该还小心些才是。大清早晨起来就在这个潮地方站了半日，也该回去歇息歇息，比不得什么强壮身子。

"姑娘"，其他脂本均无。
"才是"，其他脂本均无。
"晨起来就"，其他脂本均无。
"比不得什么强壮身子"，其他脂本均作"了"。

例 5：林黛玉方觉得有些腿酸，呆了半日——

方慢慢的的同紫鹃回自己院来。

"慢慢的的同",其他脂本均作"慢慢的扶着"。
"自己院",其他脂本均作"潇湘馆"。

例6:古人云,佳人命薄——

然我非佳人,何命薄胜于双文哉?

"非",其他脂本均作"又非"。

例7:那鹦哥便长叹一声——

便似林黛玉素日吁嗟之音韵,接着学说道:侬今葬花人笑痴……

"之",其他脂本均无。
"学说",其他脂本均作"念"。

例8:花落人亡两不知——

林黛玉同紫鹃听了,都笑起来。

"同",其他脂本均无。

例9:黛玉便命紫鹃将架子摘下来——

另挂在月洞窗户外的钩子上。说毕,进了屋子。

"说毕",其他脂本均作"于是"。

例10:满屋内阴阴翠润,几簟生凉——

林黛玉没可释闷,便隔着纱窗引逗莺(鹦)哥作戏。

"没",其他脂本均作"无"。
"引逗",其他脂本均作"调逗"。

例11:且说薛宝钗来至家中——

只见他母亲正在梳头。

"他",其他脂本均无。
"梳头",其他脂本均作"梳头呢"。

例12：一见他来了，便说道——

　　你大清早起跑过来作什么？

"过"，其他脂本均无。

例13：宝钗道——

　　我瞧瞧妈妈身上好不好。昨儿我去了之后，不知他可又过来闹了没有？

"之后"，其他脂本均无。

例14：一面又劝他：我的儿，你别委曲了——

　　"他的那个糊涂，你还不知道么，别同他一般见识。等我处分他那个业障，你要气的有个好歹，可叫我指望那一个呢。"薛蟠在那边看见，连忙跑了过来，对着宝钗左一揖右一揖，满口只说："好妹妹，恕我这次罢……"

"他的那个糊涂，你还不知道么，别同他一般见识"，其他脂本均作"你"。

"气的"，其他脂本均无。

"可叫"，其他脂本均无。

"看见"，彼本作"见了"，其他脂本作"听见"。

"左一"，其他脂本均作"左一个"。

"右一"，其他脂本均作"右一个"。

"满口"，其他脂本均无。

"罢"，其他脂本均无。

例15：不知胡说了些什么——

　　连我也不知道了，怨不得妹妹你生气。

"了"，其他脂本均无。

"妹妹"，其他脂本均无。

例16：宝钗原是掩面哭的——

　　听了这些话，遂抬头向地下啐了一口，说道……

"听了这些话",杨本作"听见如此说,由不得又好笑了",其他脂本作"听如此说,由不得又好笑了"。

例 17:我知道你的心多嫌着我们娘儿两个——

你是变着法儿叫我们离了你,你就眼净了。

"眼净",戚本作"心静",其他脂本作"心净"。

例 18:薛蟠听说,连忙笑道——

妹妹这话从何说起。

"何",其他脂本均作"那里"。

例 19:妹妹从来不是这样多心说这歪话之人——

薛姨妈忙又接着就道:"你就只会听见人家的歪话,难道你昨日晚上你说的那话就应该的不成?"

"就",其他脂本均无。
"人家",其他脂本均作"你妹妹"。
"你昨日",其他脂本均作"昨儿"。

例 20:宝钗笑道:这不明白过来了——

薛姨妈说:"你要有这个横劲,那龙也下蛋了。"

"说",其他脂本均作"道"。

例 21:薛蟠道——

我若在和他们一处逛时,妹妹听见,只管啐我,叫我畜生,如何?

"时",其他脂本均无。
"听见",其他脂本均作"听见了"。
"叫我畜生",杨本作"畜生不是人",其他脂本作"再叫我畜生不是人"。

例 22:妈为我生气还有可恕——

只管叫妹妹为我操心,我成了个什么人了。

"成了个什么人",梦本作"便不是人",其他脂本作"更不是人"。
例23：反教妈生气、妹妹烦恼——

　　"真连畜生也不如了。"口里说，眼睛里禁不住的也滚下泪来。薛姨妈本不哭，听他说这些话，又勾起伤心来。

"连"，其他脂本均作"连个"。
"的"，其他脂本均无。
"不哭"，彼本作"不哭的"，其他脂本均作"不哭了"。
"说这些话"，其他脂本均作"一说"。
例24：听他说这些话，又勾起伤心来——

　　宝钗道："你闹够了，这会子又招妈伤心起来。"

"道"，彼本作"笑道"，蒙本、戚本作"强笑道"，其他脂本作"勉强笑道"。
"伤心"，其他脂本均作"哭"。
例25：薛蟠听说——

　　忙收了泪眼，笑道："我何曾招妈哭来。罢，罢，丢下这个别提了……"

"泪眼"，其他脂本均作"泪"。
例26：薛蟠道——

　　妹妹的项圈我瞧瞧，只怕该炸一炸去了。

"去"，其他脂本均无。
例27：宝钗道——

　　"有好些衣裳我还没穿过呢，又作什么？"一时薛姨妈洗完了手，换了衣服，拉着宝钗进园子里去。

"有好些"，彼本作"这些"，其他脂本作"连那些"。
"衣裳"，其他脂本均作"衣服"。
"穿过呢"，彼本、杨本作"穿遍"，其他脂本作"穿遍了"。
"洗完了手"，其他脂本均无。

"衣服"，其他脂本均作"衣裳"。
"园子里"，其他脂本均无。

例 28：薛蟠方出去了——

　　这里薛家母女进园来瞧宝玉。

"薛家母女"，彼本、杨本作"薛姨妈合宝钗"，其他脂本作"薛姨妈和宝钗"。

例 29：只见抱厦里外回廊上许多丫环、老婆站着——

　　便知贾母等都在此地，母女二人进来，大家见过了。

"此地"，其他脂本均作"这里"。
"二人"，其他脂本均作"两个"。

例 30：宝玉又说——

　　只管劳动姨娘、姐姐来看，我经当不起。

"劳动"，庚辰本无，其他脂本作"惊动"。
"经当"，彼本作"经"，梦本作"当"，其他脂本作"禁"。

例 31：宝玉笑道：倒不要什么吃——

　　"倒是那一回作的那小荷叶儿、小莲蓬的汤还好些。"凤姐儿一旁笑道……

"作"，梦本作"放"，其他脂本作"做"。
"凤姐儿"，其他脂本均作"凤姐"。

例 32：只是太磨牙了，巴巴的想这个吃了——

　　贾母便一叠连声的叫快作。

"快"，其他脂本均无。

例 33：凤姐儿听说，想了一想道——

　　"我也记得交上来了，但不知交给谁了，多半在茶房里呢。"又令人去问管茶房的，也不曾收。次后还是管金银器皿的人送了来。

"也",其他脂本均无。
"但不知",彼本作"不知",杨本作"就不知",梦本作"就不记得",其他脂本无。
"呢",其他脂本均无。
"令",其他脂本均作"遭"。
"人",其他脂本均无。

例34：原来是个小匣子——

　　里面装着四付银模子，都<u>是一寸</u>多长，<u>一一</u>见方。

"是",其他脂本均作"有"。
"一寸",其他脂本均作"一尺"。
"一一",彼本作"一",其他脂本均作"一寸"。

例35：若不说出来，我见了这个也不认得——

　　这是作什么用的<u>呢</u>。

"呢",其他脂本均无。

例36：不知弄些什么面印出来——

　　借着清汤的味道，做出来也还罢了，<u>究竟是块死面无意思</u>，谁家家常饭<u>也</u>吃他呢。

"究竟是块死面无意思",其他脂本均作"究竟没意思"。
"也",其他脂本均无。

例37：凤姐儿笑道——

　　有个原故，<u>这个</u>东西家常不大作，今日宝兄弟提起来了……

"这个",其他脂本均作"这一宗"。

例38：老太太、姨娘、太太都不吃，似乎不好——

　　不如<u>就势儿</u>弄些大家吃，托赖着<u>老太太的福</u>，连我<u>也</u>上一个俊。

"就势儿",其他脂本均作"借势儿"。
"老太太的福",其他脂本均无。

"上一个俊",彼本、杨本作"上个俊",梦本作"上个进儿",其他脂本作"上个俊儿"。

例39：说的大家都笑了——

凤姐儿也忙笑道……

"凤姐儿",其他脂本均作"凤姐"。

例40：便回头吩咐妇人说——

给厨房里只管添补着作了,在我的账上来领银子。

"添补",其他脂本均作"好生添补"。

例41：当日我像凤姐这么大年纪比他还来得呢——

他如今虽说不如我们那时节,他也算好了,比你姨娘强远了。

"那时节,他也",其他脂本均作"也就"。

例42：嘴乖的也有一宗可嫌的——

倒不如不说的。

"的",其他脂本均作"的好"。

例43：我说大嫂子倒不大说话呢——

老太太也是和凤姐姐一样的看待,若说是单是会说话的可疼,这些姐妹里头,也只是宝姐姐和林妹妹可疼了。

"一样的",彼本、戚本、梦本作"一样",其他脂本作"的一样"。
"宝姐姐",其他脂本均作"凤姐姐"。
按：此语乃宝玉所说,"宝姐姐"指宝钗,"凤姐姐"指凤姐。
这可以有两种理解。其一,以舒本("宝姐姐")为是。宝玉所说的"这些姐妹"不应包括凤姐在内。尽管在其他场合,宝玉也曾当面以"姐姐"称呼凤姐,那是两回事。钗、黛并提,体现了宝玉的审美观。其二,以其他脂本("凤姐姐")为是。以当众能言善道的表现而论,宝钗毕竟稍逊色于凤姐。

愚意持第一种理解。请看紧接着的下文,便知吾言非虚：

贾母道："提起他姊妹来，不是我当着姨太太面奉承，千真万真，从我们家四个女孩算起，全不如宝丫头。"薛姨妈听说，忙笑道："这话老太太是偏说了。<u>因老太太疼他，无论好不好，总说是好</u>。"

（"因老太太疼他，无论好不好，总说是好"三句，乃舒本独异之文。）

试看，贾母所说的"他姊妹"和宝玉所说的"这些姐妹"，包含的范围是一致的，也就是说，是指元春、迎春、探春、惜春（"我们家四个女孩"）和宝钗、黛玉等人，李纨、凤姐未列其中。

宝玉不分优劣地揄扬钗、黛，贾母却偏偏单独挑出宝钗，加以青睐和赞誉。所以，在曹雪芹笔下，这不是闲文。这预示着宝黛恋爱、婚姻悲剧的结局。

例44：王夫人忙又笑道——

"老太太时常背地里和我说宝丫头好，这倒不是假话。"宝玉<u>说这几句话原为勾着贾母，欲</u>赞林黛玉的，不想反赞起宝钗来，倒也意出望外，便看着宝钗一笑。

"说这几句话原为勾着贾母，欲"，其他脂本作"勾着贾母原为"①。

例45：忽有人来请吃饭——

贾母方立起身来，<u>向</u>宝玉说："好生养着。"又把<u>袭人等</u>嘱咐了一回。

"向"，其他脂本均作"命"。

"袭人等"，其他脂本均作"丫头们"。

例46：因问汤好了不曾——

又问<u>薛姨妈</u>想什么吃，只管告诉我。

"薛姨妈"，其他脂本均作"薛姨妈等"。

例47：时常他弄了东西孝敬——

老太太究竟又吃不<u>多</u>。

---

① 庚辰本"勾着"误作"勾看"。

"多",其他脂本均作"多少"。

例48：一句话没说了——

　　引得贾母等都哈哈的笑起来。宝玉在房里听见，也忍①不住笑了。

"引得",彼本作"引起",蒙本、戚本作"连",其他脂本作"引的"。
"听见",其他脂本均无。
"忍",其他脂本均作"掌"。

例49：袭人笑道——

　　真真的二奶奶这张嘴怕死人。

"二奶奶",其他脂本均作"二奶奶的"。

例50：袭人笑道：可是又忘了——

　　趁宝姑娘还在院子里，你和他说，烦他的莺儿来打上几根络子。

"还",其他脂本均无。

例51：说着便抬头向窗外道——

　　"宝姐姐吃过饭叫你们莺儿来，烦他打几根络子。"宝钗听见，回头向窗内笑道……

"你们",其他脂本均无。
"向窗内笑",其他脂本均无。

例52：贾母又说道——

　　好孩子，你叫他来给你兄弟作几根。你要使人，我那里闲着的人多呢，你喜欢谁，叫了谁使唤。薛姨妈与宝钗都笑道……

"人",其他脂本均作"丫头"。
"叫了谁",蒙本作"教他来",戚本、梦本作"叫他来",其他脂本作"叫了来"②。

---

① 舒本"忍"系旁改,原作"不"。
② 庚辰本"来"旁改"去"。

"与宝钗",其他脂本均作"宝钗等"。

例53：天天也是闲着淘气——

叫他来作个活计，省的疯跑也好罢咧。

此二句，其他脂本均无。

例54：忽见史湘云、平儿、香菱等——

在山石边摘凤仙花儿，见了贾母等，他们都迎上来了。

"贾母等",其他脂本均无。
"他们",其他脂本均作"他们走来"。
按：此处的异文，涉及不同的标点以及"他们"二字所指的不同。其一，在舒本中，"他们"是指湘云、平儿、香菱等，其标点如上。其二，在其他脂本中，"他们"是指贾母等，其标点应作：

见了他们走来，都迎上来了。

例55：少顷，出至园外，王夫人恐贾母乏了——

让至他住的上房内坐，贾母也觉得有些腿酸，便点头说道："我也有好几个月没往你家逛逛，借此走走。"王夫人听了，便先命小丫头们去铺设坐位。那赵姨娘推病。只有周姨娘同众婆子、丫头们忙迎接出来请安，打帘子……

"他住的",其他脂本均无。
"有些",其他脂本均无。
"说道：'我也有好几个月没往你家逛逛，借此走走。'王夫人听了，便先命小丫头们去",庚辰本作"依允，王夫人便令丫头忙先去",其他脂本基本上同于庚辰本。
"那",其他脂本均作"那时"。
"忙迎接出来请安",其他脂本均作"忙着"。

例56：贾母向王夫人道——

让他们小妯娌们服侍罢。

"罢",其他脂本均无。

例57:便吩咐凤姐儿道——

　　老太太的饭就在这里放罢,添些东西来。

"就",其他脂本均无。
"罢",其他脂本均无。

例58:便命人去贾母那边告诉——

　　那边的婆娘忙往外传了,丫头们忙赶过来预备。

"预备",其他脂本均无。

例59:少顷饭至,众人调放了桌子——

　　凤姐儿用手巾裹着一把牙快,笑道……

"快",彼本作"筷",其他脂本作"筯"。

例60:老祖宗和姨娘不用让,还听我说就是了——

　　贾母向薛姨妈道……

"向",其他脂本均作"笑向"。

例61:薛姨妈笑着答应了——

　　于是凤姐儿放了四双快子。

"快子",梦本作"箸",其他脂本无。

例62:凤姐道——

　　"他一个人拿不了。"正说着,可巧莺儿和同喜儿都来了。宝钗已知道他们吃了饭,便向莺儿道:"宝兄弟正叫你打绦子,你们两个一同送去罢。"

"了",其他脂本均作"去"①。
"正说着",其他脂本均无。

---

① 庚辰本原作"去",旁改"了"。

"已",其他脂本均无。
"吃了饭",其他脂本均作"已吃了饭"。
"你",其他脂本均作"你去"。
"送",其他脂本均无。
例63:莺儿答应——

　　便同玉钏儿出来。莺儿说:这么远,怪热的,怎么端去?

"便同",梦本作"着,同",彼本作"同",其他脂本作"同着"。
"说",其他脂本均作"道"。
例64:他两个却空着手儿——

　　一直来至怡红院门口。

"来至",其他脂本均作"到了"。
例65:玉钏儿方接了过来,同莺儿进了宝玉房中——

　　麝月、袭人、秋纹三个人正自顽笑,见他两个来了,都忙起来……

"麝月、袭人",其他脂本均作"袭人、麝月"。
"正自",其他脂本均作"正和①宝玉"。
"顽笑",其他脂本均作"顽笑呢"。
例66:袭人……便拉了莺儿出来到那边房里去倒茶说话儿去了——

　　这里麝月等预备了碗、快子来伺候吃饭。宝玉只管不吃,问玉钏儿道:"你母亲身上好?"玉钏儿满腔怒色,正眼也不看他。

"快子",其他脂本均作"箸"。
"只管",彼本、杨本作"只顾",其他脂本作"只是"。
"满腔",其他脂本均作"满脸"。
例67:又见人多不好下气的——

　　因而变尽方法将众人都支出去。

---

① 杨本"和"作"合"。

"众人"，其他脂本均作"人"。

例68：然后又陪笑问长问短——

那玉钏儿先虽不欲答理，只管看见宝玉一些性气没有，凭他怎么丧谤，总是温存和气。

"不欲答理"，己卯本、彼本、杨本、梦本作"不欲"，庚辰本作"不喜"，蒙本、戚本作"不悦"。

"总"，庚辰本作"他还"，其他脂本作"还"。

例69：脸上方有了三分喜色——

宝玉便笑着求他道："好姐姐，你把那汤端来我尝尝。"玉钏儿道："从不会喂人东西……"

"着"，其他脂本均无。

"道"，其他脂本均无。

"从不"，其他脂本均作"我从不"。

例70：你要懒待动，我少不得忍了疼下去取来——

说着便要自己下床来取，刚扎挣起来，禁不住有嗳哟之声。

"自己"，其他脂本均无。

"取"，其他脂本均无。

"刚"，其他脂本均无。

"有"，其他脂本均无。

例71：玉钏儿道：阿弥陀佛——

这样东西还不好吃，什么才好吃呢。

"这样东西"，其他脂本均作"这"。

"才"，其他脂本均无。

例72：宝玉道：一点味儿也没有——

"你不信，你尝一尝就知道了。"玉钏儿果然认真赌气过来尝了一尝。

"你"，其他脂本均无。

"果然认真",庚辰本作"真就",其他脂本作"果真"。
"过来",其他脂本均无。

例73:原是宝玉哄他吃一口,便说道——

　　你既说不好吃,这会子又说好吃,也不给你吃了。

"又",其他脂本均无。

例74:宝玉只管陪笑央求要吃,玉钏儿又不给——

　　一面又叫人来打发他吃饭。

"他",其他脂本均无。

例75:丫头们方进来时,忽有人来回说——

　　傅爷家的两个妈妈来请安,求见二爷。

"求见",其他脂本均作"来见"。

例76:那傅试原是贾政的门生,历年来都赖贾家的名势得意——

　　贾政又着实看顾他,与别个门生不同。他常遣妇人来走动。

"又",其他脂本均作"也"。
"他",其他脂本均作"他那里"。

例77:宝玉素昔最厌勇男蠢妇人的——

　　今日却如何又肯令这两个婆子过来?其中原来有个缘故:只因宝玉……

"肯",庚辰本作"令",其他脂本作"命"。
"宝玉",其他脂本均作"那宝玉"。

例78:只因那宝玉闻得傅试有个妹子,名唤傅秋芳,也是个琼闺秀玉——

　　常闻人说,才貌俱全,虽未亲睹,然遐思慕爱之心,十分诚敬。

"说",其他脂本均作"传说"。
"慕爱",彼本作"羡爱",其他脂本作"遥爱"。

例79：那傅试原是暴发的——

　　因妹子有几分姿色……

"妹子"，其他脂本均作"傅秋芳"。

例80：争奈那些豪门贵族又嫌他穷酸，根基浅薄，不肯求配——

　　那傅试与贾家亲密也只有一段心事。

"只"，其他脂本均作"自"。

例81：闻得宝玉要见——

　　进来只刚问了一声好，说了没两句话。

"一声"，蒙本作"道"，其他脂本无。

例82：两个人的眼睛都看着人——

　　不想猛伸了手，便将碗碰落，将汤泼了宝玉手上。

"猛伸"，其他脂本均作"伸猛"。
"碰落"，梦本作"碰翻"，杨本作"撞着"，其他脂本作"撞落"。

例83：玉钏儿倒不曾烫着，唬了一跳，忙笑道——

　　"这是怎么了。"慌的众人忙上前来接碗。

"众人"，彼本、杨本作"众丫环们"，其他脂本作"丫头们"。
"前"，其他脂本均无。

例84：这一个笑道——

　　怪道有人说他家宝玉是外像好、内里糊涂、中看不中吃的。果然竟有些獃气，他自己烫了手，倒问人家疼不疼，这可不是个獃子。

"内里"，其他脂本均作"里头"。
"人家"，其他脂本均作"人"。

例85：那一个又笑道——

　　我前一回来听见他们家里许多人抱怨，千真万确有些獃气。

"他们",彼本、杨本、梦本无,蒙本、戚本作"谈论",其他脂本作"谈"。

例86:河里看见鱼就和鱼说话——

<u>对着</u>星星、月亮,不是长吁短叹的,就是咕哝哝的,且是连一点<u>儿</u>刚性儿也没有,连那些毛丫头的气都受<u>至</u>。爱惜东西<u>时</u>,连个线头儿都是好的。若遭塌起来,那怕值千值万的都不管了。

"对着",其他脂本均作"见了"。
"儿",其他脂本均无。
"至",其他脂本均作"到"。
"时",梦本作"来",蒙本作"起来",其他脂本无。

例87:宝玉笑向莺儿道——

<u>方</u>才只顾说话,就忘了<u>烦了你来,叫你只管等着。烦你</u>替我打几根络子。

"方",其他脂本均无。
"烦了你来,叫你只管等着。烦你",庚辰本作"你,烦你不为别的,却为",其他脂本基本上同于庚辰本。

例88:莺儿道——

"<u>要打</u>装什么的络子?"宝玉见问,<u>笑道</u>:"不管打装什么的,你就每样打几根罢。"

"要打",其他脂本均无。
"笑道",其他脂本均作"便笑道"。

例89:莺儿拍手笑道——

这还了得。要这样,<u>打</u>十年也打不完了。

"打",其他脂本均无。

例90:宝玉笑道——

好姐姐,你闲着也<u>无</u>事,都替我打了罢。

"无",其他脂本均作"没"。

例91：袭人笑道——

那里一时都打的完呢。如今先拣着要紧的打几根罢。

"着",其他脂本均无。

例92：莺儿道——

什么是要紧，不过的扇子、香坠、汗巾子罢呢。

"是",其他脂本均无。
"罢呢",其他脂本均无。

例93：莺儿道——

"汗巾子要a什么颜色的？"宝玉道："要b大红的。"莺儿道："若要大红的，须是黑络子才好看。"

"要a",彼本、杨本作"是",其他脂本无。
"要b",其他脂本均无。
"若要",其他脂本均无。

例94：宝玉道——

"松花色配什么颜色好？"莺儿道："松花色配桃红色。"宝玉笑道："这才姣艳，再要雅淡之中带些姣艳。"

"好",其他脂本均无。
"色",其他脂本均无。
"笑",其他脂本均无。
"要",其他脂本均无。

例95：宝玉道——

"也罢，打一条桃红的，再打一条柳绿的。"莺儿道："颜色定了，要什么花样呢？"宝玉道："你会的共有几样花样？"莺儿道："一炷香、朝天镫、象眼块儿、方胜、连环、梅花、柳叶儿这几种。"

"罢",其他脂本均作"罢了"。

"颜色定了，要"，其他脂本均无。
"你会的"，其他脂本均无。
"镫"，蒙本作"灯"，戚本作"蹬"，其他脂本作"凳"。
"这几种"，其他脂本均无。

例96：宝玉道——

　　前儿你<u>给</u>三姑娘打的那花样是什么？

"给"，彼本、杨本无，其他脂本作"替"。

例97：宝玉道——

　　就是那<u>个</u>样的就好。

"个"，其他脂本均无。

例98：正经快吃了来罢——

　　闹什么客套呢？袭人等听说方去了，只留下两个小丫头<u>在此</u>听呼唤。

"在此"，其他脂本均无。

例99：宝玉一面看莺儿打络子——

　　一面<u>同他</u>说闲话，因问他十几岁了，莺儿手里打着<u>络子</u>……

"同他"，其他脂本均无。
"络子"，其他脂本均无。

例100：莺儿笑道——

　　我的名字本来是两个字，原叫作金莺儿<u>来着</u>，姑娘嫌拗口，就<u>去了</u>"金"字，就单叫"莺儿"，如今<u>也</u>就叫开了。

"来着"，其他脂本均无。
"去了'金'字"，其他脂本均无。
"也"，其他脂本均无。

例101：宝玉道——

　　宝姐姐也算疼你了。<u>明日宝姐姐出阁，少不得是你跟去了</u>。

"明日",其他脂本均作"明儿"。

例102：莺儿笑道——

"你还不知道我们姑娘有几样世人都没有的好处，模样儿还在其次。"宝玉见莺儿姣态婉转，语笑如痴，早不胜其情了。见他又提起宝钗来……

"好处"，其他脂本均作"好处呢"。
"姣态"，梦本作"姣腔"，戚本、杨本作"姣憨"，其他脂本作"娇憨"。
"见他"，蒙本、戚本作"那禁"，其他脂本作"那更"。

例103：宝钗坐了，因问莺儿——

打了多少了？

此句，彼本、杨本作"打了什么"，其他脂本作"打什么呢"。

例104：宝玉便拍手笑道：倒是姐姐们说的是——

我就忘了。只是配个什么颜色好？

"好"，其他脂本均作"才好"。

例105：宝钗道——

"若用杂色，断然是不好看的。大红又犯了色，黄的又不起眼，黑的又过暗。等我想个法儿。有了。把那金线拿来，配着黑珠儿线，一同拈上，打成络子，这才好看，起色。"

"是不好看的"，彼本、杨本作"是不好的"，其他脂本作"使不得"。
"有了"，其他脂本均无。
"一同"，其他脂本均作"一根一根的"。
"起色"，其他脂本均无。

例106：宝玉听说——

喜之不禁。一叠连声便叫袭人来取金线时……

"不禁"，其他脂本均作"不尽"。
"时"，其他脂本均无。

例 107：正值袭人端了两碗菜走进来，告诉宝玉道——

"今儿<u>是那里来的好运</u>，刚才太太打发人给我送了两碗菜来。"宝玉<u>道</u>："必定是今儿菜多，为送来给你们大家吃的。"

"是那里来的好运"，其他脂本均作"奇怪"。
"道"，其他脂本均作"笑道"。

例 108：袭人道——

"不是，是指名给我送来的，还<u>吩咐</u>不叫我过去磕头，<u>可是奇怪不奇怪</u>？"<u>宝玉</u>笑道："<u>既是太太单赏</u>你的，你就<u>拿了去吃</u>，这有什么猜疑的<u>呢？主子赏奴才东西也是常事罢咧</u>。"

"吩咐"，其他脂本均无。
"可是奇怪不奇怪"，彼本作"这可奇怪"，其他脂本作"这可是奇了"。
"宝玉"，彼本同，其他脂本作"宝钗"。①
"既是太太单赏"，其他脂本均作"给"。
"拿了去吃"，己卯本、蒙本、戚本、杨本、梦本作"吃去"，庚辰本作"吃了"，彼本作"去吃去"。
"呢？主子赏奴才东西也是常事罢咧"，其他脂本均无。

例 109：袭人笑道——

<u>因</u>从来没有的事，倒叫我不好意思的。

"因"，其他脂本均无。

例 110：宝钗抿嘴一笑，说道——

这就不好意思了，明儿还有<u>比这个</u>不好意思的呢。

"比这个"，己卯本作"比这个更教你"，其他脂本作"比这个更叫你"。

例 111：袭人听了话内有因——

欲要追问，因想素日宝钗不是<u>转嘴刻舌</u>奚落人的，自己方想起上日

---

① 此例非舒本"独有"，因比较重要，故破例举示。

王夫人意思来，便不再说，将菜与宝玉看了，说："我洗了手来拿线。"说毕，便一直出去。

"欲要追问"，其他脂本均无。
"因想素日"，其他脂本均作"素知"。
"转嘴刻舌"，彼本、杨本作"轻嘴刻舌"，其他脂本作"轻嘴薄舌"。
"说"，其他脂本均作"提"。
"我"，其他脂本均无。
"出去"，其他脂本均作"出去了"。

例112：（袭人）吃过饭，洗了手，进来拿金线与莺儿打络子——

此时宝钗早被薛姨妈遣人请出去了。

"薛姨妈"，其他脂本均作"薛蟠"。

例113：这里宝玉正看着打络子——

并欲要问莺儿方才他说宝钗的什么好处，忽见邢夫人那边着两个丫环送了两样果子来与宝玉吃，又问他可走得了么。

"并欲要问莺儿方才他说宝钗的什么好处"，其他脂本均无。
"着"，其他脂本均作"遣了"①。
"宝玉"，其他脂本均作"他"。
"又"，其他脂本均无。
"么"，其他脂本均无。

例114：宝玉忙道——

若走得了，必定请大太太的安去，疼的比先好些了。

"了"，其他脂本均无。

例115：一面又叫秋纹来——

"把才那果子拿一半给林姑娘送去。"秋纹答应了，刚欲去送时，听得黛玉在院内说话，宝玉忙叫快请。

---

① 己卯本夺"遣"字。

"给",彼本作"与",其他脂本作"送与"。
"送",其他脂本均无。

自第 31 回至第 35 回举例共计：

第 31 回	76 例
第 32 回	59 例
第 33 回	43 例
第 34 回	84 例
第 35 回	115 例

这五回（31—35），共 377 例。

第十九章 舒本有哪些独异的文字？

——第三十六回至第四十回

第一节 舒本第三十六回独异文字考

第 36 回脂本现存舒本、己卯本、庚辰本、彼本、杨本、蒙本、戚本、梦本八种。

第 36 回舒本独异的文字有八十三例，如下：

例 1：见宝玉一日好似一日，心中自是欢喜——

<u>因将来怕</u>贾政又叫他……

"将来怕"，杨本、梦本作"怕"，其他脂本作"怕将来"。

例 2：那宝玉素日本就懒与士大夫诸男人接谈——

又最厌峨冠礼服、贺吊<u>往来</u>等事，今日得了<u>这话</u>，越发得<u>了</u>。

"往来"，其他脂本均作"往还"。
"这话"，其他脂本均作"这句话"。
"得了"，其他脂本均作"得了意"。

例 3：日日只在园中游卧——

不过每日一清早到贾母、王夫人处<u>就回来了</u>。

"就回来了"，其他脂本均作"走走就回来了"。

例4：或如宝钗辈有时见机导劝，反生起气来——

　　只说<u>好的</u>一个清净洁白女儿也学的吊名沽誉，<u>入鬼贼</u>禄鬼之流，总是前人无故生事，立言<u>建词</u>，原为导后世的须眉浊物……

"好的"，其他脂本均作"好好的"。
"入鬼贼"，其他脂本均作"入了国贼"。
"建词"，杨本作"谏词"，彼本作"竖词"，其他脂本作"坚辞"。

例5：不想我生不幸，亦且琼闺绣阁亦染此风——

　　<u>真</u>有负天地钟灵毓秀之德，因此<u>才嫌村俗</u>古人，<u>除四书</u>，将别的书焚了。

"真"，其他脂本均作"真真"。
"才嫌村俗"，梦本作"讨厌延及"，其他脂本作"祸延"。
"除四书"，其他脂本均作"除四书外，竟"。

例6：闲言少述——

　　<u>且说</u>王凤姐自见金钏死后，忽见几家仆人常来孝敬他些东西，不时的来请安。奉承自己，倒生了<u>疑</u>。

"且说"，其他脂本均作"如今且说"。
"疑"，其他脂本均作"疑惑"。

例7：笑问平儿道——

　　"<u>这家</u>人不大管我的事，为什么<u>叫</u>我贴近了？"平儿笑道："奶奶连<u>这几个</u>都想不起来了……"

"这家"，其他脂本均作"这几家"。
"叫"，其他脂本均作"忽然这么和"。
"这几个"，其他脂本均作"这个"。

例8：凤姐儿听了笑道：是了是了，倒是你提醒了——

　　我看这起人也太不<u>识好</u>了，钱也赚勾了。事情又派不着，弄<u>一个</u>丫头搪塞着身子也就罢了，还想这个也罢了，<u>他们</u>的钱容易也不能花到我跟前。这是他们自寻的，送什么来，<u>我收什么</u>。横竖我有主意。

"识好了"，庚辰本作"知足"，其他脂本作"识足"。
"一"，其他脂本均作"了"。
"他们"，其他脂本均作"他们几家"。
"我"，其他脂本均作"我就"。
例9：这日午间薛姨妈母女两个与林黛玉等正在王夫人房里大家吃西瓜呢——

　　凤姊儿得便回王夫人道……

"凤姊儿"，彼本作"凤姐"，其他脂本作"凤姐儿"。
例10：太太或看准了那个丫头好——

　　就吩咐了下月<u>发放</u>月钱的。王夫人听了，<u>想了想</u>道……

"发放"，其他脂本均作"好发放"。
"想了想"，其他脂本均作"想了一想"。
例11：王夫人听了，又想了一想道——

　　也罢<u>了</u>，这个分例只管关了来。

"了"，其他脂本均无。
例12：他姐姐伏侍了我一场，没个好结果——

　　<u>剩</u>他妹妹跟着我，吃个双分子也不为过了。

"剩"，其他脂本均作"剩下"。
例13：王夫人又问道——

　　正要问你：<u>赵姨娘同</u>周姨娘的月例多少？

"赵姨娘同"，其他脂本均作"如今赵姨娘"。
例14：凤姐见问的奇怪，忙道——

　　<u>怎么</u>按数给。

"怎么"，其他脂本均作"怎么不"。
例15：凤姐忙笑道：姨娘们的丫头月例原是人各一吊钱——

从旧年他们外头商议的：<u>姨娘</u>每位的丫头分例减半，<u>各人五百</u>。每位两个丫头，<u>所</u>短了一吊钱，<u>这</u>报怨不着我。我到<u>乐的</u>给他们呢。

"姨娘"，其他脂本均作"姨娘们"。
"各人五百"，杨本作"每人五百钱"，其他脂本作"人各五百钱"。
"所"，其他脂本均作"所以"。
"这"，其他脂本均作"这也"。
"乐的"，其他脂本均作"乐得"。

例17：这个事我不过是接手儿——

　　怎么来怎么去由不<u>的</u>我<u>做主</u>。

"的"，其他脂本均作"得"。
"做主"，戚本作"着主"，其他脂本作"作主"。

例17：先时则在外头关，那个月不打饥荒——

　　何曾顺顺溜溜的<u>一遭儿</u>。

"一遭儿"，其他脂本均作"得过一遭儿"。

例18：王夫人道：这就是了——

　　你宝兄弟<u>并没有</u>一两的丫头。袭人<u>还是</u>老太太房里的人。

"并没有"，蒙本、彼本、杨本作"也没有"，其他脂本作"也并没有"。
"还是"，其他脂本均作"还算是"。

例19：他这一两银子还在老太太的丫头分例上领——

　　<u>如今</u>因为袭人是宝玉的人，<u>裁了</u>一两银子，断乎使不得。

"如今"，其他脂本均作"如今说"。
"裁了"，梦本作"裁了他这"，其他脂本作"裁了这"。

例20：就是晴雯、麝月等七个大丫头——

　　每个月人各月钱一吊，佳蕙等八个小丫头每月人各钱五百，还是老太太<u>说的</u>，别人如何恼<u>得</u>呢、气<u>得</u>呢。

"每个月",其他脂本均作"每月"。
"说的",其他脂本均作"的话"。
"呢",其他脂本均无。
例 21：王夫人想了半日,向凤姐道——

　　明儿挑一个好丫头送去老太太使,袭人的一分裁了。

"袭人的",杨本作"把袭人的",其他脂本作"补袭人,把袭人的"。
例 22：已后凡事有赵姨娘同周姨娘的——

　　也有袭人,只是袭人的这一分都从我得分例上匀出来,不必动官中的就是了。

"袭人",其他脂本均作"袭人的"。
"得",其他脂本均作"的"。
例 23：凤姐一一的答应了——

　　笑推薛姨娘道……

"薛姨娘",其他脂本均作"薛姨妈"。
例 24：他的那一种行事大方说话——

　　见人和气里头带刚硬,要像这个实在难得。

"带",其他脂本均作"带着"。
"要像",其他脂本均作"要强"（连上读）。
例 25：你们那里知道袭人那孩子的好处,比我的宝玉强十倍——

　　宝玉果然是有造化……

"有造化",其他脂本均作"有造化的"。
例 26：凤姐道——

　　既这样,就开了脸,明放他在屋里岂不好?

"这样",其他脂本均作"这么样"。
例 27：王夫人道：那就不好了,一则都年轻——

二则老爷又不许，三则那宝玉见袭人是个丫头，常常有放纵的事，到能听他的劝。

"又"，其他脂本均作"也"。
"常常"，其他脂本均作"总"。
例28：如今且混着——

　　再等二三年再说。

"等"，其他脂本均作"过"。
例29：凤姐见无话，便转身出来——

　　刚至廊檐下，只见有几个执事的媳妇子正等着他回事呢。

"廊檐下"，其他脂本均作"廊檐上"。
例30：奶奶今儿回什么事，说了这么半天——

　　可要热着了。凤姐把袖子挽了几挽，跨这角门的门坎子，笑道……

"可要"，梦本作"可不要"，其他脂本作"可是要"。
"挽了几挽"，其他脂本均作"挽了几挽"。
"跨这"，己卯本、庚辰本、梦本作"趾着那"，蒙本、戚本作"踏着那"，彼本作"跳着"，杨本作"站在那"。
例31：说罢，又冷笑道——

　　我从今后到要干几样刻毒事了。

"后"，己卯本、庚辰本作"已后"，其他脂本作"以后"。
例32：如今裁了丫头的钱就报怨了——

　　咱们也不想一想，咱们是奴才，也配使两三个丫头。

"咱们"，其他脂本均无。
"奴才"，彼本作"什么傲物儿"，杨本作"什么阿物儿"，其他脂本作"奴几"。
例33：一面骂，一面方走了——

自己挑人回贾母话去，不在话下。

"自己"，杨本作"去"，其他脂本作"自去"。

例34：宝钗独自行来，顺路进来怡红院——

意寻宝玉去谈论，以解午倦。

"谈论"，彼本作"闲谈"，杨本作"闲话"，其他脂本作"谈讲"。

例35：只见外间床上横三竖四都是丫头们睡觉——

转过十锦槅子，来至宝玉房中。

"中"，其他脂本均作"内"。

例36：这个屋里那里还有苍蝇、蚊子，还拿蝇帚子赶什么——

袭人不觉猛抬头见是宝钗，忙放下针线……

"不觉"，其他脂本均作"不防"。

例37：人也看不见——

只睡着了咬一口，就像蚂蚁的。

"蚂蚁的"，彼本作"了"，杨本作"叮"，蒙本作"夹了"，其他脂本作"夹"①。

例38：这种虫子都是花心里长的——

闻香就摸。

"摸"，其他脂本均作"扑"。

例39：一面又瞧他手里的针线——

原来是一个白绫红里的兜肚。

"一"，其他脂本均无。

例40：宝钗道——

---

① 庚辰本原作"夹"，旁改"咬"。

嗳呀，好鲜亮活计，是谁的，也值的费这么大工夫。

"是"，其他脂本均作"这是"。

例41：袭人道：今儿做的工夫大了，脖子低的怪酸的——

又笑道："好姑娘，略坐一坐，我出去走走就来。"

"略坐一坐"，其他脂本均作"你略坐一坐"。

例42：因又见那活计实在可爱——

不由拿起针来，替他代刺。

"代刺"，彼本、杨本作"做起来"，其他脂本作"刺"。

例43：林黛玉见了这个景儿——

忙把身子一藏，手握着嘴，不敢笑出来。

"忙"，其他脂本均作"连忙"。

例44：知道林黛玉口里不让人——

怕他取笑，便忙拉过来道："走罢……"

"拉过"，其他脂本均作"拉过他"。

例45：忽见宝玉在梦中喊骂说：和尚道士的话如何信得——

"什么是金玉姻缘，我便说是木石姻缘。"薛宝钗听了这话，不觉发怔。

"便"，其他脂本均作"偏"。
"发怔"，其他脂本均作"怔了"。

例46：袭人又笑道——

我才碰见林姑娘同史大姑娘，他们可曾进来？

"同"，其他脂本均无。

例47：宝玉已醒了，问起原故——

袭人且含糊答应。至晚间人静，袭人方告诉宝玉。

"晚"，其他脂本均作"夜"。

例48：宝玉笑道：就便算我不好，你回了太太竟去了——

教别人听见说我不好，你去了，你去了也没意思。

"去了"，其他脂本均无。

例49：袭人笑道——

有什么没意思，难道你作了强盗贼，我也跟着罢。

"你"，其他脂本均无。

例50：袭人深知宝玉性情古怪……又生悲戚——

便悔自己说话冒撞了。

"说话"，梦本无，其他脂本作"说"。（杨本无此句。）

例51：只拣那宝玉素喜谈者问之，先问他春风秋月——

再谈及粉淡粉脂浓，然后谈到女儿何如好，觉又谈到女儿死。

"粉"，其他脂本均无。
"何如"，其他脂本均作"如何"。
"觉"，彼本、杨本、梦本作"不觉"，其他脂本无。

例52：这二死是大丈夫死名死节——

究竟何如不死的好。必定君昏，他方谏。

"君昏"，其他脂本均作"有昏君"。

例53：必定有刀兵——

他方力战，猛拼一死。

"力"，其他脂本均无。

例54：那文官更不比武官了——

他念几句书，安在心里，朝廷少有疵瑕……

"几句"，其他脂本均作"两句"。

"安"，己卯本作"汙"，蒙本、戚本作"窝"，彼本、梦本作"记"，庚辰本、杨本作"横"①。

"朝廷"，其他脂本均作"若朝廷"。

例55：只顾他邀忠烈之名，浊气已涌，即时拼死——

　　这倒也是不得已。

"倒"，其他脂本均作"难道"。

例56：还要知道，那朝廷是受命于天——

　　他不圣不仁，那天也断断不把这几万种任于他了。可知那些的都是沽名，并不知大义。

"几万种任"，蒙本作"万机重任"，杨本作"重任"，其他脂本作"万几重任"。

"的"，其他脂本均作"死的"。

例57：比如我此时若果有造化——

　　该死了时的，如今趁你们在我就死了……

"了"，彼本、杨本无，己卯本作"于"，庚辰本作"于此"，蒙本、戚本、梦本作"的"。

例58：自己看了两遍，犹不惬怀——

　　因闻的梨香院的十二个女子中有小旦龄官都在院中……

"的"，其他脂本均作"得"。

"女子"，其他脂本均作"女孩子"。

"中"，其他脂本均作"内"。

例59：见宝玉来了，都笑让座——

---

① 庚辰本"横"字系涂改，原字不清。

宝玉因问龄官<u>那里</u>。

"那里",彼本、杨本、梦本作"在那里",其他脂本作"独在那里"。

例60：见他进来,闻风不动——

宝玉身旁坐下,又素昔与别的<u>女孩顽惯了</u>……

"女孩",其他脂本均作"女孩子"。
"顽惯了",其他脂本均作"顽惯了的"。

例61：龄官见他坐下忙抬起身来躲避,正色说道——

嗓子哑了,前儿娘娘<u>传进去</u>,我还没有唱呢。

"传进去",其他脂本均作"传进我们去"。

例62：宝玉见他坐正了——

<u>再细一看</u>,<u>原来</u>那日蔷薇花下刻"蔷"字的那一个。

"再细一看",其他脂本均作"再一细看"。
"原来",其他脂本均作"原来就是"。

例63：宝官等不解何故,因问其所以——

宝玉便<u>出来了</u>。

"出来了",彼本、杨本、梦本作"说了出来",其他脂本作"说了,遂出来"。

例64：见了宝玉,只得站住——

宝玉问他是个什么雀儿,会衔旗串戏<u>么</u>?

"么",其他脂本均作"台"。

例65：你起来瞧这个顽意儿——

龄官<u>起</u>问是什么。

"起",其他脂本均作"起身"。

例66：说着便拿些<u>谷子</u>哄的那个雀儿——

果然在戏台上乱串鬼脸旗帜。

"果然"，庚辰本无，其他脂本同于舒本。

"鬼脸旗帜"，彼本、杨本作"衔鬼脸，弄旗帜"其他脂本作"衔鬼脸旗帜"。

例67：龄官道：你们家把好好的人弄了来——

　　关在这牢坑里还不算，你这会子又弄个雀儿来……

"还不算"，杨本作"学着牢什子"，戚本作"学这牢什古子"，其他脂本作"学这个牢什子"。

例68：你分明是弄了他来打趣形容我们——

　　还要问我好不好。贾蔷听听不觉慌起来了，连忙赌身立誓，又道："今儿那里脂油蒙了心，费一二两银子买了来，原说解闷，就没有想到这上头。罢，罢，放了生，免免你灾病。"

"要"，其他脂本均无。
"了"，其他脂本均无。
"那里"，其他脂本均作"我那里"。
"买了"，其他脂本均作"买他"。
"你"，其他脂本均作"你的"。

例69：一顿把将笼子拆了——

　　龄官还说："那雀儿虽不如人，他也有个老雀儿在窝里，你拿了他来弄这个牢什子也忍得……"

"那"，其他脂本均无。
"牢什子"，戚本作"牢什古子"，其他脂本作"劳什子"。

例70：贾蔷忙道——

　　昨儿晚上我问大夫，他说不相干。他说吃两剂药后儿再瞧。谁知今儿又吐……

"问"，其他脂本均作"问了"。

"吐"，其他脂本均作"吐了"。

例71：你赌气子去请了来，我也不瞧——

　　贾蔷听叫如此说，只得站住。

"叫"，戚本作"了"，其他脂本无。

例72：便抽身走了——

　　贾蔷一心在龄官身子，也不顾送，到是别的儿女孩子送出来。

"在"，杨本作"多在"，其他脂本作"都在"。
"身子"，其他脂本均作"身上"。
"儿"，其他脂本均无。
"送"，其他脂本均作"送了"。

例73：那宝玉一心裁夺盘算，痴痴的回至怡红院中——

　　正值林黛玉和袭人说话儿呢。

"说话儿"，其他脂本均作"坐着说话儿"。

例74：昨儿说你们的眼泪单葬我，这就错了，我竟不能全得了——

　　从此后只是各人葬各人的眼泪罢了。袭人暗想道，昨夜不过是些顽话，已经忘了。

"葬"，杨本作"瞧"，其他脂本作"得"。
"暗想道"，梦本作"只知"，其他脂本无此三字。

例75：宝玉默默不对——

　　自此深悟人生情缘各有定分。

"定分"，其他脂本均作"分定"。

例76：只是每每暗伤，不知将来葬我洒泪者为谁——

　　此皆宝玉心中所怀者，也不可十分忘记。

"者"，其他脂本均无。（杨本无此数句。）
"忘记"，其他脂本均作"妄拟"。

例 77：明儿是薛姑妈的生日——

叫我顺路来问你出去不出去。

"顺路"，其他脂本均作"顺便"。

例 78：宝玉道——

上回大老爷生日我也没去，这会子我又去，倘或碰见了人呢，我一概不去……

"大老爷"，其他脂本均作"连大老爷的"。
"不去"，杨本作"多不去"，其他脂本作"都不去"。

例 79：你怕热——

只清早去到那里磕个头、吃钟茶就来，岂不好看。

"去"，其他脂本均作"起"。

例 80：宝玉不解，忙问怎么赶蚊子——

袭人便将昨日睡觉无人作伴，宝姑娘坐了一坐的话说了出来。

"一"，其他脂本均无。

例 81：一面又说：明日必去——

正说着，见史湘云穿的整整齐齐走来。

"见"，其他脂本均作"忽见"。

例 82：宝玉、林黛玉听说——

忙站起让坐。

"站起"，其他脂本均作"站起来"。

例 83：悄悄的嘱道——

"便是老太太想不起我来，你是常提着，打发人接我去。"宝玉连忙答应了。眼看着他上车去了，上了大道，方才进来。

"是常"，其他脂本均作"时常"。
"连忙"，杨本作"连连的"，其他脂本作"连连"。
"上了大道"，其他脂本均作"大家"。

第二节　舒本第三十七回独异文字考

第37回脂本现存舒本、己卯本、庚辰本、彼本、杨本、蒙本、戚本、梦本八种。

第37回舒本独异的文字有一百十九例，如下：

例1：却说——

　　贾政出差去后，外边诸事不能多记。

此二句，彼本无，庚辰本作：

　　这年贾政又点了学差，择于八月二十日起身。是日拜过宗祠及贾母起身诸事，宝玉诸子弟等送至洒泪亭。
　　却说贾政出门去后，外面诸事不能多记。

其他脂本基本上同于庚辰本。

例2：单表宝玉每日在园中——

　　任意纵性的横荡，真把光阴虚度，岁月空湮。

"横荡"，其他脂本均作"逛荡"。
"湮"，其他脂本均作"添"。

例3：宝玉因道——

　　可是我忘了，才说瞧瞧三妹妹去的，可好些了，偏你走来。

"才说"，其他脂本均作"才说要"。
"偏你"，其他脂本均作"你偏"。

例4：姑娘好了，今儿也不吃药了——

不过凉着了一点儿。

"不过",其他脂本均作"不过是"。
例5:娣探春谨奉二兄文几——

前新霁月色如洗,因惜情景难逢,讵忍就卧。

"前",其他脂本均作"前夕"。
"情景",其他脂本均作"清景"。
例6:时漏已三转,犹徘徊于桐槛之下——

未防风露所欺,获採薪之患,昨蒙亲劳嘱抚……

"获",杨本作"到获",其他脂本作"致获"。
"嘱抚",其他脂本均作"抚嘱"。
例7:何痌瘝惠爱之深耶——

今因伏几颏床处默之时,忽思及历来古人中处名攻利敌之场,犹位置一拳山盆池之乐,远招近揖,投辖攀辕,务结二三同志者,盘桓于其中。

"颏",其他脂本均作"凭"。
"位置一拳山盆池之乐",蒙本、戚本作"置一些山水之区",其他脂本作"置一些山滴水之区"。
例8:直以东山之雅会让予脂粉——

若蒙棹雪而来,娣自扫花而待。

"棹雪",己卯本、庚辰本、彼本作"掉雪",蒙本、戚本作"绰云",杨本作"绰雪",梦本作"造雪"。
"自",其他脂本均作"则"。
"而",其他脂本均作"以"。
例9:翠墨跟在后面,刚到了沁芳亭——

只见中后门上值日的婆子拿着一个字帖走来。

"中"，其他脂本均作"园中"。
"拿着"，其他脂本均作"手里拿着"。
例10：认得许多名园——

前日忽见有白海棠一种，不可多得。

"前日"，庚辰本作"因"，其他脂本作"前因"。
例11：因天气暑热——

恐姑娘不便，故不敢面见，奉书恭启。

"姑娘"，其他脂本均作"姑娘们"。
在"奉书恭启"之后，其他脂本均有"并叩台安"四字。
例12：因而也忘了——

就没说的。

"的"，其他脂本均作"得"。
例13：何不大家起个别号，彼此称呼则雅——

我是完了"稻香老农"，再无人占的。探春道……

"完"，其他脂本均作"定"。
"道"，其他脂本均作"笑道"。
例14：宝玉道：居士、主人，到底不确——

且又累坠，这里梧桐、芭蕉尽有，或指梧桐起个倒好。

"累坠"，其他脂本均作"累赘"。
"梧桐"，庚辰本、蒙本、戚本作"梧桐、芭蕉"，己卯本作"梧桐、蕉"，彼本、梦本作"桐蕉"，杨本无此句。
例15：黛玉笑道——

古人曾云"蕉叶覆鹿"，他自"蕉下客"，可不是一只鹿了。

"自"，其他脂本均作"自称"。
例16：众人听了都笑起来——

探春回笑道："你别忙使巧话来骂人，我已替你想了个极美的号。"

"回"，其他脂本均作"因"。
按："回"乃"因"（囙）字的形讹。
"极美的号"，戚本作"极妥当的美号了"，其他脂本作"极当的美号了"。

例17：大家听说，都拍手叫妙——

林黛玉方低了头，不言语。

"方"，其他脂本均无。
"不言语"，其他脂本均作"方不言语"。

例18：我替薛大妹妹也早已想了个好的——

也只三个字。惜春、迎春都忙问道："是什么？"

"道"，其他脂本均无。

例19：宝钗道：还得我送你个号罢——

有极①俗的一个号，却于你最当。天下难的是富贵……

"极"，其他脂本均作"最"。
"难"，其他脂本均作"难得"。

例20：不想你兼有了——

就叫你"富贵闲人"罢了。

"罢了"，其他脂本均作"也罢了"。

例21：宝玉笑道——

当不起了，还是随你们叫去，也倒很好。

"当不起了"，其他脂本均作"当不起当不起"。
"还是"，其他脂本均作"倒是"。

---

① "极"系旁改，原作"趣"。

"叫去"，其他脂本均作"混叫去罢"。

"也倒很好"，其他脂本均无。

例22：迎春道——

> 我们又不会做诗，白起个号做什么？

"不"，其他脂本均作"不大"。

"做"，其他脂本均作"作"。

例23：李纨道：就是这样好——

> 但序齿我大，你们都依我的主意，管情大家合意。

"都"，其他脂本均作"都要"。

例24：我和二姑娘、四姑娘都不会作诗——

> 须让出我们三个人去。

"须"，其他脂本均作"须得"。

例25：探春笑道：已有了号——

> 还这样称呼，不如不有了。

"还"，杨本作"还是"，其他脂本作"还只管"。

例26：我一个社长自然不够——

> 必再请两个副社掌，就请菱洲、藕榭二位完来。

"必"，其他脂本均作"必要"。

"个"，其他脂本均作"位"。

"完"，其他脂本均作"学究"。

例27：你们四个却是要限定的——

> 若如便请。若不依我，我也不敢附骥了。

"如"，其他脂本均作"如此"。

例28：听了这话，辨别深合己意——

二人皆说是极好。

"是极好",庚辰本、梦本作"极是",其他脂本作"是极"。
例29:见他二人悦服,也不好强——

　　只得依了,因笑道:"这也罢了……"

"这",其他脂本均作"这话"。
例30:我起了个主意——

　　反叫你们来管起我来了。

"你们",其他脂本均作"你们三个"。
例31:宝玉道:既这样——

　　咱们就往稻香家去。

"稻香家",其他脂本均作"稻香村"。
例32:探春道——

　　若只管会得多,又没趣了。一月之中,只好两三次才好。

"得",其他脂本均作"的"。
"只好",其他脂本均作"只可"。
例33:或请到他那里去——

　　或附近就了来,亦可使得,岂不活泼有趣。

"附近就",其他脂本均作"附就"。
例34:探春道——

　　只是原系我先起的意,我须得先作个东道主人……

"先",其他脂本均无。
例35:方才我来时,看见他们抬进两盆白海棠来,到是好花——

　　你们何不就吟起他来。

"吟"，其他脂本均作"咏"。

例36：迎春道——

都还未赏，到先作诗。

"到先"，其他脂本均作"先到"。

例37：古人的诗赋也不过都是寄兴寓情耳——

若再都等见了作，如今也没有这些了。

"再都"，梦本无，杨本作"多"，彼本作"都"，其他脂本作"都是"。
"这些"，其他脂本均作"这些诗"。

例38：随手一揭，这首诗竟是一首七言律——

递与众人看了，都说作七言律。

"说"，其他脂本均作"该"。

例39：抽出十三元一屉——

又命那丫头随手拿四块。

"丫头"，其他脂本均作"小丫头"。

例40：宝玉道——

"盆"、"门"这两字不大好作呢。

"'盆'、'门'这两字"，其他脂本均作"这'盆'、'门'两个字"。

例41：一样豫备下四分纸笔——

便都悄然如是思索起来。

"如是"，其他脂本均作"各自"。

例42：黛玉或抚梧桐，或看秋色——

或又合丫头们嘲笑。迎春又命丫头炷了一支梦甜香。

"合丫头"，其他脂本均作"和丫环"。

"丫头"，其他脂本均作"丫环"。
例43：以其易烬，故以此烬为限——

　　如香终未成，便要受罚。

"终"，其他脂本均作"烬"。
例44：一时探春便先有了，自提笔写出——

　　又改抹一回，递与迎春。

"改抹"，其他脂本均作"改抹了"。
例45：宝钗道：有却有了，只是不好——

　　宝玉背着手，回廊下踱来踱去。

"回廊下"，其他脂本均作"在回廊上"。
例46：宝玉又见宝钗已誊写出来——

　　因说道："了不得，香只剩了一寸……"

"一寸"，其他脂本均作"一寸了"。
例47：若看完了还不交卷——

　　是必罚了。

"了"，其他脂本均作"的"。
例48：玉是精神难比洁，血为肌骨易销魂——

　　芳心一点娇无力，清影三更月有痕。

"清影"，其他脂本均作"倩影"。
例49：淡极始知花更艳，愁多焉得玉无痕——

　　欲偿白帝凭清洁，不语亭亭日又昏。

"亭亭"，杨本作"娇娇"，其他脂本作"婷婷"。
例50：半卷湘帘半掩门——

碾冰为玉玉为盆。

"玉玉"，杨本作"玉土"，其他脂本作"土玉"。
例51：看了这句——

　　宝玉喝起彩来。

"喝起"，其他脂本均作"先喝起"。
例52：众人看了——

　　都不禁叫好。

"都"，其他脂本均作"也都"。
例53：李纨道——

　　若论风流别致，自是这首为上。

"这首为上"，戚本作"推潇作"，其他脂本作"这首"。
例54：探春道——

　　评的有理。

"评"，其他脂本均作"这评"。
例55：李纨道——

　　怡红公子压尾，你服不服？

"压尾"，其他脂本均作"是压尾"。
例56：这评的最公，又笑道——

　　只是蘅、潇二首还有斟酌。

"有"，其他脂本均作"要"。
例57：李纨道——

　　从此我定于初二、十六这两日开社。

"此"，其他脂本均作"此后"。

"初二",其他脂本均作"每月初二"。
例58：因真有此事也就不碍了——

　　说毕，大家商议了一回……

"商议",其他脂本均作"又商议"。
例59：袭人听说，便命他们摆好，让他们在下房里坐了——

　　自己走到自己房里秤了六钱银子封好。又拿了三百钱走来，都递与婆子道："这银赏那抬花小子们……"

"里"，其他脂本均作"内"。
"婆子"，其他脂本均作"那两个婆子"。
"银"，其他脂本均作"银子"。
"抬花"，其他脂本均作"抬花来的"。
例60：袭人笑道：我有什么差使——

　　今儿二爷要打发人到小侯爷家与史大姑娘送东西去，可巧你们来了，顺便去叫后门上小厮们雇两车来……

"二爷"，其他脂本均作"宝二爷"。
"去"，其他脂本均作"出去"。
"小厮"，其他脂本均作"小子"。
例61：回来你们就往这里拿钱——

　　不用叫他又往前头去混碰。

"去混碰"，其他脂本均作"混碰去"。
例62：袭人回至房中拿碟子盛东西与史湘云送去——

　　却见碟子上槽空着。因回头见晴雯、秋纹、麝月等都在一处做针黹，袭人问："这一个缠丝的玛瑙碟子那去了？"

"碟子"，其他脂本均作"榼子"。
"槽"，其他脂本均作"碟槽"。
"问"，其他脂本均作"问道"。

"缠素的"，杨本作"缠线"，其他脂本作"缠丝白"。
例63：袭人道——

家常送东西的家伙都巴巴的拿这个去。

"都"，其他脂本均作"多"。
例64：晴雯道：我何常不也这样说——

他说，这个碟子配上鲜荔子才好看。我送去，三姑娘也见了，说连碟子放着，就没带来。

"荔子"，其他脂本均作"荔枝"。
"说"，梦本作"说好看"，其他脂本作"说好看，叫"。
例65：秋纹笑道——

提起这瓶来，又想起笑话。我们宝二爷说声孝心动，也孝敬到十二分。

"又"，其他脂本均作"我又"。
"动"，其他脂本均作"一动"。
例66：这是自己园里的才开的新鲜花，不敢自己先顽——

巴巴的把一对瓶拿下来，亲自灌水插好了，叫个人拿着，亲身送一瓶进老太太，进一瓶与太太。

"一对"，其他脂本均作"那一对"。
"进"，其他脂本均作"又进"。
例67：喜的无可无不可，见人就说——

到底是宝玉孝顺，连一枝花儿也想的到，别人还只报怨我疼他。你知道，老太太素日不大同我说话的。

"孝顺"，其他脂本均作"孝顺我"。
"你"，其他脂本均作"你们"。
例68：几百钱事小，难得这个脸面——

第十九章　舒本有哪些独异的文字？ | 619

及至到太太那里。太太正合二奶奶、赵姨奶奶、周姨奶奶好些人翻箱子找太太当日年轻的颜色衣服，不知给那一个，一见了，连衣服也不找了，且看花儿。

"到"，其他脂本均作"到了"。
"合"，其他脂本均作"和"。
"衣服"，其他脂本均作"衣裳"。
例69：太太越发喜欢了——

现成的衣裳就给了我两件。

"给"，其他脂本均作"赏"。
例70：晴雯笑道——

呸，没见食面的小蹄子！

"食面"，己卯本、庚辰本作"识面"，蒙本作"席面"，戚本、彼本作"世面"，梦本作"识"，杨本无此段文字。
例71：晴雯道：要是我，我就不要——

若不是给别人剩的，给我也罢了……

"若不是"，其他脂本均作"若是"。
例72：秋纹笑道——

胡说。我白听了欢喜欢喜，那怕给这屋里的狗剩下的，我只领太太的恩典。

"欢喜欢喜"，其他脂本均作"喜欢喜欢"。
例73：我只领太太的恩典——

也不犯管别人的事。

"别人"，其他脂本均作"别"。
例74：袭人笑道——

你们这起烂嘴的，得了空就拿我取笑打牙儿。

"烂嘴",其他脂本均作"烂了嘴"。

例75：别人还可以——

赵姨奶奶一伙的人见这屋里的东西,又该使黑心,弄坏了才罢了。太太也不管这些。

"见",其他脂本均作"见是"。
"了",其他脂本均无。
"不管",其他脂本均作"不大管"。

例76：麝月笑道——

"通共秋丫头得了一遭衣裳,那里今儿又巧,你也遇见找衣裳不成。"晴雯笑道……

"一遭",其他脂本均作"一遭儿"。
"笑",其他脂本均作"冷笑"。

例77：或者太太看见我勤谨——

一个月也把太太的公费里分出二两来给我,定不得。

"二两",其他脂本均作"二银子"。
"定不得",其他脂本均作"也定不得"。

例78：秋纹也同他出来——

自去探春那里去了碟来。

"碟",其他脂本均作"碟子"。

例79：袭人打点齐备东西——

叫过本处的一个宋妈妈来,向他说道："你好生梳洗了……"

"宋妈妈",杨本作"宋老姆姆",其他脂本作"老宋妈妈"。
"梳洗了",其他脂本均作"先梳洗了"。

例80：姑娘只管交给我,有话说与我——

我收拾了,就好一顺去了。

"了",彼本、杨本无,其他脂本作"的"。

例81:袭人听说——

便端过两个小样素盒子,先揭开一个,这里面装的是红菱合鸡头两样鲜果。

"小样素盒子",其他脂本作"小掐丝盒子来"①。
"这",其他脂本均无。
"合",其他脂本均作"和"。

例82:再,前日姑娘说——

这玛瑙盘子好,姑娘就留下顽罢。

"盘子",其他脂本均作"碟子"。

例83:姑娘别嫌粗糙,能着罢——

替我们请安、替宝二爷问好就是了。

"宝二爷",其他脂本均作"二爷"。

例84:袭人因问秋纹——

"方才可见在三姑娘那里?"秋纹笑道……

"笑",其他脂本均无。

例85:宋妈妈听了——

便拿了东西出去,另外穿了衣裳。

"穿了衣裳",梦本作"穿戴了",其他脂本作"穿带了"。

例86:袭人又嘱咐他从后门出去——

有小子合车等着呢。

"合",其他脂本均作"和"。

例87:宝玉回来,先忙着看了一回海棠——

---

① 己卯本"掐"字有误。

　　　　至屋内告诉袭人起诗社的事。

"屋",其他脂本均作"房"。
例88:他又牵肠挂肚的——

　　　　没得叫他不受用。

"没得",其他脂本均作"没的"。
例89:宝玉道——

　　　　"不妨事,我回老太太打发人去接他来①。"正说着,宋妈妈一径回来回复道……

"去接他来",其他脂本均作"接他去"。
"一径",其他脂本均作"已经"。
例90:又说,问二爷作什么呢——

　　　　我说,和姑娘们起仍什么诗社作诗呢。

"仍",其他脂本均无。
例91:史姑娘说——

　　　　他们作诗也不告诉他,气的了不得。宝玉听了,立刻便往贾母处来,立逼着叫人接去。

"气",其他脂本均作"急"。
"立刻",戚本作"起身",梦本作"转身",其他脂本作"立身"。
例92:贾母因说——

　　　　今儿天晚了,明儿一早再去。

"明儿",其他脂本均作"明日"。
例93:直到午后——

　　　　史湘云才来了。

---

① "来"旁改"去"。

"了"，其他脂本均作"宝玉方放了心"。

例94：李纨等因说道——

　　且别给他看，先说与韵，他后来的，先罚他和了诗。

"先说与韵"，其他脂本均作"先说与他韵"。

例95：我虽不能，只得勉强出丑——

　　容我入社，扫地焚香，我也寻愿。

"寻愿"，其他脂本均作"情愿"。

例96：史湘云一心兴头，等不得推敲删改——

　　一面只管合人说着话，心内早已和成。

"合"，其他脂本均作"和"。

例97：一面说，一面看时——

　　只见那两诗写道……

"那两诗"，其他脂本均作"那两首诗"①。

例98：秋阴捧出何方雪，雨渍添来隔宿痕——

　　却喜诗人吟不倦，不令寂寞度朝昏。

"不"，其他脂本均作"岂"。

例99：你婶婶听见了，越发报怨你了——

　　况且你就都拿出来做这东道，也是不彀。

"这"，其他脂本均作"这个"。

例100：难道为这个家去要去不成，还是和这里要呢——

　　一夕话题醒了湘云，到踌躇不起来。

---

① 杨本无此句。

"题醒",其他脂本均作"提醒"。

"不",其他脂本均无。

例101:现在这里的人,从老太太起,连上园里的人——

有多一半都是爱吃螃蟹的。前日姨娘还要请老太太在园里赏桂花、吃螃蟹……

"还",其他脂本均作"还说"。

例102:等他们散了,咱们有多少诗作不得的——

我合哥哥说,要他几篓极肥极大的螃蟹来。

"合",其他脂本均作"和"。

例103:你千万别多心想着我小看了你,咱们两个就白好了——

你若不多心,我就好叫他们办去了。

"了",彼本、杨本无,其他脂本作"的"。

例104:我若不把姐姐当作亲姐姐一样看——

上面那些家常烦难事也不肯尽情告诉你了。

"上面",其他脂本均作"上回"。

"家常",其他脂本均作"家常话"。

例105:诗题也不要过于新巧了——

你看古人诗中那里有那些刁钻古怪的题目和那险极的韵呢。

"险极",其他脂本均作"极险"。

"呢",梦本无,己卯本、庚辰本作"了",其他脂本作"脚"。

例106:一时闲了——

倒是心身深有益的书看几章是正经。

"心身",庚辰本作"于你我",杨本作"与身心",梦本作"于身心上",己卯本、蒙本、戚本、彼本作"于身心"。

例107:宝钗想了一想,说道——

第十九章 舒本有哪些独异的文字？ | 625

　　有了，如今以菊花为宾，以人为主，<u>拟出</u>几个题目来……

"拟出"，其他脂本均作"竟拟出"。

例108：湘云笑道——

　　这却<u>极</u>好。

"极"，蒙本无，其他脂本作"狠"。

例109：湘云笑道——

　　果然好，我<u>这边有个</u>"菊影"，可使得？

"这边有个"，蒙本、戚本作"也有个"，其他脂本作"也有一个"。

例110：这个也算的上——

　　我又<u>有</u>一个。

"有"，其他脂本均作"有了"。

例111：湘云拍案叫妙，因接说道——

　　我也有<u>个</u>"访菊"，如何？

"个"，其他脂本均作"了"。

例112：湘云看了一遍，又笑道——

　　十个还不成幅，<u>越发</u>凑成十二个便全了。

"越发"，彼本、杨本作"索性"，梦本作"爽性"，其他脂本作"越性"。

例113：宝钗道——

　　起手<u>道是</u>忆菊……

"道是"，其他脂本均作"是"。

例114：第五首是"供菊"——

　　既供而不吟，亦觉<u>着</u>无彩色。

"着"，其他脂本均作"菊"。

例 115：第六首便是"咏菊"——

　　既为菊，如是碌碌①入辞章，不可不供笔墨。

"为菊，如是碌碌"，其他脂本均无。

例 116："菊影"、"菊梦"二首续在第十、第十一——

　　末卷便以"残菊"总收全题之盛，这便是三秋的妙景妙事都有了。

"全题"，其他脂本均作"前题"。
按：在吴语中，"全"与"前"同音。疑此处的异文表明该抄手通晓吴语。

例 117：湘云依言，将题目录出，又看了一回——

　　又问该用何韵。宝钗道："我生平最不喜限韵，分明有好诗，何苦为韵所缚。咱们别学那小家流，只出题，不拘韵。"

"用"，其他脂本均作"限"。
"小家流"，蒙本作"小家气"，彼本、杨本作"小家子派"，其他脂本作"小家派"。

例 118：原为大家偶得了好句取乐——

　　并不为奈那难人。

"奈那"，戚本作"那些"，梦本作"此而"，其他脂本作"奈邦"。

例 119：明日贴在墙上——

　　他们看了，准作那一个就作那一个。有力量者，十二首都作。

"准"，其他脂本均作"谁"。
"都作"，其他脂本均作"都作也可"。

第三节　舒本第三十八回独异文字考

第 38 回脂本现存舒本、己卯本、庚辰本、彼本、杨本、蒙本、戚本、梦

---

① 舒本"为菊，如是碌碌"六字已点去。

本八种。

第 38 回舒本独异的文字有七十三例，如下：

例1：凤姐道——

藕香榭已经摆下了。那山坡下两<u>窠</u>桂花开的又好，河里水又碧清，坐在<u>当中</u>亭子上岂不敞亮。

"窠"，其他脂本均作"棵"。
"当中"，其他脂本均作"河当中"。

例2：原来这藕香榭盖在池中——

四面有窗，<u>左右</u>曲廊可通。

"左右"，其他脂本均作"左右有"。

例3：众人上了竹桥——

凤姐忙上来<u>挽</u>着贾母，口里说："老祖宗只管<u>放大胆</u>，不相干的。……"

"挽"，蒙本、戚本作"拖"，其他脂本作"搀"。
"放大胆"，杨本作"放大步走"，蒙本、戚本作"迈大步"，其他脂本作"迈大步走"。

例4：湘云念道——

芙蓉影破归兰桨，菱藕香深<u>度</u>竹桥。

"度"，杨本、梦本作"泻"，其他脂本作"写"。

例5：那日谁知我失了脚掉下去，几乎没淹死——

好容易救了上来，到底被那<u>大钉子</u>把头碰破了。

"大钉子"，其他脂本均作"木钉"。

例6：谁知竟好了——

凤姐不等<u>人</u>，先笑道……

"人"，其他脂本均作"人说"。

例7：那时要活不得，如今这么大福可叫谁享呢——

可知老祖宗<u>从小儿福寿不小</u>。

"从小儿福寿不小",蒙本、戚本作"从小儿的福气就不小",其他脂本作"从小儿的福寿就不小"。

例8:碰出那个窝儿来好盛福寿的——

寿星老儿<u>头</u>原是一个窝儿。因为万福万寿盛满了,所以到凸高出<u>紫</u>来。

"头",其他脂本均作"头上"。
"紫",其他脂本均作"些"。

例9:贾母笑道——

这<u>猴子</u>惯的<u>了得</u>了,只管拿我取笑起来,恨的我撕<u>他</u>那油嘴。

"猴子",其他脂本均作"猴儿"。
"了得",彼本作"了不的",其他脂本作"了不得"。
"他",其他脂本均作"你"。

例10:西边靠门一桌——

李纨<u>合</u>凤姐的虚设坐位。

"合",其他脂本均作"和"。

例11:凤姐吩咐螃蟹不可多拿来——

仍旧<u>拿</u>在蒸笼里。

"拿",其他脂本均作"放"。

例12:一面又要水洗了手——

站在贾母跟前剥<u>螃蟹肉</u>。

"螃蟹肉",其他脂本均作"蟹肉"。

例13:薛姨妈道——

我自己<u>剥</u>的肉香甜。

"剥的肉"，其他脂本均作"剥着吃"。
例14：我先替你张罗，等散了我再吃——

湘云不肯，命人在那边廊下摆了两桌。……一时出至廊下。

"廊下"，其他脂本均作"廊上"。
例15：说着，史湘云仍入了席——

凤姐和李纨也胡乱应个点儿。

"应个点儿"，其他脂本均作"应个景儿"。
例16：鸳鸯等站起来道——

二奶奶又出来作什么？让我们也受用一回子。

"一回子"，其他脂本均作"一会子"。
例17：我替你当差，到不领情——

还报怨我，还不快斟钟子酒来我喝呢。

"钟子"，其他脂本均作"一钟"。
例18：凤姐道——

多道些姜、醋。

"道"，杨本作"着"，其他脂本作"倒"。
例19：鸳鸯笑道：好没脸，吃我们的东西——

凤姊笑道："你少合我作怪……"

"凤姊"，彼本、杨本作"凤姐儿"，其他脂本作"凤姐"。
"少合我作怪"，彼本、杨本作"你和我作怪"，其他脂本作"和我少作怪"。
例20：鸳鸯道——

啐，这也是你作奶奶说出来的话。

"你"，其他脂本均无。
例21：琥珀笑道——

　　鸳鸯丫头要<u>走</u>了。平丫头还饶他，你们看看，他没有<u>吃</u>两个螃蟹，到喝了一碟子醋。他也算不<u>合</u>揽<u>醋</u>了。

"走"，其他脂本均作"去"。
"吃"，其他脂本均作"吃了"。
"合"，其他脂本均作"会"。
"醋"，其他脂本均作"酸"。
例22：琥珀也笑着往旁边一躲——

　　平儿使<u>空手</u>往前一<u>扑</u>，正恰恰的抹在凤姐腮上。凤姐正<u>合</u>鸳鸯嘲笑，不防唬了一跳，<u>哎呀</u>了一声。

"空手"，其他脂本均作"空了"。
"扑"，其他脂本均作"撞"。
"合"，其他脂本均作"和"。
"哎呀"，庚辰本、梦本作"嗳哟"，其他脂本作"嗳呀"。
例23：众人掌不住，都哈哈的大笑起来——

　　<u>凤姊</u>也禁不住笑骂道……

"凤姊"，其他脂本均作"凤姐"。
例24：平儿忙赶过来——

　　替他<u>亲自擦了，又亲去</u>端水。

"亲自擦了，又亲去"，其他脂本均作"擦了，亲自去端水"。
例25：鸳鸯道：阿弥陀佛，这是个报应——

　　贾母那边听<u>了</u>，一叠声问……

"了"，其他脂本均作"见"。
例26：主子奴才打架呢——

贾母、王夫人等听了也笑起来。

"贾母、王夫人"，其他脂本均作"贾母和王夫人"。
例27：鸳鸯等笑着答应了，高声又说道——

这桌子上的腿子，二奶奶只管吃就是了。

"桌子上"，其他脂本均作"满桌子"。
例28：凤姐洗了脸——

又伏侍贾母等吃一回，黛玉独不敢多吃，只吃了一点脚子肉，就下来了。

"吃"，其他脂本均作"吃了"。
"脚子肉"，杨本作"黄肉"，彼本作"奕子肉"，其他脂本作"夹子肉"。
例29：也有看花的——

也有弄水的、看鱼的，游玩了一回。

"的"，其他脂本均无。
例30：这里风大，才又吃了螃蟹——

老太太还是回房里歇歇去罢。

"回房里歇歇去罢"，其他脂本均作"回房去歇歇罢了"。
例31：既这么说——

咱们就都回去罢。因回头又嘱咐湘云道……

"回"，其他脂本均无。
"因"，其他脂本均无。
"道"，其他脂本均无。
例32：宝钗道——

这话狠是。

"狠"，其他脂本均作"极"。

例 33：另摆一桌，请袭人等一处共坐——

　　山坡桂树底下铺下两条红毡，命答应的婆子并小丫头等也都坐了。

"红毡"，彼本、梦本作"花毯"，其他脂本作"花毡"。

例 34：宝钗手里拿着一枝桂花——

　　玩了一回，伏在窗槛上……

"伏"，其他脂本均作"俯"。

例 35：宝玉又看了一回——

　　黛玉钩鱼。

"钩"，其他脂本均作"钓"。

例 36：一回又看袭人等吃螃蟹——

　　自己也陪他吃两口酒。

"吃"，其他脂本均作"饮"。

例 37：袭人又剥了一壳肉给他吃——

　　黛玉放下钩竿，走至座间，拿起那乌银梅花斟壶来……

"钩"，其他脂本均作"钓"。
"斟壶"，其他脂本均作"自斟壶"。

例 38：你们只管吃去，让我自己斟，这才有趣儿——

　　说着，斟了半盏。

"斟了"，其他脂本均作"便斟了"。

例 39：宝玉忙道：有烧酒——

　　便命拿那合欢花浸的酒盌一壶来。

"拿"，其他脂本均作"将"。
"盌"，其他脂本均作"烫"。

例40：把头一个"忆菊"勾了——

底下又赘了个"蘅"字。

"个"，其他脂本均作"一个"。

例41：宝钗笑道——

好容易有了一首，你就忙的这样。

"好容易"，其他脂本均作"我好容易"。

例42：宝玉也拿起笔来——

将第二个"访菊"、第三个"种菊"也勾了，赘上个"绛"字。

"第三个'种菊'"，其他脂本均无。
"个"，其他脂本均作"一个"。

例43：又指着宝玉笑道——

咱先说过，总不许带出闺阁字样来。

"咱先说过"，其他脂本均作"才宣过"。
"来"，其他脂本均无。

例44：湘云笑道——

你们家如今虽有几处轩馆，我又不住着，借了来又没趣。

"你们"，其他脂本均作"我们"。
"又"，其他脂本均作"也"。

例45：难道不是你的——

如今虽没了，你到是旧主人家。

"到"，其他脂本均作"到底"。
"家"，其他脂本均无。

例46：宝玉不待湘云动手——

便代湘云抹了，改了"霞"字。

"代",其他脂本均作"代将"。
"湘云",其他脂本均作"'湘'字"。
"改了",其他脂本均作"改了一个"。

例47：又有顿饭工夫——

　　十二<u>个</u>题已全。

"个",其他脂本均无。

例48：各自誊出来都交与迎春——

　　另拿了一张<u>雪涛笺</u>过来,一并誊录出来。某人作的<u>下</u>赘明某人的号。<u>李纨</u>从头看到……

"雪涛笺",戚本作"薛涛笺",杨本作"雪限笺",其他脂本作"雪浪笺"。
"下",其他脂本均作"底下"。
"李纨",其他脂本均作"李纨等"。

例49：忆菊,蘅芜君——

　　怅望西风抱闷思,蓼红<u>芦</u>白断肠时。……<u>落落</u>心随归雁远,寥寥坐听晚砧迟。谁怜我为黄花病,慰<u>话</u>重阳会有期。

"芦",其他脂本均作"苇"。
"落落",其他脂本均作"念念"。
"话",其他脂本均作"语"。

例50：访菊,怡红公子——

　　蜡屐远来情得得,冷<u>香</u>不尽兴悠悠。

"香",其他脂本均作"吟"。

例51：种菊,怡红公子——

　　昨夜不期经雨<u>润</u>,今朝犹喜带霜开。

"润",其他脂本均作"活"。

例52：供菊,枕霞旧友——

弹琴酌酒喜堪俦，几案亭亭点缀幽。隔坐香分三径露，摊书人对一枝秋。

"亭亭"，其他脂本均作"婷婷"。
"摊"，其他脂本均作"抛"。
例53：咏菊，潇湘妃子——

毫端运秀临霜吐，口角噙香对月吟。

"吐"，其他脂本均作"写"。
"角"，戚本作"底"，其他脂本作"齿"。
例54：问菊，潇湘妃子——

欲诉秋情众莫知，喃喃负手叩东篱。……休嫌举世无谈者，解语何妨话片时。

"诉"，蒙本作"讥"，杨本作"汛"，其他脂本作"讯"。
"嫌"，其他脂本均作"言"。
例55：簪菊，蕉下客——

屏供篱栽日日忙，折来休认镜中妆。……高情不入时人眼，拍手凭人笑路旁。

"屏"，其他脂本均作"瓶"。
"人"，其他脂本均作"他"。
例56：残菊，蕉下客——

露凝霜重渐倾欹，宴赏还逢小雪时。……满床落月蛩声病，万里寒云雁阵迟。明岁秋风应再念，暂时分手莫相思。

"还逢"，其他脂本均作"才过"。
"满"，其他脂本均作"半"。
"应再念"，蒙本、戚本作"知有会"，其他脂本作"知再会"。
例57：各人有各人的警句——

今日公评，问菊第一，咏菊第二。

"问菊第一，咏菊第二"，其他脂本均作"咏菊第一，问菊第二"。

例58：题目新，诗也新，立意更新——

怪不得要推潇湘妃子为魁了。然后簪菊、对菊、供菊、忆菊、画菊次之。

"怪不得"，戚本作"怨不得"，杨本作"忙不得"，梦本作"不得不"，其他脂本作"恼不得"。

"忆菊、画菊"，其他脂本均作"画菊、忆菊"。

例59：我那首也不好——

倒底伤了纤巧些。

"了"，其他脂本均作"于"。

例60：黛玉道：据我看来——

头一句好的是"圃冷斜阳忆旧游"，这句背面傅彩，"摊书人对一枝秋"已经妙绝……

"傅彩"，蒙本、戚本作"转至"，其他脂本作"傅粉"。

"摊"，其他脂本均作"抛"。

例61：将"供菊"说完，没处再说——

故反回来想到未折、未供之先，意思深远。

"反"，蒙本、戚本作"又"，其他脂本作"翻"。

例62：李纨笑道：固如此说——

你的"口角噙香"一句也敌的过了。

"口角"，戚本作"口底"，其他脂本作"口齿"。

例63："昨夜雨"、"今朝霜"都不是种不成——

但恨敌不上"口角噙香对月吟"……

"口角"，戚本作"口底"，其他脂本作"口齿"。

例64：又道：明儿闲了——

我一人作出十二首来。

"一人",其他脂本均作"一个人"。

例65:我已吟成,谁还敢作——

诗者,便忙洗了手。

"诗者",其他脂本均作"说着"。

例66:黛玉听了,并不答言——

也不思索,提起笔来一挥,已成一首。

"成",其他脂本均作"有了"。

例67:螯封嫩玉双双满,壳凸红脂块块香——

多肉更怜卿八足,助情宜侑我千觞。对兹佳品酬佳节,桂拂清风菊带霜。

"宜侑",杨本作"谁羡",其他脂本作"谁劝"。
"兹",彼本、杨本、梦本作"斯",其他脂本作"斟"。

例68:宝玉看了——

喝彩,黛玉便一把撕了。

"喝彩",其他脂本均作"正喝彩"。

例69:你那个很好,彼方才的菊花诗还好——

你留着他给众人看。

"众人",其他脂本均作"人"。

例70:桂霭桐阴坐举觞,长安涎口盼重阳——

眼前道路无南北,皮里春秋空黑黄。

"南北",其他脂本均作"经纬"。

例71:酒未敌腥还用菊——

性方积冷却须姜。

"方",戚本、杨本作"防",其他脂本作"妨"。
"却",其他脂本均作"定"。
例72：众人看毕——

都说这是咏蟹绝唱。

"咏",其他脂本均作"食"。
例73：这些小题目原要寓大意才算是大才——

只是讽世太毒了。

"讽世",其他脂本均作"讽刺世人"。

第四节　舒本第三十九回独异文字考

第39回脂本现存舒本、己卯本、庚辰本、彼本、杨本、蒙本、戚本、梦本八种。

第39回舒本独异的文字有六十八例,如下：
例1：话说——

袭人见平儿来了,都道："你们奶奶作什么呢,怎么不来了？"

"袭人",其他脂本均作"众人"。
"道",其他脂本均作"说"。
例2：平儿笑道——

他那里得空儿来,因为没有好生吃得,又不得来。

"因为",其他脂本均作"因为说"。
例3：平儿道：多拿几个团脐的——

众人又拉平儿坐了,平儿不肯。

第十九章　舒本有哪些独异的文字？ | 639

"坐了"，其他脂本均作"坐"。
例4：那婆子一时拿了盒子回来说——

　　二奶奶说，叫奶奶合姑娘们别笑话说要嘴吃。这盒子里是方才舅太太那里送来的菱粉糕和鸡油卷子，给奶奶、姑娘们吃的。"

"合"，其他脂本均作"和"。
"鸡油卷子"，其他脂本均作"鸡油卷儿"。
例5：命却平常，只落得屋里使唤——

　　不知道的人，谁不拿你当奶奶、太太看。

"当"，杨本、梦本作"当做"，其他脂本作"当作"。
例6：一面回头笑道：奶奶别只摸得怪痒的——

　　李纨道："哎哟……"

"李纨"，其他脂本均作"李氏"。
例7：平儿笑道——

　　奶奶吃了酒，又拿我打趣着取笑儿了。

"拿我"，其他脂本均作"拿了我来"。
例8：宝钗笑道：这倒是真话——

　　我们没事评起人家，你们这几个都是百里挑不出一个来。

"评"，其他脂本均作"评论"。
"家"，其他脂本均作"来"。
"百"，其他脂本均作"百个"。
例9：李纨道：大小都有个天理——

　　比如老太太屋里，要没那丫头鸳鸯，如何使得？从太太起，那一个敢驳老太太的回？

"那丫头"，其他脂本均作"那个"。
例10：老太太那些穿带的别人不记得，他都记得——

要不是他<u>经营</u>着，不知叫人诓骗了多少去呢。

"经营"，其他脂本均作"经管"。

例11：探春道：可不是——

外头老实，心<u>儿</u>里有数儿太太是<u>那们</u>佛爷似的，事情上不留心，<u>都他</u>知道。

"儿"，其他脂本均无。
"那们"，其他脂本均作"那么"。
"都他"，杨本作"他多"，其他脂本作"他都"。

例12：这一个小爷屋里要不是袭人——

你们度量<u>到了怎么</u>田地？

"到了怎么"，杨本作"不知道个"，其他脂本作"道个什么"。

例13：凤丫头也是有造化的——

想当初你珠大爷在日何曾<u>没</u>两个人……

"没"，其他脂本均作"也没"。

例14：若有个守得住——

我到底有<u>了</u>膀背了。

"了"，其他脂本均作"个"。

例15：袭人又叫住问道——

这<u>几</u>月的月钱，连老太太、太太的还没放着，是为什么？

"几"，其他脂本均作"个"。

例16：平儿悄声告诉他道——

这<u>几</u>月的月钱，我们奶奶早已支了……

"几"，其他脂本均作"个"。

例17：袭人笑道——

拿着他们的钱，你们主子、奴才赚利钱，哄的我们嗽等。

"他们"，其他脂本均作"我们"。

例18：平儿道——

你们若有要紧事……

"你们"，其他脂本均作"你"。

例19：刘姥姥因上次来过——

知道平儿的身分，忙跑下地来。

"跑"，其他脂本均作"跳"。

例20：因为庄家忙——

好容易今年多打了两担粮食。

"担"，其他脂本均作"石"。

例21：这是头一起摘下来的，并没敢卖呢——

留的尖儿敬姑奶奶、姑娘们尝尝。

"敬"，其他脂本均作"孝敬"。

例22：吃个野意儿——

也是我们的穷心。

"是"，梦本作"算"，其他脂本作"算是"。

例23：说的大家都笑了——

周瑞家道："早起我就看见那螃蟹了，一斤只好秤二个三个……"

"二个三个"，彼本作"两三个"，其他脂本作"两个三个"。

例24：阿弥陀佛——

这一顿的菜够我们庄家人过一年的了。

"菜"，其他脂本均作"钱"。

例25：见过了，叫我们等着呢——

说着，又往**外**看天气，说道："天**好咱晚**了，我们也去罢。别出不去城，才是饥荒呢。"**周瑞家**道……

"外"，其他脂本均作"窗外"。
"好咱晚"，戚本作"好早挽"，其他脂本作"好早晚"。
"周瑞家"，其他脂本均作"周瑞家的"。

例26：二奶奶说——

大远的，难为他**抗**了那些沉东西来。晚了就住一夜，明儿再去，这**不**投上二奶奶的缘了。

"抗"，其他脂本均作"扛"。
"不"，其他脂本均作"可不是"。

例27：二奶奶便回明了老太太——

老太太说："我正**想**积古的老人家说话儿……"

"老太太"，其他脂本均无。
"想"，其他脂本均作"想个"。

例28：刘姥姥道——

我这生像儿怎好见**得**，**嫂子**，你就说我去了罢。

"得"，其他脂本均作"的"。
"嫂子"，其他脂本均作"好嫂子"。

例29：平儿道：你快去罢，不相干的——

我们老太太最是**恤**老怜贫的，比不得那个**狂三乍四**的那些人。

"恤"，其他脂本均作"惜"。
"狂三乍四"，蒙本作"狂三作四"，戚本作"拿三作四"，其他脂本作"狂三诈四"。

例30：平儿问——

> 又说<u>甚</u>么？

"甚么"，其他脂本均作"什么"。

例31：我讨半日假，可使得——

> 平儿<u>笑</u>道："你们倒好，都商议定了……"

"笑"，其他脂本均无。

例32：前儿住儿去了——

> <u>二奶奶</u>偏生叫他叫不着，我应起来了，还说我做了情。

"二奶奶"，其他脂本均作"二爷"。

按："二奶奶"是指凤姐，"二爷"则是指贾琏。鄙意此处应以"二奶奶"为胜。盖住儿是个男仆，贾琏叫他，似无需通过平儿也。

例33：周瑞家的道——

> <u>当真他的</u>妈病了，姑娘也<u>替</u>应着，放了他罢。

"当真"，其他脂本均作"当真的"。
"他的"，其他脂本均作"他"。
"替"，其他脂本均作"替他"。

例34：平儿道——

> 明日一早来，听着，我<u>还使</u>呢。<u>莫</u>再睡的日头晒着屁股再来。你这一<u>来</u>，带个<u>信</u>给旺儿……

"还使"，其他脂本均作"还要使"。
"莫"，其他脂本均无。
"来"，其他脂本均作"去"。
"信"，其他脂本均作"信儿"。

例35：奶奶也不要了——

> <u>越发</u>送他使罢。

"越发"，杨本作"索性"，梦本作"爽性"，其他脂本作"越性"①。

例36：彼时——

大观园中姐妹们都在贾母前承奉。

"姐妹"，其他脂本均作"姊妹"。

例37：只见满屋里珠围翠绕，花枝招展——

并不知都是何人。只见一张榻上独歪着一位老婆婆，身后各②个纱罗里的美人一般的个丫环在哪里捶腿呢。

"是"，其他脂本均作"系"。
"各个"，其他脂本均作"一个"。
"呢"，其他脂本均无。

例38：贾母道：我老了，都不中用了——

眼也花，耳也聋，记心也没了。

"记心"，其他脂本均作"记性"。

例39：你们这些老亲戚我都记不得了——

亲戚来们了……

"来们"，其他脂本均作"们来"。

例40：你带了好些瓜菜来——

我叫他们忙收拾去了。我正想今③地里现撷的瓜儿、果儿吃。

"忙"，其他脂本均作"快"。
"果"，其他脂本均作"菜"。

例41：那里搁得住你打趣他——

说着，又命人先去抓果子与板儿吃。

---

① 彼本原作"越"，旁改"索"。
② "各"点去。
③ "今"乃"个"字之误。

"先去"，杨本作"去"，其他脂本作"去先"。

例42：凤姐儿便命人来请刘姥姥吃晚饭——

　　贾母又将<u>自己</u>菜拣了几样，命人送过去与刘姥姥吃。

"自己"，其他脂本均作"自己的"。

例43：况且年纪老了——

　　<u>世情</u>经历过的。

"世情"，其他脂本均作"世情上"。

例44：每年每日，春夏秋冬，风里雨里——

　　那有个<u>坐</u>的空儿。

"坐"，其他脂本均作"坐着"。

例45：我想着必定是有人偷柴草来了——

　　我<u>才</u>着窗户眼儿一瞧……

"才"，其他脂本均作"爬"。
按：此例或可解释为："才"字之下，夺"爬"字。

例46：必定是过路的客人们冷了——

　　见了现成的柴<u>烤火去</u>，也是有的。

"烤火去"，其他脂本均作"抽些烤火去"。

例47：老寿星当个什么人——

　　原来是<u>个</u>十七八岁极标致的一个小姑娘，梳着<u>溜溜光</u>的头，穿着大红袄儿、白<u>缕</u>裙儿。

"个"，其他脂本均作"一个"。
"溜溜光"，杨本作"溜油儿光"，其他脂本作"溜油光"。
"缕"，其他脂本均作"绫"。

例48：别唬着老太太——

贾母听了，忙问怎么了。

"贾母"，其他脂本均作"贾母等"。

例49：出至廊上来瞧——

只见东南大火光犹亮。

"大"，其他脂本均作"上"。

例50：忙命人去火神跟前烧香——

王夫人等忙都过来请安。

"忙都"，其他脂本均作"也忙都"。

例51：老太太请进房去罢——

贾母足的看看的火光息了，方领众人进来。

"看看的"，其他脂本均作"看着"。

例52：宝玉且忙着问刘姥姥——

那女儿孩大雪地里作什么抽柴草，倘或冻出病呢。

"女儿孩"，其他脂本均作"女孩儿"。
"呢"，其他脂本均作"来呢"。

例53：宝玉听说——

心闷，虽不乐，也只得罢了。

"心闷"，蒙本、戚本作"心里"，其他脂本作"心内"。

例54：落后果然又养了一个，今年才十三四岁——

生的雪团儿一般，聪明伶俐非常，可见这些神道是有的。

"神道"，其他脂本均作"神佛"。

例55：宝玉笑道——

老太太说了，还要摆酒还史大妹妹的席，叫咱们做陪呢。

"大"，其他脂本均无。

例56：老太太又喜欢下雨下雪的——

　　不如咱们等下了头场雪，请老太太赏雪，岂不好？

"了"，其他脂本均无。

例57：还不如弄一捆柴火——

　　雪下抽柴还更有趣呢。

"有趣"，其他脂本均作"有趣儿"。

例58：有一个小祠堂里供的不是神佛——

　　当先有什么老爷。说着，又想姓名。

"有"，其他脂本均作"有个"。
"姓名"，杨本无，其他脂本作"名姓"。

例59：刘姥姥道——

　　这老奶奶没有儿子，只有一位小姐，名叫若玉。

"老奶奶"，其他脂本均作"老爷"。
"若玉"，彼本、杨本作"若玉小姐"，其他脂本作"茗玉小姐"。

例60：宝玉听了，跌足叹息——

　　又问后来怎样，刘姥姥道："因为老奶奶思念不尽，便盖了这祠堂，塑了这若玉小姐的像，派了人烧香拨火。如今年深月久的，人也没了，庙烂了。"

"怎样"，其他脂本均作"怎么样"。
"老奶奶"，其他脂本均作"老爷、太太"。
"年深月久"，其他脂本均作"日久年深"。
"烂了"，其他脂本均作"也烂了"。

例61：他时常变了人出来各村庄店道上闲逛——

　　才说这抽柴火的就是他了。我村庄上的人还商议着要打了这塑像平了庙宇。

"才说"，其他脂本均作"我才说"。
"我"，其他脂本均作"我们"。
"庙宇"，其他脂本均作"庙呢"。
例62：我明儿做一个疏头——

　　替你代化些布施。你就做香头，攒了钱，把这庙修盖，再装颜了泥像，每月给你香钱烧香，岂不好。

"代化"，其他脂本均作"化"。
"装颜"，杨本、蒙本作"装严"，戚本、梦本作"装塑"，其他脂本作"装潢"。
"香钱"，其他脂本均作"香火钱"。
例63：刘姥姥道——

　　若再这样时，我托那小姐福，也有几个钱使了。

"若再"，其他脂本均作"若"。
例64：茗烟笑道：爷听的不明白，叫我好找——

　　那地名坐落不似老奶奶说的一样……

"老奶奶"，其他脂本均作"爷"。
例65：茗烟道——

　　那庙门却到是朝南开，也是稀烂的。

"稀烂"，其他脂本均作"稀破"。
例66：唬的我又跑出来了——

　　活是真的一般。

"是"，其他脂本均作"似"。
例67：茗烟拍手道——

　　那里是什么女孩儿，竟是一位青脸红发的瘟神。

"温神",其他脂本均作"瘟神爷"。
例68：改日闲了，你再找去——

　　若是哄我们呢，自然没了。

"若是",其他脂本均作"若是他"。

第五节　舒本第四十回独异文字考

　　第40回脂本现存舒本、己卯本、庚辰本、彼本、杨本、蒙本、戚本、梦本八种。
　　第40回舒本独异的文字有一百一十二例，如下：
　　例1：只见贾母正和王夫人、众姊妹商议给史湘云还席——

　　宝玉自说道："我有了主意……"

"自",其他脂本均作"因"。
"了",其他脂本均作"个"。
　　例2：也别定了样数——

　　谁素日爱吃的，拣几样儿做几样。也不要按桌席，每人跟前摆一张高几，一个什锦攒心盒子……

在第四句、第五句之间，庚辰本作"各人爱吃的东西一两样，再"，其他脂本基本上同于庚辰本。
　　例3：商议之间——

　　早已有掌灯时候，一夕没话。

"早已有掌灯时候",其他脂本均作"早又掌灯"。
"没",其他脂本均作"无"。
　　例4：李纨侵晨起来——

　　看老婆子、丫头们扫那些落叶，并擦抹桌椅，预备茶酒器具。

"器具",其他脂本均作"器皿"。

例5:刘姥姥笑道——

这老太太留下我,叫我也闹一天去。

"这",其他脂本均无。

例6:外头的高几恐不够使——

不如开了楼,把收的拿下来使二天罢。

"二天",其他脂本均作"一天"。

例7:李纨道——

好生着,别慌慌张张象赶来似的,仔细硝了牙子。

"象",其他脂本均作"鬼"①。(舒本后点去此字,旁改"鬼"。)
"硝",梦本作"碰",其他脂本作"蹦"。

例8:刘姥姥听说——

他不得一声儿,便拉了板儿……

"他",戚本、梦本作"巴",其他脂本作"爬"②。

例9:念了几声佛——

便下来了,然后锁了门,一齐才下来。

"了",其他脂本均作"上"。

例10:恐怕老太太高兴——

越性把舡上划子篙桨遮阳子都搬了下来预备着。

"遮阳子",其他脂本均作"遮阳幔子"。

例11:小厮传驾娘们到舡坞里——

---

① 彼本原作"魁",旁改"鬼"。
② 庚辰本、蒙本原作"爬",旁改"巴"。

撑出两支<u>船</u>。

"船",其他脂本均作"船来"。

例12：里面养着各色折枝菊花——

贾母便拣了一朵大红的,簪<u>在</u>鬓上。

"在",其他脂本均作"了"①。

例13：让我打扮你——

说着,将一<u>盆</u>子花横三竖四的插了一头。

"盆",其他脂本均作"盘"。

例14：贾母和众人笑的不住——

刘姥姥<u>道</u>："我这头<u>不知</u>修了什么福,今儿这样体面起来。"

"道",其他脂本均作"笑道"。
"不知",其他脂本均作"也不知"。

例15：众人笑道——

你还不拔下来,<u>摔</u>到他脸上呢,<u>你</u>打扮的成了个老妖精了。

"摔",其他脂本均作"摔"。
"你",其他脂本均作"把你"。

例16：刘姥姥笑道——

我虽老了,年轻<u>的</u>时也风流,爱个花儿粉儿的<u>人</u>。

"的",其他脂本均无。
"人",其他脂本均无。

例17：丫环们抱了一个大锦褥子来——

铺在栏干<u>沓</u>板上。

---

① 庚辰本原作"了",旁改"于"。

"沓"，彼本作"撮"，其他脂本作"榻"。

例18：我们乡下人到了年下——

　　都到城来买画儿贴。时常<u>用</u>了，大家都说，怎么得也到画儿上去逛逛。

"用"，其他脂本均作"闲"。

例19：竟比那画儿还强十倍——

　　怎么得有人<u>也</u>照着这个园子也画一张，我带了家去，给他们<u>也</u>见见……

"也"，其他脂本均无。

例20：你瞧我这个小孙女儿他就会画——

　　等<u>明日</u>画一张如何？

"明日"，其他脂本均作"明儿叫他"。

例21：拉着惜春说道——

　　我的<u>好</u>姑娘……

"好"，其他脂本均无。

例22：先到了潇湘馆，一进门——

　　只见两边翠竹夹路，<u>上</u>地下苍苔布满。

"上"，其他脂本均作"土"。

例23：众人都拍手哈哈的笑起来——

　　贾母<u>忙</u>笑骂道……

"忙"，其他脂本均无。

例24：刘姥姥道——

　　那里说的我这们娇嫩了。那一天不跌两下子，都要<u>捶</u>捶起来还了得呢。

"这们"，其他脂本均作"这么"。
"捶捶"，其他脂本均作"捶"。
例25：请王夫人坐了——

　　因见窗下案上设着笔砚……

"因见"，其他脂本均作"刘姥姥因见"。
例26：刘姥姥道——

　　这必定是那位哥的书房了。

"哥"，其他脂本均作"哥儿"。
例27：贾母笑指黛玉道——

　　这是我这外孙女的屋子。

"外孙女"，其他脂本均作"外孙女儿"。
例28：贾母因问——

　　"宝玉怎么不见？"众丫环答说……

"丫环"，其他脂本均作"丫头们"。
例29：别说凤丫头没见——

　　连我也没见过。

"见"，其他脂本均作"听见"。
例30：这个先时原不过是糊窗屉——

　　后来我们拿这做被作帐子试试也竟好。

"这"，彼本作"去"，其他脂本作"这个"。
例31：众人都看了，称赞不已——

　　刘姥姥也觑见眼看个不了。

"见"，其他脂本均作"着"。

例32：贾母、薛姨妈都说——

　　这<u>是</u>上好的了。

"是"，其他脂本均作"也是"。

例33：人人都说，大家子住大房——

　　昨儿见了老太太<u>的</u>正房，配上大箱大柜大床，果然威武。

"的"，其他脂本均无。

例34：我想，并不上房晒东西——

　　<u>预备着</u>梯子作什么？

"预备着"，己卯本、庚辰本、蒙本、戚本作"预备个"，彼本作"预备这个"，杨本作"要"，梦本作"预备这"。

例35：我们从这里坐了船去——

　　凤姐儿听说，便回身同了<u>李纨、琥珀</u>带着端饭的人等<u>趁</u>着<u>进路</u>，到了秋爽斋。

"李纨、琥珀"，己卯本、彼本、蒙本、戚本、杨本、梦本作"李纨、探春、鸳鸯、琥珀"，庚辰本作"探春、李纨、鸳鸯、琥珀"。

按：此处的异文以己卯等本为是。此行的目的地是秋爽斋，那乃是探春的居处，凤姐一行人中焉能没有探春？在戏弄刘姥姥取乐的活动中，凤姐和鸳鸯搭档，唱的是主角，此行是打前站，又焉能有琥珀而无鸳鸯？更何况紧接着的下文，在"调开桌案"后，立即有"鸳鸯笑道"云云，足见其人在内。

"趁"，其他脂本均作"超"。

"进路"，其他脂本均作"近路"。

例36：李纨是个厚道人——

　　<u>听听</u>不解，凤姐却知说的是刘姥姥了，也笑道："咱们今儿拿他取个笑儿。"便如此这般的商议。

"听听"，其他脂本均作"听了"。

"凤姐",其他脂本均作"凤姐儿"。
"道",其他脂本均作"说道"。
"便",其他脂本均作"二人便"。
例37:又不是个小孩子——

　　还这么淘气,仔细太太说。

"太太",其他脂本均作"老太太"。
例38:凤姐一面递眼色与鸳鸯——

　　鸳鸯便拉了刘姥姥,悄悄的嘱咐了刘姥姥一夕话:这是我们家的规矩。

"拉了刘姥姥",杨本作"拉了刘姥姥出来",其他脂本作"拉了刘姥姥出去"。
"这是",彼本、杨本作"只说这是",其他脂本作"又说这是"。
例39:原是凤姐合鸳鸯商议定了——

　　单拿一双老年四柱象牙镶金的筷子与刘姥姥。

"柱",其他脂本均作"楞"。
例40:刘姥姥见了说道——

　　这个叉爬子比俺那里铁锨还沉。

"个",其他脂本均无。
例41:李纨端了一碗放在贾母桌上——

　　凤姐偏端了一碗鸽子蛋放在刘姥姥桌上。刘姥姥便站起身来,高声说道:"老刘食量大似牛,吃个老母猪不抬头。"

"端",其他脂本均作"拣"。
"桌上",其他脂本均作"桌上。贾母这边说声请"。
"老刘",其他脂本均作"老刘老刘"。
例42:贾母笑的搂着宝玉叫心肝——

王夫人笑的用手指着凤姐，只说不出话来。薛姨娘也掌不住，口里茶喷了探春一裙子。

"凤姐"，其他脂本均作"凤姐儿"。
"薛姨娘"，其他脂本均作"薛姨妈"。
例43：也有躲出去蹲着笑去的——

　　也有忍着笑替他姊妹换衣服的。

"替"，其他脂本均作"上来替"。
"衣服"，己卯本作"衣上"，其他脂本作"衣裳"。
例44：独有凤姐、鸳鸯二人掌着——

　　还只管让刘姥姥。刘姥姥那起那箸来，只觉不听使。

"那"，其他脂本均无。
例45：众人方住了笑——

　　听了这话，又笑起来。

"听了"，杨本作"听说"，其他脂本作"听见"。
例46：刘姥姥便伸箸子要夹——

　　那里夹得起来，满碗里闹了一阵，好容易撮起一个来，才捧着脖子要吃，偏又滑下来，滚在地下，忙放下箸子，要亲去拣，早有地下人拣了出去了。刘姥姥笑道："一两银子也没听见了响声儿就没了。"

"得"，其他脂本均作"的"。
"捧"，其他脂本均作"伸"。
"亲"，其他脂本均作"亲自"。
"笑"，其他脂本均作"叹"。
例47：凤姐道——

　　菜里若有毒，银子下去了就试的出来。

"银子"，其他脂本均作"这银子"。

例48：这个菜里若有毒——

俺们那些菜都成了砒霜了，那怕死了，也要吃尽了。

"死"，其他脂本均作"毒死"。

例49：贾母见他如此有趣——

吃得又香甜，把自己的菜也都端过来与他吃。又命老妈来将各样的菜给板儿夹在碗上。

"得"，其他脂本均作"的"。

"老妈"，彼本作"一个老婆"，戚本、梦本作"一个老妈妈"，其他脂本作"一个老嬷"。

例50：别的罢了——

我这管你们家这行事，怪道说礼出大家。

"这管"，彼本作"只管"，其他脂本作"只爱"。

例51：凤姐忙笑道——

你可别多心，才则大家不过取笑儿。

"才则"，其他脂本均作"才刚"。

例52：咱们哄着老太太开心儿——

可有什么恼的呢，你先嘱付，我就明白了。

"呢"，其他脂本均无。
"嘱付"，其他脂本均作"嘱付我"。

例53：鸳鸯便骂人——

为什么不倒茶给刘姥姥。

"给刘姥姥"，其他脂本均作"给刘姥姥吃"。

例54：刘姥姥笑道——

你们这些人都只吃一点儿就完了，你们也不饿。

"你们",其他脂本均作"我看你们"。
"一点儿",其他脂本均作"这一点儿"。
"你们",其他脂本均作"亏你们"。

例55：婆子们道——

都还没散。

"没散",其他脂本均作"没散呢"。

例56：婆子听了——

忙拣了两碗，拿盒子送去。

"碗",其他脂本均作"样"。

例57：袭人不在这里——

你倒是叫人送两碗给他去。

"碗",其他脂本均作"样"。

例58：鸳鸯道——

催着些。

"些",其他脂本均作"些儿"。

例59：这三间屋子并不曾隔断——

上地放着一张花梨大理石大案，桌上面磊着名人法帖并数十方宝砚，各色笔筒海子内插着笔如树林一般。

"上地",其他脂本均作"当地"。
"桌上面",蒙本、戚本作"上",其他脂本作"案上"。
"海子",其他脂本均作"笔海"。
"着",其他脂本均作"的"。

例60：插着满满的一囊水晶球的白菊——

西墙上挂着一大幅米襄阳的烟雨图。左右挂着一对对联，乃是颜鲁公墨迹。

"挂着",其他脂本均作"当中挂着"。
"对",其他脂本均作"付"。
例61:案上设着大鼎——

　　左边紫檀架子上放着一个大观窑的大盘。

"子",其他脂本均无。
例62:那板儿略熟了些——

　　便要摘那挏子要击。丫环们忙拦他。

"挏子",其他脂本均作"锤子"。
"拦",杨本作"拦住了",其他脂本作"拦住"。
例63:顽罢,吃不得——

　　东边便设着卧榻,床上悬着葱绿双绣花卉草虫的纱帐。

"床",其他脂本均作"拔步床"。
例64:这里凤姐儿已带着人摆设齐整——

　　上面左右两张榻,榻上都铺着锦褥蓉簟。

"褥",其他脂本均作"裀"。
例65:板儿又跑过来看说——

　　这是蝈蝈,这是蜢蚱。

"蜢蚱",其他脂本均作"蚂蚱"。
例66:众人忙劝解方罢——

　　贾母因隔着纱窗往后园内看了一回。

"园内",杨本无,其他脂本作"院内"。
例67:忽一阵风过——

　　隐隐听的鼓乐之声。

"的",其他脂本均作"得"。

例68：这里离街倒近——

　　王夫人<u>因</u>笑回道……

"因",其他脂本均作"等"。

例69：既是他们演——

　　何不叫他们进来<u>习演</u>。

"习演",其他脂本均作"演习"。

例70：咱们可又乐了——

　　凤姐儿听说,忙命人出去叫来,<u>一面</u>分付摆下条桌,铺上<u>红毡</u>。

"一面",其他脂本均作"又一面"。
"红毡",其他脂本均作"红毡子"。

例71：贾母道——

　　就铺排在藕香榭的<u>水亭</u>,借着水音更好听。

"水亭",其他脂本均作"水亭子上"。

例72：咱们就在缀锦阁底下吃酒——

　　又宽阔,又听<u>得</u>近。

"得",其他脂本均作"的"。

例73：怕脏了屋子——

　　咱们别没<u>眼花</u>。

"眼花",其他脂本均作"眼色"。

例74：贾母笑道——

　　"我的<u>三个丫头</u>都好,只有两<u>玉儿</u>可恶。回来吃醉了,咱们<u>便</u>往他们屋里闹去。"说的众人都笑了。

"三个丫头",杨本作"这个三丫头",其他脂本作"这三丫头"。
"都",其他脂本均作"却"。
"两玉儿",彼本作"那两个姐儿",其他脂本作"两个玉儿"。
"便",其他脂本均作"偏"。
"的",其他脂本均作"着"。

例75：这些破荷叶可恨——

　　怎么不叫人来拔去？

"不",其他脂本均作"还不"。

例76：今年这几日何曾饶了这园子——

　　闹了天天逛，那里还有人收拾的工夫。

"闹",其他脂本均作"闲"。
"人",其他脂本均作"叫人来"。

例77：我最不喜欢李义山的诗——

　　只喜他这一句"留得枯荷听雨声"。偏你们又留不着残荷了。

"枯荷",其他脂本均作"残荷"。
"留不",其他脂本均作"不留"。

例78：觉得阴森透骨——

　　两滩上衰草残菱，更切秋情。贾母因见岸上曲折旷朗……

"切",其他脂本均作"助"。
"曲折",蒙本、戚本作"清爽",杨本作"清展",其他脂本作"清厦"。

例79：贾母忙命拢岸——

　　顺着去步石梯上去，一同进了蘅芜院。

"去步",其他脂本均作"云步"。

例80：案上只有一个土定瓶中供着数支菊花并两部书、茶奁茶杯而已——

床上只吊着青绫帐。

"青绫帐",其他脂本均作"青纱帐"。

例81:这孩子太老实了——

你没有陈设,何妨和你姨妈要,我也没理论……

"要",其他脂本均作"要些"。
"没",其他脂本均作"不"。

例82:说着,命鸳鸯去取些古董来——

又嗔着凤姐儿不送些玩器与你妹妹,这样小气。

"小气",其他脂本均作"小器"。

例83:贾母摇头道——

使不的。虽然他省事,倘来个亲戚,看不像。

"的",其他脂本均作"得"。
"个",其他脂本均作"一个"。
"看",其他脂本均作"看着"。

例84:你们听那些书上戏上说的,小姐们的绣房精致的还了得呢——

他们姊妹们虽然不敢比那些小姐们,也不要狠离了格儿。有现成的东西,为什么不摆?若狠爱素净,少几条倒使的。

"虽然",其他脂本均作"虽"。
"条",其他脂本均作"样"。
"的",其他脂本均作"得"。

例85:如今老了,没这闲心了——

他姊妹们也学着收拾的好。

"他",其他脂本均作"他们"。

例86:若经了他的眼也没了——

说着,鸳鸯来,亲吩咐道……

"鸳鸯",梦本作"叫鸳鸯",其他脂本作"叫过鸳鸯"。

例87：贾母道——

"明日后日都使的,只别忘了。"说着,坐了一回出来……

"的",其他脂本均作"得"。
"出来",其他脂本均作"方出来"。

例88：贾母道：

"只拣你们生的演几套罢。"文官等下来往藕香榭去不题。

"演",其他脂本均作"演习"。
"题",其他脂本均作"提"。

例89：每一榻前有两张雕漆几——

也有海棠式的,也有荷叶式的,也有梅花式的,也有桂花式的。

"荷叶",其他脂本均作"梅花"。
"梅花",戚本作"荷花",其他脂本作"荷叶"。
"桂花",其他脂本均作"葵花"。

例90：众人听了这话,都说很是——

凤姐儿便扯了鸳鸯过来。……小丫头子们也笑着果然扯入席中,刘姥姥只叫："饶了我罢！"

"扯",其他脂本均作"拉"。（杨本无此段文字。）

例91：刘姥姥之下——

是王夫人。

"是",其他脂本均作"便是"。

例92：挨次下去,宝玉在末——

凤姐、李纨二人之几设于三层槛内,二层纱橱之外,攒盒式样亦随式几之式样……

"凤姐、李纨",其他脂本均作"李纨、凤姐"。

"式",其他脂本均无。

例93：王夫人忙笑道——

  便<u>说不来</u>，只多吃一杯酒，醉了睡觉去。

"说不来",其他脂本均作"说不上来"。

例94：薛姨妈点头笑道——

  依令，老太太到底吃<u>一杯</u>才是。

"一杯",其他脂本均作"一杯令酒"。

例95：王夫人笑道——

  "既在令内，没有站着的礼。"回头命小丫头子端一张椅子："放在你<u>二①奶奶</u>的席上。"

"二奶奶",其他脂本均作"二位奶奶"。

例96：酒令大如军令——

  不论尊卑，<u>为</u>我是主。违了我的话，是<u>必要罚</u>的。

"为",其他脂本均作"惟"。
"必要罚",其他脂本均作"要受罚"。

例97：刘姥姥便下了席，摆手道——

  "别这样<u>作弄</u>人，我家去<u>了</u>。"众人都笑道："这却使不<u>的</u>。"鸳鸯喝命小丫头子们拉上席去。小丫头子们也笑着果然<u>扯</u>入席中。

"作弄",蒙本、梦本作"促弄",其他脂本作"捉弄"。
"的",其他脂本均作"得"。
"扯",其他脂本均作"拉"。

例98：鸳鸯道——

  如今我说骨牌付儿，从老太太起，<u>顺令儿</u>说下去，至刘姥姥止。如

---

① 舒本"二"字系旁添。

我说了一付儿……

"顺令儿",其他脂本均作"顺领"。
"如",其他脂本均作"比如"。
"了",其他脂本均无。
例99:说完了,合成这一付儿的名字——

　　无论诗词歌赋,成话俗语,比上一句都要叶韵。

"成话俗语",梦本作"成语俗语",其他脂本作"成语俗话"。
例100:鸳鸯道——

　　有了一付了。左边是张大六天。

"大六天",其他脂本均作"天"。
例101:鸳鸯道——

　　剩的一张六与幺。

"的",其他脂本均作"得"。
例102:鸳鸯道——

　　当中二五事杂七。

"事",其他脂本均作"是"。
例103:鸳鸯道——

　　凑成二郎有五岳。

"有",其他脂本均作"游"。
例104:薛姨妈道:世人不及神仙乐——

　　说完,大家赞赏,领了酒。

"赞赏",其他脂本均作"称赏"。
"领",其他脂本均作"饮"。
按:此字有二解,一曰:"领"乃"饮"字的形讹;一曰:"领"字可通。舒本下文有云"领了一口"。（其他脂本作"饮了一口"。）

例105：鸳鸯道——

凑成樱桃九<u>点</u>熟。

"点"，其他脂本均无。

例106：鸳鸯道——

<u>有一付了</u>，左边是长三。

"有一付了"，己卯本、彼本作"有了一付了"，戚本作"有了一副"，梦本作"有了一副了"，庚辰本、蒙本作"有了一付"。杨本无此上下大段文字。

例107：黛玉道——

纱窗<u>没有</u>红娘报。

"没有"，其他脂本均作"也没有"。

例108：错了韵，而且又不像——

<u>笑着领了一口</u>。原是<u>凤姐</u>都要听刘姥姥的笑话……

"笑着领了一口"，梦本作"迎春道着饮了一口"，其他脂本作"迎春笑着饮了一口"。（彼本"着"系旁改，原作"道"。）

"凤姐"，彼本、梦本作"凤姐和鸳鸯"，其他脂本作"凤姐儿和鸳鸯"。

例109：刘姥姥道——

我们庄家闲了，也<u>长</u>会几个人弄这个。

"长"，其他脂本均作"常"。

例110：贾母笑道——

"说的好，就是这样说。"刘姥姥<u>笑道</u>……

"笑道"，其他脂本均作"也笑道"。

例111：刘姥姥道——

"大火烧了<u>毛虫</u>。"众人<u>道</u>……

"毛虫",其他脂本均作"毛毛虫"。
"道",其他脂本均作"笑道"。

例 112:众人又笑了——

鸳鸯道:"凑成便是一枝花。"刘姥姥两<u>支</u>手比着说道:"花儿落了结个大倭瓜。"

"支",其他脂本均作"只"。

自第 36 回至第 40 回举例共计:

第 36 回	83 例
第 37 回	119 例
第 38 回	73 例
第 39 回	68 例
第 40 回	112 例

这五回(36—40)共 455 例。

自第十二章至第十九章,总计共举例:

回	例
1 – 5	332
6 – 10	312
11 – 15	306
16 – 20	356
21 – 25	288
26 – 30	342
31 – 35	377
36 – 40	455

也就是说,从舒本全书现存四十回(1—40)共 2768 例。

第二十章　观察：舒本独异文字出于初稿的痕迹

第一节　说在前面的话

在前面八章（自第十二章至第十九章），我用了较多的篇幅，一一列举出舒本第1回至第40回独异于其他脂本的文字，共计2768例。这样做的目的至少有三点可说：

第一，如果将来有朝一日发现了一部珍贵的脂本，这些资料也许能起到参校的作用，借以了解新发现的脂本和舒本究竟是保持着亲近的关系，还是呈现出疏远的关系。

第二，可以进一步考察舒本这些独异的文字，以判断它们是否像有的学者所说，出于后人好心的修饰，甚至是一种"妄改"。

第三，可以进一步考察舒本这些独异的文字，以判断它们有没有可能是出于曹雪芹本人的笔下。

其中的第三点，我认为，是最重要的。

相比较而言，舒本某些回的某些文字是不是出于曹雪芹的初稿？这是一个有趣的、有意义的研究课题。

研究这个问题，可以从多个角度、多个层面进行。

首先，需要确定的是，舒本的某些回、某些地方保留了曹雪芹初稿的痕迹。例如，第9回的结尾[①]、第1回甄士隐在太虚幻境石牌坊上看到的一副五

[①] "贾瑞遂立意要去调拨薛蟠来报仇，与金荣计议已定，一时散学，各自回家。不知他怎么去调拨薛蟠？且看下回分解。"

言对联①等。

其次，我在这里要着重强调的是文稿修改过程中的一条人人皆知的规律：一位认真的、有成就的作家，在修改、润饰他的作品中的某些文字的时候，一般来说，是一个由错误到正确、由劣转优的进程。我将遵循这条规律去观察、探索：舒本中是不是包含着曹雪芹初稿的某些文字、情节？舒本中是不是在某些方面反映了曹雪芹初稿的面貌？

这仅仅是一个初步的、不成熟的观察和探索。公开发表出来，目的只是为了向《红楼梦》的读者朋友们、向红学界的朋友们讨教，互相切磋。

第二节　难度：两可之间

怎样从舒本独异的文字来寻找和判断它们是不是出于曹雪芹的初稿？这有一定的难度。

难度在于，若将舒本某些独异的文字和其他脂本的相应的文字相比较，观察是舒本的文字早于其他脂本的相应的文字呢，还是其他脂本的文字早于舒本相应的独异的文字，有时遽难下断语。

让我在这里举两个例子，一是"芭蕉"与"绿蜡"之异，二是"一十一首诗"与"一共十数首诗"之异，并对此略加说明。

这两个例子均见于舒本第18回"隔珠帘父女勉忠勤，搦湘管姊弟裁题咏"。

第一例：唐代诗人钱珝有《未展芭蕉》诗：

冷烛无烟绿蜡干，芳心犹卷怯春寒。
一缄书札藏何事，会被东风暗折看。

这是唐诗的名篇，其中以"绿蜡"一词比喻蕉叶。此诗的首句曾被曹雪芹写入《红楼梦》书中。

那是在第18回，舒本回目的下联"搦湘管姊弟裁题咏"涉及此事：

宝玉方作完"潇湘馆"与"蘅芜院"二首，正作"怡红院"一首，

---

① "色色空空地，真真假假天"。

起草内有"绿玉春犹卷"一句。宝钗转眼瞥见,便趁众人不理论,急忙回身悄推他道:"他因不喜'红香绿玉'四字,才改了'怡红快绿',你这会子偏用'绿玉'二字,岂不是有意和他争驰了。况且蕉叶之说也颇多,再想一个字改了罢。"宝玉见宝钗如此说,便拭泪说道:"我这会子总想不起什么典故出处来。"宝钗笑道:"只把'绿玉'的'玉'字改作'蜡'字就是了。"宝玉道:"'绿蜡'可有出处?"宝钗见问,悄悄的咂嘴点头笑道:"亏你今夜不过如此,若将来金殿对策,你大约连赵钱孙李都忘了呢。唐钱翊咏芭蕉诗头一句'冷烛无烟绿蜡干',你都忘了不成?"宝玉听了,不觉洞开心意,笑道:"该死,该死,现成眼前之物偏倒想不起来了,真可谓'一字师'了……"

而"绿蜡"与"芭蕉"之两歧,则见于第20回起首,引舒本于下:

　　话说宝玉在林黛玉房中说耗子精,宝钗撞来,讽刺宝玉元宵不知"芭蕉"之典,二人正在房中互相讥剌取笑。……

其中的"芭蕉"二字,现存的其他脂本(己卯本、庚辰本、彼本、杨本、蒙本、戚本、梦本)均作"绿蜡"。

第18回引文中的"典故出处"四字,正和第20回中的"典"字,遥遥照应。

现在要问:在这一回中,从词语、版本的角度说,是"芭蕉"在先呢,还是"绿蜡"在先?

客有甲、乙二人,对此各自提出了两种不同的、截然相反的回答。

甲客说:显然,作为"典故出处","绿蜡"或"芭蕉"二字,并没有正确与错误之分。依我看来,在这里,是"绿蜡"(其他脂本)出现在前,"芭蕉"(舒本)出现在后。而且多数脂本选择了"绿蜡",只有孤零零的舒本一种用的是"芭蕉"。也就是说,"绿蜡"出于曹雪芹的初稿,而"芭蕉"则出于曹雪芹的改稿。

乙客接着说:这两个词语之间有着细微的差别:"芭蕉"是直接的描写对象,而"绿蜡"却是间接的比喻。二者相较,从在修改过程中越改越合理、越改越准确、越改越佳的规律来看,自以前者为胜。

甲客和乙客征求我的看法。

我的看法是:我比较同意乙客的意见。舒本第20回起首的"芭蕉"是出于作者的初稿,"绿蜡"则是出于作者自己的改稿。但我认为,甲客的意见也是有道理的。

第二例,仍然在舒本第18回:

（贾妃）又命探春另以彩笺誊录出方才<u>一十一首诗</u>来,令太监传与外厢。

"一十一首诗",其他脂本（己卯本、庚辰本、彼本、杨本、蒙本、戚本、梦本）均作"一共十数首诗"。

"一十一首"和"十数首",是两个不同的概念。

"一十一首"（舒本）和"十数首"（其他脂本）,它们之中谁的出现在先,谁的出现在后?

在座的有丙、丁二客。他们对此也提出了两种不同的答案。

丙客说:统计的数字不应该呈现差异。"一十一首"并不能等于"十数首"。"一十一首"是个说得十分准确的数量词,它既非"一十二首",亦非"十首"。而"十数首"却是一种约略、模糊的说法,唯一能肯定的是,这个数量词仅仅代表着"十"以上的数量,而且一般来说,还要把"十一"排除在外。恕我孤陋寡闻,至少我还没有在以往的文献资料中见到过类似将"一十一首"计入"十数首"的文字记载。"一首"怎么能用"数首"来代替呢?自然是"一共十数首"（其他脂本）在先,"一十一首"（舒本）在后。也就是说,舒本的"一十一首"是后改的,其他脂本的"一共十数首"出于原稿。

他认为,"十数首"的说法太笼统、含糊,而"一十一首"的说法却是精确无讹的。

丁客则认为:"一十一首"（舒本）在先,"一共十数首"（其他脂本）在后。也就是说,舒本的"一十一首"是原文,而其他脂本的"一共十数首"是改文。

这是两种截然不同的、相反的理解。哪一种说法正确呢?

这两种说法似在伯仲之间。

如果按多与少的比例来说,自然会得出如下的结论:那个孤零零的"一十一首"（舒本）应是后改的,而这个被七种脂本公认的"一共十数首"应是没有被改动的原文。

然而,被丙客认可的说法却在那"一十一首"四个字面前碰了壁。那四个字是写得这样的绝对，说"一十二首"就多了，说"一十首"又少了。
"一十一首"有一定的道理。试看书中先后依次列举的众人所写的诗：

序数	匾额	首句	作者
1		衔山抱水建来精	元春
2	旷性怡情	园成景备特精奇	迎春
3	万象争辉	名园筑出势巍嵬	探春
4	文章造化	山水横拖千里外	惜春
5	文采风流	秀水名山抱复回	李纨
6	凝晖钟瑞	芳园筑向帝城西	宝钗
7	世外仙源	名园筑何处	黛玉
8	有凤来仪	秀玉初成实	宝玉
9	蘅芷清芬	蘅芜满静院	宝玉
10	怡红快绿	深庭长日静	宝玉
11	杏帘在望	杏帘招客望	宝玉（黛玉代作）

这是书中一一列出的十一首诗，其中元、迎、探、惜、纨、钗、黛各一首，宝玉四首，正符合舒本"一十一首"之说。可见舒本"一十一首"之说应是准确数字的反映。

那么，其他脂本的"一共十数首"之说又从何而来呢？

丙客说：这需要看书上是怎样叙述此事的。元、迎、探、惜、纨、钗、黛七人，人各一首。这且不去说它。问题在于，宝玉到底是作了几首？

丙客指出：在宝玉名下，列出四首完整的诗："秀玉初成实"、"蘅芜满静院"、"深庭长日静"和"杏帘招客望"。那么，在这四首之外，宝玉还有没有作过别的诗？书中有云：

　　宝玉方作完"潇湘馆"、"蘅芜院"二首，正作"怡红院"一首。

"方作完'潇湘馆'、'蘅芜院'二首"，梦本作"尚未做完，才做了"，其他脂本（己卯本、庚辰本、彼本、杨本、蒙本、戚本）作"尚未作完，只刚作了"。

这里提到了三首诗。其中说潇湘馆、蘅芜院两首已"作完"，怡红院一首正在作。而下文又接着说，怡红院一首（即有"绿玉"或"绿蜡"的那一首）已"续成"。这样，潇湘馆、蘅芜院、怡红院三首均已完成。

书上接着说：

> 此时林黛玉未得展其抱负，自是不快，因见宝玉独作四律，大费神思，何不代他作两首，也省他些精神不到之处，想着便也走至案旁悄问："可都有了？"宝玉道："才有了三首，只有'杏帘在望'一首了。"黛玉道："既如此，你只抄录前三首罢。赶你写完那三首，我也替你作出这首了。"说毕，低头一想，早已吟成一律，便写在纸条上，搓成个纸团，掷在他跟前。宝玉打开一看，只觉此首比自己作三首高过十倍，真是喜出望外，遂忙恭楷呈上。

从上文所列举的名单（亦即书中下文所引录的十一首诗的全篇）看来，宝玉"恭楷呈上"的是"有凤来仪"（秀玉初成实）、"蘅芷清芬"（蘅芜满静院）、"怡红快绿"（深庭长日静）和"杏帘在望"（杏帘招客望）四首。

丙客又说：不知你们发现了问题没有？宝玉完成了三首，黛玉代作了一首，共四首。而宝玉呈上以后，元春所看到的是"一十一首"（舒本）或"一共十数首"（其他脂本），其中宝玉也是四首。数字并没有出现差错。问题不在这里。问题在于：宝玉完成的三首是"潇湘馆"、"蘅芜院"和"怡红院"，再加上黛玉代作的"杏帘在望"，一共四首；但是，元春所看到的宝玉名下的诗，虽然也是四首，却有出入。出入就在于：已完成的那首"潇湘馆"，却不在元春所看到的名单之中。也就是说，书中全篇引录的那十一首诗没有包含"潇湘馆"一首在内。元春明明说过：

> "且喜宝玉竟知题咏，是我意外之想。此中潇湘馆、蘅芜院二处，我所极爱；次之，怡红院、浣葛山庄。此四大处必得别有章句题咏方妙。前所题之联虽佳，如今再各赋五言律一首，使我当面试过，方不负我自幼教授之苦心。"宝玉只得答应了。

丙客继续说：可知元春命宝玉所赋之诗，含"四大处"之潇湘馆在内。但细检此回，发现赋诗的八人中，除宝玉外，再无一人以潇湘馆为题者；而宝玉虽赋而诗却不见，元春亦未深究。岂非曹公之漏笔耶？明瞭了这一点，就可为舒本"一十一首"与"一共十数首"两歧的原因找到了答案。书中未记、未引"潇湘馆"一首,乃作者之漏笔,出于初稿。因此,其他脂本的"一共十数首"出于作者的改稿。

丁客立刻指出丙客犯了疏忽的错误。因为宝玉实际上作了"潇湘馆"诗,就是那首"秀玉初成实"。但他并没有发表谁先谁后的看法。

二人征求我的意见。我说:对这个例子,我一时也确实说不出究竟是谁先谁后。但我认为,不能孤立地看问题,既然舒本在别的地方反映了曹雪芹初稿的因素或面貌,那就不能排除此处也存在着这种可能性。

我是据盖然性而言的。

什么叫做盖然性呢?盖然性就是:有可能,但又不是必然的性质。

第三节　股·节·段

舒本第 21 回"贤袭人娇嗔箴宝玉,俏平儿软语救贾琏",袭人冷笑道——

"你问我,我知道么?你爱往那里去,就往那里去。从今咱们两个丢开手,省得鸡声鹅斗,叫别人笑话。横竖那边腻了过来,这边又有个什么四儿、五儿伏侍。我们这起东西,可是玷辱了好名好姓的。"宝玉笑道:"你今日好记着呢。"袭人道:"一百年好记着呢。比不得你拿着我的话当耳傍风,夜里说了早辰就忘了。"宝玉见姣嗔满面,情不可禁,便向枕边拿起一根玉簪来,一跌两股,说道:"我再不听你说,就同这个一样。"

"股",彼本、杨本作"节",其他脂本(庚辰本、蒙本、戚本、梦本)作"段"。

"股"、"节"、"段"这三个字都是量词,但各有不同的意义;它们互相之间存在着细微的差别。

"股",用于成条的东西。它的特点是竖向的,不是横向的。因此,它不适用于跌断的玉簪。

"节",用于分段的事物。它的特点是该事物有着一定的长度,而不是像玉簪那样短的或比较短的。因此,用"节"来述说跌断的玉簪显然是欠准确的。

"段",用于条形的东西所分成的若干部分。

比较地说,"段"比"节"更适合于述说跌断的玉簪。

"股"、"节"、"段"这三者的异文,从遣词造句的准确性来说,它们的修改过程应当是:

股 ── 节 ── 段

而这正意味着上述七种脂本文字成立(出现)的先后顺序:

舒本 ── 彼本 杨本 ── 庚辰本 蒙本 戚本 梦本

也就是说,从"股"、"节"、"段"三字的修改过程看,"股"(舒本)应是出于曹雪芹的初稿,"节"和"段"则应是分别出于曹雪芹的两次改稿。

第四节 "碗"与"瓶"

和"股"、"节"、"段"相似的还有"碗"和"瓶"。

这见于第34回"情中情因情感妹妹,错里错以错劝哥哥"。书中分别写到了"碗"和"瓶"两种容器。碗用以盛"汤"和"酸梅汤",瓶则是装"香露"的。两种器具有着不同的用途。

请看舒本是怎么写这两种容器的:

> 王夫人又问:"吃了什么没有?"袭人道:"老太太给的一碗a汤,喝了两口,只嚷干渴,要吃酸梅汤。我想着酸梅是个收敛的东西,才刚捱了打,又不许叫喊,自然急的那热血毒热未免存在心里,倘吃下这个去,激在心里,再弄出大病来,可怎么样好?因此我劝了半天才没吃。只拿那糖腌的玫瑰卤子和了吃了半碗b,又嫌吃絮了不香甜。"王夫人道:"嗳哟,你不该早来和我说,前儿有人送了两碗c子香露来,原要给他一点子的,我怕他胡遭塌了,就没给……"

以上文字中出现了三个"碗"字,试以a、b、c三字表示之。

"碗a"、"碗b",其他脂本(己卯本、庚辰本、彼本、杨本、蒙本、戚本、梦本)均同于舒本。问题不在这里。

问题在于"碗 c"。"碗 c",其他脂本均作"瓶"。

香露怎么能放在"碗"里,而不放在"瓶"里呢?那"香"味儿岂不会挥发殆尽吗?

但在下文,既说"既是他嫌那些玫瑰膏子絮烦,把这个拿两瓶子去",又说"说着,就叫彩云把前儿的那几瓶香露拿了来",明明说的是"瓶",而不是"碗"。更何况还有这样的文字:

> 袭人看时,只见这玻璃小瓶却有三寸大小,上面螺丝银盖,鹅黄笺上写着"木樨清露"。

可见盛放"木樨清露"的器具,不但是"玻璃小瓶",而且瓶上还有"螺丝银盖",这和没有固定盖子的"碗"该有多大的区别啊!

以曹雪芹的文化水平而论,他不可能误认"瓶"作"碗";那位抄手也没有理由误换"瓶"作"碗"。唯一的可能是,由于上文有"碗 a"(汤)和"碗 b"(糖腌的玫瑰卤子和了酸梅汤),因而在属稿之初就连带地把"瓶"字误写为"碗"字了。

第五节 诎诎·汕汕·赸赸·讪讪

舒本第9回"恋风流情友入学堂,起嫌疑顽童闹家塾":今见秦、香二人来告金荣——

> 贾瑞心中便更自在①起来,虽不好呵斥秦钟,却拿着香怜发作,反说他多事,着实抢白了几句。香怜讨了无趣,连秦钟也<u>诎诎</u>的各归坐位去了。

"诎诎",彼本作"汕汕",眉本作"赸赸",其他脂本(己卯本、庚辰本、杨本、蒙本、戚本、梦本)作"讪讪"。

这四个词语,各有不同的含义。引《汉语大字典》②的解释于下:

---

① "自在"乃"不自在"之误。
② 《汉语大字典》三卷本,四川辞书出版社、湖北辞书出版社,1995年。诎,3958 页至3959 页;汕,1552 页;赸,3475 页;讪,3941 页。

"诎"——有九个义项：一、言语钝诎。二、弯曲。三、屈服。四、屈辱；冤屈。五、尽，穷尽。六、短缩。七、声音戛然止绝貌。八、副词。相当于"反"、"反而"。九、姓。

"汕"——有五个义项：一、鱼游水貌。二、捕鱼的工具。三、用鱼笼捕鱼。四、冲洗；冲刷。五、"汕头"的简称。

"赸"——其中的第四义项是："义同'讪'，勉强装笑。"并引《红楼梦》第109回为例："（五儿）便只是赸笑，也不答言。"

"讪"——其中的第二义项是："羞惭；难为情"。

试对这四个字应用在这里的情况作一个分析。

首先，"汕"字用在这里不恰当，解释不通，它应是一个音似或形似的错字。其次，"赸"字用在这里也不合适。因为秦钟当时不可能"笑"，不管是真笑，还是假笑。再次，"诎"有"屈辱"的意思，倒还接近于其中当时的表情。但，最能反映出其中当时的真实情绪的是那个"讪"字所表达的意思："羞惭"或"难为情"。

因此，我认为，这个字的修改过程是：曹雪芹最先写下的是"诎"（舒本），最后写定的是"讪"（己卯本、庚辰本、杨本、蒙本、戚本、梦本）。

按照一般的修改规律（越改越好）来看，在这里，"诎"字应出于最初的原稿。

第六节　从不准确到准确

一般来说，修改文字的规律应是：从错误到正确，从不准确到准确。

试举一个例子来说明。

舒本第9回"恋风流情友入学堂，起嫌疑顽童闹家塾"：话说秦业父子——

　　专候贾家的人来送<u>上学</u>。

"上学"，梦本作"上学之信"，其他脂本（己卯本、庚辰本、彼本、杨本、蒙本、戚本、眉本）作"上学择日之信"。

秦业父子"专候"之事并非如舒本所说，"贾家的人来送上学"。他们"专候"之事应是如其他脂本所说，"贾家的人来送上学择日之信"或"贾家的人来送上学之信"。他们"专候贾家的人来送"的是"信"（"上学择日之信"或"上学之信"），并不是"来送""上学"。

在这一点上，舒本是不准确的，而其他脂本则是准确无误的。

因此，此例所反映的修改过程是，从不准确到比较准确，再到准确：

上学──→上学之信──→上学择日之信

换言之，没有"之信"二字的舒本保留了曹雪芹初稿的原貌。

第七节　从重复到不重复

在修改过程中，应是越改越合理，越改越准确，越改越佳。这条规律，可用以观察舒本某些独异的文字，判断它们是否出于曹雪芹本人的笔下。如果违反这个规律，除非此人是一个不动脑子的后来的"妄改"者。

下面从一个角度选例加以说明。

这个角度就是：重复与不重复，从重复到不重复。

试依次举二十七例于下：

例1，舒本第2回"贾夫人仙逝扬州城，冷子兴演说荣国府"：那太爷倒伤感叹息了一回，又问外孙女儿，我说看灯丢了，太爷说——

"不妨，我自使番役自必探访回来。"说了一会话，临走倒送了我二两银子。

"自必"，其他脂本（甲戌本、己卯本、庚辰本、彼本、杨本、蒙本、戚本、眉本、梦本）均作"务必"。

两个"自"字邻近而又重复，故改。

例2，舒本第2回：每打的吃痛不过时，他便"姐姐"、"妹妹"乱叫起来——

后来听的里面女儿们拿他取笑："因何打急了只管叫姐妹作甚么，不是去求姐妹去讨情饶，你岂不愧些？"

"去"，其他脂本均无。

前后两个"去"字同处于一句之中，明显地重复、啰嗦，故删去其一。

例3，舒本第2回：雨村道——

　　正是只顾说话。竟多吃了几杯了。

"了"，其他脂本均无。

紧挨着出现两个"了"字，故删去其一。

例4，舒本第4回"薄命女偏逢薄命郎，葫芦僧乱判葫芦案"：这门子忙上来请安——

　　笑问："老爷一向加官进禄八九年了，就忘了我了。"

"了"，眉本无，其他脂本（甲戌本、己卯本、庚辰本、彼本、杨本、蒙本、戚本、梦本）作"来"。

一连三个"了"字，故删去头一个。

例5：舒本第6回"贾宝玉初试云雨情，刘姥姥一进荣国府"：刘姥姥道——

　　"阿弥陀佛，全仗嫂子方便了。"周瑞家的说："那里话。俗语说的，与人方便，自己方便。不过我说一句话便了，害着我的什么。

"便"，其他脂本（甲戌本、己卯本、庚辰本、杨本、蒙本、戚本、眉本）作"罢"。（梦本此句有异。）

在以上七句文字中，竟接连出现了四个"便"字，十分刺眼，不得不改掉最后一个"便"字。

例6：舒本第6回：我今日带了你侄儿来，也不为别的——

　　只因他老子娘在家里连吃的都没有了，如今天又冷了，越想没个活路儿，只得带了你侄儿奔了你了。

"了"，其他脂本均无。

又是一连五个"了"字，于是删弃了头一个"了"字。

例7：舒本第6回：凤姐早已明白了，听了一回说话，因笑道——

　　"不必说了，我知道了。"因问周瑞家的："这姥姥不知可用早饭呢a

没有呢 b？"这刘姥姥忙道："一早就往这里赶来，那里还有吃饭的工夫呢 c。"

"呢 a"，其他脂本均无。
"呢 c"，杨本无，其他脂本作"咧"。
三个"呢"字，尤其是前两个"呢"字，过于靠近和重复，于是删去了"呢 b"。

例8，舒本第11回"庆寿辰宁府排家宴，见熙凤贾瑞起淫心"：王夫人向邢夫人道，我们索性吃了饭再过去罢，也好省些事。邢夫人道，狠好——

　　于是尤氏吩咐媳妇、婆子们快来送饭来。门外一齐答应了一声，都各人端各人的去了。

"来"，其他脂本（己卯本、庚辰本、彼本、杨本、蒙本、戚本、梦本）均无。
"快来送饭来"，一共五个字，却出现两个"来"字，不得不改。

例9，舒本第11回：凤姐儿说道，你快入席去罢，看他们拿住罚你酒——

　　贾瑞听了，身上木了半边，慢慢的一面走着，一面回过头来看凤姐儿，故意儿 a 的把脚步儿 b 放迟了些儿 c。

"儿 a"、"儿 b"，其他脂本均无。
两句之内竟有四个"儿"字，终于把"儿 a"、"儿 b"删去，只保留了人名"凤姐儿"和"儿 c"。

例10，舒本第14回"林如海捐馆扬州城，贾宝玉路谒北静王"：众人连忙让座倒茶，一面命人按数取纸来抱着，同来旺媳妇一路行来，至仪门口方交与来旺媳妇自己拿着进去了——

　　凤姐即命彩明钉造簿册，即时传来昇媳妇来，令取家口花名册档来查看，又限于明日一早传齐家人媳妇进来听差等语。

"来"，彼本作"进来"，其他脂本（甲戌本、己卯本、庚辰本、杨本、蒙本、戚本、梦本）无。
三句之内，竟有四个"来"字（其中一个是人名），当然有削减的必要，于是就选中了第二句的那个"来"字。

例11，舒本第14回：凤姐道——

"你见过了别人了没有？"照儿道："都见过了。"

"了"，其他脂本均无。

此一"了"字，与后面的两个"了"字重复，尤其是与第二个"了"字过于靠近。

例12，舒本第14回：凤姐见如此，心中到十分欢喜，并不偷安推托，恐落人褒贬，因此日夜不暇，筹画得十分整齐，于是合族上下无不称叹者——

这夜伴宿之夕，里面两班小戏，并要百戏的，与亲朋堂客伴宿的，看尤氏犹卧于内室，一应张罗款待都是凤姐一人周全承应。

"夜"，其他脂本均作"日"。

下文有个"夕"字。"夜"即是"夕"，犯重。将"夜"改为"日"，正好避免了这个瑕疵。

例13，舒本第17回"大观园试才题对额，荣国府奉旨赐归宁"：忽又想起一事来，因问贾珍道——

"这些院落房宇，并几案桌椅，都算有了。还有那些帐幔帘子，并陈设玩器古董，可也都是一处一处合式配就的？"贾珍回道："那陈设的东西，早已添了许多的东西，自然临期合式陈设……"

"的东西"，其他脂本（己卯本、庚辰本、彼本、杨本、蒙本、戚本、梦本）均无。

上一句的"的东西"与下一句的"的东西"完全相同，这种重复未免离得太近，故删弃后一个"的东西"。

例14，舒本第22回"听曲文宝玉悟禅机，制灯谜贾政悲谶语"：说着，大家都笑了，黛玉方点了一出，然后宝玉、湘云、迎春、探春、惜春、李纨等点了，按出扮演——

至上酒席时，贾母又命宝钗点，宝钗又点一出《鲁智深醉闹五台山》。

"又点",其他脂本(庚辰本、彼本、杨本、蒙本、戚本、梦本)均作"点了"。

其他脂本改动的原因在于,避免前面一句中的那个"又"字。

例 15,舒本第 23 回"西厢记妙词通戏语,牡丹亭艳曲警芳心":贾政原不理论这些事,听贾琏如此说,便如此依了——

贾琏回到房中,<u>告诉了</u>凤姐儿。凤姐即命人去告诉了周氏。贾芹便来见贾琏夫妻两个,感谢不尽。

"告诉了",其他脂本(庚辰本、彼本、杨本、蒙本、戚本、梦本、暨本)均作"告诉"。

修改的原因在于,"告诉了"三字与下句的"告诉了"完全相同,故删去"了"字。

例 16,舒本第 24 回"醉金刚轻财尚侠义,痴女儿遗帕染相思":宝玉见没丫头们,只得自己下来拿了碗向茶壶去倒茶——

只听背后说道:"二爷仔细烫了手,让我来倒。"一面说,一面上来,早接了碗过<u>来</u>。

"来",其他脂本(庚辰本、彼本、杨本、蒙本、戚本、梦本、暨本)均作"去"。

此"来"字与上一句的"来"字重复,修改的原因在此。

例 17,舒本第 25 回"魇魔法叔嫂逢五鬼,通灵玉蒙蔽遇双仙":要舍大则七斤,少则五斤也就是了——

贾母道:"既是这样说,你便一日五舫准了,每月<u>来</u>打趸来关了去。"

"来",其他脂本(甲戌本、庚辰本、彼本、杨本、蒙本、戚本、梦本)均无。

隔两个字又是一个"来"字,故删之。

例 18,舒本第 25 回:念毕,又摩弄一回,说了些疯话,递与贾政道,此物已灵,不可亵渎,悬于屋上槛,将他二人安一屋之内,除亲身妻、母外,不可使阴人冲犯,三十三天之后包管身安病退,复旧如初。说着,回头便走了——

贾政赶着还要说话，让二人坐了吃茶，要送谢礼，他二人早已出去了。

"要"，其他脂本均无。

此"要"字与下文"要"字重复。

例19，舒本第26回"蜂腰桥目送传密语，潇湘馆春困发幽情"：只见焙茗在二门前等着——

宝玉问道："你可知道叫我可是为什么？"

"可"，其他脂本（甲戌本、庚辰本、彼本、杨本、蒙本、戚本、梦本）均无。

两个"可"字之间仅仅相隔四个字，故删弃第二个"可"字。

例20，舒本第26回：却说那林黛玉听见贾政叫了宝玉去了一日不回来，心中也替他忧虑——

至晚饭后，闻听宝玉来家来了，心里要找他问问是怎么样了，一步步行来。

"来家"，其他脂本均无。

两个"来"字挨得太近，语意也重复，故将"来家"删去。

例21，舒本第27回"滴翠亭杨妃戏彩蝶，埋香冢飞燕泣残红"：又听说道，嗳呀——

咱们只顾说话，看有人来悄悄的在外头听见，不如把这槅子都推开了，便是人见咱们在这里，他们只当我们在这里说顽话呢，若是走到跟前，咱们也看的见，就别说了。

"在这里"，其他脂本（甲戌本、庚辰本、彼本、杨本、蒙本、戚本、梦本）均无。

第四句有"在这里"三字，第五句又有这完全相同的三个字，岂不显得冗沓？

例22，舒本第27回：怪道从古至今那些奸淫狗盗的人心机都不错，这一开了见我在这里，他们岂不臊了——

况才说话的语音大似宝玉房里红儿的语音，他素昔眼空心大，是个头等刁钻古怪东西……

"语音"，甲戌本、杨本无，庚辰本、彼本、蒙本、戚本、梦本作"言语"。

前面说了"语音"，后面再说这两个相同的字，未免显得单调、平淡。删，是为了避免重复；改，则是为了在修辞上追求变化。

例23，舒本第29回"享福人福深还祷福，多情女情重愈斟情"：凤姐儿听了，赶进正楼，拍手笑道——

"嗳呀，我就不防这个，只说咱们娘儿们来闲逛逛，人家当是咱们大摆斋坛的来送礼，都是老太太闹的，又不曾预备赏封儿。"刚说了，只见冯家的管家的两个娘子上楼来了。

"的"，其他脂本（庚辰本、彼本、杨本、蒙本、戚本、梦本）均无。
（"冯家的管家的两个娘子"，庚辰本作"冯家的管家两个娘子"，彼本、杨本、蒙本、戚本、梦本作"冯家的两个管家娘子"。）

两个"的"字紧挨着，其中一个自是冗笔。

例24，舒本第30回"宝钗借扇机带双敲，椿灵划蔷痴及局外"：林黛玉正欲答话——

只听院门外叫门。紫鹃听了一听，笑道："这是宝玉的声音，想必是来陪不是来了。"

"门"，其他脂本（庚辰本、彼本、杨本、蒙本、戚本、梦本）均无。
二"门"留一即可。

例25，舒本第31回"撕扇子作千金一笑，因麒麟伏白首双星"：翠楼（缕）听了，点头笑道，原来这样，我可明白了。只是咱们这手里的扇子，怎么是阳，怎么是阴呢——

湘云笑道："这边正面就是阳，那边反面就是阴。"

"是"，其他脂本（己卯本、庚辰本、彼本、杨本、蒙本、戚本、梦本）均作"为"。

不用两个"是"字，就是为了追求变化，力避呆板。

例26，舒本第35回"白玉钏亲尝莲叶羹，黄金莺俏结梅花络"：玉钏儿道，阿弥陀佛，这样东西还不好吃，什么才好吃呢——

宝玉道："一点味儿也没有，你不信，你尝一尝就知道了。"

"你"，其他脂本（己卯本、庚辰本、彼本、杨本、蒙本、戚本、梦本）均无。

此处的"你"是一个多余的字。

例27，舒本第35回：宝玉笑道，这个姓名倒对了，果然是个黄莺儿——

莺儿笑道："我的名字本来是两个字，原叫作金莺儿来着，姑娘嫌拗口，就去了'金'字，就单叫莺儿，如今也就叫开了。"

"就"，其他脂本均无。

三句话，竟连用了三个"就"字，岂不显得啰嗦？

第八节　结语

舒本独异的文字究竟出于何人之手？

我们要把舒本的原文和改文区分开来。

从原文说，只要把那些出于抄手的错讹文字剔除，其余的都应属于曹雪芹的原文（不论是初稿还是改稿）。

这里存在着四种可能性。

可能性之一：出于某位读者①之手。

从舒本现存全书来看，除了个别的例子②以外，还没有发现有其他读者乱涂乱写的情况存在。无论是原文，还是改文，字面、纸面全都比较整洁。因此，这种可能性的几率甚是微小。

可能性之二：出于藏主姚玉栋之手。

---

① 这里所说的"读者"，是指后人（姚玉栋、舒元炜、舒元炳、众抄手等人之外的人）。

② 这仅有某位读者乱涂乱写的两个例子。一见于第17回末叶："但不知宝玉在馒头庵与秦钟那日晚间算何账？叫某好不明白也。然亦难免风月行藏，大关风化矣。可笑之至。"另一见于全书末页："××情长，有限光阴，吾不乐其山水哉。偶笔。"

藏主并没有参与他所收藏的残本抄补、整理、编辑之事。这些事，他全委托舒氏兄弟主持。因此，这种可能性的几率亦甚微小。

可能性之三：出于舒元炜之手。舒元炜的序文说：

> 于是摇毫掷简，<u>口诵手批</u>，就现在之五十三篇，<u>特加雠校</u>，借邻家之二十七卷，合付钞胥。

可知他在主持抄补残本的过程中曾作了两项工作，一是"手批"，二是"雠校"。由此可见，某些批语、改文大多出于他手。红色的句读符号也应是出于他手。但这些说的都是改文，而不是原文。

可能性之四：出于后人（某位读者或收藏者）之手。这种可能性的几率更小。我们也没有发现有关这方面的任何的一丝一毫的证据。

如果排除了以上四种可能性，那么，就剩下一种可能性了，即：出于作者曹雪芹自己的笔下。

第二十一章　脱文现象意味着什么？（上）

研究"脱文现象"有什么用呢？

它可以作为一个"引子"，引出某些问题，例如版本派系问题、分册问题、拼凑问题等等。

第一节　为什么会产生脱文现象？

"脱文"即指文字的脱漏或脱漏的文字。

脱文有广义与狭义之分。

狭义的脱文专指因上下文有相同的、重复的或相似的字、词、句而导致跳跃性的错误衔接的现象。这种现象或称之为"同词脱文"。

广义的脱文则是指狭义的脱文之外的一切无意的脱漏文字的现象。

为什么会产生脱文的现象？这有两个原因。

第一个原因是，抄手误抄。

造成抄手误抄，有两种情况可说。

第一种情况是，这位抄手或者是在看到两个完全相同的字、词、句之后，不自觉地跳过了夹在当中的字、词、句，造成了错误的衔接。

另外，他或者是在抄写时看错了行，例如，在抄完第一行最后一个字以后，应该接下去抄第二行，他却跳过了第二行，而去接抄了第三行或第四行、第五行的头一个字。

这两种情况，对于古代小说版本研究都是有意义的、有价值的。在同一个作品中，如果两个或几个版本呈现了相同的跳跃性的或不衔接的脱文，那就表明，它们很可能有着共同的底本或祖本，再不然，便是有共同的来源，出自同一个版本系统。如果找不出造成脱文的那个字、词、句，那么，只能归结为跳行的错误了。而通过跳行，则可以借此推测到底本的行款，每行约有多少字。和跳行相仿佛的，还有跳叶。它和跳行的情况不同，只不过是所跳过去的，由"行"变成了"叶"。因"跳行"或"跳叶"而导致的脱文，一般来说，是少之又少的。更多、更普遍的情况是"跳字"。

第二个原因是，底本原来如此，抄手不过是依样画葫芦罢了。这样就有了一条可以遵循的路径，去寻找那个底本，或其母本，甚至或其姐妹本了。

当然，也还存在另外一种特殊的情况。那就是我们只看到脱漏文字的现象，却一时捉摸不透其原因和规律。这就只好留待后来人给出合理的猜测或解释了。

这里试举三个例子。

例如，庚辰本第 22 回 "听曲文宝玉悟禅机，制灯谜贾政悲谶语"：贾母见元春这般有兴，自己越发喜乐，便命速作一架小巧精致围屏灯来，设于当屋，命他姊妹各自暗暗的作了写出来，粘于屏上，然后预备下香茶细果以及各色玩物，为猜着之贺——

> 贾政朝罢，见贾母高兴，况在节间，晚上也来承欢取乐。<u>设了酒果，备了玩物，上房悬了彩灯，请贾母赏灯取乐</u>。上面，贾母、贾政、宝玉一席。下面，王夫人、宝钗、黛玉、湘云又一席。迎、探、惜三个又一席。

第五句至第八句（"设了酒果，备了玩物，上房悬了彩灯，请贾母赏灯取乐"），杨本、梦本无，其他脂本（舒本、彼本、蒙本、戚本）同于庚辰本。

脱文原因："取乐"二字前后相同。

此例证明，杨本、梦本的第 22 回文字有着共同的来源。

又如，甲戌本第 25 回 "魇魔法叔嫂逢五鬼，通灵玉蒙敝（蔽）遇双真"：那婆子出去了，一时回来，果然写了个五百两的欠契来，赵姨娘便印了手模，走到橱柜里——

> 将梯己拿了出来，与马道婆看看，<u>道："这个你先拿了去做香烛供养使费，可好不好？"马道婆看看白花花的一堆银子，又有欠契，并不顾青

红皂白，满口里应着，伸手先去接了银子，拽起来，然后收了欠契。

"道：'这个你先拿了去做香烛供养使费，可好不好？'马道婆看看"等字，庚辰本无，其他脂本（舒本、彼本、杨本、蒙本、戚本、梦本）基本上同于甲戌本。

脱文原因："马道婆看看"五字前后相同。

再如，庚辰本第3回"托内兄如海酬训教，接外孙贾母惜孤女"，冷子兴听得此言，便忙献计，令雨村央烦林如海转向都中去央烦贾政——

<u>雨村领其意作别，回至馆中，忙寻邸报看真确了，次日当面谋之如海。</u>

如海道："天缘凑巧。因贱荆去世，都中家岳母念及小女无人依傍教育，前已遣了男女、船支来接。因小女未曾大痊，故未及行。此刻正思向蒙训教之恩，未经酬报。遇此机会，岂有不尽心图报之理。但情致心，弟已预为筹画至此。已修下荐书一封，<u>转托内兄，务为周全协左，方可稍尽弟之鄙诚</u>。即有所费用之例，弟于内家信中已注明白，亦不劳尊兄多虑矣。"

雨村一面打恭，谢不释口，一面又问："不知令亲大人现居何职？只怕晚生草率不敢骤然入都干渎。"

如海笑道："若论舍亲，与尊兄犹系同谱，乃荣公之孙。大内兄现袭一等将军，名赦，字恩候。二内兄名政，字存周，现任工部员外郎，其为人谦恭厚道，大有祖父遗风，非膏粱（梁）轻薄仕宦之流。故弟方致书烦托，否则不但有污尊兄之清操，即弟亦不屑为矣。"

<u>雨村听了，心下方信了昨日子兴之言，于是又谢了林如海。</u>

如海乃说："已择了出月初二日小女入都，尊兄即同路而往，岂不两便。"

<u>雨村唯唯听命，心中十分得意。</u>

以上一大段文字，有两个问题：

（1）脱文："转托内兄，务为周全协左，方可稍尽弟之鄙诚"，舒本无，其他脂本（彼本、甲戌本、己卯本、蒙本、戚本、杨本、舒本、眉本、梦本）基本上同于庚辰本。但这只是一般的脱漏，脱漏的原因不详。

（2）跳叶：自第一句"雨村领其意作别"至倒数第二句的"雨村唯"三

字，在《脂砚斋重评石头记汇校汇评本》①引录的泽存本②上，无此一段文字，定是缺文，但其他脂本不缺，基本上同于庚辰本。

其中特别值得注意的是，泽存本所缺之字，在戚本皆不缺。

查泽存本影印本③，可以发现两点：第一，上述引文第一段首句"雨村领其意"五字位于第一叶后半叶首行，"雨"字乃首行首字。第二，上述引文末段第三字"唯"乃第二叶前半叶末行末字。

再查戚本，也不难发现同样存在着以上两点。

这证明了《脂砚斋重评石头记汇校汇评本》一书的编者在工作中的疏忽。他翻阅泽存本第3回的时候，犯了"跳叶"的错误，从第1叶前半叶直接翻到第2叶后半叶，跳过了一叶（第1叶后半叶和第2叶前半叶）。

以上所说，包括"无规律可循的脱文"以及"有规律可循的脱文"。

再举一个兼有"无规律可循的脱文"和"有规律可循的脱文"的例子：

庚辰本第11回"庆寿辰宁府排家宴，见熙凤贾瑞起淫心"，尤氏向邢、王二夫人说道——

"太太们在这里吃饭阿，还是在园子里吃去好？小戏儿现预备在园子里呢。"王夫人向邢夫人道："我们索性吃了饭再过去罢，也省好些事。"邢夫人道："狠好。"

此处有双重脱文现象。

第一个脱文是："好？小戏儿现预备在园子里"，舒本无，其他脂本（己卯本、彼本、杨本、蒙本、戚本、梦本）基本上同于庚辰本。此脱文现象无规律可循，只能称之为广义的脱文，即一般的脱漏。

第二个脱文是："'我们索性吃了饭再过去罢，也省好些事。'邢夫人道"，杨本、梦本无，其他脂本（己卯本、彼本、蒙本、戚本）基本上同于庚辰本。

---

① 《脂砚斋重评石头记汇校汇评本》（北京图书馆出版社，2008年）第一册，431页至443页。

② "泽存本"，即"戚本"系列中的南京图书馆泽存书库旧藏本。请参阅拙著《红楼梦眉本研究》（社会科学文献出版社，2013年，北京）第一章"为什么叫做'眉本'？"第二节"关于各脂本的代称"，6页。按：我所说的"泽存本"，在《脂砚斋重评石头记汇校汇评本》中，叫做"戚宁"本。

③ 《南京图书馆藏戚蓼生序本石头记》，国家图书馆出版社，2010年。

脱文原因："邢夫人道"四字前后相同。

第二节　脱文的规律与脱文的研究价值

为什么会产生狭义的脱文的现象？

这有两个原因。

第一个原因是，抄手误抄。造成抄手的误抄，不外乎下列三种情况。

（1）他或者是在看到两个完全相同的字、词、句之后，不自觉地跳过了夹在它们之间的字、词、句，造成了错误的衔接。

（2）他或者是在抄写时看错了行，在抄完某一行最后一个字以后，应该接下去抄紧接着的第二行，却跳过了第二行，而去接抄了第三行的头一个字。

（3）他或者是在抄完这一叶最后一行的最后一字之后，在翻叶的过程中，不留神翻错了叶，不是翻到第二叶，却误翻到第三叶、甚至翻到第四叶去了，以致造成了脱文的现象。

作为版本的品相来说，出现上述情况，应视为一种或大或小的缺陷。然而坏事有时也会转化为好事。对于版本研究来说，这种脱文现象又变成了甚为有用的参考资料。

这三种情况，对于版本的研究都是富有意义的。如果两个或几个版本呈现了完全相同的脱文，那就表明，它们很可能有着共同的底本或共同的祖本，再不然，便是有共同的来源，出自同一个版本派系。如果找不出造成脱文的那个字、词、句，那么，也许需要归结为跳行的错误了。而通过跳行，则可以借此推测到底本或祖本的行款，每行约有多少字。

第二个原因是，底本原来如此，抄手不过是依样画葫芦罢了。这样就可以有了一条遵循的路径。

我举五个例子于下。

头一个例子见于杨本第37回"秋爽斋偶结海棠社，蘅芜院夜拟菊花题"，秋纹说到王夫人赏了她两件现成的衣裳——

> 晴雯道："要是我，我就不要。若是给别人剩的，给我也罢了。一样这屋里的人，难道谁又比谁高贵些，把好的给他，剩的才给我。我宁可不要，冲撞了太太，我也不受这口软气。"

这段文字,与其他脂本相较,有明显的脱文。在舒本里,却作:

> 晴雯笑道:"呸,没见食①面的小蹄子,那是把好的给了人,挑剩下的才给你。你还充有脸呢。"秋纹道:"凭他给谁剩的,倒底是太太的恩典。"晴雯道:"要是我,我就不要。若不是给别人剩的,给我也罢了。一样这屋里的人,难道谁又比谁高贵些,把好的给他,剩的才给我。我能可不要,冲撞了太太,我也不受这口软气。"

其他脂本(己卯本、庚辰本、彼本、蒙本、戚本、梦本)基本上同于舒本。

也就是说,这是杨本独有的脱文。脱文的原因,则是"晴雯笑道"四字和"晴雯道"三字语意大致相同。

第二个例子见于庚辰本第35回"白玉钏亲尝莲叶羹,黄金莺巧结梅花络",宝钗坐了,因问莺儿打什么呢——

> 一面问,一面向他手里去瞧,才打了半截。

第一句"一面问"三字,舒本、彼本、杨本无,其他脂本(己卯本、蒙本、戚本、梦本)同于庚辰本。

脱文原因:"一面"二字前后相同。

这个例子正好说明,舒本、彼本、杨本三者这一回的文字有着共同的来源。或者说,从这一回的文字看,在版本派系上,它们属于亲近的一支。不然,就很难解释它们为什么会存在着共同的脱文现象。

第三个例子见于庚辰本第3回"贾雨村夤缘复旧职,林黛玉抛父进都京",贾母命两个老嬷嬷带了黛玉去见两个母舅时——

> 贾赦之妻邢氏忙亦起身笑道:"正是呢,你也去罢,不必过来了。"邢夫人答应了一声"是"字,遂带了黛玉与王夫人作辞。

引文中的第二句至第四句,乃邢夫人"笑道"之语。但这里令读者产生了两点疑惑:第一,"你"字指的是谁?是贾母,还是黛玉?第二,邢夫人说完以后,为什么自己却又"答应"自己,岂非是在自说自话?一查其他的脂

---

① "食"乃"世"字的音讹。

本，方知庚辰本此处实有脱文的讹误。引其他脂本的有关文字于下：

时贾赦之妻邢氏忙亦起身笑道："我带了外甥女过去，到也便宜。"贾母笑道："正是呢，你也去罢，不必过来了。"邢夫人答应了一个"是"字，遂带了黛玉与王夫人作辞。（甲戌本）

时贾赦之妻邢氏忙亦起身回道："我代了外甥女过去，到也便宜。"贾母笑道："正是呢，你也去罢，不必过来了。"邢夫人答应了一个"是"字，遂代了黛玉与王夫人作辞。（己卯本）

此时贾赦之妻邢氏忙亦起身回道："我带了外甥女过去，倒也便宜。"贾母笑道："正是呢，你也去罢，不必过来了。"邢夫人答应了一个"是"字，遂代了黛玉与王夫人作辞。（舒本、眉本）

时贾赦之妻邢氏忙已起身回道："我带了外甥女过去，到也便宜。"贾母笑道："正是呢，你也去罢，不必过来了。"邢夫人答应了个"是"字，遂代了黛玉与王夫人作辞。（彼本）

时贾赦之妻邢氏忙亦起身回道："我带了外甥女过去，到也便宜。"贾母笑道："正是呢，你也去罢，不必过来了。"邢夫人答应了一个"是"字，遂代了黛玉与王夫人作辞。（蒙本、戚本）

时贾赦之妻邢氏忙亦起身回道："我带了外甥女过去，到也便易。"贾母笑道："正是，你也去罢，不必过来了。"邢夫人答应一声，遂携了黛玉与王夫人作辞。（杨本）

时贾赦之妻邢氏忙起身回道："我带了外甥女过去，到底便宜些。"贾母笑道："正是呢，你也去罢，不必过来了。"那邢夫人答应了，遂带了黛玉与王夫人作辞。（梦本）

这就说明了问题的所在。由于"笑道"二字（甲戌本、庚辰本）或"道"字（己卯本、舒本、眉本、彼本、蒙本、戚本、杨本、梦本）前后相同，导致了错误的衔接，把贾母的话放入了邢夫人的嘴里。

这个脱文的例子表明，在第3回，以同词脱文作为判断版本派系归属划分的依据，则甲戌本、庚辰本以"笑道"二字的相同而其他几个脂本（己卯本、舒本、眉本、杨本、梦本）则以"回道"二字的相同显示了它们之间比较亲近的关系。

第四个例子见于庚辰本第39回"村姥姥是信口开河，情哥哥偏寻根究底"，平儿一径出了园门，来至家内——

只见凤姐儿不在房里，忽见上回来打抽丰的那刘姥姥和板儿又来了，坐在那边屋里还有张材家的、周瑞家的陪着，又有两三个丫头在地下倒口袋里的枣子、倭瓜，并些野菜。

以上一段文字，在脂本中，舒本、己卯本、彼本、杨本、蒙本、戚本基本上同于庚辰本（"凤姐儿"，舒本、杨本作"凤姐"），惟有梦本不同，独异于现存其他脂本：

只见凤姐那边打发人来找平儿说："奶奶有事等你。"平儿道："有什么事，这么要紧？我为着大奶奶勾搭着说话，我又不逃了，这么连三接四的叫人来找？"那丫头说道："你去不去由你，犯不上恼我。你自己敢与奶奶说去。"平儿啐了一口，急乱走来，只见凤姐儿不在房里，忽见上回来的打抽丰的那刘姥姥和板儿又来了，坐在那边屋里还有张材家的、周瑞家的陪着，又有两三个丫头在地下倒口袋里的枣子、倭瓜，并些野菜。

脱文原因："只见凤姐"四字（或"只见凤姐儿"五字）前后相同。

以上一段文字，程甲本基本上同于梦本（惟"勾搭着"作"拉扯住"）；程乙本基本上同于程甲本，但有几句不同：

那丫头说道："你去不去由你，犯不上恼我。你自己敢与奶奶说去。"平儿啐了一口，急忙走来。（程甲本）

那丫头说道："这又不是我的主意。姑娘这话，自己和奶奶说去。"平儿啐道："好了，你们越发上脸了。"说着走来。（程乙本）

显然，这段异文产生的顺序是：

梦本→程甲本→程乙本

这证明了梦本确是脂本和程本之间的过渡本。

那么，梦本的异文又是从何而来的呢？这有两种可能。

可能之一：梦本没有任何版本的依据，只是出于整理者（修改者、编辑者或抄录者）之手。

可能之二：它有版本的依据，但其底本已失传。

我目前是相信第二种可能的。从梦本与现存甲戌本的亲近关系来看，梦本的这段异文极可能来自已佚失的甲戌本的第 39 回。不过，这只是我个人的一种猜测而已。

第五个例子，见于庚辰本第 51 回"薛小妹新编怀古诗，胡庸医乱用虎狼药"，宝玉吩咐婆子叫茗烟再请王大夫，婆子接了银子自去料理——

一时茗烟果请了王太医来，胗了脉后说："病症与前相仿，只是方上果没有枳实、麻黄，芍药，倒有，当归、陈皮、白芍等药之分量，较先也减了些。"宝玉喜道："这才是女孩儿们的药，虽然疏散，也不可太过。旧年我病了，却是伤寒，内里饮食停滞，他瞧了还说，我禁不起麻黄、石膏、枳实的狼虎药。我<u>和你们一比，我就如那野坟圈子里长的几十年的一棵老杨树</u>，你们就如秋天芸儿进我的那才开的白海棠。连我禁不起的药，你们如何禁得起？"

"和"，梦本作"知"；程甲本、程乙本同于梦本，其他脂本（彼本、杨本、蒙本、戚本）同于庚辰本（彼本原作"知"，旁改"和"）。

"一比，我就如那野坟圈子里长的几十年的一棵老杨树，你们"等字，梦本、程甲本、程乙本无，其他脂本基本上同于庚辰本。（"圈"，蒙本、彼本、杨本作"园"；"的"，彼本无；"老"，蒙本、戚本作"大"。）

脱文原因："你们"二字前后相同。

这个例子，正像上文举第四个例子时所说，"显然，这段异文产生的顺序是：梦本→程甲本→程乙本。这证明了梦本确是脂本和程本之间的过渡本。"

揭示和研究脱文现象是有意义和有研究价值的。

王三庆教授曾指出：

在我校对诸本的过程里，常常发现几个本子共同存有一段文字，唯独一本没有，造成上下文义的不足。这种情形和前面有意改动的文字绝对不同，如果故意增删，一定会照顾上下文义的接续，否则就会留下文字间的矛盾。如果再进一步考查其发生的原因，不外抄胥长时间过录一部大书，自然的产生倦态，加上左右邻行间，有着共同的文字，或近似的字形、字音，促使抄者不知不觉误移了一行或两行，因而抄重或脱去了一行或两行的文字。借着这些重文或脱文，我们往往可以考查出抄胥当时所用的底本的行款格式，从其行款的演变过程中，大约可以考见现存本子的过录次数。随着过录的次数越多，其抄重抄脱的机会自然愈大，失真率也就愈高。如果统计其脱文的条数，比较诸本的失真率，其指数的高低自然告诉了我们那本接近于原本了。其次，在归纳诸本的重文或脱文的时候，时常会有一条脱文在二本间共同出现的情形，这一现象又说明什么呢？我们知道，两个不同的抄胥，在不同的时空下过录同样的版本，或不同类的版本，而发生共同遗失，或抄重一段相同的文字，其或然率完全是个零数，因此，一发现这种共同的结果，几乎肯定这回或这册，甚至整部书有可能是同宗共祖，来自一个共同的底本。①

他的论述道出了脱文现象对于版本研究的重要性。

同样，魏安（Andrew West）先生②在他的专著《三国演义版本考》的附录"《三国演义》中串句脱文的例子"中列举了多达一百五十四个例子作为他研究、判断《三国志演义》版本问题的重要依据之一③。

这可以看出他们二位对于脱文现象的重视。

我非常同意和赞赏他们二位的看法。

第三节　两个实例

且看两个实例。

第一个实例见于舒本第 14 回"林如海捐馆扬州城，贾宝玉路谒北静王"，表明舒本不脱文，而其他脂本均有同词脱文的现象。

例如下：凤姐道："你见过了别人了没有？"照儿道："都见过了。"——

说毕，又回身给宝玉请安。宝玉便立身问："二哥哥身上好么？你辛苦了。你拿了衣服回去的时候，见了二哥替我请安。林姑娘前，亦替我问好。"照儿连应毕，退出。

---

① 王三庆：《红楼梦版本研究》（石门图书公司，1981 年，台北），76 页至 77 页。
② 二十余年前，有一次，浦安迪教授来舍下小聚，我曾向他打听美国那时研究中国古代小说的青年学者中间有何杰出的人才时，他介绍了他的学生魏安，并说此人是个英国人，可惜毕业后回到英国，竟然在短期内找不到正式的工作。当时我误听此人是位女性，以致其后我在一些论文中用"她"字来称呼他。2013 年浦安迪教授来文学所作学术讲演，我叨陪旁听，并应邀进行评议。休息时，我请他确认魏安的性别。他说："魏安是男的，不是女的。你听错了。"因此，由于疏忽和失礼，我在这里郑重地向魏安先生道歉。
③ 魏安：《三国演义版本考》（上海古籍出版社，1996 年），140 页至 194 页。

以上十一句，共六十一字，其他脂本均只有两句六个字。甲戌本、彼本、杨本、梦本作"说毕连忙退出"，己卯本、庚辰本、蒙本、戚本作"说毕连忙退去"。

一个"出"和一个"去"，使得甲戌、彼、杨、梦四本和己卯、庚辰、蒙、戚四本分列于两个营垒。

第二个实例见于庚辰本第28回"蒋玉菡情赠茜香罗，薛宝钗羞笼红麝串"。

例如：众人都道：再多言者罚酒十杯——

> 薛蟠连忙自己打了一个嘴巴子，说道："没耳性，再不许说了。"云儿又道："女儿喜，情郎不舍还家里。女儿乐，住了箫管弄弦索。"唱完，便唱道："豆蔻开花三月三，一个虫儿往里钻，钻了半日不得进去，爬到花儿上打秋千。肉儿，小心肝，我不开了你怎么钻？"薛蟠瞪了一瞪眼，又说道："女儿愁。"说了这句，又不言语了。众人道："怎么？"薛蟠道："绣房撺出个大马猴。"众人呵呵笑道……

这段文字，自"薛蟠瞪了一瞪眼"开始，令人生疑。它的可疑之处在于：第一，云儿的酒令还没有说完。按照规定，"如今要说'悲'、'愁'、'喜'、'乐'四字，却要说出'女儿'来，还要注明这四字原故，说完了饮门杯，酒面要唱一个新鲜时样曲子，酒底要席上生风一样东西，或古书旧对、四书五经成语。"而她只说了"女儿悲"、"女儿愁"、"女儿喜"、"女儿乐"，只唱了"豆蔻开花三月三……"，没有完成酒令的全部要求。

第二，云儿尚未说完，忽然转到了薛蟠。

第三，薛蟠跨越了"女儿悲"，直接过渡到"女儿愁"。这也违反了酒席上的规矩。

第四，更何况"薛蟠瞪了一瞪眼"一句来得突兀，与上文不相连接，下文"又说道"的"又"字也没有着落。

经与其他脂本核对，方知庚辰本此处有重大的脱漏。试举舒本有关的文字于下：

> 薛蟠连忙自己打了一个嘴巴子，说道："没耳性，再不说了。"云儿又道："女儿喜，情郎不舍还家里。女儿乐，住了箫管弄弦索。"唱完，便唱道："豆蔻开花三月三，一个虫儿往里钻，钻了半日不得进，去爬到花儿上

打秋千。肉儿,小心肝,我不开了你怎么钻?"唱毕,饮了门杯,说道:"桃之夭夭。"令完,下该薛蟠。薛蟠道:"我可要说了。女儿悲,……"说了半日,不见说底下的。冯紫英笑道:"悲什么?快说来。"薛蟠登时急的眼睛铃铛一般,便咳嗽了两声,又说道:"女儿悲,嫁了男人是乌龟。"众人听了,都大笑起来。薛蟠道:"笑什么?难道我说的不是?一个女儿嫁了汉子,要当忘八,他怎么不伤心呢?"众人笑的湾腰,忙说道:"你说的是,快说底下的。"薛蟠瞪了一瞪眼,又说道:"女儿愁。"说了这句,又不言语了。众人道:"怎么愁?"薛蟠道:"绣房撺出个大马猴。"众人呵呵笑道……

其他脂本(甲戌本、蒙本、戚本、彼本、杨本、梦本)基本上同于舒本。但是,这个重大的脱漏,在庚辰本上处于什么样的状态呢?

这一点,若仅仅依赖几种汇校本[①]或排印本,是看不到或看不清楚的。只有查看原书,方能明白。

查庚辰本原书,第 28 回共 13 叶。以上一段文字位于第 9 叶、第 10 叶之间。"我不开了你怎么钻"一句位于第 9 叶后半叶第 5 行,自"钻"字以下直至第 10 行(末行)为空白。"薛蟠瞪了一瞪眼"一句的"薛"字则是第 10 叶前半叶的首行首字。

五行的空白显示出文字处于脱漏的状态。

再查舒本,第 28 回共 20 叶另 2 行。庚辰本所缺的文字,在舒本,位于第 13 叶后半叶倒数第 3 字"唱(毕饮了门杯)"至第 14 叶前半叶第 2 行第 18 字"薛(蟠瞪了一瞪眼)"之间,共 140 字。如按舒本字数计算,庚辰本此处脱漏字数也应为 140。

另有一种算法。庚辰本、舒本的行款、格式有两点不同:其一,庚辰本每行 30 字,舒本每行 24 字;其二,庚辰本此处各人所说的酒令和所唱的唱词均另行单起,接续的文字也是另行单起,而舒本则是一直把叙述文字接连不断地抄写下去。因此,按照庚辰本的抄写格式,此处所空缺的是整整的 5 行,即 150 字。

140 字和 150 字,怎样解释这项差异?

我一时想不出恰当的解释。姑且留待异日再考。

[①] 例如《脂砚斋重评石头记汇校》(文化艺术出版社,1987 年,北京)、《脂砚斋重评石头记汇校汇评》(北京图书馆出版社,2008 年)。

第四节　舒本与其他脂本相同的脱文十四例

舒本的脱文，若与其他脂本中的某个或某几个版本相同，这就表明，在版本的亲属关系上，舒本与该版本亲近。

不妨列举十四个具体的例子来说明这一点。

例1：舒本第1回，市井俗人喜看理治之书者甚少，爱适趣闲文者特多——

> 历来野史，或讪谤君相，或贬人妻女，奸淫凶恶，不可胜数。至若佳人才子……

在第五句"不可胜数"和末句"至若佳人才子……"之间，甲戌本作：

> 更有一种风月笔墨，其淫秽污臭，涂毒笔墨，坏人子弟，又不可胜数。

杨本、蒙本、戚本、梦本基本上同于甲戌本；彼本作"更有一种风月笔墨，坏人子弟，又不可胜数"。

庚辰本则同于舒本，无此五句。

据此可以判断，舒本第1回的底本与庚辰本关系亲近。

例2：庚辰本第4回，在路不记其日——

> 那日已将入都时，却又闻得母舅管辖着，不能任意挥霍挥霍。

在"却又闻得"四字之后、"母舅管辖着"之前，其他脂本有如下的文字：

> 母舅王子腾升了九省统制，奉旨出都查边，薛蟠心中暗喜道：我正愁进京去有个嫡亲的……（甲戌本、己卯本、彼本）

> 母舅王子腾升了九省总制，奉旨出都查边，薛蟠心中暗喜道：我正愁进京去有个嫡亲的……（杨本）

> 母舅王子腾升了九省统制，奉旨出都查边，薛蟠心中暗喜道：我正想进京去有个嫡亲……（蒙本、戚本）

母舅王子腾升了九省统制，奉旨出都查边，薛蟠心中暗喜道：我正愁进京去有……（梦本）

舒本基本上同于庚辰本（但"闻得"作"闻的"，"管辖着"作"管辖咱"）。

舒本、庚辰本脱文，而其他脂本不脱文。

脱文原因："母舅"二字前后相同。

此例同样表明，舒本、庚辰本的第4回，关系比较亲近。

例3：庚辰本第5回，试随吾一游否——

宝玉听说，便忘了秦氏在何处……

在"宝玉听说"一句之后，舒本作"了，喜悦非常"，其他脂本基本上同于舒本（"了"，己卯本无；"喜悦"，其他脂本作"喜跃"）。

上述例1、例2见于第4回，表明舒本和庚辰本关系亲近，而例3见于第5回，却表明舒本和庚辰本关系疏远。

这间接地说明，舒本的第4回和第5回虽是相邻的两回，其底本却不是出于同一来源。

例4：庚辰本第6回，只听远远有人笑声——

约有一二十妇人都捧着大漆捧盒进这边来等候。

此句有脱文，己卯本、杨本同于庚辰本。

其他脂本不脱文，如下：

约有一二十妇人衣裙继绰，渐入堂屋，往那边屋内去了。又见三两妇人都捧着大漆捧盒进这边来等候。（舒本）

约有一二十妇人衣裙悉率，渐入堂屋，往那边屋内去了，又见两三个妇人都捧着大漆捧盒进这边来等候。（甲戌本）

约有一二十妇人衣裙悉率，渐入堂屋内去了，见两三个妇人都捧着大漆捧盒进这边来等候。（蒙本、戚本）

约有一二十妇人衣裙悉率，渐入堂屋，往那边屋里去了，又见三四个妇人都捧着大漆捧盒进这边来等候。（眉本）

约有一二十妇人衣裙悉率，渐入堂屋，往那边屋内去了，又见三两

个妇人都捧着大漆捧盒进这边来等候。(梦本)

脱文原因:"妇人"二字前后相同。

此例表明,在第6回,脂本的归属有A、B两大分支:A分支为有相同脱文的,包括己卯本、庚辰本、杨本等三种;B分支为不脱文的,包括甲戌本、舒本、蒙本、戚本、眉本、梦本等六种,它们此处的文字基本上相同。

彼本缺第6回,情况不详。

例5:庚辰本第6回,如今天又冷了——

"越想没个派头儿,只得带了你侄儿奔了你老来。"说着,又推板儿道:"你那爹在家怎么教你来,打发咱们作煞事来,只顾吃果子呢。"

自第二句的"你老来"至第五句句尾"来",舒本无。

"来",己卯本、杨本、眉本同于庚辰本,舒本以及甲戌本、蒙本、戚本作"了",梦本作"的"。

脱文原因:"了"字前后相同。

此例因第二个"了"字前后相同而导致脱文,但己卯本、庚辰本、杨本、眉本并无第二个"了"字,而是作"来"。因此这可以表明:在这一回,舒本的底本和甲戌本、蒙本、戚本的关系亲近,和己卯本、庚辰本、杨本、眉本的关系疏远。

例6:庚辰本第8回,李嬷嬷道——

不中用,当着老太太、太太,那怕你吃一坛呢。

"太太",舒本、彼本无,其他脂本(甲戌本、己卯本、杨本、蒙本、戚本、梦本)同于庚辰本。

脱文原因:"太太"二字前后相同。

此例证明了两点:

第一,舒本第8回独与彼本第8回关系亲近。

第二,舒本第8回与庚辰等本第8回关系疏远。而这正和例1、例2(舒本第4回与庚辰本关系亲近)相反。

例7:庚辰本第8回,宝玉嘻嘻的笑道,又哄我呢——

说着又问:"袭人姐姐呢?"晴雯向里间炕上努嘴。宝玉一看,只见袭人合衣睡着在那里。

"问：'袭人姐姐呢？'晴雯向里间炕上努嘴。宝玉一看，只"二十字，舒本无，彼本同于舒本，其他脂本基本上同于庚辰本。

脱文原因："袭人"二字前后相同。

此例所能说明的，与上例相同。

例8：庚辰本第8回，你们这么孝敬他——

不过是仗着我小时候吃过他几日奶罢了，<u>如今逗的他比祖宗还大了，如今我又吃不着奶了</u>，白白的养着祖宗作什么，撵了出去，大家干净。

"如今逗的他比祖宗还大了，如今我又吃不着奶了"等二十字，舒本无，彼本同于舒本，其他脂本（甲戌本、己卯本、杨本、蒙本、戚本、梦本）基本上同于庚辰本。

脱文原因："了"字前后相同。

此例同样证明了前例所说的那两点（舒本第8回与彼本第8回关系亲近；舒本第8回与庚辰等本第8回关系疏远）。

例9：庚辰本第13回，贾母多派跟随人役，拥护前来——

一直到了宁国<u>府前，只见</u>府门洞开，两边灯笼照如白昼。

"府前，只见"四字，舒本无，彼本同于舒本，其他脂本（己卯本、杨本、蒙本、戚本、梦本）同于庚辰本。（"洞开"，舒本无。）

脱文原因："府"字前后相同。

这仍然表明，在第13回，舒本和彼本关系亲近。

例10：庚辰本第13回，于是合族人丁并家下诸人都各遵旧制行事，自不得紊乱——

贾珍因想着贾蓉不过是个黉门监生灵幡经榜上写时不好看，便是<u>执事也不多，因此心下甚不自在。可巧这日正</u>是首七第四日……

（"不好看"，舒本作"不壮观瞻，正自想念"，其他脂本同于庚辰本。）

"是执事也不多，因此心下甚不自在。可巧这日正"等十九字，舒本无，彼本同于舒本，其他脂本（甲戌本、己卯本、杨本、蒙本、戚本、梦本）同于庚辰本。

脱文原因："是"字前后相同。

以上二例都见于第 13 回，而且属于同样的脱文，这无可辩驳地证明了舒、彼二本的这一回文字有着亲近的关系。

例 11：庚辰本第 21 回"贤袭人娇嗔箴宝玉，俏平儿软语救贾琏"，宝玉拿一本书歪着看了半日，因要茶——

　　抬头只见两个小丫头在地下站着，一个大些儿的生得十分水秀。宝玉便问："你叫什么名子？"那丫头便说："叫蕙香。"宝玉便问："是谁起的？"<u>蕙香道："我原叫'芸香'的，是花大姐姐改了'蕙香'。"宝玉道："正经该叫'晦气'罢了，什么</u>'蕙香'呢？"

自第九句"蕙香道"至末句中的"什么"二字，舒本仅作一"叫"字，彼本同于舒本，杨本基本上同于舒本，其他脂本（蒙本、戚本、梦本）基本上同于庚辰本。

脱文原因："蕙香"二字前后相同。

舒本与彼本关系亲近，又见于此例。

例 12：庚辰本第 23 回"西厢记妙词通戏语，牡丹亭艳曲警芳心"，贾政听了笑道——

　　"到是提醒了我。就是这样。"即时唤贾琏<u>来。当下贾琏</u>正同凤姐吃饭，一闻呼唤，不知何事，放下饭便走。

自第三句句尾的"来"字至第四句句首的"当下贾琏"四字，舒本无，梦本同于舒本，其他脂本（彼本、杨本、蒙本、戚本、暂本）同于庚辰本。

脱文原因："贾琏"二字前后相同。

此例表明，在第 23 回，舒本和梦本关系亲近。

例 13：庚辰本第 25 回，凤姐笑道，赵姨娘时常也该教道教道他——

　　一句话提醒了王夫人，<u>那王夫人</u>不骂贾环，便叫过赵姨娘来，骂道……

"那王夫人"四字，舒本无，梦本同样无此四字，其他脂本（甲戌本、彼本、杨本、蒙本、戚本）基本上同于庚辰本。

脱文原因："王夫人"三字前后相同。

此例表明，在第 25 回，舒本亦与梦本关系亲近。

例 14，庚辰本第 21 回有另一个比较特殊的例子：凤姐笑道——

"傻丫头，他便有这些东西，那里就叫咱们翻着了。"说着，寻了样子又上去了。平儿指着鼻子，恍着头，笑道："这件事怎么回谢我呢？"喜的个贾琏身痒难挠，跑上来搂着，"心肝肠肉"乱叫乱谢。平儿仍拿了头发，笑道："这是我一生的把病（柄）了。好就好，不好就抖出这事来。"贾琏笑道："你只好生收着罢，千万别给他知道。"口里说着，瞅他不防，便抢了过来，笑道："你拿着，终是祸患。不如我烧了他完事了。"一面说着，一面便塞于靴掖内。平儿咬牙道："没良心的东西，过了河就拆桥。明儿还想我替你撒谎？"贾琏见他娇俏动情，便搂着求欢，被平儿夺手跑了。急的贾琏湾着腰。恨道："死促挟小淫妇，一定浪上人的火来，他又跑了。"平儿在窗外笑道："我浪我的，谁叫你动火了？难道图你受用一回，叫他知道了，又不待见我。"贾琏道："你不用怕他，等我性子上来，把这醋罐打个稀烂，他才认得我呢！……"

以上这段文字，舒本作：

"傻丫头，他便有这些东西，那里就叫咱们翻着呢。"言毕，拿了样子便送往你不用王夫人房中去了。贾琏见凤姐出去，便对平儿说道："怕他，等我性子上来，把这醋罐打个稀烂，他才认得我呢！……"

庚辰本和舒本的这两段引文有两点值得注意：

第一，舒本引文中的两处有原文与改文之分。

（1）"拿了样子便送往你不用王夫人房中去了"——这是原文；"拿了样子便送往王夫人房中去了"——这是改文。原文中的"你不用"三字，是被点去的衍文。

（2）"怕他"——这是原文；"你不用怕他"——这是改文。"你不用"三字，是添写于行侧的夺文。

显然，改文中的"你不用"三字就是从原文中的完全相同而位置不同的"你不用"三字挪移过来的。从这个例子可以窥知舒本底本每行的字数。从原文"你不用"到改文"你不用"，共有 23 字位，这大约就是舒本底本每行的字数。

第二,从庚辰本引文中的"平儿指着鼻子,恍着头,笑道"到"叫他知道了,又不待见我",舒本无,彼本、杨本、梦本同于舒本,而蒙本、戚本则基本上同于庚辰本。

"那王夫人",舒本、梦本无,其他脂本(彼本、杨本、蒙本、戚本)基本上同于庚辰本。

试对以上十四例列表小结于下(其中例11与例14均见于第21回,表内以A和B分别表示之):

例	回	与舒本亲近者	与舒本疏远者
1	1	庚辰本	其他脂本
2	4	庚辰本	其他脂本
3	5	其他脂本	庚辰本
4	6	甲戌本、蒙本、戚本、眉本、梦本	其他脂本
5	6	甲戌本、蒙本、戚本	其他脂本
6	8	彼本	其他脂本
7	8	彼本	其他脂本
8	8	彼本	其他脂本
9	13	彼本	其他脂本
10	13	彼本	其他脂本
11	21A	彼本	其他脂本
12	23	梦本	其他脂本
13	25	梦本	其他脂本
14	21B	彼本 杨本 梦本	其他脂本

试对上表进行初步的分析。

假设以四回为一册或一个单元,则得出的结论是——

在第一册(第一单元,第1回至第4回)中,与舒本关系最亲近的是庚辰本。

在第二册(第二单元,第5回至第8回)中,与舒本关系最亲近的是彼本。

在第四册（第四单元，第 13 回至第 16 回）中，与舒本关系最亲近的是彼本。

在第六册（第六单元，第 21 回至第 24 回）中，与舒本关系比较亲近的有彼本、杨本、梦本。

在第七册（第七单元，第 25 回至第 28 回）中，与舒本关系最亲近的是梦本。

这仅仅是从脱文的角度所得出的初步的结论。

这个初步的结论是否可靠，能不能成立，还需要等待其他的进一步的证据来检验。

第二十二章　脱文现象意味着什么？（下）

第一节　舒本独有的脱文七十八例

所谓"独有的"脱文，是指目前唯独只有舒本才有的、暂时找不到与其他脂本共有的脱文。也许将来会发现某个以前不知的、我们从未见过的新脂本，这可能成为舒本和新脂本之间有亲近关系的新证据。

现依次列举舒本各回独有的脱文之例于下，共七十八例：

例1：庚辰本第1回，一僧一道到他门前——

<u>看见士隐抱着英菊，那僧便大哭起来，又向士隐道</u>……

"士隐抱着英菊，那僧便大哭起来，又向"十五字，舒本无，其他脂本（甲戌本、彼本、杨本、蒙本、戚本、眉本、梦本）基本上同于庚辰本。

脱文原因："士隐"二字前后相同。

（"英菊"，己卯本同，其他脂本作"英莲"。）

例2：庚辰本第1回，士隐另具一席于书房——

却自己步月至庙中来邀雨村，<u>原来雨村自那日见了甄家之婢曾回顾他两次，自为是个知己</u>……

"原来雨村"四字，舒本无，蒙本、戚本无"原来"二字，其他脂本同于庚辰本。

脱文原因："雨村"二字前后相同。

例3：庚辰本第2回，大恶者挠乱天下——

　　清明灵秀，天地之正气，仁者之所秉也。残忍乖僻，天地之邪气，恶者之所秉也。今当运隆祚永之朝……

"残忍乖僻，天地之邪气，恶者之所秉也"三句，舒本无，其他脂本（甲戌本、己卯本、彼本、杨本、蒙本、戚本、眉本、梦本）基本上同于庚辰本。

脱文原因："者之所秉也"五字前后相同。

例4：庚辰本第2回，这甄府和贾府就是老亲，又系世交——

　　两家来往，极其亲热的，便在下也合他家来往，非止一日了。

"极其亲热的，便在下也合他家来往"两句，舒本无，其他脂本基本上同于庚辰本。

脱文原因："家来往"三字前后相同。

例5：庚辰本第3回，小女入都，尊兄即同路而往，岂不两便——

　　雨村唯唯听命，心中十分得意。如海遂打点礼物，并饯行之事。雨村一一领了。

第一句至第四句，舒本无，其他脂本基本上同于庚辰本。

脱文原因："雨村"二字前后相同。

例6：庚辰本第3回，另换了三四个小厮上来，复抬起轿子——

　　众婆子在步下围随，至一垂花门前落下，众小厮退出。众婆子打起轿帘，扶黛玉下轿。

第一句至第三句，舒本无，其他脂本基本上同于庚辰本。

脱文原因："众婆子"三字前后相同。

例7：庚辰本第4回，既如此，你自去挑所宅子去住——

　　我和你姨娘姊妹们别了这几年，却要厮守几日。我代（带）了你妹子投你姨娘家去。

"却要厮守几日"，舒本无，其他脂本（甲戌本、己卯本、彼本、杨本、蒙本、戚本、眉本、梦本）基本上同于庚辰本。

脱文原因:"几年"和"几日"共有的"几"字前后相同。

例8:庚辰本第4回,梨香院一所十来间房白空闲着,打扫了——

请姨太太和姐儿、哥儿住了甚好。"王夫人未及留,贾母也就遣人来说,请姨太太就在这里住下,大家亲密些……

第一句至第四句,舒本无,其他脂本基本上同于庚辰本。
脱文原因:"请姨太太"四字前后相同。
例9:庚辰本第5回,其洁若何,秋兰被霜——

其静若何,松生空谷。其艳若何,霞映池塘。其文若何,龙游曲沿(沼)。

"其静若何,松生空谷"两句,舒本无,其他脂本同于庚辰本。
"其文若何,龙游曲沿(沼)"两句,舒本无,其他脂本(甲戌本、己卯本、彼本、杨本、蒙本、戚本、眉本、梦本)基本上同于庚辰本。
("艳",舒本作"丽";"池塘",舒本作"锦塘"。)
脱文原因:"其"字前后相同。
例10:庚辰本第8回,宝玉笑道,你们说与我的小幺儿们就是了——

一面说,一面往前走。

"一面说"三字,舒本无,其他脂本(甲戌本、己卯本、杨本、蒙本、戚本、眉本、梦本)同于庚辰本。
脱文原因:"一面"二字前后相同。
按:紧接着的上文有"一面说,一面走了"之语,足见这是曹雪芹常用的叙述句式。
例11:庚辰本第9回,贾政冷笑道——

你如果再提"上学"两个字,连我也羞死了。依我的话,你竟顽你的去是正理,仔细看站赃了我的地,靠赃了我的门。

"依我的话,你竟顽你的去是正理,仔细看站赃了"等十九字,舒本无,其他脂本(己卯本、彼本、杨本、蒙本、戚本、眉本、梦本)基本上同于庚辰本。

脱文原因:"了"字前后相同。

例 12:庚辰本第 9 回,原来贾家之义学离此也不甚远,不过一里之遥——

　　原系始祖所立,恐族中子弟有贫穷不能请师者,即入此中肄业。凡族中有官爵之人,皆供给银两……

"恐族中子弟有贫穷不能请师者,即入此中肄业。凡"等二十字,舒本无,其他脂本(己卯本、彼本、杨本、蒙本、戚本、眉本、梦本)同于庚辰本。

脱文原因:"族中"二字前后相同。

例 13:庚辰本第 9 回,从脑后嗖的一声,早见一方砚瓦飞来——

　　并不知系何人打来的,幸未打着,却又打了旁人的座上,这座上乃是贾兰、贾菌。这贾菌亦系荣国府近派的重孙,其母亦少寡,独守着贾菌。这贾菌与贾兰最好,所以二人同桌而坐。

此例之中,有毗连的两处脱文。

第一处脱文:"这座上",舒本无,其他脂本(己卯本、彼本、杨本、蒙本、戚本、眉本、梦本)同于庚辰本。

其脱文原因是:"座上"二字前后相同。

第二处脱文:第五句至第七句,舒本无,其他脂本基本上同于庚辰本。

其脱文原因是:"这贾菌"三字前后相同。

例 14:庚辰本第 10 回,到了宁府——

　　进了车门,到了东边小角门前下了车。

"车门,到了"四字,舒本无,其他脂本(己卯本、彼本、杨本、蒙本、戚本、眉本、梦本)基本上同于庚辰本。

脱文原因:"了"字前后相同。

例 15:庚辰本第 10 回,贾珍说道——

　　我方才到了太爷那里去请安,兼请太爷来家受一受一家子的礼。

"请安,兼"三字,舒本无,其他脂本(己卯本、彼本、杨本、蒙本、戚本、眉本、梦本）同于庚辰本。

"一受"二字，舒本无，其他脂本同于庚辰本。

脱文原因："请"字、"受"字前后相同。

例16：庚辰本第11回，这里尤氏向王夫人、邢夫人道——

> 太太们在这里吃饭阿，还是在园子里吃去好？小戏儿现预备在园子里呢。

"好？小戏儿现预备在园子里"，舒本无，其他脂本（己卯本、彼本、杨本、蒙本、戚本、梦本）基本上同于庚辰本。

脱文原因："园子里"三字前后重复。

例17：庚辰本第11回，猛然从假山石后走过一个人来——

> 向前对凤姐儿说道："请嫂子安。"凤姐儿猛然见了，将身子往后一退，说道："这是瑞大爷不是？"贾瑞说道："嫂子连我也不认得了，不是我是谁。"凤姐儿道："不是不认得，猛然一见，不想到是大爷到这里来。"

自"儿说道"至"不是不认得"，舒本作"一笑，凤姐说道"，其他脂本（己卯本、彼本、杨本、蒙本、戚本、梦本）基本上同于庚辰本。

脱文原因："凤姐儿说道"与"凤姐儿道"基本相同。

例18：庚辰本第12回，贾瑞只说这句，就再不能说话了——

> 旁边伏侍贾瑞的众人只见他先还拿着镜子照，落下来仍睁开眼拾在手内，末后镜子落下来，便不动了。

"仍睁开眼拾在手内，末后镜子落下来"等十五字，舒本无，其他脂本（己卯本、彼本、杨本、蒙本、戚本、梦本）基本上同于庚辰本。

脱文原因："落下来"三字前后相同。

例19：庚辰本第14回，筵（延）请地藏王，开金桥，引幢幡——

> 那道士们正伏章申表，朝三清，叩玉帝，禅僧们行香，放焰口，拜水忏……

"正伏章申表，朝三清，叩玉帝，禅僧们"等十四字，舒本无，其他脂本（甲戌本、己卯本、彼本、杨本、蒙本、戚本、梦本）同于庚辰本。

脱文原因："们"字前后相同。

例 20：庚辰本第 17/18 回，未及说完——

贾政气的喝命叉出去，刚出去，又喝命回来，命再题一联，若不通，一并打嘴。

"刚出去"，舒本无，其他脂本基本上同于庚辰本。

脱文原因："出去"二字前后相同。

例 21：庚辰本第 17/18 回，贵妃有谕说龄官极好，再作两出戏，不拘那两出就是了——

贾蔷忙答应了，因命龄官作《游园》、《惊梦》二出，龄官自为此二出原非本角之戏，执意不作，定要作《相约》、《相骂》二出。

"龄官自为此二出"，舒本无，其他脂本（己卯本、彼本、杨本、蒙本、戚本、梦本）基本上同于庚辰本。

脱文原因："二出"二字前后相同。

例 22：庚辰本第 19 回，宝玉揭起绣线软帘，进入里间，只见黛玉睡在那里，忙去上来推他道——

"好妹妹，才吃了饭，又睡觉。"将黛玉换[①]醒。黛玉见是宝玉，因说道……

"将黛玉唤醒"，舒本作"那"，其他脂本（己卯本、彼本、杨本、蒙本、戚本、梦本）基本上同于庚辰本。

脱文原因："黛玉"二字前后相同。

例 23：庚辰本第 20 回，谁不是袭人拿下马来的——

我都知道那些事，我只和你在老太太、太太跟前去讲讲了。

"太太"二字，舒本无，杨本同于舒本，其他脂本（己卯本、彼本、蒙本、戚本、梦本）同于庚辰本。

"老太太"指贾母，"太太"指王夫人，二者不可偏废。

[①] "换"乃"唤"字之误。

脱文原因："太太"二字前后相同。

例 24：庚辰本第 20 回，你只顾一时为我们那样，他们都记在心里——

遇着坎儿，说的好，说不好听，大家什么意思。

"说的好"，舒本无，其他脂本同于庚辰本、
（"说不好听"四字之后，舒本有"的"字。）

脱文原因："说"字前后相同。

例 25：庚辰本第 20 回，麝月卸去钗钏，打开头发——

宝玉拿了篦子，替他一一的梳篦，只篦了三五下，只见晴雯忙忙走进来……

"只篦"，舒本无，其他脂本同于庚辰本。

脱文原因："篦"字前后相同。

例 26：庚辰本第 21 回"贤袭人娇嗔箴宝玉，俏平儿软语救贾琏"，贾琏只得搬出，外书房来斋戒——

凤姐与平儿都随着王夫人日日供奉娘娘。那个贾琏只离了凤姐便要寻事，独寝了两夜便十分难熬。

"凤姐与平儿……那个贾琏只"，舒本无，其他脂本（彼本、杨本、蒙本、戚本、梦本）基本上同于庚辰本。

脱文原因："凤姐"二字前后相同（中间仅仅隔了"离了"二字）。

例 27：庚辰本第 23 回，贾琏笑道——

"你有本事，你说去。"凤姐听了，把头一梗，把快子一放，腮上似笑不笑的瞅着贾琏道："你当真的，是顽话？"

"不笑"，舒本无，其他脂本（彼本、杨本、蒙本、戚本、晳本、梦本）同于庚辰本。

脱文原因："笑"字前后相同。

例 28：庚辰本第 24 回，贾芸故意问道，原来叔叔也曾提我的——

凤姐见问，才要告诉他与他管的事情的那话，便忙又止住，心下想

到：<u>"我如今要告诉他那话</u>，到叫他看着我见不得东西似的……"

"与他管的事情的那话，便忙又止住，心下想到：'我如今要告诉他'"等二十五字，舒本无，其他脂本基本上同于庚辰本。

脱文原因："要告诉他"四字前后相同。

例29：庚辰本第24回，贾芸笑道——

  侄儿不怕雷打了，就敢在长辈前撒谎。昨儿晚上还提起婶子<u>身子生的单弱，事情又多，亏婶子</u>好大精神，竟料理的周周全全。要是差一个儿的，累的不知怎么样呢。

"身子生的单弱，事情又多，亏婶子"等字，舒本无，其他脂本基本上同于庚辰本。

脱文原因："婶子"二字前后相同。

按："婶子"二字，舒本均作"婶婶"。此与蒙本、戚本、暂本相同，而异于庚辰本（"婶子"）、梦本（"婶娘"）。此似可表明，舒本第24回文字亲近于蒙本、戚本、暂本，而疏远于庚辰本、梦本。

例30：庚辰本第24回，倪二笑道——

  "这不是话。天气黑了，也不让茶让酒，我还到那边有点事情去，你竟请回去。我还求你带个信儿与舍下，叫我们女儿明儿一早到马贩子王短腿家来找我。"<u>一面说</u>，一面趔趄着脚儿去了。不在话下。

"一面说"，舒本无，其他脂本同于庚辰本（杨本此二句作"说着就走了"）。

脱文原因："一面"二字前后相同。

例31：庚辰本第25回，凤姐笑道，凭你怎么说去罢——

  王夫人命人好生送了宝玉回房去后，袭人等见了<u>都慌的了</u>不得。

"都慌的了"四字，舒本无，其他脂本（甲戌本、彼本、杨本、蒙本、戚本、梦本）基本上同于庚辰本。

脱文原因："了"字前后相同。

例32：庚辰本第25回，马道婆说，弄一双鞋面给我——

赵姨娘听说，便叹口气说道："你瞧瞧，那里头还有那一块是成样的。成了样的东西，也不能到我手里来。有的没的，都在这里，你不嫌，就挑两块子去。"

第五句中的"成了样的"四字，舒本无，其他脂本基本上同于庚辰本。
脱文原因："成样的"和"成了样的"前后大致相同。
例33：庚辰本第26回，坠儿先进去回明——

然后方领贾芸进去。贾芸看时，只见……

"贾芸进去"四字，舒本无，其他脂本（甲戌本、彼本、杨本、蒙本、戚本、梦本）基本上同于庚辰本。
脱文原因："贾芸"二字前后相同。
例34：庚辰本第26回，贾芸见袭人端了茶来——

便忙站起来，笑道："姐姐怎么替我到起茶来？我来到叔叔这里，又不是客，让我自己到罢。"

第四句中的"我来"二字，舒本无，其他脂本基本上同于庚辰本。
脱文原因："来"字前后相同。
例35：庚辰本第26回，宝玉听说，心下猜疑道——

古今字画也都见过些，那里有个庚黄，想了半天，不觉笑将起来，命人取过笔来，在手心里写了两个字，又问薛蟠道："你看真了是庚黄？"薛蟠道："怎么看不真？"宝玉将手一撒，与他看道："别是这两字罢？其实与庚黄相去不远。"

第七句中的"道"字，舒本无，杨本同于舒本，其他脂本同于庚辰本。
自第七句中的"道"字至第十二句"与他看道"，舒本无，其他脂本基本上同于庚辰本。
脱文原因："道"字前后相同。
例36：庚辰本第27回，只听滴翠亭里边有人说话——

原来这亭子四面俱是游廊曲桥，盖造在池中水上，四面刁（雕）镂隔子糊着纸，宝钗在亭外听见说话，便煞住脚，往里细听。

"四面俱是游廊曲桥，盖造在池中水上"等十五字，舒本无，其他脂本（甲戌本、彼本、蒙本、戚本、梦本）基本上同于庚辰本（杨本例外）。

脱文原因："四面"二字前后相同。

例37：庚辰本第27回，红玉说着，将荷包递了上去——

又道："平姐姐教我回奶奶，才旺儿进来讨奶奶的示下，好往那家子去。平姐姐就把那话按着奶奶的主意打发他去了。"凤姐笑道："他怎么按我的主意打发去了？"红玉道："平姐姐说，我们奶奶问这里奶奶好……"

自"凤姐笑道"至下一句中的"打发去了"，舒本无，其他脂本同于庚辰本。又，"红玉道"，舒本独作"又道"。

脱文原因："打发他去了"和"打发去了"前后大致相同。

例38：庚辰本第27回，先时我们平儿也是这么着——

难道必定装蚊子哼哼，就是美人了，说了几遭才好些儿了。

"说了"，舒本无，其他脂本同于庚辰本。

脱文原因："了"字前后相同。

例39：庚辰本第28回，冯紫英唱完，饮了门杯，说道：鸡唱茅店月——

令完，下该云儿，云儿便说道……

第三句的"云儿"二字，舒本无，其他脂本（甲戌本、彼本、杨本、蒙本、戚本、梦本）同于庚辰本。

脱文原因："云儿"二字前后相同。

例40：庚辰本第29回，宝玉要砸玉，黛玉说，不如来砸我——

二人闹着，紫鹃、雪雁等忙来解劝。后来见宝玉下死砸玉，忙上来夺，又夺不下来，见比往日闹的大了，少不得去叫袭人。袭人忙赶了来，才夺了下来。宝玉冷笑道："我砸我的东西，与你们什么相干？"

自"见比往日闹的大了"至"袭人忙赶了来，才夺了下来"四句，舒本无，其他脂本（彼本、杨本、蒙本、戚本、梦本）基本上同于庚辰本。

脱文原因："夺不下来"和"夺了下来"前后大致相同。

例41：庚辰本第29回，袭人劝宝玉道——

千万不是，都是你的不是。往日家里小厮们和他们的姊妹辩嘴，或是两口子分争，你听见了，你还骂小厮们蠢，不能体贴女孩儿们的心，<u>今儿你也这么着了。明儿初五大节下</u>，你们两个再这们仇人似的，老太太越发要生气，一定弄的不安生。依我劝，你正紧下个气，陪个不是，大家还是照常一样。这么也好，那么也好。

"今儿你也这么着了。明儿初五大节下"两句，舒本无，其他脂本基本上同于庚辰本。

"心"，舒本作"心肠"。"你们"，舒本作"如今"。

脱文原因："今儿"和"如今"前后相似。

例42：庚辰本第30回，只见赤日当空，树阴合地，满耳蝉声，静无人语，刚到了蔷薇花架，只听有人哽噎之声——

<u>宝玉心中疑惑，便站住细听，果然架下那边有人。如今五月之际，那蔷薇正是花叶茂盛之际</u>，宝玉便悄悄的隔着篱笆洞儿一看……

前五句"宝玉……之际"，舒本无，其他脂本（彼本、杨本、蒙本、戚本、梦本）基本上同于庚辰本。

脱文原因："宝玉"二字前后重复。

例43：庚辰本第30回，只听院外叫门，紫鹃听了一听，笑道——

"这是宝玉的声音，想必是来赔不是来了。"<u>林黛玉听了，道："不许开门。"紫鹃道："姑娘又不是了</u>，这么热天毒日头，地下晒坏了他如何使得呢。"

自"林黛玉听了"至"姑娘又不是了"，舒本无，其他脂本基本上同于庚辰本。

脱文原因："了"字前后相同。

例44：庚辰本第30回，宝玉听了笑道——

"你往那去呢？"林黛玉道："<u>我回家去。"宝玉笑道："我跟了你去</u>。"林黛玉道："我死了。"宝玉道："你死了，我做和尚。"

第三句"我回家去"至第五句"我跟了你去"，舒本无，其他脂本基本上同于庚辰本。

脱文原因："林黛玉道"四字前后相同。

例45：庚辰本第30回，金钏儿听说，忙跪下哭道——

我再不敢了，太太要打骂，只管罚落，别叫我出去就是天恩了。我跟了太太十来年，这会子撵出去，我还见人<u>不见人</u>呢。

"不见人"，舒本无，其他脂本基本上同于庚辰本。

脱文原因："见人"二字前后相同。

例46：庚辰本第31回，林黛玉天性喜散不喜聚，他想的也有个道理——

他说，人有聚就有散，聚时欢喜，到散时岂不清冷？既清冷，则生伤感，所以不如到是不聚的好。比如那花开时令人爱慕，谢时则增惆怅，所以到是不开的好。故此人以为喜之时，他反以为悲。<u>那宝玉的情性，只愿常聚，生怕一时散了添悲</u>；那花只愿常开，生怕一时谢了没趣，只到筵散花谢，虽有万种悲伤，也就无可如何了。

其中"那宝玉的情性，只愿常聚，生怕一时散了添悲"三句，舒本无，其他脂本（己卯本、彼本、杨本、蒙本、戚本、梦本）基本上同于庚辰本。

脱文原因："悲"、"那"二字前后相同。

例47：庚辰本第31回，袭人说——

姑娘到是和我辩嘴呢，<u>是和二爷辩嘴呢</u>？要是心里恼我，你只和我说，不犯着当着二爷吵。

其中"是和二爷辩嘴呢"一句，舒本无，其他脂本基本上同于庚辰本。

脱文原因："辩嘴呢"三字前后相同。

例48：庚辰本第31回，宝玉说，拿了水来咱们两个洗——

晴雯摇手笑道："罢，罢，我不敢惹。爷还记得，碧痕打发你洗澡，足有两三个时辰，也不知道作什么呢，我们也不好<u>进去的。后来洗完了</u>，进去瞧瞧，地下的水淹着床腿，连席子上都汪着水，也不知是怎么洗了。"

其中"进去的。后来洗完了"八字，舒本无，其他脂本基本上同于庚辰本。

脱文原因："进去"二字前后相同。

例49：庚辰本第 31 回，迎春笑道——

"淘气也罢了，我就嫌他爱说话，也没见睡在那里还是咭咭叽叽呱呱，笑一阵，<u>说一阵</u>，也不知那里来的那些话。"

其中"说一阵"一句，舒本无，其他脂本同于庚辰本。

脱文原因："一阵"二字前后相同。

例50：庚辰本第 32 回"诉肺腑心迷活宝玉，含耻辱情烈死金钏"，湘云说——

"我在家时时刻刻那一回不念你几声？"话未了，忙的袭人和宝玉都劝道："顽话，你又认真了。还是这么性急。"<u>史湘云道："你不说你的话噎人，到说人性急。"</u>一面说，一面打开手帕子，将戒指递与袭人。

其中"史湘云道：你不说你的话噎人，到说人性急"三句，舒本无，其他脂本（己卯本、彼本、杨本、蒙本、戚本、梦本）基本上同于庚辰本。

脱文原因："性急"二字前后相同。

例51：庚辰本第 32 回，袭人笑道：云姑娘你如今大了，越发心直口快了——

宝玉笑道："我说你们这几个人难说话，<u>果然不错。"史湘云道："好哥哥，你不必说话</u>叫我恶心，只会在我们跟前说话，见了你林妹妹又不知怎么了？"

自"果然不错"至"你不必说话"，舒本无，其他脂本基本上同于庚辰本。

脱文原因："说话"二字前后相同。

例52：庚辰本第 32 回，袭人说，有一双鞋，你可有时间替我做做——

史湘云笑道："这又奇了。你家放着这些巧人不算，还有什么针线上的、<u>裁剪上的</u>，怎么教我做起来？你的活计叫谁做，谁不好意思不做呢？"

其中"裁剪上的"四字，舒本无，其他脂本同于庚辰本。

脱文原因："上的"二字前后相同。

例53：庚辰本第32回，宝玉说，林妹妹若说这样混帐话，我也和他生分了——

  林代玉听了这话，不觉又喜又惊，又悲又叹。所喜者，<u>果然自己眼力不错，素日认他是个知己</u>，果然是个知己。所惊者，他在人前一片私心称扬于我，其亲热厚密，不避嫌疑。所叹者，你既为我之知己，<u>自然我亦可为你之知己矣。既你我为知己</u>，则又何必有金玉之论哉。既有金玉之论，亦该你我有之，则又何必来一宝钗哉。

这里的脱文表现在两处。

  第一处是"果然自己眼力不错，素日认他是个知己"两句，舒本无，其他脂本基本上同于庚辰本。

  脱文原因："果然"二字前后相同。

  第二处是"自然我亦可为你之知己矣。既你我为知己"两句，舒本无，其他脂本基本上同于庚辰本。

  脱文原因："知己"二字前后相同。

  例54：庚辰本第32回，王夫人便问，你从那里来——

  宝钗道："从园里来。"<u>王夫人道："你从园里来</u>，可见你宝兄弟？"

  其中"王夫人道：你从园里来"两句，舒本无，其他脂本基本上同于庚辰本。

  脱文原因："从园里来"四字前后相同。

  由于脱文，本来由王夫人所说的话（"可见你宝兄弟"），却移花接木地变成了宝钗的话。

  例55：庚辰本第35回"白玉钏亲尝莲叶羹，黄金莺巧结梅花络"，宝玉也不吃饭了，洗手吃茶，又和那两个婆子说了两句话——

  然后两个婆子告辞出<u>去，晴雯等送至桥边方回。那两个婆子</u>见没人了，一行走，一行谈论。

  自第一句末尾的"去"字，至第三句开头的"那两个婆子"五字，舒本无，其他脂本（己卯本、彼本、杨本、蒙本、戚本、梦本）同于庚辰本。

  脱文原因："两个婆子"四字前后相同。

例56：庚辰本第36回，王夫人问，赵姨娘、周姨娘的月例多少——

凤姐道："那是定例，每人二两，赵姨娘有环兄弟的二两，共是四两。另外四吊钱。"

第四句"赵姨娘有环兄弟的二两"，舒本无，其他脂本（己卯本、彼本、杨本、蒙本、戚本、梦本）同于庚辰本。

脱文原因："二两"二字前后相同。

舒本在"每人二两"一句之后，直接接入"共是四两"一句，而遗失"赵姨娘有环兄弟的二两"一句。这样一来，原文的意思就走了样。在原文，"共是四两"，是指赵姨娘的二两加贾环的二两；到了舒本，却变成是指赵姨娘的二两加周姨娘的二两。这无疑背离了曹雪芹的原意。

例57：庚辰本第36回，凤姐笑道——

袭人原是老太太的人，不过给了宝兄弟使，他这一两银子还在老太太的丫头分例上领。如今说因为袭人是宝玉的人，裁了这一两［银］子。断然使不得。若说再添一个人给老太太，这个还可以裁他的。若不裁他的，须得环兄弟屋里也添上一个才公道均匀了。就是晴雯、麝月等七个大丫头，每月人各月钱一吊，佳蕙等八个小丫头，每月人各月钱五百，还是老太太的话，别人如何恼得、气得呢。

"每月人各"，舒本作"每个"，其他脂本基本上同于庚辰本。

脱文原因："月"字前后相同。

例58：庚辰本第36回，王夫人想了半日，向凤姐道——

明儿挑一个好丫头，送去老太太使，补袭人，把袭人的一分裁了，把我每月的月例十两银子里拿出二两银子一吊钱来给袭人，已后凡事有赵姨娘、周姨娘的，也有袭人的。只是袭人的这一分，都从我的分例上匀出来，不必动官中的就是了。

（庚辰本在原文"补袭人"三字之下，后人旁添"的数儿"三字。）

"补袭人，把"四字，舒本无，杨本作"把"，其他脂本基本上同于庚辰本。

脱文原因："袭人"二字前后相同。

例59：庚辰本第36回，宝玉想起《牡丹亭》曲来——

自己看了两遍，犹不惬怀，因闻得梨香院的十二个女孩子中有小旦龄官，最是唱的好，因着意出角门来找时，只见宝官、玉官都在院内，见宝玉来了，都笑嘻嘻的让坐。

自第四句"最是唱的好"至第六句中的"只见宝官、玉官"，舒本无，其他脂本同于庚辰本。

脱文原因："官"字前后相同、

例60：庚辰本第37回，宝玉打开看时，写道是——

不肖男芸恭请父亲大人万福金安，男思自蒙天恩认于膝下，日夜思一孝顺，竟无可孝顺之处……

末句中的"竟无可孝顺"五字，舒本无，其他脂本（己卯本、彼本、杨本、蒙本、戚本、梦本）同于庚辰本。

脱文原因："孝顺"二字前后相同。

例61：庚辰本第37回，宝玉听了，拍手道——

偏忘了他，我自觉心里有件事，只是想不起来。亏你提起来，正要请他去。

"亏你提起来"，舒本无，其他脂本同于庚辰本。

脱文原因："起来"二字前后相同。

例62：庚辰本第37回，宝玉告诉袭人起诗社的事——

袭人也把打发宋妈妈与史湘云送东西去的话告诉了宝玉，宝玉听了拍手道……

"宝玉"，舒本无，其他脂本同于庚辰本。

脱文原因："宝玉"二字前后相同。

例63：己卯本第37回，直到午后——

史湘云才来了，宝玉方放了心。

"宝玉方放"，舒本无，庚辰本无"了"字，其他脂本同于己卯本。（舒本误缺"心"字。）

脱文原因："了"字前后相同。

例64：庚辰本第38回，话说宝钗湘云二人计议已妥一宿无话——

　　湘云次日便请贾母等<u>赏桂花，贾母等</u>都说道："是他有兴头，须要提他这雅兴。"

"赏桂花，贾母等"六字，舒本无，其他脂本（己卯本、彼本、杨本、蒙本、戚本、梦本）同于庚辰本。

脱文原因："贾母等"三字前后相同。

例65：庚辰本第38回，原来这藕香榭盖在池中，四面有窗，左右有游廊可通——

　　亦是跨水接岸，后面又有曲折竹桥暗接。<u>众人上了竹桥</u>，凤姐忙上来搀着贾母，口里说……

"众人上了竹桥"六字，舒本无，其他脂本同于庚辰本。

脱文原因："竹桥"二字前后相同。

例66：庚辰本第38回，贾母听了，又抬头看匾，因回头向薛姨妈道——

　　我先小时，家里也有这么一个亭子，叫做什么枕霞阁。我那时也只像他们这么大年纪时，同姊妹们天天顽去。那日，谁知我失了脚掉下去，几乎没淹死，好容易救了上来，到底被那木钉把头碰破了。<u>如今这鬓角子上，那指头顶大一块窝儿，就是那会儿残破了</u>。众人都怕经了水，又怕冒了风，都说活不得了，谁知竟好了。

"如今这鬓角子上，那指头顶大一块窝儿，就是那会儿残破了"三句，舒本无，其他脂本基本上同于庚辰本。

脱文原因："破了"二字前后相同。

例67：庚辰本第38回，贾母笑道："明儿叫你日夜跟着我，我到常笑笑，觉的开心，不许回家去。"——

　　王夫人笑道："老太太因为喜欢他，才惯的他这样，<u>还这样说他，明儿越发无里①了</u>。"贾母笑道："我喜欢他这样。况且他又不是那不知高低

---

① "里"乃"礼"字的音讹。

的孩子家。家常没人，娘儿们原该这样。"

自第四句"还这样说他"至第七句"我喜欢他这样"，舒本无，其他脂本基本上同于庚辰本。

脱文原因："他这样"三字前后相同。

例68：庚辰本第38回，宝玉道：这才是正理，我也最不喜限韵——

　　林黛玉因不大吃酒，又不吃螃蟹，自令人掇了一个绣墩，倚栏杆坐着，<u>拿着</u>钓竿钓鱼。

"拿着"二字，舒本无，其他脂本基本上同于庚辰本。

脱文原因："着"字前后相同。

例69：庚辰本第39回"村姥姥是信口开河，情哥哥偏寻根究底"，众人见他进来，都忙站起来了——

　　刘姥姥因上次来过，知道平儿的身分，忙跳下地来，问姑娘好，<u>又说："家里都问好。</u>早要来请姑奶奶的安、看姑娘来的……"

"又说：家里都问好"两句，舒本无，其他脂本（己卯本、彼本、杨本、蒙本、戚本、梦本）基本上同于庚辰本。

脱文原因："好"字前后相同。

例70：庚辰本第39回，平儿又令小丫头子倒茶去——

　　周瑞、张材两家的因笑道："姑娘今儿脸上有些春色，眼圈儿都红了。"<u>平儿笑道："可不是。我原是不吃的，大奶奶和姑娘们只是拉着死灌，不得已，喝了两盅，脸就红了。"</u>

自第四句"平儿笑道"至末句"脸就红了"，舒本无，其他脂本基本上同于庚辰本。

脱文原因："红了"二字前后相同。

例71：庚辰本第40回，请大奶奶开了，带着人搬罢——

　　李氏便令素云接了钥匙，又令婆子出去，<u>把二门上的小厮叫几个来。李氏站在大观楼下往上看，</u>令人上去，开了缀锦阁，一张一张往下抬。

第三句、第四句、第五句，舒本无，其他脂本（己卯本、彼本、杨本、蒙本、戚本、梦本）基本上同于庚辰本。

脱文原因："去"字前后相同。

例72：庚辰本第40回，说话时，刘姥姥已爬了起来了，自己也笑了，说道——

才说嘴，<u>就打嘴</u>。

"就打嘴"三字，舒本无，其他脂本基本上同于庚辰本。

脱文原因："嘴"字前后相同。

例73：庚辰本第40回，丫环们知道他要捉弄刘姥姥，便躲开让他——

鸳鸯<u>一面侍立</u>，一面悄向刘姥姥说道："别忘了。"

"一面侍立"四字，舒本无，其他脂本同于庚辰本。

脱文原因："一面"二字前后相同。

例74：庚辰本第40回，刘姥姥道："刚才那个嫂子倒了茶来，我吃过了，姑娘也该用饭了。"——

凤姐儿便拉鸳鸯："你坐下<u>和我们吃了罢，省的回来又闹。"鸳鸯便坐下</u>了。婆子们添上碗箸来，三人吃毕。

"和我们吃了罢，省的回来又闹。鸳鸯便坐下"十七字，舒本无，其他脂本基本上同于庚辰本。

脱文原因："坐下"二字前后相同。

例75：庚辰本第40回，这三样摆在这案上就勾了——

再把水墨字画、白绫①帐子<u>拿来，把这帐子</u>也换了。

"拿来，把这帐子"，舒本无，其他脂本基本上同于庚辰本。

脱文原因："帐子"二字前后相同。

例76：庚辰本第40回，他又要佛手吃——

---

① "菱"乃"绫"字的音讹。

> 探春拣了一个与他说："顽罢，吃不得的东西。"东边便设着卧榻。

"的"，舒本、杨本无，其他脂本同于庚辰本。
"东西"，舒本、己卯本、彼本、戚本、杨本、梦本无。
脱文原因："东"字前后重复。
例77：庚辰本40回，凤姐偏拣了一碗鸽子蛋——

> 放在刘姥姥桌上，贾母这边说声"请"，刘姥姥便站起身来，高声说道……

"贾母这边说声请"，舒本无，其他脂本同于庚辰本。
脱文原因："刘姥姥"三字前后重复。
例78：庚辰本第40回，刘姥姥笑道——

> 姑娘说那里话，咱们哄着老太太开个心儿，可有什么恼的。你先嘱付我，我就明白了。

"我"，舒本无，其他脂本同于庚辰本。
脱文原因："我"字与上文重叠。

第二节　讹夺

在这一节，我将举出十个"讹夺"的例子。
从它们的身上找不出一般"脱文"的规律，也落实不了"脱文"的原因。姑且冠以"讹夺"之名，单设一节予以论述。
本节所说的"讹夺"，与所谓的"独无"还是有区别的。其区别在于："独无"是指舒本独无的较少的字、词，这里所说的"讹夺"则是指舒本脱漏的较多的词、句。
例1：庚辰本第3回，林如海道——

> 弟已预为筹划至此，已修下荐书一封，转托内兄务为周全协左，方可稍尽弟之鄙诚。

最后两句，舒本无，其他脂本（甲戌本、己卯本、彼本、杨本、蒙本、戚本、眉本、梦本）基本上同于庚辰本。

这是一般的遗漏。

（"左"，庚辰本旁改"力"，甲戌本、己卯本、杨本、蒙本、戚本、彼本作"佐"、梦本作"力"。）

例2：庚辰本第9回，秦钟、香怜二人向贾瑞前告金荣说，金荣无故欺负他两个——

> 原来这贾瑞最是个图便宜、没行止的<u>人，每在学中以公报私；勒索子弟们请他，后</u>又附助着薛蟠……

"人，每在学中以公报私；勒索子弟们请他，后"等十七字，舒本无，其他脂本（己卯本、彼本、杨本、蒙本、戚本、眉本、梦本）同于庚辰本。

此处的脱漏，可以有两种理解。一种理解是：这是我们所说的"脱文"。脱文原因："人"字与形似的"又"字前后相似。另一种理解：这只是一般的脱漏，和本章第一节所举的"脱文"之例不同。

姑将此例临时置于此节叙述，供读者参考。

例3：庚辰本第13回，谁知尤氏正犯了胃疼旧疾，睡在床上，然后又出来见贾珍——

> 彼时贾代儒、代修、贾敕、贾效、贾敦、贾赦、贾政、贾琮、贾瑀、贾珩、贾珖、贾琛、贾琼、贾璘①、贾蔷、贾菖、贾菱、贾芸、贾芹、贾蓁、贾萍、贾藻、贾蘅、贾芬、贾芳、贾蘭、贾菌、贾芝等都来了。

这一段文字，舒本作"彼时贾代儒、贾代修、贾敕等合族长辈、平辈、晚辈都来了"，其他脂本基本上同于庚辰本。

舒本此处和庚辰本等脂本文字的歧异，是由增添或删减造成的。这有两种可能性。

可能性之一：增添。舒本的异文出于初稿，庚辰本的异文是修改稿。修改稿的目的在于，嫌"合族长辈、平辈、晚辈"过于笼统，增添出一些人名，可以使读者对贾府族人众多有一深刻的印象，对贾府族人中的长辈、平辈、晚辈等四辈人名的排行有所了解（"代"、"反文旁"、"斜玉旁"、"草字头"）。

---

① "贾璘"，《红楼梦大辞典》增订本（文化艺术出版社，2010年8月，北京）误为"贾璘""贾磷"二人（314页）。

可能性之二：删减。名单过于冗长，不利于阅读的顺畅，所以施行了删减的手术。

那么，哪个可能性更大呢？

请注意两点。

第一，庚辰本等脂本在此名单中有相连的四人："贾琛、贾琼、贾璘、贾蔷"。而在下文又重复地提到了这四个人，引庚辰本于下：

> 贾珍便命贾琼、贾琛、贾璘、贾蔷四个人去陪客。

其中的"贾琛"，舒本作"贾琮"，彼本、杨本同于舒本，其他脂本（甲戌本、己卯本、蒙本、戚本、梦本）同于庚辰本。

"贾琮"的"琮"当是"琛"字的形讹。因为据第25回的描写告诉读者，贾琮是贾赦和邢夫人之子。以贾琮在贾府的地位而论，他不应该和"贾琼、贾璘、贾蔷"三人并排在一起；并且贾琮是迟至第25回方始登场，而在第13回似无必要让他提前露面。

这四个名字，有来自那个大名单的嫌疑。

第二，在这个名单中，"反文旁"的第一人是"贾敕"。他也是舒本在四代人之中保留下来的第二代（"代"字辈）、第三代（"反文旁"辈）、第四代（"斜玉旁"辈）、第五代（"草字头"辈）的唯一代表性人物。为什么唯独保留着他？我想，可能是他排列的位置是在"贾代儒"、贾"代修"之后的第一人，一不小心，去掉了他之后的一大串名字，却不经意地、偶然地留下了他。除此之外，我们再也找不到更合理的、更令人满意的解释。

因此，在可能性之一和可能性之二两者之中作抉择，愚意倾向于后者。

例4：庚辰本第17/18回，就依外面村庄的式样作来，用竹竿挑在树梢——

> 贾珍答应了，又回道："此处竟还不可养别的雀鸟，只是买些鹅、鸭、鸡类，才都相称了。"贾政与众人都道："更妙！"贾政又向众人道……

自第一句的"了"字起，至倒数第二句"更妙"止，舒本仅作"道是"二字，其他脂本（己卯本、彼本、杨本、蒙本、戚本、梦本）基本上同于庚辰本。

例5：庚辰本第17/18回，他师父极精演先天神数，于去冬圆寂了——

妙玉本欲扶灵回乡的，他师父临寂遗言说他衣食起居不宜回乡，在此净居。后来自然有你的结果。

此段文字，舒本作：

妙玉本欲扶灵回乡，因数上起得在此静居，然后自然有你的结果。

其他脂本（己卯本、彼本、杨本、蒙本、戚本、梦本）基本上同于庚辰本。

例6：庚辰本第19回，宝玉忙笑道——

你说那几件，我都依你。好姐姐，好亲姐姐，别说两三件，就是两三百件，我也依。

最后三句"别说两三件，就是两三百件，我也依"，舒本无，其他脂本（己卯本、彼本、杨本、蒙本、戚本、梦本）基本上同于庚辰本。

例7：庚辰本第34回，偏生那些人又肯亲近他——

也怨不得他这样，总是我们劝的到不好了，今儿太太提起这话来……

"总是我们劝的到不好了"一句，舒本无，其他脂本（己卯本、彼本、杨本、蒙本、戚本、梦本）基本上同于庚辰本。

例8：庚辰本第37回，宝钗又向湘云道：还是纺绩针黹是你我的本等，一时闲了，倒是于你我深有益的书看几章是正经——

湘云只答应着，因笑道："我如今心里想着，昨日作了海棠诗，我如今要作个菊花诗，如何？"宝钗道："菊花倒也合景，只是前人太多了。"湘云道："我也是如此想着，恐怕落套。"宝钗想了一想，说道："有了。如今以菊花为宾，以人为主，竟拟出几个题目来，都是两个字，一个虚字，一个实字，实字便用'菊'字，虚字就用通用关[①]的，如此又是咏菊，又是赋事，前人也没作过，也不能落套，赋景、咏物两关着，又新鲜，又大方。"

[①] "关"（関）乃"门"字的形讹。

"宝钗想了一想"，舒本原作"想了一想"，后旁添"宝钗"二字，其他脂本（己卯本、彼本、杨本、蒙本、戚本、梦本）同于庚辰本。

例9：庚辰本第40回，也不要按桌坐席——

　　每人跟前摆一张高桌，各人爱吃的东西一两样，再一个什锦攒心盒子、自斟壶，岂不别致？

"高桌"，舒本和其他脂本（己卯本、彼本、杨本、蒙本、戚本、梦本）均作"高几"。

"各人爱吃的东西一两样，再"十一字，舒本无，其他脂本基本上同于庚辰本。

例10：庚辰本第40回，三人吃毕——

　　刘姥姥笑道："我看你们这些人都只吃一点儿就完了，亏你们也不饿，怪道风儿都吹的倒。"

"笑道"，舒本原无，后旁添，其他脂本（己卯本、彼本、杨本、蒙本、戚本、梦本）同于庚辰本。

"我看"，舒本无，其他脂本同于庚辰本。

第三节　跳行与跳叶

"跳行"是指抄手在抄写时脱漏了一行的文字。
"跳叶"是指抄手在抄写时脱漏了一叶或数叶（包含数个半叶）的文字。
现举跳行、跳叶各一例于下。
"跳行"一例见于现存舒本倒数第二回（第39回）。
庚辰本第39回，贾母又道——

　　今儿既认着了亲，别空空儿的就去。不嫌我这里，就住一两天再去。我们也有个园子。园子里头也有果子，你明日也尝尝，带些家去，你也算看亲戚一淌①。

---

① "淌"乃"趟"字之误。

第二十二章 脱文现象意味着什么？（下） | 731

自第五句的"园子"二字至第九句的"你也算看亲"五字，舒本无，其他脂本（己卯本、彼本、杨本、蒙本、戚本、梦本）基本上同于庚辰本。

按庚辰本字数计算，舒本此处脱漏二十五字。脱漏原因：跳行。舒本此回底本的行款应是每行二十五字左右。

"跳叶"一例见于现存舒本的最后一回（第40回）。

庚辰本第40回"史太君两宴大观园，金鸳鸯三宣牙牌令"，贾母因问：宝玉怎么不见？众丫头们答说，在池子里船上呢——

贾母道："谁又预备下舡了？"

李纨忙回说："才开楼拿几，我恐怕老太太高兴，就预备下了。"

贾母听了，方欲说话时，有人回说："姨太太来了。"贾母等刚站起来。只见薛姨妈早进来了，一面归坐，笑道："今儿老太太高兴，这早晚就来了。"

贾母笑道："我才说，来迟了的要罚他。不想姨太太就来迟了。"

说笑一会，贾母因见窗上纱的颜色旧了，便和王夫人说道："这个纱新糊上好看，过了后来就不翠了。这个院子里头，又没有个桃、杏树。这竹子已是绿的，再拿这绿纱糊上，反不配。我记得，咱们先有四五样颜色糊窗户的纱呢。明儿给他把这窗户上的换了。"

凤姐儿忙道："昨儿我开库房，看见大板箱里还有些匹银红蝉翼纱，也有各样折枝花样的，也有流云卍福花样的，也有百蝶穿花花样的。颜色又鲜，纱又轻软。我竟没见过这样的，拿了两匹出来，作两床绵纱被，想来一定是好的。"

贾母听了，笑道："呸，人人都说，你没有不经过、不见过，连这个纱还不认得呢，明儿还说嘴。"

薛姨妈等都笑说："凭他怎么经过、见过，如何敢比老太太呢？老太太何不教道了他，我们也听听。"

凤姐儿也笑说："好祖宗，教给我罢。"

贾母笑向薛姨妈众人道："那个纱比你们的年纪还大呢，怪不得他认作蝉翼纱。原也有些像，不知道的都认作蝉翼纱。正经名子叫作软烟罗。"

凤姐儿道："这个名儿也好听，只是我这么大了，纱罗也见过几百样，从没听见过这个名色。"

> 贾母笑道："你能够活了多大，见过几样没处放的东西，就说嘴来了。那个软烟罗只有四样颜色，一样雨过天晴，一样秋香色，一样松绿的，一样就是银红的。若是做了帐子，糊了窗屉，远远的看着，就似烟雾一样，所以叫作软烟罗。那银红的，又叫作霞影纱。如今上用的府纱，也没有这样软厚轻密的了。"

以上一大段文字，自第二句"谁又预备下舡了"至倒数第三句"又叫作霞影纱"，舒本仅仅作"谁又预备纱"五字，而其他脂本基本上同于庚辰本，异于舒本。

查舒本原文，"谁又预备纱"五字位于第 40 回的第 5 叶前半叶第 1 行倒数第 3 字和倒数第 2 字之间。五字相连，并无间隔。可证确属脱漏无疑。

从庚辰本引文第二句中的"下船了"三字开始，到倒数第三句中的"霞影"二字止，共 561 字，为舒本所无。

假设庚辰本此处的字数与舒本此处脱漏的字数相等，则舒本此处所缺失的字数也应是 561 字。

按：舒本每半叶 8 行，每行 24 字；计算下来，每半叶 112 字；5 个半叶（2.5 叶）为 560 字。560 字和 561 字，正好有 ±1 字的误差。这就找到了舒本此处脱漏的原因了：错误的跳叶造成了错误的嫁接。

第二十三章　茗烟与焙茗：一人二名辨析（上）

在《红楼梦》中，一人有两个名字，不止一例。

例如蕙香，又名四儿，那是宝玉给她改的。

比较特殊的是秦可卿，在宝玉梦游太虚幻境之时，书上介绍她名可卿，字兼美；但在其他的场合，书中的叙述舍弃"可卿"或"秦可卿"而不用，只称她为"秦氏"，这一点常为许多读者或研究者所忽视。

最特殊的是宝玉的一个书童、小厮，他一会儿叫茗烟，一会儿又叫焙茗，不免令人感到莫名其妙，作者曹雪芹始终也没有给出一个正面的、明确的交代[①]。

这个书童、小厮为什么既叫茗烟，又叫焙茗？曹雪芹给他先起的名字是茗烟，还是焙茗？为什么中途会起了变化？

这就是本章准备讨论的问题。

第一节　俞平伯先生的一番话

多少年前，俞平老曾在《记郑西谛藏旧抄〈红楼梦〉残本两回》一文[②]中谈到过茗烟和焙茗的问题。他分四点来谈此残抄本（暂本）的异文。其第二点说：

[①] 程乙本倒是给出了一个解释，但那是出于后人（例如程伟元或高鹗）的改写，与曹雪芹无涉。

[②] 俞平伯：《读红楼梦随笔》第16篇。

（二）名虽无异，而用法非常特别，如茗烟焙茗。原来《红楼梦》里，一个人叫茗烟又叫焙茗，虽极小事，却引起许多的麻烦。大体讲来，二十三回以前叫茗烟，二十四回起便叫焙茗。从脂评抄本这系列来说，二十三回尚是茗烟，到了二十四回便没头没脑地变成焙茗。我认为这是曹雪芹稿本的情形。程、高觉得不大好，要替他圆全。所以就刻本这系列来说，程甲本二十四回上明写着"只见茗烟改名焙茗的"，以后各本均沿用此文。无论从抄本刻本，都可以分明看得出作者的原本确是二十三回叫茗烟，二十四回叫焙茗。这抄本①虽只剩了两回，恰好正是这两回，可谓巧遇。查这本两回书一体作焙茗，压根不见茗烟。我想这是程、高以外，或程、高以前对原稿的另一种修正统一之法。就新发现的甲辰本②看，又俱作茗烟，不见焙茗，虽似极端的相反，其修改方法实是同一的，均出程高"改名法"以外，可能都比程、高时代稍前。因假如改名之说通行以后，便可说得圆，并无须硬取消一名，独用一名了。

他的话有四个要点：

（1）在"脂评抄本"系列中，第23回叫"茗烟"的那个书童，到了第24回便改叫"焙茗"了。

（2）这反映了作者原本的原貌，确实是从第24回起，此人便改叫"焙茗"了。

（3）在程本系列中，第24回明写"茗烟改名焙茗"。这是一种修正统一之法。

（4）皙本（即"郑本"）第23回和第24回一体作"焙茗"。这是另一种修正统一之法。

俞平老的话是不是反映了《红楼梦》各脂本以及程甲本、程乙本的实际情况呢？

还是让事实来发言吧。

在下文第二节和第四节，以及下一章的第一节，我将《红楼梦》全书120回划分为"前四十回"（第1回至第40回）、"中四十回"（第41回至第

---

① "这抄本"指的是许多学者所称的"郑本"，我称之为"皙本"，即"皙庵旧藏本"的简称，残存第23回和第24回两回。

② 平老所说的"甲辰本"，我称之为"梦本"，即"梦觉主人序本"的简称。

80回）和"后四十回"（第81回至第120回）三组，陆续介绍现存各脂本以及程甲本、程乙本对"茗烟"、"焙茗"两个名字各自的使用情况，用以检验俞平老的话是否符合《红楼梦》各脂本以及程甲本、程乙本的实际情况。

第二节　茗烟与焙茗：在前四十回

在第1回至第40回中，出现"茗烟"或"焙茗"之名的，有以下十回：

> 9　16　19　23　24　26　28　33　34　39

"茗烟"、"焙茗"二名轮流出现的情况，列举如下：
（在这一节，用楷体字所引述的《红楼梦》第41回之前的文字，除另行注明出处者之外，概以舒本为据。）

【第9回】
"茗烟"的名字首先出现在第9回。
舒本第9回回目：

> 恋风流情友入学堂，起嫌疑顽童闹家塾

此回目上下联，梦本、程甲本、程乙本作"训劣子李贵承申饬，嗔顽童茗烟闹书房"。

其他脂本同于舒本，但将"学堂"和"家塾"二字对调。
舒本第9回正文：

（1）贾蔷……想毕，装作出小恭，出至外面，悄悄把跟宝玉的书童名唤茗烟者，唤至身边，如此这般，调拨他几句。
（2）这茗烟乃宝玉第一个得用的，且又年轻不谙事。
（3）这茗烟无故就要欺压人的。
（4）这里茗烟走进来，便一把揪住金荣。
（5）贾瑞忙吆喝："茗烟不得撒野！"
（6）他在座上冷眼看见金荣的朋友暗助金荣，飞砚来打茗烟，没打着茗烟，便落在他座上，正打在面前，将个砚水壶打了粉碎，溅了一书黑水。

（7）地狭人多，那里经得舞动大板，茗烟早吃了一下。

（8）被李贵幺喝骂了茗烟四个一顿，撵了出去。

（9）瑞大爷反派我们的不是，听着人家骂我们，还调［唆］他打我们。茗烟见人欺负我，他岂有不为我的，他们反打伙儿打了茗烟。

（10）茗烟在窗外道："他是东胡同里璜大奶奶的侄儿……"

（11）宝玉……说着便要走，叫茗烟进来包书。茗烟又得意道："爷也不用自己去见，等我去他家……"

（12）茗烟方不敢做声儿。

以上所举"茗烟"人名，共出现十四次。

其他脂本以及程甲本、程乙本均同于舒本。

也就是说，在第9回，这个书童之名，脂本以及程甲本、程乙本全作"茗烟"。

茗烟	舒本　己卯本　庚辰本　彼本　杨本　蒙本 戚本　眉本　梦本　程甲本　程乙本

值得注意的是，上述引文第8段中的"茗烟四个"指的是哪四个？其中一个当然是"茗烟"；其余三个，则是"锄药"、"扫红"和"墨雨"。请看原文：

宝玉还有三个小厮，一名锄药a，一名扫红a，一名墨雨a……墨雨b遂掇起一根门闩，扫红b、锄药b手中都有马鞭子，蜂拥而上。

其中，"一名锄药a，一名扫红a，一名墨雨a"三句，彼本、眉本无，其他脂本以及程甲本、程乙本同于舒本；"墨雨b"，眉本误作"墨丙"，彼本作"大家"，其他脂本以及程甲本、程乙本同于舒本；"扫红b"、"锄药b"，彼本无（眉本有），其他脂本以及程甲本、程乙本同于舒本。

【第16回】

舒本第16回有三段文字提到了茗烟：

（1）这日一早起来，才梳洗完毕，意欲回明贾母，去望后①秦钟。忽见茗烟在二门照壁前探头缩脑的，宝玉忙出来问他："作什么？"茗烟道："秦相公不中用了。"宝玉听说，唬了一跳，忙问道："我昨日才瞧了他来，还明明白白的，怎么今日就不中用了？"茗烟道："我也不知道，才刚是他家的老头子来特告诉我的。"……

（2）一时催促车到了，忙上了车，李贵、茗烟等跟随……

（3）此时天色将晚了，李贵、茗烟再三催促回家。宝玉无奈，只得出来，上车回去。

其中第一段、第二段文字共有四处出现"茗烟"之名。

第三段文字，仅一处出现"茗烟"之名。但第三段文字，除彼本基本上和舒本相同之外，其他脂本均无。

在第16回，脂本以及程甲本、程乙本全作"茗烟"。

茗烟	舒本　甲戌本　己卯本　庚辰本　彼本　杨本 蒙本　戚本　梦本　程甲本　程乙本

【第19回】

舒本第19回有九段文字提到了茗烟：

（1）那轴美人却不曾活，却是茗烟按着一个女孩子，也干那警幻所训之事。

（2）茗烟见是宝玉，忙跪求不迭。

（3）急的茗烟在后叫"祖宗"："这是分明告诉人了。"宝玉回②问："那丫头几岁了？"茗烟道："大不过是③六七岁了。"

（4）又问："名字叫什么？"茗烟笑道："若说出名字来话长，真是新解奇文，竟是写不出来的。……"

（5）茗烟因问："二爷为何不看这样的好戏？"宝玉道："看了半日怪烦的，出来逛逛，就遇见你们了。这会子作什么呢？"茗烟欢欢④笑道：

---

① "后"乃"候"字之误。
② "回"乃"因"字的形讹。
③ "是"乃"十"字的音讹。
④ "欢欢"（歡歡）乃"吣吣"的音讹。

"这会子没人知道,我悄悄的引二爷往城外且去一回子,再往这里来,他们就不知道了。"宝玉道:"不好。倘被花子拐了去,便是他们知道了,又闹大了。不如往熟近些地方去,还可就来。"茗烟道:"熟近地方,谁家可去?"宝玉笑道:"依我的主意,竟找花大姐姐去,瞧他在家作什么呢?"茗烟笑道:"好,好,倒忘了。"又道:"若他们知道了,说我引二爷胡走,要打我呢。"宝玉道:"有我呢。"茗烟听说,拉了马,二人从后门就走了。

(6)茗烟先进去叫袭人之兄花自芳。

(7)一面又问茗烟:"还有谁跟来?"茗烟笑道:"别人都不知,就我们两个。"袭人听了,复又惊慌道:"这还了得,倘或碰见人了,或是遇见了老爷,街上挤车碰马,有个闪失,也是顽得的。你们的胆子比斗还大。都是茗烟挑唆的,回去我定告诉嬷嬷们打你。"茗烟撅了嘴道:"二爷打着骂着叫我引了来的,这会子推在我身上。我说别来罢,不然我们还去罢。"

(8)袭人又把些果子与茗烟,又把些钱与他买花炮放,叫他不可告诉人。

(9)花、茗二人牵马跟随,来至宁府街。茗烟命住轿,向花自芳道:"须得我同二爷还到东府里混一混才好过去的,不然人家就疑惑了。"

其中第9段文字中,"花、茗"二字,蒙本、梦本作"茗、花",其他脂本同于舒本。此处,各脂本显系以"茗"代称"茗烟";程甲本、程乙本则将"花、茗二人"或"茗、花二人"改为"茗烟二人"。

在第19回,脂本全作"茗烟"(十六处)或"茗"(一处)。

茗烟 (或"茗")	舒本	己卯本	庚辰本	彼本	杨本	蒙本
	戚本	梦本	程甲本	程乙本		

【第23回】

舒本第23回"西厢记妙词通戏语,牡丹亭艳曲警芳心"有两段文字提到了"茗烟"之名:

(1)茗烟见他这样,因想与他开心……

(2)茗烟又嘱咐他:"不可拿进园去,若叫人知道了,我就吃不了兜着走呢。"

在以上两段文字中,"茗烟"二字,晳本均作"焙茗",其他脂本以及程甲本、程乙本同于舒本。

在《红楼梦》现存各早期版本中,"焙茗"之名最早是在这一回出现的。在此回之前,无论是脂本,还是程甲本、程乙本,都一律作"茗烟"(或以"茗"代称"茗烟")。晳本的出现,方始打破了这项规律。

值得注意的是,在这一回,程甲本、程乙本均作"茗烟",而不作"焙茗"。

为什么要提醒这一点呢?因为程甲本、程乙本到了下一回(第24回)便都使此人改名"焙茗"了。

也就是说,在前八十回中,"茗烟"改名"焙茗":在晳本,是从第23回开始的(晳本第23回之前,已佚,其中此人是叫"焙茗",还是叫"茗烟",不详);在程甲本、程乙本,则是从第24回开始的。

不能否认,从目前我们所掌握的情况看,程甲本、程乙本的改称也许是受到了晳本(或其底本)的影响。

茗烟	舒本 庚辰本 彼本 杨本 蒙本 戚本 梦本
焙茗	晳本

【第24回】

舒本第24回"醉金刚轻财尚侠义,痴女儿遗帕染相思"有五段文字提到了焙茗:

(1) 只见<u>焙茗</u>、锄药两个小厮下象棋,为夺车正拌嘴。还有引泉、扫花、桃芸(挑云)、拌(伴)鹤四五个人在房檐上掏小雀儿顽。贾芸进入院内,把脚一跺,说道:"猴头们淘气,我来了。"众小厮看见贾芸进来,都才散了。贾芸进入房内,便坐在椅子上,问:"宝二爷没下来?"<u>焙茗</u>道:"今儿总没下来。二爷说什么,我替你哨探哨探去。"

(2) 恰好<u>焙茗</u>走来,见那丫头在门前,便说道:"好,好,正抓不着信儿。"贾芸见了<u>焙茗</u>,也就赶了出来问:"怎样?"<u>焙茗</u>道:"等了这半日,也没个人儿过来。这就是宝二爷房里的。好姑娘,你进去带了信儿,就说廊上的二爷来了。"

(3)焙茗道:"这是怎么说?"

(4)焙茗道:"我到茶去,二爷吃茶再去。"贾芸一面走,一面回头说:"不吃茶,我还有事呢。"

(5)宝玉道:"你为什么不作那眼见的事?"那丫头道:"这话我也难说。只是有一句话回二爷,昨儿有个什么芸儿来找二爷。我想二爷不得空儿,便叫焙茗回他,叫他今日早起来,不想二爷又往北府里去了。"

在脂本以及程甲本、程乙本的以上五段文字中,茗烟或焙茗之名互见。

这里存在着三种情况。

情况之一:在脂本中,作"茗烟"者为彼本、杨本、蒙本、梦本;作"焙茗"者为舒本、庚辰本、戚本、暂本。

情况之二:程甲本比较特殊。在第一段文字中,程甲本既不单纯作"茗烟",也不单纯作"焙茗",而是:

> 只见茗烟改名焙茗的并锄药两个小厮下象棋,为夺车正拌嘴呢,还有引泉、扫花、挑云、伴鹤四五个在房檐下掏小雀儿顽,贾芸进入院内,把脚一跺,说道:"猴儿们淘气,我来了。"众小厮看见了他,都才散去。贾芸进书房内,便坐在椅子上问:"宝二爷下来没有?"焙茗道:"今日总没下来。二爷说什么,我替你哨探哨探去。"

它的修改,明确地向读者指出,茗烟更换了名字。

这有两种可能。

第一种可能:在它的底本中,这一回此处的那个小厮名叫"焙茗",而不是"茗烟";因此,程甲本这一回的底本可能是庚辰本、戚本、舒本(或其底本)一类,而不可能是暂本或其底本。(因为在暂本的上一回,即第23回,那个小厮已经以"焙茗"的名字出现了。)

第二种可能:在它的底本中,这一回此处的那个小厮名叫"茗烟",而不是"焙茗";因此,程甲本这一回的底本可能是杨本、蒙本、彼本、梦本(或其底本)。

我认为,第一种可能性更有说服力。因为如果是第二种可能性(即:"茗烟"),它就没有必要去添加那个多余的改名的解释。

情况之三:程乙本更特殊。其特殊性就在于,在第一段文字中,它的修改比程甲本还多:

只见茗烟在那里掏小雀儿呢,贾芸在他身后把脚一跺道:"茗烟小猴儿又淘气了。"茗烟回头见是贾芸,便笑道:"何苦二爷唬我们这么一跳。"因又笑说:"我不叫茗烟了。我们宝二爷嫌'烟'字不好,改了叫焙茗了。二爷明儿只叫我焙茗罢。"贾芸点头笑着,同进书房,便坐下问:"宝二爷下来了没有?"焙茗道:"今日总没下来。二爷说什么?我替你探探去。"

它在程甲本的基础上,又作了进一步的修改和补充。它让焙茗自己出面道出改名的缘由:宝玉嫌"烟"字不好。

这个解释其实非常牵强,这个改写也很不高明。程乙本的修改者大概患上了失忆症。在上一回(第23回),宝玉写过一首《秋夜即事》诗,据程乙本引录于下:

绛芸轩里绝喧哗,桂魄流光浸茜纱。
苔锁石纹容睡鹤,井飘桐露湿栖鸦。
抱衾婢至舒金凤,倚槛人归落翠花。
静夜不眠因酒渴,沉烟重拨索烹茶。

其中恰恰就有那个"烟"字。这表明,宝玉如果"嫌'烟'字不好",他就不会在自己的诗中使用"沉烟"二字了。这岂不是个反证吗?

在脂本中,和上文引述的第9回、第16回、第19回、第23回不同,舒本、庚辰本、戚本此回舍弃"茗烟"不用,改而采纳新名"焙茗"。至于彼本、杨本、蒙本、梦本,则仍坚持使用旧名"茗烟"。

两个营垒终于在此回形成。一边是彼、杨、蒙、梦四本——"茗烟",另一边为舒、庚辰、戚、晳四本——"焙茗"。

茗烟	彼本 杨本 蒙本 梦本
焙茗	舒本 庚辰本 戚本 晳本
茗烟改名焙茗	程甲本 程乙本

值得注意的是,此处出现了与第9回相似的情况:"焙茗"(或"茗烟")有五个伴侣:

只见焙茗、锄药两个小厮下象棋,为夺车正拌嘴,还有引泉、扫花、挑芸①、拌②鹤四五个人在房檐上掏小雀儿顽。

其中,"引泉",彼本、杨本无;"挑云",杨本误作"桃云"。
和这五个伴侣的名字配对的正是"焙茗",而不是"茗烟"。

【第 26 回】

舒本第 26 回有三段文字提到了焙茗:

(1) 宝玉……也顾不得别的,急忙回来穿衣服,出园来,只见焙茗在二门前等着。宝玉问道:"你可知道叫我可是为什么?"焙茗道:"爷快出来罢,横竖是见去的,到那里就知道了。"

(2) 焙茗也笑着跪下来,宝玉怔了半天,方解过来是薛蟠哄他出来。

(3) 宝玉……又向焙茗道:"反叛俞的,还跪着作什么?"焙茗连忙叩头起来。

"焙茗",甲戌本、庚辰本、戚本、程甲本同,彼本、杨本、蒙本、梦本依然作"茗烟"。

自此回之后,程甲本、程乙本一直延续着使用"焙茗"一名,直到第 120 回全书结束,从而废弃了"茗烟"。

茗烟	彼本	杨本	蒙本	梦本	
焙茗	舒本	甲戌本	庚辰本	戚本	程甲本	程乙本

【第 28 回】

舒本第 28 回只有 7 处提到了"焙茗"(或"茗烟"):

宝玉出来外面,只见焙茗说道:"冯大爷家请。"宝玉听了,知道是昨日的话,便说:"要衣裳去。"自己便往书房里来。焙茗一直到了二门前等人。只见出来了一个老婆子,焙茗上去说道:"宝二爷在书房里等出门的衣裳,你老人家进去带个信儿。"那婆子道:"你娘的屁,倒好。宝二爷如今在园里住着,跟他的都在园里。你又跑到这里来带信儿。"焙茗

---

① "芸"乃"云"字之误。
② "拌"乃"伴"字之误。

听了，笑道："骂的是，我也糊涂了。"说着，一径往东边二门前来。可巧门上小厮在甬路底下踢球，焙茗将原故说了，有个小厮跑了进去，半日才抱了一个包袱出来，递与焙茗，回到书房里，宝玉换了，命人备马，只带着焙茗、锄菜①、双福、双寿四个小厮去了。

"焙茗"，甲戌本、庚辰本、戚本、程甲本、程乙本同，彼本、杨本、蒙本、梦本依然作"茗烟"。

值得注意的是，此处出现的"焙茗"的伴侣是"锄药"。而紧接在"焙茗、锄药"二名之后的"双福、双寿"，从名字上看，依然是一对伴侣。

茗烟	彼本	杨本	蒙本	梦本	
焙茗	舒本	甲戌本	庚辰本	戚本	程甲本	程乙本

【第33回】

舒本第33回"手足耽耽小动唇舌，不肖种种大承笞挞"有两段文字提到了焙茗或茗烟：

（1）那宝玉听见贾政吩咐他不许动，早知凶多吉少，那里承望贾环又添了许多的话，正在厅上干转，怎得个人来，往里头去送信，偏生没个人，连焙茗也不知在那里。

（2）袭人……命小厮们找了焙茗来细问："方才好端端的，为什么打起来？你也不早来透个信，要你们跟着作什么！"焙茗急的说："偏生我没在跟前，打到半中间，我才听见了，忙去打听原故。却是为棋官同金钏儿姐姐的事。"袭人问道："此事老爷怎么得知道的？"焙茗道："那棋官的事，多半是薛大爷素习吃醋，没法儿出气，不知在外头挑唆了谁来，在老爷跟前下的火。那金钏儿的事，是三爷说的，我也是听见跟老爷的人告诉的。"袭人听了这两件事都对景，心中也就信了九分。

"焙茗"，己卯本、庚辰本、蒙本、戚本、程甲本、程乙本同，彼本、杨本、梦本作"茗烟"。

值得注意的是，蒙本此回和第24回、第26回、第28回不同：此回改称

---

① "菜"乃"药"的形讹。

"焙茗",而第 24 回、第 26 回、第 28 回作 "茗烟"。

茗烟	彼本	杨本	梦本				
焙茗	舒本	己卯本	庚辰本	蒙本	戚本	程甲本	程乙本

【第 34 回】

舒本第 34 回有两段文字提到了焙茗或茗烟:

(1) 只听宝钗问袭人道: "怎么好好的动了气,就打起来了?想必有些原故。"袭人便把焙茗的话说了出来。

(2) 原来宝钗素知薛蟠情性,心中已有一半疑是薛蟠调唆了人来告宝玉。谁知又听袭人说出来,越发信了。究竟袭人也是听得焙茗说的,那焙茗也是私心窥度,并未据实。大家都是一半裁度,一半据实,究竟认准是他说的。也因薛蟠素日有这个名声,其实这一次却不是他干的,被人生生的一口咬死是他,他也有口难分。

"焙茗",己卯本、庚辰本、蒙本、戚本、程甲本、程乙本同,彼本、杨本、梦本作 "茗烟"。

茗烟	彼本	杨本	梦本				
焙茗	舒本	己卯本	庚辰本	蒙本	戚本	程甲本	程乙本

【第 39 回】

舒本第 39 回只有一大段文字提到了茗烟:

宝玉信以为真,回至房中,盘算了一夜。次日一早,便出来给了茗烟几百钱,按着刘姥姥说着方向、地名,着茗烟去先踏看明白,回来再作主意。那茗烟去后,宝玉左等也不来,右等也不来,急的热锅上的蚂蚁一般。好容易等到日落,方见茗烟兴兴头头的回来了。宝玉忙问: "可有庙了?"茗烟笑道: "爷听的不明白,要我好找,那地名、坐落,不似老奶奶说的一样。所以找了一日,找到东北上,田埂子上才有一个破庙。"宝玉听说,喜的眉开眼笑,忙说道: "刘姥姥有年纪的人,一时错记了,也是有的。你且说你见的。"茗烟道: "那庙门却到是朝南开,也是稀烂的。我找的正没气,一见这个,我说可好了,连忙进去,一看泥胎，唬的我又跑出来了，活是真的一般。"宝玉喜的笑道："他能变化人了，自然有些生气。"茗烟拍手道："那里是什么女孩儿，竟是一位青脸红发的温①神。"宝玉听了，啐了一口，骂道："真是一个无用的杀才，这点子事也干不来。"茗烟道："二爷又不知看了什么书，或者听了谁的混话，信真了，把这件没头脑的事，派我去碰头，怎么说我没用呢？"宝玉见他急了，忙俯慰他道："你别急，改日闲了，你再找去。若是哄我们呢，自然没了。若竟是有的，你岂不也积了阴隲，我必重重的赏呢。"

"茗烟"，己卯本、庚辰本、彼本、杨本、蒙本、戚本、梦本同，程甲本、程乙本作"焙茗"。

这一回的特点在于，只有程本作"焙茗"，脂本全作"茗烟"。

茗烟	舒本　己卯本　庚辰本　彼本　杨本　蒙本　戚本　梦本
焙茗	程甲本　程乙本

第三节　小结之一

从第 9 回到第 39 回，综观茗烟或焙茗之名出现的情况，如下列二表所示：

【茗烟】

第 9 回	舒本　己卯本　庚辰本　彼本　杨本　蒙本　戚本　眉本　梦本
第 16 回	舒本　甲戌本　己卯本　庚辰本　彼本　杨本　蒙本　戚本　梦本
第 19 回	舒本　己卯本　庚辰本　彼本　杨本　蒙本　戚本　梦本
第 23 回	舒本　庚辰本　彼本　杨本　蒙本　戚本　梦本
第 24 回	彼本　杨本　蒙本　梦本
第 26 回	彼本　杨本　蒙本　梦本
第 28 回	彼本　杨本　蒙本　梦本

---

① "温"乃"瘟"字之误。

续表

第33回	彼本　杨本　梦本
第34回	彼本　杨本　梦本
第39回	舒本　己卯本　庚辰本　彼本　杨本　蒙本　戚本　梦本

【焙茗】

第23回	晳本
第24回	舒本　庚辰本　戚本　晳本
第26回	舒本　甲戌本　庚辰本　戚本
第28回	舒本　甲戌本　庚辰本　戚本
第33回	舒本　己卯本　庚辰本　蒙本　戚本
第34回	舒本　己卯本　庚辰本　蒙本　戚本

有四点值得注意。

第一，现存九种脂本（舒本、己卯本、庚辰本、彼本、杨本、蒙本、戚本、眉本、梦本）有第9回，它们均作"茗烟"。现存八种脂本（舒本、己卯本、庚辰本、彼本、杨本、蒙本、戚本、梦本）有第39回，它们也均作"茗烟"。九种和八种，两个数目相差的原因，在于眉本：眉本有第9回，而无第39回。

而在"茗烟"上，第9回和第39回都作了相同的选择，这既说明：它们在版本关系上比较亲近；又从一个侧面说明：它们可能撰写（或修改）于同一个时间段内，尽管它们相隔有三十回之多。

第二，第24回、第26回、第28回是邻近的三回，应撰写于同一个时间段内。但在这三回中，彼本、杨本、蒙本、梦本均作"茗烟"，甲戌本、庚辰本、戚本、舒本均作"焙茗"（甲戌本无第24回）。这说明，如果排除后人的改动，两个营垒的区分正显示出初稿和改稿的区分。

第三，第33回、第34回是相邻的两回。关系比较亲近的蒙本和戚本作了相同的取舍，都中意后起的"焙茗"。

第四，在第23回之前，现存的各个脂本还没有出现"焙茗"一名。

按各回的顺序说，最早出现"焙茗"一名的是晳本第23回。

值得注意的是，在第23回，只有晳本独作"焙茗"；在第24回，不仅舒本和其他脂本作"焙茗"，连程甲本、程乙本也作"焙茗"。

程甲本改"茗烟"为"焙茗",不是始于第23回,而是始于第24回。在这一点上,它与晳本有别。并且为了祛除读者的疑惑,它还特地作了一个注脚:把脂本的"只见"添改为"只见茗烟改名焙茗的"。

程乙本的编辑者、修订者不满意程甲本的做法,他或他们另外寻找了一个改名的理由,让茗烟自己向贾芸解释说:"我不叫茗烟了。我们宝二爷嫌'烟'字不好,改了叫焙茗了。二爷明儿只叫我焙茗罢。"从全书来看,并没有描写和表现宝玉对"烟"字的不满意和嫌恶。所以,这个解释极其牵强,是说不通的。

第四节　茗烟与焙茗:在中四十回

从第41回至第80回,书中文字出现"茗烟"或"焙茗"之名的,有以下八回:

| 43 | 47 | 51 | 52 | 56 | 64 | 66 | 80 |

第40回之后的文字,舒本缺失。所以,在这一节,我用楷体引录的脂本文字将以庚辰本为据(如遇庚辰本缺失之回,则改用己卯本)。

【第43回】
庚辰本第43回提及茗烟之处甚多,如下:

> 原来宝玉心里有件私事,于头一日就吩咐茗烟,明日一早要出门……
> 茗烟也摸不着头脑,只得依言……
> 茗烟也只得跨马加鞭赶上……
> 宝玉道:"这条路是往那里去的?"茗烟道:"这是出北门的大道……"
> 茗烟越发不得主意,只得紧紧跟着……
> 宝玉方勒住马,回头问茗烟道:"这里可有卖香的?"茗烟道:"香到有,不知是那一样?"宝玉想道:"别的香不好,须得檀、芸、降三样。"茗烟笑道:"这三样可难得。"宝玉为难,茗烟见他为难,因问道:"要香作什么使?我见二爷时常小荷包有散香,何不找一找。"……

于是，又问炉炭。茗烟道："这可罢了。荒郊野外，那里有用这些？何不早说，带了来，岂不便宜？"……

茗烟想了半日，笑道："我得了个主意，不知二爷心下如何？……"

说着，就加鞭前行，一面回道向茗烟道……

茗烟道："别说他是咱们家的香火，就是平白不认识的庙里，和他借，他也不敢驳回。只是一件……"

命茗烟捧着炉，出至后院中……

茗烟道："那井台儿上，如何？"宝玉点头。……

茗烟站过一傍，宝玉掏出香来焚上，含泪施了半礼，回身命收了去。茗烟答应，且不收，忙爬下，磕了几个头，口内祝道："我茗烟跟二爷这几年，二爷的心事我没有不知道的。……"

茗烟起来，收过香炉，和宝玉走着……

茗烟道："这便才是，还有一说，咱门①来了……"

茗烟道："这更好了。"说着，二人来至禅堂，果然那姑子收拾了一桌素菜，宝玉胡乱吃了些，茗烟也吃了。二人便上马，仍回旧路。茗烟在后面只嘱付："二爷好生骑着，这马总没大骑的，手里提紧着。"

"茗烟"，其他脂本（彼本、蒙本、戚本、梦本）同，而程甲本、程乙本不同，作"焙茗"。

茗烟	庚辰本 彼本 蒙本 戚本 梦本
焙茗	程甲本 程乙本

【第47回】

庚辰本第47回有两段文字提到茗烟：

（1）宝玉道："怪道呢，上月我们大观园的池子里头结了莲蓬，我摘了十个，叫茗烟出去到坟上供他去。……"

（2）宝玉道："我也正为这个要打发茗烟找你，你又不大在家。知道你天天萍踪浪迹，没个一定的去处。"

---

① "门"乃"们"字之误。

"茗烟",其他脂本(蒙本、戚本、彼本、梦本)同,仍是程甲本、程乙本作"焙茗"。

茗烟	庚辰本	彼本	蒙本	戚本	梦本
焙茗	程甲本	程乙本			

【第51回】

庚辰本第51回提到了茗烟:

> 宝玉道:"你只快叫<u>茗烟</u>再请王大夫去就是了。"婆子接了银子,自去料理。一时<u>茗烟</u>果请了王太医来。

"茗烟",其他脂本(彼本、蒙本、戚本、梦本)同,作"焙茗"的仍然是程甲本、程乙本。

茗烟	庚辰本	彼本	蒙本	戚本	梦本
焙茗	程甲本	程乙本			

【第52回】

庚辰本第52回提到了茗烟:

> 只见宝玉的奶兄李贵和王荣、张若锦、赵亦华、钱启、周瑞六个人带着<u>茗烟</u>、伴鹤、锄药、扫红四个小厮,背着衣包,抱着坐褥,笼着一匹雕鞍彩辔的白马,早已伺候多时了。

"茗烟",彼本、杨本、蒙本、戚本、梦本同,程甲本、程乙本作"焙茗"。

茗烟	庚辰本	彼本	杨本	蒙本	戚本	梦本
焙茗	程甲本	程乙本				

值得注意的是,和第9回、第24回、第28回一样,这里又出现了"茗烟"的伴侣:"伴鹤"、"锄药"、"扫红"。

在以上四回之中,在脂本,"焙茗"或"茗烟"的伴侣的名字的搭配是:

墨雨、扫红、锄药（第 9 回）

锄药、引泉、扫花、挑云、伴鹤（第 24 回）

锄药（第 28 回）

伴鹤、锄药、扫红（第 52 回）

【第 56 回】

庚辰本第 56 回有一段文字提到了茗烟：

> 宝钗道："……我到替你们想出一个人来，怡红院有个老叶妈，他就是<u>茗烟</u>的娘，那是个诚实老人家，他又合我们莺儿的娘极好。……"

"茗烟"，己卯本、彼本、杨本、蒙本、戚本、梦本同，程甲本、程乙本作"焙茗"。

茗烟	庚辰本	己卯本	彼本	杨本	蒙本	戚本	梦本
焙茗	程甲本	程乙本					

【第 64 回】

庚辰本缺第 64 回。这里引录的是己卯本第 64 回的文字：

> 宝玉就芳官手内吃了半盏，遂向袭人道："我来时已吩咐了<u>焙茗</u>，若珍大哥那边有要紧人客来时，叫他即刻送信；若无要紧的事，我就不过去了。"

"焙茗"，彼本、戚本、程甲本、程乙本同，杨本、蒙本、梦本作"茗烟"。

茗烟	杨本	蒙本	梦本		
焙茗	己卯本	彼本	戚本	程甲本	程乙本

【第 66 回】

庚辰本第 66 回"情小妹耻情归地府，冷二郎一冷入空门"有两段文字提到了茗烟：

> (1) 贾琏无了法，只得和二姐商议了一回家务。复回家与凤姐商议起身之事，一面着人问<u>茗烟</u>。茗烟说："竟不知道，大约未来。若来了，

第二十三章 茗烟与焙茗：一人二名辨析（上） | 751

必是我知道的。"

（2）湘莲因问贾琏偷娶二房之事。宝玉笑道："我听一干人说，我却未见，我也不敢多管。我又听见<u>茗烟</u>说，连①二哥哥着实问你，不知有何话说。"

"茗烟"，己卯本、彼本、杨本、蒙本、戚本、梦本同，程甲本、程乙本作"焙茗"。

茗烟	庚辰本	己卯本	彼本	杨本	蒙本	戚本	梦本
焙茗	程甲本	程乙本					

【第 80 回】

庚辰本第 80 回有三段文字提到了茗烟：

（1）宝玉也笑着起身整衣。王一贴喝命徒弟们快泡好酽茶来。<u>茗烟</u> a 道："我们爷不吃你的茶，连这屋里坐着还嫌膏药气息呢。"

（2）李贵等听说，且都出去自便，只留下<u>茗烟</u> b 一人。这<u>茗烟</u> c 手内点着了一枝梦甜香，宝玉命他坐在身旁，却倚在他身上。王一贴心有所动，便笑嘻嘻走近前来，悄悄的说道："我可猜着了，想是哥儿如今有了房中的事情，要滋助的药，可是不是？"话犹未完，<u>茗烟</u> d 先喝道："该死，打嘴。"宝玉犹未解，忙问他说什么。<u>茗烟</u> e 道："信他胡说。"唬的王一贴不敢再问。

（3）说着，宝玉、<u>茗烟</u> f 都大笑不止。

以上引文中的"茗烟"，共有六处：a、b、c、d、e、f。这六处，其他脂本均同于庚辰本。而程甲本、程乙本则是 a、d、e 作"焙茗"；b、c 因有删节，故梦本、程甲本、程乙本无"茗烟"或"焙茗"之名。（所删者为"李贵等听说，且都出去自便，只留下茗烟一人。这茗烟手内点着一枝梦甜香"等字。）

茗烟	庚辰本	彼本	杨本	蒙本	戚本	梦本
焙茗	程甲本	程乙本				

---

① "连"乃"琏"字之误。

第五节　小结之二

从第 43 回到第 80 回，综观茗烟或焙茗之名出现的情况，如下列二表所示：

【茗烟】

第 43 回	庚辰本　彼本　蒙本　戚本　梦本
第 47 回	庚辰本　彼本　蒙本　戚本　梦本
第 51 回	庚辰本　彼本　蒙本　戚本　梦本
第 52 回	庚辰本　彼本　杨本　蒙本　戚本　梦本
第 56 回	己卯本　庚辰本　彼本　杨本　蒙本　戚本　梦本
第 64 回	杨本　蒙本　梦本
第 66 回	己卯本　庚辰本　彼本　杨本　蒙本　戚本　梦本
第 80 回	庚辰本　彼本　杨本　蒙本　戚本　梦本

【焙茗】

第 43 回	程甲本　程乙本
第 47 回	程甲本　程乙本
第 51 回	程甲本　程乙本
第 52 回	程甲本　程乙本
第 56 回	程甲本　程乙本
第 64 回	己卯本　彼本　戚本　程甲本　程乙本
第 66 回	程甲本　程乙本
第 80 回	程甲本　程乙本

从二表可以看出：

第一，在这八回中，程甲本、程乙本全作"焙茗"。

第二，脂本第 64 回分为两个阵营。作"焙茗"的是己卯本、彼本、戚本；杨本、蒙本、梦本则作"茗烟"。

第三，除第 64 回之外，脂本的其余七回（第 43 回、第 47 回、第 51 回、第 52 回、第 56 回、第 66 回、第 80 回）全作"茗烟"。

第二十四章　茗烟与焙茗：一人二名辨析（下）

第一节　焙茗：在后四十回

在后四十回中，有下列十回出现了"焙茗"，或是在旁人的嘴里提到了"焙茗"；相反的，"茗烟"之名则没有再现：

| 81 | 84 | 85 | 87 | 89 | 93 | 94 | 95 | 101 | 119 |

现依次列举各回相关的文字于下：
（下文用楷体字引录的文字，均以程甲本为据。）

【第81回】
程甲本第81回有四段文字提到了焙茗：

（1）贾政……遂叫李贵来说："明儿一早，传<u>焙茗</u>跟了宝玉去，收拾应念的书籍，一齐拿过来我看看，亲自送他到家学里去。"

（2）次日一早，袭人便叫醒宝玉，梳洗了，换了衣服，打发小丫头子传了<u>焙茗</u>在二门上伺候，拿着书籍等物。

（3）恰好贾政着人来叫，宝玉便跟着进去。贾政不免又嘱咐几句话，带了宝玉上了车，<u>焙茗</u>拿着书籍，一直到家塾中来。

（4）代儒回身进来，看见宝玉在西南角靠窗户摆着一张花梨小桌，右边堆下两套旧书，薄薄儿的一本文章，叫<u>焙茗</u>将纸、墨、笔、砚都搁在抽屉里藏着。

"焙茗"，程乙本同。

【第 84 回】

程甲本第 84 回有两段文字提到了焙茗：

（1）宝玉连忙叫人传话与<u>焙茗</u>："叫他往学房中去，我书桌子抽屉里有一本薄薄儿竹纸本子，上面写着'窗课'两字的就是，快拿来。"一回儿，<u>焙茗</u>拿了来，递给宝玉。宝玉呈与贾政。

（2）贾政道："既如此，你还到老太太处去罢。"宝玉答应了个"是"，只得拿捏着漫漫的退出，刚过穿廊月洞门的影屏，便一溜烟跑到老太太院门口，急得<u>焙茗</u>在后头赶着叫："看跌倒了。老爷来了。"

"焙茗"，程乙本同。

【第 85 回】

程甲本第 85 回只有一处提到了焙茗：

次日，宝玉起来梳洗了，便往家塾里去。走出院门，忽然想起，叫<u>焙茗</u>略等，急忙转身回来。

"焙茗"，程乙本同。

【第 87 回】

程甲本第 87 回也只有一处提到焙茗：

却说宝玉这日起来梳洗了，带着<u>焙茗</u>正往书房中来，只见墨雨笑嘻嘻的跑来……

"焙茗"，程乙本同。

【第 89 回】

程甲本第 89 回有两段文字提到了焙茗：

第二十四章　茗烟与焙茗：一人二名辨析（下） | 755

（1）那时已到十月中旬，宝玉起来，要往学房中去。起来天气陡寒，只见袭人早已打点出一包衣服，向宝玉道："今日天气狠冷，早晚宁使暖些。"说着，把衣服拿出来，给宝玉挑了一件穿，又包了一件，叫小丫头拿出，交给焙茗，嘱咐道："天气凉，二爷要换时，好生预备着。"焙茗答应了，抱着毡包，跟着宝玉自去。

（2）焙茗走进来，回宝玉道："二爷，天气冷了，再添些衣服罢。"宝玉点点头儿。只见焙茗拿进一件衣服来，宝玉不看则已，看了时，神已痴了。那些小学生都巴着眼瞧。却原是晴雯所补的那件雀金裘。宝玉道："怎么拿这一件来？是谁给你的？"焙茗道："是里头姑娘们包出来的。"宝玉道："我身上不大冷，且不穿呢。包上罢。"代儒只当宝玉可惜这件衣服，却也心里喜他知道俭省。焙茗道："二爷穿上罢。着了凉，又是奴才的不是了。二爷只当疼奴才罢。"宝玉无奈，只得穿上，呆呆的对着书坐着。

"焙茗"，程乙本同。

【第93回】

程甲本第93回只有一处提到焙茗：

贾政遣人去叫宝玉说："今儿跟大爷到临安伯那里听戏去。"宝玉喜欢的了不得，便换上衣服，带了焙茗、扫红、锄药三个小子出来，见了贾赦，请了安，上了车，来到临安伯府里。

"焙茗"，程乙本同。

【第94回】

程甲本第94回有两段文字提到焙茗：

（1）王夫人走进屋里坐下，便叫袭人，慌得袭人连忙跪下，舍（含）泪要禀。王夫人道："你起来，快快叫人细细找去。一忙乱，倒不好了。"袭人哽咽难言，宝玉生恐袭人直告诉出来，便说道："太太这事不与袭人相干，是我前日到南安王府那里听戏，在路上丢了。"王夫人道："为什么那日不找？"宝玉道："我怕他们知道，没有告诉他们，我叫焙茗等在外头各处找过的。"

（2）只见跟宝玉的焙茗在门外招手儿，叫小丫头子快出来。那小丫头赶忙的出去了。焙茗便说道："你快进去告诉我们二爷和里头太太、奶奶、姑娘们，天大喜事。"那小丫头子道："你快说罢。怎么这么累赘？"焙茗笑着拍手道："我告诉姑娘，姑娘进去回了，咱们两个人都得赏钱呢。你打量什么，宝二爷的那块玉呀，我得了准信来了。"

"焙茗"，程乙本同。

【第95回】

程甲本第95回有三次提到焙茗：

话说焙茗在门口和小丫头子说："宝玉的玉有了。"那小丫头急忙回来告诉宝玉。众人听了，都推着宝玉出去问他。众人在廊下听着。宝玉也觉放心，便走到门口，问道："你那里得了，快拿来。"焙茗道："拿是拿不来的。还得托人做保去呢。"宝玉道："你快说是怎么得的，我好叫人取去。"焙茗道："我在外头知道林爷爷去测字，我就跟了去。我听见说，在当铺里找。我没等他说完，便跑到几个当铺里去，我比给他个瞧。有一家便说有。我说给我罢。那铺子里要票子，我说当多少钱，他说三百钱的，也有五百钱的，也有前儿有一个人拿这么一块玉当了三百钱去。今儿又有人也拿一块玉当了五百钱去。"

"焙茗"，程乙本同。

【第101回】

程甲本第101回有三段文字提到了焙茗：

（1）去年那一天上学天冷，我叫焙茗拿了去给他披披，谁知这位爷见了这件衣裳，想起晴雯来了，说了总不穿了，叫我给他收一辈子呢。

（2）只见秋纹进来传说："二爷打发焙茗转来说，请二奶奶。"宝钗说道："他又忘了什么，又叫他回来。"秋纹道："我叫小丫头问了，焙茗说是二爷忘了一句话。二爷叫我回来告诉二奶奶，若是去呢，快些来罢。"

若不去呢，别在风地里站着。"

（3）秋纹也笑着回去，叫小丫头去骂焙茗。那焙茗一面跑着，一面回头说道："二爷把我巴巴的叫下马来，叫回来说的，我若不说，回来对出来，又骂我了。这会子说了，他们又骂我。"

"焙茗"，程乙本同。

【第119回】

程甲本第119回有两次提到焙茗：

只见三门外头焙茗乱嚷说："我们二爷中了举人，是丢不了的了。"众人问道："怎见得呢？"焙茗道："一举成名天下闻。如今二爷走到那里，那里就知道的。谁敢不送来？"

"焙茗"，程乙本同。

以上十回中的"焙茗"，程甲本都保持着一致，程乙本也无一例外地全同于程甲本。

看得出来，程甲本的编辑者、修订者（不管他是高鹗，还是程伟元）下了很大的功夫，细心地从第24回开始，把"茗烟"、"焙茗"两个名字统一为"焙茗"。晢本则于上一回，即第23回，已出现"焙茗"之名；从回次上说，这早于程甲本。

程甲本用新弃旧，是否受到了晢本的影响？由于晢本只是个仅仅保存着两回（第23回和第24回）的残本，全书尚未发现，因此我们一时还不知晓其中的究竟。谜团的揭破，只有留待异日了。

第二节　小结之三

兹将《红楼梦》脂本前八十回中出现的"茗烟"或"焙茗"之名分列于表一、表二、表三和表四，统计如下：

【表一】按脂本各回顺序排列：

	舒	甲戌	己卯	庚辰	彼	杨	蒙	戚	梦	眉	晳
9	茗烟		茗烟	茗烟	茗烟	茗烟	茗烟	茗烟	茗烟	茗烟	
16	茗烟	茗烟	茗烟	茗烟	茗烟	茗烟	茗烟	茗烟	茗烟		
19	茗烟		茗烟	茗烟	茗烟	茗烟	茗烟	茗烟	茗烟		
23	茗烟			茗烟	茗烟	茗烟	茗烟	茗烟	茗烟		焙茗
24	焙茗			焙茗	焙茗	焙茗	焙茗	焙茗	焙茗		焙茗
26	焙茗	焙茗		焙茗	焙茗	焙茗	焙茗	焙茗	焙茗		
28	焙茗	焙茗		焙茗	焙茗	焙茗	焙茗	焙茗	焙茗		
33	焙茗		焙茗	焙茗	焙茗	焙茗	焙茗	焙茗	焙茗		
34	焙茗		焙茗	焙茗	焙茗	焙茗	焙茗	焙茗	焙茗		
39	茗烟		茗烟	茗烟	茗烟	茗烟	茗烟	茗烟	茗烟		
43				茗烟	茗烟		茗烟	茗烟	茗烟		
47				茗烟	茗烟		茗烟	茗烟	茗烟		
51				茗烟	茗烟			茗烟	茗烟		
52				茗烟	茗烟	茗烟	茗烟	茗烟	茗烟		
56			茗烟	茗烟	茗烟	茗烟	茗烟	茗烟	茗烟		
64			焙茗		焙茗	焙茗	焙茗	焙茗	焙茗		
66			茗烟	茗烟	茗烟	茗烟	茗烟	茗烟	茗烟		
80				茗烟	茗烟	茗烟	茗烟	茗烟	茗烟		

根据【表一】，再回过头来核查俞平老的话是否符合实际情况。

我在上一章的第一节曾把俞平老的意见归纳为下列四个要点：

一、在"脂评抄本"系列中，第23回叫"茗烟"的那个书童，到了第24回便改叫"焙茗"了。

二、这反映了作者原本的原貌，确实是从第24回起，此人便改叫"焙茗"了。

三、在程本系列中，第24回明写"茗烟改名焙茗"。这是一种修正统一之法。

四、晳本（即"郑本"）第23回和第24回一体作"焙茗"。这是另一种修正统一之法。

第一点，对错各占一半。说得对的是，在现存各脂本中，"焙茗"之名的确是从第23回开始出现的。说得错的则是，"第23回叫'茗烟'的那个书童，到了第24回便改叫'焙茗'了"。因为这并不符合各脂本的实际情况。例如，此人在第23回以后仍然叫"茗烟"的，计有：

舒本一回（第39回）

己卯本三回（第39回、第56回、第66回）

庚辰本八回（第39回、第43回、第47回、第51回、第52回、第56回、第66回、第80回）

戚本八回（第39回、第43回、第47回、第51回、第52回、第56回、第66回、第80回）

杨本十一回（第24回、第26回、第28回、第33回、第34回、第39回、第52回、第56回、第64回、第66回、第80回）

蒙本十二回（第24回、第26回、第28回、第39回、第43回、第47回、第51回、第52回、第56回、第64回、第66回、第80回）

彼本十三回（仅在第64回作"焙茗"，而在其他各回全作"茗烟"）

梦本十四回（全作"茗烟"）

第二点，不能说"这反映了作者原本的原貌，确实是从第24回起，此人便改叫'焙茗'了"。实际情况并非如此，存在着大量的反证。

第三点，忽略了程甲本和程乙本关于改名之说的差异。

第四点，暂本仅仅残存两回，不能匆遽断定"暂本第23回和第24回一体作'焙茗'。这是另一种修正统一之法"。我们无法猜测其书在第23回、第24回之后必无"茗烟"之名。

【表二】按"茗烟"、"焙茗"二名分别排列，统计各脂本情况：

茗烟	杨本　梦本　眉本
焙茗	暂本
茗烟　焙茗	甲戌本　己卯本　庚辰本　蒙本　戚本　舒本　彼本

全作"茗烟"者，有杨、梦、眉三本。其中真正"全作"茗烟者，仅杨、梦二本；眉本残缺，仅存十回，只有第9回出现"茗烟"之名。

同样的情形还有皙本。它也是残本，仅存两回。它的全书各回是否会像残存的第 23 回、第 24 回一样，全作"焙茗"，一时无从知晓。

甲戌等七本既有"茗烟"，也有"焙茗"。其中值得注意的是彼本。它只有那个比较特殊的第 64 回作"焙茗"，其余各回均作"茗烟"。

【表三】按"茗烟"、"焙茗"二名分别排列，统计各回情况：

均作茗烟	9　16　19　39　43　47　51　52　56　66　80
均作焙茗	无
或作茗烟，或作焙茗	23　24　26　28　33　34　64

【表四】如果再按回数来划分，则可以进一步划分为如下的互相衔接的三个时段：

第一时段	茗烟	9　16　19
第二时段	茗烟　焙茗	23　24　26　28　33　34
第三时段	茗烟	39　43　47　51　52　56　66　80

其中，只有原应列入第二时段的第 64 回是个例外（实际上，第 64 回应列入第一时段）。那是因为第 64 回存在着比较复杂的版本问题（例如，尤二姐、尤三姐故事的移置），比较特殊，此处不能细谈、深谈，以免枝蔓。

第三节　脂批的选择

以上所说是正文中的"茗烟"和"焙茗"问题。

现在检查一下脂批，看它有没有提到茗烟或焙茗，并看它是不是和正文保持着一致。

检查的结果是：它只提到了茗烟，而不见焙茗之名。

脂批共有九处提到茗烟，分见于下列五回：

9　16　19　43　66

兹列举于下：

（1）蒙本第9回正文，贾蔷"和贾珍、贾蓉最好，今见有人欺负秦钟如何肯依，自己要挺身出来报不平，心中且又忖夺一番：'金荣、贾瑞一干人都是薛大叔的相知，素来我又与薛大叔相好，倘或我一出头，他们告诉了老薛，岂不伤了和气。待要不管，如此谣言，大家都没趣，如今何不用计制服，又息口声，又不伤脸面。'想毕，也装作出恭，走至外面，悄悄把跟宝玉的书童名唤茗烟者唤至身边，如此这般调拨他几句"。此处有脂批说：

又出一<u>茗烟</u>。

此批语见于蒙本、戚本。

蒙本、戚本第9回正文正作"茗烟"。

（2）舒本第16回正文，宝玉"意欲回明贾母去望候秦钟，忽见茗烟在二门照壁前探头缩脑的，宝玉忙出来问他作什么。茗烟道：'秦相公不中用了。'"此处有脂批说：

从<u>茗烟</u>口中写出，省却多少闲文。

此批语见于舒本、甲戌本、己卯本、庚辰本、蒙本、戚本、彼本、杨本、梦本。

"闲文"，己卯本、蒙本、戚本同，舒本、甲戌本、庚辰本、彼本、杨本、梦本作"间文"。

甲戌等九本第16回正文正作"茗烟"。

（3）舒本第19回正文，"茗烟欢喜笑道：'这会子没人知道，我悄悄的引二爷往城外且去一回子再往这里来，他们就不知道了。'"此处有脂批说：

<u>茗烟</u>此时只要掩饰方才之过，故设此以悦宝玉之心。

此批语见于舒本、庚辰本、蒙本、戚本、杨本、梦本。

"掩饰"，舒本、庚辰本、蒙本、杨本、梦本同，戚本作"遮饰"。

庚辰等六本的第19回正文正作"茗烟"。（下文所举4、5、6三例第19回正文亦均作"茗烟"，不另说明。）

（4）舒本第19回正文，"茗烟道：'这熟近地方谁家可去？'宝玉笑道：'依我的主意，竟找花大姐姐去，瞧他在家作什么。'"此处有脂批说：

妙。宝玉心中早安了这着，但恐茗烟不肯引去耳。恰遇茗烟私行淫媾，为宝玉所协，故以城外引，以悦其心。宝玉始悦出往花家去，非茗烟适有罪所协，万不敢如此私引出外。别家子弟尚不敢私出。况宝玉哉，况茗烟哉。文字苟楔细极。

此批语见于庚辰本、己卯本、蒙本、戚本、彼本。

"安"，彼本作"按"；"耳"，彼本作"可"；"悦出"，彼本作"说出"；"适有罪所协"，蒙本作"适有罪被协"，戚本作"适有罪被掖"，彼本作"惧罪"；"万不敢如此私引出外"，彼本作"断不敢私行出外"；"别家子弟尚不敢私出"，彼本无；"况宝玉哉，况茗烟哉"，彼本作"况宝玉、茗烟哉"；"苟"，己卯本、蒙本、戚本、彼本作"筲"。

（5）舒本第19回正文，"袭人听了，复又惊慌，说道：'这还了得，倘或碰见了人，或是遇见了老爷，街上人挤车碰，马轿纷纷的，若有个闪失，也是顽得的。你们的胆子比斗还大。都是茗烟调唆的，回去我定告诉嬷嬷们打你。'茗烟撅了嘴道：'二爷骂着打着叫我引了来，这会子推到我身上。我说别来罢。不然，我们还去罢。'"此处有脂批说：

茗烟贼。

此批语见于庚辰本、己卯本、蒙本、戚本、彼本。

（6）戚本第19回回末总评：

若知宝玉真性情者，当留心此回。其与袭人何等留连，其于画美人事何等古怪，其遇茗烟事何等怜惜，其于黛玉何等保护；再袭人之痴忠，画人之惹事，茗烟之屈奉，黛玉之痴情，千态万状，笔力劲尖，有水到渠成之象，无微不至，真画出一个上乘智慧之人，入于魔而不悟，甘心堕落，且影出诸魔之神通，亦非泛泛，有势不能轻登彼岸之形，凡我众生，掩卷自思，或于身心少有补益。小子妄谈，诸公莫怪。

（7）庚辰本第43回正文，"老姑子献了茶，宝玉因和他借香炉，那姑子去了半日，连香供、纸马都预备了来。宝玉道：'一概不用。'说道：命茗烟捧着炉，出至后院中，拣一块干净地方儿，竟拣不出。茗烟道：'那井台儿上如何？'宝玉点头，一齐来至井台上，将炉放下。"此处有脂批说：

妙极之文。宝玉心中拣定是井台上了，故意使茗烟说出，使彼不犯疑猜矣，宝玉亦有欺人之才，盖不用耳。

此批语见于庚辰本。
庚辰本第43回正文正作"茗烟"。（下例同。）

（8）庚辰本第43回正文，"宝玉掏出香来焚上，含泪施了半礼，回身命收了去。茗烟答应，且不收，忙爬下磕了几个头，口内祝道：'我茗烟跟二爷这几年，二爷的心事我没有不知道的。只有今儿这一祭祀，没有告诉我，我也不敢问。只是这受祭的阴魂，虽不知名姓，想来自然是那人间有一、天上无双、极聪明、极俊雅的一位姐姐妹妹了。二爷心事不能出口，让我待①祝：若芳魂有盛②，香魄多情，虽然阴阳间隔，既是知己之间，时常来望候二爷，未尝不可。你在阴间保佑二爷来生也变个女孩儿，和你们一处相伴，再不可又托生这须眉浊物了。'说毕，又磕几个头才爬起来。"此处有脂批说：

忽插入茗烟一篇流言，粗看则小儿戏语，亦甚无味，细玩则大有深意。试思宝玉之为人，岂不应有一极伶俐乖巧小童。此一祝亦如《西厢记》中双文降香第三柱则不语，红娘则待祝数语，直将双文心事道破。此处若写宝玉一祝，则成何文字，若不祝，直成一哑谜，如何散场？故写茗烟一戏，直戏入宝玉心中，又发出前文，又可收后文，又写茗烟素日之乖觉可人，且衬出宝玉直似一个守礼待嫁的女儿一般，其素日脂香粉气不待写而全现出矣。今看此回直欲将宝玉当作一个极轻俊羞怯的女儿，看茗烟则极乖觉可人之丫环也。

此批语仅见于庚辰本。
（9）庚辰本第66回"情小妹耻情归地府，冷二郎一冷入空门"正文，"话说鲍二家的打他一下子，笑道：'原有些真的，叫你又编了这些混话，越发没了捆儿了，到不像跟二爷的人，这些混话到像是宝玉那边的了。'"此处有脂批说：

好极之文，将茗烟等已全写出，可谓一击两鸣法，不写之写也。

---

① "待"乃"代"字的音讹。
② "盛"乃"感"字的形讹。

此批语见于己卯本、庚辰本。

己卯本、庚辰本第66回正文亦作"茗烟"。

从以上九例,可以引出三项结论:

第一,合诸脂本而论,在正文中,"焙茗"之名是从第23回开始出现的。因此,前六例(第9回、第16回、第19回)批语均出现于第23回出现之前,故无"焙茗"之名,不足为奇。

第二,现存的脂批,只采用"茗烟"之名,一概不作"焙茗"。

第三,和正文一样,分属于三个时段,也有一个相同的例外。这个例外是第66回,虽和正文的例外(第64回)不同,但这两回同样属于二尤故事之列。

第四节　茗烟:始与终

上文已指出,"茗烟"之名出现于第一时段。

它最早出现于第9回。而从第9回的结尾①可以判断,这一回出于曹雪芹的初稿②。因此不难看出,宝玉的这位书童、小厮从一开始便是带着"茗烟"的名字登场的。直到第19回,一直还维持着这种状况。这表明,在第一时段,曹雪芹采用的是这个名字。

曹雪芹所写的《红楼梦》,由于他的逝世,而终于第80回。恰恰是在这最后的第80回,曹雪芹笔下的这位书童、小厮的名字仍然叫做"茗烟"(庚辰本、彼本、杨本、蒙本、戚本、梦本),除了第64回这个例外之外,和第80回同属于第三时段的第39回、第43回、第47回、第51回、第52回、第56回、第66回也都是叫"茗烟"。

三个时段,一首一尾均是"茗烟",到了中段(第二时段),却既是"茗烟",又是"焙茗"。

为什么到了中段会起了变化呢?

这与伴侣形象有关。

---

① "贾瑞遂立意要去调拨薛蟠来报仇,……不知他怎么去调拨薛蟠,且看下回分解。"

② 请参阅本书的第十章、第十一章《舒本第九回结尾文字出于曹雪芹初稿考辨》(上)、(下)。

第五节 转折点

古代小说、戏剧常有伴侣形象出现。京剧中的"杨家将"系列剧,有焦赞和孟良,在道白中一再出现的"焦不离孟,孟不离焦",传颂人口;"包公戏"中的王朝、马汉,《封神演义》小说中的郑伦、陈奇,人称"哼哈二将"。这些都可以称为伴侣形象。

这种艺术手法,在曹雪芹笔下,得到了充分的发挥。

最著名的例子当然是贾府四位小姐的丫环的命名。试看:元春—抱琴、迎春—司棋、探春—侍书、惜春—入画,琴棋书画,多么巧妙的搭配。小姐如此,公子何尝又不如此。宝玉的书童、小厮的命名就和这个相似。而茗烟和焙茗的两歧正是由此而来。

茗烟之名初次出现于"闹学堂"的第 9 回。他的三位伴侣恰巧也同时出现于这一回。请看舒本的引文:

> 金荣此时随手抓了一根毛竹大板在手,地狭人多,那里经得舞动大板,<u>茗烟</u>早吃了一下,乱嚷:"你们还不动手!"宝玉还有三个小厮,一名<u>锄药</u>,一名<u>扫红</u>,一名<u>墨雨</u>。
>
> 这三个岂有不淘气的,一齐乱嚷:"小妇养的!动了兵器了!"<u>墨雨</u>遂掇起一根门闩,扫红、锄药手中都有马鞭子,蜂拥而上。贾瑞急的拦一回这个,劝一回那个,谁听他的话,肆行大乱。

"茗烟"与"墨雨","锄药"与"扫红",各自一一相对[①]。名词对名词,形容词对形容词,动词对动词。我相信,这就是曹雪芹在初稿中为宝玉身边四个书童、小厮命名的设计。而"闹学堂"一幕属于《风月宝鉴》的重要关目之一[②],可做旁证。也就是说,在曹雪芹笔下,"茗烟"之名的出现要早于"焙茗"。

但是,到了第 23 回,情况起了变化。

[①] 眉本于三个小厮中删去锄药、扫红,仅仅保留墨雨,大失曹雪芹原意。
[②] 请参阅拙著《红楼梦版本探微》(华东师范大学出版社,2003 年,上海)。

在暂本的第 23 回中,"茗烟"突然①变成了"焙茗"。程甲本、程乙本随后也跟进。

请看暂本第 23 回,"那宝玉此事的心里不自在,便懒待在园内,只在外头鬼混,却又痴痴的"——

> 焙茗见他这样,因想与他开心,左思右想,皆是宝玉奈烦的了,不能开心。惟有一件,宝玉不曾见过,想毕,就到书坊内把古今小说并那飞燕、合德、武则天、杨贵妃外传奇角本买了许多,来引宝玉看。宝玉看了一遍,如得了珍宝。焙茗又嘱咐他:"不可拿进园去,若叫人知道了,我就吃不了兜着走呢。"

"焙茗",其他脂本(舒本、庚辰本、蒙本、戚本、彼本、杨本、梦本)以及程甲本、程乙本均作"茗烟"。

值得注意的是,程甲本、程乙本此处依然作"茗烟",与暂本不同。可是仅仅一回之后,到了第 24 回,它们却成为暂本的追随者。

暂本第 23 回以前的文字已佚失,其中那个书童、小厮是叫茗烟,还是叫焙茗,不得而知。

请接着看暂本的第 24 回"醉金刚轻财尚义侠,痴女儿遗帕惹相思","因昨日见了宝玉,叫他到外书房等着,贾芸吃了饭便又进来,到贾母那边仪门外绮霰斋三间书房里来"——

> 只见焙茗、锄药两个小厮下象棋,为夺车正搬②嘴,还有引泉、扫花、挑云、伴鹤四五个人在房檐上掏小雀儿顽。……贾芸进入房内,便坐在椅子上问:"宝二爷没下来?"焙茗道:"今儿总没下来。二爷说什么,我替哨探哨探去。"说着便出去了。……那丫头一见了贾芸便抽身躲过去,恰好焙茗走来……贾芸见了焙茗,也就赶了出来,问怎么样。焙茗道:"等了这一日,也没个人出来。这就是宝二爷房里的好姑娘,你进去带个信儿,就说廊下住的二爷来了。"……焙茗道:"这是怎么说?"……焙茗道:"我倒茶去,二爷吃了茶再去。"

---

① 这里用了"突然"一词,企图表达三层意思:第一,在此之前,现存各脂本都没有出现过"焙茗"这个人名;第二,暂本第 1 回至第 22 回已佚失,其中是否有"焙茗",无法知晓;第三,暂本的底本是否作"焙茗",不详。

② "搬"乃"拌"字之误。

"焙茗",舒本、庚辰本、戚本同,蒙本、彼本、杨本、梦本作"茗烟"。

仅仅一回之隔,三个脂本(舒本、庚辰本、戚本)便由"茗烟"变成"焙茗"了。

第24回因之成为转折点。

第24回为什么会成为转折点呢?

原来在这回又出现了茗烟(焙茗)的五个伴侣:

锄药　引泉　扫花①　挑云　伴鹤

从名字上看,和这五个伴侣一一相对称的正好是"焙茗",而不是"茗烟"。相反的,在第9回,和三个伴侣(锄药、扫红、墨雨)中的"墨雨"的名字相对称的,是"茗烟",而不是"焙茗"。

从写作的时间上说,自然是第9回早于第24回。拿第9回和第24回相比较,不难发现两点:

第一,和"茗烟"相对称的"墨雨"被放弃了。

第二,和"引泉"在对称性上更匹配的"扫花"代替了"扫红"。

有客问:既然把第24回叫做"转折点",那么,为什么转折得不彻底,到了第24回之后,依然在第二时段、第三时段②出现"茗烟"之名?

我的回答是:这牵涉到《红楼梦》各回撰写和修改的先后顺序的问题。

我曾说过:

从事物产生的时间顺序说,初稿或旧稿总是在先,改稿或新稿总是在后。只要把握住这一线索,就有可能进而研究、论证关于曹雪芹创作过程的另一个重要的问题:在目前我们所看到的《红楼梦》八十回中,哪些回的写作在先,哪些回的写作在后。③

"茗烟"和"焙茗"一人二名的问题,并不是孤立的存在。它产生于曹雪芹的创作过程之中。因此,它和曹雪芹创作过程中产生的其他问题有着必然的联系。

---

① "扫花",在第9回又叫"扫红"。请参阅拙著《红楼梦版本探微》卷下《读红脞录》第十七节《扫红与扫花》,281页至284页。
② 第一时段、第二时段、第三时段的划分,请参阅本章第二节"小结之三"的论述。
③ 请参阅拙著《红楼梦版本探微》97页至98页。

试举两个例子作为参照。

一个例子是"彩云"和"彩霞"问题①，另一个例子是"巧姐儿"和"大姐儿"问题。

先说"彩云"和"彩霞"问题。

我在这里列出两个表格，供参考。

【表一】是"茗烟"和"焙茗"二名在各回出现的三个时段：

第一时段	茗烟	9 16 19
第二时段	茗烟 焙茗	23 24 26 28 33 34
第三时段	茗烟	39 43 47 51 52 56 66 80

【表二】是"彩云"和"彩霞"二名在各回出现的五个单元②：

第一单元	彩霞	25
第二单元	彩云	29 30 34
第三单元	彩霞	38 39 43 46
第四单元	彩云	60 61 62 70
第五单元	彩云	72

其中，第三单元的第43回比较特殊："因为它在凑份子时仍旧写的是'彩云'，而到还钱时却改成了'彩霞'的名字。一时的疏忽留下了新旧交替的痕迹"③。

【表一】和【表二】讲的是不同的问题。前者讲的是"茗烟"和"焙茗"，后者讲的是"彩云"和"彩霞"。但有一点是相同的：讲的都是初稿和改稿的差别。

但是，茗烟或焙茗出场的章回和彩云、彩霞出场的章回毕竟有着此有彼无的差别。

因此，将"彩云"、"彩霞"问题的"五个单元"同"茗烟"、"焙茗"

---

① 请参阅拙著《红楼梦版本探微》卷上第三章"彩霞与彩云齐飞"，59页至100页。
② 请参阅拙著《红楼梦版本探微》，98页。那里所说的"单元"和本书所说的"时段"，实际上是相仿佛的意思。
③ 请参阅拙著《红楼梦版本探微》，98页。

问题的"三个时段"比较的时候,首先要将此有彼无的章回排除在外。

试看,"彩云"和"彩霞"问题的五个单元与"茗烟"和"焙茗"问题的三个时段不是有着紧密的契合吗?"彩云"和"彩霞"问题的第一单元、第二单元相当于"茗烟"和"焙茗"问题的第一时段、第二时段,它们都止于第34回"情中情因情感妹妹,错里错以错劝哥哥"。"彩云"和"彩霞"问题的第三单元、第四单元、第五单元相当于"茗烟"和"焙茗"问题的第三时段。前者起于第38回"林潇湘魁夺菊花诗,薛蘅芜讽和螃蟹咏",后者起于第39回"村姥姥是信口开河,情哥哥偏寻根究底"。二者相差无几。

再说"巧姐儿"和"大姐儿"问题①。

第42回"蘅芜君兰言解疑癖,潇湘子雅谑补余香"写到了刘姥姥替大姐儿改名的事。凤姐的女儿原叫"大姐儿",经刘姥姥改名为"巧姐儿"。这是一个转折点:在这一回,正式向读者宣告"大姐儿"和"巧姐儿"为一人。而第42回正处于"茗烟"和"焙茗"问题的第三时段之内。

也就是说,在这个时段之内,曹雪芹既完成了"焙茗"向"茗烟"的过渡,同时也完成了"大姐儿"、"巧姐儿"向"巧姐儿"的过渡。

这三个问题("茗烟"、"焙茗"问题,"彩云"、"彩霞"问题,"大姐儿"、"巧姐儿"问题)都产生于曹雪芹的创作过程中,而它们的修改又都产生于相应的时段或单元之中,这难道是偶然的吗?

---

① 请参阅本书第二十五章《巧姐儿与大姐儿:一人欤,二人欤?》。

第二十五章　巧姐儿与大姐儿：
一人欤，二人欤？

巧姐儿和大姐儿的问题与茗烟和焙茗的问题有点儿相似。

不过，它们之间的区别还是彰明昭著的：宝玉的书童，"茗烟"或"焙茗"虽为两个名字，毕竟是同一个人，而贾琏、王熙凤的女儿，"巧姐儿"和"大姐儿"，是两个人，还是一个人？这在《红楼梦》书中，却是一个缠夹不清的问题。

大体而言，在前八十回，她们时而是两个人，时而是同一个人，而在后四十回，她们基本上被定格为一个人。

关于这个问题，我将把有关的章回分解为三组举例来作论述。第一组章回是前四十回中的巧姐儿和大姐儿，第二组章回是中四十回（即第41回至第80回）中的巧姐儿和大姐儿，第三组章回是后四十回（即第81回至第120回）中的巧姐儿和大姐儿。

为什么要分解为这样的三组？

第一组到第40回止，那是因为我正在研究的对象舒本仅存四十回。第二组的划分，是因为在这一组的四十回的异文无从和现存的舒本作比较。第三组的划分，则是因为从第81回开始的续书非曹雪芹原作，自然应当成为另一个独立的单元。

第一节　巧姐儿与大姐儿：在前四十回

从现存的回次说，大姐儿最早出现于第 6 回，巧姐儿最早出现于第

27 回。

在第 40 回之前，大姐儿单独出现五次，分别见于下列五回：

| 6 | 7 | 21 | 27 | 29 |

大姐儿和巧姐儿同时出现两次，则见于下列两回：

| 27 | 29 |

巧姐儿则没有在前四十回中单独出现过。

现将大姐儿和巧姐儿在前四十回中的情况综述于下。

【第 6 回】

舒本第 6 回：

> 于是因他到东边这间屋里，乃是贾琏的女儿大①姐儿睡觉之所。

"贾琏的女儿大姐儿"，甲戌本、舒本②、彼本、杨本、蒙本、戚本同，梦本、程甲本作"贾琏的大女儿"，程乙本作"贾琏的女儿"。

庚辰本等六本的"贾琏的女儿大姐儿"以及程乙本的"贾琏的女儿"二语可以作多种的解释。但梦本、程甲本的"贾琏的大女儿"一语，则只能解释为：她只是贾琏的大女儿；此外，贾琏还有二女儿、三女儿……

大姐儿

贾琏的女儿	舒本	甲戌本	庚辰本	彼本	杨本	蒙本	戚本	程乙本
贾琏的大女儿	梦本	程甲本						

【第 7 回】

舒本第 7 回：

> 只见小丫头丰儿坐在凤姐的房门槛上，见周瑞家的来了，连忙摆手儿叫他往东房里去。周瑞家的会意，慌的蹑手蹑脚的往东边房里来，只

---

① "大"系旁改，原作"女"。
② 舒本"大姐儿"的"大"字系旁改，原作"女"。

见奶子正拍着大姐儿睡着呢。

"大姐儿",甲戌本、己卯本、庚辰本、彼本、杨本、蒙本、戚本、梦本以及程甲本、程乙本同于舒本,眉本作"大姐"。

大姐儿	甲戌本　己卯本　庚辰本　舒本　彼本　杨本　蒙本　戚本 梦本　程甲本　程乙本
大姐	眉本

【第21回】

舒本第21回有两处文字涉及"大姐"或"大姐儿":

谁知凤姐之女大姐 a 病了,正乱着请医生来诊脉。……
一日,大姐儿 b 毒尽癍回。

"大姐 a",庚辰本、蒙本、戚本、梦本同于舒本,彼本、杨本、程甲本、程乙本作"大姐儿"。

"大姐儿 b",彼本、杨本、蒙本、梦本以及程甲本、程乙本同于舒本,庚辰本作"大姐"。

在这两处文字中,"大姐 a"和"大姐儿 b"各自出现一次。而作"大姐 a"的有庚辰本、戚本,作"大姐儿 b"的有彼本、杨本、程甲本、程乙本,既作"大姐 a"、又作"大姐儿 b"的是舒本、蒙本、梦本。

大姐	庚辰本　戚本
大姐儿	彼本　杨本　程甲本　程乙本
大姐或大姐儿	舒本　蒙本　梦本

【第27回】

舒本第27回:

满园中绣带飘飘,花枝招飐,更兼这些人打扮的桃羞杏让,燕妒莺惭,一时也道不尽。且说宝钗、迎春、探春、惜春、李纨、凤姐等,并巧姐、大姐、香菱与众丫头们,在园顽耍,独不见林黛玉。

"巧姐",蒙本、程甲本、程乙本无,戚本改作"同了",其他脂本(甲戌本、庚辰本、彼本、杨本、梦本)同于舒本。

"大姐",程甲本、程乙本作"大姐儿",甲戌本、庚辰本、彼本、杨本、蒙本、戚本、梦本同于舒本。

在全书中,这是巧姐儿和大姐儿头一次同时出现在读者眼前。

由于书中其他地方说过,巧姐儿和大姐儿本是一人而有二名,蒙本、戚本、程甲本、程乙本看出这个破绽,因此采取了不同的方式加以弥补。戚本把"巧姐"删改为"同了",同时保留了两个字位。蒙本以及程甲本、程乙本没有改写,而是直截了当地删去"巧姐"二字。

巧姐大姐并存	舒本 甲戌本 庚辰本 彼本 杨本 梦本
删巧姐存大姐	蒙本 戚本 程甲本 程乙本

【第29回】

舒本第29回有两处提到了"大姐儿"和"巧姐儿":

(1)奶子抱着<u>大姐儿</u>,带着<u>巧姐儿</u>,另在一车。

"大姐儿",其他脂本(庚辰本、彼本、杨本、蒙本、戚本、梦本)以及程甲本、程乙本均同于舒本。

"巧姐儿",程甲本、程乙本无,戚本改作"丫头们"。其他脂本(庚辰本、彼本、杨本、蒙本、梦本)同于舒本。

巧姐大姐并存	舒本 庚辰本 彼本 杨本 蒙本 梦本
删巧姐存大姐	戚本 程甲本 程乙本

(2)张道士……跑到大殿上去,一时拿了一个茶盘子,搭着大红蟒缎经袱子,托出符来,<u>大姐儿</u>的奶子接了符,张道士方欲抱过<u>大姐儿</u>来,只见凤姐笑道……

前后两个"大姐儿",其他脂本(庚辰本、彼本、杨本、蒙本、戚本、梦本)以及程甲本、程乙本均同于舒本。

大姐儿	舒本 庚辰本 彼本 杨本 蒙本 戚本 梦本 程甲本 程乙本

第二节　小结之一

在第 40 回之前，戚本以及程甲本、程乙本根本没有让巧姐儿和大姐儿在同一个场合同时出现。蒙本则仅在第 29 回让二人同时同地出现过一次，而在此前的第 27 回却又保留"大姐儿"而删弃"巧姐"。

在第 29 回，程甲本和程乙本删去了"巧姐儿"，戚本则偷梁换柱，巧妙地把"巧姐儿"三字更易为"丫头们"。它们这样做的目的是避免贾琏、凤姐有两个女儿还是只有一个女儿的矛盾，弃"巧"而存"大"。这是后人之所为，与曹雪芹无关。

在这一组中，有的脂本让大姐儿和巧姐儿同时出现在同一个场合，有的脂本则有意识地删掉巧姐儿，单独保留着大姐儿。这反映了曹雪芹在创作过程中的困惑，这时他还没有最后拿定主意是安排琏、凤夫妻生一个女儿抑或生两个女儿。

这个困惑和初步的解决有一个发展的过程。

在第 21 回，多浑虫的媳妇多姑娘曾对贾琏说，"你家女儿出花儿"云云。出花儿的正是大姐儿。多姑娘说的是"女儿"，而不是"大女儿"或"小女儿"。由此可知，曹雪芹在写至第 21 回之时，在出场人物的安排上，仅仅让贾琏只生有一个女儿，即大姐儿。也就是说，从第 7 回到第 21 回，贾琏和凤姐只有一个女儿（即大姐儿）——曹雪芹一直是这样布置的。

巧姐儿的形象此时还没有进入他的脑海。（这样说的前提假设是：曹雪芹是按着第 1 回至第 21 回的回次顺序写下来的，其间既没有移置，也没有跳跃。）

到了第 27 回和第 29 回，他转变思路，于是两个女儿得以同时登场。

这个过程如下：

一个女儿（大姐）——→两个女儿（大姐、巧姐）

第三节　巧姐儿与大姐儿：在中四十回

中四十回，指的是第 41 回至第 80 回。
在这一组中，大姐儿仅出现于下列三回：

$$\boxed{41\quad 42\quad 62}$$

她的名字，在第 41 回，脂本以及程甲本出现三次，程乙本则出现四次。
在第 42 回中，脂本大姐儿名字的出现有七次之多。
在第 62 回，则仅仅出现一次。
在这一组，引文均据庚辰本。

【第 41 回】
庚辰本第 41 回有三次出现"大姐儿"之名：

　　忽见奶子抱了<u>大姐儿 a</u> 来，大家哄他顽了一会。那<u>大姐儿 b</u> 因抱着一个大柚子顽的，忽见板儿抱着一个佛手，便也要佛手。丫环哄他取去，<u>大姐儿 c</u> 等不得，便哭了。众人忙把柚子与了板儿，将板儿的佛手哄过来与他才罢。

"大姐儿 a"、"大姐儿 b"，其他脂本（彼本、蒙本、戚本、梦本）以及程甲本、程乙本均同。
"大姐儿 c"，彼本、蒙本、戚本作"大姐"，其他脂本以及程甲本、程乙本同于庚辰本。
和脂本不同，程乙本多出了一个"大姐儿"，如下：

　　……忽见板儿抱着一个佛手，<u>大姐儿</u>便要。……

这个增加是从修辞的角度出发的。其实，在脂本原文，语通句顺。程乙本的修改未免画蛇添足。
在这一回，并没有巧姐儿出现。

大姐、大姐儿	彼本　蒙本　戚本
大姐儿	庚辰本　梦本　程甲本　程乙本

【第42回】

庚辰本第42回，脂本有七个地方提到了大姐儿，另有一个地方提到了"巧哥儿"（即巧姐儿），如下：

我们大姐儿a也着了凉了，在那里发热呢。……

大姐儿b因为找我去，太太递了一块糕给他，谁知风地里吃了，就发起热来。

凤姐儿……一面命人请两分纸钱来，着两个人来，一个与贾母送祟，一个与大姐儿c送祟。果见大姐儿d安稳睡了。凤姐儿笑道："到底是你们有年纪的人经历的多，我这大姐儿e时常肯病，也不知是个什么原故。"……

只见奶子抱了大姐儿f出来，笑说："王老爷也瞧瞧我们。"王太医听说，忙起身，就奶子怀中，左手托①着大姐儿g的手，右手胗了一胗，又摸了一摸头，又叫伸出舌头来瞧瞧。

"大姐儿a、b、d、e"，其他脂本（彼本、蒙本、戚本、梦本）以及程甲本、程乙本均同于庚辰本。

"大姐儿c、f"，蒙本、戚本作"大姐"，其他脂本（彼本、梦本）以及程甲本、程乙本同于庚辰本。

"大姐儿g"，彼本作"大姐"，其他脂本以及程甲本、程乙本同于庚辰本。

另外，紧接在上述引文中的第三段（即有"大姐儿c"、"大姐儿d"和"大姐儿e"的一段）之后，庚辰本作：

刘姥姥道："这也有的事。富贵人家养的孩子多太娇嫩，自然禁不得一些儿委曲。再，他小人儿家过于尊贵了，也禁不起。已后姑奶奶少疼他些就好了。"凤姐儿道："这也有理。我想起来，他还没个名字，你就给他起个名字，一则借借你的寿，二则你们是庄家人，不怕你恼，到底

---

① "托"乃是"挽"字的形讹。

贫苦些，你贫苦人起个名字，只怕压的住他。"刘姥姥听说，便想了一想，笑道："不知他几时生的？"凤姐儿道："正是生日的日子不好呢，可巧是七月初七日。"刘姥姥忙笑道："这个正好，就叫他是'巧哥儿'。这叫作以毒攻毒、以火攻火的法子。姑奶奶定要依我这名字，他必长命百岁，日后大了，各人成家立业，或一时有不遂心的事，必然是遇难成祥，逢凶化吉，却从这'巧'字上来。"凤姐儿听了，自是欢喜，忙道谢，又笑道："只保佑他应了你的话就好了。"

"巧哥儿"，其他脂本均同，程甲本、程乙本作"巧姐儿"。

这里明确地告诉读者，巧姐儿即大姐儿的改名。

女性而以"哥"称小名者，在《红楼梦》中有先例。第6回，周瑞家的曾向刘姥姥介绍凤姐说：

> 你道这琏二奶奶是谁？就是太太的内侄女，当日大舅老爷的女儿，小名凤哥的。

母女都称之以"哥"或"哥儿"，这显然是曹雪芹的人物命名的一种安排。这也可以表明程甲本、程乙本的修改者不接受"巧哥儿"，非要坚持"巧姐儿"不可，他或他们显然对曹氏原著吃得不透。

在这一回，大姐儿开始改名巧哥儿（巧姐儿）。这反映了曹雪芹的新的构思：把大姐儿和巧姐儿合并为一人，废弃了大姐儿之名。但是，他在生前没有来得及回过头来把此回之前的大姐儿、巧姐儿并存的情节和叙述加以修正。

大姐儿	庚辰本　彼本　蒙本　戚本　梦本　程甲本　程乙本
大姐	彼本　蒙本　戚本
巧哥儿	庚辰本　彼本　蒙本　戚本　梦本
巧姐儿	程甲本　程乙本

【第62回】

庚辰本第62回：

> 宝玉笑说，走乏了，便歪在床上。方吃了半盏茶，只听外面咭咭呱

呱，一群丫头笑进来。原来是翠墨、小螺、翠楼①（缕）、入画、邢岫烟的丫头篆儿，并奶子抱巧姐儿，彩鸾、绣鸾，八九个人都抱着红毡，笑着走来。

"巧姐儿"，己卯本、彼本、杨本、蒙本、戚本、梦本以及程甲本、程乙本均同。

| 巧姐儿 | 庚辰本 | 己卯本 | 彼本 | 杨本 | 蒙本 | 戚本 | 梦本 | 程甲本 | 程乙本 |

由于已在第 42 回中给大姐儿改了名字，所以在这一回就没有再出现"大姐儿"之名。

第四节　小结之二

以巧姐儿为大姐儿的改名，这显然和第 29 回矛盾。

我们知道，在第 29 回，大姐儿和巧姐儿曾经同时出现，她们分明是两个人。我暂以 a 和 b 标示前后两次在该回出场的巧姐儿，情况如下：

戚本、程甲本、程乙本既没有巧姐儿 a，也没有巧姐儿 b。
蒙本有巧姐儿 b，而无巧姐儿 a。

现存脂本中，有第 29 回的共七种：舒本、庚辰本、彼本、杨本、蒙本、戚本、梦本。其中，以大姐儿与巧姐儿为二人的占五种（庚辰本、杨本、舒本、彼本、梦本）半（蒙本），居于多数。这反映了，在曹雪芹的初稿中，凤姐实有大姐儿和巧姐儿两个女儿。

到了写至第 42 回的时候，曹雪芹改变了思路。于是用了一个巧妙的改名法，把巧姐儿和大姐儿合并为一个人。但是，他却遗忘了在此前的第 29 回前往清虚观打醮路上二人同时出现的场景。

要注意的是，第 29 回并不是所有的脂本都以巧姐儿和大姐儿为二人。在现存脂本中，以巧姐儿和大姐儿为二人的，是舒本、庚辰本、彼本、杨本、

---

① "楼"乃"缕"字的形讹。

蒙本、梦本，居于大多数。而戚本却删去巧姐儿，只保留了大姐儿，居于极少数。居于多数的，应该是反映了曹雪芹原稿的面貌。居于少数的，则无疑是出于后人的补偏救弊。

在第 42 回，凤姐说，她的女儿"还没个名字"。可是，早在第 7 回，她的女儿就已经叫做"大姐儿"了。这应该怎样理解？

这可以有三种不同的理解。

理解之一："大姐儿"原是乳名，现在是凤姐要给她取学名。这个理解的缺点在于，刘姥姥所取的"巧哥儿"（或"巧姐儿"），同样摆脱不了乳名的味道。

理解之二：取名"大姐儿"的原意，可能想再生第二胎：老大叫"大姐儿"，将来有了老二，可以叫"二姐儿"。

理解之三：曹雪芹写第 42 回凤姐的话，其实只是为了给合二（"大姐儿"、"巧姐儿"）为一找借口。

我认为，第三种理解较胜。

第五节　巧姐儿与大姐儿：在后四十回

在后四十回（第 81 回至第 120 回）中，程甲本和程乙本基本上只有巧姐儿，而没有大姐儿。

为什么说是"基本上"呢？因为有例外，而且还是唯一的例外。那是在第 101 回，它居然让改名之后的大姐儿再一次登场，而且这还是"大姐儿"在后四十回中唯一的一次亮相。

巧姐儿出现于下列诸回：

| 84 | 85 | 88 | 92 | 94 | 105 | 106 | 113 |
| 114 | 115 | 117 | 118 | 119 | 120 | | |

以下的引文均据程甲本。

【第 84 回】

第 84 回有十一处提到巧姐儿：

只见琥珀走过来向贾母耳朵旁边说了几句，贾母便向凤姐儿道："你快去罢，瞧瞧巧姐儿去罢。"凤姐听了，还不知何故，大家也怔了。琥珀遂过来向凤姐道："刚才平儿打发小丫头子来回奶奶说，巧姐儿身上不大好，请二奶奶忙着些过来才好呢。"……

薛姨妈又说了两句闲话儿，便道："老太太歇着罢，我也要到家里去看看，只剩下宝丫头和香菱了，打那么同着姨太太看看巧姐儿。"……

谁知王夫人陪了薛姨妈到凤姐那边看巧姐儿去了。那天已经掌灯时候，薛姨妈去了，王夫人才过来了。贾政告诉了王尔调和詹光的话，又问巧姐儿怎么了。王夫人道："怕是惊风的光景。"……

贾母便问："你们昨日看巧姐儿怎么样，头里平儿来回我说狠不大好，我也要过去看看呢。"……

一时吃了饭，都来陪贾母到凤姐房中。凤姐连忙出来接了进去。贾母便问："巧姐儿到底怎么样？"……

这里煎了药，给巧姐儿灌了下去，只见喀的一声连药带痰都吐出来。……

凤姐……便叫平儿配齐了真珠、冰片、朱砂快熬起来，自己用戥子按方秤了，搀在里面，等巧姐儿醒了好给他吃。只见贾环掀帘进来说："二姐姐，你们巧姐儿怎么了？妈叫我来瞧瞧他。"……

只见丫头来找贾环，凤姐道："你去告诉赵姨娘，说他操心也太苦了。巧姐儿死定了，不用他惦着了。"……

"巧姐儿"，程乙本同。

【第 85 回】

第 85 回有两处提到了巧姐儿：

赵姨娘听见凤姐的话，越想越气，也不着人来安慰凤姐一声儿。过了几天，巧姐儿也好了。因此两边结怨，比从前更加一层了。……

这里贾母问道："正是，你们去看薛姨妈，说起这事没有？"王夫人道："本来就要去看的，因凤丫头为巧姐儿病着，耽搁了两天，今日才去的。这事我们都告诉了，姨妈倒也十分愿意，只说蟠儿这时候不在家，目今他父亲没了，只得和他商量商量再办。"

"巧姐儿"，程乙本同。

【第 88 回】
第 88 回有六处提到巧姐儿：

正说着，只见奶妈子一大起带了巧姐儿进来，那巧姐儿身上穿得锦团花簇，手里拿着好些顽意儿，笑嘻嘻走到凤姐身边学舌。贾芸一见，便站起来，笑盈盈的赶着说道："这就是大妹妹么？你要什么好东西不要？"那巧姐儿便哑的一声哭了。贾芸连忙退下。凤姐道："乖乖，不怕。"连忙将巧姐揽在怀里道："这是你芸大哥哥，怎么认起生来了。"贾芸道："妹妹生得好相貌，将来又是个有大造化的。"巧姐儿回头把贾芸一瞧，又哭起来，叠连几次。……

（贾芸心中想道）这巧姐儿更怪，见了我好像前世的冤家是的，真正晦气，白闹了这么一天。

"巧姐儿"、"巧姐"，程乙本同。

【第 92 回】
第 92 回是比较特殊的一回。
它的特殊性表现为两点：
第一，巧姐之名，程甲本出现九次，程乙本却出现十六次之多。
第二，程甲本文不对题，回目和正文不和谐，发生了龃龉。
由于它的特殊性和复杂性，不是一个"大姐儿与巧姐儿是一是二"的问题所能涵盖，再加上它又有另外一种简单性：不存在"巧姐儿"和"大姐儿"的两歧，故此处从略，置而不论，以免枝蔓。

【第 94 回】
第 94 回提及巧姐的只有一处：

宝玉看见贾母喜欢，更是兴头，因想起晴雯死的那年海棠死的，今日海棠复荣，我们院内这些人自然都好，但是晴雯不能像花的死而复生了，顿觉转喜为悲，忽又想起前日巧姐提凤姐要把五儿补入，或此花为他而开，也未可知。却又转悲为喜，依旧说笑。

"巧姐"，程乙本同。

【第 101 回】

第 101 回只有一处提到"大姐儿"：

> 此时凤姐尚未起来，平儿因说道："今儿夜里，我听着奶奶没睡什么觉，我这会子替奶奶捶着，好生打个盹儿罢。"凤姐半日不言语，平儿料着这意思是了，便爬上炕来，坐在身边，轻轻的捶着，才捶了几拳，那凤姐刚有要睡之意。只听那边大姐儿哭了。凤姐又将眼睁开，平儿连向那边叫道："李妈，你到底是怎么，姐儿哭了，你到底拍着他些。你也忒好睡了。"那边李妈从梦中惊醒，听得平儿如此说，心中没好气，只得狠命拍了几下，口里嘟嘟哝哝的骂道："真真的小短命鬼儿，放着尸不挺，三更半夜嚎你娘的丧！"一面说，一面咬牙，便向那孩子身上拧了一把。那孩子哇的一声大哭起来了。

"大姐儿"，程乙本同。

注意：这一回，只有"大姐儿"，而没有"巧姐儿"。在后四十回中，尤其是在"大姐儿"和"巧姐儿"的问题上，这是一个亮点。

【第 105 回】

第 105 回只有一处提到巧姐：

> 贾母等听着发呆，又见平儿披头散发，拉着巧姐，哭啼啼的来说……

"巧姐"，程乙本同。

【第 106 回】

第 106 回"王熙凤致祸抱羞惭，贾太君祷天消祸患"，也只有一处提到巧姐儿：

> 凤姐……见贾琏出去，便与平儿道："你别不达事务了。到了这样田地，你还顾我做什么，我巴不得今儿就死才好，只要你能够眼里有我，我死之后，你扶养大了巧姐儿，我在阴司里也感激你的。"平儿听了，放

声大哭。

"巧姐儿",程乙本同。

【第113回】

第113回有十处提到了巧姐儿:

> 巧姐儿听见他母亲悲哭,便走到炕前,用手拉着凤姐的手,也哭起来。凤姐一面哭着道:"你见过了老老没有?"巧姐儿道:"没有。"……巧姐儿便走到跟前,刘老老忙拉着道:"阿弥陀佛,不要折杀我了。巧姑娘,我一年多不来,你还认得我么?"巧姐儿道:"怎么不认得?"……
>
> 巧姐儿因他这话不好听,便走了去和青儿说话。……青儿在巧姐儿那边……
>
> 这里凤姐愈加不好,丰儿等不免哭起来。巧姐听见赶来……
>
> 凤姐明知刘老老一片好心,不好勉强,只得留下(金镯子),说:"老老,我的命交给你了,我的巧姐儿也是千灾百病的,也交给你了。"……
>
> 青儿因与巧姐儿顽得热了,巧姐又不愿意他去,青儿又愿意在这里。

"巧姐儿"、"巧姐",程乙本同。

【第114回】

第114回有八处提到了巧姐儿:

> (贾琏)又想起凤姐素日来的好处,更加悲哭不已,又见巧姐哭的死去活来,越发伤心。……王仁便叫了他外甥女儿巧姐过来说……巧姐道:"我父亲巴不得要好看,只是如今比不得从前了。现在手里没钱,所以诸事省些是有的。"王仁道:"你的东西还少么。"巧姐儿道:"旧年抄去,何尝还了呢。"王仁道:"你也这样说。我听见老太太又给了好些东西,你该拿出来。"巧姐又不好说父亲用去,只推不知道。王仁便道:"哦,我知道了,不过是你要留着做嫁装罢咧。"巧姐听了,不敢回言,只气得哽噎难鸣的哭起来了。……
>
> 巧姐满怀的不舒服,心想……从此王仁也嫌了巧姐儿了。

"巧姐儿"、"巧姐"，程乙本同。

【第 115 回】

第 115 回只有一处提到巧姐儿，贾琏家下无人，请了王仁来，在外帮着料理——

> 那巧姐儿是日夜哭母，也是病了。所以荣府中又闹得马仰人翻。

"巧姐儿"，程乙本同。

【第 117 回】

第 117 回有四处提到了巧姐儿：

> 贾琏道："……只是家里没人照管，蔷儿、芸儿虽说糊涂，到底是个男人，外头有了事来，还可传个话。侄儿家里倒没有什么事，秋桐是天天哭着喊着不愿意在这里，侄儿叫了他娘家的人来领了去了，倒省了平儿好些气。虽是巧姐没人照应，还亏平儿的心不很坏，姐儿心里也明白，只是性气比他娘还刚硬些，求太太时常管教管教他。"……

> 贾琏又说了几句才出来，叫了众家人来，交代清楚，写了书，收拾了行装。平儿等不免叮咛了好些话。只有巧姐儿惨伤的了不得，贾琏又欲托王仁照应，巧姐到底不愿意，听见外头托了芸、蔷二人，心里更不受用，嘴里却说不出来，只得送了他父亲，谨谨慎慎的随着平儿过日子。丰儿、小红因凤姐去世，告假的告假，告病的告病，平儿意欲接了家中一个姑娘来，一则给巧姐作伴，二则可以带量他。

"巧姐"、"巧姐儿"，程乙本同。

【第 118 回】

第 118 回提及巧姐儿，有十二处之多：

> （贾环）要趁贾琏不在家，要摆布巧姐出气。……

> 贾环道："不是前儿有人说是外藩要买个偏房，你们何不和王大舅商量，把巧姐说给他呢？"……

> 那日果然来了几个女人，都是艳妆丽服。邢夫人接了进去，叙了些

闲话。那来人本知是个诰命，也不敢待慢。邢夫人因事未定，也没有和巧姐说明，只说有亲戚来瞧，叫他去见。那巧姐到底是个小孩子，那管这些，便跟了奶妈过来。平儿不放心，也跟着来。

只见有两个宫人打扮的，见了巧姐，便浑身上下一看，更又起身来拉着巧姐的手，又瞧了一遍，略坐了一坐就走了。倒把巧姐看得羞臊，回到房中纳闷，想来没有这门亲戚，便问平儿。

平儿先看见来头，却也猜着八九，必是相亲的，但是二爷不在家，大太太作主，到底不知是那府里的。若说是对头亲，不该这样相看。瞧那几个人的来头，不像是本支王府，好像是外头路数。如今且不必和姑娘说明，且打听明白再说。

平儿心下留神打听。那些丫头、婆子都是平儿使过的。平儿一问，所有听见外头的风声，都告诉了，平儿便吓的没了主意，虽不和巧姐说，便赶着去告诉了李纨、宝钗，求他二人告诉王夫人。……

宝玉劝道："太太别烦恼。这件事，我看来是不成的。这又是巧姐儿命里所招，只求太太不管就是了。"……

王夫人道："……若是巧姐儿错给了人家儿，可不是我的心坏。"

正说着，平儿过来瞧宝钗，并探听邢夫人的口气。王夫人将邢夫人的话说了一遍，平儿呆了半天，跪下求道："巧姐儿终身全仗着太太。若信了人家的话，不但姑娘一辈子受了苦，是便（便是）琏二爷回来怎么说呢？"王夫人道："你是个明白人，起来听我说，巧姐儿到底是大太太孙女儿，他要作主，我能够拦他么？"

"巧姐"、"巧姐儿"，程乙本同。

【第119回】

第119回涉及巧姐儿的文字，多达三十三处，如下：

（贾环）跑到邢夫人那边请了安，说了些奉承的话。那邢夫人自然喜欢，便说道："你这才是明理的孩子呢，像那巧姐儿的事，原该我做主的，你琏二哥糊涂，放着亲奶奶，倒托别人去。"贾环道："……不是我说自己的太太，他们有了元妃姐姐，便欺压的人难受。将来巧姐儿别也是这样没良心，等我去问问他。"……

平儿早知此事不好，已和巧姐细细的说明。巧姐哭了一夜，必要等他父亲回来作主，大太太的话不能遵，今儿又听见这话便大哭起来。……平儿回过头来，见巧姐哭作一团，连忙扶着……又见王夫人过来，巧姐儿一把抱住，哭得倒在怀里。……巧姐屋内，人人瞪眼，一无方法。王夫人也难和邢夫人争论，只有大家抱头大哭。……巧姐儿听见提起他母亲，越发大哭起来。……王夫人不言语，叹了一口气。巧姐儿听见，便和王夫人道："只求太太救我，横竖父亲回来只有感激的。"……

这里又买嘱了看后门的人，雇了车来，平儿便将巧姐装做青儿模样，急急去的了。……众人明知此事不好，又却感念平儿的好处，所以通同一气，放走了巧姐。……只见王夫人怒容满面说："你们干的好事，如今逼死了巧姐和平儿了，快快的给我找还尸首来完事。"……王夫人道："环儿在大太太那里说的，三日内便要抬了走。说亲作媒，有这样的么？我也不问，你们快把巧姐儿还了我们，等老爷回来再说。"……邢夫人叫了前后的门人来，骂着问："巧姐儿和平儿知道那里去了？"……说得贾芸等顿口无言，王夫人那边又打发人来催说，叫爷们快找来。那贾环等急得恨无地缝可钻，又不敢盘问巧姐那边的人。……

贾环见哥哥、侄儿中了，又为巧姐的事大不好意思，只抱怨蔷、芸两个，知道探春回来，此事不肯干休，又不敢躲开。……王夫人等这才大家称贺喜欢起来。只有贾环等心下着急，四处找寻巧姐。

那知巧姐随了刘老老带着平儿出了城，到了庄上，刘老老也不敢轻褒巧姐，便打扫上房，让给巧姐、平儿住下。……那日他母亲看见了巧姐，心里羨慕，自想我是庄家人家，那能配得起这样世家小姐，呆呆的想着。……

刘老老听说，喜的眉开眼笑，去和巧姐儿贺喜，将板儿的话说了一遍。平儿笑说道："可不是亏得老老这样一办，不然姑娘也摸不着那好时候。"巧姐更自欢喜。……刘老老听了得意，便叫人赶了两辆车，请巧姐、平儿上车。巧姐等在刘老老家住熟了，反是依依不舍。……

贾琏送出门去，见有几辆屯车，家人们不许停歇，正在吵闹。贾琏早知道是巧姐来的车，便骂家人道："你们这班胡涂忘八崽子，我不在家，就欺心害主，将巧姐儿都逼走了。如今人家送来，还要拦阻。必是你们和我有什么仇么？"……正说着，彩云等回道："巧姐儿进来了。"见了王夫人，虽然别不多时，想起这样逃难的景况，不免落下泪来。巧姐儿也便大哭。……

邢夫人正恐贾琏不见了巧姐，必有一番的周折，又听见贾琏在王夫人那里，心下更是着急，便叫丫头去打听，回来说是巧姐儿同着刘老老在那里说话。……只见巧姐同着刘老老带了平儿，王夫人在后头跟着进来，先把头里的话都说在贾芸、王仁身上，说大太太原是听见人说，为的是好事，那里知道外头的鬼。邢夫人听了，自觉羞惭，想起王夫人主意不差，心里也服。……

平儿回了王夫人，带了巧姐到宝钗那里来请安，各自提各自的苦处。

"巧姐"、"巧姐儿"，程乙本同。

【第120回】

第120回"甄士隐详说太虚情，贾雨村归结红楼梦"，有三处提到了巧姐儿：

话说宝钗听秋纹说袭人不好，连忙进去瞧看。巧姐儿同平儿也随着走到袭人炕前。……贾琏也趁便回说巧姐亲事："父亲、太太都愿意给周家为媳。"贾政昨晚也知巧姐的始末便说："大老爷、大太太作主就是了。莫说村居不好，只要人家清白，孩子肯念书，能个上进，朝里那些官儿道都是城里的人么？"

"巧姐儿"、"巧姐"，程乙本同。

第六节　小结之三

在后四十回中，为什么会在第101回单独出现大姐儿的名字？为什么在此前和此后的十一回中只有巧姐儿，而没有大姐儿？

这是一道很难回答的谜题。

我们应该注意到，"大姐儿"在第101回的出现有两大特点。在后四十回中，这是大姐儿的名字出现的唯一的一次。在这里，不仅出现了她的名字，还伴随着有具体的细节描写。她在夜间无缘无故地啼哭，吵醒了和她睡在一起的李妈，李妈从梦中惊醒，又听见平儿在斥责她，心中没好气，一面狠命地拍了大姐儿几下，一面骂道："真真的小短命鬼儿，放着尸不挺,三更半夜嚎你娘的丧!"还咬牙向大姐儿身上拧了一把,大姐儿便哇的一声大哭起来。

这大姐儿在后四十回中的突兀出现,说明了这样一个问题:由于曹雪芹在第42回中已将巧姐儿和大姐儿"合二而一",并且定位于巧姐儿。程甲本第101回的作者或整理者显然忽略了这一点。这也从侧面证明了后四十回作者不可能是曹雪芹。

附录　关于本书所使用《红楼梦》各版本的简称

甲戌本——"脂砚斋甲戌（乾隆十九年，1754）抄阅再评本"。卷首题"脂砚斋重评石头记"。抄本。残存十六回（1—8，13—16，25—28）。

己卯本——"己卯（乾隆二十四年，1759）冬月定本"。卷首题"脂砚斋重评石头记"。抄本。残存四十三回（含两个半回）。

庚辰本——"庚辰（乾隆二十五年，1760）秋月定本"。卷首题"脂砚斋重评石头记"。抄本。残存七十八回（1—63，65，66，68—80）。

舒本——舒元炜序（乾隆五十四年，1789）本。卷首题"红楼梦"。抄本。残存四十回（1—40）。也有人称之为"己酉本"。

彼本——俄罗斯圣彼得堡藏本。卷首题"石头记"或"红楼梦"。抄本。残存七十八回（1—4，7—80）。也有人称之为"列藏本"（圣彼得堡曾名列宁格勒）。

杨本——杨继振旧藏本。卷首题"红楼梦"。抄本。80回 + 40回。

蒙本——蒙古王府旧藏本。抄本。80回 + 40回。

戚本——戚蓼生序本。戚本现存三种：有正本、张本、泽存本。（1）有正本——上海有正书局石印本，80回，有大字本、小字本之分。a. 大字本：民国元年（1912）石印本，扉页题"原本红楼梦"。b. 小字本：民国九年（1920）石印本。（2）张本——张开模旧藏本。抄本。残存四十回（1—40）。（3）泽存本——泽存书库旧藏本。抄本。80回。

眉本——眉盦旧藏本。卷首题"红楼梦"。抄本。残存十回（1—10）。也有人称之为"卞藏本"。

梦本——梦觉主人序本。也有人称之为"甲辰本"。

皙本——皙庵旧藏本。卷首题"石头记"。抄本。残存两回（23，24）。也有人称之为"郑藏本"。

程甲本——乾隆五十六年（1791）萃文书屋木活字印本。一百二十回。封面题"绣像红楼梦"。

程乙本——乾隆五十七年（1792）萃文书屋木活字印本。一百二十回。封面题"绣像红楼梦"。

后 记

一

此书乃是我的"《红楼梦》研究系列"之七。一至六已面世，它们分别是：

《曹雪芹祖籍辨证》
　　（中国大百科全书出版社，1998年，北京）40万字
《红楼梦版本探微》
　　（华东师范大学出版社，2003年，上海）43万字
《红学探索——刘世德论红楼梦》
　　（文化艺术出版社，2006年，北京）35万字
《红楼梦之谜——刘世德学术演讲录》
　　（线装书局，2007年，北京）23万字
《红楼梦眉本研究》
　　（社会科学文献出版社，2013年，北京）70万字
《三国与红楼论集》
　　（中国社会科学出版社，2013年，北京）44万字

如有可能，还准备继续撰写一本《红楼梦晢本研究》，作为"《红楼梦》研究系列"之八。

二

我对舒本的认识，我和舒本的结缘，有个发展的过程。

我初闻舒本之名，最早是从朱南铣和周绍良二兄的《红楼梦书录》开始的。继而又读到了俞平老在香港《大公报》发表的《读红楼梦随笔》中的《记吴藏残本》。平老认为，此书有些异文系"后人妄改"，并以舒本第一回的太虚幻境对联"色色空空地，真真假假天"为例，说这是城隍庙内悬挂的东西。此话给我留下了很深的印象。但我一直无缘获睹此书。此其一也。

1962年，我参加"曹雪芹逝世二百周年纪念展览会"的筹备工作，曾奉命专程到吴晓铃先生家中去借用舒本，作展览之用。吴先生热忱地把他所珍藏的几种《红楼梦》版本（舒本、戚本、春草堂残抄本、容庚旧藏程乙本抄本等）一一捧出，我一边和吴先生聊天，一边仔细地翻阅和欣赏着这些善本书籍，随后全部带回了文华殿。此其二也。

上世纪七十年代初，从河南息县干校返京，文学研究所的工作暂未恢复，无事可做，我和陈毓罴兄遂安下心来，投身于校勘《红楼梦》（以蒙本、舒本为主）的工作。每隔一日和毓罴兄到北京图书馆善本室看蒙本的缩微胶卷；另一日则在家看舒本。其时，舒本已由我从吴晓铃先生家中借来。此书在我手边放了有三年之久。细读舒本最大的收获便是发现了第9回结尾的独特性。此其三也。

三

在阅读蒙本缩微胶卷的时候，我们用卡片抄录了蒙本的全部脂批，随后又应吴恩裕先生的要求，将这些卡片全部借给他录副。

此时还发生了两件事。

第一件事：吴恩裕先生接到我们借给他的蒙本批语的卡片后，给我们看了一篇供审稿之用的论文的校样。那是《文物》编辑部准备刊载的周汝昌先生一篇以"……一束"为标题的论文。我们看到了其中有一节就是专门介绍周先生"新发现"的"新文物"。后来，此文正式在《文物》发表时，我们发现，那一节却整整地失踪了。但是，那个"新文物"和那件事却牢牢地保留在我们的记忆中。

第二件事：人民文学出版社的杜维沫和林东海两位先生驾临寒舍商谈，希望我和陈毓罴兄校订出一部以脂本为底本的《红楼梦》读本，作为文学研究所和人民文学出版社合作的成果。我和毓罴兄作出了初步的允诺，但表示此事重大，时间又紧迫，需要仔细斟酌，并约定一周后给出正式的答复。后来，我们考虑到工作量太大，我和毓罴兄当时在所内别无助手可用，在出版社拟定的时间内不可能完成此项任务。于是向杜、林二位婉辞，并建议另找合适的单位和人员。

出版《红楼梦》读本之事虽然告吹，但是我在细读舒本的时候却有了重要的发现，就是发现舒本内存在着曹雪芹初稿的为现存其他脂本所无的若干文字和线索。关于此事，我曾在1986年6月哈尔滨国际红学会议的专题发言中重点提到。会后写成《解破了〈红楼梦〉的一个谜——初谈舒本的重要价值》一文，发表于《红楼梦学刊》。后因此文初稿中的一节在发表前曾经一度散失，其后偶然找到，遂在此文的基础上，重新补充、改写为《薛蟠之闹——论第九回的结尾》，收入拙著《红楼梦版本探微》。

这时，我就萌发了写一本研究舒本的专著的念头。多少年后，直到《红楼梦眉本研究》一书脱稿，方得以开始起草此书。

四

此书共分二十五章。

第一章《筠圃考略》曾应宋庆中先生之约，刊载于《红楼梦研究辑刊》第十辑（上海作家协会·华语文学网，2015年）。

第三章《舒元炜·周春·杨畹耕·雁隅·程伟元——《红楼梦》一百二十回抄本在社会上的流传》写的是因舒元炜序文引起的有关《红楼梦》后四十回续作者问题。关于这个问题，我曾在各地发表过多次演讲。以"无名氏"称后四十回作者，就是我在北京大观园的学术讲座中首次公开提出的。另外，我还考出了畹耕即杨芬。六十年前，当我和朱南铣兄讨论两江总督尹继善幕僚诸人的时候，获知雁隅即徐嗣曾。又从李虹同志的论文中得知，周春《耄馀诗话》（抄本）中有杨芬曾做过福建巡抚徐嗣曾幕僚的记载。这些都充实了

第三章中的重要内容。

第四章《现存的舒本是由哪两部分组成的？——舒本＝姚玉栋旧藏本＋当保藏本》曾发表于《红楼梦学刊》2015年第六辑。其中对舒序"邻家"即指当保的理解，以及对"返故物于君家，璧已完乎赵舍"的理解，对筠圃所说的"自我失之，复自我得之"的理解，不知是否能得到红学界诸位朋友的认可？

第七章《为什么八行变成了九行？——舒本第五回首页行款异常问题辨析》曾以《〈红楼梦〉舒本第五回首页行款异常问题试解》为题，发表于《红楼梦学刊》2015年第二辑。

我曾有论文《移花接木：从柳湘莲上坟说起——〈红楼梦〉创作过程研究一例》，系应竺青兄之约，发表于《文学遗产》2014年第四期。在该文的基础上，调整了全文的结构，改写为本书的第九章《二尤故事移置考》。至于《答周文业先生对"五十回"之说的批评》，曾发表于"中国古代小说网"2015年7月29日。我和周兄是好朋友，答文附录于此，主要是为了"立此存照"。

第十章和第十一章"舒本第九回结尾文字出于曹雪芹初稿考辨"上、下则是在旧稿《解破了〈红楼梦〉的一个谜——初谈舒本的重要价值》（《红学探索——刘世德论红楼梦》，文化艺术出版社，2006年，北京）、《薛蟠之闹——论第九回的结尾》（《红楼梦版本探微》，华东师范大学出版社，2003年，上海）二文的基础上增补、改写而成的。

其他各章均未在报刊上公开发表过。

此书之成，赖有诸位好友热情的、无私的协助，谨在这里向他们致以衷心的感谢。又，此书原稿中有若干技术性的小错误，蒙诸位编辑同志细心提示、改正，在这里谨对他们致以衷心的感谢。

此时是2015年11月6日凌晨，看着窗外的初雪，我不禁想起了《水浒传》中的那个"紧"字。

永定河畔，孔雀城，荣园
时年八十有三

图书在版编目（CIP）数据

红楼梦舒本研究 / 刘世德著. -- 北京：社会科学文献出版社，2018.10（2023.4 重印）
（中国社会科学院老年学者文库）
ISBN 978 - 7 - 5201 - 2926 - 8

Ⅰ.①红… Ⅱ.①刘… Ⅲ.①《红楼梦》研究 Ⅳ.①I207.411

中国版本图书馆 CIP 数据核字（2018）第 132835 号

·中国社会科学院老年学者文库·
红楼梦舒本研究

著　　者 / 刘世德

出 版 人 / 王利民
项目统筹 / 周　丽
责任编辑 / 高　雁　黄　利
责任印制 / 王京美

出　　版 / 社会科学文献出版社（010）59367143
　　　　　　地址：北京市北三环中路甲29号院华龙大厦　邮编：100029
　　　　　　网址：www.ssap.com.cn
发　　行 / 社会科学文献出版社（010）59367028
印　　装 / 三河市东方印刷有限公司

规　　格 / 开 本：787mm×1092mm　1/16
　　　　　　印 张：50.5　字 数：879 千字
版　　次 / 2018 年 10 月第 1 版　2023 年 4 月第 2 次印刷
书　　号 / ISBN 978 - 7 - 5201 - 2926 - 8
定　　价 / 198.00 元

读者服务电话：4008918866

版权所有 翻印必究